中外文学交流史

钱林森　周宁　主编

中国－美国卷

周宁　朱徽　贺昌盛　周云龙　著

山东教育出版社

目 录

总序   1

前言   1

第一章　萌芽期：晚清时代的文学交流与异国想象   1

第一节　初识中国文学   3

第二节　遥远的"异邦"   12

第三节　中国诗歌在美国   23

第四节　早期美国作家笔下的"华人"形象   41

第五节　美国戏剧中的中国形象   52

第二章　过渡期：清末民初美国文学的译介   65

第一节　早期美国诗歌的译介及其影响   67

第二节　面貌模糊的美国小说   73

第三节　早期汉译美国小说的基本类型   80

第三章　转折期：文化互动与文学接受   87

第一节　爱默生、梭罗及其对儒家思想的接受   89

第二节　庚款留美与中国新文化运动的诞生   94

第三节　意象派与中国新诗   100

第四节　新文学作家对美国小说的接受　　　　　　　　　　106

第五节　中国戏剧在美国的演出　　　　　　　　　　　　113

第六节　留美学生的戏剧实践及其文化位置　　　　　　　125

第四章　成熟期：异国形象的重塑　　　　　　　　　　153

第一节　《现代》杂志之"现代美国文学专号"　　　　　　155

第二节　赛珍珠的"中国世界"　　　　　　　　　　　　163

第三节　跨文化想象与林语堂的文学创作　　　　　　　　170

第四节　奥尼尔与中国戏剧　　　　　　　　　　　　　　174

第五节　梅兰芳访美演出　　　　　　　　　　　　　　　209

第六节　现代主义与"九叶诗人"　　　　　　　　　　　226

第七节　战时中国的生存图景与中美文学的互动　　　　　234

第五章　对峙期：批判中的选择与接受　　　　　　　　255

第一节　片面引介的美国诗歌　　　　　　　　　　　　　257

第二节　美国小说的"政治"解读　　　　　　　　　　　259

第三节　"文革"年代的"内部读物"　　　　　　　　　265

第四节　港台地区美国文学的传播　　　　　　　　　　　271

第六章　繁荣期（上）：中美诗歌的互动交流　279

第一节　寒山诗歌与"垮掉的一代"　281

第二节　中国古诗与美国后现代诗人　285

第三节　美国诗人与中国当代诗坛　289

第四节　华裔英语诗人及中国诗歌在美国的译介　302

第五节　美籍华裔学者的中国诗学研究　327

第七章　繁荣期（下）：中国形象与美国形象　349

第一节　华裔族群的身份诉求　351

第二节　汉语版的"美国故事"　361

第三节　从现代主义开始　364

第四节　美国作家与当代中国小说　369

第五节　中美戏剧界的互访演出及其相关叙事　387

附录：中美文学交流大事记　401

参考文献　425

后记　437

编后记　439

总序

一

中外文学关系的研究，是中国比较文学学术传统最丰厚的领域，前辈学者开拓性的建树，大多集中在这一领域的研究，如范存忠、钱锺书、方重等之于中英文学关系，吴宓之于中美，梁宗岱之于中法，陈铨之于中德，季羡林之于中印，戈宝权之于中俄文学关系的研究，等等。20世纪中国比较文学研究前后两个高峰，世纪前半叶的高峰，主要成就就在中外文学关系研究上。20世纪后半叶，比较文学在新时期复兴，30多年来推进我国比较文学学科发展的支撑领域，同时也是本学科取得最多实绩的研究领域，依旧在中外文学关系研究。中外文学关系研究所获得的丰硕成果，被学术史家视为真正"体现了'我们自己的比较文学'的特色和成就"[1]，成为我国比较文学复兴发展的一个重要标志[2]。

> 1. 王向远：《中国比较文学研究二十年·前言》，南昌：江西教育出版社，2003年版。

> 2. 王向远教授在其28章的大著《中国比较文学研究二十年》中，从第2章到第10章论述国别文学关系研究，如果加上第17、18"中外文艺思潮与中国文学关系"、"中外文学关系史的总体研究"两章，整整占11章，可谓是"半壁江山"。

学术传统是众多学者不断努力、众多成果不断积累而成的。在中外文学关系研究领域，从20世纪80年代中期开始，先后已有三套丛书标志其阶段性进展。首先是乐黛云教授主编的比较文学丛书中的《中日古代文学交流史稿》（严绍璗著）、《近代中日文学交流史稿》（王晓平著）、《中印文学关系源流》（郁龙余编）。乐黛云教授和这套丛书的相关作者，既是继承者，又是开拓者。他们继承老一辈学者的研究，同时又开创了新的论题与研究方法。

其次是20世纪90年代初，北京大学和南京大学联合推出《中国文学在国外》丛书（10卷集，乐黛云、钱林森主编，花城出版社），扩大了研究论题的覆盖面，在理论与方法上也有所创新。再其后就是经过20年积累、在新世纪初期密集出现的三套大型比较文学丛书：《外国作家与中国文化》（10卷集，钱林森主编，宁夏人民出版社）、《跨文化沟通个案研究》丛书（乐黛云主编，北京出版社）、国别文学文化关系丛书《人文日本新书》（王晓平主编，宁夏人民出版社），这些成果细化深化了该研究领域，在研究范式的探究和方法论革新方面，也取得较大进展。

从某种意义上说，中外文学关系研究带动了整个中国比较文学研究。从"20世纪中国文学的世界性因素"的讨论，到中外文学关系探究中的"文学发生学"理论的建构；从中外文学关系的哲学审视和跨文化对话中激活中外文化文学精魂的尝试，到比较文学形象学与后殖民主义文化批判……所有这一切探索成果的出现，不仅推动了中国比较文学学科深入发展，反过来对中外文学关系问题的研究，也有了问题视野与理论方法的启示。

二

在丰厚的研究基础上，如何进一步推进中外文学交流研究，成为学术史上的一项重要使命。2005 年 7 月初，南京大学比较文学与比较文化研究所与山东教育出版社在南京新纪元大酒店，举行《中外文学交流史》丛书首届编委会暨学术研讨会，正式启动大型丛书《中外文学交流史》的编写工作，以创设一套涵盖中国与欧洲、亚洲、美洲等世界主要国家及地区的文学交流史。

中外文学交流史研究既是一项研究，又是关于此项研究的反思，这是学科自觉的标志。学者应该对自己的研究有清醒的问题意识，明确"研究什么"、"如何研究"和"为何研究"。

20 世纪末以来，国际比较文学研究一直面临着范式转型的问题，不同研究范型的出现与转换的意义在于其背后问题脉络的转变。产生自西方民族国家体系确立时代的比较文学学科，本身就是民族国家意识形态的产物。影响研究的真正命题是确定文学"宗主"，特定文学传统如何影响他人，他人如何从"外国文学"中汲取营养并借鉴经验与技巧；平行研究兴盛于"冷战"时代，试图超越文学关系的外在的、历史的关联，集中探讨不同文学传统的内在的、美学的、共同的意义与价值。"继之而起的新模式没有一个公认的名称，但是和所谓的后殖民批评有着明显的关系，甚至可以把后殖民批评称为比较研究的第三种模式。这种模式从后结构理论吸取了'话语'、'权力'等概念，致力于清算伴随着资本主义扩张的帝国主义和殖民主义，尤其是其文化方面的问题。这种批评的所谓'后'字既有'反对'的意思，也有'在……之后'的意思。""后殖民批评的假设前提是正式的帝国 / 殖民主义时代已然成为历史。在第二次世界大战之后这一点已经成为普遍的共识，当时不同政治阵营能够加之于对方的最严厉的谴责莫过于'帝国主义'了。这种共识是后殖民批评能够立于不败之地的先决条件。"[1]

1. 陈燕谷:《比较文学与"新帝国文明"》,载《中国社会科学院院报》,2004 年 2 月 24 日。

伴随着后殖民主义文化批评在 1970 年代后期的兴起,西方比较文学界对社会文本的关注似乎开始压倒既往的文学文本。翻译、妇女、生态、少数族裔、性别、电影、新媒体、身份政治、亚文化、"新帝国治下的比较研究"[2]等问题几乎彻底更新了比较文学的格局。比如知

2. 陈燕谷指出:"现在我们也许有理由提出比较研究的第四种模式,也就是'新帝国治下的比较研究'。……当'帝国'去而复返……自然意味着后殖民批评不再具有不证自明的有效性。今天这种情况正在发生,比较研究必须在新帝国条件下重新界定自己的任务和方向。"陈燕谷:《比较文学与"新帝国文明"》。

名文化翻译学者苏珊·巴斯奈特在 1993 年出版的专著《比较文学批评导论》(*Comparative Literature: A Critical Introduction*)中就明确指出:"后殖民"用最恰当的术语来表达,就是近年来出现的新跨文化批评,而"除此之外,比较文学已无其他名称可以替代"。[3]

3. Susan Bassnett, *Comparative Literature: A Critical Introduction*, Oxford and Cambridge: Blackwell, 1993, p.10.

本世纪初,比较文学的学科理论建设工作似乎依然徘徊在突围西方中心主义的方向和路径上。2000 年,蜚声北美、亚洲理论界的明星级学者 G.C.斯皮瓦克将其在加州大学厄湾分校的"韦勒克文学讲座"系列讲稿结集出版,取了个惊世骇俗的名字《一门学科的死亡》(*Death of A Discipline*),这门学科就是比较文学。其实斯皮瓦克并无意宣布比较文学的终结,而是在指出当前的欧美比较文学的困境,即文学越界交流过程中的不均衡局面,以及该学科依然留存着欧美文化的主导意识并分享了对人文主义主体无从判定的恐惧等问题后,希望促成比较文学的转型,开创一种容纳文化研究的新的比较文学范型,迎接全球化语境的文化挑战。[4]

4. Gayatri C. Spivak, *Death of A Discipline*, New York: Columbia University Press, 2003.

然而,我们也要清楚地看到,后殖民主义文化批判试图颠覆比较文学研究的价值体系,却没有超越比较文学的理论前提。因为比较研究尽管关注不同民族、不同国家文学之间的关系,但其理论前提却是,不同民族、国家的文学是以语言为疆界的相互独立、自成系统的主体。而且,比较文学研究总是以本国本民族文学为立场,假设比较研究视野内文学之间的关系是一种自我与他者的关系,只不过影响研究表示顺从与和解,后殖民主义文化批判强调反写与对抗。对于"他性"的肯定,依然没有着落。

坦率地说,中外文学关系研究仍属于传统范型,面临着新问题与新观念的挑战。我们在第三种甚至第四种模式的时代留守在类似于巴斯奈特所谓的"史前恐龙"[5]的第一种模式的研究

5. Susan Bassnett, *Comparative Literature: A Critical Introduction*, p.5.

领域,是需要勇气与毅力的。伴随着国际学术共同体间的密切互动与交流,北美比较文学的越界意识也在 20 世纪末期旅行到了中国。虽然目前国内比较文学也整合了文化批评的理论方法,跨越了既往单一的文学学科疆界,开掘了许多富于活力和前景的学术领域,但这些年来比较文学领域并不景气:一方面是研究的疆界在扩大也在不断消解,另一方面是不断出现危机警示与

研究者的出走。在这个大背景下，从事我们这套丛书写作的作者大多是一些忠诚的留守者，大家之所以继续这个领域的研究，不是因为盲目保守，而是因为"有所不为"。首先，在前辈学人累积的深厚学术传统上，埋头静心、勤勤恳恳地在"我们自己的比较文学"领地里精心耕作，在喧嚣热闹的当下，这本身就是一种别具意味的学术姿态。同时，在硕果纷呈的比较文学研究领域，中外文学关系问题始终是一个基础但又重要的问题，不断引起关注，不断催生深入研究，又不断呈现最新成果，正如目前已推出的这套丛书所展示的，其研究写作不仅在扎实的根基上，对中外文学交流史的论题领域有所拓展，在理论与方法探索上也通过积极吸收、整合其他领域的成果而有所推进。最后，在中国作为新崛起的世界经济大国的关键历史节点上重新思考中外文学关系问题，直接关涉到中外文学关系研究的学科自觉。这事实上是一个如何在世界文学图景中重新测绘"中国文学"的问题，也即当代中国文学如何在世界中重新创造自己的身份和位置。通过中外文学关系研究，我们可以重新提炼和塑造中国文学、文化的精神感召力、使命感和认同感，在当代世界的共同关注点上，以文学为价值载体去发现不同文化之间交往的可能和协商空间，进而参与全球新的世界观的形成。

三

中外文学关系研究，就学科本质属性而言，属实证范畴，从比较文学研究传统内部分类和研究范式来看，归于"影响研究"，所以重"事实"和"材料"的梳理。对中外文学关系史、交流史的整体开发，就是要在占有充分、完整材料的基础上，对双向"交流"、"关系""史"的演变、沿革、发展作总体描述，从而揭示出可资今人借鉴、发展民族文学的历史经验和历史规律，因此它要求拥有可信的第一手思想素材，要求资料的整一性和真实性。

中外文学关系研究的开发、深化和创新，离不开研究理论方法的提升与原理范式的探讨。某种新的研究理念和理论思路，有助于重新理解与发掘新的文学关系史料，而新的阐释角度和策略又能重构与凸显中外文学交流的历史图景，从而将中外文学关系的研究向新的深度开掘。早在新时期我国比较文学举步之时和复兴之初，我国前辈学者季羡林、钱锺书等就卓有识见地强调"清理"中外文学关系的重要性和必要性，把它提到中国比较文学特色建设和拥有比较文

学研究"话语权"的高度。[1]30 年来，我国学者在这方面不断努力，在研究的观念与方法上进

1.20 世纪 80 年代初，钱锺书先生就提出："要发展我们自己的比较文学研究，重要的任务之一就是清理一下中国文学与外国文学的相互关系。"季羡林在《资

行了深入的探讨。钱林森教授主持的《外国作家与中国文化》丛书，曾经就中外文学关系研究

料工作是影响研究的基础》一文中强调："我们一定要做点扎扎实实的工作，从研究直接影响入手，努力细致地去收集材料，在西方各国之间，在东方各国

中的哲学观照和跨文化文学对话的观念与方法进行过有益的尝试与实践。其具体思路主要体现

之间，特别是在东方与西方之间，从民间文学一直到文人学士的个人著作中去搜寻直接影响的证据，爬罗剔抉，刮垢磨光，一定要有根有据，决不能捕风捉影。

在如下五个方面：

然后在这个基础上归纳出有规律性的东西。"他明确反对"那些一无基础、二无材料，完全靠着自己的'天才'、'灵感'，率而下笔，大言不惭，说句难

　　1）依托于人类文明交流互补基点上的中外文化和文学关系课题，从根本上来说，是中外

听的话，就是自欺欺人的所谓平行发展的研究"。参见王向远：《中国比较文学研究二十年》，第 9 页，南昌：江西教育出版社，2003 年版。

哲学观、价值观交流互补的问题，是某一种形式的精神交流的课题。从这个意义上看，研究中

外文化、文学相互影响，说到底，就是研究中外思想、哲学精神相互渗透、影响的问题，必须

作哲学层面的审视。2）考察两者接受和影响关系时，必须从原创性材料出发，不但要考察外

国作家、外国文学对中国文化精神的追寻，努力捕捉他们提取中国文化（思想）滋养，在其创

造中到底呈现怎样的文学景观，还要审察作为这种文学景观"新构体"的外乡作品，又怎样反

转过来向中国文学施于新的文化反馈。3）今日中外文学关系史建构，不是往昔文学史的分支

研究，而是多元文化共存、东西哲学互渗时代的跨文化比较文学研究重构。比较不是理由，比

较中达到对话并且通过对话获得互识、互证、互补的成果，才是中外文学关系研究学理层面的

应有之义。4）中外文学和文化关系研究课题，应以对话为方法论基点，应当遵循"平等对话"

的原则。对研究者来说，对话不止是具体操作的方法论，也是研究者一种坚定的立场和世界观，

一种学术信仰，其研究实践既是研究者与研究对象跨时空跨文化的对话，也是研究者与潜在的

读者共时性的对话，通过多层面、多向度的个案考察与双向互动的观照、对话，激活文化精魂，

进一步提升和丰富影响研究的层次。5）对话作为方法论基点来考量的意义在于，它对以往"影

响研究"、"平行研究"两种模式的超越。这对所有致力于中外文学关系的研究者来说，都是

一种富有创意的、富有挑战性的学术探索。

　　从学术史角度看，同一课题的探讨经常表现为研究不断深化、理路不断明晰的过程。中外

文学关系史研究在中国比较文学界已有多年的历史，具有丰厚的学术基础。《中外文学交流史》

丛书是在以往研究基础上的又一次推进，具有更高标准的理论追求。钱林森主编在 2005 年编

委会上将丛书的学术宗旨具体表述为：

　　　　丛书立足于世界文学与世界文化的宏观视野，展现中外文学与文化的双向多层次

　　交流的历程，在跨文化对话、全球一体化与文化多元化发展的背景中，把握中外文学

相互碰撞与交融的精神实质：1）外国作家如何接受中国文学，中国文学如何对外国作家产生冲击与影响？具体涉及到外国作家对中国文学的收纳与评说，外国作家眼中的中国形象及其误读、误释，中国文学在外国的流布与影响，外国作家笔下的中国题材与异国情调等等。2）与此相对的是，中国作家如何接受外国文学，对中国作家接纳外来影响时的重整和创造，进行双向的考察和审视。3）在不同文化语境中，展示出中外文学家就相关的思想命题所进行的同步思考及其所作的不同观照，可以结合中外作品参照考析，互识、互证、互补，从而在深层次上探讨出中外文学的各自特质。4）从外国作家作品在中国文化语境（尤其是 20 世纪）中的传播与接受着眼，试图勾勒出中国读者（包括评论家）眼中的外国形象，探析中国读者借鉴外国文学时，在多大程度上、何种层面上受制于本土文化的制约，以及外国文学在中国文化范式中的改塑和重整。5）论从史出，关注问题意识。在丰富的史料基础上提炼出展示文学交流实质与规律的重要问题，以问题剪裁史料，构建各国别语种文学交流史的阐释框架。6）丛书撰写应力求反映出国际比较文学界近半个世纪相关研究成果和我国比较文学 20 多年来发展的新成果。

四

在已有成果基础上从事中外文学关系史研究，要求我们要有所反思与开辟。这是该丛书从规划到研究，再到写作，整个过程中贯穿的思路。中外文学关系研究，涉及基本概念、史料与研究范型三方面的问题。

首先是基本概念。

中外文学关系，顾名思义，研究的是"关系"，其问题的重心在中国文学的世界性与现代性问题。在此前提下进行细分，所谓中外文学关系的历史叙述，应该在三个层次上展开：1）中国与不同国家、地区、语种文学在历史中的交流，其中包括作家作品与思潮理论的译介、作家阅读与创作的"想象图书馆"、个人与团体的交游互访等具体活动等。2）中外文学相互影响相互创造的双向过程，诸如中国文学接受外国文学并从与外国文学的交流中获得自我构建与自我确认基础，中国文学以民族文学与文学的民族个性贡献并参与不同国家、地区、语种文学创造等。3）存在于中外文学不同国家、地区、语种文学之间的世界文学格局，提出"跨文学空间"的概念，并将世界文学建立在这样一种关系概念上，而不是任何一种国家、地区、语种文学的普世性霸权上。

中外文学关系研究"中外文学"的关系，另一个必须厘清的概念是"中外文学"：1）中外文学关系不仅是研究"之间"的关系，更重要的是研究不同国家、地区、语种文学各自的文学史，比如研究法国文学对中国现代文学的影响，真正的问题在中国现代文学，反之亦然。2）中外文学关系在"中"与"外"二元对立框架内强调双向交流的同时，也不能回避中国立场。首先，中外文学研究表面上看是双向的、中立的，实际上却有不可否认的中国立场甚至可以说是中国中心。因此"中外文学"提出问题的角度与落脚点都应是中国文学。3）中国立场的中外文学关系研究的理论指归在于中国文学的世界性与现代性问题。它包括两个层次的意义：中国在历史上是如何启发、创造外国文学的；外国文学是如何构筑中国文学的世界性与现代性的。

中外文学关系基本概念涉及的最后一个问题是"史"。中外文学关系史属于文学史的范畴，它关系到某种时间、经验与意义的整体性。纯粹编年性地记录曾经发生过的文学交流事件，像文学旅行线路图或文学流水账单之类，还不能够成为文学交流史。中外文学交流史"史"的最基本的要求在于：1）文学交流史必须有一种时间向度的研究观念，以该观念为尺度，或者说是编码原则，确定文学交流史的起点、主要问题、基本规律与某种预设性的方向与价值。2）可能成为中外文学关系史的研究观念的，是中国文学的世界性与现代性问题。中国文学是何时、如何参与、如何接受或影响世界文学的，世界性因素是何时并如何塑造中国文学的。3）中外文学交流史表现为中国文学在中外文学交流中实现世界性与现代性的过程。中国文学的世界化分两个阶段，汉字文化圈内东亚化与近代以来真正的世界化，中国文学的世界化是与中国文学的"现代化"同时出现的。

其次是史料问题。

史料是研究的基础。研究的成败，从某种意义上说，取决于史料的丰富与准确程度。史料是多年研究积累的成果，丰富是量上的要求；史料需要辨伪甄别，尽量收集第一手资料，这是对史料的质上的要求。史料自然越丰富越好，但史料的发现往往是没有止境的，所以史料的丰富与完备是相对的，关键看它是否可以支撑起论述。因此，研究中处理史料的方式，不仅是收集，还有在特定研究观念下剪裁史料、分析史料。

没有史料不行，仅有史料又不够。中外文学关系史研究在国内，已有多年的历史，但大多数研究只停留在史料的收集与叙述上，丛书要在研究上上一个层次，就不能只满足于史料的收集、整理、叙述。中外文学关系的研究与写作应该分为三个层次：第一个层次，掌握资料来源并尽量收集第一手的资料，对资料进行整理、分析、阐释，从中发现一些最基本的"可研究的"问题。第二个层次是编年史式资料复述，其中没有逻辑的起点与终点，发现的最早的资料就是起点，该起点是临时的，随着新资料的发现不断向前推，重点也是临时的，写到哪里就在哪里结束。第三个层次是使文学交流史具有一种"思想的结构"。在史料研究基础上形成不同专题的文学交流史的"观念"，并以此为线索框架设计文学交流史的"叙事"。

最后，中外文学交流研究的第三大问题是研究范型。学术创新的途径，不外乎新史料的发现、新观念与新的研究范型的提出。

研究范型是从基本概念的确立与史料的把握中来的。问题从何处来，研究往何处去。研究模式包括基本概念的确立、史料的收集与阐发、研究方法的选择等内容。任何一项研究，都应该首先清醒地意识到研究模式，说到底，就是应该明确"研究什么"和"如何研究"。研究的基本概念划定了我们研究的范围，而从史料问题开始，我们已经在思考"如何研究"了。

中外文学交流作为一个走向成熟的研究领域，必须自觉到撰写原则或述史立场：首先应该明确"研究什么"。有狭义的文学交流与广义的中外文学交流。狭义的文学交流，仅研究文学与文学的交流，也就是说文学范围内作家作品、思潮流派的交流，更多属于形式研究范畴，诸如英美意象派与中国古典诗词、《雷雨》与《俄狄浦斯王》；广义的文学交流史，则包括文学涉及的广泛的社会文化内容，文本是文学的，但内容与问题远超出文学之外，比如"启蒙作家的中国文化观"。本书的研究范围，无疑属于广义的中外文学交流。所谓中外文化交流表现在文学活动中的种种经验、事实与问题，都在研究之列。

但是，我们不能始终在积极意义上讨论影响研究，或者说在积极意义上使用影响概念，似乎影响与交流总是值得肯定的。实际上，对文学活动中中外文化交流的研究，现有两种范型：一种是肯定影响的积极意义的研究范型，它以启蒙主义与现代民族文学观念作为文学交流史叙事的价值原则，该视野内出现的问题，主要是一种文学传统内作家作品与社团思潮如何译介、传播到另一种文学传统，关注的是不同语种文学可交流性侧面，乐观地期待亲和理解、平等互惠的积极方面，甚至在潜意识中，将民族主义自豪感的确认寄寓在文学世界主义想象中，看中国文学如何影响世界。我们以往的中外文学关系研究，大多是在这个范型内进行的。另一种范型关注影响的负面意义，解构影响中的"霸权"因素。这种范型以后现代主义或后殖民主义观念为价值原则，关注不同文学传统的不可交流性、误读与霸权侧面。怀疑双向与平等交流的乐观假设，比如特定文学传统之间一方对另一方影响越大，反向影响就越小，文学交流往往是动摇文学传统的霸权化过程；揭示不同语种文学接触交流中的"背叛性"因素与反双向性的等级结构，并试图解构其产生的社会文化机制。

中外文学关系研究的开发、深化和创新，离不开研究理论方法的提升与原理范式的研讨。某种新的研究理念和理论思路，有助于重新理解与发掘新的文学关系史料，而新的阐释角度和策略又能重构与凸显中外文学交流的历史图景，从而将中外文学关系的"清理"和研究向新的深度开掘。以往的中外文学交流研究，关注更多的是第一种范型内的问题，对第二种范型内的问题似乎注意不够。丛书希望能够兼顾两种范型内的问题。"平等对话"是一种道德化的学术理想，我们不能为此掩盖历史问题，掩盖中外文学交流上的种种"不平等"现象，应分析其霸权与压制、他者化与自我他者化、自觉与"反写"（Write Back）的潜在结构。

同时，这也让我们警觉到我们的研究范型中可能潜在着的一个矛盾：怎能一边认同所谓"中国立场"或"中国中心"，一边又提倡"世界文学"或"跨文学空间"？二者之间是否存在着某种对立？实际上在中国文学的世界性与现代性问题前提下叙述中外文学交流，中国文学本身就处于某种劣势，针对西方国家所谓影响的"逆差"是明显的。比如说，关于中国文学对西方文学的影响，我们可以以一个专题写成一本书，而西方文学对中国现代文学的影响，则是覆盖性的，几乎可写成整部文学史。我们强调"中国立场"本身就是一种"反写"。另外，文学史述实际上根本不存在一个超越国别民族文学的普世立场。启蒙神话中的"世界文学"或"总体文学"，包含着西方中心主义的霸权。或许提倡"跨文学空间"更合理。我们在"交流"或"关系"这一"公共空间"内讨论问题，假设世界文学是一个多元发展、相互作用的系统进程，形成于跨文化跨语种的"文学之际"的"公共领域"或"公共空间"中。不仅西方文学塑造中国现代文学，中国文学也在某种程度上参与构建塑造西方现代文学。尽管不同国家、民族、地区的文学交流存在着"不平等"的现实，但任何国家、民族、地区的文学都以自身独特的立场参与塑造世界文学，而世界文学不可能成为任何一个国家、民族或语种文学扩张的结果。

我们一直在试图反思、辨析、确立中外文学交流研究的基本概念、方法与理论范型，并在学术史上为本套丛书定位。所谓研究领域的拓展、史料的丰富、问题域的明确、问题研究的深入、中外文学交流整体框架的建构，都将是本套丛书的学术价值所在。我们希望本套丛书的完成，能够推进中国比较文学界中外文学关系研究领域走向成熟。这不仅是个人研究的自我超越问题，也是整个比较文学研究界的自我超越问题。

五

钱林森教授将中外文学交流研究的问题细化为五大类，前文已述。这五大类问题构成中外文学交流史的基本问题域，每一卷的写作，都离不开这五大类基本问题。反思这套丛书的研究与写作，可以使我们对中外文学交流史的研究范型有一个基本的把握。在丛书写作的过程中，钱林森教授不断主持有关中外文学关系史的笔谈，反思中外文学关系研究的基本问题与理论范式，大部分参与丛书写作的学者都从不同角度发表了具有建设性的思考，引起了国内学术界的关注。

其中，王宁教授从国家文化战略的高度理解中外文学关系史研究，认为："探讨中国文化和文学在国外的接受和传播，应该是新世纪中国比较文学学者研究的一个重要课题，通过这一课题的研究，不仅可以从根本上打破中外文学关系研究领域内长期存在的西方中心主义思维定势，使得中国学者的民族自尊心和自豪感大大地提升，而且也有助于中国文化走出去战略的实施。在这方面，比较文学学者应该先行一步。"王宁先生高蹈，叶隽先生务实，追问作为科学范式的文学关系研究的普遍有效性问题，他从三个方面质疑比较文学学科的合法性：一是比较文学的整体学术史意识，二是比较文学的思想史高度，三是比较文学作为一门具体学科的"文史根基"与方寸。葛桂录教授曾对史料问题做过三方面的深入论述：一是文献史料，二是问题域，三是阐释立场。"从比较文学学科的传统研究范式来看，中外文学关系研究属于'影响研究'

范畴，非常关注'事实材料'的获取与阐释。就其学科领域的本质属性来说，它又属于史学范畴。而文献史料的搜集、鉴辨、理解与运用，是一切历史研究的基础性工作。力求广泛而全面地占有史料，尽可能将史料放在它形成和演变的整个历史进程中动态地考察，分辨其主次源流，辨明其价值与真伪，是中外文学关系研究永远的起点和基础。"缺少史料固然不行，仅有史料又十分不够。中外文学关系研究"问题意识"必不可少，问题是研究的先导与指南。葛桂录教授进一步论述："能否在原典文献史料研究基础上，形成由一个个问题构成的有研究价值的不同专题，则成为考量文学关系研究者成熟与否的试金石。在文学关系研究的'问题域'中进而思考中外文学交往史的整体'史述'框架，展现文学交流的历史经验与历史规律，揭示出可资后人借鉴、发展本民族文学的重要路径，又构成中外文学关系研究的基本目标。"

文献史料、问题域、阐释立场是中外文学关系研究的三大要素。文献史料的丰富、问题域的确证、研究领域的拓展、观念思考的深入，最终都要受研究者阐释立场的制约。中外文学关系研究，理论上讲当然应该是双向的、互动的。但如要追寻这种双向交流的精神实质，不可避免地要带有某种主体评价与判断。对中国学者来说，就是展现着中国问题意识的中国文化立场。"中外文学"提出问题的出发点与归宿都指向中国文学。这样看来，中外文学关系研究的理论关注点，在于回答中国文学的世界性与现代性问题。也就是，中国文学（文化）在漫长的东西方交流史上是如何滋养、启迪外国文学的；外国文学是如何激活、构建中国文学的世界性与现代性的。这是我们思考中外文学交流史的重要前提，尤其是要考虑处于中外文学交流进程中的中国文学是如何显示其世界性，构建其现代性的。

六

乐黛云先生在致该丛书编委会的信中，提出该丛书作为中外文学关系研究的"第三波"的高标："如果说《中国文学在国外》丛书是第一波，《外国作家与中国文化》是第二波，那么，《中外文学交流史》则应是第三波。作为第三波，我想它的特点首先应体现在'交流'二字上。它不单是以中国文学为核心，研究其在国外的影响，也不只是以外国作家为核心讨论其对中国文化的接受，而是要着眼于'双向阐发'，这不仅要求新的视角，也要求新的方法；特别是总的说来，中国文学对其他文学的影响多集中于古代文学，而外国文学对中国文学的影响却集中于现代文学。如何将二者连缀成'史'实在是一大难点，也是'交流史'能否成功的关键。"

本套丛书承载着中国比较文学百年学术史的重要使命，它的宏愿不仅在描述中国与世界主要国家的文学关系，还在以汉语文学为立场，建构一个"文学想象的世界体系"。中外文学交流史的研究要点在"文学交流"，因此研究的核心问题是"双向阐发"，带着这个问题进入研究，中外文学关系就不是一个简单的译介、传播的问题，中外文学相互认知、相互影响与创造才是问题的关键。严绍璗先生在致主编钱林森的信中，进一步表达了他对本丛书的学术期望，文学交流史研究应该"从一般的'表象事实'的描述深入到'文学事实'内具的各种'本相'的探讨和表达"：

> 我期待本书各卷能够是以事实真相为基础，既充分展现中华文化向世界的传播，又能够实事求是地表述世界各个民族文化对中华文化和中华文明丰富多彩性的积极的影响，把"中外文学关系"正确地表述为中国和世界文化互动的历史性探讨。"文学关系"的研究，习惯上经常把它界定在"传播学"和"接受学"的层面上考量，三十年来比较文学的研究，特别是中国比较文学研究，事实上已经突破了这样一些层面而推进到了"发生学"、"形象学"、"符号学"、"阐释学"和"叙事学"等等的层面中。在这些层面中推进的研究，或许能够更加接近文学关系的事实真相并呈现文学关系的内具生命力的场面。我期待着新撰的《中外文学交流史》各卷，能够从一般的"表象事实"的描述深入到"文学事实"内具的各种"本相"的探讨和表达。

2005年南京会议之后，丛书的编写工作正式启动，国内著名学者吕同六、李明滨、赵振江、郁龙余、郅溥浩、王晓平等先生慷慨加盟，连同其他各位中青年学者，共同分担《中外文学交流史》丛书的写作。吕同六先生曾主持中意文学交流卷，却在丛书启动不久仙逝，为本丛书留下巨大的遗憾。在丛书编写过程中，有人去了有人来，张西平、刘顺利、梁丽芳、马佳、齐宏伟、杜心源、叶隽先生先后加入本套丛书，并贡献出他们出色的成果。

在整个研究写作过程中，国内外许多同行都给予我们实际的支持与指导，我们受用良多。南京会议之后，编委会又先后在济南、北京、厦门、南京召开过四次编委会，就丛书编写的具体问题进行讨论，得到山东教育出版社的一贯支持。丛书最初计划五年的写作时间，当时觉得已足够宽裕，不料最终竟然用了九年才完成，学术研究之漫长艰辛，由此可见一斑。丛书完成了，各卷与作者如下：

(1)《中国 - 阿拉伯卷》（郅溥浩、丁淑红、宗笑飞 著）

(2)《中国 - 北欧卷》（叶隽 著）

(3)《中国 - 朝韩卷》（刘顺利 著）

(4)《中国 - 德国卷》（卫茂平、陈虹嫣等 著）

(5)《中国 - 东南亚卷》（郭惠芬 著）

(6)《中国 - 俄苏卷》（李明滨、查晓燕 著）

(7)《中国 - 法国卷》（钱林森 著）

(8)《中国 - 加拿大卷》（梁丽芳、马佳 主编）

(9)《中国 - 美国卷》（周宁、朱徽、贺昌盛、周云龙 著）

(10)《中国 - 葡萄牙卷》（姚风 著）

(11)《中国 - 日本卷》（王晓平 著）

(12)《中国 - 希腊、希伯来卷》（齐宏伟、杜心源、杨巧 著）

(13)《中国 - 西班牙语国家卷》（赵振江、滕威 著）

(14)《中国 - 意大利卷》（张西平、马西尼 主编）

(15)《中国 - 印度卷》（郁龙余、刘朝华 著）

(16)《中国 - 英国卷》（葛桂录 著）

(17)《中国 - 中东欧卷》（丁超、宋炳辉 著）

本套丛书的意义，就在于调动本学科研究者的共同智慧，对已有成果进行咀嚼和消化，对已有的研究范式、方法、理论和已有的探索、尝试进行重估和反思，进行过滤、选择，去伪存真，以期对中外文学关系本身，进行深入研究和全方位的开发，创造出新的局面。

钱林森、周宁

前言

一

　　中外文学关系史研究在中国比较文学界已有多年的历史，学术基础丰厚。在已有成果基础上展开我们的研究，要求我们要有所反思与开辟，不仅要在史料的丰富、问题研究的深入上有所进步，还应该在研究的理论与方法上，有自觉而系统的反思，构建出中外文学交流史的基本框架。"中美文学交流史"的研究者主要对中美文学关系的基本概念、史料整理与分析、研究范型的确立等三个方面的问题做了深入的思考。

　　中外文学关系史或交流史研究，就学科本质属性而言，属史学范畴，从比较文学研究传统内部分类和研究范式来看，归于"影响研究"，所以重"事实"和"材料"的梳理。对中外文学关系史、交流史的整体开发，就是要在占有充分、完整材料基础上，对双向"交流"、"关系"、"史"的演变、沿革、发展作总体描述，从而揭示出可资今人借鉴、发展民族文学的历史经验和历史规律，因此它要求拥有可信的第一手思想素材，要求资料的整一性和真实性，掌握丰富的原典材料，永远是此种研究的起点和基础，是最需要研究者下工夫的所在。前辈学者在这方面积累的经验、使用的方法永远没有过时。早在 20 世纪我国比较文学举步之时和复兴之初，我国前辈学者季羡林、钱锺书等就卓有识见地强调"清理"中外文学关系的重要性和必要性，把它提到创立中国比较文学特色建设和拥有比较文学研究"话语权"的高度。[1]

1. 20 世纪 80 年代初钱锺书先生就提出："要发展我们自己的比较文学研究，重要的任务之一就是清理一下中国文学与外国文学的相互关系。"季羡林在《资料工作是影响研究的基础》一文中强调："我们一定先作点扎扎实实的工作，从研究直接影响入手，努力细致地去收集材料，在西方各国之间，在东方各国之间，特别是在东方与西方之间，从民间文学一直到文人学士的个人著作中去搜寻直接影响的证据，爬罗剔抉，刮垢磨光，一定要有根有据，决不能捕风捉影。然后在这个基础上归纳出有规律性的东西。"他明确反对"那些一无基础，二无材料，完全靠着自己的'天才'、'灵感'，率而下笔，大言不惭，说句难听的话，就是自欺欺人的所谓平行发展的研究"。参见王向远：《中国比较文学研究二十年》，第 9 页，南昌：江西教育出版社，2003 年版。

　　然而，"中美文学交流史"的研究，最终毕竟落实在"史"上，但"史"又不等于"史料"。史料是研究的基础，"史"从某种意义上说就决定于史料的丰富与准确程度。但是，没有史料不行，仅有史料又不够。中外文学关系史研究在国内，已有多年的历史，但大多数研究只停留在史料的收集与叙述上。"中美文学关系史"的研究没有只满足于史料的收集、整理与叙述，而是在特定研究观念下剪裁史料、分析史料，从而在研究上上了一个层次。史料是多年研究积累的成果，丰富是量上的要求；史料需要辨伪甄别，因此要尽量做到收集第一手资料，这是对史料的质上的要求。史料自然越丰富越好，但史料的发现往往是没有止境的，所以史料的丰富与完备是相对的，关键看它是否可以支撑起论述。在"中美文学交流史"的写作中，研究者对于史料的处理分为三个层次：一是掌握资料来源并尽量收集第一手的资料。对资料进行整理、分析、阐释，从中发现一些最基本的"可研究的"问题。比如，对于中美两国最早的接触的相关史料，我们可以追溯到中国的晚清时代，而彼此间接触的途径则主要依赖往来于两国间的各类人士的口传与有限的文字资料，中美之间才由完全的隔离到逐步勾勒出对彼此的模糊印象（参见第一章第一节）。通过对这些资料的整理、分析，可以帮助我们去想象中美两国接触时特定的历史氛围，进而确定"中美文学交流史"研究的起点。第二个层次是编年史式资料复述，其中没有逻辑的起点与终点，发现的最早的资料就是起点，该起点是临时的，随着新资料的发现不断向前推，终点也是临时的，写到哪里，就在那里结束。第三个层次是使"中美文学交流史"具有一种"思想的结构"。在史料研究基础上形成不同专题的文学交流史的"观念"，并以此为尺度规划"中美文学交流史"的"问题域"，并在"问题域"中思考文学交流史的整体的"叙事"框架。

没有史料不行，仅有史料又不够。问题是研究的先导，必须有问题，否则就陷入史料不见天日。在扎实的史料研究基础上，"中美文学交流史"的基本论题涵盖了五个方面：（1）美国作家如何接受中国文学，中国文学如何对美国作家产生冲击与影响？具体涉及到美国作家对中国文学的收纳与评说，美国作家眼中的中国形象及其误读、误释，中国文学在美国的流布与影响，美国作家笔下的中国题材与异国情调等等。"一战"前夕，美国意象派诗人极为推崇中国古典诗歌及诗学，形成了二者间相互交流和相互影响的引人注目的现象。但是，中国和美国在文化传统方面的迥异，使彼此间的交流图景颇为复杂："既有在不同时代背景下两国诗歌相互间的广泛译介与传播，双方诗学的相互对话与交融，也有因为语言文化的隔阂而造成的误解与遗憾，还有由于意识形态等原因导致的撞击与冲突等。"以中西文化的平等交流与对话为基础，回顾和审视中美诗歌交流的世纪历程，无疑是中西比较文学和比较文化研究中的一个重要课题。（参见第一章第三节）（2）与此相对的是，中国作家如何接受美国文学，对中国作家接纳外来影响时的重整和创造，进行双向的考察和审视。20 世纪二三十年代，"美国现代戏剧之父"尤金·奥尼尔在美国戏剧界取得的成就以及造成的影响，"几乎在同一时间，就传入大洋彼岸的异质文化圈内，并且得到了热烈的回应"，"在中国，奥尼尔的影响和启迪，几乎贯穿了整个中国现代戏剧发展的进程"，洪深、曹禺和李龙云的部分创作实践体现了这种复杂的互动关系。但是，"奥尼尔对于中国现代戏剧的影响结果，并非中美文化'杂交'后的戏剧'混血儿'，更多的是一种'启示'——为中国现代戏剧的进一步发展贡献了一块可供熔铸的基石；而中国戏剧家们在这个基础上的创造性成果，反过来也为'世界'现代戏剧艺术谱系增添了无可替代的东方戏剧艺术精神"。（参见第四章第四节）（3）在中美不同的文化语境中，展示出中美文学家在相关的思想命题所进行的同步思考及其所作的不同观照，可以结合中外作品参照考析，互识、互证、互补，从而在深层次上探讨出中美文学的各自特质。对于梅兰芳在 1930 年成功地访美演出，中西方知识界提供了几乎是截然相反的反应，这种歧异的背后实际上纠缠着中美两国各自繁复的文化语境。把梅兰芳的成功放置到西方人对于中国戏曲的矛盾态度和西方戏剧文化观念的变迁中去审视，就会看出中美两国文学艺术在同步思考中的不同观照。（参见第四章第五节）（4）从美国作家作品在中国文化语境（尤其是 20 世纪）中的传播与接受着眼，试图勾勒出中国读者（包括评论家）眼中的美国形象，探析中国读者借鉴美国文学时，在多大程度上、何种层面上受制于本土文化的制约，及其美国文学在中国文化范式中的改塑和重整。辛克莱在 20 世纪 30 年代受到中国"左翼"作家的重视，根本的原因在于，辛克莱对于其自身所处社会及其资本主义罪恶本质的揭露与批判，似乎更能显示出资本主义腐朽体制的普遍性，同时也昭示着无产阶级革命的正义性与必然性，这些正是 30 年代中国的"左翼"文坛所迫切需要的。辛克莱在 20 世纪 30 年代的中国的引介与挪用，正是出于一种本土语境的制约与形塑。（参见第三章第四节）（5）论从史出，正是在丰富的史料基础上，该研究提炼出了展示中美文学交流实质与规律的重要问题，并以问题剪裁史料，进而构建出"中美文学交流史"的阐释框架。

　　研究领域的拓展、史料的丰富、问题域的明确、理论研究的深入，最终还是要落实到"中美文学交流史"整体框架的建构上。中美文学关系史属于文学史的范畴，它关系到某种时间、经验与意义的整体性。纯粹编年性地记录曾经发生过的文学交流事件，像文学旅行线路图或文学流水账单之类，还不能够成为文学交流史。在"中美文学交流史"的写作中，研究者们对于"史"的凸显体现在以下三个方面：（1）"中美文学交流史"的研究观念有一种时间向度，即从晚清到当代，以该观念为尺度，或者说是编码原则，确定出了"中美文学交流史"的起点、主要问题、基本规律与某种预设性的方向与价值。（2）成为中美文学关系史的研究观念的，是中国文学的世界性与现代性问题。（3）"中美文学交流史"表现为中国文学在中外文学交流中实现世界性与现代性的过程。研究者在此前提下进行细分，把中美文学关系史的历史叙述在三个层次上展开：首先，中国与美国文学在历史中的交流，其中包括作家作品与思潮理论的译介、作家阅读与创作的"想象图书馆"、个人与团体的交游互访等具体活动等。其次，中美文学相互影响相互创造的双向过程，诸如中国文学接受美国文学并从与美国文学的交流中获得自我构建与自我确认基础；中国文学以民族文学与文学的民族个性贡献并参与美国文学创造等。比如梅兰芳的访美演出不仅为美国先锋戏剧家提供了革新的灵感，体现出中国戏剧的现代性与世界性意义，同时也为中国戏剧的现代转型创造了契机。（参见第四章第五节）第三，以中美文学之间的关系作为世界文学格局的某种例证，暗示出"跨文学空间"的研究理念并将世界文学建立在这样一种关系概念上，进而否定了任何一种国家地区语种文学的普世性霸权。这三个层次是同心圆扩展的，涉及到文学与文化不同层面上的意义。

二

　　中外文学关系史研究的开发、深化和创新，离不开研究理论方法的提升与原理范式的研讨。某种新的研究理念和理论思路，有助于重新理解与发掘新的文学关系史料，而新的阐释角度和策略又能重构与凸显中外文学交流的历史图景，从而将中外文学关系的"清理"和研究向新的深度开掘。文学关系研究有两种范型：一种是肯定影响的积极意义的研究范型，它以启蒙主义与现代民族文学观念作为文学交流史叙事的价值原则，该视野内出现的问题，主要是一种文学传统内作家作品与社团思潮如何译介、传播到另一种文学传统，关注的是不同语种文学可交流性侧面，乐观地期待亲和理解、平等互惠的积极方面，甚至在潜意识中，将民族主义自豪感的确认寄寓在文学世界主义想象中。另一种范型关注影响的负面意义，解构影响中的"霸权"因素。怀疑双向与平等交流的乐观假设，比如特定文学传统之间一方对另一方影响越大，反向影响就越小，文学交流往往是动摇文学传统的霸权化过程；揭示不同语种文学接触交流中的"背叛性"因素与反双向性的等级结构，并试图解构其产生的社会文化机制。

　　"中美文学交流史"的写作同时兼顾了两种范型内的问题。就影响的积极意义而言，最突出的例子莫过于"英美意象派在注重从中国古诗和传统诗学中获得力量和启迪的同时，又给予中国新诗以很多启示，帮助催生了中国白话新诗"。"通过意象派而实现的中美诗歌艺术的借鉴与吸收，成了跨越时代、地域、语言和文化而实现异质民族文学交流对话的一个佳例"。（参见第三章第三节）再如自 1909—1929 年间，逐年增多的留美中国学生对于现代中国文化的催生，贡献颇大。在现代中国作家中，"曾经留美的就有胡适、陈衡哲、冰心、康白情、罗家伦、梁实秋、闻一多、林语堂、朱湘、徐志摩、许地山、洪深、李健吾、查良铮（穆旦）、余上沅和熊佛西等等。也正是这批优秀作家的积极努力，现代中国文学才真正展示出了一种全新的面貌，而中美间的文学沟通也才有了某种新的可能"。"早在 1915 年至 1917 年间，胡适就已经开始与其好友梅光迪、朱经农、任鸿隽等人讨论文学革命事宜。1915 年 8 月，美国东部中国留学生成立了'文学科学研究部'，由胡适担任文学委员。在研究部的年会上，胡适撰写了《如何可使吾国语言易于传授》一文，指出文言文是一种'半死的语言'，而称白话文为活的语言，胡适在这个时期的思考无疑成为了其日后提出文学革命主张的理论起点"。因此，可以说"白话文运动发生在中国，但其酝酿却是在大洋彼岸的美国"。（参见第三章第二节）关注影响的负面意义的研究范型则以后现代主义或与后殖民主义观念为价值原则，关注不同文学传统的不可交流性、误读与霸权侧面，交流史上的种种"不平等"现象，分析其霸权与压制、他者化与自我他者化、自觉与"反写"（write back）的潜在结构。比如梅兰芳访美演出成功的原因，"除了京剧的固有的魅力，其深层的文化原因在起着决定性作用——京剧艺术暗合了西方古老的戏剧精神，并为先锋戏剧家们提供了可以借鉴的资源"。"以斯达克·杨为代表的评论家们真正认同的，与其说是京剧，不如说是京剧的演出方式——在梅兰芳的表演中，他们联想到的是西方的古老戏剧传统。""美国的剧评家们，正是由这种相似性出发，在文化认同中发现了与京剧相似的东西，从而赋予了'京剧'或'梅兰芳'以文化他者的意义。这中间隐藏了一个文化价值转换的运作过程。"（参见第四章第五节）

　　然而，在"中美文学交流史"的研究范型中可能潜在着一个矛盾：怎能一边认同所谓"中国立场"或"中国中心"，一边又提倡"世界文学"或"跨文学空间"？二者之间是否存在着某种对立？实际上，当我们的研究者在中国文学的世界性与现代性问题前提下叙述"中美文学交流史"的时候，中国文学本身就已经处于某种劣势，针对西方国家所谓影响的"逆差"是明显的。比如说，关于中国文学对西方文学的影响，我们可以以一个专题写成一本书，而西方文学对中国现代文学的影响，则是覆盖性的，几乎能写成整部文学史。我们强调"中国立场"本身就是一种"反写"。另外，文学史述实际上根本不存在一个超越国别民族文学的普世立场。启蒙神话中的"世界文学"或"总体文学"，包含着西方中心主义的霸权。尽管不同国家民族地区的文学交流存在着"不平等"的现实，但任何国别民族地区文学都以自身独特的立场参与世界文学，而世界文学不可能成为任何一个国家、民族或语种文学扩张的结果。"中美文学交流史"的写作所暗示出的"跨文学空间"更合理。我们在"交流"或"关系"这一"公共空间"讨论问题，假设世界文学是一个多元发展、相互作用的系统进程，形成于跨文化跨语种的"文学之际"的"公共领域"或"公共空间"中。不仅西方文学塑造中国现代文学，中国文学也在某种程度上参与构建塑造西方现代文学，中国古典诗歌对于以庞德为代表的英美意象派的影响就是最好的例证。"庞德从费罗诺萨留下的大批逐字直译汉诗的粗略译文和韦利等的汉诗英译选集中发现了"创新的灵感，"并将其移植到欧美诗坛这块异域土地上，使中国古诗在思想内容和艺术手法等方面对美国和西方的文学艺术及社会生活产生影响，而英美意象派诗歌正可视为从汉诗种子中催生出来的新生植物"。（参见第三章第三节）因此我们可以说，正是通过对于中国文化的误用，才成就了庞德这样的"现代主义"大师，[1] 而探讨西方"现代主义"的历史就不能忽略中国文学的世界性参与。中国文学的世界性与现代性问题，决定了"中美文学交流史"研究的意义。

1. Xiaomei Chen, "Rediscovering Ezra Pound: A Postcolonial 'Misreading' of a Western Legacy", Paideuma, vol. 23, no. 2, 3 (1994), pp. 81—105.

　　研究中外文学关系史，不仅研究文学与文学的交流，也就是说文学范围内作家作品、思潮流派的交流，更多属于形式研究范畴，诸如美国意象派与中国古典诗词、《赵阎王》与《琼斯皇》。还包括文学涉及的广泛的社会文化内容，文本是文学的，但内容与问题远超出文学之外。

　　"中美文学交流史"研究的就是由文学及其涉及到的广泛的社会文化内容的文学交流史。中美文学关系研究中的哲学观照和跨文化对话理论的运用和实践，是研究者们所尝试的研究路径，当然这也是在"影响研究"范围内的一种思考和尝试。该研究具体的思路有这么几方面：（1）依托于人类文明交流互补基点上的中美文化和文学关系课题，从根本上来说，是中美哲学观、价值观交流互补的问题，是某一种形式的哲学课题。从这个意义上看，研究中国文化对美国作家、美国文学的影响，说到底，就是研究中国思想、中国哲学精神对他们的影响，必须作哲学层面的审视。比如爱默生、梭罗对于儒家思想的接受（参见第三章第一节），庞德也曾经深受孔孟哲学等儒家思想的影响（参见第三章第三节），而奥尼尔晚年则迷恋老庄的道家哲学思想等（参见第四章第四节）。（2）该研究在考察两者接受和影响关系时，从原创性材料出发，不但考察了美国作家对中国文化精神的追寻，努力捕捉他们提取中国文化（思想）滋养，在其创造中到底呈现怎样的文学景观，还审察作为这种文学景观"新构体"的美国作品，又怎样反转过来向中国文学施于新的文化反馈。比如汲取了中国文化的西方现代主义文学，在"观念、题材、形式和风格上都具有鲜明的思想特征和艺术特征，力图摆脱西方文学甚至整个西方文化的传统，并进行大胆的试验与创新"。20 世纪 40 年代，T.S. 艾略特、奥登和里尔克等现代派诗人对以"九叶诗人"为代表的青年作家产生了回馈性的影响，这些青年诗人"从西方现代主义吸取艺术观念和表现方法，探寻现代主义与中国现实结合的途径，努力在诗歌的题材、语言和技巧上进行探索"。（参见第四章第六节）（3）该研究不仅涉及到两者在"事实上"接受和怎样接受对方影响的实证研究，还探讨了两者之间如何在各自的创作中构想和重塑新的精神形象，进而涉及到互看、互识、误读、变形等一系列跨文化理论实践和运用。比如，"在中国戏剧非常有限的影响下，美国出现了一种'准中国戏剧'。这类戏剧往往会用涉及'中国'的人事作为题材，在其带有'傲慢与偏见'的叙事中，有意无意地展示出一种含混驳杂的'中国情调'"，借以建构民族的自我认同；（参见第三章第五节）反过来，在 1983 年 3 月，北京人民艺术剧院上演了亚瑟·米勒的作品《推销员之死》，不同的中国受众也通过各自对于该剧的"误读"，找到了表达自我精神结构的出口。（参见第七章第五节）（4）中美文学和文化关系研究课题，遵循了"平等对话"的原则。对研究者来说，对话不止是他们具体操作的方法论，也是研究者所持的一种坚定的立场和世界观，一种学术信仰，其研究实践既是研究者与研究对象跨时空跨文化的对话，也是研究者与潜在的读者共时性的对话，通过多层面、多向度的个案考察与双向互动的观照、对话，激活文化精魂，从而进一步提升和丰富了影响研究的层次。

三

如果说该研究在以往研究基础上有所拓展与深入，那么，主要表现在对系统完整的"中美文学交流史"的建构上。它不仅具有扎实的史料基础、明确的问题域、科学的研究观念与方法，而且，还让文学关系史呈现出某种"思想的立场"来，或者说，用这种"思想的立场"来结构文学史。

文学史实有双重意义，既指实际发生的文学文本与事件，又指确定该文本或事件的意义。文学史本质上是关于文学意义的叙述，而不是关于文学事实的叙述，它不仅发现史实，确定史实，而且要发现史实的原因并解释它。文学意义或观念决定文学史叙述。西方经典的文学关系史研究的前提是现代民族主义与 19 世纪社会科学研究中的进化论（evolutionism）和传播论（diffusionism）背景，诸如"英国文学在法国"或"法国文学在英国"。中美文学关系不仅是研究"之间"的关系，更重要的是研究中美文学各自的文学史，比如研究美国文学对中国现代文学的影响，真正的问题在中国现代文学，反之亦然。中美文学关系研究在"中"与"美"二元对立框架内强调双向交流的同时，也没有回避中国立场。研究者在探讨中美文学关系时，以中国文学为中心，本身就已经假设了一种文学史的立场。

中外文学交流史研究，表面上看是双向的、中立的，实际上却有不可否认的中国立场甚至可以说是中国中心。否则选题的设计为什么总以中国文学为中心，向世界上其他国家语种文学放射比较？因此，"中美文学"提出问题的角度与落脚点都是中国文学的。中国立场的中美文学关系研究的理论指归，在中国文学的世界性与现代性问题。它包括两个层次的意义：中国在历史上是如何启发、创造美国文学的；美国文学是如何构筑中国文学的世界性与现代性的，这就是"中美文学交流史"的意义。该研究正是在这个前提性意义下结构中美文学关系史的。

学术创新的途径，不外乎新史料的发现、新观念与新的研究范型的提出。该研究所体现出来的关于撰写原则或述史立场的界定，实际上是试图提出一套完整合理的中美文学关系史的研究范型，包括其研究前提、方法、价值取向等。不同研究范型的出现与转换，关键意义在于它如何以专业的方式介入现实问题。产生自西方民族国家体系确立时代的比较文学学科，本身就是民族国家意识形态的产物。影响研究的真正命题是确定文学"宗主"，特定文学传统如何影响他人，他人如何从"外国文学"中汲取营养并借鉴经验与技巧；平行研究兴盛于冷战时代，试图超越文学关系的外在的、历史的关联，集中探讨不同文学传统的内在的、美学的、共同的意义与价值。后殖民主义文化批判试图颠覆比较文学研究的价值体系，却没有超越比较文学的

理论前提。[1] 因为比较研究尽管关注不同民族、不同国家文学之间的关系，但其理论前提却是，

1. 陈燕谷指出比较文学的发展"与当时世界的政治、经济和文化状况密切相关"，历史上比较文学已经出现过三种研究模式，"所谓的影响研究发端于民族

不同民族、国家的文学是以语言为疆界的相互独立、自成系统的主体。而且，比较文学研究总

国家在欧洲得到确立的时期，其背后的推动力就是现代民族主义。'莎士比亚在德国'、'歌德在法国'曾经被讥笑为'文学贸易'，但的确是这种模式的

是以本国本民族文学为立场，假设比较研究视野内文学之间的关系，是一种自我与他者的关系，

比较研究的经典性课题。第二个阶段叫平行研究，是冷战时期的主导性研究模式。这个时期的文学研究最忌讳政治、经济或意识形态等'外在因素'的干扰，

只不过影响研究表示顺从与和解。理论发生的文化语境决定理论的意义。后殖民主义文化批判

所以比较文学致力于不同文学的'内在价值'的比较，相应流行的就是'莎士比亚与汤显祖'一类的题目。继之而起的新模式没有一个公认的名称，但是和

强调反写与对抗，在西方文化内部，表现的是开放、宽容的跨文化对话精神，但在其他文化系

所谓的后殖民批评有着明显的关系，甚至可以把后殖民批评称为比较研究的第三种模式。这种模式从后结构理论吸取了'话语'、'权力'等概念，致力于

统内，尤其是自发认同"东方"的文化系统中，这种开放的批判精神，就可能演变成偏狭、封闭、

清算伴随着资本主义扩张的帝国主义和殖民主义，尤其是其文化方面的问题。这种批判的所谓'后'字既有'反对'的意思，也有'在……之后'的意思。

狂热的民族主义态度。后殖民主义文化批判虽批判东方主义的文化霸权，但同时又在同一东西

现在我们也许有理由提出比较研究的第四种模式，也就后殖民批评的假设前提是正式的帝国／殖民主义时代已然成为历史。在第二次世界大战之后这一点已

方二元对立框架内思考问题，不仅认同了这个框架，而且认同了这个框架内所包含的对立与敌

经成为普遍的共识，当时不同政治阵营能够加之于对方的最严厉的谴责莫过于'帝国主义'了。这种共识是后殖民批评能够立于不败之地的先决条件，当'帝

意，而对于"他性"的肯定，依然没有着落。

国'去而复返，上述先决条件不复存在，自然意味着后殖民批评不再具有不证自明的有效性。今天这种情况正在发生，比较研究必须在新帝国条件下重新界

　　全球化时代的文化问题，不是不同文化体系的接触与影响、对峙与冲突，而是文化的互渗

定自己的任务和方向。"参见陈燕谷文：《比较文学与"新帝国文明"》，载《中国社会科学院院报》，2004年2月24日。

与融合。每一种文化都应该具有一个充满活力的开放的空间，它时刻准备跨越本文化的实在论

与本质主义藩篱，向他种文化开放，进入深层的、内在的对话，文化间性的合理秩序是一种"我

与你"的"对话"秩序，我中有你，你中有我，"当'他者'在我之中不会感到被视为异己，

我在'他者'之中也不会感到被视为异己……"[2] 后殖民主义文化批判关注的是不同文化间关

2. [西] 雷蒙·潘尼卡：《宗教内对话》，第11页，王志成、思竹译，北京：宗教文化出版社，2001年版。

系中的陷害与屈辱、冲突与危险的一面，却没有提供一种交往理性、对话精神的可见性前景与

可能性方向。因为不超越主体立场的比较研究，就无法开展立足"文化间性"的跨文化研究。

超越后殖民主义文化批判，探寻真正的"中国问题"与"中国方法"，意味着一次新的学术转

型。从比较文学进入跨文化研究，从影响研究、平行研究，到"间性研究"，学术思想的真正

挑战来自不同文学与文化传统相遇时的"跨越的"、"主体间性"（Trans and Cross、Inter

subjective）的问题。中美文学交流史的写作暗示了这样一个渐进的转型过程，而这也正是汉语

学术界面对西方现代性主流思潮与后殖民主义文化批判的必须的反应。

　　雷蒙·潘尼卡深入思考过"文化间性"问题。在当今世界文化冲突与文化互渗的时代，人

类面对异己文化的五种态度：排外论、包容论、平行论、互相渗透论、多元论，其中互相渗透

论与多元论似乎更接近于理想状态。而实际情况并非如此，互渗共存的境界很好，但实际上难

以实现，不同文化之间本质上具有不相容性与不可通约性；而多元论的本质是一元论的宽容态

度，当今世界具有统治性的文化是西方现代科技文化，它表面上具有理性的宽容的多元文化态

度，在经济全球化浪潮中不断被提倡，在美国、加拿大、澳大利亚等移民国家用来平衡社会的种族结构，但事实是，不管如何多元共荣，在西方现代科技文化主导的全球化浪潮，不管是伊斯兰文化、印度文化、中国文化，还是印地安人文化、毛利人文化，都将必然溶解到西方现代科技文化中。唯一的出路是一种跨文化的间性智慧，将他种文化当作另一个自我，相互沟通、理解、渗透、建构，激发各自的文化创造力。[1]

1. 有关雷蒙·潘尼卡的文化间性哲学与对话理论，可参见雷蒙·潘尼卡著《宗教内对话》与思竹著《巴别塔之后：雷蒙·潘尼卡回应时代挑战》，北京：宗教文化出版社，2004 年版。

"间性哲学"构成跨文化研究的理论基石。如果说比较文学已经经历了"影响研究"、"平行研究"两种模式，呼之即来的第三种模式是"间性研究"。准确地说，"后殖民主义批评"模式只是从"平行研究"到"间性研究"转型的过渡形式，因为研究的理论前提并没有改变。跨文化研究进行的"间性研究"，是人类文化通往间性智慧的理性途径。跨文化研究站在文化间性的乌托邦，研究不同文学与文化传统之间的交流与对话、互渗与建构的方式，反思并质疑不同文学惯例与文化传统的基础；拓展文化间开放的空间，深入到文化间性空间的内在对话层面，思考文化的语言问题，逻各斯（Logos）与迷索斯（Mythos）的问题，语言是存在之屋也是对话之屋。以文学为路径，思考文化间性的语言基础，是文学的跨文化研究最富挑战性的使命。

如何超越后殖民主义文化批判的解构与对峙，进入跨文化研究的间性创造境界？"中美文学交流史"的研究者从不同路径、选择不同个案、从跨文化角度思考当代中国文化的问题。美国文学不同时期的中国形象，不仅意味着该国与中国的双向文化想象关系，更重要的是意味着中国面对西方现代性进行自我确证的双向关系，其中西方现代性具有覆盖性与宰制力量，中国在"自我东方化"中又会将自身置于西方现代性的他者地位；中国的本土形象成为西方的中国形象话语的再生产形式。（参见第一章第四、五节，第三章第五节，第四章第四节）跨文化形象学研究提出"中国形象"的问题，西方的中国形象史研究，建立在"异域形象作为文化他者"的理论假设上，在西方现代性自我确证与自我怀疑、自我合法化与自我批判的动态结构中，解析西方现代的中国形象，在跨文化公共空间中，分析中国形象参与构筑西方现代性经验的过程与方式。"以东西方文化平等交流与对话为基础"，来回顾和审视中美文学交流的世纪历程，从而凸显出当今时代比较文学研究的真正问题，即全球化时代文明与文明之间的对话与和谐。（参见第一章第三节）西方文化在中国的宰制，其实往往落实在本土的权力结构中。中美文学关系研究还在全球化背景中，以批判反思的本土立场，解构"西方强势文化在中国以改头换面的方式，通过某些中介再生产知识、权力的关系的过程"，这种研究观念在某种程度上已经在尝试超越后殖民主义文化批判的二元对峙的思维框架。（参见第三章第六节）

比较文学从"影响研究"到"平行研究"再到"间性研究"，每完成一次转型，每向前跨进一步，都有深刻的现实问题根源。"间性研究"模式出现的问题根源，在于全球化时代导致的文化困境。500年前新航路发现，从那一刻起，人类就已经别无选择，只能以地球为共同的家园，将人类命运捆绑在一起，荣则共荣，毁则俱毁。任何一种文化都不可能像孤岛那样生存，必须面对彼此间的误解与理解、冲突与融合；任何一种文化都必须面对西方现代文化的冲击与挑战，回答"活，还是不活"的哈姆莱特式追问。而唯一的出路是邀请"我"与"你"，在文化间性的创造性空间进行"地域性协商"的深层对话，谋求文化共生共荣的前景。比较文学研究，也必须以专业的方式，参与这一问题的思考。而建立在本质主义实在论假设上的比较研究，将被建立在文化间性哲学基础上的跨文化研究所取代，而跨文化研究本身就是文化间性哲学的实践形式。

从文学交流史研究世界文学，具有真正的现代学术视野；从中外文学交流史切入比较文学与世界文学研究，又创建了中国文学与文学研究的个性。中外文学关系的研究，历来是我国比较文学界重视探讨的课题，我国前辈学者开拓性的建树大多也集中在这一领域的研究，如范存忠、钱锺书、方重等之于中英文学关系，吴宓之于中美，梁宗岱之于中法，陈诠之于中德，季羡林之于中印，戈宝权之于中俄文学关系的研究等等。比较文学在中国复苏、拓展的20年来，中外文学关系研究则是推进我国比较文学学科发展的支撑领域，也是本学科取得最多实绩的研究领域。它所获得的这些丰硕成果，被学术史家视为真正"体现了'我们自己的比较文学'的特色和成就"。[1]"中美文学交流史"的研究与写作，一直在试图反思、辨析、确立中外文学

---

1. 王向远：《中国比较文学研究二十年·前言》，南昌：江西教育出版社，2003年版。

交流史研究的基本概念、方法与理论范型，并努力在学术史上为该研究定位。研究领域的拓展、史料的丰富、问题域的明确、问题研究的深入、中外文学交流史整体框架的建构，都将是中美文学关系研究的学术价值所在。

第一章　　萌芽期：晚清时代的文学交流与异国想象

　　中美之间的文学交流有别于同其他国家的文学互动，一个有着悠久的文学与文化传统的国家同一个历史相对较短的新兴国家之间的交往，本身就存在着非常巨大的落差。从封闭走向逐步开放的中国和以扩张为主要发展取向的美国，其相互间几乎都是在完全陌生的前提下开始彼此的认识与理解的。自中美交往开始，两国间实际上一直在想象与现实之间游走，大清帝国晚期败落的现实境遇同曾经无比辉煌的中华文明形成了巨大的反差。在早期美国人的想象之中，由陆续传入的各式文献典籍所构建起来的中国形象，曾一直是一个遥远、神秘、充满了智慧却又难以理解的异邦，但这种情形到 19 世纪中后期开始发生根本性的变化。

第一节　初识中国文学

中美两国之间的相互了解开始于中国的晚清时代。从 1775 年美国独立战争爆发，到英国 1783 年正式承认美国独立，再到 1787 年美国以其独立的宪法确立起自身的政治体制，处于闭关时期的大清帝国还并不知道美国的存在。18 世纪前期，英属美洲的十三个殖民地的报刊如《波士顿通讯》、《宾夕法尼亚官报》、《弗吉尼亚官报》等曾发表了零星的有关中国的文字，但作为一个国家的中国形象仍旧属于空白。1784 年，当刚刚独立的美国派出商人乘"中国皇后"号来到中国之时，中国人并没有意识到他们与英、法等国的人们有什么区别。中美间的最初了解主要依赖的就只能是往来于两国间的各类人士的口传与有限的文字资料了，也正是借助于早期来华且数量有限的美国人尤其是传教士的介绍，中美之间才由完全的陌生逐步勾勒出了对彼此的最为初级的模糊印象。

一般认为，裨治文（E.C. Bridgman）和雅裨理（David Abeel）是最早来华的美国新教传教士，同时也是对中美文化交流产生过深刻影响的美国人。他们受成立于 1810 年的"美国海外宣道理事会"（American Board of Commissioners for Foreign Missions，简称 ABCFM）的派遣，于 1830 年 2 月来到中国。裨治文来华不久就出版了旨在向中国人全面介绍美国的史地、人文及社会境况等内容的书籍《美理哥合省国志略》。虽然书中所述仍只是美国之"大略"，但它却在打破大清帝国所固有的"世界中心"观念方面起了不可估量的作用。裨治文的另一贡献就是在美国商人奥立芬特（Olyphant）的积极赞助下，于 1832 年 5 月在广州创办了《中国丛报》（月刊）（Chinese Repository，1832—1851，又译《中国文库》）。某种程度上说，正是因为有了《中国丛报》的出现，才真正构架起了中美间文化与文学交流的最初的基石。截止到 1851 年 12 月停刊，《中国丛报》共出刊 20 卷，主要在美、欧及中国华南沿海地区发行，用主编的话讲，该刊的根本意旨就是尽可能全面地收集和传播有关中国的"事实与知识"。[1]

1. E.C. Bridgman, "Intellectual Character of the Chinese", The Chinese Repository, 1832—1851, Canton, Macao, & Hongkong,（简称 CR）, Vol. 7, 8.

《中国丛报》所涉及的内容非常广泛，其上至皇帝谕旨、大臣奏折，下到黎民百姓的日常生活，《中国丛报》不仅见证了鸦片战争的真实历史，而且几乎涵盖了 19 世纪中期近 20 年间中国社会方方面面的具体境况。《中国丛报》的文章经常会被美国的各种杂志（特别是宗教出版物）转载，因此，该杂志在美国曾产生了极其广泛的影响，它甚至对美国政府对华政策的制定，乃至 1844 年中美《望厦条约》中美方条款的提出都发挥过相当重要的作用。《中国丛报》对于中国文学的评介大多夹杂在有关其他问题（如语言或文献介绍）的论述中，可说是向美国传达出的最初步的中国文学信息。裨治文对中国文学的评价基本上还是积极肯定的，比如，他认为：“从汉朝开始，中国历代的文人学士就不知疲倦地在探索诗歌、散文、词曲的创作真谛，使各个时期的文学创作能反映不同时代的社会文化特征，许多作品的思想精华得到了淋漓尽致的体现。”并认为南宋时代的文学家苏东坡，“是思想艺术与文学作品完美结合的典范”。《三国演义》则因其对战乱时代的细腻描述而有了独特的历史价值。[1] 从有限的材料来看，

1. CR. Vol. 11. 1842, p.132—133. 转引自仇华飞《论美国早期的汉学研究》，载《史学月刊》，2000 年第 1 期。

发表于该刊第 11 卷第 4 期上的普鲁士传教士郭实腊（Charles Gutzaff）所撰写的《〈聊斋志异〉，或曰来自聊斋的非凡传奇》一文，可能是最早向美国人介绍中国小说的一篇文章了。郭实腊在该文中概略地介绍了蒲松龄（Pú Tsungling）的生平简况及《聊斋志异》的九篇小说[2]，

2. 这九篇小说分别是：《祝翁》、《张诚》、《曾友于》、《续黄粱》、《瞳人语》、《宫梦弼》、《章阿端》、《云萝公主》和《武孝廉》。

郭实腊的总体评价是，这是一部很有特色的“传奇（legends）”，“主要谈及道家信条（the doctrines of the Táusect）。……这部著作的文体十分令人推崇，其文体以及小说的性质，使其广为传阅。尽管许多传说谈及道家，有时介绍佛家（Budhists）；但它也包括大量精灵（elfs）、仙女（fairies）、盗尸者（ghouls），各色灵怪（spirits），有灵气的动物的精彩描述，以及其它令人惊异的传说”。郭实腊的评介的目的主要是希望借助于这些有关鬼神精怪的奇异故事去理解中国人的精神世界何以会拒绝基督教义的渗透。除此以外，郭实腊还在第 11 卷第 5 期上发表了《红楼梦或梦在红楼》，这也是第一篇向美国人介绍《红楼梦》的文章。不过，出于某种特定的原因，郭实腊阴差阳错地把贾宝玉说成是“一个性情暴躁的女子”，并固执地认为《红楼梦》所写的全都是“琐碎无聊之谈”、“毫无趣味”。[3] 尽管郭实腊对中国古典小说的评价

3. 方汉奇：《中国近代报刊史》（上册），第 17 页，太原：山西人民出版社，1987 年版。

不可避免地受到了语言障碍及基督教文化偏见的影响，而且此类情形在《中国丛报》介绍中国文化的过程中一直时有发生，但作为特定时期的“文化旁观者”，有着良好教育和充分的学术自由的传教士们恰恰提供了一种异质文化的新的观照视角。这种方式既深刻地影响了西方的“汉学”研究，同时也在相当程度上有力地促进了人们对于多元文化形态的更为深切的思考。

4. "List of Protestant Missionaries at the several Ports of China", The Chinese Repository, 1832—1851, Canton, Macao, & Hongkong, Vol. 17,

据《中国丛报》的统计，1848 年在华的传教士共有 77 人，其中美国就有 43 人。[4] 正是因

Feb. 1848, pp.101—103.

为有了这批美国传教士的努力，才初步实现了中美之间最初的文化呼应，如费正清所观察到的

那样，"传教士作者们逐渐地变得欣赏起中国文化传统并被其所影响。他们试图在这种文化中扮演学者的角色，进而影响和改造这种文化。他们发现自己在双向通道上忙碌。他们把中国的形象传递给西方，同时又在帮助形成中国人对外部世界的观点。"[1] 不管从意识形态层面上对于传教士的活动如何评价，我们必须承认的是，如果说中美之间在后世能够逐步建立起日益密切的文学交流关系的话，那么，由传教士们所构筑的这种异质文化互动的平台则无疑为文学的交流奠定了坚实的根基。

1. Suzanne Wilson Barnettand John King Fairbank, *Christianity in China: Early Protestant Missionary Writings*, ed., Harvard University Press, 1985, p.4.

　　卫三畏（Samuel Wells Williama）是继裨治文等人之后来华的又一位美国传教士，他 1833 年 10 月抵华，主要负责协助裨治文编辑《中国丛报》，1876 年返美。43 年中，除了 1844 年短期返美外，一直都生活在中国，他因此被人们公认为是美国传教士在华时日最长的人。卫三畏的诸多有关中国的著作一直是外国人研究中国的必备之书。而他于 1847 年在纽约出版的《中国总论》（*The Middle Kingdom*）则是他的所有著作中最为引人注目的一部。此书是他 1844 年返美期间，为筹集在华出版业务的资金而进行的一百多次演讲的汇编。卫三畏在其初版序言中自陈，这本书最重要的目的就在于"要为中国人民及其文明洗刷掉如此经常地加予他们的那些奇特的、几乎无可名状的可笑印象"，"通过对他们的政府及其行为准则、文学和科举考试的梗概、社会、实业、宗教状况，进行朴实无华的描述，就像讲述其他国家一样，将他们放在适当的位置，这将有助于修正或补充这些观点于万一"。[2] 该书初版于

早期来华的美国传教士卫三畏

2. [美] 卫三畏：《中国总论》，陈俱译，陈绛校，第 1、3 页，上海：上海古籍出版社，2005 年版。

1847 年，后于 1883 年再版时又作了大幅度的修改，主要订

正了初版时的一些不甚准确或比较含混的部分并补充了大量相关的新材料。其中涉及中国文学的论述仍旧与中国古代的其他典籍混合在一起，这一点当然与中国古代自身并未将"文学"作为一种专门的知识门类独立出来有密切的关系。[1]

1. 参见贺昌盛：《晚清民初"文学"学科的学术谱系》，载《学术月刊》，2007 年第 7 期。

卫三畏以一个专章"中国的雅文学"（第十二章）全面讨论了他所接触到的中国文学，其另外一章"中国经典文献"（第十一章）中也有所涉及。他曾引《季度评论》的一篇文章的话说："我们毫不迟疑地承认他们以戏剧、诗和小说组成的纯文学领域，在我们的眼光中总是具有最高的地位；我们应当说，为了以更恰当的方式去熟悉和理解这个民族，欧洲人从道德或物理科学范围可能所获不多，更应该从他们纯文学的取之不尽的宝藏中去探求。"卫三畏的论述主要依据的是《四库全书总目》，所以不可避免地将历史和文学混杂在一起。比如将小说《三国演义》误解为《三国志》等。但他的论述还是具有独到见解的，卫三畏认为，《三国演义》"有其双重性质，时间跨度很长，必然缺少一部小说所应有的整体性。对于中国人，它的魅力在于栩栩如生地描写阴谋与反阴谋，战斗中的相互关系，围攻、退却。书中描绘的人物有着令人钦佩的风度，他们的行为夹杂着有趣的插曲。"卫三畏在书中特意翻译了司徒王允借貂禅离间董卓和吕布的一段故事，并认为书中的人物多数都被神化了，比如关羽演变成了中国神话里的战神，华佗则相当于西方的医药之神埃斯丘拉皮乌斯。卫三畏论述最多的中国小说是《聊斋志异》。他专门翻译了《种梨》和《骂鸭》两篇，并评价说，《聊斋志异》"多数故事很短，几乎不存在虚伪的说教，而可能因败坏道德遭到反对，或是因情节离奇荒谬可笑，这类却占了很大分量"。《种梨》的主题是为了表现"中国人认为道教信徒是主要的魔术家，这部书中有很多故事加以描写，其目的也许在于抬高他们的技巧，增添他们的声誉"。[2]

2. [美] 卫三畏：《中国总论》，陈俱译、陈绛校，第 469、471、482 页，上海：上海古籍出版社，2005 年版。

曾有学者指出："若说此后四十多年，传教士们所写的书籍乃是形成美国对中国、日本和朝鲜的任何正确舆论的唯一根源，实非过甚其辞。在十九世纪的大部分期间，美国人是通过传教士的眼睛来观察亚洲的。"[3]卫三畏对于中国的全面评述在相当程度上修正了西方人对中国

3. [美] 泰勒·丹涅特：《美国人在东亚》，姚曾廙译，第 474 页，北京：商务印书馆，1958 年版。

的偏颇观点，并且首次将中华文明列为了具有自主而完整的体系的文明形态之一。《中国总论》一直被美国人视为研究中国的权威专著，该书以其对中华帝国在政治、经济、文化、自然、历史、艺术及宗教等等方面的全方位论述，成为了后世好几代美国人认识中国的首选范本。他也

4. 李定一：《中美早期外交史》，第 154 页，北京：北京大学出版社，1997 年版。

因此被推为 20 世纪以前"美国唯一的所谓汉学家"。[4]1877 年美国耶鲁大学设立第一个汉学讲座，

聘卫三畏为第一任汉学讲座讲授，这既是对他几十年里汉学研究成就的充分肯定，同时也为美国此后各大学和研究院展开汉学研究奠定了牢固的基础。卫三畏的《中国总论》首次将中国文化与基督教文化并列为处于同等地位的文化形态，这一点对美国后世的汉学研究影响极其深远。

从总体上看，中国文学引起美国人的普遍重视是第二次世界大战以后的事了。早期中国文学在美国的传播主要集中在儒家经典文献、中国古代诗词及明清时代的小说文本等几类。单就小说而言，作为中国古典小说名著的诸多作品，多数都曾以节译或转述等方式被介绍到了美国，其中的重要作品在不同时期还大都有过不同的译本。早期美国人接触中国文学主要有三种渠道：一是通过英国出版的翻译类书籍在美国的引进和再版；二是美国传教士们发表于各类杂志上的对于中国文学的零星介绍和翻译，比如当时在亚洲出版的许多英文杂志如香港的《中国评论》（CRNQ）、《亚东杂志》（EAM）、《北京东方学会杂志》（JPOS）、《皇家亚洲学会华北分会杂志》（NS）、上海的《中国科学美术集志》等等，大都在不同时期刊载过有关《三国演义》、《水浒传》、《聊斋志异》、《搜神记》、《西游记》和"三言二拍"等的摘译或评述，1874 年《中国评论》第 4 卷载科普什选译的《东周列国志》故事还曾把"褒姒"比作是"中国的克里奥帕特拉"；三是借助于早期汉学家的译著或将之转译为英文，英国汉学家鲍康宁（F.W. Baller）所翻译的《好述传》（The Fortunate Union）1904 年由上海美国长老会出版社出版（1911 年修订再版），其中附录有中文原文及注释，德国汉学家卫礼贤所编译的德文版《中国民间故事集》中所收录的作品，多数都曾再次被转译为英文在美国出版，马滕斯（Frederick H. Martens）据卫礼贤德译本转译的《中国神奇故事选》（The Chinese Fairy Book）1921 年由纽约斯托克出版社出版，其中含《西游记》、《列国志》、《封神演义》、《搜神记》、《今古奇观》和杨家将故事等。卫三畏为了配合传教士及外国来华人士学习汉语，曾专门编选了汉语读本的小册子，其中收入了大量的中国小说片段，有很多英文翻译都是从这个小册子里选译的。也就是说，早期真正能够直接阅读中文原文作品的美国人其实是非常少的，这就使得早期中国文学在美国的流传不得不经历一种扭曲乃至再扭曲的过程。此种情形所造成的对于中国文学的误解也就在所难免了。

现有资料表明，1820 年的《亚洲杂志》（第 1 辑卷 10）上所连载的汤姆斯（P.P. Thoms）翻译的《著名丞相董卓之死》（系《三国演义》第一至第九回的节译），可能是美国人最早接触的三国故事。卫三畏所摘译的选自《三国演义》第一回的《三结义》也曾载于 1849 年的《中国丛报》（第 18 卷）。出版于香港的《中国评论》（1879 年第 3—8 卷）也刊载过关于《三国演义》的故事节译，司登得（G.C. Stent）还在其节译的《孔明的一生》的序言中称赞说，中国古代的官吏或将领中很少有像孔明这样普遍被尊敬的人物，他聪明、忠实、勇敢、机智，他的名字已经成为了优良品德的代称，他的军事学观点至今仍具有重要的参考价值。卜舫济（F.L. Hawks Pott）在其刊于《亚东杂志》创刊号（1902）上的节译三国故事（第 29、41、26 回）的说明中还认为，《三国演义》"在中国所受到的欢迎就像西方儿童欢迎韦弗利（Waverley）的有趣的作品一样"。[1] 美国国会图书馆和耶鲁大学所收藏的《三国志通俗演义》（二十四卷

1. 王丽娜：《中国古典小说戏剧名著在国外》，第 8、10 页，北京：学林出版社，1988 年版。此处有关论述主要参考本书。

二百四十则）应当是现存最早的《三国演义》版本了。但《三国演义》在英语地区的影响直到 20 世纪 20 年代才出现，分别有翟里思、卜舫济、倭讷的节译本和邓罗的全译本。直到 1976 年，纽约梅林因书局才出版了莫斯·罗伯茨（Moss Roberts）的选译新本《三国：中国的壮丽戏剧》，该译本虽然只选译了《三国演义》的差不多四分之一的内容，但其所选也基本都是原书的重点和精彩部分。但是，"由于欧美读者缺乏对中国历史，特别是对三国历史的基本了解，因此要真正读懂并欣赏《三国演义》还是有一定难度的。"[2] 相比之下，《水浒传》的英文译本就要

2. 贾春增、邓瑞全主编：《承传与辐射——中国文化在海外的传播和影响》，第 103 页，北京：开明出版社，2000 年版。

多一些，1923 年翟理思曾翻译过《水浒传》的片段收录在纽约 D. 阿普尔顿出版社的《中国文学史》里，英国汉学家杰弗里·邓洛普（Geoffrey Dunlop）转译自埃伦·施泰因德文版的《水浒传》七十回的节译本，书名为《强盗与士兵：中国小说》（*Robbers and Soldiers*），于 1929 年由英国伦敦豪公司和美国 A.A. 诺夫公司出版，1933 年，美国作家赛珍珠对 70 回本《水浒传》进行了重译，书名改为《四海之内皆兄弟》（*All Men are Brothers*），由纽约约翰·戴公司和伦敦梅休安出版社出版。由于她的影响，中国小说逐步开始引起了美国及西方世界的重视。

《西游记》最早的英译本为蒂莫西·理查德（Timothy Richard）翻译的《圣僧天国之行》（*A Mission to Heaven*），1913 年由上海基督教文学会出版。1930 年由海伦·M·海斯翻译的《佛教徒的天国历程：西游记》（*The Buddhist Pilgrim's Progress, the Record of the Journey to the Western Paradise*）作为《东方知识丛书》在伦敦和纽约同时出版过。1942 年纽约艾伦与昂温出版公司出版了由著名汉学家阿瑟·韦利（A. Waley）节译的《西游记》（更名为《猴》），尽管其中仍有不少误译与疏漏，但一直是西方公认的比较理想的版本。而由余国藩翻译的全本

《西游记》直到 1977 年才陆续由哥伦比亚大学出版社出版。

《聊斋志异》因为是短篇小说集，所以在很大程度上为翻译者提供了方便，除了卫三畏早期的节译以外，翟理思的选译本《聊斋志异选》（*Strange Stories from a Chinese Studio*）含故事 164 篇，1880 年在伦敦出版，后于 1925 年再版于纽约，是当时英译本中选译篇目最多的版本。邝如丝的英译本《聊斋志异》（*Chinese Ghost and Love Stories*）（纽约：潘西恩图书公司，1946）选译了 40 篇作品，邝氏曾评价说："蒲松龄以其非凡的想象力和极为简洁的文笔形成了他作品的风格。读者可以发现，《聊斋》大部分作品里主人公的家庭生活是有缺陷的，在一个家庭里，或者女主人公由于不能如愿以偿而悄然离去，或者男主人公因为追求功名而决意出走。父母包办婚姻在古代中国的爱情生活起决定作用，男女双方没有共同的生活基础，夫妻间往往只是以对家庭的传统的责任感作为精神的纽带。在有些故事里，男子所爱的常是能歌善舞、通晓琴棋书画的美貌女子，而女子所爱的常是男子的才华，所谓'郎才女貌'；但这样的爱情往往是暂时的，不稳固的，这种生活现象犹如一根无目的的箭一样贯串着中国古代社会。""我们从《聊斋》的许多故事可以看到儒教的伦理道德和佛教教义是如何影响人们的心理，以及这种心理如何又接受了那不可捉摸的道教教义，这和民间的巫术迷信有关。鬼、怪、魔、游浪者、道士、和尚、不朽的人物、学士、转化为可爱女子的狐狸……众多的形象在蒲松龄笔下混合成一个无比丰富的艺术整体。"[1]

1. 王丽娜：《中国古典小说戏剧名著在国外》，第 218、220 页，北京：学林出版社，1988 年版。

作为经典汉语小说的《红楼梦》，除了有郭实腊早期发表于《中国丛报》上的有关介绍以外，最早的英文节译当出自英国驻中国宁波领事馆领事罗伯特·汤姆（Robert Thom）之手，他所翻译的《红楼梦》第六回片段译文曾刊载在 1846 年他所主编的《官话汇编》（*The Chinese Speaker*）上，主要是供当时外国人学习汉语官话之用。而第一个把《红楼梦》前八回完整地译成英文的则是当时任职大清海关税务司的英国人鲍拉（E.C. Bowra），其译文连载于 1868 年在上海出版的《中国杂志》圣诞节号和次年的几期刊物上。英国驻中国澳门领事馆副领事焦里（H. Beneraft Joly）曾比较系统地翻译过《红楼梦》的第一至五十六回，1892—1893 年由香港别发洋行出版。而稍微全面一些的是王良志节译的《红楼梦》（九十五章计六十余万字），直到 1927 年才在纽约出版。该译本主要保留了宝黛的爱情故事，其他所有与此无关的情节均被删除，因王良志早年毕业于北京大学外文系，曾接受过当时新红学派的影响，后留学美国并

开始讲授中国古典文学，所以他的翻译相对显得比较可靠。稍后又有王际真节译的《红楼梦》
（三十九章）于 1929 年在纽约和伦敦两地同时出版。该译本后又有作者的补译（六十章），于
1958 年由纽约特怀恩出版公司再版。王际真的译文比较忠实于原著的精神，所以虽不是全译本，
也基本可以满足英语世界读者的要求。

1927 年英文节译本《金瓶梅，西门庆的故事》曾由纽约 "The Library of Facetious Lore"
出版，1939—1940 年伯纳德・米奥尔翻译、阿瑟・韦利作导言的两卷本的《金瓶梅：西门庆及
六妻妾奇情史》由伦敦约翰・莱恩出版社及纽约 G.P. 普特南父子公司出版。《金瓶梅》在
1939 年曾由伦敦 G. 劳特莱基出版社出版过四卷译本，该译本由克莱门特・埃杰顿（Clement
Egerton）翻译，书名《金莲》（The Golden Lotus），译文还曾得到过老舍先生的指导。直
到 1954 年才由纽约格罗夫出版社再版了修订本，被西方认为是比较完美的译本。1956 年，美
国阿普尔顿世纪出版社出版的《中国文学宝库》中另收入了 Chai Chu 和 Winberg Chai 合译的《金
瓶梅》第一回。

尽管作为中国古典文学名著的多数小说作品都曾以各种方式被传播到了美国，但遗憾的是，
美国自南北战争以后，出于资本主义上升时期经济发展的需要，市场、原材料和劳动力成为了
整个美国社会所关注的重心所在，而以文学为代表的精神生活形态在这个时期的美国人的生活
中并不占有多么重要的地位，遥远而神秘的中国人的精神境况就更不是美国人所愿意注目的内
容。所以，尽管有大量中国典籍和文学作品流入美国，却并不为美国人所看重；加之语言及文
化上的隔膜，真正阅读和研究中国文学的人就更加寥寥。早期真正对中国古典文学作出深入研
究并对美国人产生过重要影响的是英国人翟理思。

翟理思（Giles Herbert Allen）是英国派驻中国的专职使馆翻译，1867 年来华，在中国生
活了 24 年，曾在汕头、厦门、宁波和上海等地的英国领事馆任职，后返英成为剑桥大学继威
妥玛之后的第二任汉学教授。翟理思因长期留居中国，对中国文化有其独到的理解，曾先后出
版过《中国历史及其它概述》、《老子遗教》、《中国文明》以及《佛教及其对手》等一系列
的汉学研究专著。除此以外，翟理思还专门编选了优秀中国文学作品的汇集本《古文选珍》
（Gems of Chinese Literature），1883—1884 年由伦敦及上海别发洋行分别出版，其在此基础
上所独立撰写的《中国文学史》（A History of Chinese Literature）应当是英语世界研究中

国文学的第一部文学史专著。该书初为 1897 年伦敦威廉·海涅曼公司（William Heinemann & Co.）的戈斯（Edmund W.Goss）策划主编的《世界文学简史丛书》（*Short Histories of the Literature of the World*）的第十种，1901 年出版于伦敦，[1]1923 年由纽约 D. 阿普尔顿出

1. 也有学者认为此书出版于 1897 年，见郭延礼：《19 世纪末 20 世纪初东西洋〈中国文学史〉的撰写》，载《中华读书报》，2001 年 9 月 19 日。

版公司再版，所以也可说是向美国人全面介绍中国文学的第一部专著。

　　翟理思的《中国文学史》共分八卷计二十八章，依次列述封建时代（公元前 600 年—公元前 200 年）、汉代（公元前 200 年—公元 200 年）、分治时代（公元 200 年—公元 600 年）以及唐、宋、元、明、清各个不同时期的文化境况与文学成就。作者从中国的上古传说及汉文字的起源讲起，内容涉及孔孟思想、四书五经、老庄哲学、杂家碑文、禅宗佛学、经典诗词、词典编纂、雕版印刷、医政工法、小说戏曲乃至谚语格言等等，似乎大有辑为中国文化百科全书之意。

　　翟理思的《中国文学史》所沿用的基本是西方文学史的编写体例，其著述较为全面地涵盖了中国古典文学的主要内容，从先秦散文到汉赋、《古诗》，从《史记》、《说文》到历代名家名作，从司空图的《二十四诗品》到日益发达的戏曲小说，其在相当程度上已经能够使人通观中国古典文学的全貌了。它第一次以文学史的形式，向西方读者"指点与呈现了一个富于东方异国风味的文学长廊"[2]，算得是 19 世纪以来向英语世界译介中国文学的不可忽略的重要成果。

2. 张弘：《中国文学在英国》，第 83 页，广州：花城出版社，1992 年版。

翟理思的《中国文学史》能够最终成型，与他前期所完成的工作有非常密切的关系。《中国文学史》即是在前期多种译作的基础上汇集编撰而成的，其中近半数以上的篇幅主要是其本人所翻译的具体作品（包括引用理雅各的《中国经典》的个别译文）。但这并不意味着该文学史只是一部作品选译，穿插于具体的文本翻译之间的是随处可见的作者的独到评价，比如对秦始皇焚书坑儒事件及其危害的总结，对司空图的诗歌理论的高度重视，对宋明理学与文学关系的阐发，对《西游记》与班扬的（John Banyan）的《天路历程》的比较，以及对明清时代的经典小说《红楼梦》、《金瓶梅》、《水浒传》、《西游记》、《三国志演义》、《聊斋志异》等等的充分肯定，对西方读者进一步深入理解中国文学的内在蕴涵有着明显的导引之功。翟理思的《中国文学史》后又有旅美华裔学者柳无忌撰写过续集，补充了有关 20 世纪中国文学的内容。

　　当然，正如郑振铎所批评的那样，在没有中国人自己撰写的文学史可以参照，并且在许多的中国经典作家的经典作品尚未被移译过去的情况下，翟理思以一己之力承担起《中国文学史》的撰写工作，其缺漏和错误也自然是在所难免的。郑振铎认为，翟理思的《中国文学史》有两

个方面值得肯定："（一）能第一次把中国文人向来轻视的小说与戏剧之类列入文学史中；（二）能注意及佛教对于中国文学的影响。这两点足以矫正对于中国文人的尊儒与贱视正当作品的成见，实是这书的唯一好处。"[1] 但其中的错误也必须引起我们足够的注意，比如郑振铎所指出

1. 郑振铎：《评 Giles 的中国文学史》，见郑振铎：《中国文学论集》，第 389 页，北京：开明书店，1934 年版。

的书中疏漏过多，滥收，详略不均以及编次不当等等。对此，也有学者提出过不同看法。张弘就认为，翟理思在描述文学现象时常常打乱时代顺序，所显示的"恰恰是作者的匠心，郑先生却没有看出来。例如郑先生指责翟理思介绍元代戏剧，同时上叙戏剧之发源，下及后代之发展，是'编次非法'。其实这正是作者面向英国读者的有意安排。戏剧的起源前面几部分没有涉及。同样的道理，作者在叙述唐代诗歌时，就拨出一定篇幅介绍中国古典诗歌的格律，以便英国读者对唐代的格律诗有更逼真的了解"[2]。

2. 张弘：《中国文学在英国》，第 95—96 页，广州：花城出版社，1992 年版。

　　如果回溯到翟理思编译中国文学作品选及撰写《中国文学史》的具体时代，我们就不难发现，面对浩繁的中国文学典籍，中国人自己尚未能整理编纂出比较完备的文学史著述来，更何况一个出生于异质文化氛围的外国人了。从这个角度来讲，翟理思的著述是有着明显的开创之功的。而且，更为重要的是，翟理思的著述为展示中国文学发展的全貌提供了非常可贵的"历史"维度，它使以断代为标志的中国文学获得了一种全新的"时间序列"，这一点对日后中国文学史的研究与编纂有着深刻的启发意义。

第二节　遥远的"异邦"

　　在中国人眼中，美国和美国人其实一直处于某种比较模糊的状态。未有直接的接触以前，在中国人看来，美国人（以及所有的西方人）都只是来自于蛮夷之地的部族民众而已。1817 年，两广总督蒋攸铦在给嘉庆皇帝的奏折（嘉庆二十二年六月初六日）中就曾这样描述"美国"："……近来，贸易夷船除英吉利之外，凡吕宋、贺兰、瑞国等船或一年来二三支，或间岁不来。惟米利坚货船较多，亦最为恭顺。该夷并无国主，止有头人，系部落中公举。数人拈阄，轮充

3. 北平故宫博物院编：《清代外交史料（嘉庆朝第六册）》，第 46 页，北京故宫博物院印行，1932 年版。

四年一换。贸易事务仍听个人自行出本经营，亦非头人主持差派。"[3] 满清贵族所理解的美国

差不多只相当于一个小小的"蛮夷"部落，又因为美国人出于贸易的需要所表现出来的对于大清官宦的礼让与容忍，最初的美国形象就被定格在"恭顺"的"夷族"的层次上了。另一份中国人有关早期美国见闻的文字记录始见于广东商人谢清高口述、其同乡举人杨炳南笔录的《海录》一书（记于 1820 年而刊行于 1842 年），该书记录了谢清高于 1782 至 1796 年间搭乘外轮游历海外的回忆，书中称美国为花旗国（又音译为咩哩干国）。[1] 由于谢清高本身并没有在美

1. 谢清高口述、杨炳南笔受、冯承钧注释：《海录》，第 75 页，北京：中华书局，1955 年版。

国作全面的游历，《海录》所载多数只是他对美国沿海近港的一般观察，所以仍旧把美国看作是与英吉利没有什么区别的一个独立岛国。对于第一次鸦片战争前后的中国人而言，人们还不可能将美国从"夷族"的想象中抽离出来，也因此，美国尚不足以与英、法等欧洲列强相比肩。

到鸦片战争前夕，美国虽然在大清王朝眼中仍旧处于"蛮夷"的地位，但一个海外大国的形象已经具有了最初的轮廓。当时的《东西洋考每月统记传》杂志对美国已多有涉及，1838 年的《北亚默利加办国政之会》一文中对美国有详尽的介绍："民所立之政，与他国之掌治不同……故不立王以为国主，而遴选统领、副统领等大职，连四年承大统，必干民之誉，了然知宰世驭物，发政施仁也。就治天下可运于掌上，此元首统领百臣，以正大位，修各政以安黎民焉。如此政治修举，遍国之地方，亦各立其政，如大统亦然，而各地方之政体皆统为一矣。"[2] 而在此之前，

2. 《东西洋考每月统记传》，道光丁酉，第 297、389 页，北京：中华书局（影印），1997 年版。

由英国传教士米怜在广东教徒梁发协助下主办的针对中国读者的刊物《察世俗每月统记传（月刊）》（1815—1821 年，马六甲）的第 7 卷（道光元年即 1821 年 1 月）中，已有过关于美国的介绍，其中称："花旗国，其京曰瓦声顿。此国原分为十三省，而当初为英国所治。但到乾隆四十一年，其自立国设政而不肯再服英国。如此看，则知其年年来广东做生意，那花旗船之国为新国，盖自其设国至今道光元年，只有四十五年。但虽为新国，而其亦有宽大之盛地也。"[3]

3. 熊月之：《西学东渐与晚清社会》，第 109 页，上海：上海人民出版社，1994 年版。

鸦片战争以后，出于强国图存的民族需要，"美国"开始从中国人笼统的"西方世界"观念中分离出来，在中国知识分子逐步摆脱了传统夷夏等级观念并开始"开眼看世界"的思想趋势影响下，"美国"作为一个独立国家的基本影像被重新勾勒了出来。费正清指出："伴随着这些戏剧性的灾难而来的，是传统中国的自我形象——即它以中国为中心看待世界的观念的破灭；这一破灭与那些灾难相比，虽然几乎是看不见摸不着的，但却有着更加深远的影响。"[4] 由于缺乏对这

4. [美] 费正清编：《剑桥中国晚清史（1800—1911）》（上卷），中国社会科学院历史研究所编译室译，第 4 页，北京：中国社会科学出版社，1985 年版。

个新兴国家的直接观察，此时的"美国"影像多数都是借助于传教士们的介绍而被构建起来的，魏源、徐继畲、梁廷枏等人所理解的美国就是在传教士们的指引下想象出来的"美国"。

19 世纪中后期，裨治文的《美理哥合省国志略》在早期中国"开眼看世界"的知识分子群体中产生了深刻的影响。当人们只能依据有限的资料去想象那个遥远国度的盛世景观时，裨治文的书就无疑成为了最具权威性的可靠参照。无论是林则徐主持翻译的《四洲志》，或者由官方组织编译的专供官员参考的《洋事杂录》，还是魏源编写的《海国图志》及梁廷枬编著的《海国四说》，其中有关美国的内容几乎都可以看到裨治文著作的影子，很多地方的文字甚至直接挪用了裨著的原文。[1] 徐继畬的《瀛寰志略》一书也是在雅裨理的直接参与下集撰而成的。该

1. 熊月之：《西学东渐与晚清社会》，第 233、265 页，上海：上海人民出版社，1994 年版。

书于 1844 年 7 月即完成了初稿《瀛寰考略》，后屡易其稿，于 1848 年更名为《瀛寰志略》重新出版。值得特别注意的是，《瀛寰考略》中每当描述大清帝国以外的国家时大多使用的是"夷"字，美国的开国总统也被音译为带有明显"夷族"色彩的"兀兴腾"，但到《瀛寰志略》出版时，原书中的"夷"字却一概被删除了，"兀兴腾"也统一改译为"华盛顿"且沿用至今，美国则正式被称为"北亚墨利加米利坚合众国"。这一微妙的变化恰恰意味着，中国人已经开始把"美国"放在一个与自己对等的地位上加以看待了，"中央之国"的观念在此无疑出现了根本性的动摇。而对于"华盛顿"的充分肯定则从另一个侧面开启了中国人对于美式政治体制的重新观照。

19 世纪中后期，随着中美交往的日益频繁，中国人对美国的了解已不再限于一般的猎奇，开始将目光转向对于美国的经济技术、政治体制与历史演变的深入探究。而在诸多描述美国境况的文字中，有关其开国总统"华盛顿"的介绍几乎是必不可少的重要章节。

有关华盛顿的事迹，较早见于徐继畬的《瀛寰志略》，内中《北亚墨利加米利坚合众国》一节记述甚详：

华盛顿，异人也。起事勇于胜、广，割据雄于曹、刘，既已提三尺剑，开疆万里，乃不僭位号，不传子孙，而创为推举之法，几于天下为公，骎骎乎三代之遗意。其治国崇让善俗，不尚武功，亦迥与诸国异。余尝见其画像，气貌雄毅绝伦。呜呼，可不谓人杰矣哉！……米利坚合众国以为国，幅员万里，不设王侯之号，不循世及之规，公器付之公论，创古今未有之局，一何奇也。泰西古今人物，能不以华盛顿为称首哉！[2]

2. 徐继畬：《瀛寰志略》，第 732—735 页，台湾：华文书局（据道光三十年刊本）影印。

徐继畬的赞语深得美国人的首肯，它甚至被美国人摘录刻写在华盛顿的墓碑前。徐继畬的著述影响深远，我们从首任英国大使的郭嵩焘、初使欧美的志刚、驻美公使崔国因以及康有为、梁启超等人的各式著述中，都不难寻找到徐著的痕迹。据邹振环考证，最早的一部有关华盛顿

的详细传记《华盛顿全传》出版于光绪十二年（1886），
系时任日本神户理事官的黎汝谦和译官蔡国昭合译，黎汝
谦称："近代合众国学士耳汾·华盛顿（即欧文·华盛顿）
所撰《佐治·华盛顿全传》，阅其书详细简洁，西人多称
之，遂令蔡君按日翻译。""《华盛顿全传》不仅是一本
华盛顿的个人传记，也是最早出版的一本美国独立战争史
译本。"[1] 该译本后于光绪二十三年（1897）又出版过新学

1. 邹振环：《译林旧踪》，第62、63页，南昌：江西教育出版社，2000年版。

会的校印本，改题为《华盛顿泰西史略》。

　　如果说梁廷枏和魏源等人对于华盛顿的介绍还主要是
转述来华美国人的一般性客观记录的话，那么，徐继畬的
评价则明显已经带上了强烈的主观想象的色彩。徐继畬将
华盛顿与中国历史上的陈胜、吴广及汉末枭雄曹操、刘备
相比较，其用心无疑是希望当朝者能够以华盛顿为表率，
奋起抗拒英人的侵略，重振日渐衰弱的朝纲，而正是这一
点恰恰引起了另一位同样崇拜华盛顿但意旨却大相径庭的
人士梁启超的不满。梁启超在《自由祖国之祖国》一文中
称颂华盛顿"遂建义旗，脱英羁轭。八年苦战，幸获胜利"。
"今之人有欲顶礼华盛顿者乎？吾欲率之以膜拜此有为一
人也。"[2] 但在其游历美国，看到徐继畬评华盛顿的刻石时

2. 梁启超：《自由书·自由祖国之祖》，见《梁启超全集》（第二卷），第338页，北京：北京出版社，1999年版。

大为光火，并且愤然写道："谓华盛顿视陈胜、吴广有过
之无不及云，呜呼！此石终不可磨，此耻终不可洒，见之
气结。"在梁启超看来，把华盛顿比之于陈胜、吴广以及
曹操、刘备实在是对华盛顿所创建的美国民主共和体制的
极大误解，甚至其间还带有暴力革命的色彩。游历欧美时
期的梁启超主要抱定的还是"君主立宪"的改良思想，尽
管他在这个时期对美国的共和体制倍加赞赏，而且在内心

《新民丛报》（第2号）载华盛顿像

里也愿意承认俾斯麦、华盛顿等人皆为"造时势之英雄"。但他仍然坚持认为共和制度并不

适合于中国，只有实行渐进的君主立宪才是改良中国的最佳良方。"……共和政体实不如君

主立宪者之流弊少而运用灵也。"[1]梁启超的君主立宪论带有明显的康有为思想的影子，康

1. 梁启超：《新大陆游记》，见《梁启超全集（第四卷）》，第1154、1158页，北京：北京出版社，1999年版。

有为就非常希望光绪能成为中国的华盛顿，他曾说："况普国变法而法人禁之，毕士马克（俾

斯麦）作内政而后立。美国制造铁炮，而英人禁之，华盛顿托荒岛而后成。……少康以一成

一旅而光复旧物，华盛顿无一民尺土而保全美国。况以中国二万里之地，四万万之民哉？顾

视皇上志愿何如耳？若皇上赫然发愤，虽未能遽转弱而为强，而仓猝可图存于亡；虽未能因

败以成功，而俄顷可转乱为治。"[2]

2. 康有为：《上清帝第五书》，见中国史学会主编《中国近代史资料丛刊·戊戌变法（第2册）》，第195页，上海：上海人民出版社，1957年版。

　　除了对于晚清士大夫的强烈冲击以外，华盛顿在民间同样产生了广泛的影响。《时务报》

在其第一册就开始连载《华盛顿全传》，《民报》一期也刊登出了华盛顿的肖像；《大陆报》

以章回小说体连载了《美国独立记演义》，史传栏刊登了华盛顿传；《杭州白话报》用说书形

式登载《美利坚自立记》，并特意强调："我们演书的意思，是要望你们大家，一心一意学这

美国人，后来好替我们中国争争气呢！"（《杭州白话报》第4期）"列位，你道这华盛顿是

谁？原来这华盛顿就是后来美国开国的第一个皇帝，都是公公道道，一心一意替这些百姓办事。

他还怕自己虽然不曾害民，传到了子孙，难保他不把这美国任意作威作福起来，于是定永远遵

守的章程，好把后人照样做的。"汪荣宝在《书〈华盛顿传〉后》（《实学报》第1册，1897

年）一文中称华盛顿倡导总统的民主选举足以与中国上古尧舜禅让之道相媲美，《新世界学报》

上的一篇文章则更是直接将华盛顿视为中国上古之"尧舜"理想的实现者，文章认为，"'尧

舜'享历古之名誉，而为后世政治界之所欢迎者，惟禅让二字……尧舜以后，虽仁智之君，神

圣不出世之主，终无有能嗣其响，振其绪，而与之抗席行者。抑知其拔地而起，轰轰烈烈，拓

世界之奇观，占历史之特色，而突飞乎尧舜之上者，固不在中夏而在外域乎？呜呼，彼何人？

非十八世纪首创民主之局之华盛顿欤。"[3]

3. 黄式苏：《中西人物比较·尧舜华盛顿》，载《新世界学报》，壬寅第6期（光绪二十八年，1902年11月），第65页。

　　鸦片战争以后，凡有关美国的介绍文字几乎都少不了对于华盛顿的大力推崇。在近代中国

人的想象中，华盛顿从抗击英国殖民主义的英雄到一个国家的开国元首，甚至上升为足以与中

国上古之尧舜并举的开明君王，究其根因，当然与民族危难之际人们对于国家自强的渴望有着

密切的关系。清季的改良派与革命派虽然在变革社会的方式上分歧甚大，但对华盛顿以及美式

的民治体制却基本上都是认同的，不同派别之间即使主张各异，但希望中国能够出现一个华盛顿式的领导者，荡涤一切颓败局势以造就一个全新体制的国家，在这一点上，从庙堂到庶民，其各个阶层的理想其实并没有什么根本上的差别。而由对华盛顿的推崇直接导致的就是，以全新面貌出现的美国式国家形态已逐步成为了中国人力图实现的"乌托邦"楷模。近代中国知识分子的"民主"想象在很大程度上一直就是以美国为蓝本的，康有为的"大同"想象也正是以美国为大同世界之最高样板而构设的，他在《大同书》中明确表示："削除邦国号城，各建自主州郡而统一于公政府者，若美国、瑞士之制是也。公政府既立，国界日除，君名日去，渐而大地合一，诸国改为州郡，而州郡统于全地公政府，由公民公举议员及行政官以统之。各地设小政府，略如美、瑞。于是时，无邦国，无帝王，人人相亲，人人平等，天下为公，是谓大同。"[1]

1. 康有为：《大同书》，第108页，郑州：中州古籍出版社，1998年版。

孙中山在兴中会时期所倡导的"创立合众政府"同样是以美国为基本蓝本而生发的，孙中山在1905年还曾直接宣称美国是"世界共和的祖国"。[2]

2. 孙中山：《在东京中国留学生欢迎大会上的演说》，第281页，见《孙中山全集·卷一》，北京：中华书局，1981年版。

种种情况表明，近代中国人对于美国的良好印象远胜于以大英帝国为首的欧洲列强，遥远的美国非但没有成为中国的威胁，反而成为了当时正在苦苦寻求国家出路与解困之道的爱国士人们的心灵慰藉与最高理想。值得特别注意的是，近代中国人对于华盛顿及美国形态的理解一直是以中国上古的圣贤明君和礼制王道的既有形态为蓝本而建构起来的，它实际上代表的只是"尧舜"模式的现实想象，而绝非是对美国的那种现代国家体制及其"自由"、"民主"、"平等"和"法制"等等观念的真正理解，其中包含的主要是近代士人对现实政治的不满，那种由历代知识分子共同构筑起来的"三代礼制"的"王道"理想从蛰伏状态被再次重新唤醒了。换言之，近代中国的知识分子所追求的变革仍旧不可能从根基上动摇皇权统治的核心结构，而只是希望以君王为首的政治体系能够革除弊政以自立于世界之林，"美国"在此仅仅只是"尧舜"模式的现实替代形态而已。从《瀛寰考略》对华盛顿及美国历史和国体的描述开始，到梁廷枏、魏源、林则徐以及康有为、梁启超等人的鼎力推崇，"美国"在中国人眼中彻底完成了从"夷"到"国"的转换，被尊为"统领"的华盛顿也成为了"尧舜"在现实中的典范，美国的形象由此已经完全演变成了走向国富民强的唯一的航标灯。从康有为、梁启超到孙中山，尽管他们的政治立足点和对于未来中国的设计有很大的差异，但以美国作为自立自强的国家蓝本却是他们几乎不约而同的选择，而这种选择的最为根本的基础却正是源于中国人此时期对美国的"乌托邦"形象的塑造。这种带有浓郁"乌托邦"色彩的想象在相当长的一段时期内遮蔽了中国人对于美国的切实的认识与判断，以至于当美国的"阴暗"的另一面陡然展现在中国面前时，刚刚构建起来的辉煌的理想又一次像泡沫一样迸裂为虚幻的碎片。

出于朝野上下对美国的同声称颂，曾国藩、李鸿章于 1871 年（同治十年七月十九）联名向同治帝上奏，拟选派聪颖幼童留学泰西各国，其首选之地即是美国。1872 年，清政府在美国哈德福特设立中国留学事务局（Chinese Educational Mission），遣陈兰彬、容闳为正副委员，携第一批 30 名少年前往美国留学，从此开启了我国学生留洋学习的历史。它同时也使中国人真正开始最为直接地接触到了被想象为"乌托邦"国度的美国的另一面。

事实上，在选派幼童留美之前，清王朝也并不是没有意识到居美华人的处境。只不过清政府认为那是居美华人与当地民众的个别性的冲突，所以在派遣幼童留美的问题上，人们大多不曾预想到隐含于其中的艰难。当第一批中国学生踏上美国的土地时，他们马上就感受到了那种令人难堪的种族敌视。从美国反馈回来的各种信息表明，幼童留美计划可能是一次重大的决策性失误。这种失误一方面来自于居美官员之间的矛盾及美国的排华政策，另一方面却更多的是来自于中国人对美国的既有的理想化想象。1881 年，清政府终于决定将留美学生撤回。幼童留美活动的流产基本上可以看作是 19 世纪末期中国人对于美国印象发生根本性改变的转折点。从 19 世纪 80 年代开始，凡见诸于有关美国的记录文字，无论是黄遵宪的《逐客篇》、林纾翻译的《黑奴吁天录》，还是吴趼人的小说《劫余灰》及散文《人镜学社鬼哭传》等等，作为"乌托邦"形象的美国已不复存在，取而代之的是以"人间地狱"面貌出现的可怕的美国。

晚清留美幼童

黄遵宪的《逐客篇》大概是较早直接抨击美国的排华政策的作品了。1881 年清政府决定撤

回留美幼童时，黄遵宪还一直持反对意见，1882 年 3 月他
被调任驻美国旧金山总领事之际，他仍然坚信美国是当时
世界上最为先进也最为合理的国家。但在他到任以后，美
国政府所通过的《排华法案》（1882）以及在美华人的残
酷遭遇迅速激起了黄遵宪的极度失望，他在《逐客篇》中
痛心疾首曰："鬼蜮实难测，魑魅乃不若。岂谓人非人，
竟作异类虐。……倾倒四海水，此耻难洗濯。他邦互效尤，
无地容漂泊。"[1] 其《逐客篇》即是此时期显示他对于美国

1. 黄遵宪：《逐客篇》，见阿英编：《反美华工禁约文学集》，第 2、4 页，北京：中华书局，1960 年版。

的重新认识，以及意欲重振民族国威的名篇。实际上，在
黄遵宪的诗作出现之前，诗人张维屏就已经预感到了旅美
华工与美国人之间可能发生的冲突，张维屏在《金山篇》
（1947）一诗中曾这样记述："闽人粤人以万计，归述客
况殊堪怜。……米利坚人既获利，乃宅尔宅田尔田。"[2] 张

2. 张维屏：《金山篇》，阿英编：《反美华工禁约文学集》，第 1 页，北京：中华书局，1960 年版。

维屏的诗作尚只是对美国人的一般性指责，而黄遵宪的愤
怒则在相当程度上直接冲击了中国人对美国的由来已久的
美好印象，它使一个被想象的国家彻底抹去了其幻想的色
彩而重新还原成为了现实的西方列强之一。

　　自《排华法案》颁布，华人在美国的遭遇一度成为了
中国人关注的焦点，而由各方面传回国内的信息则把国人
的关注逐步推向了绝望与愤怒的顶点。虐华事件最终酝酿
并爆发了 1905 年的中国全面抵美的热潮。人们对于美国的
愤怒甚至超出了对英、法、日、德等国的仇恨。《时报》
刊载的一篇演说斥曰："逐客也，收监也，殴打也，烧铺也，
世界上所称最野蛮之事，而美人皆一一施于华人，其毒手
如何？"中国人横遭欺侮，"受美国无限的苦楚"，实惨
不忍言："那美人，公理全无。可恨他，待我华工，异常

爱国诗人黄遵宪

残酷，说不尽，那强权手段，比我为牛为马，如仆如奴。"
国内报刊几乎同声疾呼："今之世界，并无公理，只有强权。
问一声，我同胞，难道任外人作践？到此时，不思抵抗，
更待何年？"特公的《美国华工禁约纪事发刊词》写道："那
美国岂不是平日所皆称的文明国么？美国自己亦自夸他的
文明了不得。如今却不许我中国人到他美国去，并且立了
许多野蛮的法则……可怜我同胞住在美国，真像住在地狱
里一样！"抵美禁约运动第一次使中国人心目中的美国形
象被涂上了浓重的阴影。以抵制美货为核心内容的风潮很
快蔓延到全国，凡有血性者，无不以购办美货为耻，"甚
而至下流社会，及赌场妓馆，人格最卑、执业最贱之徒，
亦感于国民全体之热诚，无不举美货而投掷之，谈论之间，
以购买美货，为莫大之耻辱。"[1] 国人仇美的根源事实上正

1. 阿英编：《反美华工禁约文学集》，引文分别见第 614、553、684、604、653、17 页，北京：
中华书局，1962 年版。

来自于中国人本身自发的对于美国式"乌托邦"理想的深
切期待，期望越高，其所形成的反向驱动力就会越大，而
随后出现的展示美国之丑恶面目的一系列文本更是对重新
塑造其"邪恶"形象起到了重要的推动作用。

　　1905 年以反美华工禁约运动为核心的一系列文学作品
把中美之间的尖锐矛盾直接推向了前台。几乎与禁约运动
同时出现的佚名的小说《苦社会》（1905），是较早以海
外华工为主人公的小说作品。阿英曾评价说，它"是一部
很现实的'华工血泪生活史'。……所有反映这一方面的
小说，写得最深刻、最惨痛的，只有这一部"。[2] 中国凉血

2. 阿英编：《反美华工禁约文学集》，第 11 页，北京：中华书局，1960 年版。

人的《拒约奇谈》（1906）则以"开智小说"的形式试图
从振兴中国的民族工商业的角度来寻求解决华工被禁约后
的出路问题。吴趼人（我佛山人）的《劫余灰》（1907—

《京话日报》（第 104 号）刊载小说
《猪仔记》插图

1908 年《月月小说》第 10—24 号）描写青梅竹马的年轻夫妻朱婉贞和陈耕伯历经 20 年人生煎熬的惨痛遭遇，小说主旨虽然是为了凸显朱婉贞的贞节与孝道，但其背景却是以反美华工禁约运动而展开的。吴趼人在两年后发表于《月月小说》上的《人镜学社鬼哭传》，则直接对上海绅商向美国谄媚的丑恶行径给予了无情的揭露和痛斥，同时，作者借以自杀促勉反美运动的人镜学社社员冯夏威的鬼魂寅夜哀泣的想象，委婉地传达了近代中国知识分子对于"强者服人，弱者服于人"的"生存法则"的理解。[1] 哀华的《侨民泪》（1913 年 7 月《小说月报》4 卷 3 号）

1. 吴趼人：《人镜学社鬼哭传》，见阿英编：《反美华工禁约文学集》，第 417 页，北京：中华书局，1960 年版。

叙述华侨麦君为人诬陷，钱物尽失，被迫飘流美国谋生，却在旧金山世界博览会上被作为展览品供人参观，受尽屈辱，最终因国际社会干涉才得以回国的辛酸故事。其他小说与纪实类作品如碧荷馆主人的《黄金世界》（1907）、指严的《猪仔还国记》、梁启超的《美国华工禁约记》（1904）、支那自愤子的《同胞受虐记》（1905）、何琇先的《防止违约招工始末记》等等，记述的也多是不同阶层的中国人在美国的悲惨遭遇。在历经了 1905 年的反美华工禁约运动之后，美国在中国民众心目中的形象已完全褪去了那种秉信守礼、尧舜禅让的"乌托邦"光环，并最终演变成为了与全体中华同胞为敌的"人间地狱"。

1901 年，林纾借助与魏易的合作，仅用了 60 多天时间就翻译完成了斯陀夫人的小说《汤姆叔叔的小屋》。该小说被更名为《黑奴吁天录》，从一个不带有任何情感色彩的中性的个体称呼"汤姆叔叔"，被转译为一种饱含反抗意味的种族专名"黑奴"，其本身就透露出了蕴藉于翻译者潜意识之中的强烈的抗议与不满。也许正是出于林纾的这一策略，《黑奴吁天录》作为近代中国的一种极其独特的翻译文本才会在相当广泛的范围内激起中国人的兴致和共鸣。林纾在翻译此书时曾在《例言》中明确表示："是书系小说一派，然吾华丁此时会，正可引为殷鉴。且证诸哔噜华人及近日华工之受虐，将来黄种苦况，正难逆料。冀观者勿以稗官荒唐视之，幸甚！"在其跋中又再次强调："余与魏君同译此书，非巧于叙悲以博阅者无端之眼泪，特为奴之势逼及吾种，不能不为大众一号。……吾书虽俚浅，亦足为振作志气，爱国保种之一助。"[2]

2. 陈平原、夏晓虹编：《二十世纪中国小说理论资料（第一卷）》，第 27、28 页，北京：北京大学出版社，1989 年版。

不难看出，林译此书是带有特殊的强国保种的目的的，也正因为如此，林纾和魏易才在原作的基础上对小说本身作了大量的删节和改写。林纾所强调的已不是仅为黑人鸣不平，而更着重于对中华民族自身命运的担忧。在此，《黑奴吁天录》所展示的已不仅仅是美国内部的种族摩擦了，对于"黑奴"的苦难想象已逐步被转换成为了对"黄人"的现实境遇的深切关注。

　　林纾的翻译以其特色独具且印数巨大而闻名于世，除了影响比较广泛的《黑奴吁天录》和《拊掌录》之外，林纾所译美国小说尚有 15 位作家的 27 种作品。单就其所译的美国小说而言，即可构成一个小小的系列。尽管林纾对美国小说的翻译并非是出于自觉，但其译作中既有小说名家，也有成就略微的一般作者，某种程度上说，能够通读林译美国小说，其实已经可以形成某种有关美国小说的基本概况了。林译小说的影响已是公认的事实，周作人、鲁迅、胡适、郭沫若、郑振铎及钱锺书等，诸多现代作家都曾对林纾在翻译上的贡献表示过肯定。尽管林纾因其不识外语而屡遭其他翻译家的诟病，但事实上，经由他的翻译所形成的有关现代小说的许多基本因素，如结构手法、背景功能、人物性格的塑造、特定的语言陈述技巧乃至现代语汇的创制等等，其实都已经潜移默化地渗透在了后世中国作家的创作之中。

林译《黑奴吁天录》（《汤姆叔叔的小屋》）
的作者斯陀夫人画像

　　由于有了美国政府迫害旅美华工的种种事实作为基础，《黑奴吁天录》甫一出版，立即引发了社会各界的关注，而林纾对于原作有目的的删节改动更是使"黑奴"的形象与"华人"的遭遇发生了微妙的对接。当时署名灵石的文章就曾直接评价说："盖非仅悲黑人之苦况，实悲我四百兆黄人将为黑人续耳。""我读《吁天录》，以哭黑人之泪哭我黄人，以黑人已往之境哭我黄人之现在。我欲黄人家家置一《吁天录》，我愿读《吁天录》者，人人发儿女之悲啼，洒英雄之热泪。我愿书场、茶肆、演小说以谋生者，亦奉此《吁天录》，竭其平生之长，以摹绘其酸楚之情状，残酷之手段，以唤醒我国民。"[1] 其他读者也纷纷在报纸上撰文题诗，抒发

1. 灵石：《读〈黑奴吁天录〉》，见陈平原、夏晓虹编：《二十世纪中国小说理论资料（第一卷）》，第 116、117 页，北京：北京大学出版社，1989 年版。

阅读感想。鲁迅虽在 1904 年于日本留学期间才看到《黑奴吁天录》，也仍在给朋友的信中叹息：

"曼思故国，来日方长，载悲黑奴前车如是，弥益感喟。"[2]

2. 鲁迅：《致蒋抑卮》（1904），见《鲁迅全集（第十一卷）·书信》，第 329 页，北京：人民文学出版社，2005 年版。

　　不仅如此，林译的《黑奴吁天录》还曾多次被改编为剧本在国内外上演。1907 年，留日中

国学生组织的春柳社为声援受迫害的华工，在东京上演了由曾孝谷改编的五幕同名话剧，"春阳社"于同年也在上海公演了由许啸天改编的同名剧本。如果撇开过激的民族情绪来看，也许正是林纾的翻译才促使中国人开始认真切实地去重新理解和认识美国。人们虽然从《黑奴吁天录》中看到的主要是种族矛盾，但透过小说本身，人们同样也了解到了更为广泛的美国人的生活、家庭及文化差异。郑振铎就认为，有了林纾的翻译，我国"一部分的知识阶级，才知道'他们'原与'我们'是同样的'人'，同时并了然的明白了他们的家庭情形，以及它们的国民性。且明白了'中'与'西'远不是两个绝然相异的名词。这是林先生大功绩与影响之一"[1]。

1．郑振铎：《林琴南先生》，见钱锺书等：《林纾的翻译》，第16页，北京：商务印书馆，1981年版。

出于文化差异与政治诉求等多方面的原因，国家与国家之间的认识与理解大多会经历一种异国形象建构的曲折过程，近代中国对于美国形象的塑造也是这样。从"蛮夷"到"乌托邦"再到"人间地狱"，每一种形象都可以看作是中国人从自身出发而衍生出来的对于"他者"的想象，而建构"他者"的最终目的则是从"他者"的镜子中返观和确认"自身"。一方面，想象"他者"只能以"自身"的既有境遇为前提，这种想象总是不可避免地会带有"扭曲"的色彩，从而与实际的"他者"相去甚远；另一方面，从一种被扭曲了的"他者"想象中所返观到的"自身"也将同样与实际的自身发生错位，并进而出现对于"自身"的误读。想象中的"他者"与"自身"之间的张力越大，其彼此的误读就会越发加深；想象本身越是趋向于某种极端，其所构建的形象也将更加趋向于暧昧和模糊。自近代中国开始，中国人对于美国的认识一直在友好与敌对的两端游移，其根本原因也许正在于此。

第三节　中国诗歌在美国

在中外文学文化的交流中，中国和美国在诗歌与诗学方面的相互交流和相互影响是引人注目的现象，也是中西比较文学和比较文化研究中的一个重要课题。中国和美国这两个在地域、历史、文化和文学传统诸方面都彼此迥异的大国在诗歌领域内的交流与影响已经经历了一个半世纪的历史旅程。其间既有在不同时代背景下两国诗歌相互间的广泛译介与传播，双方诗学的相互对话与交融，也有因为语言文化的隔阂而造成的误解与遗憾，还有由于意识形态等原因导致的撞击与冲突等。在人类文明进入 21 世纪之际，如何以东西方文化平等交流与对话为基础，以现代批评理论来回顾和审视中美诗歌交流的世纪历程，对于促进当代中国与西方的文化交流，推动"文化全球化"趋势的发展，无疑具有重要意义。

诗歌，是运用语言艺术塑造意象、描写景物、抒发感情和呈现思想的文学样式，是诗人的审美意识与心灵情感的高度结晶。优秀的诗作总是感情真挚丰富，语言精粹凝练，艺术技巧丰富多样，富有节奏感和音乐性，往往具有超越时间与空间界限的感人力量。中国诗歌和美国诗歌大体上都符合这种带普遍性的规律。中国是诗的国度，自《诗经》、《楚辞》以降，历代名家辈出，佳作无以数计。在中国诗歌史上，出现过不少享有世界声誉的伟大诗人，如屈原、杜甫、李白、王维、白居易、苏轼和李清照等。中国传统的诗学观念在世界诗学宝库中，也具有自己的鲜明特色。仅以中国古典诗词和传统诗学而言，中国亦无愧立于世界文学之林。美国的历史比中国历史要短许多，跟中国文学和世界上其他许多民族的文学相比，美国文学的历史也要短得多。但是，自 19 世纪中期开始，美国文学已经在继承英国文学的基础上形成了自己独特的风格：既有继承又有发展，既有模仿又有创新。在美国诗歌的发展史上，也出现过不少享有世界声誉的诗人，如爱伦·坡、爱默生、朗费罗、惠特曼、狄金森、庞德、T.S. 艾略特、弗罗斯特和金斯伯格等，他们对诗歌创作和诗歌理论做出的贡献使美国诗歌跻身于世界诗坛之前列，当代美国诗歌已经成为世界文学宝库中不可或缺的一个重要部分。美国诗歌的一个突出特色就是创新，从内容到形式，从题材到手法，总是处于不断地除旧布新过程中。另一方面，中国和美国（以及西方）的历史文化背景迥然不同，汉语和英语分属两种不同的语系，中华民族和西方民族也具有各自的思维方式和不同的审美情趣。所以，中国诗歌与美国诗歌之间又存在着巨大的差异。如果从整体观察，就体裁而言，中国诗歌主要是抒情，而美国诗歌是叙事与抒情并重；就风格情致而言，中国诗歌是以委婉、微妙和简隽胜，而美国诗歌以深刻、直率和铺陈胜；就审美特征而言，中国诗歌主要是阴柔之美，而美国诗歌主要是阳刚之美等。正是这种异质与各自的特征，使两种诗歌的交流与影响成为可能与必要。

19 世纪后半叶是中美诗歌交流的初始阶段。当时的美国立国未久，尚处于拓展时期，虽然其政治制度日趋成熟，经济和技术也有了很大发展，但尚未在世界事务中发挥巨大作用。美国文学开始在继承模仿英国文学的基础上实现发展与创新，以表现北美新大陆自然界的雄奇景色和美国人民追求独立与民主的新思想观念逐渐形成了自己的风格。而在东方，曾经强盛的古老中国在经历了中英鸦片战争和中日甲午战争之后，已经丧失了世界强国的地位，迅速落入贫穷落后的境地。有几千年传统的中华帝国及其文化正在经受着来自西方的强势文化和坚船利炮的严重威胁。囿于文化差异、语言隔阂和地域遥远等原因，当时的中美诗歌交流尚处于零星而随意的初始阶段。就中国诗歌在美国的传播和影响而言，主要是通过欧洲（如法国和英国等）引进的译文（包括拉丁文、法文和英文等），尚未出现由美国本土译者翻译介绍汉诗的局面。而经欧洲引进的英译汉诗又主要是以传统英诗形式翻译的中国古诗，如由理雅各（James Legge）和翟理思（Herbert A. Giles）等英国汉学家翻译的中国古诗，呈现出明显的英国 19 世纪维多利亚诗风。就美国诗歌在中国而言，主要是以中国古诗形式翻译的少数美国诗歌，如朗费罗（H.W. Longfellow）的《人生颂》，先由英国驻华公使威妥玛译成粗略的中文，再由总理各国事务衙门官员董恂润饰，并将原诗每节改为一首七绝诗，共九首。在这一阶段的诗歌交流中，少数译作散见于书札、笔记或报刊之中。范围不广，涉及诗人和诗作不多，影响也不大。但是，正是 19 世纪的这种初始阶段的交流，为 20 世纪的中美诗歌交流开辟了道路，打下了基础。

中国诗歌在美国的译介与接受，已经走过了一百多年的历程。中国古诗在中国文学史以及世界文学宝库中具有崇高的地位，这在中美文学领域的相互交流和相互影响过程中，是一个非常重要的方面。跟英国和其他多数欧洲国家相比，美国的历史要短得多。跟中国文学与中国文化在欧洲许多国家的传播与影响相比，中国文学文化在美国的传播与影响，时间也要短得多。然而，由于在 20 世纪尤其是"二战"以后，美国在国际事务中崛起，西方汉学中心在战后从欧洲转移去了美国。中国诗歌在美国的译介与影响，成了 20 世纪东西方文化交流中的一个长期持续、影响深远的重要标志。

欧洲传教士和翻译家的前期贡献，使美国文学界了解和熟悉来自东方古老文化的中国古典诗歌。由于美国在独立之前曾经是英国的殖民地，其思想文化和社会生活受到英国传统的很大影响，在中国诗歌的传播和影响方面也是如此。中国诗歌在美国（及英语世界）的传播，其首功应归于英国学者和翻译家。英国很早就接受了中国传统文化的影响，其领域包括文学、

---

1. 参见范存忠：《中国文化在启蒙时期的英国》，上海：上海外语教育出版社，1991 年版。

艺术、建筑和园林艺术等。[1] 在诗歌方面，从 16 世纪末以来，英国就一直在翻译介绍中国古

典诗歌。据现有资料记载，汉诗被译成英文，最早见于英国学者理查德·普滕汉（Richard Puttenham）在 16 世纪后期出版的《英文诗艺》（The Arte of English Poesie，1589）一书中，作者在讨论英文诗歌格律的时候，译介了中国古诗，以此率先向英语读者介绍了中国古典诗歌的格律。[1] 这是我们迄今见到汉诗英译的最早记录。

1. 参见黄鸣奋：《英语世界中国古典文学之传播》，第 131 页，北京：学林出版社，1997 年版。

　　首批将中国古典诗歌译成西方语言的是法国耶稣会传教士。据称，第一位将《诗经》译成法文的是耶稣会士金尼阁（Nicholas Trigault），可惜其译文并未传下来。西方学者公认的最早西译《诗经》是法国传教士孙璋（Le.P. Lacharme）的拉丁文译本。跟孙璋同时进行《诗经》翻译与研究的传教士还有白晋（Joachim Bouvet）、赫苍璧（Julien Placide Herieu）和宋君荣（Antoine Gaubil）等。马约瑟神父（Le.P. de Premare）翻译的《诗经》中"天作"和"皇矣"等八首诗歌，发表在杜赫德（J.B. du Halde）主编的《中华帝国志》（Description de la Chine）1736 年第 2 卷上。这是对欧洲产生了很大影响的法国汉学巨著，其主编杜赫德还专门撰文介绍《诗经》，这是我们迄今见到最早介绍《诗经》和中国古诗的西方文字。

　　英国学者在 1738 至 1744 年间翻译出版了这部书，这是英译《诗经》的开始。后来英国汉学家威廉·琼斯爵士（Sir William Jones）用拉丁文和英文翻译了《诗经》中的一些篇章（如《淇奥》，《桃夭》和《节南山》等）。后来又出现了由英国驻华外交官阿连壁（Clement F.R. Allen）用格律体翻译的《诗经》（The Shih Chin，1891）。中国古诗译入西方，法国译者的贡献很大，其中较为突出的例子是由法国贡古尔学院女院士柔迪特·戈蒂叶（J. Gautier）翻译的中国古诗选集《玉书》（Le Livre de Jade，1867）。《玉书》在西方世界引起了很大反响，被译成多种语言。20 世纪世界最伟大的作曲家之一、德国作曲家古斯塔夫·马勒（Gustav Mahler）将《玉书》德文译本中所收李白、王维和孟浩然的诗篇作为歌词，写成了享誉世界的合唱交响乐《大地之歌》（Das Lied von der Eerde）。从 19 世纪末起，美国诗人斯·梅里尔（Stuart Merrill）开始将《玉书》转译成英文（1897）。到 20 世纪初叶美国新诗运动兴起之时，《玉书》更是多次被转译成英文，其中包括詹·惠特尔（James Whitall）的《中国抒情诗》（Chinese Lyrics，1922），马瑟斯（E.P. Mathers）的两本东方情歌选《彩星》（Colored Star，1919）和《清水园》（A Garden of Bright Waters，1920）中的中国诗歌部分，由斯坦布纳（Jordan Herbert Stabler）译的《李太白诗选》（Songs of Li Tai-po，1922），乔里逊

(G.L. Joerissen) 的《失去的笛》（*Lost Flute*, 1923）以及艾·柯尔文（Ian Colvin）的《仿中国诗集》（*After the Chinese*）等。这些从法文译本转译的英文译本，为中国古诗在英语世界的翻译与接受打开了门户，铺就了道路。

论及中国文学被译成英文介绍到欧洲，进而扩展和影响到整个英语世界，就必须谈到英国汉学界的三大宗师。他们是德庇时、理雅各和翟理思。德庇时（Sir John Francis Davis）从青年时代起就投身外交界，曾任英国驻中国商务监督、驻华公使和香港总督。他的《中国概览》（*The Chinese: A General Description of the Empire of China and Its Inhabitants*, 1836）被译成多种文字，风行西方。他对中国文学有浓厚的兴趣，翻译过《好逑传》和《汉宫秋》等，所著《汉文诗解》（*The Poetry of the Chinese*, 1829）先在伦敦初版，后由澳门东印度出版公司再版（1834），再由伦敦阿谢尔出版公司增订再版（1870）。德庇时此选本主要选收"歌"（verse），如采茶山歌和从传统小说戏剧中选取的歌谣，选本中少有"诗"（poetry），即中国诗歌传统中的著名诗人诗作等，这说明他对中国的诗歌传统还缺乏足够的认识，此书对于英国及西方世界开始了解和欣赏中国古典诗歌起了一定作用。理雅各（James Legge, 1815—1897）是英国传教士，曾在希伯利神学院接受系统的神学教育，又在伦敦大学学习汉语。他在中国办学和传教长达30年。理雅各熟谙中国语言文化，在中国学者（如王韬）的帮助下，将儒家经典译成英文，题为《中国经典》（*The Chinese Classics*, 1861—1870），共22卷之多，其中就包括《诗经》等四书五经，以及《楚辞》等中国古典诗章。翟理思（Herbert A. Giles, 1845—1935）出身于书香门第，从小对文学经典抱有浓厚兴趣。他青年时代来华，在英国驻华使领馆作翻译，后来升任副领事和领事。他辞去外交职务返国后，接替威妥玛担任剑桥大学中文教授长达35年，继续培养汉学人才。翟理思在翻译研究中国古典文学方面取得了卓越成就。他编译有《中国文学撷英》（*Gems of Chinese Literature*, 1884, 1898, 1923, 1965），共两卷（诗歌和散文各一卷），曾多次重印，翻译介绍中国历代诗文作品。他还著有《中国文学史》（*A History of Chinese Literature*, 1901），首次对中国文学的历史发展作了比较客观而全面的考察和评述。上述英国汉学三大宗师为中国文学进入美国和西方世界打下了坚实基础，做出了巨大的历史性贡献。

翟理思在剑桥大学培养后继的汉学传人，其中最优秀者是阿瑟·韦利（Arthur Waley）。

韦利出生于一个犹太家庭，自幼聪颖过人，酷爱语言文学。他从剑桥大学毕业后长期在大英博物馆图书绘画部工作，后被母校聘为名誉教授。他的突出特点是，其前辈都曾长期在中国担任传教士或者外交官，他却从来没有访问过中国，所以被誉为"从来没有去过中国的'中国通'"。韦利为将中国古典文学介绍给英语世界的读者付出了长期的不懈努力。他关于中国文学文化的专著译著有 27 部，发表相关论文近百篇。其主要译著包括《汉诗选译》（1916）、《汉诗选译一百七十首》（1918）、《汉诗选译补编》（1919）、英译本《诗经》（1937）和多种中国诗歌选集等。韦利因译介中国古典诗歌及其他典籍而取得的巨大成就，于 1953 年荣获英国女王诗歌勋章。韦利的成就和贡献具有重大意义，他不仅为西方读者打开了东方和中国文化的宝库，还为在西方世界长期不受重视的汉学研究赢得了声誉与荣耀。韦利还是一位承上启下的学者，他又培养了下一代汉学家。如汉学家霍克思（David Hawks）和白之（Cyril Birch）等就接受过他的指导。

美国在立国之前曾长期是英国的殖民地，在思想文化和道德观念等诸多方面跟英国和欧洲有着与生俱来的渊源关系，其文学创作与社会生活等也曾深受英国、欧洲文学和文化的影响。在东方与西方文化的沟通与交流中，是英国和欧洲传教士和翻译家的前期贡献，使美国社会和美国文学界得以了解和熟悉中国古典诗歌；是他们对中国典籍的翻译和介绍，为中国古典诗歌在美国的译介和接受奠定了基础，提供了必要条件。第二次世界大战之后，伴随着经济文化和科学技术的飞速发展，美国在国际事务中崛起，成为世界上的头号强国。一大批欧洲的科技文化精英去了美国，其中就包括一批英国汉学家、翻译家。例如，牛津大学汉学家修中诚（F.R. Hughes）在 1948 年去美国，白之于 1960 年去了美国加利福尼亚大学伯克利校区，伦敦大学亚非学院的韩南（Patrick Hanan）也去了美国，后来他曾担任哈佛大学燕京学社主任。这些都标志着英语世界的汉学研究重心在战后从欧洲逐渐转移去了美国。"二战"后美国本土的一批汉学家、翻译家，如华兹生（Burton Watson）、斯奈德（Garry Snyder）和宇文所安（Stephen Owen）等，正是在英国和欧洲汉学家的学术成就的基础之下成长起来的，为推进中国诗歌在美国的传播和影响做出了重大贡献。

英美诗歌在中国的翻译与传播，迄今已经有一百多年。过去，在"欧洲中心主义"一统天下的时期，美国文化和文学难有独立地位，具有世界影响的美国作家与作品比较少，美国诗歌在汉译外国诗歌中并不占有重要地位。自第二次世界大战之后，美国在国际事务、意识形态和文学艺术等方面的影响迅速增长，一大批美国作家诗人活跃在文坛上，已经有 10 多人获得过诺贝尔文学奖。20 世纪美国诗歌以其多样的题材和创新的形式形成了自己的鲜明特色，在世界诗坛上位居前列。在近 30 年间，汉译美国诗歌已经在汉译外国诗歌中占有相当重要的地位，不同历史时期的美国诗歌在中国广为传播，产生了相当影响，中国学界对美国诗人和诗歌的研究也取得了突出的成绩。

20 世纪初叶，在中国和西方发生的一系列重大事件对中西文化交流产生了空前巨大的影响。在中国，清王朝的终结标志着有几千年历史的封建社会制度结束，辛亥革命揭开了中国民主运动的序幕，而五四运动对封建社会的传统道德观念和思想文化的猛烈批判和对民主与科学的呼唤更是标志着中国新文化新文学运动的开始。中国的仁人志士奋力探索在思想文化领域除旧布新、救国醒民的途径与方式。在西方，第一次世界大战和世界性经济危机彻底摧毁了西方思想知识界和文学艺术界自文艺复兴时期以来固有的道德观与价值观，猛烈地冲击着人们的思想和文化意识，使他们感到困惑与迷茫。无论在中国或是在西方，有识之士都试图从本土传统文化之外的思想文化和文学艺术中去寻求新的思想和新的启迪。正是在这样的大背景下，中美诗歌交流呈现出高潮迭起，译家和译作不断涌现的局面。

就中国诗歌在美国而言，在 20 世纪 20 年代前后，中国诗歌和中国文化对美国现当代诗歌的影响掀起了第一次高潮。大量的中国诗歌（主要是古典诗歌）被翻译成英文在美国广为传播，受到广泛关注。多种中国古诗英译本在美国出版，翻译学习中国古诗成了美国诗坛的风尚。以庞德（Ezra Pound）和洛威尔（Amy Lowell）等为首的"意象派"首开英美现代派诗歌的先河。在主编哈丽特·蒙罗（Harriet Monroe）的策划下，在纽约编辑发行的《诗刊》（Poetry）杂志积极刊载关于中国诗歌的文章和译文等。精练含蓄的中国古诗，如《诗经》、王维和李白等，在美国诗坛上产生了重大而深远的影响，中国古诗和文化观念开始以相当规模进入美国的文学界和文化领域。

就美国诗歌在中国而言，来自大洋彼岸的现代美国诗歌和诗学观念对中国现代诗坛的影响也有过几次高潮。第一次是在"五四"时期，中国新文学的开创者和主将如胡适、闻一多、徐志摩和郭沫若等，积极翻译介绍美国诗人的作品，包括朗费罗、惠特曼、蒂斯黛尔、威伯、洛威尔和米莱等。在艺术思想和创作手法等方面，这一批中国文化人在自己深厚的国学根底的基础上接受美国（及其他西方国家）诗人和诗论的影响，创作出迥异于传统的优秀作品，在中国新诗史上写下了光辉永存的篇章。除了译介美国诗作之外，他们还积极引进美国诗学观念。如胡适就将当时在英美大行其道的"意象派"诗学主张引进到中国。第二次高潮是 20 世纪 30 和 40 年代。在 30 年代，中国文坛和译坛上的美国诗人和诗作已经占据了相当比例。其中以施蛰存和郑振铎等人对美国意象派诗人的翻译评论尤为突出，西南联大诗人群及"九叶诗人"为代表的中国现代诗人们更是直接接受了 T.S. 艾略特和《荒原》，以及奥登等现代派诗歌和诗学理论的影响。

大约 20 世纪前 30 年间，在美国掀起了学习和翻译中国古诗的第一次高潮。在这一兴盛时期，第一部结集的英译中国古诗应是庞德（Ezra Pound）的《神州集》（Cathay，1915）。这部包括 19 首中国古典诗歌的译文集出版后得到很高的评价，T.S. 艾略特称其"丰富了现代英语诗坛"。《神州集》也是庞德自己的诗歌创作接受中国影响而趋于成熟的重要媒介。另一方面，由于中国文字之艰深，中国文化蕴涵之深厚，而庞德又不懂中文，他主要是依据费诺罗萨的草译及日文注释来翻译，所以在他的英译中，误解和误译非常之多，有的甚至到了莫知所云的地步。

当时正处于中国古典诗歌对现代美国诗坛产生重要影响的第一阶段，在英语世界掀起了一股翻译欣赏中国古诗的热潮。那一段时期在美国出版了多种中国古诗的英文译本，其中比较有影响的包括：克莱默·宾（L.A. Cranmer Byng）编译的《玉琵琶：中国古诗选》（A Lute of Jade: Being Selections from the Classical Poets of China, London, John Murry, 1909）；由瓦德尔（Helen Waddell）翻译的《中国抒情诗》（Lyrics from the Chinese, 1913）；由弗莱彻（W.J. Bainbridge Fletcher）翻译的《汉诗精华》（Gems from Chinese Verse, 1918）和《汉诗精华续编》（More Gems from Chinese Verse, 1919）；最早翻译中国古诗的中国翻译家蔡廷干编译的《唐诗英韵》（Chinese Poems in English Rhyme, 1923）由美国芝加哥大学出版社出版，书前有哈格罗夫的序言，译文后附有中文原诗；由日本学者小畑薰良（Shigeyoshi Obata）翻译的《李白诗集》（The Works of Li Po: The Chinese Poet, 1922—1965）；由著名美国诗人翻译家宾纳（Witter Bynner）与中国学者江亢虎（Kiang Kang-hu）合译的《群玉山头：唐诗三百首》（The Jade Mountain: Being Three Hundred

Poems of the Tang Dynasty，618—960)，于 1929 年由纽约 A.A. 诺夫书局出版，初版即受到欢迎，两年后再版，以后又多次重印，此书是清代蘅塘退士编《唐诗三百首》的全译本，采用散体意译法，译笔生动活泼，在美国和西方学术界颇得好评。那一时期的中国古诗译文还有惠特尔 (J. Whitall) 翻译的《中国抒情诗》(Chinese Lyrics)，于 1922 年在纽约的 B.W. 许布希出版社出版，这是转译自法国戈蒂叶《玉书》的中国古诗的法文译本；弗伦奇 (J.L. French) 翻译的《荷与菊》(Lotus and Chrysanthemum)，于 1928 年在纽约的博奈与利夫奈特出版社出版，以及美国《诗刊》主编蒂任丝 (E. Tiejens) 编辑的《东方诗歌》(Poetry of the Orient) 一书，于 1928 年在纽约出版；还有美国汉学家哈特 (Henry Hart) 翻译的《百姓：中国诗选》(The Hundred Names，1933) 及美国翻译家克拉克翻译的《竹林与荷池》(From Bamboo Glade and Lotus Pool，1934) 等多种译本。当时在美国留学的中国学生也曾将中国古典诗词译成英文发表，如初大告英译宋词《中华隽词》(Chinese Lyrics，1937) 由剑桥大学出版社出版；朱湘 20 世纪 20 年代末在美国芝加哥大学留学时，就将辛弃疾的《摸鱼儿》和欧阳修的《南歌子》译成英文，在芝大校刊上发表，受到读者欢迎。

艾米·洛威尔是早期翻译介绍中国古诗，并接受中日古典诗歌影响进行创作的著名美国诗人。她以极大的热诚学习和翻译中国古诗，被视为英美意象派的挂帅人物。洛威尔出身于美国马萨诸塞州布鲁克林市的名门望族，家族中有好多人在美国的文学界、教育界、政界和科学界颇有名气。她的一位哥哥珀西瓦尔·洛威尔 (Percival Lowell) 曾任美国首届驻日本公使的助手，在日本住过数年时间，还写过几本关于远东的书。少女时代的洛威尔在他的影响下，对日本和中国的艺术品和东方的文学艺术产生了浓厚兴趣。她创作出版过《剑锋与罂粟籽》(Sword Blade and Poppy Seed，1914)、《格兰德巨宅》(Can Grande's Castle，1918) 和摹仿日本诗风的《浮世绘》(Pictures of Floating World，1919) 等数部诗集，诗集《何时》(What's O'clock，1925) 曾获 1925 年的美国普利策诗歌奖。她与艾思柯夫人合作翻译的中国古典诗歌集《松花笺》对于推动和发展美国现代诗歌曾经起过重要的作用。

艾思柯夫人长期在中国生活，熟悉和热爱中国文化。她汉语比较流利，还刻苦学习中国的文言文。她曾粗略地译过中国古诗，请洛威尔进行润饰，使之成为较好的英文诗。她们由此开始合作翻译中国古诗。为了作好汉诗英译，洛威尔找来了当时能够找到的几乎所有译成英文和法文的中国诗歌。由于洛威尔喜欢中国字画，开始时，她认为中国文字实际上是一种"图画文字"（pictogram），拆解中国文字便可得其意象，于是她们采取"拆字法"（split up）来进行翻译，只是在接受了别人的意见和在实践中不断遇到问题之后才及时作了改进。其间，艾思柯夫人在中国还曾请教过一些中国学者，如她提到的 Mr. Nung Chu（音译是"朱农先生"）。经过四年的努力，她们终于出版了合作的成果《松花笺》。"松花笺"本是中国唐代女诗人薛涛自制的彩色诗笺，这三个汉字就印在译诗集《松花笺》的封面上。她们在序言里详细说明了书名的来源，表明了两位译者对中国诗歌的爱好和传播中国文学的热情。这个译诗集子受到了读者的普遍欢迎，首版一售而空，次年便重印。

为了使英语世界的读者能够欣赏中国古诗，艾思柯夫人在《松花笺》前言里用了将近 40 页的篇幅介绍跟中国古诗密切相关的中国文化要点，包括历史、地理、政治、建筑、科举制度和动物植物等，介绍中国文学尤其是诗歌的基本样式，还谈到了李白、杜甫、白居易等著名诗人的不同风格等。这些对于英语世界的读者理解和接受中国古诗起到了非常重要的作用。在《松花笺》前言中，她还谈到了汉诗英译的韵律、用词和联想等问题，实际上已经涉及比较文学。可以说，《松花笺》不仅仅是文学翻译的重要成果，也是比较东西方文学和东西方诗歌的先声。

《松花笺》共收译诗 160 多首，其中大半是李白诗，因为译者认为中国的大诗人是李白、杜甫和白居易。杜甫难译，而白居易已由阿瑟·韦利（Arthur Waley）译过。洛威尔在《松花笺》中专门辟有"诗中有画"一章，内收 24 首诗意象鲜明，意境优美，可见她们很喜欢中国古诗中那些生动如画的描写。作为英美诗坛意象派的后期领袖，洛威尔在译介汉诗时注重追求意象，大力发掘和突出中国古诗中优美精炼的意象，有时甚至不惜偏离或者违背现代英语的规范。她的英译汉诗中的一个显著特征就是意象生动鲜明，由意象构成的意境优美，译作诗意浓郁，在英美译者中别具一格。这固然跟洛威尔本人作为现代美国诗人的文化身份有关，但更主要是，她刻意从中国古诗中发现意象，学习中国古代诗人选择和安排意象的技巧，领会意象在诗歌创作中的意义，以推进她所服膺和领导的意象主义。在理解和翻译中国古诗的过程中，两位译者主要关注每个汉字的意思和原诗的意象，而不是原诗意境和格律。她们认为，"遵循原诗的韵律和节奏几乎是不可能的"，于是，她们以一种比较自由的方式来翻译中国古诗。总的来说，《松花笺》中的不少诗作还是译得比较好的，从这些译作的流畅译文和较为详尽的注释，可以看出两位译者下了很大功夫。

《松花笺》在英语世界产生了很大影响。尽管两位译者非常认真，但中国古典诗歌蕴涵深厚，文字艰深，她们又主要依靠两地通信进行合作翻译，艾思柯夫人虽然英语比较流利，但汉语文字水平和艺术鉴赏能力有限，《松花笺》中的误解与误译之处常可发现，引起评论界的关注。如《诗刊》副主编尤妮斯·蒂任丝在该刊上发表《论译中国诗》，对她们采用"拆字"（split up）方法翻译中国诗歌提出了批评；在美国的中国学者张歆海也在中国留学生的刊物《中国学生月刊》发表文章，对《松花笺》中的一些译作提出批评。[1]

1. 参见赵毅衡：《诗神远游——中国如何改变了美国现代诗》，第23页，上海：上海译文出版社，2003年版。

洛威尔在从事汉诗英译的过程中，得到过时在哈佛大学任教的赵元任的指点与帮助。她的另一位哥哥劳伦斯·洛威尔（Lawrence Lowell）当时任哈佛大学校长，由他出面请正在哈佛大学教中文的著名中国学者赵元任对这部译诗集提出意见。赵元任跟洛威尔晤谈过，并在后来致她的信中指出了其中的错误。[2]闻一多在留美期间，跟洛威尔有更为直接的深入交往，他称

2. 参见赵毅衡：《诗神远游——中国如何改变了美国现代诗》，第113页，上海：上海译文出版社，2003年版。

洛威尔是"此邦首屈一指的女诗人"，并首先向国内作了介绍。[3]洛威尔不仅翻译出版中国古诗，

3. 参见《闻一多选集》，第674页，成都：四川人民出版社，1987年版。

还为宣传中国诗到许多地方讲演，受到欢迎。如她1922年5月在芝加哥大学作关于中国诗的讲演时，一千多名听众把大厅都挤满了，门外还有几百人。[4]早在《松花笺》出版时，洛威尔就

4. 转引自赵毅衡：《远游的诗神》，第23页，成都：四川人民出版社，1985年版。

引起了中国学界注意，如施蛰存率先将西方意象派诗歌介绍到中国时，就着重评述了洛威尔诗作："受我国与日本诗的影响（本来现代英美新诗有许多人都是受东方诗之影响的），短诗之精妙者颇有唐人绝句及日本俳句的风味。"[5]在20世纪上半叶，洛威尔的汉诗英译为推动中美

5. 孙玉石：《中国现代主义诗潮史论》，第407页，北京：北京大学出版社，1999年版。

文学交流做出了重大贡献。

威特·宾纳（Witter Bynner），现代美国作家、诗人和学者，他出生于纽约布鲁克林区，在马萨诸塞州长大，1902年毕业于哈佛大学，从事过新闻工作。宾纳的主要著述包括关于文坛好友D.H. 劳伦斯（D.H. Lawrence）的回忆录《随天才同行》（Journey with Genius, 1951）和《老子养生之道》（The Way of Life, according to Lao Tzu, 1944）等；以及若干部诗选集，如《绿岩诗抄》（Grenstone Poems, 1917）、《印第安大地》（Indian Earth, 1929）、《诗选》（Selected Poems, 1943）和《驱走黑暗》（Take Away the Darkness, 1947）等。宾纳学识渊博，对东方文化抱有浓厚兴趣，尤其醉心于中国传统文化，包括中国美术、诗歌和哲学等。他曾两度来中国旅游，中国文化给他留下了深刻印象，使他亲身体验到东

方文明的博大精深和别具特色。宾纳与中国学者的交往，在当时的美国新诗人中最为突出，因此他对中国诗的知识比其他美国诗人要扎实得多。如他曾经跟在纽约的中国学者许地山通信，许地山在信中详细为他解释了几种中国花草鱼虫的拉丁学名和比较正确的英文译法。[1] 由此可

1. 赵毅衡：《诗神远游——中国如何改变了美国现代诗》，第 113 页，上海：上海译文出版社，2003 年版。

见，宾纳对汉诗英译的态度是相当严肃的。宾纳翻译过不少中国文学作品，他是美国最早翻译介绍王维和道家美学的人。他自己创作的诗歌中也明显带有东方文化的影响。其中，来自中国的影响占有重要地位。他在学习和翻译中国古典诗歌的过程中，深受中国传统文化和诗学观念的影响。所以宾纳明确表示，跟希伯莱文明或希腊文明相比，中华文明给他的教益更为新颖，更为精微，更为深刻 (a newer, finer, and deeper education than ever came to me from the Hebrew or the Greek)。[2]

2. Witter Bynner, *Beinecke Rare Book & Manuscript Library*, Yale University, 1997.

宾纳在加利福尼亚大学伯克利校区从事教学和研究工作期间结识了同在该校任教的中国学者江亢虎，并开始与之合作，将中国的《唐诗三百首》译成英文，即《群玉山头》(*The Jade Mountain*, 1929)。其书名典出李白《清平调》句"云想衣裳花想容，春风拂槛露华浓。若非群玉山头见，会向瑶台月下逢"，"群玉山"指神话中的仙山，传说是西王母住的地方。这部译作后来一度作为许多大学研习中国和东亚文学等课程的教材被使用多年，在美国和英语世界产生了很大影响，在汉诗英译历史上占有重要位置。

《唐诗三百首》由蘅塘退士（孙洙）于清乾隆二十九年（1765）编辑完成，共选入 77 位唐代诗人的 310 首诗。诸诗均配有注释和评点。孙洙与继室夫人徐兰英有感于《千家诗》选诗标准不严，体裁不备，遂合作选编《唐诗三百首》以取代之。此本以体裁为经，以时间为纬，专选唐诗中"脍炙人口之作，择其要者"。书名取自"熟读唐诗三百首，不会做诗也会吟"，或说取自"诗三百"。中国是诗的国度，唐朝是中国诗歌的巅峰。唐诗题材广泛，格调高雅，众体兼备，对中国文学的影响极为深远，被历代文人奉为圭臬。在诸多唐诗选本中，《唐诗三百首》因选编精湛，篇幅适中，评注精当等成为学习中国文化和中国文学的基础范本。在多种唐诗选本中，此选本流传最广，影响最大，屡次被翻译成多种外文。

宾纳和江亢虎同在加利福尼亚大学任教期间，因双方在沟通和促进中西文化与文学的交流方面有共同的兴趣和愿望，遂由相识而结为好友，并开始合作翻译中国古诗。江亢虎 (Kiang Kang_hu) 是中国社会党领袖、著名政客和学者。他是江西弋阳人，从小接受中国传统思想文

化教育，曾是前清举人，国学底子深厚，提倡传统和儒学。他曾东渡日本考察政治并游历欧洲各国，1911 年在上海创立"中国社会党"，颇具影响。因袁世凯禁社会党，1913 年江亢虎远走加拿大，再到美国。他在美国七年，曾任加利福尼亚大学伯克利校区教授，后应聘主持美国国会图书馆东方部。回国后，曾任北洋政府的制宪要员。抗日战争时期，江出任汪伪政权国府委员和考试院院长。抗战胜利后以汉奸罪被逮捕，后被判处无期徒刑。宾纳曾为此与胡适和史迪威等人联名向美军军法处上书求情，但未获准，1954 年江亢虎病死狱中。他与宾纳合作翻译的《群玉山头》为他在中国颇不光彩的人生履历上留下了足以传世的重要一页。在江亢虎的倡议下，他们一改过去英美译者主要根据自己或读者的兴趣选择翻译汉诗的传统模式，注重选择和翻译既在中国文学传统中已有定评，在中国文化中产生过重大影响，又易于为英美读者接受的中国古诗选本。由于上述《唐诗三百首》的种种特征，便成了他们合作翻译的不二之选。

在翻译过程中，先由江亢虎提供原诗的初始译稿，继由宾纳加工润饰，再由两人讨论切磋。其间，江亢虎主要对原诗进行阐释（包括语言和文化中的难点和专名典故等），宾纳主要是使译作流畅优美，使英美读者易于接受与欣赏。宾纳为《群玉山头》撰写的长篇序言"诗歌与文化"（Poetry and Culture）阐述了中国古诗与中国传统文化之间的关系。江亢虎撰写的序言则向西方读者介绍中国的诗歌传统、中国古诗的主要形式和艺术特色等。他们合作翻译的唐诗从 1920 年起陆续发表。江亢虎回中国后，两人的合作翻译主要靠通信进行，由于江行踪不定，主要的翻译工作还是宾纳进行，他也有时间仔细琢磨。事实证明，尽管《群玉山头》中也有由于两人主要靠通信进行合作以及中英语言和中西文化差异等原因出现的误解误译，但总的来讲，还是不错的译作，就连向来看不起别人译文的英国翻译家韦利对此也有很高的评价。由于这是中国选本的原本照译，译者没有挑选余地，无法避开典故太多或太艰深的诗作，宾纳的努力和成绩就更为可贵。宾纳和江亢虎合译的《群玉山头》使唐诗佳作在英语世界得以广泛传播和接受，雷克思洛斯曾经赞扬宾纳的汉诗英译是"本世纪最优秀的美国诗歌之一"。[1] 当代美国著名汉学家华兹生（Burton Watson）在为《群玉山头》1978 年版撰写的长篇序言中，尽管指出了其中一些误译，但从总体上给予此译本以很高的评价。《群玉山头》甚至成为当今《唐诗三百首》电子文库的英文母本。众多美国和西方读者正是通过这个选本认识和欣赏唐诗的精华部分。《群

1. Kenneth Rexroth: *"The Poet as Translator"*, W. Arrowsmith & R. Shattuck, *The Craft and Context of Translation*, ed., Anckor books, 1964, p.46.

玉山头》不仅增进了中国诗歌在美国的传播与影响，也推动了中国和西方在文学与文化方面的交流。

埃兹拉·庞德 (Ezra Pound)，20 世纪美国著名诗人和理论家，生于爱达荷州，年轻时开始接触包括中国古典诗歌在内的东方文学艺术，深感兴趣，跟在伦敦和巴黎等地结识的一批青年诗人一起创立了"意象派"。庞德的著译十分丰硕，出版了多种诗集，最主要的作品是长诗《诗章》 (Cantos，1917—1959)，其中，庞德被囚禁于意大利比萨俘虏营中时所写的《比萨诗章》 (The Pisan Cantos)，描写穿过"灵魂的黑夜"走向爱之女神的过程，于1948 年获得博林根特诗歌奖。[1] 在文学理论方面，有 T.S. 艾略特为他编辑的《文学论文集》

1. 参见《中国大百科全书·外国文学卷》第二卷"庞德"条。

(The Literary Essays，1954) 等。在庞德的众多著译中，他翻译的数种中国典籍引人注目，其中影响最大的是《神州集》 (Cathay，1915，1919，又译《华夏集》)，此外还有《论语摘要》 (Digest of the Analects，1937)、《中庸》 (The Unwobbling Privot，1947)、《大学》 (The Great Digest，1947)、《论语》 (Confucian Analects，1951) 和《诗经》 (The Classic Anthology Defined by Confucius，1954) 等。

英美"意象派"在创建和发展过程中深受中国古诗影响，其诗学理念和艺术手法中有不少是受惠于汉诗英译。较早出版的《意象派诗选》 (Des Imagistes: An Anthology，1914) 中就收入庞德自己的 6 首诗作，其中有 4 首是他根据英译中国古诗改写的。原诗采自楚辞《山鬼》、汉乐府《落叶哀蝉曲》和班婕妤《怨歌行》等。[2] 1913 年，正当庞德忙于创建"意象派"之时，

2. 参见郑树森：《俳句、中国诗、与庞德》，见郑树森编：《中美文学因缘》，台北：东大图书公司，1985 年版。

他在伦敦见到了美国东方学家欧内斯特·费诺罗萨 (Ernest Francisco Fenollosa) 的遗孀玛丽·费诺罗萨 (Mary Fenollosa)。欧·费诺罗萨是美国研究东方文学艺术的一位杰出先驱，他曾经在日本从事教学和研究长达 12 年，曾师从日本学者贺永雄和森槐南等研习过中国古诗，返回美国后任波士顿博物馆馆长。费诺罗萨临终时留下了一批数量可观的手稿，其中包括大批他逐字直译中国诗歌的粗略译文，费诺罗萨的翻译是依据日本汉学家的诠释。玛丽·费诺罗萨后来将丈夫的遗稿赠送给了庞德，庞德如获至宝，据此翻译出版了《神州集》。庞德的汉诗英译，犹如将金属粗坯打磨成精巧的工件。他将费诺罗萨的直译加工成了地道的英诗，取得了最初成果。这部包括 19 首中国古典诗歌的译文集出版后，一直得到很高的评价，对英语读者了解中国古诗，对英美诗歌创作都产生过重要影响，艾略特称这部译作"丰富了现代英语诗坛"；

《神州集》也是庞德自己的诗歌创作接受中国影响而趋于成熟的重要媒介。《神州集》所收篇目，包括《诗经》的《采薇》，汉乐府的《陌上桑》，古诗十九首的《青青河畔草》，郭璞的《游仙诗》，陶潜的《停云》等；其中以李白诗作为多，计有《长干行》、《江上吟》、《天津三月时》、《胡关饶风沙》、《忆旧游寄谯郡元参军》、《送友人入蜀》、《登金陵凤凰台》和《黄鹤楼送孟浩然之广陵》等多篇。由于《神州集》是庞德根据费诺罗萨的直译改写而成，他不可能根据汉诗原作进行翻译。所以，汉诗中的姓名和地名等，他也照搬费诺罗萨写法，用日文拼读，如把李白译为 Rihaku，王维译为 Omakitsu，黄鹤楼译为 Ko-kaku-ro，甚至把非专名的"故人"也译成 Ko-jin，等。还有些诗篇只是节译，如《陌上桑》原作 53 行仅译成了 14 行。尽管《神州集》并非严格意义上的翻译，既有创造也有所背离，但庞德的译诗意象鲜明，语言流畅简洁，优美动人，大体能再现原诗的意义和意境，因此受到普遍的欢迎和称赞。

庞德另一部影响很大的英译中国古诗是《诗经》。他选择翻译《诗经》，主要原因就在于《诗经》是宣扬儒家思想的典籍。儒家思想是中国古代一种理论化的社会意识形态，其中道德、伦理、礼教、和平和人际关系等方面的深广内容给庞德的文学思想、诗歌创作和诗歌翻译等都产生过深刻影响，使之成为中国儒家思想的忠实信徒和热情鼓吹者。从庞德的英译篇目以及译文中所采用的儒家学派的传统注释来看，他之所以选择翻译《诗经》，是把《诗经》划归到儒家经典的范围内来加以研究和学习。在《诗经》的风、雅、颂几个部分中，一般比较推崇"风"，但庞德出于他的儒家思想倾向，他更推崇其中的"雅"和"颂"两个部分。他认为《诗经》中"包含着历史"，于是把《诗经》作为"中国史诗"来翻译。1949 年，他开始翻译《诗经》。其实，早在庞德翻译出版《神州集》（1915）时，就已经将他翻译的《诗经·采薇》作为该译诗集的首篇，不过他根据意义将标题改成了"戍边弓箭手之歌"（Song of the Bowmen of the Shu）。由于庞德不懂中文，他需要依据前人的《诗经》英译本进行翻译，其中主要是理雅各译本。当时，庞德被羁押在华盛顿圣伊丽莎白精神病院，时在当地大主教大学求学的一位孙姓女中国学生（Veronica Sun）为表达对庞德的敬意，经常去医院探视他。庞德便将自己译的《诗经》读给她听，孙的面前放着一本《诗经》中文本，以指出庞德译文中的不妥或错误之处。然而，出于对庞德的敬畏，这位年轻女学生不敢频繁打断他，直率地提出批评意见。尽管庞德主要依据理雅各的 1876 年版《诗经》英译本进行翻译，但他却很看不起这个译本，认为这个译本的学术性和学究气太重，令诗歌读者望而却步，遑论接受欣赏。于是庞德就按照自己的诗学观念和译诗理念来重新翻译《诗经》。其译本于 1954 年由美国哈佛大学出版社和英国伦敦费伯出版社（Faber & Faber）同时出版，书名是《孔子审定古诗选》（*The Classical Anthology Defined by Confucius*），这也是庞德最后一部重要的翻译作品。在哈佛大学任教的中国学者方志彤为此书作序，他称庞德是一位"儒家诗人"（A Confucian Poet）。此书出版后销量不错，颇获好评。[1]

1. 参见陶乃侃：《庞德与中国文化》，第 72 页，北京：首都师范大学出版社，2006 年版。

当代理论家苏珊·巴斯奈特（Susan Bassnett）在其论文《种子移植：诗歌与翻译》中引申发展英国诗人雪莱在论文《诗辩》（*The Defense of Poesy*，1820）中的观点，以植物种子为比喻来论述诗歌翻译。巴斯奈特指出，尽管不能够把诗歌从一种语言融入到另一种语言中去，但是，诗歌就像植物种子，可以移植到新的土地里，催生出新的植物来。译诗者的使命就是发现并确认种子，并实施移植。[2] 庞德从费诺罗萨留下的大批逐字直译汉诗的粗略译文和韦利等的汉诗英译选集中发现了这样的"种子"，并将其移植到欧美诗坛这块异域土地上。他以翻译出版《神州集》及《诗经》等完成移植程序，使中国古诗在思想内容、道德观念和艺术形式等诸多方面对英美和西方的文学艺术产生重大影响，而英美意象派诗歌正可视为从汉诗种子中催生出来的新生植物。

2. Susan Bassnett, "*Transplanting the Seed: Poetry and Translation*", Susan Bassnett & André Lefevere, *Constructing Cultures: Essays on Literary Translation*, Shanghai Foreign Languages Education Press, 2001, p.58. 转引自钟玲《经验与创作》，见郑树森编《中美文学因缘》，第 122 页，台北：东大出版公司，1985 年版。

当代理论家埃文—佐哈尔（Itamar Even Zohar）曾指出，当翻译文学处于多元系统的中心位置的时候，翻译文学就成为"革新力量的组成部分"，因而"常常跟文学史上的重大事件联系在一起"。[3] 从 20 世纪 20 年代起，现代派文学艺术在欧美风起云涌，传统观念和手法不再占据主导地位。庞德的《神州集》推波助澜，推动着在文学艺术乃至社会文化方面发出改革图新的呼声。他对于中国古诗、中国典籍和儒家哲学的翻译介绍在英美文学界掀起了引进和学习东方文学的高潮，他对后起作家的帮助和提携使他们中的一些人日后成为文学大师。20 世纪西方社会文化的发展总是跟文学艺术的革新紧密相联，庞德包括汉诗英译在内的全部文学活动在这场运动中发挥了不小的作用。

3. Itamar Even-Zohar, *The Position of Translated Literature within the Literary Polysystem*, Lawrence Venuti, ed., *The Translation Studies Reader*, London and New York, Routledge, 2000, p.193.

20 世纪初叶，美国现代派诗歌跟传统诗歌作最后的较量并取得胜利是以意象派的诞生与盛行为标志的。尽管意象派诗歌风靡西方诗坛的时间不长（约 1912 至 1917 年），也没有创作出许多鸿篇巨制，但却留下了许多意象新颖、清新隽永的佳作。在诗歌语言的形象与隐喻的更新和韵律的自然流动等方面，为英美现代派诗歌开辟了一条大道。英美意象派在形成和发展的过程中，接受中国古诗的影响，翻译介绍中国古典诗歌，在英美诗坛上掀起了翻译、学习中国古诗的热潮，历久不衰。这在中美诗歌相互交流和相互影响的过程中，起到非常重要的作用。

1. 历史文化背景。19世纪末至20世纪初，西方世界处于政治经济的急剧变化之中。第一次世界大战和世界性经济危机猛烈地冲击着人们的思想和文化意识。当时，欧洲的文明中心虽已经土崩瓦解，但英国诗歌仍然顽固地坚守传统。美国诗坛也大抵相似，曾经朝气蓬勃地以自由体诗尽情高歌的惠特曼因为对资产阶级民主的失望，晚年陷入了沉默。笼罩诗坛的是冗长散漫、矫揉造作、无病呻吟的英国维多利亚诗风。无论是诗歌自身的发展还是社会历史的要求，扫除旧习、革新诗风已经是势在必行。面对剧烈的时代变化和新的社会生活，敏锐的诗人们感到必须寻找一种新的方式来创作诗歌。

意象派就是为适应剧烈的时代变化和新的社会生活而产生的新的诗歌流派。如果说，是历史发展和时代变化催生了英美诗坛上的意象派，那么，中国古典诗歌则为意象主义理论提供了坚实的基础和生动的范例。

2. 美国诗人与中国文化。1912年标志着美国新诗的新纪元。哈丽特·蒙罗在这一年创办了将在美国新诗运动中发挥重要作用的现代派诗歌的喉舌《诗刊》。作为主编的蒙罗对中国文化和中国古诗怀有浓厚的兴趣，她跟洛威尔关系密切，还委任庞德担任该刊驻欧洲的编辑，她在20世纪之初和30年代，曾两度来华访问，写访华日记，创作中国题材的诗歌。当时，访问中国的美国诗人带回中国艺术品，会见在美国的中国诗人学者。那一段时间，访问过中国的美国诗人学者就包括：E·蒂金斯（Eunice Tietjens），E·斯各特（Evelyn Scott），C.Y. 赖斯（Cale Young Rice），E. 科兹沃斯（Elizabeth Coatsworth），文森特·米莱（Edna Saint Vincent Millay），W. 宾纳（Witter Bynner）和A. 费克（Arthur Davison Ficke）等多人。[1] 他们置

1. 参见赵毅衡：《远游的诗神》，第97页，成都：四川人民出版社，1985年版。

身于中国文化的氛围中，又将中国艺术品和中国诗歌带回美国，是美国新诗接受中国传统文化和中国古诗的影响的一个重要途径。另外一个途径是中国学者诗人访问美国，其中具代表性的人物是赵元任、闻一多和胡适等。一方面，这些中国学者都具有非常深厚的中国传统文化修养，熟谙中国古典诗歌；另一方面，他们又非常熟悉西方语言文化，跟美国教育界文学界有广泛的联系。他们在美国积极弘扬中华文化，对当时美国诗坛接受中国诗歌和中国文化的影响也起到

了重要的作用。

3. 学习翻译中国诗歌的高潮。20 世纪的头 30 年，是中国古诗在美国翻译和流传的兴盛时期。随着东西方政治、经济和文化的交流日趋频繁，中国古诗进入美国，引起美国读者和文学界的浓厚兴趣。包括《诗刊》等在内的美国报刊登载的中国古诗译文和评论要远远多于对其他国家诗歌的介绍。从 1911 年至 1930 年的短短 20 年间，中国古诗的英文译本竟多达数十种。其中以庞德的《神州集》（Cathay, 1915, 1919）最具有代表性。庞德认为，"正因为中国诗人从不直接谈出他的看法，而是通过意象表现一切，人们才不辞繁难去翻译中国诗歌。"《神州集》被誉为是庞德对英语诗歌"最为持久的贡献"和"英语诗歌的经典作品"。[1] 由洛威尔和艾思柯夫人合译的《松花笺》也是当时最具影响力的中国古诗英译本之一。其中收入的诗作大多意象鲜明，意境优美，努力再现中国古诗中生动如画的描写。当时还出版了多种其他汉诗英译选本，如弗莱彻（W.J. Bainbridge Fletcher）编译《汉诗精华》（Gems from Chinese Verse, 1918）和《汉诗精华续编》（More Gems from Chinese Verse, 1919）、蔡廷干编译《唐诗英韵》（Chinese Poems in English Rhyme, 1923）、蒂任丝（E. Tiejens）编辑的《东方诗歌》（Poetry of the Orient, 1928）以及宾纳与江亢虎合译的《群玉山头: 唐诗三百首》（The Jade Mountain: Being Three Hundred Poems of the Tang Dynasty, 618—960, 1929）等。

4. 中国诗歌的影响。通过中美两国学者诗人的互访和交流，以及中国古诗的多种英译本在美国广泛传播，当时以意象派为首的美国新诗运动接受了中国古典诗歌以及中国传统诗学理论的影响，尤其是李白、杜甫、白居易、王维等诗人及其诗学观念，这对意象派的形成与兴盛，对美国现代新诗的发展等都具有非常重要的意义。诚如美国文学史家马库斯·坎利夫（Marcus Cunliffe）在《美国文学》（The Literature of the United States）一书中谈到意象派诗人时所说，正当这些诗人处于关键时刻，他们发现了中国古典诗歌，因为从中找到了完美的含蓄和精炼的字句而感到无比兴奋激动。[2] 庞德对中国古诗，尤其是中国古诗对美国新诗运动的意义，给予了很高的评价，将其与欧洲文艺复兴时期的古代希腊相提并论："中国诗歌……是一个宝库，今后一个世纪将从中寻找推动力，正如文艺复兴时期人们从希腊人那里寻找推动力。"[3]意象派诗人弗莱彻称，正是因为中国的影响，他才成为一位意象派诗人，他所倾心的美学的现代精神和哲学背景"是中国式的而非欧洲式的"。[4] 美国诗人默温（William S. Merwin）说，

---

1. 转引自赵毅衡：《意象派与中国古典诗歌》，载《外国文学研究》，1979 年第 4 期。

2. Marcus Cunliffe: The Literature of the United States, bilingual edition, World Today press, Hong Kong, 1975, p.247.

3. Ezra Pound: Renaissance, Norton Anthology of American Literature (II), p.1048.

4. 参见赵毅衡：《远游的诗神》，成都：四川人民出版社，1985 年版。

中国影响已经成为美国诗歌传统的一部分。[1]

1. 参见赵毅衡：《美国新诗运动中的中国热》，载《读书》，1983 年第 9 期。

5. 意象派。意象派大力突出意象在诗歌创作和鉴赏中的作用，主张"意象本身就是诗"，把意象视为创作的目的，而不仅仅是创作的手段。实际上，他们的创作过程往往变成了寻找意象的过程。意象派强调表现诗人个人对客观现实的反映和感受，突出诗人在瞬间产生的直觉印象。这样产生出的意象有时会被罩上神秘晦涩的色彩，给读者的理解造成困难。新奇鲜明的意象能够给读者留下深刻印象，但是，如果只是过多过奇的意象，便会消蚀掉先前留给读者的新颖感，反而使他们感到厌倦。此外，意象派因过分强调简洁凝练，其多数作品就只能是篇幅短小的诗篇，自然不能够承担起表现社会生活和人的复杂思想感情等重任。正是由于意象派这些与生俱来的缺陷和局限，一些意象派诗人很快就离开了这个流派，意象主义诗歌运动随之也就偃旗息鼓了。

第四节　早期美国作家笔下的"华人"形象

中国人对美国社会的直接接触始于晚清时代的华工移民。因 1848 年初美国加州发现黄金，工人的需求量骤然增多，到 1852 年前后，前往美国的华工日趋增多。华工初抵美国之时，一直颇受美国政府和民众的欢迎，华工所显示出来的普遍的性情平和、吃苦耐劳和团结互助等等的品质也深得美国人的赞许。因为与自己没有非常直接的利益冲突，早期的华工与美国民众在相当长的一段时间内始终处于和谐共处的状态。当然，这种短暂的和谐并不意味着华工曾取得过与美国人彼此平等的地位。1868 年《蒲安臣条约》签订的两年时间内，有近十万名中国"苦力"在为美国铺设横贯北美大陆的铁路轨道，而在西部矿区，更是有大量的华工在为美国人开掘金矿。当有限的工作机会与不断增加的劳工人数之间出现了无可避免的矛盾时，多数美国人立即就会迁怒于华工，并且会自然而然地把白种人与美国本土的印地安人等土著民族之间的种族性差异直接转移到中国人身上，而随着这种差异性的日渐被强化，美国人与中国人的分歧同时也就逐步加大了。尽管事实上还有几百万欧洲及其他地区的工人来美国谋生，但温顺的"异族"

华工却似乎成了最大的甚至唯一的威胁，就连新近加入的白种工人也开始抱怨"廉价的中国劳工"危及到了他们的工作。

1892 年发表于美国 Wasp 杂志上的漫画
《被山姆大叔捆住的华人》

从 19 世纪 60 年代晚期到 1882 年美国正式颁布《排华法案》（该法案一直到 1943 年中国成为了反日联盟时才被废止），从西部各州开始，排华暴行逐步蔓延到了美国各地。1880 年 10 月丹佛发生大规模反华骚乱，导致大批华人伤亡和财产损失，清政府驻美公使陈兰彬虽要求美国政府惩凶赔偿，但美国政府以宪法不允许联邦政府过问各州事务为由拒绝了这一要求。而在以仇华闻名的詹姆斯·布莱恩（James G. Blaine）开始担任美国国务卿以后，排华浪潮终于被推向了极致。事实上，自 19 世纪末期开始，整个西方世界，"从传教士、军人、政客的报道到小说诗歌，西方文化表述的中国形象，基本是贫困、肮脏、混乱、邪恶、残暴、危险的地狱，集中在有关'黄祸'、义和团与唐人街的恐怖传说中，其中，'黄祸'是有关中国形象的一种极端意识形态化的原型。"[1] "黄祸（Die Gelbe Gefahr）"意识最初出自德国皇帝威廉二世对

1. 周宁：《天朝遥远——西方的中国形象研究》（上），第 353 页，北京：北京大学出版社，2006 年版。

于遥远的东方民族的恐惧想象，它所代表的实际上是整个西方世界的某种集体性的无意识心理，或称"社会集体想象物"（imaginairesocial）。具体到美国来说，一个以移民方式占据了北美大陆的外来民族，首先需要防范的也必然是新的外来移民会以同样的方式将自己驱逐出已有的领地。所以，"黄祸"意识既意味着在美国人的想象中愚昧堕落的中国人将随着人口的日益膨胀严重威胁美国人（甚至整个世界）的生存，同时也意味着以儒家文化为代表的文明形态对于基督教文化的巨大冲击（乃至根本性的摧毁和取代）。美国在此一时期出现于文学文本中的华人形象，其实一直在以合谋的方式直接参与到"排华"事件之中。

　　19世纪中期以后，美国文学在初步确立了自身民族品质的基础上，曾一度出现了小说创作的高潮，一批优秀的小说作家也相继涌现，诸如马克·吐温（Mark Twain）、布莱特·哈特（Bret Harte）、杰克·伦敦（Jack London）等等。出于文学对现实的密切关注，居美华裔的生活也开始进入了作家们的视野，但出现在这个时期作家笔下的华人形象却呈现出极为复杂的情形。某种程度上说，美国作家对于中国人的同情或厌恶，与他们作为作家的自身个性、现实写作动机以及情感倾向等均有着密切的关系，包括那种以亲身经历为蓝本而创作的各式作品，也同样会打上了作家自身所属文化的印记。

　　在大多数美国人看来，中国人是被现代文明所抛弃了的野蛮民族的遗留，甚至天生就是已被上帝遗弃的"贱民"。浸淫于某种普遍氛围之中的作家不可避免地会受到此类风气的影响，马克·吐温发表于1862年前后的《唐人街》报道就带有顺应当时美国人的普遍印象的明显意图，只是当他以1863年亲自造访华人相对较为集中的居住区旧金山的经历为基础，开始发表有关华人的《该诅咒的儿童》（Those Blasted Children）等一系列文章时，才逐步摆脱了普遍的社会偏见而明确打上作家所自有的政治讽刺与个人良知的痕迹。布莱特·哈特的创作从一开始就带有迎合世俗民众心理的特点，他是较早以在美华工的生活为基本素材来塑造中国人形象的作家之一。哈特对于中国人的理解同样经历过一种微妙的变化，他早期所写的叙事性讽刺诗《诚恳的詹姆斯的大实话》（Plain Language from Truthful James）（1870）中出现的狡猾而粗鄙的赌徒形象阿新（Ah Sin，又译阿辛）曾在相当长的时间内成为了在美华人形象的最为典型的代表，该诗后以《异教徒中国佬》（A Heathen Chinee）为题行世，其影响甚至一直持续到20世纪70年代。哈特对华人的嘲讽使白人读者欣喜若狂，"它在旧金山街头广为流传，在东海岸城市争相阅读，发表当年在英国就出了4版，事实上它被人们交口传诵，成为大众的文学财产。国会辩论中国问题时此诗被多次引用。"[1] 阿新的那种极富滑稽效果的外表装束——"大

1. 刘海平、王守仁主编：《新编美国文学史》（第二卷），第526页，朱刚主撰，上海：上海外语教育出版社，2002年版。

裤衩、大布褂、瓜皮帽、长辫子"——作为中国人的特定影像也开始深深地印刻进了美国人的脑海里。

　　哈特有相当数量的小说都是以华人及其生活为内容而创作的，[2] 比如《异教徒万黎》（Wan

2. 有关早期美国作家所塑造的华人形象的评述可参阅张弘等《跨越太平洋的雨虹——美国作家与中国文化》（宁夏人民出版社，2002）和宋伟杰《中国·文学·美国——美国小说戏剧中的中国形象》（花城出版社，2003）等专著中的有关章节。

lee, the Pagan）（1874）、《海盗岛的皇后》（The Queen of Pirate Isle）（1887）、《四邑》（See Yup）（1898）、《千里达岛的三个流浪者》（Three Vagabonds of Trinidad）（1901）

等等，处于美国西部的加利福尼亚本身就是来自不同种族的移民及美国本土人杂居的地区，各式肤色的人的生活以及他们的不同文化自身就蕴涵了丰富的写作资源，哈特选择这一特定地区作为其描绘的对象，在某种程度上其实也正满足了美国人潜在的猎奇心理。哈特在《异教徒万黎》中细腻地描述了一位名叫万黎的华人少年如何被基督教学校的白人孩子残酷地打死的经过。几乎与哈特的描述相呼应，当时由托马斯·纳斯特拍摄的一部动画片中也显示出这样的镜头：一个中国人在一群疯狂的私刑暴徒面前畏缩成一团，他身上别着标签，上面写着"奴隶"、"乞丐"、"食鼠者"。哈特与纳斯特所塑造的华人为美国词汇增添了一句生动的短语："像中国佬那样毫无机会。"[1]

1. [美] 迈克尔·谢勒：《二十世纪的美国与中国》，第27页，徐泽荣译，北京：三联书店，1985年版。

发表于 1879 年 *HARPER'S WEEKLY* 杂志上，一名叫 Ah Sin 的"中国异教徒"说："这正是我渴望已久的。"（"Ah Sin Was His Name." The Heathen Chinee, "That is just what I have been longing for."）

在种族意义上，由哈特及其同时代的作家们共同创造出来的有关中国人的特定称谓"中国佬（Chinee 或 Chinaman 或 John Chinaman）"，无疑使全体华人有了一个与美国人完全区别开来的"共名"，它既代表着区别于基督教文化的"异教徒"的文化身份，同时也包含了落后、卑贱、愚昧、狡诈、恶毒、阴险、自私、残暴、肮脏、顽固，以及天真、沉默、神秘、忍耐等等的低层次的人性蕴涵；一方面成为了美国人辨识中国人的形象标识，另一方面也与那种由来已久的"黄祸"想象遥相呼应。甚至到了第二次世界大战时期，美国总统罗斯福还习惯性地以此称呼中国人，"每当他描述他不喜欢的人时，他就使用这样的字眼——'中国佬'。"[2]"中

2. [美] 迈克尔·谢勒：《二十世纪的美国与中国》，第40页，徐泽荣译，北京：三联书店，1985年版。

国佬"在 20 世纪前期又逐步衍生出了具有特定典型意义的两个形象，一个是狡猾而邪恶、并以狠毒的"中国式拷问"的人格化方式表现出来的"傅满洲博士（Fu manchu）"，在他的身上，可以说集中了美国人有关"黄祸"的全部想象——嗜杀、淫荡、报复以及试图征服世界的险恶用心等等；另一个则是与事实上的中国人几乎毫无关系，或者说仅仅只是为了满足美国人

自身的某种刺激性需求的，集异域情调和英雄情结于一体的"陈查理（Charlie Chan）"。在相当长的时期内，以"傅满洲"和"陈查理"所概括起来的彼此矛盾的形象一直占据着美国人的想象空间，他们仿佛是在不断地交替印证着现实中国的丑恶与传统中国的辉煌。[1]

1. 姜智芹在其专著《傅满洲与陈查理——美国大众文化中的中国形象》（南京大学出版社，2007）中对这两类形象作过非常细致的描述和分析。

哈特的《异教徒万黎》中还出现过一位与普通华人劳工迥然相异的中国人"霍兴"，这个形象实际上完全可以看作是依照哈特自身所确立的某种标准想象出来的一个文质彬彬的中国人——与其说是中国人，还不如说是一位被罩上汉装而稍加改造的英国绅士。他的另一部小说《海盗岛的皇后》的主人公仍叫万黎，但身份已经转为一个矿山老板的奴仆，显示了作者希望在下一代身上能够从根本上解决与华人的矛盾的理想。《千里达岛的三个流浪者》以被当地居民驱赶而逃亡在森林之中的中国人李迪、印地安人及一条狗最终仍旧被小镇上的人们绞杀的故事，暗示了因肤色而产生的种族歧视与排斥，显示出了哈特在种族问题上的巨大转变。小说《四邑》则借用中国广东某地的地名作为主人公的名字，刻画了一个依靠小聪明钻营欺诈而谋利的华人形象。其中，哈特还特意概括了他所认定的所谓"中国人的味道"，即"穿着中国舢板苦力那样的普通蓝棉布上衣和白色内裤，尽管这些衣服十分整洁崭新，却总是散发着那种——半是鸦片，半是生姜——药水"的味道，[2] 这类描述无疑为华人形象的进一步定型添加了极富感

2. 宋伟杰：《中国·文学·美国——美国小说戏剧中的中国形象》，第19、21页，广州：花城出版社，2003年版。

性色彩的内容。

哈特对华人的态度一直比较暧昧，他一方面在像《致鲁柏特的圣诞礼物：给小战士们的故事》（1864）这样的小说中对华人表示出由衷的友好，同时也在《N.N. 法语短篇记事风格的小说》（1865）之类的作品中对华人的无知、落后及放荡显示出厌恶和贬斥。这也进一步说明，哈特的创作并不是立足于明确的种族意识（无论是褒扬还是贬低）而展开的，他的作品主要是为了满足美国读者的求异心理而形成的类型化叙事。哈特的多数小说中，华人都是以仆佣的身份出现的（这其实也是早期美国小说中华人形象的通用身份），诸如《费德城插曲》（1873）、《加布里尔·康洛依》（1875—1876）、《加拿大城之钟》（1900）等等，其所表现的华人的美德也主要集中在对于主人的忠诚以及处理各类事件时的小智慧方面。从总体上还未能够完全脱离早期华人的基本形象——善良与丑恶并置的非此即彼的二元式简单划分，同时，白人自身的无可置疑的优越性同样无处不在，这就形成了此类文学文本在叙述上的某种较为固定的模式，即以"俯视"视角展开叙事的特定形式。

与哈特对华人态度的转变有些类似，马克·吐温一开始对华人也并没有抱多少好感，但在他亲自访查过旧金山华人社区的具体生活境况之后，才逐步转向了对华裔民众的深切同情。不过，需要说明的是，马克·吐温的这种同情不能被理解为就是单纯地针对中国人而产生的，事实上，马克·吐温一生对所有的被压迫民族及生活在底层的穷苦民众都深怀恻悯之情，惟其如此，他才对美国社会的现行制度表现出强烈的愤慨和抨击。哈特在《异教徒万黎》中所描述的故事同样激起过马克·吐温的共鸣，他曾以《对一个孩子的可耻迫害》（*Disgraceful Persecution of a Boy*）为题撰写过同一素材的纪实性小说。他的另一篇短文《中国佬在纽约》（*John Chinaman in New York*）描写某茶叶店以装束奇特的中国人作招牌的事件，对把中国人当作动物式的展览品表示了极大的愤怒。1870 年他连载了著名的小说《哥尔斯密的朋友再度出洋》，小说借用英国作家奥里弗·哥尔斯密 1759 年出版的书信集的形式，描述中国人艾颂喜怀抱希望前往自由之乡美国，却受尽残害与屈辱并被强行送进监狱的经历。从小说中不难看出，美国人对于中国人的排斥已经不是某种偶然的个别现象，而是普遍的社会性的集体行为了。艾颂喜的希望的破灭同时也意味着华人整体的"乌托邦"式的"美国梦"的破灭。发表于 1872 年的《苦行记》（*Roughing It*）有一章专门描写开发西部的中国人的遭遇，作者几乎全方位地展示了中国人的平和、善良、勤勉且富有智慧等等的优秀品性，其中也透露出了中国人在面对欺侮与歧视之时所表现出的忍耐、沉默与恭顺。1877 年，马克·吐温与哈特合作撰写了以中国洗衣工为主角的剧本《阿信》，表达了同样的批判意味。除了文学作品以外，马克·吐温还以政论、杂文及演讲等种种方式对美国的排华活动给予了强烈的抨击和嘲讽。诸如《19 世纪向 20 世纪的致祝词：由马克·吐温速记》、《致坐在黑暗中的人》、《致我的传教士批评家》、《施私刑者的合众国》以及《托钵僧和傲慢无礼的陌生人》。在他最后发表的小说《斯托姆菲尔德船长的天国之行》（*Extract from Captain Stormfield's Visit to Heaven*）中，他还描绘了一幅不同种族的人们齐聚天国，共同享受着幸福生活的理想图景。

与马克·吐温截然相反，杰克·伦敦对于中国移民的关注却一直显示着某种贬斥的色彩。杰克·伦敦的小说集《奇文残篇：杰克·伦敦的奇幻小说》主要以亚洲人作为叙事对象，其中涉及到中国人的小说主要有：描述旧金山的捕虾华人贪婪、自私与邪恶的《白与黄》（*White and Yellow*）和《黄手帕》（*Yellow Handkerchief*, 1905）；渗透着浓郁的"黄祸"印记的《"圆面孔"和其他故事》（*"Moon-Face" and Other Stories*，1906）；《"荣耀之家"和其他夏威夷传奇》（*"The House of Pride" and Other Tales of Hawaii*，1912）和《榻榻米上》（*On the Makaloa Mat*，1919）等描写了东部海岸的中国人的龌龊生活；短篇小说《中国狗》（*The Chinago*）侧面表现了中国人的生命在西方人眼中如"狗"一样低贱的生存境遇；而《空前入侵》（*The Unparalleled Invasion*，1906）则以幻想的手法描绘想象中的 1976 年黄种的中国人大举入侵西方世界并最终被联合起来的西方人彻底剿杀的故事，作者在此已直接把对华人的厌恶转换成了对整个中国的警惕和戒备。他的另外两篇小说《孙阿顺》（*Chun Ah-Chun*，1912）和《阿吉的眼泪》（*The Tears of Ah Kim*，1912）虽然分别塑造了一个历经奋斗而取得了成功的华人和一个至孝坚韧的华工形象，但此类并不多见的形象只能看作是作者所崇尚的个人奋斗者形象的某种翻版。杰克·伦敦本身就是美国文学中的异数，他的思想其实是以弱肉强食的生存论理念为根基，同时又混杂着超人理想、社会进化意识及暴力革命等等观念的某种复合体。正是基于这样的思想前提，杰克·伦敦才会固执地相信未来黄白民族之间的种族战争将必然爆发。在这里，他是把一切黄种人——包括日本人——联系在一起去考虑的。"没有任何其他一个国家对'黄祸'的恐怖会像在北美合众国那样构成对内对外政策的强烈酵素。但是，不论在任何一个国家，发出了'黄祸'的警报，现实与虚构、煽动宣传与负责态度、官方行动与公众舆论、有根据的或可以理解的防卫和侵略意图的借口总是在一定程度上互相渗透着。"[1]

1. [西德] 海因茨·哥尔维策尔：《黄祸论》（内部读物），第 96、100 页，北京：商务印书馆，1964 年版。

　　杰克·伦敦曾对中国人表示过相当的厌弃，但这并不表明他就是一个彻头彻尾的种族主义者；相反，在更高的人性层次上，他其实对一切被异化的人性与普遍泛滥的物质主义均表示出了极度的反感。也正是在这一点上，杰克·伦敦才显示出了他的独特的复杂性与人性批判的深刻性。西方人在东方人面前所表现出来的种族优越意识其实也是社会性的集体无意识心理的一种，他同样会潜在地影响到杰克·伦敦对于中国人乃至所有东方人形象的塑造。与之相反，马克·吐温虽然对中国人表现出的是无限的同情，其实"同情"本身所包含的就是一种由平安状态的人单向度地赋予（或施舍给）身处痛苦之中的人的"俯递"式的等级关系，所以，即使马克·吐温声称自己"也是义和团"，他也不会真的加入到义和团的行列以成为其中的一员。西方作家对于中国的批判，如果不是完全立足于"黄祸"意识或种族立场的话，那么，需要深刻检视的也许恰恰是我们自身的某种狭隘的民族保守心理，因为被西方作家所列举的中国人的不良之处，多数也正是近现代中国知识分子所深刻揭露和批判的中国人之国民性的劣根所在。

　　美国人的中国观在文化上传承了英国人的心态，美国人对前往美国并帮助开发和建设其西部的中国劳工们的形象描述，多带有一种强烈的反感，其根源也可以追溯到他们当时已经形成的"白人至上"的观念之中。自排华法案颁布后，"黄祸"意识开始逐步在美国人心目中蔓延，而此一时期的文学则以"形象"这种更为感性的方式成为了强化"黄祸"意识的同谋。"黄祸"想象的主要推动作家有阿特韦尔·惠特尼（Atwell Whitney）、罗伯特·沃尔特（Robert Wolter）、皮尔顿·W·杜纳（Pierton W. Dooner）、罗伯特·钱伯斯（Robert W. Chambers）、威廉·诺尔（William Norr）和奥托·E·蒙多（Oto E. Mundo）等等，其中，将"黄祸"想象推向极致并最终创造出了影响至深的"傅满洲"形象的是阿瑟·伍德（Arthur Henry Sarsfield Ward），即塞克斯·洛默（Sax Rohmer, 1883—1959）。

　　"黄祸"系列小说中华人的模式化形象主要表现为"暴君"、"异教徒"、"淫荡的妓女"或忠诚却滑稽可笑的"奴仆"等。威廉·诺尔、爱德华·汤森德（Edward Towrsend）、哈瑞·M·约翰逊（Herry M. Johnson）和海伦·格林（Helen Green）等人的"唐人街"系列故事勾勒的就是一幅肮脏龌龊的生存图景。诺尔的短篇小说集《唐人街集景》（*Stories of Chinatown*, *Sketches from Life in the Chinese Colony of mott*, *Pell and Doyers Streets*, *1892*）中的故事几乎无一例外地描写了纯洁的白人女性在华人以形形色色的欺骗手段诱惑下走向堕落的历程。特鲁伯尔（Alfred Trumble）的《莫特街扑克俱乐部：秘书的记录》（*The Mott Street Poker Club: The Secretary's Minutes*, *1889*）中所塑造的狡诈的中国赌徒的形象无疑沿袭了哈特式的"阿信"的影子。威尔·欧文（Will Irwin）在《老唐人街》（*Old Chinatown*, 1913）中则这样概括中国人的特性："在他们（华商）客气的外表下（他们古老文明的结果），在他们信誓旦旦的商业信誉下，涌动着野蛮人的放荡不羁，对凶残无动于衷，一旦这种凶残被煽动起，就最冷酷无情。"[1]

　　　　1. 刘海平、王守仁主编：《新编美国文学史》（第二卷），第 523 页，朱刚主撰，上海：上海外语教育出版社，2002 年版。

　　"黄祸"想象的系列小说中，中国人基本上是以黑社会暴徒、赌棍、小偷、酒鬼、异教魔鬼、战争狂人、危险的入侵者、黑奴制度废止后的劳工替代者等等形象出现的，而且普遍透露出中国人将以其难以估量的邪恶力量渗透并最终占领整个世界的写作取向。皮尔顿·W·杜纳在《共和国的最后一天》（*The Last Days of the Republic*, 1880）中就想象中国人已全面侵入了整个美国，新生的合众国最终沦陷为中华帝国的西部殖民地。罗伯特·钱伯斯的《造月者》（*The Maker of Moons*，1896）中有关"黄祸"的奇异幻想还直接影响和催生了后来相关题材的文学创作，有学者指出，这部小说"是后来两种小说类型的始作俑者，一种刻意描写法力无边、神秘诡异的中国人，更具个人性而不是政治性，乃成为恐怖小说的重要人物，其代表人物是傅满洲（Fu manchu）；另一种则是一些怪模怪样、世间罕见的生物，中国人用来威胁美国，傅满洲就有相当匪夷所思的动物，使美国人魂飞魄散。这两种颇具异国风味的恐怖小说素材，无疑给美国大众乐于接受强刺激的神经提供了丰富的资源"。[1] 道耶尔（C.W. Doyle）的《孔龙

1. 宋伟杰：《中国·文学·美国——美国小说戏剧中的中国形象》，第75页，广州：花城出版社，2003年版。

的阴影》（*The Shadow of Quong Lung*，1900）包括了五篇彼此相对独立却又主题一致的故事，分别为《李门重见光明》（*The Illumination of Lee Moy*）、《孔龙的阴影》、《唐人街内的民事死亡》（*A Civil Death in Chinatown*）、《李盾的翅膀》（*The Wings of Lee Toy*）和《审判之椅》（*The Seats of Judgement*），其中所塑造的既富有知识又冷酷凶残的黑社会恶棍"孔龙"的形象，同样可以看作是日后傅满洲形象的原型。

以"黄祸"意识为根基的文学想象可以看作是美国人对东方民族心生恐惧的某种极端的表现，此类叙事越是将中国人塑造得极其危险，就越是表明美国这个新兴的移民国家对是否能够固守住既有的繁荣和兴盛缺乏足够的信心。这种发自心底的恐惧在持续不断的被强化之后，往往会自然而然地沉积为整个美利坚民众的集体无意识，并且会在不同时期直接支配和操纵着美国在国际关系问题上的决策。冷战时期，在美国人心中普遍滋生的"红祸"或"红色恐怖"意识，其实正是那种由来已久的"黄祸"想象的另一种翻版。

当然，也并不是所有的美国作家都被卷入了有关"黄祸"想象的写作之中。19世纪后期到20世纪初期的一段时间内，由于全球性的资本主义殖民地的广泛开拓，异域风情和异族故事曾以其独特的传奇魅力一度深得作家们的青睐，遥远而神秘的东方则更是成为了作家们构设其故事背景的首选，这段时期的中国就曾在美国作家的笔下承担着这样的功能。爱德华·格利（Edward Greey）的《水手：海员 J·汤普森在"异教徒中国人"间的历险：航海小说》（*Blue Jackets, or, The Adventure of J. Thompson, A.B. among "The Heathen Chinee": A Nautical Novel*，1871）写海员汤普森因遭遇海盗而流落中国东南沿海地区，多次历险并与中国采茶姑娘阿苔倾心相爱的传奇故事。纽约《先锋报》（*Herald*）认为，该小说满足了美国

大众的求知欲和好奇心。《灯笼》（Lantern）评价其中的阿苔姑娘认为："采茶女小阿苔的插曲独特迷人；以前还没有哪位作家不把中国少女描写成丑怪和淫荡的，这一美丽的'异教徒'将在我们的记忆中长存。"纽约《市民与圆桌》也指出："他的中国人物是全新的，不仅具有很强的个人化色彩，而且在行为的单纯和半文明的自然性方面令人着迷。"[1] 阿苔形象的

1. 宋伟杰：《中国·文学·美国——美国小说戏剧中的中国形象》，第 30 页，广州：花城出版社，2003 年版。

转换在一定程度上影响了 20 世纪 30 年代美国人对于赛珍珠的《大地》等系列小说的接受。约翰·戴维斯牧师（Eev. John A. Davis）曾在中国厦门传教，其回国后创作的小说《中国女奴：一位中国女性的生活经历》（Chinese Slave-Girl: A Story of Woman's Life in China，1880）、《卓林：成为牧师的中国少年》（Choh Lin, The Chinese Boy Who Became a Preacher，1884）、《年轻官员：中国生活的故事》（The Young Mandarin: A Story of Chinese Life，1896）、《冷卓：中国圣经女》（Leng Tso, The Chinese Bible-Woman，1886）等则提供中国人从福音中得到拯救的成功案例，同时也暗示出了传教士在中国的两难困境。毛德·豪（Maud Howe）的《圣罗沙略农场》（San Rosario Ranch，1880）中对意大利姑娘与中国男仆阿林的友谊的描绘相对被赋予了某种浪漫的色调。值得注意的是，在这部小说中，美国人所习惯使用的对于中国人的一般称呼，"Chinaman"或"Chink（黄鬼）"被转换成了另一种带有明显尊敬意味的词汇"White-clad Celestial（天朝居民）"，其所显示的无疑属于对于中国人的乌托邦想象的一面。费尔斯（William E.S. Fales）的短篇小说集《残破中国的束缚》（Bits of Broken China）是少数亲自到过中国的美国作家所撰写的作品，他虽然也描绘了中国人的狡诈、世故与冷漠，但他能够相对撇开有关"黄祸"的先在想象，从较为切实的现实立场去反映中国社会的具体境况。路·薇特的《阿门：一个中国姑娘的故事》（Ah moy: The Story of a Chinese Girl，1906）站在基督教的立场上叙述了中国女孩儿阿门的悲惨经历，其中充满了有关中国自然社会环境的具体描写（"Ah moy"即闽南方言"厦门"的音译）。霍默·李（Homer Lea）的《朱砂笔：中国罗曼史》（The Vermilion Pencil: A Romance of China）以传教士为主角间接描绘了中国南方乡村的生活景观。威尔·列文顿·康佛特（Will Levington Comfort）的远东系列小说虽然并未以具体的中国作为背景，但在迷人的异国情调之外，作者对远东政治的复杂性及美国人自有的偏见给予了比较深刻的批判。其中，《庇护之翼》（The Shielding Wing，1918）中俄裔少女与美籍新闻记者阿奇的对话："东方

需要西方，"娜嫣说，"你的到来意义重大。我们是东方人，了解星空，而西方则领悟大地。每一方对另一方都大有裨益。新的种族将是东西合璧的产物。"[1] 与那种相对比较单一的偏执

1. 宋伟杰：《中国・文学・美国——美国小说戏剧中的中国形象》，第 101 页，广州：花城出版社，2003 年版。

性看法相比，此种理解无疑有着新的启发意义。

　　还有一类涉及华裔生活题材的小说与那种类型化的"黄祸"叙事有所区别，其所展示的主要是华人的积极的一面。玛格丽特・霍斯默（Margaret Hosmer）的小说《永兴：加州的中国佬：萨克拉曼多水灾的真实故事》（*You-sing: The Chinaman in California: A True Story of the Sacrarmento Flood*, 1868）曾经塑造过一个在白人家帮佣的中国男仆"永兴"的形象，显示了华人在饱受屈辱之时反抗的一面。小说描写了洪水到来时作为仆人的永兴勇敢地救助莫道奇一家脱离险境，以其自尊和行动赢得了众人的信赖的曲折故事。尽管作者出于基督教视角始终认为这个善良的中国人最终未能被改造成为一名基督徒是件非常遗憾的事情，但其中也透露出了对于异质文化的包容倾向。艾姆布洛斯・比尔斯（Ambrose Bierce）对待华人的态度比较接近于马克・吐温，比尔斯的笔风也同样以讽刺和幽默见长，他的直接涉及华人形象的作品并不多，但其小说的背景却渗透着浓郁的种族对立的气息。《闹鬼的山谷》（*The Haunted Valley*, 1871）中虽然主人公乔丹杀死的实际并不是一个中国人，但他恰恰是借了杀死的是"中国人"的名义逃脱了法律的制裁，此种描绘在某种程度上也许比直接叙写华人的惨痛遭遇更具有悲剧色彩。同是写唐人街故事，佛纳德（Chester Bailey Fernald, 1869—1932）的《唐人街故事集》所展示的则是另外一番富有童趣的景象。玛丽・芭姆福的《迪：旧金山唐人街》（*Ti: A Story of San Francisco's Chinatown*, 1899）描绘了中国少年从礼拜观音到转变为基督教徒的具体过程。巴特沃斯（Hezekiah Butterworth）的《小天高或王洗洗的怪举》（*Little Sky-High or The Surprising Doing of Washee-Washee Wang*, 1901）以比较客观的立场描绘了中美儿童的交往过程。

　　某种程度上说，取肯定的立场并对华人能显示出同情色彩的作品并不意味着就是不带任何偏见的，尽管作家自身可能基于某种情感的倾向而对其人物的态度有所倾斜，但文化的沉淀总是会使之带有难以抹褪的集体想象的痕迹的（比如等级关系的印记以及基督教文化所自有的优越感等）。如果缺乏更深层次的精神交流，则所有的想象都将只能停留于虚构的表面。20 世纪初期的美国文坛，批判现实之风日渐盛行，这个时期的多数作家，如德莱塞（Theodore

Dereiser)、弗兰克·诺里斯（Frank Norris）、厄普顿·辛克莱（Upton Sinclaire）、辛克莱·刘易斯（Sniclair Lewis）等等，他们的笔触常常能深入到被奢华和繁荣遮蔽着的社会乃至人性的更深的层面去展开解剖，这既是美国作家的进步，同时也是文学自身的进步。从这个角度而言，由美国作家（或其他西方作家）所展开的对于中国社会境况的暴露及中国人的人性批判——只要不是在其既定意识形态的支撑下的刻意歪曲——就都值得每一个中国人冷静思考。

第五节　美国戏剧中的中国形象

在 19 世纪后期的西方文艺创作中，资产阶级的帝国梦幻是一个为大多数作家所热衷表达的主题。这种向外扩张的野心，通过当时的文化生产和消费，披上了一层不受质疑的、理所当然的合法外衣，彻底地渗透在西方人的心智中。在这样的背景下，"人类学"应运而生，通过这门"知识"，在白色人种里面掀起了一股风气——到世界的其他地方去观察、研究有色人种。[1]

1.James S. Moy, *Marginal Sights——Staging the Chinese in America*, Iowa City: University of Iowa Press, 1993, p.7.

正如亚里士多德所言，那能够脱离城邦（State）生活的，不是神祇就是野兽，显然，这些越出了西方人认知范围的种族不是神祇，那么就只能成为野兽。在这里，把"城邦"置换为西方，也是完全适用的。因为，以西方为中心，以进步、自由、文明为价值尺度的东西方二元对立的世界观念秩序，是一种知识秩序，也是一种价值等级秩序，还是一种权力秩序。这种观念秩序的确立，为西方资本主义经济政治扩张准备了意识形态基础，血腥的劫掠和野蛮的入侵反而成为帮助野蛮、停滞的民族进入文明、进步的"正义"工具。[2] 这种对其他种族的人类学式的"凝

2. 参见周宁：《天朝遥远：西方的中国形象研究》（上），第 341 页，北京：北京大学出版社，2006 年版。

视"，常常通过种种有效的生产方式（如博物馆展览、文学艺术创作等）得以实现，使普通人也能够轻而易举地参与到构筑帝国的梦幻中来。曾经是英属北美殖民地的美国继承了西欧的这种扩张心态和统治传统。19 世纪后期，其内部日益严重的种族问题最终诉诸战争的手段加以解决。战争过后，美国社会出现了严重的劳动力短缺，于是大量的移民相继登陆，也包括大量的华人在内。作为一个年轻的移民国家，美国极力地需要确认其国家身份，在这个动机的驱使下，

有相当一部分美国作家常常在作品中大力渲染移民的异域特征，和美国的白人进行对比，从而表达他们对于美国的认同感；而美国对其他种族的表述方式，与其从欧洲殖民者那里继承来的扩张心态之间也存在着不可忽视的联系。这个文化心理传统，为美国戏剧表述中国形象提供了根本的意义和动机，也为我们思考此种表述提供了一个基本的文化语境。

19 世纪中期以后，大批华工到达美国西部，同时也带去了作为他们主要的公共生活方式的中国戏剧，[1] 这为美国戏剧表述中国形象提供了重要的素材和灵感。然而，在真正的华人出现在美国之前，"中国性"已经提前了一个世纪被展示并建构起了美国公众对于"真实"的中国的想象和认知。继 1767 年 1 月 16 日英译自伏尔泰（Voltaire）的《中国孤儿》在费城上演，

1. 关于中国戏剧在中国前现代社会的乡民的日常生活中的重要性，可参见周宁先生在其著作《想象与权力：戏剧意识形态研究》（厦门大学出版社，2003 年版）中的第 1、2 章里面的相关论述。本文的"中国戏剧作为 19 世纪到达美国的华工的一种主要的公共生活方式"的观点，亦是受到了周宁著作的启发。

1781 年、1789 年，美国舞台上出现了所谓的"中国皮影戏"表演，从其宣传广告就可以看出，其中展示的"奇观"与混乱的"东方情调"与《中国孤儿》是一脉相承的。这个时期的"中国性"展示所依赖的手段主要是博物馆展览、综艺节目、马戏团和旅行见闻录等，其基本功能在于取悦大众，而其种族表述功能则是潜在的，也是重要的。其潜在意义的生产方式是通过把表述对象进行真实可信的组织包装，然后展示在公众的面前，这种以博物馆展览的方式出现的展示，披着"科学"、"真实"和"权威"的外衣，能够巧妙地滤去叙述时间，提供给观众一种上帝般的视角和优越感。而被表述的"他者"则是不在场的，暗哑的，是被"文物化"的，永远被钉死在某个停滞的时间点上，有效地把"空间"（中国／东方）给"时间化"（落后、停滞），从而使这些作为无需亲自出门的游客／观众对其野蛮、低劣、边缘与停滞的"事实"深信不疑，最终成功地巩固了其帝国扩张的意识形态基础。

1796 年 7 月 13 日，纽约的一家名为利克茨（Ricketts's Circus）的马戏团在其宣传中说，在终场时，将有 6 个演员扮演中国人，为观众奉献上一台"大中华神殿"（Grand Chinese Temple）的节目。而实际上，这 6 个演员没有一个是亚洲籍的。1808 年，纽约另一家名为佩宾与布莱斯查德的马戏团（the Pepin and Breschard circus troupe）宣称将有"中国青年"（the Chinese Youth）在飞速向前的马背上表演种种高难度的滑稽动作。值得注意的是，这个所谓的"中国青年"的表演者实际上是一个"非裔青年"。非亚裔演员制造出来的混乱的中国"奇观"成为美国大众娱乐的重要内容之一。为了更好地制造帝国梦幻，这类杂耍性质的表述逐渐为博物馆展览所替代，后者往往被认为是经过认真研究而得出的科学知识，对于观众的

吸引力和迷惑性更大。1834 年到 1837 年，一位名叫阿芳妹（Afong Moy）的"中国夫人"穿着中国的本土服装，分别在美国博物馆（American Museum）、皮尔氏博物馆（Peal's Museum）、一个位于"第八停车场"（8. Park Place）的无名场所、布鲁克林研究院（Brooklyn Istitute）和莎伦城（the Saloon City）巡回展示其"中国性"。1850 年在纽约市博物馆又展出了"中国家庭"（A Chinese Family）[1]。通过这种展示，让观众领略其新奇的

"异域性"，这种由博物馆提供的"恋物"式展示，意味着对于中国的种族表述开始体制化。因为博物馆展示假设立足于一种人类学的"科学"立场，不同于"看"马戏团的杂耍，观众来到这里，还要进一步研究、认知，并参与到对于这些精心组织起来的"真实"物件的知识的交流中。在此过程中，观众成为居高临下的上帝，而被表述的对象则是原始的、沉默的"他者"。1884 年，一个名为巴南与伦敦的娱乐机构（Barnum and London Shows）宣传其将展示"一个叫张（Chang）的中国巨人"，伴随着"张"一并展览的，还包括"40 头训练过的大象，50 笼稀有动物，16 栏野兽……"鉴于巴南与伦敦娱乐机构展示了"中国巨人"，另外一个名叫罗宾森·曼莫斯·丁的博物馆（Robinson's Mammoth Dim Museum）和新奥林斯剧院（Theater of New Orleans）则要展示"一个名叫柴马（Che-Mah）的中国小矮人"，将伴随"柴马"在博物馆部门一起展示的也有各种稀奇古怪的动物和蛮族。[2]这种"人类学"式的凝视，刻意地夸大种族的差异，使得居高临下的观众在"真实"与"科学"的幻象中，把自我（人）与观看对象（非人 /

漫画"我憎恶'黄狗'因为他不是美国公民"

1.James S. Moy, *Marginal Sights-Staging the Chinese in America*, Iowa City: University of Iowa Press, 1993, p.10—14.

2.James S. Moy, *Marginal Sights-Staging the Chinese in America*, Iowa City: University of Iowa Press, 1993, p.14—15.

野蛮人／野兽）区分开来，竭力控制在想象中的"他者"的野蛮特质，从而建构起自己的优越身份。这种博物馆展览提供的对于"中国性"的视觉表述（包括对其他种族的视觉表述），根本目的在于让观众认同自身并把帝国的扩张美化成"开化野蛮"的神圣使命。而被表述的"中国"，则是一种视觉编码和权力运作的结果，是被抽空了实体的幻象，观众在"观看"的同时，他们自身也被作为机构和装置的符号化了的"博物馆"所建构，他们对于"中国"的认知与想象建立在误识的基础上。

除了这类博物馆式的展示，在19世纪后期，提供给美国观众的有关"中国性"的表述开始在戏剧创作中出现，逐渐大行其道并最终取代了前者，而此时华人和中国戏剧的登陆也为之提供了"真实"的素材。这类戏剧往往通过对叙述的控制，设置一个近乎中性的、滑稽可笑的中国男子，在笔端对"他"进行漫画化，在表演中对"他"进行丑化，以产生"喜剧"效果，进而取悦并引导观众。虽然与"博物馆展览"的生产方式不同，但在对其生产的中国形象的"真实性"的强调、其传播与大众消费的互动共享和最终的文化功能指归等方面，二者异曲同工。值得注意的是，虽然博物馆式的展示逐渐被取代，但是"博物馆"的运作策略在后来兴起的戏剧创作中再次借尸还魂，被很多剧作家一再地采用，形成了一种可以称之为"博物馆美学"的创作模式。1877年，马克·吐温和布莱特·哈特合作完成的剧作《阿信》（Ah Sin）就是这种创作的典型代表。

1877年5月7日，《阿信》首演于华盛顿，7月31日在纽约的戴利第五大街剧院（Daly's Fifth Avenue Theatre）再次公演。这出戏是典型的通俗剧，迎合这个时期的美国观众的口味的倾向十分明显。

从剧作的题目看，中国人"阿信"应该是这出戏的主角，但实际上在整出戏里，他出场的时间相当短暂，在整个叙述中，他是缺席的，其出场仅仅是作为一个情节推动因素而已。在《阿信》中，其"博物馆美学"体现在剧作对这个"不在场"的中国人的"异域特征"的列举与展示中，在展示与对照的同时，凸显了"中国人"与"美国人"的巨大差异。当然，"中国人"代表的是一种反价值。其实，"阿信"是美国人想象中的"他者"——中国文化的化身，这个剧作最终要表述的是"低劣、幼稚、阴柔"的中国／东方文化，从而实现对于"文明、发达、强大"的美国／西方文化的自我认同。在这出戏里面，我们可以不断地听到阿信遭受的侮辱，在男主人公的眼里，阿信是这样一个可怕的怪物："你这个患黄疸病者的斜眼儿子……你这个口吃的傻瓜……你这个道德的毒瘤，你这个未解决的政治麻烦"。[1] 阿信那"像装茶叶的箱子

1. 本文描述"阿信"形象的材料均引自 James S. Moy: *Marginal Sights-Staging the Chinese in America*，不再另注。

一样令人费解"的东方面孔使剧中另一位男主人公感受到这个洗衣工人的潜在威胁，剧作通过这个情景突出了"中国佬"神秘、费解的一面。其实，布莱特·哈特对阿信的"不可理解"的一面的塑造，可以追溯到他早期的小说《中国佬约翰》（*John Chinaman*）中的一段描述："持久的卑微意识——一种在嘴和眼睛的线条中隐藏着的自卑和痛苦……他们很少微笑，他们的大笑带有超乎寻常的、嘲笑的性质——纯粹是一种机械性的痉挛，毫无任何欢乐的成分——以至于到今天为止，我还怀疑自己是否曾经见到过一个中国人笑。"[2] 阿信的怪异与不可理解，是

2. [美] 哈罗德·伊罗生：《美国的中国形象》，第 99—100 页，于殿利、陆日宇译，北京：中华书局，2006 年版。

诡秘的"中国佬约翰"套话能量的再释放。而女主人公则用一种描述惹人喜欢的小宠物的口气那样描述阿信："别管他——不必担心……可怜的阿信没有任何攻击性——不过有些无知和可笑而已"，"这个让人怜惜的小动物，他的尾巴长在头顶，而不是长在该长的地方"，"按我说，中国佬整个就是智力真空——除了能像猴子一样地模仿别人"。剧中专门设置了一个闹剧情景，来为这个评价作注脚，证明中国人不具备美国人的思维能力：邓配斯特夫人（Mrs. Tempest）布置桌子时不小心弄掉一个盘子，阿信竟以此为榜样，打碎了整套餐具。而阿信对于美国英语的错误理解，也制造了一个滑稽的戏剧情景：一次阿信看戏回来，被人问起看了戏学到（pick up）了什么东西，阿信把他从戏院地板上捡到（pick up）的小饰物拿出来给人看。不熟练的英语一直是美国人取笑中国人的主要内容之一，并被广泛地征用在各种文本里面，对于满口"洋泾浜"英语发音的华人形象的描述则成为一种"套话"。

出现在戏剧舞台上的"阿信"是这样的：身穿一个宽大的、不合身的袍子，头戴一个圆锥形的帽子，头发按照剧本描述的样子，梳成"一条长在头顶的尾巴"。这种展示在观众眼前的形象既迎合了观众的期待，也突出了中国人的"异域特征"——滑稽、无知、神秘、柔弱。这种关于"中国人"的形象描述与展示，把文化之间的差异凸显在观众面前。这种差异的产生，来自于把不在场的"阿信"作为一个不协调的"零件"，嵌入整个叙述"机器"，在多重的二元对立中对比"中国性"与"美国性"。哲学家雅克·德里达认为，几乎不存在中性的二元对

3. 转引自 [英] 斯图尔特·霍尔：《"他者"的景观》，见斯图尔特·霍尔编：《表征——文化表象与意指实践》，第 237 页，徐亮、陆兴华译，北京：商务印书馆，2003 年版。

立组，二元中的一极通常处于支配地位，是把另一极纳入自己操作领域中的一极，二元对立的各极中始终存在着一种权力关系。[3] 在剧作的多重二元对立之间，不在场的阿信始终处于被支

配的一极，在整个叙述中几乎是没有任何声音的，而剧中的美国人，则处在支配的一极，掌握着所有的话语权。比如，阿信在剧中人眼里，完全代表着一种反价值，愚蠢、柔弱、诡秘。特别是白皮肤的女主人把阿信"宠物化"的描述，可以看做是对中国男性的刻意"去势"，中国男性是温顺、柔弱、没有任何威胁性的。而出现在舞台上的阿信那宽大的袍子更是中和其男性特征的巧妙设计。剧作征用"博物馆美学"策略展示的"中国性"不仅仅是低劣与愚蠢，女主人对阿信"宠物"般的爱恋态度，还体现出一种带有人文色彩的"同情"、"爱抚"和"保护"，暗示着美国"帮助"中国走向"文明、开化"的强烈欲望。在整出戏里面，阿信是一个"被看"的客体，当观众看到戏剧场景时，他们就会认同其中"看"的主体的一极。在这种双重"凝视"中，"阿信"完全是消极被动、女性化的，"他"既是野蛮的动物，又是由种种碎片组合而成的"恋物"，既是威胁，又是欲望。"意义依赖于对立者的差异"[1]，在整出戏设置的美国 / 中

1. [英] 斯图尔特·霍尔：《"他者"的景观》，见斯图尔特·霍尔编：《表征——文化表象与意指实践》，徐亮、陆兴华译，第 237 页，北京：商务印书馆，2003 年版。

国、白 / 黄、阳刚 / 阴柔、聪慧 / 愚蠢等对立组的差异中，观众实现了自我认同和对"中国人"在文化和种族上的优越感。整个文本建构起来的、类似种族"标签"似的"阿信" / 中国形象，泄露了美国 / 西方对"他者"的焦虑、恐惧和隐秘欲望。

马克·吐温和布莱特·哈特的创作一向以严肃、忠实地描绘美国西部边境的生活而著称，而且马克·吐温和布莱特·哈特一再地宣称他们创作的"阿信"将和人们在旧金山看到的"中国佬"完全一致，是非常真实的，甚至可以作为公众获得相关知识的"舞台教科书"。但不幸的是，他们塑造的"阿信"的形象仍然是一个迎合大众消费的关于中国人的"套话"组合，所谓的"真实"不过是在强化美国人关于"中国性"的集体记忆而已。

文艺创作领域是非常缺乏自主性的，戏剧创作更是如此，因为其生产需要经济的支持，与观众的消费是紧密联系的，也就是说，它的生产要受制于政治和商业逻辑。而政治权力和经济权力把自己的逻辑往创作领域渗透时，依靠的是意识形态宣传和传媒的评论这个中介，培养起大众的审美趣味，从而把自己的需求变成创作领域的游戏规则。剧作家和他的观众及评论家都生活在特定的文化语境中，都有其特定的文化储存，而用于表述某个具象的"套话"就是其中的一种。"套话"能够"渗透进一个民族的深层心理结构中，并不断释放能量，潜移默化地影响着后人对他者的看法"[2]。那么，"套话"也就会成为剧作家、观众和评论家的文化习性的一

2. 孟华：《试论他者"套话"的时间性》，见孟华主编：《比较文学形象学》，第 190 页，北京：北京大学出版社，2001 年版。

部分。同时，为了延续自己的创作生命，剧作家必须获得观众和评论界的认可，只有这样，剧

作家才能获得名誉、地位和金钱等社会、经济、文化资本，以及被社会认可了的符号资本，以便在创作领域的竞争中立于不败之地，于是对于创作领域的游戏规则的认可和追逐则成为剧作家的文化习性的另一重要组成部分。当剧作家的创作受制于社会需求支配的时候，为了在整个创作领域占据中心位置，指导其创作实践的，可能就是一种保守的策略，服从于观众和评论家的口味，对主流不构成任何挑战或颠覆。从这个意义上说，观众不仅是接受者，同时又是创造者，在和观众的互动中，剧作家和观众一道，主动地通过作品，为帝国梦幻的构筑增砖添瓦。马克·吐温和布莱特·哈特当时所处的戏剧领域"伴随着资本主义工商业和社会文化的发展，开始走向规模经营和娱乐商业化的道路。戏剧辛迪加或剧院托拉斯出现了，剧作家、导演、演员和其他戏剧工作者的联谊会、工会组织也相应成立。以迎合观众口味，以票房价值决定剧目优劣的商业化戏剧成为 19 世纪后期美国舞台的主要特点"[1]。同时，这个时段也正是大量中国

1. 周维培：《现代美国戏剧史 1900—1950》，第 5 页，南京：江苏文艺出版社，1997 年版。

移民大批登陆美国的时期，对一些美国白人而言，中国人遍布他们掌控下的西部，是一件令人不快的事情，因为中国人被证明是一群颇具竞争力的劳动群体，很快，种种白人社会问题的出现都被归结为中国人的侵入。这时候，那些用于描述中国人形象的套话，如愚蠢、狡诈、肮脏、野蛮等，就大行其道，成为社会的共识。在这样的社会文化背景和创作机制下，马克·吐温和布莱特·哈特笔端的"阿信"形象，再次落入"真实"的套话陷阱，就是必然的了。而马克·吐温和布莱特·哈特对于"阿信"形象的"真实"的强调，则没有任何不真诚或勉强的成分，因为他们（包括观众、评论界）确信，"中国人"的真实形象就是如此。从这个分析，我们可以看出，美国的中国形象的幻象性质，根本上是在创作者和受众共同误识的基础上，彼此互动合作、共享强化的一种"想象物"。从《阿信》的例子，不难看出美国戏剧中的中国形象生产的全部秘密——在政治、经济权力的成功干预下，美国戏剧不仅有效地生产了中国形象，还生产了再生产中国形象的方式。稍后于《阿信》，亨利·格林（Henry Grimm）写于 1879 年的 4 幕剧《中国人必须滚蛋》（The Chinese Must Go）也是这种情形下的产物。"这出戏把中国人刻画成为狡诈、欺骗、腐败和意欲排挤白人劳动者的形象。这出剧作说明了美国白人是如何变得开始依赖于那些从正在衰落的白人家庭身上诈取钱财的中国劳动力的。中国人的形象往往是或者抽

2. 刘海平：《中国文化与美国：戏剧篇》，见刘海平编：《中美文化的互动与互联》，第 72 页，上海：上海外语教育出版社，1997 年版。本文用英文写就，引文为引者所译，后面不再另作说明。

鸦片，说着蹩脚的英语，或者积极地从事贩买奴隶和妓女，服务于'中华帝国的图谋'。这出戏反映了那个时代美国对中国移民的敌对情绪，成为了 1883 年颁布的'排华法案'的先声……"[2]

重大的社会抉择不是某个（些）人可以做出的。就连迷恋"中国"文化的奥尼尔也未能完全脱离表述中国的套话的影响，其剧作中的中国形象依然是矛盾混乱的，像桑顿·怀尔德在《小镇风光》[1]中的实验也只能出现在他的笔下和他生活的那个年代——美国的中国形象的改善和梅兰芳的访美演出，以及他本人的中国生活经验都是不可或缺的重要因素。

1. 桑顿·怀尔德的《小镇风光》是美国题材，仅仅借鉴了中国戏剧的表现手法，即便如此，这出戏在首演中，仍然被观众误解为制作方过于寒酸吝啬，而采取了偷工减料的做法，后经专业评论的引导，才逐渐为观众认可。具体情形，可参看第3章第5节的相关论述。

真正的中国戏剧在19世纪中期开始在美国出现，其演出和影响间接地促生了一种美国戏剧类型：以中国戏剧的部分样式搬演中国题材。实际上，这种准中国戏剧也是美国人想象中国的一种方式，其传达的形象信息，则是美国的中国形象的一个组成部分。

"回溯美国戏剧史这一独特枝脉，在纽约舞台公演的以中国为布景的第一出戏，从英国输入的音乐喜剧《三多》（*San Toy*），时间为1900年秋天，两年后的夏季有《中国蜜月》（*A Chinese Honey Moon*）。"[2]其实，早在1767年1月16日，译自伏尔泰的《中国孤儿》的英

2. 宋伟杰：《中国文学美国——美国小说戏剧中的中国形象》，第438页，广州：花城出版社，2003年版。

文版本就在费城上演过，但具体演出情况无从知道。1912年春，从法文翻译的《汉宫秋》在纽约上演，反响很一般。该年秋，英译自法文的《上天的女儿》（*The Daughter of Heaven*）公演，获得了商业上的成功。

《上天的女儿》背景设置在社会动荡的明末清初，男女主人公分别是清朝的皇帝和明朝皇后，二人之间演绎了一场乱世悲情，剧中混合了中国戏剧和从古希腊到莎士比亚时期的悲剧元素。实际上，《上天的女儿》与中国戏剧的美学精神相去甚远，因为其舞台完全是按照流行于欧美的幻觉剧场的模式设计的。"剧场的豪华或者说是'现实性'远远超出了中国剧场的情形，更多地体现出一种欧美的气息。这出戏的舞台费用高达10万美元，对于戏剧制作而言，这是一笔庞大的数目。为了给戏中壮观的场景增添地方色彩，纽约的舞台经理特地到这出戏的发生地南京和北京旅游了一趟，并为他的华丽的舞台带回了一些细节的东西。这出戏共8场，开幕时，有一艘奢华的小船在舞台上划动，上面挂着点亮的灯笼，为这曲恋歌创造了一个浪漫的氛围。第2场发生在满族皇帝的北京的宫殿里面，第3场发生在明朝皇后南京的花园里面。为了制造现实效果，也或者为了让戏中的场景符合大多数西方人想象中的中国，成群的活白鹤和孔雀在舞台上自由地走来走去。第4场让观众看到了南京明王室的豪华场景，第5场则是发生在南京的一个昏暗的战场上，这一场中，舞台经理运用了所有的现代艺术手段，制造出激动人心的战争场景。第7场发生在北京的城门外，在这里战俘被处死，而且当地的每天的生活状况被展示

出来了，使观众沉迷于其真实的效果中。"[1]

1. 刘海平：《中国文化与美国：戏剧篇》，见刘海平编：《中美文化的互动与互联》，第75—76页，上海：上海教育出版社，1997年版。

在这里我们似乎再次看到了"博物馆"策略的幽灵。为了取得"真实"、"科学"的效果，除了投入巨资在细节上下功夫外，制作经理甚至不远万里来到中国进行了"田野调查"，并把中国细小的枝枝叶叶"衔"回美国，像晾衣服一样，把"中国"展示给那些饥饿的"眼睛"。"博物馆美学"的征用，只是为了展示神秘、荒诞、华丽、富足、精致、阴柔的老中华帝国的"异域情调"，而被表述的"中国"仍然是不在场的，这些展示本身是在整个戏剧的叙述之外的。《上天的女儿》中被展示的"中国"，是西方想象中的"中国"。剧中最荒诞的场面，就是满族皇帝公开地吻皇后，显然这是西方人的礼仪。完全在意料之中，"博物馆美学"的功能的极致发挥，迷倒了美国观众，使投资巨大的《上天的女儿》在美国上演时，取得了巨额的票房回报。

不同于《上天的女儿》，另一出大获成功的准中国戏剧《黄马褂》（*The Yellow Jacket*），[2]不再着力展示"中国"元素，而是极力模仿中国戏剧："无论舞台设计，人物服装，还是故事情节，演员的台词和表演，都模仿中国古典戏剧的表现形式。"[3]这出戏的作者乔治·科奇雷恩·赫兹尔顿（George Cochrane Hazelton, Jr.）和 J. 哈利·本林默（J. Harry Benrimo）决心要超越"把一出情节剧安插在异域土地上"的做法，把剧本的副标题定为"具有中国风格的中国戏剧"。哥伦比亚大学教授布兰德·马修斯（Brander Matthews）教授在为剧本写的导言里面，也称赞这是"一出中国戏，它以中国风格处理中国人的情感"[4]。

2. 1912年11月4日，《黄马褂》在纽约百老汇的富尔通（Fulton）剧院上演时，获得了很大的成功。在连续16年里，这出戏分别被译成法文、日文、德文、匈牙利文、俄文、捷克斯洛伐克文、波兰文、西班牙文、挪威文、瑞典文、丹麦文、荷兰文、佛兰德文，甚至中文，几乎在全世界上演过。在美国，它一再地被搬上舞台，一直演到1940年代。　3. 宋伟杰：《中国文学美国——美国小说戏剧中的中国形象》，第439页，广州：花城出版社，2003年版。

4. Hazelton, George C. & Benrimo, *The Yellow Jacket*, New York: Samuel French, 1912, p.9. 转引自刘海平《中国文化与美国：戏剧篇》，见刘海平编：

这出戏的基本情节可以概括为：在中国古代某个朝代，皇帝有一后一妃。皇后及其儿子被

《中美文化的互动与互联》，第77页，上海：上海教育出版社，1997年版。

妃子母子迫害，皇后饮恨而死，太子流落民间。等太子长大成人，明白身世，经过和妃子母子恶斗，最终夺得黄袍，成为皇位的继承人。从情节中，不难看出《赵氏孤儿》、《狸猫换太子》等中国传统故事的影子。但是，其中夸张和造作的"中国风格"与中国戏剧的实质有着很大的差异，特别是剧作对"爱情"与"复仇"的关系的处理（对"爱情"的渲染高于一切），也不符合中国传统文化精神。"因此从主题内涵来看，《黄马褂》是中美文化混合的产物，美国文化的成分又多于中国文化。"[5]

5. 都文伟：《百老汇的中国题材与中国戏曲》，第77页，上海：三联书店，2002年版。

值得注意的是，《黄马褂》在戏剧舞台处理方式上有极力向中国戏剧靠拢的倾向。最早登陆美国的中国戏剧主要是粤剧，可能受其影响，《黄马褂》中人物的名字全部采用粤语的谐音，比如皇帝叫武心音（Wu Sin-Yin），王后叫慈母（Chee Moo），王妃叫杜鹃花（Due Jung-

Fah), 太子叫武豪杰 (Wu Hoo-Git) 等。剧中人物的出场全部采用"自报家门"的方式, 直接对观众讲述剧情, 而且, 一些哲理也通过对话直接表达给观众。最重要的是, 该剧利用了根本不存在的门窗、花园等想象的空间, 管理道具的人可以随时走上舞台做搬运的工作。

但是, 与后来桑顿·怀尔德通过对中国戏剧的借鉴进行戏剧实验不同, 《黄马褂》的作者模仿中国戏剧的舞台手法的根本动机在于制造刺激观众发笑的噱头。本林默曾坦白道:"我们自己坐在中国剧场里觉得开心, 并认为那种氛围值得移介。对我们来说, 真正中国戏房里的搬运道具者十分可笑。我们对自己说, 如果说服美国演员也能以同样的严肃性旁若无人地走过场景, 那么某个西方观众不能像我们当初那样兴高采烈, 就没有什么理由。"[1] 本林默所说的"那种氛围"显然指的是西方人眼中的中国剧场的幼稚可笑与荒诞不经的原始"他性", 这种极力给中国戏剧贴低等"标签"的行为, 显示出美国人的审美习惯遇到挑战时, 表现出的对于异己的傲慢的排斥心态。不同于以往那种把中国元素罗列在舞台上的做法, 《黄马褂》通过极力模仿中国戏剧的表现方式, 把这种"仿造品"本身作为一种不可理喻的"真实奇观"加以展示, 可以视为"博物馆美学"的升级版本。

1. 宋伟杰: 《中国文学美国——美国小说戏剧中的中国形象》, 第440—441页, 广州: 花城出版社, 2003年版。

中国, 包括东方, 在奥尼尔的个人生活和戏剧创作中, 都占据着举足轻重的地位。在对中国历史、风俗、宗教、艺术等方面的资料进行大量的研读后, 奥尼尔于1925年创作了以中国元朝为背景的《马可百万》(Marco Millions)。在剧作中, 奥尼尔设置了两个具有强烈对比意味的主要人物, 马可·波罗和阔阔真, "奥尼尔分别赋予马可·波罗和阔阔真'阳'与'阴'的不同特点。马可·波罗是一个追求物质利益的男人, 阔阔真则是一个美丽纯洁、精神化的女性; 马可渴求财富, 阔阔真却不屑一顾; 马可注重实际利益而忽略了人的美好情感, 阔阔真却向所爱的人奉献自己的挚情; 马可因过于理性而失去对事物的判断力, 阔阔真却充满活力和激情, 满怀宽厚的友爱之心。一个是西方的商人, 一位是东方的公主, 奥尼尔以他们之间的矛盾冲突和爱情结合为基础, 寄托了自己对东西方文化冲突的思考。他以马可象征积极进取、注重行动、物欲横流的西方社会, 以阔阔真象征着忍耐等待、三思而行、感性智慧的东方文明。但剧本的结局却是智慧化的东方文明不敌物质化的西方文明, 为其摧残和破坏。"[2]

2. 张弘等: 《跨越太平洋的雨虹——美国作家与中国文化》, 第189页, 银川: 宁夏人民出版社, 2002年版。

在阔阔真和马可的对比中, 奥尼尔笔下的中国 / 东方是恬静、纯洁、脆弱的, 而西方则是雄强、理性、贪婪的。《马可百万》的创作意旨在于通过东西方的对比, 反思西方的物质主义。

剧作中被想象、美化了的"中国"形象，是一种乌托邦化的文化他者，仍然是用于自我认同的。很明显，奥尼尔在剧作中极力美化他想象中的中国的时候，他笔下的中国形象仍部分地重复了以往的套话，比如神秘、富足、阴柔等。对此，我们不能视而不见，但是也不可以用静止的眼光来看待这些再度浮现的语汇。奥尼尔笔下出现的用以描述中国形象的套话，说明了"套话具有极强的渗透力和继承性"，[1] 很明显，奥尼尔在想象中国形象时，显示出"对精神和推理的

1. 孟华：《试论他者"套话"的实时间性》，见孟华主编：《比较文学形象学》，第 191 页，北京：北京大学出版社，2001 年版。

惊人的省略"，[2] 不由自主地就沿用了用以界定美国文化的凝固成分。但是，中美文化的不同

2.［法］达尼埃尔—亨利·巴柔：《形象》（孟华译），见孟华主编：《比较文学形象学》，第 161 页，北京：北京大学出版社，2001 年版。

源性，会使美国人描述中国形象的套话不似描述其他西方国家那样持久，会随着国家、权力关系及心态史等因素的变化而具有时间性。[3] 也就是说，在套话的"能指"不变的情况下，其"所

3. 参见孟华：《试论他者"套话"的实时间性》里面的相关论述，见孟华主编：《比较文学形象学》，北京：北京大学出版社，2001 年版。

指"的情感色彩与内涵会发生微妙的变迁。奥尼尔对中国 / 东方文化的向往与渴慕，产生在第一次世界大战摧毁了西方人对于资本主义意识形态的自信的年代，此时的西方知识精英普遍开始以东方文化为参照，反思、批判西方文化，体现出一种睿智的怀疑精神和危机意识。[4] 此时

4. 参见周宁《天朝遥远：西方的中国形象研究》（上）第 4 章的相关论述。

西方人的想象中的中国形象，是宁静、淳朴、智慧的乡土田园，奥尼尔的创作正是这个时代的社会心态的反映。其笔下浮现的关于中国形象的套话，其内涵与感情色彩与以往的不同，更多的是一种正面的、褒义的表述。当然，正因为奥尼尔笔下的"中国"是想象的他者，他的创作无意中又复写了"旅行见闻录"的模式——那群意大利"旅行者"，来到东方，看到了他们梦想的"中国"。这种模式，也是在追求一种"真实"，当《马可百万》出现在西方的观众眼前的时候，他们认同的是那群"旅行者"，将和"旅行者"们一起到"中国"观光，一起凝视"中国"。奥尼尔在表述一种积极、正面的中国形象的同时，其中也混杂着一种文化优越感，无意识地就和现实政治中的殖民扩张心态达成了"共谋"。

华裔戏剧创作是美国戏剧史上的重要一脉。在美国出生、成长起来的华人后裔，后天接受的教育和文化熏陶使他们认同美国主流文化，其创作建构的也是华裔美国人的国家身份。但是，因为他们文化身份的混杂性，这种认同又会与意识深处的中国文化记忆相冲突。除此之外，他们笔端的中国形象与美国主流文化的表述之间复杂的"互文"关系，往往使他们的创作在受众市场和文化记忆之间回旋、协商、拉扯。无论他们的出发点多么叛逆，最终体现的仍然是一种美国属性，无法超越其身处的文化语境。华裔作家黄哲伦（David Henry Hwang）创作于

5.《蝴蝶君》于 1988 年在纽约百老汇上演，并在同年获得美国主流喜剧大奖托尼奖（Tony Awards）。

1988 年的《蝴蝶君》（M. Butterfly）[5] 中的宋丽灵（Song Li-Ling）的形象就很具有代表性。

　　《蝴蝶君》是对意大利作曲家普契尼（Giacomo Puccini）的歌剧《蝴蝶夫人》（*Madame Butterfly*）[1]的模拟与解构。该剧的主要内容是，法国外交官加利马（Rene Gallimard）爱上了富于东方气息的中国京剧"女"演员宋丽灵。加利马的任务是为法国政府搜集中国情报，而宋丽灵则是中国男扮女装的间谍。两人"深爱"20年。当他们再次见面是在法庭上，加利马被指控泄露情报，而指控他的正是他深爱的宋丽灵。此时，他才发觉宋丽灵是一个男子，加利马在明白一切后，绝望地自尽了。

1.《蝴蝶夫人》首演于 1904 年，至今仍为西方观众着迷，成为世界十大歌剧之一。其故事梗概是，美国海军军官平克顿在日本和一位艺伎巧巧桑（又名"蝴蝶夫人"）结婚。巧巧桑怀孕时，平克顿离开日本并承诺知更鸟下次筑巢时归来。巧巧桑等了三年，平克顿却带着他的白人妻子回来了，并要妻子向巧巧桑要回他和巧巧桑生的孩子，巧巧桑绝望自杀。《蝴蝶夫人》表现出西方自恋和傲慢的种族主义态度，它建构了东方对于西方在文化、种族、性别上的弱者形象。"蝴蝶夫人"成为西方人（白人男性）想象东方（女性）时的刻板印象。

电影《蝴蝶君》海报

　　《蝴蝶君》狠狠地搧了自大自恋、一厢情愿的西方（白人男子）一记耳光，有力地证明了"东方主义并不是原本就存在的现实，而是人们创造出来的现实"[2]的犀利论断，成功消解了西方关于"蝴蝶夫人"的神话，并让沉默、温顺的"属下"（subaltern）发出了自己的声音。但是，我们对于《蝴蝶君》中的"西方主义"倾向也不能视而不见——这出戏远没有超越"苦大仇深"的层次，再度制造了新的"东/西"二元对立，在另一个层面上又强化了东方/中国人（如宋丽灵）诡异、狡诈、阴柔的定型形象。从死去的"蝴蝶夫人"蜕变成"男性间谍"，《蝴蝶君》在进行"视觉造反"的同时，又为观众的眼睛提供了他们渴望中的"中国形象"，暗示了东方/中国的意义只有在成为西方/美国的"他者"时才能得以实现。具有着混杂的文化身份的华裔戏剧家（如黄哲伦）的戏剧创作实践，"处在观众的需求、作家本人对于表述'真正'的中国形象的渴望及其对市场的预期之间，体现出一种令人尴尬的紧张状态。当他们有意识地对抗主流文化中那些表述中国形象的套话时，为了取得社会的认可，他们的创作最终只不过是在复写那些表述而已。受制于市场的需求，他们创作中的对抗不仅显得软弱无力，反而被证明是在为那些套话增砖添瓦"[3]。这些持有着第三世界和第一世界的双重视角的华裔作家的戏剧创作，与

2. [美] 爱德华·W·赛义德：《赛义德自选集》，第 185 页，谢少波、韩刚等译，北京：中国社会科学出版社，1999 年版。

3. James S. Moy, *Marginal Sights-Staging the Chinese in America*, Iowa City: University of Iowa Press, P.21—22.

西方的大多数后殖民主义文化批评一样，往往带着一种反抗压迫的情结。就像《蝴蝶君》，虽然"批判东方主义的文化霸权，却同时又在同一的东西方二元对立的框架内思考问题，不仅认同了这个框架，也认同了这个框架内所包含的对立与敌意"[1]。

1. 周宁：《"文本与文化：跨语际研究"丛书总序》，见《异想天开：西洋镜里看中国》，第 8 页，南京：南京大学出版社，2007 年版。

自 18 世纪中期，"中国"因素就开始在美国舞台上出现。美国戏剧中出现的中国形象是多面、驳杂的，但总体上看，一直徘徊在低劣或美好的两极之间。美国戏剧中的中国形象都在不同的尺度上强调"真实"，但它们与现实的中国没有直接的必然联系，是美国文化对于他者的想象和表述，是"美国之中国"。在观众的参与、选择、共享与创造中，美国戏剧通过表述、展示有关中国形象的种种"奇观"，并凸显与美国的差异，履行了对美国文化主体自身认同的功能，也暗示了西方对于中国的焦虑和欲望。

因此，主控了形象的不是客体本身，而是主体的眼睛。

第二章　　过渡期：清末民初美国文学的译介

近代译事始于 1861 年清政府的"总理各国事务衙门"这一特定机构的设立，出于外交事务的需要，清政府急需精通外语的各类人才。据此，京师同文馆、上海广方言馆及广州同文馆等等相继开办。在洋务运动及维新思潮的大力推动下，赴洋留学的中国人也日益增多，他们在引介西方思想与科学技术的同时，西方各式文艺作品也被逐步译介到了中国。

第一节　早期美国诗歌的译介及其影响

跟英国和其他欧洲国家的文学史相比，美国的文学史可以说是很短的。然而，在汉译英语诗歌的漫长历史中，翻译美国诗歌却早在初期就开始了。美国诗人 H.W. 朗费罗（Henry Wadsworth Longfellow）的《人生颂》（*A Psalm of Life*）是最早译成汉语的美国诗歌，也是很早译成汉语的西方诗歌。朗费罗的诗作因激情洋溢、格律优美和富有哲理而在美国国内外广为传播，深受读者喜爱。其名作《人生颂》探究人生意义，极富乐观精神，在欧美传诵一时、人所熟知，这是它最早被译成汉语的重要原因。随后，朗费罗的其他一些诗歌也被陆续译成汉语。

朗费罗的《人生颂》先由英国驻华公使威妥玛（Thomas Francis Wade）于清同治三年（1864）在北京译成汉语，再由其随员、中国官员董恂对译稿作加工润饰。董恂颇富文才，工于诗词，他将威妥玛的初译稿每节改为一首七绝，共九首，题为《长友诗》（"长友"系意译 Longfellow）。后来由其下属官吏方浚师收在他刊行于清同治十一年（1872）的《蕉轩随录》中。这首诗似乎又由董恂抄写在一幅中国扇面上，托美国驻华公使蒲安臣（Anson Burlingame）转给了朗费罗本人。

今天重读由上述程序产生的早期汉译美国诗歌，人们可以发现，威妥玛对朗费罗原诗的理解是透彻的，但他的汉语表达力很差，译文中很多地方不通，难以理解。另一方面，董恂不懂英文，只好根据威妥玛生硬晦涩的译文揣摩思索，误会曲解，将威妥玛译文改写成大体符合中国传统七言体诗的模样，其结果距离朗费罗原诗已经相去甚远了。当年译文的生涩与误解，可以从跟今天的译文作比较中看出一些。用今天的标准来看，威妥玛和董恂的译文实在不能算是好的译文。但是，他们的译诗作为汉译美国诗歌的开始，却具有十分重要的意义。汉译朗费罗诗歌开启了美国诗歌译介到中国的先河。

H. W. 朗费罗，著名诗人，曾任教于哈佛大学，终生创作不辍，其诗作因富有奋发精神和乐观情绪而在欧美广为传诵，被译成多种文字；英国牛律大学和剑桥大学曾分别授予他荣誉博士学位；逝世后其胸像被安放在伦敦威斯敏斯特教堂诗人之角，是获得这种尊荣的首位美国诗人。继《人生颂》的译介之后，朗费罗诗作在清末民初的中国被陆续译作中文，其中包括《爱

情光阴诗》、《晨风颂》、《矢与歌》和《村中锻工》等。美国诗歌在中国的翻译与传播是以

朗费罗开始，其中原委，当时的一些评论或可说明，"龙飞露（即朗费罗）诗感慨激昂，雄健

绝伦，淋漓尽致"，就是对朗费罗诗的高度赞扬，他的诗还与中国传统诗歌相通，"其《开窗》

一诗与中国唐诗'人面不知何处去'相似，《炮局》两首则有'一将功成万骨枯'遗音；伤时

之作，可为争地争城以战者当头一棒也。《漏沙》一首与'今人不见古时月，今月曾经照古人'，

一同寄概，其神致富肖李青莲"，这是最早的中美诗歌之比较。[1]

1. 佚名：《舟行记略》，1882 年，转引自钱锺书：《汉译第一首英语诗〈人生颂〉及有关二三事》，见《钱锺书散文》，第 364 页，杭州：浙江文艺出版社，
1997 年版。

　　朗费罗《人生颂》等诗的汉译成了中美诗歌交流的先声。朗费罗在 1865 年 11 月 30 日的

日记里写到："邀蒲安臣夫妇饭，得中国扇，志喜也，扇为中华一达官所赠，上以华文书《人

生颂》。"朗费罗很喜欢这把来自中国，题有他的诗作译文的扇子，将其放在自己的书桌上。[2]

2. 参见郭延礼：《中国近代翻译文学概论》，第 81 页，武汉：湖北教育出版社，1998 年版。

中国外交官张德彝记述他 1868 年出使美国会晤朗费罗时的情景："晤合众诗人长友，年近六旬，

著作高雅，颇著名于泰西。"（张德彝《再述奇》，同治七年 8 月 25 日日记）[3] 朗费罗诗作的

3. 参见钱锺书：《汉译第一首英语诗〈人生颂〉及有关二三事》，见《钱锺书散文》，杭州：浙江文艺出版社，1997 年版。

早期汉译可视为在中美文学交流史上具有开拓意义的大事。著名学者钱锺书的长篇论文《汉译

4.《钱锺书散文》，杭州：浙江文艺出版社，1997 年版。见钱锺书：《汉译第一首英语诗〈人生颂〉及有关二三事》。

第一首英语诗〈人生颂〉及有关二三事》[4] 详细介绍了其过程及相关情况。[5]

5. 根据近年来的研究成果，最早的汉译英诗应是英国诗人弥尔顿的《论失明》（John Milton，"On His Blindness"），刊载于英国传教士麦都思（W.H.

　　20 世纪初至"五四"时期，中国翻译美国诗歌是零星的，范围不广，影响也不大，译诗多

Medhurst）在香港出版的中文月刊《遐迩贯珍》（1854 年）；参见沈弘，郭晖：《最早的汉译英诗应是弥尔顿的〈论失明〉》，载《外国文学》，2005 年第 2 期。

采用传统的古体形式。当时的译者翻译了一些朗费罗的诗，其中包括：叶仿村和沙光亮译《爱

情光阴曲》（1897），黄寿曾译《白羽红幺曲》（即朗费罗诗《箭与歌》）（约 1909），胡适

译《晨风曲》（1909），陆志韦译《野桥月夜·调寄浪淘沙》（1913），叶中泠译《矢与歌》

（1913），和颜铸欧、陈稼轩译《村中锻工》（1917）等。胡适留学美国期间，阅读和翻译过

不少英美诗人的作品，其中有美国诗人阿·克琴（Arthur Ketchum）的《墓门行》（1915）

和萨拉·蒂斯黛尔（Sara Teasdale）的《在屋顶上》（Over the Roof），后者的译文题作《关

不住了》（载《新青年》杂志第 6 卷第 2 号，1919 年 3 月 15 日）；胡适认为正是《关不住了》

这首译诗构成了他的"新诗成立的纪元"。[6] 在胡适留学美国期间（1910 至 1917 年），正值

6. 胡适：《尝试集·再版自序》，第 186 页，北京：人民文学出版社，1987 年版。

包括意象派在内的多种现代诗派蓬勃发展之时，他置身其间，不可避免地接受了这些新流派

的影响。胡适在《文学改良刍议》（载《新青年》杂志 1917 年 1 月）一文中明确提出中国的

文学革新必需着手的"八事"：（1）须言之有物，（2）不摹仿古人，（3）须讲求文法，（4）

不作无病之呻吟，（5）务去滥调套词，（6）不用典，（7）不讲对仗，（8）不避俗字俗语。

这是明显是接受了美国意象主义诗学理论的影响而提出的,如果跟庞德于 1913 年发表的《一个意象主义者的几个不作》中关于诗歌语言方面的八项规定相比,其渊源关系则更加清楚。[1]

1. 参见唐正序、陈厚诚主编:《二十世纪中国文学与西方现代主义思潮》,第 48 页,成都:四川人民出版社,1992 年版。

那一时期,陈独秀以骚体翻译过史密斯(S.F. Smith)的诗作《亚美利亚》(美国国歌)(载《青年杂志》1915 年第 1 卷第 2 期)。郭沫若翻译了惠特曼的诗作《从那滚滚大洋的群众里》(载《实时新报·学灯》1919 年 12 月),子岩译爱伦·坡的诗作《乌鸦》(载《文学周报》1924 年第 1 卷第 100 期)等。

对美国诗歌的翻译促进了对美国诗歌的研究。郑振铎的长文《美国文学》(《小说月报》第 17 卷第 12 期)详细介绍了包括惠特曼和爱伦·坡等美国的诗人和作家。20 世纪 20 年代初,刘延陵的论文《美国的新诗运动》(载《诗》杂志第 1 卷第 2 号,1922 年 2 月 15 日)重点介绍了美国在 1912 年开始的意象派(刘文作"幻象派")运动,可以视作中国研究美国诗歌的开端。文章指出:"幻象派诗人乃是助成美国诗界新潮的一个大浪。"文中还翻译介绍了"幻象派"的六个信条,称胡适所主张的"影像"是接受了"幻象派"的影响。此外还有陈勺水译《现代美国的新兴文学》(载《乐群》杂志 1928 年第 1 卷第 7 期)及陈勺水译《现代美国诗钞》(载《乐群》第 1 卷第 6 期)等。曾虚白著《美国文学 ABC》(上海 ABC 丛书社,1929)介绍了 19 世纪美国最著名的作家和诗人等。

惠特曼(Walt Whitman)是美国 19 世纪最杰出的诗人,新兴资产阶级最重要的歌手,现代美国诗歌的创始人之一,也是蜚声世界的第一位美国作家。他最重要的代表作是《草叶集》(Leaves of Grass)。从中国"五四"时期开始,惠特曼就被介绍到中国,对中国新诗产生了重大影响。惠特曼在中国的介绍与接受,其延续时间之长,影响范围之广,与惠特曼相关联的中国诗人、学者和翻译家之多,在众多美国诗人中非常少见。在近一个世纪的历程中,中国文学界参与翻译、评介和研究惠特曼的,或承认自己接受过惠特曼的影响的作家诗人和翻译家,仅据粗略统计,至少在 50 人以上,包括郭沫若、徐志摩、梁宗岱、闻一多、谢六逸、施蛰存、朱湘、梁遇春、穆木天、何其芳、曹葆华、黄药眠、艾青、田间、周而复、蒲风、袁水拍、公木、天蓝、徐迟、荒芜、绿原、邹荻帆、朱子奇、杨宪益、赵萝蕤、王佐良、周珏良、蔡其矫、邹绛、罗洛和杨辉民等。在新时期的中青年学者中卓有成就者就更多了。

惠特曼在中国的传播始于"五四"时期,绝非偶然。他生活在美国资本主义逐步发展成熟时期，经历了美国反农奴制的南北战争和取得胜利的时代。作为一个资产阶级民主主义诗人，他强烈抨击落后的农奴制度，竭力鼓吹个性解放，热情赞扬自由、平等、博爱。其诗歌总集《草叶集》凸显美国资本主义上升时期的风貌及那个时代一个民主主义诗人的心态。五四运动以打破旧传统，呼吁新文化为号召。那是一个在西方思潮鞭策下惊醒奋发的时代。破坏偶像，创造新生成为时代的迫切需求，启蒙与救亡的双重变奏成为中国社会的主旋律。惠特曼的思想与诗风正是适应了当时中国的时代变革和社会需求而进入中国知识界和社会生活的。当时，由宗白华主持的上海《时事新报·学灯》（1919 年 12 月 3 日）刊登了郭沫若所译惠特曼诗《从那滚滚大洋的群众里》，这是中国译介惠特曼的开端。从那以后，经过 20 世纪 20 年代和 30 年代，中国许多重要刊物，如分别由茅盾、鲁迅和郑振铎主编的《小说月报》、《奔流》和《文学》等，都相继介绍了惠特曼。在 20 世纪 30 年和 40 年代，全国各地的多种报刊都介绍过惠特曼，刊登过惠特曼的诗作译文，还出版了三种选集，即楚图南编译的《大路之歌》（1944）、《草叶集选》（1949）及屠岸译的《鼓声》（1948）。进入 20 世纪 50 年代以后，以 1955 年纪念《草叶集》出版 100 周年为契机，当年发表了 30 多篇评介惠特曼的文章，还翻译出版了前苏联、捷克斯洛伐克和英国研究惠特曼的 4 种著作，由楚图南选译的《草叶集选》也经过校订，由人民文学出版社在这一年重新出版。

　　进入新时期以后，惠特曼在中国的翻译、影响与研究也进入了一个新的阶段。过去只是着重介绍惠特曼的重要作品，而新时期以后，不仅有多种《惠特曼诗选》中文译本和《草叶集》选译本如由李视岐译注的《惠特曼诗选》（北岳文艺出版社，1988）和赵萝蕤翻译的《惠特曼诗选》（山东大学出版社，1999）等出现，还有了《草叶集》的全译本，以及惠特曼的散文集译文等。此外，还有研究惠特曼的作品如李野光的《惠特曼评传》和《惠特曼研究》（上海外语教育出版社，2003）等。以前主要是从政治上思想上突出作为"民主诗人"和"人民诗人"的惠特曼，关注惠特曼的主要是作家、诗人和翻译家。而在新时期以后，惠特曼已经进入了高等学校和研究机构的关注视野，不少高校开设关于惠特曼的课程和进行关于惠特曼的研究课题。对惠特曼的研究已经深入到诗人的各个方面，尤其是他的艺术成就、对中国新诗的影响和对其作品的翻译研究等。20 世纪 90 年代前期，围绕赵萝蕤翻译的惠特曼诗歌，在《中国翻译》上展开的热烈谈论就吸引了许多读者和翻译家的注意。

　　"五四"新文学时期，白话新诗运动风起云涌，形成了很大的声势。而在新文学运动中最早突破传统藩篱而取得成果的也正是新诗。中国旧体诗词格律严谨，在表达思想感情和反映社会生活上存在着许多局限性。"五四"时期中国新诗运动是顺应中国现代思想解放运动的需要而诞生的，在其形成初期，就开始接受欧美文艺思潮的影响，包括来自美国诗歌的影响。

　　1. 胡适，中国新诗运动的拓荒者和先驱者，他率先提出"诗体大解放"并作了成功的尝试。在他留美期间，正值英美诗歌革新运动蓬勃兴起之时，惠特曼倡导的自由诗已经风靡诗坛，美国诗坛出现了"美国文艺复兴"的新诗运动。以诗人哈丽特·蒙罗（Harriett Monroe）为主编的《诗刊》（Poetry）创刊，随之产生了开现代派诗歌先河的意象派，在英美诗坛上兴起了一场诗歌革新运动。时在美国的胡适非常关注美国的诗歌革新运动，并将其视为艺术源泉和借鉴，以改造中国诗歌。胡适回国后开始发表新诗和诗论，倡导创建中国新诗。如发表在《新青年》杂志的几首白话诗成了中国现代文学史上的第一批新诗。这些作品，虽然还留有旧诗的若干痕迹，但采用自然音节和自然句式，开始打破传统的诗歌格律，内容也表达了民主主义和人道主义的情绪。胡适自陈，从1919年开始，"方才渐渐做到'新诗'的地位，《关不住了》一首是我的'新诗'成立的新纪元"，而这开创所谓"新诗新纪元"的诗歌实际上是他翻译美国女诗人蒂斯戴尔（Sara Teasdale）发表在《诗刊》上的一首诗 Over the Roofs（《在屋顶上》）。1920年是开创中国新诗的重要时期。胡适在这一年出版的诗集《尝试集》收入自1916至1919年他创作的新诗46首，是我国第一部新诗集。集中所收5首汉译英诗有助于说明胡适接受英美诗歌的影响，以推动他的白话新诗创作。他在这一年提出的"诗体大解放"对于创立和发展中国新诗具有重大意义。他说："诗体的大解放，就是把从前一切束缚自由的枷锁镣铐，一切打破：有什么话，说什么话，话怎么说，就怎么写。这样方才有真正白话诗，方才可以表现白话的文学可能性。"[1] 他提倡的"诗体大解放"喊出了掀起中国新诗运动的先声。

1. 胡适：《尝试集·自序》，上海：亚东图书馆，1920年版。

　　2. 郭沫若，中国新诗的奠基人之一，他提倡"自由地表现自己"、"人格创造"和"形式绝对自由"等诗学主张，其诗风粗犷自由、热情奔放。他声言"我荤之虽限于我一身，放之则可泛滥乎宇宙"[2]。一批英美诗人对他的诗歌创作和诗学思想产生过重要影响，其中最为突出的

2. 转引自孙玉石：《中国现代诗歌艺术》，第6页，北京：人民文学出版社，1992年版。

就是惠特曼。惠特曼打破了英美诗歌传统的格律形式，以自由奔放、铿锵有力的诗句表现自我、灵魂与肉体、男人与女人、生命与死亡等。他的诗歌以前无古人的诗风表现出美国人民打破旧

的传统观念、追求民主自由的强烈愿望，呈现出正在崛起的民族形象。郭沫若主要是从惠特曼诗歌中汲取精神力量："惠特曼的那种把一切的旧套摆脱干净了的诗风和五四时代的狂飙突进的精神十分合拍，我是彻底地为他那雄浑的豪放的宏朗的调子所动荡了。"[1] "他那豪放的自由

1. 郭沫若：《我的作诗的经过》，见《沫若文集》（第十一卷），第 145 页，北京：人民文学出版社，1957 年版。

诗使我开了闸的作诗欲又受了一次暴雨般的煽动。我的《凤凰涅槃》、《晨安》、《地球，我的母亲！》、《匪徒颂》等，便是在他的影响之下做成的。"[2] 他的第一部新诗集《女神》是

2. 郭沫若：《创造十年》（1932 年），见《沫若文集》（第七卷），第 58 页，北京：人民文学出版社，1957 年版。

继胡适的《尝试集》之后的又一部新诗集。《女神》以鼓吹个性解放和泛神论的思想核心和狂飙突进般的浪漫主义精神在中国新诗史上竖起一座丰碑。充盈在诗行中的个性解放，冲破旧传统束缚的强烈愿望，蔑视偶像、反对权威、人性解放、赞美创造、天人合一等主调，以及自由奔放、酣畅激荡的气势，可以说与惠特曼的诗作如出一辙。郭沫若的诗作无论在内容还是在形式上都以一种强烈的反抗精神突破旧的传统，如同惠特曼诗歌呈现出强大的民族形象一样，他的这类诗作以宏大的气势唱出了"五四"时期反帝反封建的最强音。

3. 闻一多，在中国新诗的理论和创作方面做出过重大贡献。闻一多国学根底深厚扎实，从外国文学作品中吸收的养料十分广博丰富。在他留美期间，正值英美意象派蓬勃兴盛，他跟该派诗人尤妮斯·蒂金丝（Eunice Tientjens）、艾米·洛威尔（Amy Lowell）、弗莱彻（John Gould Fletcher）及《诗刊》杂志主编蒙罗（Harriet Monroe）有直接的交往，并接受他们的影响。如他称洛威尔是"此邦首屈一指的女诗人"，并率先向国内作了介绍。[3] 他称弗莱彻是意象派

3.《闻一多选集》，第 674 页，成都：四川人民出版社，1987 年版。

的一位健将，"他是设色的神手。他的诗充满浓丽的东方色彩……我崇拜他极了。"[4] 闻一多

4. 见《闻一多 1922 年 12 月 1 日致梁实秋信》，转引自《闻一多论新诗》，第 197 页，武汉：武汉大学出版社，1985 年版。

称"弗莱彻唤醒了我对色彩的感觉"，在其影响下，闻一多的诗作中很注意对色彩的描写。闻一多很喜欢美国女诗人蒂丝黛尔（Sara Teasdale）的诗歌，他悼念早夭的女儿闻立瑛的诗《忘掉她》就直接脱胎于蒂丝黛尔的《让它被忘掉》（*Let It Be Forgotten*）。闻一多还广泛接受英美现代派诗歌艺术的影响，他在美国留学期间，T.S. 艾略特（T.S. Eliot）也是《诗刊》的积极撰稿者之一。现代派诗歌里程碑《荒原》就发表在闻一多抵达美国的 1922 年，在美国和西方诗坛产生了重大影响。《荒原》中的意象和艺术手法对青年闻一多产生了影响，他在回国后出版的诗集《死水》中有一首题为《荒村》的诗，描写连年军阀混战给当时的中国农村带来的深重灾难，诗中频繁出现凄惨荒凉的景象。如跟 T.S. 艾略特的《荒原》第五章"雷霆的话"中描写的凄惨景象加以比较，可以看出，艾略特的诗作给闻一多留下了深刻印象，使他在《荒

村》中运用了与《荒原》相似的意象和艺术手法，却表现了完全不同的主题。闻一多在中国新诗坛上率先提出格律说，这无疑是对胡适和郭沫若等人倡导的自由诗的一大反动。他倡导的格律说固然与中国古典诗歌（尤其是绝句和律诗）非常讲究格律的悠久传统有密切关系，但也明显存在着英美诗歌的影响。闻一多的重要诗学论文《诗的格律》（载《晨报副刊·诗镌》1926年5月13日）系统地提出了新诗的音乐美、绘画美和建筑美的"三美理论"，他的诗集《死水》（1928）就是"三美理论"的一个范本。以闻一多为代表的格律诗派在中国新诗史上产生了深远影响。他把格律化的新诗创作比喻为"戴着脚镣跳舞"，这也是引自美国的文学评论家布里斯·培瑞（Bliss Perry）关于诗歌格律的一段论述。[1]

1. 参见台湾《中外文学》，第15卷，第7期，第88页。

第二节 面貌模糊的美国小说

在整个中国文学发展的历史过程中，小说一直被视为文学的下品，近代小说翻译高潮的兴起其实也并非说明"小说"终于在文艺范畴内取得了合法的"文学"地位。在相当程度上，人们热衷于译介域外小说，其所看重的并不是它的文学特性，而仅仅只是它的政治改良的社会性功能。《新世界小说社报》的"发刊辞"就直接明言："有释奴小说之作，而后美洲大陆创开一新天地；有革命小说之作，而后欧洲政治特辟一新纪元。……小说势力之伟大，几几乎能造成世界矣。"[2] 此一时期的诸多论述，如康有为的《〈日本书目志〉识语》、严复与夏曾佑的《本

2. 《发刊辞》，载《新世界小说社报》，第1期，1906年。

馆附印说部缘起》、梁启超的《译印政治小说序》等，所突出的重点也主要是小说对于西方政治变革所产生的重大影响，惟其能够以最为形象也最为通俗的方式在最短的时间内引发整体的社会思想的转变，小说才成为了凝聚全部社会力量以迅速实现政治改良目的的最佳武器。

19世纪末期的汉译西书活动虽然翻译了大量的文学作品，但在很长一段时间内并未把"文学"当作重点，其中的原因主要在于，"当时中国知识分子中普遍存在着这样一个观点：西人

3. 郭延礼：《中国近代翻译文学概论》，第12页，武汉：湖北教育出版社，1997年版。

所强在格致、政事两途。文学则不行。"[3] 此类看法在底层文人中同样比较普遍，侠人就认为："吾

4. 侠人：《小说丛话》，见阿英：《晚清文学丛钞·小说戏曲研究卷》，第330页，北京：中华书局，1960年版。

祖国之文学，在五洲万国中，真可以自豪也。"[4] 南社成员邓平也说过，中西之间，"以言科学，

诚相形见绌；若以文学论，未必不足以称伯五洲。"[1] 尽

1.《梦罗浮馆词集·序》，见《南社丛刻》，第 21 集，第 14 页。

管也有人曾意识到了文学译介的重要性，但事实上，就当
时的具体情形来看，近代中国对于域外文学的译介仍只能
作为器物、制度及社会思想之外的某种旁支而加以引进，
正因为缺乏有效而系统的计划与策略，被引进的域外文学
才始终显得混乱模糊，早期对于美国小说的译介同样如此。

　　一般认为，美国小说的汉译应当始于清同治十一年《申
报》（1872 年 4 月 22 日）所载的有"美国文学之父"之
称的华盛顿·欧文（Washington Irving）的短篇小说《瑞
普·凡·温克尔》，时译《一睡七十年》。该译文仅为片
段，约千余字左右，且译者既未署名，也未标记国别，所
以有学者认为不能算是首译小说的代表。[2]《一睡七十年》

2. 参见郭延礼：《中国近代翻译文学概论》，第 23 页，武汉：湖北教育出版社，1997 年版。

译自欧文的《见闻录》，又称《见闻杂记》（*The Sketch
Book of Geoffrey Crayon, Gent*），所收多为短篇随笔，
1819—1820 年陆续问世，以其文笔优美一直被视为英文学
习的典范。1907 年林纾和魏易将节译的《见闻杂记》交商
务印书馆出版，取名《拊掌录》，谓击掌莞尔之意。内中
包括有《李迫大梦》、《睡洞》、《记惠斯敏司德大寺》
等十篇。《李迫大梦》叙述农民李迫·樊温格尔某日偶遇
一老人，老人将其引至洞中，偷喝烈酒，大醉不起，等醒
来则世界巨变的故事。[3] 林纾选译此类故事，也许主要是

3.[美] 华盛顿·欧文：《拊掌录》，林纾、魏易译，严既澄校，北京：商务印书馆，1925 年版。

出于解颐一笑的目的，近代报刊其实多数都辟有"谐谈"、
"剩墨"等之类的戏谑作品专栏，《拊掌录》出版也曾被
冠以"滑稽小说"的名目。但也因此，欧文原书中所蕴涵
的对于新兴资本主义的批判就被完全忽略了。该书自初版
起，先后被编入"说部丛书"、"林译小说丛书"及"万

林译《拊掌录》（《见闻杂记》）
的作者华盛顿·欧文

有文库"等丛书内并多次再版，1925 年经严既澄校注还曾作为中学新学制国语补充读本而屡次

重印，1938 年又有王慎之的同名译本由上海启明书局出版。此外，林纾、魏易还译有欧文的《旅

行述异》（Tales of Travelers）和《大食故宫余载》（A Chambre），也曾产生过相当的影响。

　　1894 年（光绪二十年）曾有传教士李提摩太（Timothy Richard）节译（裘维锷演）的《百

年一觉》（Looking Backward），署美国毕拉宓著（节选约 5 万字，不及原书 16 万字的三分

之一），初刊于 1898 年 6 月 29 日《中国官音白话报》的第 7—8 期，由上海广学会刊印。但因

翻译者并非中国人，所以也不能被看作是美国小说翻译的开始。[1]《百年一觉》为美国 19 世纪

受空想社会主义思想影响的作家爱德华·贝拉米的作品，1888 年出版于波士顿，在欧美甚为畅

销。小说叙述美国一失眠症患者魏斯特因接受医生的催眠于 1887 年某天昏睡，等他一觉苏醒，

已是 113 年后的公元 2000 年了，此时美国的面貌已经大为改观，物质生活极度丰富，人们生活

愉快和谐，政治开明，社会繁荣，既无刑狱之徒，更无须军队监护。魏斯特因为仍旧如百年前

一样是一翩翩少年，所以与他原来的未婚妻的外曾孙女相爱，种种情形无不令人惊讶称奇。但

遗憾的是，等魏斯特再度醒来，却发现这不过是一场梦幻而已。小说最后显示，主人公其实仍

然生活在 1887 年的 5 月 31 日。李提摩太的译本对晚清维新人士影响很大，谭嗣同在其《仁学》

中曾专门提及此书，"若西书中《百年一觉》者，殆仿佛《礼运》大同之象焉。"[2] 梁启超在《读

西学书法》中也认为，此书"亦小说家言，悬揣地球百年以后之情形，中颇有与《礼运》大同

之义相合者，可谓奇文矣"[3]。康有为同样称赞："美国人所著《百年一觉》书，是大同影子。"[4]

《百年一觉》曾被众多知识分子看作是"乌托邦"理想的标准范本。

1. 查此书计有多种译本，除李提摩太所译《百年一觉》外，尚有 1891 年 12 月至 1892 年 4 月《万国公报》第 35—39 册所载析津译《回头看纪略》；1904 年《绣
像小说》第 25—36 期的白话译本《回头看》，1905 年由商务印书馆出版，1935 年由曾克熙收入生活书店所编"翻译文库"；至 1984 年又有林天斗、张自谋
的新译本《回顾》。
2.《谭嗣同全集》（下册）（修订本），第 367 页，北京：中华书局，1981 年版。
3. 梁启超：《西学书目表》，转引自郭延礼《中国近代翻译文学概论》，第 131 页，武汉：湖北教育出版社，1997 年版。
4. 吴熙钊、邓中好校点：《康南海先生口说》，第 31 页，广州：中山大学出版社，1985 年版。

　　近代中国对美国小说的翻译并没有某种针对性的目的，换句话说，早期的美国小说大多是

混杂在其他域外小说的翻译之中一起被译介到中国的，其中尚未能显示出美国文学所独有的特

色。出于对这个新兴国家的一般性了解，早期的译介也多数选取的是以美国历史为题材的一类

作品。早在 1894 年，《万国公报》就曾刊登过李提摩太口译、蔡尔康笔录的《泰西近百年来

大事记》的摘要，该书系英国人麦肯齐（Robert Mackenzie）所著，原名《十九世纪史》（History

of the Nineteenth Century），后更名为《泰西新史揽要》由广学会于 1895 年出版。作者立足

于进化论的基本思想，特别强调西方各国的进步主要是源于变革图新。李提摩太在其译序中也

着重指出："此书为暗室之孤灯，迷津之片筏，详而译之，质而言之，又实救民之良药，保国

之坚壁，疗贫之宝玉，而中华新世界之初桃也，非精兵亿万、战舰什佰所可比而拟也。"[1] 就

1. [美] 麦肯齐：《泰西新史揽要》，李提摩太、蔡尔康译，第 1 页，上海：上海书店出版社，2002 年版。

当时中国的乱局而言，这类描述无疑对中国民众有着强烈的心灵冲击力。此书虽为历史，却为
近代的中国确定了某种潜在的民族国家发展的取向，而且，它在一定程度上也重新激发了中国
文学本身的那种"以史为鉴"的既有传统。

　　20 世纪初期，中国有多部以美国历史为题材的小说译作及创作出现。1901 年 8 月 18 日，《杭
州白话报》第 4 期开始连载《美利坚自立记》，至本年 9 月 17 日第 10 期结束，署名"宣樊子（林
獬）演"。林獬还撰有《檀香山华人受虐记》，曾于 1901 年 12 月 25 日在《杭州白话报》第 20
期至次年 1 月 24 日第 23 期连载。《大陆报》也曾连载《美国独立记演义》，至 1903 年 4 月 7
日第 5 号结束。1903 年《浙江潮》第 6 期曾刊载《自由魂》，署名威尔晗著，瓠尘译。1904 年
由通社出版了《泰西说苑》（又题《五十名史》），署名"（美）乾姆斯著，镜乙译"。1906
年 11 月，《月月小说》在其第 1—2 号连续刊载了《美国独立史别裁》（乙部历史小说第一部），
署"清河译"，后于 1910 年由群学社出版了单行本。诸多有关美国历史的译作与创作在所叙
事件上基本大同小异，这类作品明显透露出一种相对共同的趋向，即对于美国从英属殖民地独
立出来的赞叹和对其开国总统华盛顿的无限景仰。此种情形当然与某种被持续强化的关于美国
的"乌托邦"想象有关，美国的独立与中国人力图摆脱西方诸国的殖民侵略相对应，而在华盛
顿这个形象上所寄托的则是人们呼唤伟人能出现在中国大地上以重振民族国威的急切渴望。但
也应当看到，近代中国的这种想象并非是希望在中国也能实现如美国一样的独立自由的民主政
体，作为"乌托邦"标本的美国在此其实只是某种触媒，它所唤醒的仅仅只是近代中国知识分
子对于上古三代及桃源盛景的追怀。正因为如此，无论后世中美之间在不同时期出现怎样的冲
突和分歧，中国人对于美国独立战争及华盛顿的评价始终有着惊人的一致，这并不说明中国人
对于美国社会及其民主体制有着何等深刻的理解，而恰恰说明，中国人对于自身既往的上古祖
先的礼制模式及独处世外的桃源生活的期盼，已经成为了深植于中国人灵魂结构最根本层面的
永远无可磨灭的梦魇。

　　近代中国的文学翻译活动到 1907 年前后曾一度达到了高潮，一方面表现为文艺类杂志全
面勃兴，另一方面小说翻译的数量也开始成倍增加，专事翻译已逐步成为了特定的职业之一。
就具体的翻译来看，中国传统的章回体例此时也已经开始悄然发生变化了，比如早期商务印书

馆出版的毕拉宓的《回头看》（1905）译本，开卷即称：
"列位高兴听我的话，且不要忙，容在下慢慢说来。……"
其所保留的完全是中国传统章回小说的一般固定范型，但
自 1907 年起，多数小说的翻译已经不再采用章回体形式，
而开始尽量保持小说原作的结构体式了。

　　晚清及民初时期的美国小说翻译虽然主要集中在通俗
小说一类，但也不乏美国名家作品的译介，只不过此一时
期的译介尚未达到普遍的自觉引介与主动研习的程度。周
作人较早地翻译过爱伦·坡（E. Allan Poe，周译安介坡）
的《玉虫缘》，鲁迅也翻译过爱伦·坡（译名亚伦·坡）
的《默》（均收《域外小说集》）。1908 年 12 月，周作人
还翻译了爱伦·坡（署安介·爱棱·坡）的小说《寂寞》，
刊于《河南》杂志第 8 期。爱伦·坡的小说，"常以细密
之观察与推理，解释各种疑难事件。又创造一侦探杜宾，
善于侦破疑案。影响所及，使小说界盛行一种侦探小说。
法国之嘉波留、勒白朗，英国之柯南道尔，美国之聂克·卡

脱，接踵而起，在近代通俗文学中，侦探小说成为一大品
类。"[1]《玉虫缘》以第一人称描写主人公与朋友一起借助

1. 见《玉虫缘·解题》，收入施蛰存主编：《中国近代文学大系·翻译文学集二》，第 2 页，上海：

一张羊皮纸上的骷髅与山羊图案中所隐藏的密码，最终找

上海书店，1991 年版。

到了海盗埋藏的巨额财宝的故事。这篇小说虽不是严格的
侦探小说，却包含了侦探小说所应具备的各项推理要素。
据周作人自陈，此类翻译也主要是受到了林纾及当时所流
行的侦探小说翻译的影响。周作人有言："中国近方以说

1933 年 9 月上海良友图书公司出版的 S.
Nisenson & A. Parker（《世界名人图
志》）（陈炳洪编译）中所绘霍桑画像
及介绍。

部教道德为柢，举世靡然，斯书之翻，似无益于今日之群
道。顾说部曼衍至诗，泰西诗多私制，主美，故能出自由
之意，舒其文心。"[2]可以看出，周氏兄弟及后来"五四"

2. 周作人：《红星佚史·序》，见《知堂序跋》，第 306 页，长沙：岳麓书社，1987 年版。

一代的翻译与梁启超时代在观念上已经有了很大的变化，如果说晚清时代严复、林纾及梁启超等人的翻译主要在救治道德以改良社会的话，那么，"五四"前后的翻译则更多的是在张扬个人以确立个体的"人"的独立意识与创造意识。

美国小说名家在中国早期的译介，主要集中在华盛顿·欧文、爱伦·坡、斯托夫人和马克·吐温几位作家的少数作品上，另有偶然译介的霍桑和欧·亨利的个别作品。早期除了林纾专门翻译的华盛顿·欧文的《拊掌录》以外，以后陆续译介的华盛顿·欧文的作品还有觉民译的《桃李鸳鸯记》（载 1910 年 11 月《小说月报》第 5 期）、《耐寒花传》（载《妇女时报》第 2 期）、《村学究》（载 1916 年 6 月《湖南教育杂志》第 2 年第 10 期），刘作柱、谢国藻译的《新世界之旧梦话》（1910 年 4 月上海群益书社印行），潘树声、叶诚译的《不知醉》（载 1910 年 7 月《小说月报》第 6 期），（周）瘦鹃译的《这一番花残月缺》（载 1915 年 7 月《礼拜六》杂志第 60 期）、仙舟译的《鬼婿》（载 1915 年 11 月 1 日《妇女时报》第 17 期）等等。近代诸多翻译家中，除林纾外，周瘦鹃对美国小说的翻译是有着特殊贡献的，其影响最大的是他主持编选的《欧美名家短篇小说丛刊》（1917）（后更名为《欧美名家短篇小说丛刻》），这是继周氏兄弟编译《域外小说集》（1909）之后的又一部短篇小说专集，全书计 3 卷 50 篇小说，内收入美国小说 7 篇，篇前简叙作家小传。王晦为之作序称："原文洵美，译笔尤佳，是书风行，瘦鹃之名将益著。"[1] 此一小说集的编选以"名家"为首选，并以短篇见长，鲁迅和周作人认为，

1. 周瘦鹃：《欧美名家短篇小说丛刊（上册）·纯根序》，北京：中华书局，1917 年版。

此一丛刊"所选亦多佳作"，"用心颇为恳挚，不仅志在娱悦俗人之耳目，足为近来译事之光。……当此淫逸文字充塞坊肆时，得此一书，俾读者知所谓哀情惨情之外，尚有更纯洁之作，则固亦昏夜之微光，鸡群之鸣鹤矣"。[2]

2. 鲁迅、周作人：《〈欧美名家短篇小说丛刻〉评语》，载《教育公报》第 4 卷第 15 期，1917 年 11 月 30 日。

也许是出于马克·吐温对中国人的同情及对美国社会的强烈抨击，中国人对于马克·吐温及其作品始终抱有一致的好感，他也是在中国几乎从未产生过任何争议的唯一的美国作家，这不能不说是一个奇迹。早在 1905 年 11 月，梁启超就在其所创办的《新小说》杂志的第 22 号上刊登过中年马克·吐温的全身照片（时译名为"麦提安"），1906 年 3 月由吴梼转译自日文译本（原署"拘一庵主人译"）的马克·吐温（吴译"马克多槐音"）的《山家奇遇》就发表在《绣像小说》第 70 期上，这应当是中国人最早读到的马克·吐温的作品，他也是稍晚于斯托夫人而被介绍到中国的美国小说家。《山家奇遇》讲述美国西部开发时期矿工们的悲剧故事，内中

包含了诸多奇异、怪诞的滑稽情节，但也许是出于迎合中国读者阅读的需要，吴梼的译本多悲悯之情而缺乏马克·吐温所惯有的诙谐、幽默的讽刺风格，从而使中国读者未能真正领略其独有的韵致。1915 年 8 月，马克·吐温的《妻》（*The Californian's Tale*）由（周）瘦鹃译出，刊于《小说大观》第 1 集，后收入其编选的《欧美名家短篇小说丛刊》。周瘦鹃首次将作者名译为"马克·吐温"（Mark Twain）并一直沿用至今。

新文化运动兴起以前，中国对于域外文学的翻译一直是在"现实功用"和"消遣娱乐"这两个基本层面上展开运作的，出于此种特定目的的局限，中国的翻译家及作家们还未能真正从纯粹"文学"的角度去分辨作家与作品的优劣，所以在译介过程中就难免会出现菁芜混存的现象。而就美国文学的发展来看，19 世纪末期到 20 世纪初期的美国文学也正处于初步显露出美国特色的阶段，但还未能取得特别突出或足以影响整个世界的巨大成就，许多作家在这个时期也还未达到自身创作的顶峰，这就从另一个侧面决定了对于美国文学的译介尚不可能形成某种"通观"的一般理念。据此，对于名家名作的引介就带有很大的偶然性了。霍桑在最初被引介时就并未引起中国作家足够的重视，孙毓修对霍桑曾有这样的评价："霍桑 Nathaniel Hawthorne 小说之才，于美为第二等作家，而其名顾反出于欧文 Washington Irving、考伯尔 Cooper 之上，吾求其故，则知通俗喻情，固小说之正轨，人欲自显其名，至于村童牧竖，皆知有罗贯中、施耐庵，则莫如为浅俗之小说矣。霍桑之书，专为普通人作豆棚闲话者，如《祖父之座》*Grandfather's Chair*、《有名之古人》*Famous old People*、《自由树》*Liberty Tree*、《怪书》*Wonderful Book*，理想虽不高，而爱读者甚多焉。"[1] 1914 年 6 月，欧·亨利的《面包趣谈》

1. 孙毓修：《霍桑》，载《小说月报》第 4 卷第 5 号，1913 年。

曾刊于《小说月报》第 5 卷第 7 号，署名幼新原译，（恽）铁樵重译。1916 年 7 月，刘半侬也翻译过霍桑的《塾师》（载《小说大观》第 6 集），1917 年 10 月，观弈还译有霍桑的小说《劳苦先生》（载《小说月报》第 8 卷第 10 号）。虽然翻译者在选择作品时并不是能自觉意识到原作者是名家，所选小说也大多不是原作者真正的代表之作。但是，这些译作毕竟在某种程度上为名家名作的进一步引进作好了初步的铺垫，而且，从对美国小说译介的时间上看，多数作品的翻译距离其原作发表的时间大都不是非常遥远，有些甚至几近同步，其中所蕴涵的其实也正是近代中国作家希望尽快赶上世界文学潮流以期能同步发展的急迫的心理诉求。

第三节　早期汉译美国小说的基本类型

近代中国的各式杂志几乎都刊载过翻译小说，其中又以《新小说》、《绣像小说》、《月月小说》和《小说林》这四大小说杂志为最。晚清时期的小说翻译与创作一直都显得比较驳杂，这其实跟中国传统的对于文学类别的认识有很大的关系。曾有论者指出："中国小说之不发达，犹有一因，即喜录陈言，故看一二部，其他可类推，以至终无进步，可慨可慨！然补救之方，必自输入政治小说、侦探小说、科学小说始。盖中国小说中，全无此三者性质；而此三者，尤为小说全体之关键也。"[1] 从总体上说，晚清对于美国小说的译介大体可以分为"政治小说"、

> 1. 定一等：《小说丛话》，载《新小说》第 15 号，1905 年。

"侦探小说"、"科学小说"这样三个大的类别，某种程度上讲，这三种类别的小说确实也恰恰是中国传统小说中所从未有过的全新的小说样式。

所谓"政治小说"，最初源于英国的迪斯累理（Benjamin Disraeli）和布韦尔—李顿（Bulwer-Lytton）的创作。日本明治时期，他们的作品被引介入日本并最终演变成为了一种特定的小说门类，后由梁启超首次将其引介到中国。依照梁启超的界定，"政治小说"当指一种以"专欲发表区区政见"[2] 为根本目的的小说作品，"著书之人，皆一时之大政治家，寄托

> 2. 梁启超：《新中国未来记·绪言》，载《新小说》第 1 号，1902 年。

书中之人物，以写自己之政见，固不得专以小说目之。"[3] 因为有这样的前提，所以此类小说

> 3. 梁启超：《饮冰室自由书》，载《清议报》第 26 册。

大都以长篇宏论、激扬慷慨而见长，但也因此容易流于空泛的议论，极大地削弱了小说自身的形象感染力。陈平原也认为："从政治小说入手来提倡新小说，小说固然是'有用'了，也'崇高'了，可仍然没有跨出传统'文以载道'的框架，只不过所载之道由'忠孝节义'改为'爱国之思'罢了。"[4] 从另一个角度来看，既然梁启超倡导"政治小说"的核心目的并非在于"小

> 4. 陈平原：《二十世纪中国小说史·第一卷》，第 7 页，北京：北京大学出版社，1989 年版。

说"，而是重在"政治"，那么，"小说"这种具有极强的包容性的文学形式其实也正好为所谓"发表政见"提供了相当开阔的言说空间。

"政治小说"的译介主要以梁启超为代表，他所译介的最早的"政治小说"是日人柴四郎的《佳人奇遇》，这是梁启超 1898 年 9 月在亡命日本的途中边学日文边翻译完成的，后刊于1898 年 12 月 23 日至 1900 年 2 月 10 日《清议报》第 1—36 册的"政治小说"栏，1906 年由商务印书馆编入"说部丛书"刊行。《佳人奇遇》主要讲述作者（东海散人）在美国留学时与西

班牙流亡女幽兰及爱尔兰流亡女红莲邂逅并共同展开争取独立的政治斗争的故事，其中的美国也基本是以故事背景的方式出现的。值得注意的是，与东海散人、幽兰和红莲各自的国家相比，美国恰恰凸显出了它的"乌托邦"形象。小说曾这样描述道：

> 东海散士一日登费府独立阁，仰观自由之破钟，俯读独立之遗文，慨然怀想，当时美人举义旗，除英苛法，卒能独立为自主之民。……越日春风骀荡，朝霞如烟，散士独棹轻舟，高歌放吟，溯蹄水之支流，渐近蛙溪之岸，忽见一清流出自幽谷，两岸碧藓，与数种樱桃相掩映，水色澄清，游鱼可数。散士停舟而笑曰："是真今世之桃源也。恨无避秦人，与之话前朝逸事耳。"

事实上，晚清时期就曾有人评价说："人但知翻译之小说，为欧美名家所著，而不知其书之中，除事实外，尽为中国小说家之文字。"[1]梁启超的翻译基本上就属于这种情况，译介《佳人奇遇》，

1. 天虚我生：《欧美名家短篇小说丛刻·序》，第5页，长沙：岳麓书社，1987年版。

其主要目的是为了借"流亡"这一事件阐发梁启超本人对于国家的政治改良的看法，所以原书中凡与此目的无关或相悖之处均由梁启超作了改写、删减或增添。正如梁启超对于美国式民主体制的批评一样，梁启超假东海散人之口所道出的真正理想的国家形态其实仍旧只是一个能够"自主"的、"独立"于"世外"的"桃源世界"，惟其因为这个世界甚难企及，它才日渐沉淀为了中国近世知识分子的最高理想，"美国"在此又一次充当了这一理想的现实"替代品"。

从梁启超的界定来看，早期译介的毕拉宓的《百年一觉》也当归属于"政治小说"之列。梁启超创作的《新中国未来记》就有明显模仿《百年一觉》的痕迹，只是梁启超依据中国式的甲子纪年法将百年后的盛景改为了维新60年以后，孙宝瑄评价说："其论今日之时势，正如燃犀照怪，无微不见，且说得虚空粉碎，而中国之必亡，黄种之必灭，虽有拿破仑、俾斯士、格朗兮、华盛顿复生于中国，亦不能救其万一，何况现今之政府与现今之志士耶？故《新中国未来记》者，乌托邦之别名也，不能不作此想，而断无此事也。"[2]另一位作家陆士谔创作的《新

2. 孙宝瑄：《忘山庐日记（下）·癸卯（光绪二十九年闰五月二十八日）》，第709页，上海：上海古籍出版社，1983年版。

中国》（又名《立宪四十年之中国》）同样借用了"一醉四十年"（宣统二年至宣统四十三年）的结构手法，叙写了四十年后的中国一派文明富强的崭新气象。署名碧荷馆主人的小说《新纪元》（1908）则幻想1999年以中国为首的黄种人与西方白种人之间的世界大战，最终中国以绝对优势取得了胜利并开始称霸全球。又据《忏玉楼丛书提要》载，吴趼人的《新石头记》也曾明确

3. 转引自王继权主编：《中国历代小说辞典（第四卷）·近代》，第250页，昆明：云南人民出版社，1993年版。

说明，"是书从译本《回头看》等书脱胎，与《红楼梦》无涉。"[3]可见这种希冀幻景能早日

呈现为现实的渴望在当时是相当普遍的。

　　一般认为，"侦探小说"（Detective Story）的创始人应为美国的作家爱伦·坡，其小说《莫格街谋杀案》发表于 1841 年。侦探小说的引入一方面为中国增加了一种新的小说样式，另一方面也有促进中国司法走向规范的社会目的，如近人所言："侦探手段之敏捷也，思想之神奇也，科学之精进也，吾国昏官、聩官、糊涂官所梦想不到者。……吾国无侦探之学，无侦探之役，译此者正以输入文明。"[1] 侦探小说在中国的译介主要以"福尔摩斯探案"系列为代

1. 中国老少年：《中国侦探案·弁言》，第 5 页，上海：广智书局，1906 年版。

表，而对美国侦探小说的译介则对此类小说在中国的衍生无疑也起到了推波助澜的作用。除周作人所译爱伦·坡的《玉虫缘》以外，较早被译介的美国侦探小说还有周桂笙翻译的康倍尔的《失女案》（载《新小说》总第 16 号），常觉、觉迷和天虚我生合译的《杜宾侦探案》（1918 年中华书局出版）。华子才曾以文言翻译过署名美国讫克（Nicholas Carter，即尼克拉司·卡特）的《聂格卡脱侦探案（系列）》，这是近代中国仅次于《福尔摩斯侦探案》之后风靡一时的"侦探小说"，该系列曾分 16 册（26 个案例），陆续于 1906—1908 年由小说林社出版。所谓"聂格卡脱"实际上是一个以创作同类侦探小说为核心的作家群，其成员包括约翰·柯艾尔（John Russell Coryell）、佛雷迪里克·帝（Frederick Dey）、佛雷迪里克·大卫（Frederick William Davis）、萨威尔（E. T. Sauyer）和珍克斯（G.G. Jenks）等人，此一团体共同以尼克·卡特侦探为核心人物形象展开创作，其作品均由美国纽约的 Street & Smith 书店负责出版（计有 1076 种之多），曾一度成为 19 世纪末到 20 世纪初畅销美国的系列丛书。[2] 此一系列

2. 参见郭延礼：《中国近代翻译文学概论》，第 364 页，武汉：湖北教育出版社，1997 年版。

小说除华子才译本外，尚有冶孙和不才的合译，及林纾与陈家麟的个别翻译。

　　此外，美国乐林司朗治（Lawrence Lynch）的《毒美人》（佚名译，载 1904 年《东方杂志》第 1—7 期）、《黄金血》（1904 年商务印书馆出版）和《三人影》（1908 年商务印书馆出版），以及麦枯淮尔特（George Mcwatters）的《奇狱》系列（1905—1906 年上海小说林社刊行）也是这个时期比较受欢迎的系列侦探小说，1907—1908 年《东方杂志》曾连续刊载另外一个由加撒林克罗（女史）所著、平湖甘作霖翻译的系列侦探小说，包括《陶人案》、《数缕发》、《黑幻像》、《拯三厄》等。这个时期的其他侦探小说尚有美国佚名所著《银行之贼》（谢慎冰译），小说林社 1905 年 3 月刊行，并于本年 11 月及 1907 年两次再版。1906 年 3 月小说《妖塔奇谈》（佚名）由无歖羡斋译，广智书局分上下卷分别于 3 月和 5 月刊行。上海新世界小说社于 1907

年9月至1908年9月连续刊行的林拉伦的《霜锋斗》（步青译），另有老斯路斯的《弃儿奇冤》（沧海渔郎与延陵伯子合译）、嘉路尔士的《双鸽记》（洪如松译）、佚名的《合浦还珠记》（许桢祥与王莼甫合译），商务印书馆1907年印行的沙斯惠夫人的《一仇之怨》、文龙的《中山狼》、佚名的《狡兔窟》，有正书局则出版有美国屠乃赖的《侠女碎琴缘》（仇光裕译）等等。

尽管早期的翻译者常常将西方的侦探与中国古代的包公（或狄公等）探案的故事相提并论，但这主要是为了引导读者对此类新式小说的认同与接受，而小说家们对中西探案小说之间的区别还是比较清楚的。以翻译侦探小说见长的周桂笙曾指出："侦探小说为我国所绝乏，不得不让彼独步。盖吾国刑律讼狱大异泰西各国，侦探之说，实未尝梦见。"[1] 尽管如此，人们对于

1. 周桂笙：《歇洛克复生侦探案·弁言》，载《新民丛报》第3年第7号（总第55号）。

侦探小说这一全新的样式还是充分肯定的，它同时也意味着中国的小说家们已经开始接受西方侦探小说中的那种层层解谜的逻辑关系以及复设悬念的叙事形态了，而现代小说中的"倒叙"手法也以侦探小说表现最为突出。此外，由于侦探小说所特有的神秘跌宕的情节结构与紧张历险的娱乐功能对读者有着强烈的吸引力，并因此激发了广泛的市场效应，它也同时刺激了翻译者对于侦探类小说的偏爱与积极引进。

阿英曾说，晚清近代的翻译家，"与侦探小说不发生关系的，到后来简直可以说没有"。[2]

2. 阿英：《晚清小说史》，第186页，北京：人民文学出版社，1980年版。

事实上，侦探小说同样一直在引导着大众对于社会问题的关注，只不过其关注的形式与一般社会问题小说有所区别而已。问题小说意在暴露社会问题以求解决之法，侦探小说则将问题的解决直接寄托在个别的富有智慧的"侠士"或"侦探"身上，在对社会的关注及其潜在的集体性焦虑心理上，两者其实是完全一致的。后世出现的汉语侦探小说，如程小青的《霍桑探案》、孙了红的《侠盗鲁平奇案》以及陆澹庵的《李飞探案》等等，虽然主要是接受了"福尔摩斯"故事系列的影响，但其以某一个人为主线串联全部故事的结构手法，及其突出表现的金钱、欲望对人性的侵害等主题，同样也显示了"聂格卡脱"系列的某些影子。施蛰存的小说《凶宅》更是曾被认为是爱伦·坡的小说《莫格街血案》的模仿之作。

"科学小说"（Science Fiction）今称"科幻小说"，近代中国对于"科学小说"的分类主要是依据其所包含的"科学技术"方面的具体内容。"科学小说"在一定程度上容易与一般"幻想小说"相混同，但"幻想小说"多带有明显的"乌托邦"空想色彩，而"科学小说"则有其相应的"科学"理论依据，因而包含了在现实层面上可能借助于技术手段得以实现的成分。施

蛰存认为："科学幻想小说由法国作家凡尔纳创始，这是反映了时代特征的。十九世纪是科学突飞猛进的时代，人人都有一点科学知识。有新的知识，就有新的幻想；新的幻想又促进了新的科学。科幻小说的文化教育作用，实在未可轻视。"[1] 鲁迅（署名索子）在 1905 年就曾翻译

1. 施蛰存主编：《中国近代文学大系・翻译文学集二・第二卷选编说明》，第 633 页，上海：上海书店，1991 年版。

过美国路易斯・托伦的"科学小说"《造人术》（载《女子世界》1906 年第 4—5 期），故事讲述美国波士顿理工大学退休教授伊尼研究人造胚胎以批判宗教之所谓上帝造人说的思想。鲁迅翻译"科学小说"，其目的主要是为了"破遗传之迷信，改良思想，补助文明"。并且认为，此类小说"独抒奇想，托之说部。经以科学，纬以人情。离合悲欢，谈故涉险，均综错其中。间杂讥弹，亦复谭言微中"。[2]

2. 鲁迅：《月界旅行》，见《鲁迅全集》（第 10 卷），第 151—152 页，北京：人民文学出版社，1981 年版。

　　美国"科学小说"在中国的译介一直未能像"政治小说"或"侦探小说"那样规范系统，个中原因，一方面是由于早期美国小说中的"科幻"题材小说没有欧洲那么发达，另一方面，近代中国人虽然已历经过洋务运动及实业救国等潮流的洗礼，却始终未能真正上升到以文学形式普及科学理念的自觉程度。但相对于中国既有的现实类型而言，"科学小说"的引进毕竟为现代中国"科幻"文学的诞生奠定了一定的基础。除了鲁迅早期对"科学小说"的提倡以外，其他翻译家也多有此类译作刊行。觉我（徐念慈）所译西蒙纽加武（Simon Newcomb）的《黑行星》（1905 年小说林社刊行）即被直接称为"科学小说"，该书叙述黑行星与太阳相撞终至太阳流质焚毁地球的故事，虽显荒诞却有一定的学理依据。爱克乃斯格平的《幻想翼》曾载《绣像小说》第 53—55 期，后由商务印书馆于 1908 年 2 月译刊，同年商务印书馆还译刊了查普森的《剖脑记》。（包）天笑、张毅汉合译伯伦那梨星的《留声机》（载 1914 年 7 月《中华教育界》3 卷 7 期），倪灏森所译 Paul West 的《升降机》（载 1914 年 7 月《小说丛报》第 3—5 期）。1914 年 9 月 30 日，阿痴译美国立雀生的《救命星》（载 1914 年 9 月《小说旬报》第 3 期），沈雁冰和沈泽民还于 1918 年合译过美国洛赛尔彭特（Russell Bond）的《两月中之建筑谭》（载《学生杂志》）等等。

　　从总体上说，美国"科学小说"译介的数量并不是很多，而且多数都与其他类别的小说混杂在一起，因此未能显示出美国文学的特色。但此类小说的引介从一个侧面也让中国人了解到了美国人对于"科学"精神的张扬，这一点也与早期中国人对美国社会高度发达的物质生活形态的认识是基本一致的。"科学小说"的引进，主旨是向国人宣传"科学"的思想，但其成效

却似乎并不是很大，而由此类小说所影响的中国的同类创作更是寥寥。在一篇署名瓶庵的文章中，作者曾对晚清时代的小说翻译作过这样的评价："洎于晚近。西籍东输，海内文豪，从事译述，遂乃绍介新著，稗贩短章，小说一科，顿辟异境。然而言情侦探，花样日新；科学哲理，骨董罗列。一编假我，半日偷闲。无非瓜架豆棚，供野老闲谈之料；茶余酒后，备个人消遣之资。聊客闲情，无关宏恉，此由吾国人士，积习相沿，未明小说之体裁，遂致失小说之效用也。"[1]

1. 瓶庵：《〈中华小说界〉发刊词》，载《中华小说界》第1卷第1期，1914年1月1日。

这在一定程度上也反映出了近代中国的思想与文学在转型问题上所显示出来的特有的艰难。

由于近代中国在小说分类标准上的不一致，多数小说的译介在其归类问题上就显得非常混乱。一般说来，为小说标识出具体的类别称号，除了有小说内容本身的直接规定以外，译者为扩大其商业宣传的效用也是重要的原因。中国近代对于美国早期小说的翻译基本上是以读者的阅读兴趣为主要的选译标准的，专事翻译某人的作品或者某类小说的翻译者并不是很多，这种翻译上的随意性同时也造成了译作本身在选本和译笔上的良莠不齐。

除了早期美国名家名作的不自觉翻译以外，有不少以消遣娱乐为主要目的的作品也同时被译介了进来。如佛露次斯的小说《双艳记》（1904年小说林社译刊），华兮译史德兰的《红闺镜》（1908年小说林社出版），林伯的《双乔记》（1908年商务印书馆译行，1914年再版），西冷生译盘山克兰的《醋鸳鸯》（1908年改良小说社刊行）及盘克莱女士的《密誓缘》（1909年科学书局出版）和《曼玳琳》（1909年有正书局出版），恽铁樵翻译佳维的《豆蔻葩》（载《小说时报》1910年1—6月第3—5期），尼古刺的《秘密社会》（1910年商务印书馆译刊，1914年再版），诗庐译美林孟的《稗苑琳琅》（1915年上海商务印书馆刊行）等。

有些小说虽也明确标有某类小说的系列译述等字样，但有时也许因为初版的销量并不理想，或者读者的阅读兴趣并不是很大，所以往往容易使翻译计划本身中途夭折。1906年，金石、褚嘉猷翻译的诺阿布罗克士的《旧金山》（1906年商务印书馆刊行）被列为"冒险小说"，该小说讲述四个小孩儿在加州淘金热潮中，历经艰险，跋涉千里，并终于淘得黄金的故事。另一部带有奇幻色彩的"冒险小说"是柏拉蒙的《红柳娃》，1906年由商务印书馆译刊，这是一部日记体的小说，叙述主人公耶芳斯于探险途中，遭遇身材矮小的小人族和身形巨大的虎头族的围困，最终乘气球出逃的故事。此类小说虽蕴涵了相对较为丰富的想象力，但最终未能形成一种独立的小说系列。

美国小说在近代中国并不是译介的重点，这既与同一时期美国文学自身的局限有关，也与近代中国对美国的认识有着很大的关系，但从后来的情形来看，正是由于有了这些初步的译介，美国文学对于中国读者才显得不是那么陌生。

第三章　　转折期：文化互动与文学接受

　　迈克尔·谢勒认为："从接触伊始起，美国人和中国人之间就存有误解，并表现出他们在文化、历史方面根本不同。双方均根据自己的规范和价值观念来理解美、善和进步。异己的就一定是低劣的。"[1] 事实上，"排异"现象不只是存在于中美之间，它

　　1. [美] 迈克尔·谢勒：《二十世纪的美国与中国》，第 4 页，徐泽荣译，北京：三联书店，1985 年版。

同样也存在于现代中国知识分子在对待传统中国文化的评价问题上。以"进步"观念为先导的知识分子在积极接纳西方思想的同时，作为"异己"存在的传统文化就会自然地成为代表了"进步"一方的知识分子的排斥对象；反之，以西方的"文明没落"为思想前提的知识分子则会基于自身的文化传统，而将西方文化看作是"异己"的存在并加以排斥。正是因为其彼此的"排异"，才生成出了现代中国"激进"与"守成"两种泾渭分明的文化取向。就美国而言，由于主要发生于欧洲的第一次世界大战并未对美国造成多大的影响——欧战甚至在一定程度上反而刺激和推进了美国这个时期经济的发展与繁荣，美国也因此重新吸引了中国人的目光。在"激进"的中国知识分子看来，真正值得大力引进的"进步"思想不是在欧洲而正是在美国；以"守成"为代表的中国知识分子却从爱默生、梭罗等人身上看出，美国的"进步"恰恰证明了传统中国文化在美国的思想实践中的巨大成功。20 世纪前期，无论是"激进"还是"守成"的中国知识分子，几乎同时对美国表示出了前所未有的亲近与好感，这也许是美国文学在中国人心目中能够迅速重新获得一种明确定位的重要原因。

第一节 爱默生、梭罗及其对儒家思想的接受

遥远的东方中国对于西方世界一直有着某种神秘的吸引力，这种吸引并不只是出于单纯的贸易利益的驱使。多数情况下，当西方文化发展到某种转折点上——比如成熟到需要产生更新的思想或者衰落到需要对整个文化系统展开全面的检视的时候，曾经无比辉煌的东方文化就会像被罩上了先知的光环一般悄然出现在西方人的想象世界之中。美国这个新兴的国家因为缺乏历史的积累，再加上一直在寻求摆脱欧洲文化的牵制以创造出富有自身特性的美国文化的诸种路径，远隔大洋的东方中国及其独具魅力的文化蕴涵就更容易引起美国人的密切关注。

拉尔夫·沃尔多·爱默生（Ralph Waldo Emerson）是美国 19 世纪中叶伟大的诗人哲学家，同时也是欧洲浪漫主义思潮在美国的代表，他所开创和领导的超验主义文学运动一直被视为美国文学史上的"文艺复兴"。爱默生是一位借助于诗歌及散文的文学形式来阐述其"超验论"哲学的思想家，他同时也是美国历史上在逐步摆脱既有的欧洲文化传统以建立全新的"美国精神"的过程中起到过重要作用的代表人物之一。1836 年，爱默生与里普勒、赫奇等友人一起成立了"超验主义俱乐部"，并定期组织各式学术研讨。1840 年，他又与玛格丽特·富勒（Margaret Fuller）、布朗森·奥尔科特（Bronson Alcott）及亨利·大卫·梭罗（Henry David Thoreau）等人一起创办了《日晷》（The Dial）杂志，借以宣传其超验论思想。这一系列的活动既为爱默生奠定了其作为思想家的牢固的历史地位，也为后世美国的文学及哲学思想的发展开辟了崭新的途径。

爱默生的创作主要集中在《诗集》、《论自然》、《代表人物》、《美国学者》等专著以及卷帙浩繁的日记、书信、演讲等各式文本中，而其核心则是他所不断强调的"超验主义"思想。19 世纪中期的美国，一方面既显示出了由工业化高速发展所带来的空前的繁荣，另一方面也一直隐含着难以避免的经济与社会的种种危机，由此，如何选择一种区别于欧洲（尤其是英国）的全新的发展模式的问题，就成为了这个时期思想家们必须首先面对的问题。

爱默生的"超验论"思想在某种意义上可以看作是此前美国著名哲学家钱宁（William Ellery Channing）的在理性与信仰之间作出协调的思想取向的延伸，其所针对的主要是以洛

克和牛顿为代表的以理性主义为根基的自然神论及唯物质主义的思想倾向。爱默生认为："从哲学上考虑，宇宙是由自然和心灵组合而成的。"但由于理性（关于宇宙的知识）的普遍张扬，我们事实上已经丧失了心灵（Soul）与自然（Nature）之间的最为直接的交流："先人们同上帝和自然面对面地交往，而我们则通过他们的眼睛与之沟通。为什么我们不该同样地保持一种与宇宙的原始联系呢？"基于这样一种发问，爱默生将自然对于人的功能划分为四种，即物、美、语言和训练，而自然的四种功能又是与人的精神性的逐次提升相对应的。首先，自然为人提供了最直接的物质用品以综合性地维持人的基本生活，但这只是最低层次的而不是终极性的恩惠；其次，自然可以满足人对于"美"的需求，除了自然的单纯形式所带来的美感以外，它还同时显示着人的美德和智慧（如艺术）与自然之间的协调；再次，自然以其事实呈现给人多重形态的符号，这符号就是语言，自然事实其实正是人的精神事实的对应性的符号显现，因此，自然应当被看作是人的精神的"象征"，"语言是大自然用以帮助人类的第三种工具。大自然则是思想的承载体，有着它单一、双重与三重效用。1. 词语是自然事物的象征。2. 具体的自然事物又是具体精神事物的象征。3. 大自然又是精神的象征"。最后，自然能够为人提供知性与理性的训练，以便使人接近并认识真理与道德，自然的统一性表明它在宇宙精神（Universal Spirit）中必有其根源。[1] 也因此，人不可能单纯地依赖于对所谓自然规律的质与量的经验性研

1. 参见涂纪亮：《美国哲学史》（第一卷），第 294—299 页，石家庄：河北教育出版社，2000 年版。

究去发现精神的奥秘，而只能在对自然的最为直接的体察与感悟中去领悟精神的本质。"这个世界转达给人的不可言说、却又清晰可辨、实实在在的意义便是如此——人作为不朽的学生，从任何可感知事物中都可领悟这种意义。大自然所有的组成部分，都在暗中确保纪律约束这唯一的目的。"[2] 不难看出，爱默生的思想明显带有康德式的先验唯心论的形而上学的特点，但

2. ［美］波尔泰编：《爱默生集》（上），赵一凡等译，北京：三联书店，1993 年版，此处引文均出自于此，分别见第 62、7、6、21、37 页。

这并不表明爱默生就放弃了对于政治、社会等层面的问题的思考。事实上，爱默生始终重视着一切思想在具体生存实践中的应用，他对于"直觉"的强调正是在反对以知识和逻辑为先导的机械的技术主义的普遍趋向，其后继者就是柏格森。他对于自我信念的张扬及对于不同时代的"代表人物"的推崇，也同样从根本上刺激了美国的个人主义思想的持续发展，并且在相当程度上为建立以个人价值为中心的"美国精神"奠定了牢固的基础。"爱默生敦促美国人民依靠自己，服从他们自己的道德情感而不要集合在一个又一个新组织的所谓进步旗帜之下的乌合之

3. ［美］查尔斯·博哲斯：《美国思想的渊源——西方思想与美国观念的形成》，第 141 页，符鸿令、朱光骊译，太原：山西人民出版社，1988 年版。

众中迷失了方向。"[3] 从这个意义上讲，爱默生的思想已经显示出了典型的美国式实用主义的雏形。

深受爱默生"超验论"思想影响的另一位诗人哲学家就是梭罗，梭罗很早就是爱默生所组织的"超验主义俱乐部"的重要成员之一，这位年仅 45 岁就过早辞世的思想家以其更为激进的姿态将超验主义发挥到了极致。

梭罗的创作主要有《康科德及梅里马克河上一周》（*A Week on Concord and Merrimack Rivers*）、《瓦尔登，或森林中的生活》（*Walden, or Life in the Woods*）（又译《瓦尔登湖》）、《论公民的不服从》（*Essay on the Duty of Civil Disobedience*）、《没有原则的生活》（*Life Without Principle*）及大量日记和与友人的通信等，探索人生的意义，体会生存的真谛，可说是梭罗思想的根本主旨，为此，他甚至不惜远离繁华的都市而在爱默生家族所属的康科德领地上的瓦尔登湖边搭建了一个简陋的小木屋，过起了离群索居的生活。也正是在这种孤独而宁静的生活中，梭罗借助与自然的最直接的交流获得了对于生存的真切感悟。梭罗认为，人们的普通生活之所以显得毫无意义，主要是因为大多数人始终都被无休无止的利益性劳作包围着，在他们眼中，大自然只是获取个人私利的对象而非有着生命的自在体。为了尽可能多地获取各种财富和利益，人们既无暇享受自然所提供的美和启示，同时对自然本身也给予了无情的破坏和践踏。梭罗同样强调个人的独立和自由，特别是每个个体在精神层面上的独立与自由，即每个人都有不依据社会的统一规范（比如经济的或政治的）而独立选择自身精神生活的权利，一种近于"无为而治"的社会体制才是对人的尊严的真正尊重。与爱默生相比，梭罗的纯粹个人立场要显得激进得多，如果说爱默生的思想还显示着在理性与灵魂感悟之间的某种协调的话，那么，梭罗的批判则直接指向理性主义及其所衍生出来的功利目的性本身。单就人与自然的日益严重的对立而言，梭罗的思想无疑有着相当的超前特征。

以爱默生和梭罗为代表的"超验论"思想有一种共同的内质，即特别重视人自身借助于"内省"来达到心灵与自然的直接沟通，进而实现对于代表着最高宇宙精神的上帝之神性（最高存在）的感悟与体察。一般认为，爱默生与梭罗的思想在其既有的欧洲文化基础上，都曾不同程度地接受过东方古典思想的影响，其中包括了佛教、伊斯兰教及以孔孟为代表的中国儒家思想的诸多元素，无论是在他们的著述中，还是在他们所创办的《日晷》杂志的"各族圣经"（Ethnic Scriptures）栏目里，都随处可见东方哲人的身影。爱默生与梭罗对于中国古典哲学思想的接受主要来自于早期流传到欧洲和美国的《论语》、《孟子》及《四书》等著作，儒家思想的语录式言论也多次出现在他们各自的著述中，他们自己也在不同的时期表达过对于中国古代圣哲的由衷的敬意。除此以外，曾担任过美国驻华使节的蒲安臣（Anson Burlingame）还为爱默生间接地了解中国的现实情形提供过重要的帮助。应当说，以孔孟为代表的儒家思想确实对爱默生及梭罗的"超验论"思想产生过积极的影响，这不只是体现在他们对于儒家经典言论的直接引用上，更体现在他们对于儒家所强调的道德修为及"内省"方式的理解上。[1] 从总体上说，东方的古典思想一直是以精神的自足性为基本前提的，即使是倡导积极入世的儒家也同样把安贫乐道、淡薄名利看作是个人精神修养的必备条件，这一点同爱默生及梭罗对于过度追求财富与享乐的物质主义的批判极为相似。而对于奢华的物质生活的拒斥以及对"清贫"生存方式的推崇在梭罗身上体现得更为明显，他在瓦尔登湖边的恬静生活，几乎完全可以看作是孟子所谓"养心莫善于寡欲"（《孟子·尽心下》）思想的最为忠实的现实实践。

爱默生与梭罗对于中国儒家思想的接受主要显示在这样几个方面。首先，"超验论"思想是以宇宙的统一性为根基的，所以无论是自然还是心灵，其最终都必须统一在代表着最高存在的"上帝"这一范畴之中，儒家思想中虽然没有"上帝"这一环节，但却极为强调人的内在精神与外在的自然之间的高度一致，这一点很容易与爱默生及梭罗对于理性主义过度膨胀之后所造成的人与自然的分离和对抗的反思发生深刻的共鸣。其次，儒家所崇尚的"君子之道"特别重视个人对于自身道德修为的养成，它不仅体现在"君子"对于"义"的坚守及对"利"的拒绝上，更体现在对于"仁"的理念（"爱人"）的重视以及对于自身欲望的节制（"克己服礼"）上。东方君子的这种自我约束式的精神形态，对超验论者所追求的人格精神的自立及对纯粹物质主义的排斥同样也有着深刻的启发。除了梭罗的亲身实践，爱默生也曾反复强调："我们应该明确，公正的法则是：任何人不得索求超过他份额的福利，并且永远如此。我感到有必要做一个热爱他人的人。我将会看到，世界因为我的爱心而变得美好，那将是我的报偿。爱心会给这疲倦的旧世界换上一副新面孔。""如果一个人要帮助自己和别人，他就不应当忽冷忽热，全凭一时兴起去行善。他应该做一个克己自制、善始善终、坚定不移的人。""那种将人们的境界加以提高的仁爱精神才是这个时代最好的真实特征，它能鼓励人们相信原则、而不是相信物质的力量。"[2] 爱默生和梭罗也许正是从儒家的个人"修身"及孟子式的"性善"论中，体悟到

了某种对抗加尔文教的所谓"人性堕落"及对"上帝"的无条件依从等等教诲的新力量。最后，

儒家所看重的"吾日三省吾身"的"内省"方式与超验论思想中的"直观"、"领悟"也有着相当的吻合，他们都极为重视对于"精神"本身的"审视"，只不过儒家的"内省"是借助于与君子之德的比照，而爱默生与梭罗的"直观"则是借助对于自然所显示的诸般变化形态的"灵感式"的"觉悟"和"体察"。从另一个角度来说，这种"直觉"方式倒是非常接近于"禅宗"式的"顿悟"或"见性成佛"。尽管没有任何证据证明他们曾接触过东方的"禅宗"思想，但可以肯定的是，任何伟大的思想在其巅峰之处其实大都有着某种相近或相通的地方。

爱默生与梭罗的思想策略，其核心乃在于并不完全地服膺于任何既有的先哲们的思想与生活，而是从先哲们所能给予的启示中去发现和创造自己应有的思想与生活。惟其如此，他们的思想才显示出了独有的自主性和原创性，他们对后世的影响也同时显示出了那种拒绝因袭且独立创造的美国人的精神特性。如有学者所概括的那样，"它要进一步摆脱对外来的欧洲文化传统的因袭和模仿，也要冲决日益流为形式的不合时宜的清教教会的陈腐戒律；它希望通过肯定并充分发挥个人的精神力量来做到这一点，但又不想让个人的意志欲望无限制膨胀，从而保持对自然和宇宙的敬畏之心。"[1]也许正是这一点上，"超验论"者与中国儒家思想中的"中庸"

1. 张弘等：《跨越太平洋的雨虹——美国作家与中国文化》，第 123 页，银川：宁夏人民出版社，2002 年版。

策略之间才有了某种程度的默契，但这并不说明他们就是中国儒家思想的忠实信徒。爱默生和梭罗的思想本身尚未能形成一种有着清晰构架的自足的体系，而且其中还同样存在着某种无法克服的矛盾与困惑。爱默生晚年就曾承认，超验主义大部分不过是"穿着新时代外衣的最古老的思想"。[2]梭罗也只是"在世外桃源的宁静和工业发展的一日千里中寻找着不够稳定的平衡"。

2. [美] 卡罗尔·卡尔金斯主编：《美国文学艺术史话》，张金言等译，第 15 页，北京：人民出版社，1984 年版。

"他既羡慕斯巴达式的、无须思考的北美原始人的生活，又羡慕印度圣哲脱俗的消极生活。……东方和西方、荒野和思考之间的真正交汇点，是超越历史之地，在那儿社会虚伪逐渐消逝，人可以尽情享受爱默生所说的'与宇宙的最初关系'。"[3]超验论者在面对他们所遭遇的诸如对

3. [美] 罗伯特·米尔德：《重塑梭罗》，马会娟等译，第 54、58 页，北京：东方出版社，2002 年版。

于上帝的盲从、人的贪欲的膨胀、奢华与享乐刺激下道德的堕落、常态的自然与非常态的社会的对立等等的实际生存境遇时，对于几乎所有先哲的思想都表示过足够的敬意，惟其如此，那些来源于不同路向的思想的泉水才会在他们的静观默想之中激荡出全新的智慧之流。

爱默生和梭罗从内心里羡慕古代东方圣哲的思想，但他们对于东方思想的接纳并不是在深入探究基础上的全盘吸收，他们所采取的只是取其一点为我所用而不计其余的领悟方式，这就首先决定了他们的有限度的接受其实只能是一种有意义的误读，他们并不打算完全接纳儒家的

道统思想。古老的东方智慧既不可能成为他们思想的源头，遥远的中国也不可能变成他们思想的乐园，甚至相反，现实中的中国还曾在不同的场合遭到过爱默生的各种形式的贬斥和鄙视。如赖德所说："拥有与中国文明极不相同的高度文明的人民，他们不仅不欲采纳中国的文明，反而认为它是落后的，半野蛮的。只有少数文学家尚保持着十八世纪时欧洲对中国的那种强烈的向往和敬慕，而且他们主要是为了中国的过去。对现代中国的态度几乎是讨厌、勉强和轻视的混合。"[1]事实上，即使在"黄祸"意识充斥于西方世界的各个阶层的时代，那种"邪恶的中国"

1. [美] 赖德烈：《论西方国家对中国文化的影响》，收入中国科学院近代史研究所资料编译组编译《外国资产阶级是怎样看待中国历史的》（第一卷）（内部读物），第108页，北京：商务印书馆，1962年版。

与"善良的中国人"的彼此矛盾的想象也始终被奇怪地交织在一起。究其根由，同样只能归因于西方世界与东方中国的根本上的隔膜。尽管爱默生或梭罗只是零星地接触到了东方中国的古典思想，但它毕竟预示了美国人愿意深入探究东方智慧的潜在的可能，正因为有着这样的前提，当后世的林语堂等人开始向美国人重新介绍东方中国独有的思想与文化时，才会再次激发美国民众对遥远中国的新一轮的浓厚兴趣与无限向往。

第二节　庚款留美与中国新文化运动的诞生

中国学生留美，开始于容闳、唐廷枢等人的赴美留学，容闳是公认的第一位毕业于美国大学的中国人，正是在他的积极奔走和筹划下，才有了1872年开始的幼童留美活动。自1872—1875年间，清政府先后选送了120名幼童赴美学习，虽然此项计划因种种原因而被迫终止，但中美间的知识传输却由此打开了新的局面。1906年，在中断了近10年之后，清政府再次派员赴美考察，并重新确定了学生留美学习的政策。由于《辛丑条约》规定，清政府需向美国支付约2 500万美元赔款，美国以此才考虑以退还庚款的方式将日益高涨的留日学潮吸引到美国来。在驻美公使梁诚的极力斡旋下，1908年5月，美国国会正式通过了庚款留美法案，此举深得中国朝野称赞，至此，留美学生开始逐渐增多。1909年清政府于清华园设立"游美肄业馆"，次年改称"清华学堂"，并逐步演变成为正式的"留美预备学校"。自1909—1929年间，清华共

2. 参见王奇生：《中国留学生的历史轨迹：1872—1949》，第19页，武汉：湖北教育出版社，1992年版。

选派留美学生1279人，堪称同时期中国官费留学之首。[2]尽管自清政府至北洋政府都对留学美

国作出过种种的限制性规定，美国政府也多次颁布各种直接针对中国人的苛刻的法令，但美国仍然是中国人留学的首选之地。除官费以外，自费留美的学生也在逐年增多。据《留美学生录》统计，仅 1924 年留学美国的 1637 人中，自费者已有 1075 人，占总数的 65% 以上。[1] 这其实跟

1. 《留美中国学生之调查》，载《教育杂志》第 17 卷第 3 期，1925 年 3 月。

近代以来不断升温的国人亲美的倾向有很大关系。应当说，留美学生对于现代中国诸多方面的贡献都是非常巨大的，仅在现代中国作家中，曾经留美的就有胡适、陈衡哲、冰心、康白情、罗家伦、梁实秋、闻一多、林语堂、朱湘、徐志摩、许地山、洪深、李健吾、查良铮（穆旦）、余上沅和熊佛西等等。也正是这批优秀作家的积极努力，现代中国文学才真正展示出了一种全新的面貌，而中美间的文学沟通也才有了某种新的可能。

早期的留美预备学校清华学堂

1909 年 8 月，游美学务处主持选派了第一批包括程义法、梅贻琦、金涛等共 47 名学生赴美留学，第二批学生包括胡适、赵元任、竺可桢等 70 人于 1910 年赴美；1911 年又有第三批 63 人赴美，而其他由教育部、各省及各个教会学校选派或自费留学者更是日益增加。自 1909 年起，留美学生自发组织了学生会并开始主办《美国留学报告》杂志，1911 年 6 月更名为《留美学生年报》（1912 年空缺一期），1914 年 3 月再次更名为《留美学生季报》，每年一卷分春、夏、秋、冬四个季号出版。《留美学生季报》一直出版了 14 年，于 1928 年停刊。刊物在美国编辑，然后邮送国内在上海出版，由中华书局发行，后于 1917 年改由商务印书馆印行，直至停刊。这份刊物既是中国国内了解美国社会及西方文化的窗口，同时也是留美学生讨论中国问题及展开中西思想文化比较的重要阵地。朱庭祺曾明确指出创办此刊物的宗旨，乃在于"使国内人略知美国及留学界情形，故一年一报而用中文"[2]。

2. 朱庭祺：《美国留学界》，载《留美学生年报》第 1 期，1911 年。

从发表于该刊的文章来看，其所涉及的内容极为广泛，从时事分析、社会动态、新知介绍、

游历印象，到中外文化研究、经济制度比较、学术思想论争等等，而其中，最为引人注目的就是有关新文化运动问题的最初的讨论。早在 1915 年，易鼎新在该刊上发表过《文言改良浅说》一文，积极倡导汉语文字的全面革新，易鼎新的主张与胡适《文学改良刍议》的看法极为相似，却比胡适文章的发表几乎提早了近两年，算得是中国提倡新文化运动最早的文字了。胡适的文章先后发表于 1917 年 1 月 1 日《新青年》第 2 卷第 5 号和《留美学生季报》1917 年第 1 号上，他所提出的涉及文学改良的诸多问题，因为其更为具体也更切合于中国的实际，所以引发了持续的争论，并由此为现代中国新文学的诞生铺设了最初的路基。张耀翔发表于 1919 年《留美学生季报》第 2 号的文章《应改良而未改良者》再次提出了文学改良的问题，其对汉语文学写作在段落、标点、旁圈等等方面存在的弊端提出了具体的革新思路。

第二批考取庚款留美的学生合影

除此以外，针对国内日渐高涨的新文化运动，留美学生也适时地发表自己的不同看法，梅光迪的文章《民权主义之流弊论》（载 1916 年《留美学生季报》第 3 号）曾明确指出民权主义极易造成无所信仰、人群退化、道德堕落等等弊端，所以不能简单地把西方文化完全移植到中国。汪懋祖的《致新青年杂志记者》一文更是对陈独秀等人的激进言论提出了尖锐的批评："动曰妖魔丑类，曰寝皮食肉，其他凶暴之语见于函电报章者尤比比。""开卷一读，乃如村妇泼骂，不容以人讨论者，其何以折服人心，此虽异乎文学之文，而贵报固以提倡新文学自任者，似不宜以妖孽恶魔等名词输入青年之脑筋，以长其暴戾之习也。"[1] 而发生在吴宓和邱昌渭之间的论战更是将留美学生有关新文化运动的讨论推向了高潮。在吴宓看来，新文化运动"行文则妄事更张，自立体裁，非马非牛，不中不西，使读者不能领悟。"而一味倡导白话文，不仅会使中国的既有国粹丧失殆尽，而且还会有国将不国的危险。"今新文化运动之流，乃专取

1. 汪懋祖：《致新青年杂志记者》，载《留美学生季报》第 1 号，1918 年。

外国吐弃之余屑，扶饷我国之人。""其所贩入之文章哲
理美术，殆皆类此，又何新之足云哉。"[1]针对吴宓的看法，

1. 吴宓：《论新文化运动》，载《留美学生季报》第 1 号，1921 年。

邱昌渭立足于中国新文化建设的必要性提出了自己的批评
意见，他认为，吴宓将新文化视为"非马非牛"无疑是将
这场全新的革新运动看成了"洪水猛兽"，而掩藏在其背
后的其实正是对于僵死的旧文化的极力维护，西方文化的
积极引进恰恰是革新中国文化的动力所在。中国的新文化
运动非但不是为了张扬"邪说"，反而代表了时代的最新
潮流和趋向，"一个时代有一个时代的思想，思想变文体
随之而变，而改变思想，最初只有极少数人提倡鼓吹，此
少数人每每为同时代的学者所反对"。[2]吴宓等人的反对

2. 邱昌渭：《论新文化运动——答吴宓君》，载《留美学生季报》第 4 号，1921 年。

实际上很可能会将一种新生的生命扼杀在摇篮之中。值得
注意的是，在这场激烈的论战中，吴宓采用了文言语式，
而邱昌渭则使用了白话文，这其实也正代表了留美学生在
文化选择上的分歧，而正是这种分歧才最终形成了现代中
国文化发展中截然不同的路向。

　　现代中国文学雏芽的萌生发端于美国的中国留学生
之中，这不能不说是一件饶有兴味的事情。胡适受美国意
象派诗人庞德理论主张的启发而衍生出了具有开创意义的
"八不主义"，并由此开辟了中国文学的全新格局，这已
是不争的事实了。除此以外，现代中国白话新文学最早的
创作还可以追溯到留美学生陈衡哲，她的《一日》（载
1917 年《留美学生季刊》第 4 卷第 2 期）就曾被认为是新
文学的第一篇白话小说，当然，严格说来，这只是一篇叙
述留美学生一天见闻的散文，但它却是新型文学样式的重
要开端。如胡适所言："当我们还在讨论新文学问题的时候，

留美时期的梅光迪

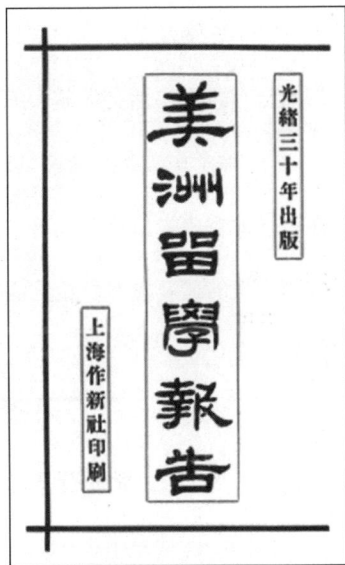
自 1909 年起留美学生自发组织学生会
并开始主办《美洲留学报告》杂志。

莎菲却已开始用白话做文学了。"[1]

1. 胡适:《小雨点·胡序》,第6页,上海:新月书店,1928年版。

　　陈衡哲,本名陈燕,字乙娣,笔名莎菲(Sophia),江苏武进人,是我国新文学运动中最早的女学者、历史学家、作家、诗人和散文家。她于1914年考入清华学堂留学生班,成为清华选送公费留美的女大学生之一。1914年夏天,陈衡哲赴美留学,时年24岁。到美国以后,陈衡哲在瓦沙女子大学(Vassa College)专修西洋历史,同时兼习西洋文学。在美期间,她结识了胡适、任鸿隽(任叔永)、杨杏佛、梅光迪、朱经农、胡先骕等人,并以莎菲为笔名开始写作。1918年陈衡哲以优秀的成绩本科毕业,获得了文学学士学位,之后又得到芝加哥大学的奖学金而得以继续深造,并开始陆续发表新文学作品,如讽刺美国人的势利的白话新诗《人家说我发了痴》(载1918年9月《新青年》第5卷第3期)、短篇小说《老夫妻》(载1918年10月《新青年》第5卷第4期)等。1920年夏,陈衡哲回国,被蔡元培聘为北京大学教授,在北大开设西洋史和英文课,成为北大乃至中国的第一位女教授。1928年4月,她的短篇小说集《小雨点》由新月书店出版,内收她在1917年到1926年间的小说10篇。胡适曾评价说:"我们试回想那时期新文学运动的状况,试想鲁迅先生的那一篇创作——《狂人日记》——是何时发表的,试想当日有意作白话文学的人怎样稀少,便可以了解莎菲的这几篇小说在新文学运动史上的地位了。"[2]除了积极参与新文学的创作,1927年到1933年间,陈衡哲还曾先后四次代表中国出席

2. 胡适:《小雨点·胡序》,第6—7页,上海:新月书店,1928年版。

在美国檀香山、日本东京、中国上海、加拿大班府召开的太平洋学会的国际学术会议,将现代中国文坛的最新境况介绍给西方学界。而在另一方面,她也积极撰写各类书评文章如《皮尔德的美国文化史》(载1932年10月《独立评论》第20号)和《中国文化的崩溃》(载1932年7月《独立评论》第10号)等等,把美国学者有关中美文化史研究的论著及时地介绍到中国,从这个意义上看,她无疑是早期中美文化交流的先驱之一。

　　白话文运动发生在中国,但其酝酿却是在大洋彼岸的美国。早在1915年至1917年间,胡适就已经开始与其好友梅光迪、朱经农、任鸿隽等人讨论文学革命事宜。1915年8月,美国东部中国留学生成立了"文学科学研究部",由胡适担任文学委员。在研究部的年会上,胡适撰写了《如何可使吾国语言易于传授》一文,指出文言文是一种"半死的语言",而称白话文为活的语言,胡适在这个时期的思考无疑成为了其日后提出文学革命主张的理论起点。但胡适的意见却引来了好友梅光迪和任鸿隽等人的反对,双方由此一度展开了激烈的笔战,也因此才使

胡适真正萌生了废文言而兴白话并开始尝试白话诗写作的念头。

20 世纪初期的美国，既是一个工业化高速发展的繁荣时代，同时也是一个问题迭出而亟待解决的时代。对于此时留学的胡适来说，一种全新的体验必然会形成一种全新的思维判断构架。格里德认为："那个进步时代的政治与社会骚动给了他一个永久性的印象，而且在某些方面形成了一些他 1917 年回国后用来判断中国政治与社会状态的标准。他对西方历史、文学以及哲学的学习极大地开阔了他的理智的眼界，并给他提供了他据以建构自己那有关东西方文化价值冲突的超然的'世界主义'观点的框架。"[1] 胡

北大时期的胡适

1. [美] 格里德：《胡适与中国的文艺复兴——中国革命中的自由主义 (1917—1937)》，鲁奇译，王友琴校，第 45—46 页，南京：江苏人民出版社，1989 年版。

适不只是在现实政治层面上近于完整地接受了美国式的自由民主的体制形态，以杜威的实证论哲学为核心的思想还直接成为了他展开其学术研究的根本支柱。也因此，胡适的所谓"再造文明"才更多地被放置在具体的实践效果而非断然的全盘否定上。如他所言："新旧二文明之相隔，乃如汪洋大海，渺不可渡。留学者，过渡之舟楫也，留学生者，篙师也，舵工也。乘风而来，张帆而渡，及于彼岸。乃采三山之神药，乞医国之金丹，然而扬帆而归，载宝而返。其责任所在，将令携来甘露，遍洒神州，海外灵芝，遍栽祖国。以他人之所长，补我所不足。庶令吾国古文明，得新生机而益发扬光大，为神州造一新旧混合之新文明。"[2]

2. 胡适：《非留学篇》，载《留美学生季报》，1914 年。

如果说《学衡》派知识分子的"融化新知"尚未能从根本上完全摆脱"中体西用"的近代化思路的话，那么，胡适的"有破有立"则似乎更接近于美国人的那种敢于革新的实践精神，这也许正是我们能够在胡适身上看到明显的"美

国"气息而无法从《学衡》派知识分子那里了解到美国特色的潜在原因。胡适身上的这种"美
国"气质同样使他成为了向美国积极推广中国传统文化的最早的先行者。1933 年胡适应芝加哥
大学 Heskell 讲座邀请作了为期一月的讲演，总题"中国文化的趋向"，后以《中国的文艺复兴》
为题由芝加哥大学结集出版，《纽约时报》则及时给予了相关的报道与充分的赞誉。若干年后，
费正清仍称赞说，正是胡适的这一系列演讲"在美国树立了他的形象"。[1]

1. [美] 费正清：《费正清对华回忆录》，第 47 页，北京：世界知识出版社，1991 年版。

第三节   意象派与中国新诗

英美意象派在注重从中国古诗和传统诗学中获得力量和启迪的同时，又给予中国新诗以很
多启示，帮助催生了中国白话新诗。可以说，中国新诗运动的产生与发展，从英美意象主义那
里吸取了营养和力量。意象派的理论与实践推动了中美两国新诗运动的发展，中美诗歌的艺术
相逢与交融，在意象派那里找到了合适的场所。通过意象派而实现的中美诗歌艺术的借鉴与吸
收，成了跨越时代、地域、语言和文化而实现异质民族文学交流对话的一个佳例。

20 世纪初叶，意象派诗歌运动在美国蓬勃展开，意象派主张运用日常会话的语言，创作意
象鲜明、节奏新颖、形式自由的新诗。美国《诗刊》杂志 1913 年 3 月号发表了意象派的纲领性
文件"意象派宣言"（Imagist Manifesto）。时在美国留学的胡适对意象派产生极大兴趣，他
在日记里剪贴了"意象派宣言"的剪报，并称"此派之主张与我之主张多相似之处"[2]。他后来

2. 胡适：《藏晖室札记》，1916 年 12 月 15 日留学日记。

发表的《谈新诗》（1919）一文成了创立中国新诗的纲领性文件。胡适在文中阐述了其诗歌理
论，力主新诗要写"具体性"，"能引起鲜明扑人的影像"，"形式要自由"，主张"凡是好
诗，都能使我们的脑子里发生一种——或许多种——明显逼人的影像"等；[3] 这些就是他接受"意

3. 胡适：《谈新诗》，见姜义华编《胡适学术文集·新文学运动》，第 385—386 页，北京：中华书局，1993 年版。

象派宣言"影响的结果。在意象派的启发下，胡适写了《文学改良刍议》，提出改良文学的"八
事"，这是胡适文学改良主张的核心。胡适《尝试集》中的不少诗作如《蝴蝶》、《鸽子》、《老
鸦》、《一颗遭劫的星》和《晨星篇》等都具有意象派诗风，即用鲜明生动的意象来表现诗人
的情感和思想。

中国第一部新诗杂志《诗》第1卷第2期刊载了该刊主编刘延陵撰《美国的新诗运动》一文（1922），这是意象派理论在中国的最早译介。文中论述了美国新诗运动的历史与现状，介绍了意象派（刘延陵译"幻象派"）的特征，指出"幻象派诗人乃是助成美国诗界新潮的一个大浪"；作者全文译介了"意象派"的6条原则，其中第4条内容为"要求表现出一个幻象，不作抽象的话（详见胡适之先生论新诗）"；它很明显地将"幻象"与胡适"影像"视为同一概念，认为胡适的主张受了意象派的影响；文中还介绍美国意象派诗人庞德、洛威尔，桑德堡和马斯特斯等；论文强调新诗在形式与内容两个方面的"现代精神"，即在形式方面"不死守"，规定韵律是尊尚自由的"现代精神"，内容上"求适合于现代求适合于现实的精神"等。[1] 1922年，

1. 参见孙玉石：《中国现代主义诗潮史论》，第452页，北京：北京大学出版社，1999年版。

郑振铎发表于《文学旬刊》第24期的《论散文诗》一文介绍了美国意象派诗人洛威尔。可以说，当时的中国文坛介绍英美意象派，是力图以"自由"与"白话"为新诗的生存权进行辩护。在那一时期，接受意象派影响的中国新诗人还有刘半农、沈尹默、刘大白、康白情和王统照等人。

至20世纪30年代，对英美意象派的介绍已经发展为大力吸收和借鉴异域诗学观念和创作手法，以推动中国新诗现代化的建设。那一时期的主要阵地是施蛰存主编的《现代》月刊，在该刊存在的几年时间内，对美国意象派诗人做了前所未有的介绍，从庞德到洛威尔，从杜利特尔到弗莱彻，他们的创作和特征几乎都被译介和评述过。如《现代》第1卷第3期上登载施蛰存以笔名"安簃"翻译的《美国三女流诗抄》及译者记（1932）。译者译介了洛威尔、杜丽特尔和斯科特三位著名的美国意象派女诗人的一组短诗，并撰文介绍指出，"都隶属于意象派"。译者在谈到其中最具代表性的洛威尔（Amy Lowell）时说，她"是美国诗人中创作和评论文最丰富的一个，她底诗最受我国与日本诗的影响（本来现代英美新诗有许多人都受东方诗之影响的），短诗之精妙颇有唐人绝句及日本俳句的风味"。[2] 在这一组译诗中有一首是艾凡琳·斯

2. 安簃：《美国三女流诗抄》，载《现代》第1卷第3期。

科特（Evelyn Scott）的小诗《热带月》（*Tropic Moon*）。施蛰存称，他从这首小诗中看到了与中国唐人绝句所追求的"诗中有画"传统相类似的闪光，"显然是以极精致的图案绘法写成的"。施蛰存强调作品具有绘画般的鲜明性和具象特征，指出诗人是写自己对热带月亮一种独特的感受和印象，完全是用鲜明的意象来呈现的，给读者以新鲜而深刻的印象。施蛰存在《现代美国诗抄》（载《现代》第5卷第6期，1934）中，还译介了意象派诗人庞德、洛威尔、杜利特尔和弗莱彻的14首诗。施蛰存不仅大力翻译介绍美国意象派诗歌，介绍阐释意象主义理论，

他还率先实践中国的意象派诗，在《现代》杂志上推出他创作的"意象抒情诗"，进而倡导中国的"意象抒情诗"。他一生创作诗歌不多，但在诗坛上却是以提倡"意象抒情诗"而成名的。他的译介和创作在中国激起了一个意象派诗歌创作的热潮。几个月后，施蛰存在《现代》的"编辑座谈"中提到，他在纷纷不绝的来稿中，看到了许多意象派似的诗歌（载《现代》第2卷第6期）。《现代》确也发表过不少属意象派的诗作。徐迟的论文《意象派的七个诗人》（载《现代》第4卷第6期）及邵洵美的论文《现代美国诗坛概观》（载《现代》第5卷第6期），分别对意象派的理论与创作作了较为全面的介绍。徐文详细论述了意象派的特征、主要诗人和理论主张，还节译选译了一些意象派诗作。邵文在"意象派诗"这一节里分析意象派的哲学背景、理论观点及代表诗作。《现代》杂志还登载过一些外国学者撰写的论文，如由高明翻译的日本学者阿部知二著《英美新兴诗派》，其中介绍了英美意象派的观念与创作；以及戴望舒翻译的法国学者高列里的论文《叶赛宁与俄国意象派诗》等。当时中国诗坛试图从英美意象派那里吸取营养的尝试，是努力创造出具象征性的朦胧和美感的意象，并在意象呈现中传达诗人的情感与思绪，当时接受意象派影响而在创作上取得成就的诗人包括施蛰存、陈江帆、禾金、金克木、玲君等人。他们的诗作大多发表在《现代》杂志上。

进入新时期以后，中国对意象派的介绍更加全面深入，自20世纪70年代末80年代初以来，已经发表了多项成果，包括赵毅衡的论文《意象派与中国古典诗歌》和《关于中国古典诗歌对美国新诗运动影响的几点刍议》等，及其他专著《远游的诗神》、《意象派诗选》和《象征主义·意象派》等。此外，在关于美国现代诗歌的多部论著中，大多有论述美国意象派诗歌的篇章。

到了20世纪30年代，对美国诗歌的翻译与研究进入了繁荣阶段。朱复的长篇论文《现代美国诗歌概论》（载《小说月报》，1930年5月），把美国诗艺复兴时期前后60年间的诗艺与思潮作了概述，尤其注意到美国新诗艺的复兴，这是20世纪30年代中国学界论述美国诗歌的一篇重要论文。

在那一时期，由施蛰存任主编的《现代》杂志成了中国现代诗歌流派的基地刊物，发表过不少美国诗歌译文和论文。如创刊的第1卷第2期就以"意象抒情诗"为题发表了一组英美意象派诗作，随后又发表安簃（即施蛰存）的《美国三女流诗钞》（载《现代》第1卷第3期，1932年7月），翻译介绍了A. 洛威尔（Amy Lowell）、H. 杜丽特尔（Hilda Doolettle）和

E. 斯科特（Evelyn Scott）等三位美国意象派女诗人，译者在附言中指出，杜丽特尔夫妇"共同创造了英美意象诗派，为英美现代诗坛的主力"，斯科特的诗"以极精致的图案绘法写成"，洛威尔的诗"受我国与日本诗的影响（本来现代英美新诗有许多人都受东方诗之影响的），短诗之精妙颇有唐人绝句及日本俳句的风味"。[1] 在第 5 期上还特意刊登了洛威尔和杜丽特尔的

1. 安簃：《〈美国三女流诗钞〉译者记》，载《现代》第 1 卷第 3 期。

照片。1934 年 10 月，《现代》杂志推出"现代美国文学专号"（第 5 卷第 6 期），编者以此来批驳轻视美国文学的看法，主张美国文学是成长中的文学，值得中国新文学借鉴。此"专号"编入了施蛰存译"现代美国诗钞"，其中包括意象派诗人庞德、洛威尔和杜丽特尔等人的作品；该期所刊译文中有 30 首美国诗歌，4 篇专论中有邵洵美的《现代美国诗坛概观》。这篇论文准确地翻译介绍了意象派六项原则，指出这个流派的特色是"用实质去描写实质，用实质去表现空想"，邵文还对 T. S. 艾略特的代表作《荒原》作了详细分析，并指出，以艾略特为代表的现代派"所显示、传达及感动我们的，乃是'情感的性质'"，"他们发现了诗的唯一要素"。[2]

2. 邵洵美：《现代美国诗坛概观》，载《现代》第 5 卷第 6 期"现代美国文学专号"，1934 年 10 月。

邵洵美的论文及徐迟的论文《意象派的七个诗人》（载《现代》第 4 卷第 6 期，1934 年 4 月）等文章对英美诗坛象征主义和意象派的理论和创作作了较为全面的介绍。徐迟翻译了美国诗人林赛的诗作《圣达飞之旅程》（*The Santa Fe Trail*），发表在《现代》杂志第 4 卷第 2 期上，同期还发表了译者的一篇评论文章，对林赛的创作概况和该诗的艺术特色作了详细的分析。这些对中国现代诗歌的发展起到了非常重要的作用。可以说，《现代》杂志的《现代美国文学专号》是 20 世纪 30 年代中国译介、评论美国文学最有影响的事件。

20 世纪 30 年代的《新月》杂志在评介美国诗歌方面也作了许多工作。著名学者、在美国和英国留学多年的叶公超在《新月》上发表了一些关于美国诗歌的论文，如《爱伦坡的"乌鸦"和其他的诗稿》（载《新月》第 1 卷第 9 期，1928 年 11 月），评论《〈美国诗钞〉与〈现代英美代表诗人选〉》（载《新月》第 2 卷第 2 期，1929 年 4 月），论文《美国〈诗刊〉之呼吁》（载《新月》第 4 卷第 5 期，1932 年 12 月）详细介绍了当时已有二十年历史的美国著名《诗刊》杂志（*Poetry, A Magazine of Verse*）在美国诗歌发展中的地位以及所遭遇的问题；此外，《新月》还发表了美国利维斯（F.R. Leavis）论文的译文《英诗之新平衡》（载《新月》第 4 卷第 6 期，1933 年 3 月），论述 T.S. 艾略特的《荒原》是"集中整个人类一种努力"，英诗脱离浪漫主义的影响，"多半是由于艾略特的努力"等。

　　1933 年 12 月，作为《万有文库》（王云五主编）的第一辑，张越瑞著《美利坚文学》由上海商务印书馆出版。全书论述美国文学的发展史，包括作家论、作品论和文学发展演变方面的论述。杨昌溪著《黑人文学》（良友图书印刷公司，1933 年 12 月）开始评述美国黑人诗歌。此外，从 20 世纪 20 年代到 40 年代，中国许多重要的文艺刊物几乎都发表过惠特曼的诗作译文。

　　对艾略特和《荒原》的翻译和介绍，是 20 世纪 30 年代美国诗歌在中国传播的一件大事。从 1935 年起，应戴望舒的约请，在清华大学读研究生的赵萝蕤开始翻译艾略特的《荒原》。1937 年夏，由叶公超作序，她的译文由上海新诗社出版印行，这是《荒原》的第一个中文译本。赵萝蕤译《荒原》的出版，是中国人翻译美国诗歌历史上的一件大事。赵萝蕤后来详细地记述了当时的情况。[1] 叶公超在向中国介绍艾略特方面做过踏实的工作，如他的论文《艾略特的诗》

1. 均见赵萝蕤：《我的读书生涯》，北京：北京大学出版社，1996 年版。

（载《清华学报》第 9 卷第 2 期，1934 年 4 月）是中国最早关于艾略特的专论，以及他为赵萝蕤《荒原》中译本撰写的序言以《再论艾略特的诗》为题发表于《北平晨报·文艺》第 13 期（1937 年 4 月 5 日）等。同是在 1937 年，杨任翻译的《黑人诗选》出版，首次集中向中国读者介绍了美国黑人的诗歌作品。

　　20 世纪 40 年代，包括诗歌在内的美国文学作品在中国的翻译出版进入繁荣阶段，这跟当时美国在第二次世界大战中发挥了重要作用有密切的关系。1941 年 1 月，重庆《文艺阵地》第 6 卷第 1 期发表了徐迟选译的惠特曼《芦笛之歌》6 章，抒发对爱和民主的渴望。同年 6 月，《文学月报》第 3 卷第 1 期推出"美国文学特辑"，其中的诗歌部分包括由春江翻译的惠特曼的《黎明的棋子》和袁水拍译的黑人诗人 L. 休士的诗两首。1944 年 3 月，重庆读书出版社出版了高寒（楚图南）译的惠特曼《大路之歌》。此外，还有两种惠特曼诗集出版，即《鼓声》（屠岸译，1948）和《草叶集选》（楚图南译，1949）。1946 年，由诗人邹荻帆编译出版了《卡尔·桑德堡诗选》。20 世纪 40 年代后期是美国文学在中国译介的重要时期，1949 年，大型丛书《美国文学丛书》一次出齐，全套丛书共 18 部 20 卷（其中两部分上下卷）。据出版界前辈赵家璧先生回忆，1945 年秋，由美国著名汉学家费正清倡议，中美双方合作编译一套系统介绍美国文学的大型丛书。中国方面随之成立了一个由著名专家学者组成的编委会，包括郑振铎、夏衍、钱锺书和冯亦代等。丛书中的 3 部是翻译的美国诗歌，此外还有美国文学史、小说、戏剧、散文等，几乎涵盖了美国文学的全部领域。这是我国外国文学翻译史上的一次盛举，也是 20

世纪上半叶中国翻译美国文学规模最大、最为全面系统的一次。由于此前美国文学在中国长期不受重视，这一盛举对包括诗歌在内的美国文学在中国的传播与接受具有非常重要的意义。然而，这套大型丛书推出之时，由于政治局势、国际形势和意识形态等多方面的原因，中美两国之间开始进入长期的隔绝和对峙状态。这套大型丛书必然不可能产生多大影响，这是很令人惋惜的。

埃兹拉·庞德（Ezra Pound），美国现代著名诗人和评论家，对现代英美诗歌的发展产生了重要影响，推动了现代西方诗歌的发展。他对于中国古诗和儒家哲学的翻译介绍如《神州集》（Cathay，1915）、《论语摘要》（Digest of the Analects，1937）、《论语》（Confucian Analects，1951）和《诗经》（The Classic Anthology: Defined by Confucius，1954）等在美国和欧洲掀起了学习东方文学的高潮，产生很大影响。《神州集》对英语读者了解中国古诗，对英美诗歌都产生相当重要的影响，艾略特称这部译作"丰富了现代英语诗坛"。《神州集》也是庞德自己的诗歌创作接受中国影响而趋于成熟的重要媒介。庞德翻译的《诗经》于1954年在伦敦出版，这是庞德最后一部重要的翻译作品。

庞德很早就接受中国儒家思想的影响，其文学观念倾向于"文以载道"。他认为，文学创作和翻译都可以直接或间接地影响社会风尚和人的思想，这使得他的作品带有强烈的"训诲主义"色彩。表现在汉诗英译上，即翻译是一种具有"训诲教导"功用的工具，可以影响社会文化和思想观念。[1] 可见庞德汉诗英译的目的并非是为了自娱自乐，陶冶性情。他的译诗具有明

1. 见庞德：《我是怎样起步的》，载《T.P.S. Weekly》杂志，1913年6月6日。

确的社会目的，那就是，以翻译介绍中国古诗来引进中国的诗学观念和创作技巧，以启迪和支持当时英美的意象派诗歌运动，进而影响西方的社会文化。庞德把诗歌翻译和创作当作文化斗争的工具，对在维多利亚时代和爱德华七世时代的主流诗学，即占统治地位的文学潮流进行猛烈攻击，向当时在西方世界占主导地位的文化观念发起挑战。儒学是中国古代一种理论化的社会意识形态。庞德深受孔孟哲学等儒家思想的影响，是中国儒家思想的忠实信徒和热情鼓吹者。儒家思想中有关道德、伦理、礼教、和平和人际关系等方面的深广内容给庞德的文学思想、诗歌创作和诗歌翻译等都产生过深刻影响。他是把《诗经》当作是宣扬儒家思想的典籍来研究和翻译。在《诗经》的风、雅、颂几个部分中，庞德出于儒家思想倾向更推崇其中的"雅"和"颂"两个部分。他认为《诗经》中"包含着历史"，于是把《诗经》作为"中国史诗"来翻译。庞

德通过对中国历史文化的回顾与赞扬，向西方世界弘扬中华文明，并试图为西方找到一条医治社会弊病的良方。针对西方因循守旧的传统习俗和社会风尚，庞德发出创新的呼声。他激赏《大学》里"日日新"的思想，将其引入自己创作的《诗章》（见第 53 章），反复强调"Make It New!"激励着在艺术上不断追求革新的年轻一辈诗人们，成了被美国作家和诗人所广为接受和运用的名言警句。除了多次引用儒家经典之外，庞德在《诗章》中多次使用汉字，直接用在《诗章》中的汉字就有一百多个，使用五次以上的汉字就有十多个。巴斯奈特（Susan Bassnett）以植物种子为比喻来论述诗歌翻译，尽管不能够把诗歌从一种语言融入到另一种语言中去，但诗歌就像植物种子，可以移植到新的土地里，催生出新的植物来。译诗者的使命就是发现并确认种子，并实施移植。[1] 庞德从费诺罗萨留下的大批逐字直译汉诗的粗略译文和韦利等的汉诗

1.Susan Bassnett, "Transplanting the Seed: Poetry and Translation", Bassnett and André Lefevere, *Constructing Cultures: Essays on Literary*

英译选集中发现了这样的"种子"，并将其移植到欧美诗坛这块异域土地上，使中国古诗在思

Translation, Shanghai Foreign Languages Education Press, 2001, p.58.

想内容和艺术手法等方面对美国和西方的文学艺术及社会生活产生影响，而英美意象派诗歌正可视为从汉诗种子中催生出来的新生植物。

　　自中国进入"改革开放"的新时期以来，随着中美文学文化交流的增多，从英美引进庞德研究的原版著作，这些对庞德研究都起到了推动作用。对庞德的翻译与研究不断深化与扩展，出现许多庞德的诗作译文、研究论文和专著。如吴其尧著《庞德与中国文化》（上海外语教育出版社，2006 年版）和陶乃侃著《庞德与中国文化》（首都师范大学出版社，2006 年版）等。

第四节　新文学作家对美国小说的接受

　　"五四"以后的中国一直面临着选择何种路径与思想使中国社会真正步入现代世界的急迫问题，文学的演进也是如此。当中国的知识分子们在尽可能全面地译介西方文学与思想的同时，他们也在积极地为中国文学自身的发展寻找更为切实可行的有效方案。欧战以后，西方文坛普遍滋生出一种荒诞、绝望和颓废的现代主义气息，尽管这一新兴的现代主义潮流也曾在中国引起了广泛的讨论，但它在中国毕竟还缺乏其生存所必要的土壤。出于中国文学建设自身的需要，

中国作家开始将目光逐步转向了日渐勃兴的美国文坛。也许正是基于这样的原因，以往面貌模糊的美国文学终于在中国初步展露出了一个相对清晰的轮廓。

由于有着比较明确的现实目的性，自晚清以来，对于域外文学的译介大多被打上了鲜明的功利色彩。但细加分析可以发现，晚清时代与"五四"时期的译介活动在其内质上还是有着重要的区别的，如果说梁启超、林纾等人的翻译主要看重的是整体的社会效果的话，那么，新文化运动时期的知识分子则更重视文学创作自身的个性特色，这种在认识上从整体的社会启蒙到作家自身的个性色彩乃至独特的艺术技巧的转换，当然与"五四"时代所张扬的个性解放与独立意识有着密切的关系。

民国初期对域外文学的翻译尚处于文言与白话相互交织的过渡状态。一方面，以《小说月报》为代表的译介仍旧在继续刊登林纾等人的文言译作，另一方面，自《新青年》对白话文的大力提倡开始，白话写作已经以一种压倒性的趋势成为了文学书写的主流，文学翻译也逐步转向了白话翻译的轨道，译介中对于名家之作的选择也开始走向了自觉，如公达译欧文·华盛顿的《阴债》（载《青年进步》第 10 册，1918 年版），雁冰译爱伦坡的《心声》（载《东方杂志》17 卷 18 号，1920 年版），郑振铎译欧·亨利的《东方圣人的礼物》（载《小说月报》13 卷 5 号，1922 年版），俞长源译欧·亨利的《美发与圣诞节的礼物》（载《东方杂志》18 卷 11 号，1921 年版）等。公正地讲，尽管白话文学形态在新文化运动时期已经成为了文坛的共识，但这一取向实际还主要限定在接受了新思想的知识分子群体的层面，对于更广泛的普通民众而言，在习惯了文言或半文言的小说以后，他们的转变其实并没有知识分子们所想象的那么及时。1920 年 1 月，（沈）雁冰在《小说新潮栏宣言》中就曾指出，译介国外的"新派小说"，尤其要更多地译介写实派和自然派的文学，因为"新思想是欲新文艺替它宣传鼓吹"，但他同时也表示，"对于旧文学并不歧视"，"相信现在创造中国的新文艺时，西洋文学和中国的旧文学都有几分的帮助"。[1] 因此我们看到，新文化运动时期的中国文坛，事实上在很长一段时间内

1. （沈）雁冰：《小说新潮栏宣言》，载《小说月报》第 11 卷第 1 号，1920 年 1 月。

是在文言与白话两种语言形态并存的情况下逐次转换的，而随着文学发展的持续延伸，文言的一路逐步趋向于满足爱好通俗文学的读者的需要，白话的一路则日渐成为了新文学作家们创造全新文学样式的必备利器。

新文学以后的中国文坛对于美国文学的翻译大体可以分为三个阶段，20 世纪 20 年代的译

介主要是借助于新的白话体诗初步实现了翻译的语言转换，在文言与白话并置的情况下，美国文学的独特面貌还未见鲜明；进入 30 年代以后，国别文学开始日渐系统化，到 1934 年《现代》杂志刊出"现代美国文学专号"，美国文学所独具的个性才变得清晰起来；随着"二战"的爆发及左翼思潮在全球影响的扩大，译介以现实批判特别是对资本主义之罪恶本质的批判为基本内容的美国文学，成为了中国作家关注的重心，形态多样的美国文学开始在译介者的人为选择之下逐步偏向于相对较为单一的左翼文学，直至最终走向了对于美国文学的根本拒绝。

也许是出于现实宣传的需要及日渐勃兴的各种报刊杂志本身的即时性特点的规定，"五四"以后的一段时间内，"短篇小说"的翻译颇受新文学作家们的青睐。1929 年 4 月，朝花社出版《近代世界短篇小说集》时，鲁迅为之作"小引"，曾具体阐明了短篇小说的特点是"借一斑略知全豹，以一目传尽精神"。惟其反映现实"便捷，易成，取巧"，才会在世界文坛形成"繁生"的局面。也正是在这个时期，美国短篇小说才初步显示出了其特有的魅力。除了那些已为中国读者所熟知的美国作家的短篇佳作在陆续被译介以外，如林微音译爱伦坡《幽会》（载《大众文艺》1 卷 1 期，1928 年版）、傅东华译爱伦坡的《奇事的天使》（载《小说月报》17 卷 8 号，1926 年版）、夏莱蒂译杰克·伦敦的《战斗》（载《北新》3 卷 18 期，1929 年版）、张铁民译杰克·伦敦的《阿金的泪》（载《北新》3 卷 19 期，1929 年版）、傅东华译奥亨利的《桃源过客》（载《小说月报》15 卷 3 号，1924 年版）、许子由译欧·亨利的小说集《最后的一叶》（上海湖风书局，1932 年）等等，不少新作家的小说作品也逐步进入了中国读者的视线，如顾均正译莫利斯的《小法人和他水下底土地》（载上海《时事新报》副刊《文学》第 143—145 期，1924 年 10 月）、傅东华译李特的《资本家》（载《小说月报》20 卷 2 号，1929 年版）、赵家璧译休伍安德生的《冒险》（载《新小说》创刊号，1935 年版）、徐迟译弗兰克的小说《一枕之安》（载《文饭小品》第 4 期，1935 年）等等。

与短篇小说的译介相比，"五四"时期对于美国长篇小说的翻译还未能形成热潮，这当然跟新文学草创时期中国文坛对美国文学的认识以及普通读者的一般阅读需要有很大的关系。一直到 20 世纪 20 年代中期，中国的普通读者对于美国长篇小说的接受仍然还是以林纾的译本为主，即使是那些已经改为半文言或纯白话的译本，其所取的依旧是林纾式的通俗路向。比如，李小峰译哈忒的《疯狂心理》（新潮社，1923 年版）、俞天游译巴洛兹的小说《弱岁投荒录》（又

名《太山之子》）及《古城得宝录》（上下册）（均由上
海商务印书馆 1927 年出版）、俞天游译 E·R·Bnrronghs
的《猿虎记》（上海商务印书馆，1929 年版）等。美国
长篇小说的全面引进到 20 世纪 20 年代末才逐渐步入正轨，
其陆续被翻译的作品有：杨骚译果尔特的《没钱的犹太人》
（上海南强书局，1930 年版）、黄源译哈里逊的《将军死
在床上》（上海新生命书局，1933 年版）、林疑今译詹姆
斯的《戴茜米勒尔》（上海中华书局，1934 年版）、杨镇
华译亚尔珂德的《小妇人》（上海世界书局，1935 年版）、
夏征农与祝秀侠译 L·休的小说《不是没有笑的》（上海
良友图书印刷公司，1935 年版）等等。而另一方面，以作
家为中心的系统作品翻译也开始初步展开了。1931 年 10 月，
受鲁迅委托，李兰曾翻译了马克·吐温的《夏娃日记》，
鲁迅还专门为其作"小引"。随后又有了也祺译马克·吐
温的《汤姆莎耶》（上海开明书店，1932 年）等多种作品
的出版。杰克·伦敦的作品也陆续出版了邱韵铎译的《深
渊下的人们》（上海光明书局，1932 年版）和刘大杰、张
梦麟译的《野性的呼唤》（上海中华书局，1935 年版）等等。
尤为可贵的是，这个时期的翻译家们已经明确意识到了"个
性风格"对于一个作家的重要性，所以，多数译者不再像
晚清时代那样为了突出某种社会功用而对原作随意删改，
而是在尽可能保持其本身原貌的基础上，努力借助译本来
展示原作所独有的风格与神韵，马克·吐温的诙谐讽刺、
杰克·伦敦的冷峻刚烈等，都能在不同译本中得到较为一
致的体现。

　　一般认为，从 1928 年开始，现代中国文学由"文学革

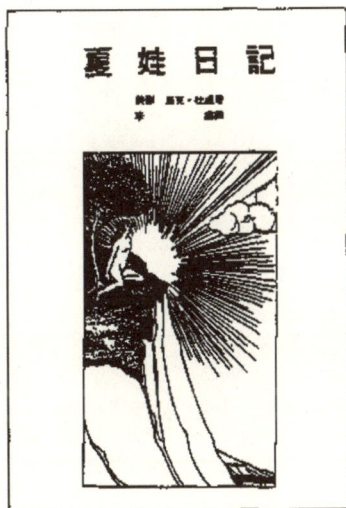

李兰译马克·吐温的《夏娃日记》封面

命"逐步过渡到了"革命文学"的时代,到 1930 年"左联"成立,"左翼"的无产阶级文艺终于占据了文学的主流。此种转变的结果就是,"文学"开始主动地向政治意识形态倾斜,而一切以文学的名义所展开的活动几乎都不可避免地被打上了政治的色彩。新文化运动之初,人们全面译介域外文学的目的主要是为了能够及时了解世界文学发展的趋向,并且为新文学提供必要的营养,而当现代中国文学初步奠定了其根基的时候,选择何种文学样式以发展出现代中国文学自身的特色也就成为了某种历史的必然。中国文坛对于左翼无产阶级文学的选择即是这种必然的尝试之一,它不仅从总体上影响了作家们的创作,同时也直接决定了这个时期对于域外文学的接纳与拒绝,20 世纪 20 年代末到 30 年代初中国文坛对于美国作家厄普敦·辛克莱的普遍欢迎就是一个典型的例证。

厄普敦·辛克莱(Upton Sinclair)是美国 20 世纪初期以揭露社会阴暗面而著称的作家,其作品带有鲜明的社会批判倾向,主要包括《屠场》(*The Jungle*,1906)、《石炭王》、(*King Coal*,1917)、《煤油》(*Oil!*,1927)、《波士顿》(*Boston:A Documentary Novel of the Sacco-Vanzetti Case*,1928)等。第一次世界大战前后,厄普敦·辛克莱一直在致力于宣传社会主义思想,这一明确的取向直接决定了其作品中对于资本主义社会罪恶的无情揭露及对资本主义制度的猛烈抨击。《屠场》以 1904 年美国芝加哥屠宰工人的大罢工为基本背景,描写斯拉夫移民约吉斯·鲁德库斯夫妇满怀梦想来到美国,却被残酷的现实逼向了饥饿、伤病、屈辱、欺诈乃至堕落的悲惨绝境的故事。辛克莱以近于写实的手法展示了被誉为"人间天堂"的美国社会的另一面,而其类似于新闻实录的写作风格及其带有文献汇证特点的叙事形态,也为美国文学开创了一种"非虚构小说"的新的文学样式。他的另一篇小说《石炭王》(又译《煤炭大王》)被称为《屠场》的姊妹篇,主要描述科罗拉多州煤炭工人恶劣的工作条件与残酷的生存境况,《煤油》(又译《石油》)则揭发了石油巨头与政客之间的相互勾结以谋取暴利的丑恶内幕。厄普敦·辛克莱的一系列小说几乎引发了美国 20 世纪 20 年代席卷全国的"黑幕暴露运动",他也因此一度成为了底层民众反抗欺压与剥削的社会代言人。

厄普敦·辛克莱能够引起中国文坛的注意,与这个时期中国"左翼"文学活动的日益盛行有着密切的关系。由于受到苏联无产阶级文化思潮的影响,中国的"左翼"文学一开始就被定位在代表最广大的底层民众积极参与到反抗资本主义的压迫及其腐败制度的运动中去的核心基点上，到"左联"成立之时，其行动纲领更是特别强调："我们文学运动的目的在求新兴阶级的解放。……我们的艺术是反封建阶级的，反资产阶级的，又反对稳固社会地位的小资产阶级的倾向。我们不能不援助而且从事无产阶级艺术的产生。"[1] 正是为了实现这一既定的目标，

1. 贾植芳：《中国现代文学词典》，第 879 页，上海：上海辞书出版社，1990 年版。

中国文坛才会在这个时期集中译介了包括高尔基、法捷耶夫、雷马克、巴比塞、小林多喜二等等在内的世界各国"左翼"的或带有"左翼倾向"的一系列文学作品，而厄普敦·辛克莱则是作为美国作家中最为典型的代表被推介到中国来的。1928 年，郭沫若就以易坎人的笔名翻译了辛克莱的《石炭王》（上海乐群书店），此后，他又连续翻译出版了辛克莱的《屠场》（上海南强书局，1929 年版）和《煤油》（上海光华书局，1930 年版）。在他的积极影响下，其他作家也迅速加入到了译介辛克莱的队伍之中，黄药眠译有《工人杰麦》（上海启智书局，1929年版），邱韵铎译出了《实业领袖》（上海支那书店，1930 年版）和《动物园》（1930 年 3 月《艺术》创刊号），钱歌川翻译了《地狱》（上海开明书店，1930 年版）和《成名》（1933 年 5 月《青年界》3 卷 2 期），陶晶孙译有《密探》（上海北新书局，1930 年版），余慕陶译出了《波斯顿》（上海光华书局，1931 年），孙席珍还专门撰写了《辛克莱评传》（上海神州国光社，1930 年版）。以后又有伍光建所译的《财阀》（上海商务印书馆，1934 年版）、林微音译的《钱魔》（上海天马书店，1934 年版）及缪一凡所译辛克莱的戏剧《文丐》（上海商务印书馆，1935 年版）等相继出版。在短短的几年中，一个作家的几乎所有重要作品都被集中翻译到了中国，这在现代中国的文学翻译史上差不多算是前所未有的事情了，厄普敦·辛克莱是首位享受了此一殊荣的美国作家。

厄普敦·辛克莱

辛克莱受到如此的重视，其核心的原因乃在于，他是来自于资本主义高度发达的美国本土

的"左翼"作家，惟其因为这个全新的国家曾经为世界各国的人们带来过无数美好的梦想，由根植于这个国家本土的作家所作出的对于其自身所处社会及其资本主义罪恶本质的揭露与批判才具有更强的说服力；辛克莱的暴露出现于被想象为一派繁荣且以充满活力为自豪的美国，这无疑更能显示出资本主义腐朽体制的普遍性，以及无产阶级革命的正义性与必然性，同时也更能够促使人们打破种种关于资本主义的幻想，以便果断地投身到席卷全球的红色革命之中去，而这一点，也恰好是 20 世纪 30 年代中国的"左翼"文坛所迫切需要的。对于 30 年代的中国文坛来说，辛克莱基本上已经成为了勇敢地以文学为武器向着资本主义和帝国主义开火的战斗者的最为优秀的代表了。

除对辛克莱创作的引介外，1930 年联合书店还出版了辛克莱的文艺批评论著《美国文艺界的怪状》（陈恩成译）一书，[1] 系辛克莱的《拜金艺术》（*Mammonart*，1925）的选译，而在

1. 此书另一版本题名辛克莱著《拜金主义》，陈恩成译，上海：联合书店，1930 年版。

此之前，后期创造社的刊物《文化批判》（1928 年第 2 期）上就曾刊载过冯乃超选译的辛克莱的《拜金艺术（艺术之经济学的研究）》。此著是辛克莱关于"一切文艺都是宣传"的观点的全面阐发，其对中国的"左翼"文学运动无疑提供了最为坚实的理论支撑。事实上，辛克莱在中国确实引起了极为广泛的影响。具体到中国作家的创作来说，我们虽然无法证明诸如茅盾的《子夜》、夏衍的《包身工》等等一系列以批判和暴露为基本取向的文学作品是否接受过辛克莱的启发，但我们从此类创作的实际效果来看，其中是不乏辛克莱的某种影子的。对于辛克莱的引进未能刺激中国作家创作出相类似的小说作品，一个不能忽略的原因就是，现代中国民族工业的发展尚未达到真正成熟的阶段，诸如官商勾结、劳资矛盾以及对于资本主义剥削本质的认识等等，也还都未出现发展到某种极端乃至彻底被激化的境况，这就在一定程度上限制了中国作家对此类题材的开拓。但从 20 世纪 30 年代到 40 年代，中国作家创作出了数量可观的披露阴暗的现实社会的报告文学作品，这不能不说与当时对辛克莱的大力引介有着某种潜在的关系。

辛克莱的出现对于推进中国"左翼"文学思潮的深入和拓展起到了重要的协助作用，但他在另一方面也错误地引导了中国作家对于文学与宣传的根本理解。鲁迅虽然称赞辛克莱的作品"对中国文学青年有启发和教益"，但他同时也明确指出：

美国的辛克来儿说：一切文艺都是宣传。我们的革命的文学者曾经当作宝贝，用

大字印出过；而严肃的批评家又说他是"浅薄的社会主义者"。但我——也浅薄——

相信辛克来儿的话。……但我以为一切文艺固是宣传。而一切宣传却并非全是文艺……

革命之所以于口号，标语，布告，电报，教科书……之外，要用文艺者，就因为它是

文艺。[1]

> 1. 鲁迅：《文艺与革命》，见《鲁迅全集》（第四卷），第 84 页，北京：人民文学出版社，1981 年版。

基于特定的历史原因，文学的现实宣传功能曾一度被"左翼"作家们夸大到了极致，辛克莱也因此引起了不少"非左翼"作家的反感。施蛰存等人后来之所以计划以"专号"的形式在《现代》杂志上陆续推出对世界各国文学的全面介绍，其中一个重要的目的似乎就是想证明，现代世界的文学并不仅仅只有以苏联为代表的"无产阶级文学"，美国的文坛也同样不是只有一个辛克莱。

第五节　中国戏剧在美国的演出

中国戏剧第一次真正在美国出现，是与 19 世纪中期登陆美国的华工一起的。伴随着大批华工的"淘金梦"出现在美国的中国戏剧演出，作为一种社区文化活动，基本功能在于缓解乡愁和族群认同，但是这在客观上也促成了最初的中美戏剧交流。这些华人社区的戏剧活动波及面虽然极为有限，但毕竟让美国人看到了真正的中国戏剧。这些早期的中国戏剧表演，对于后来出现在美国舞台上的"准中国戏剧"和借鉴戏曲手法的实验戏剧的形成，提供了部分重要的灵感。

19 世纪后期赴美淘金的华工

19 世纪后期华工在美国修筑铁路

　　"中国"因素在美国舞台上出现，可以追溯到 1767 年 1 月 16 日，亚瑟·墨菲（Arthur Murphy）翻译自伏尔泰的《中国孤儿》的英文版本在费城的索斯沃剧院（Southwark Theatre）上演，其中含混的"东方"异域风情，此后便以各种不同的形式在涉及到中国题材的美国戏剧中承续下来。早期美国舞台上搬演的综艺节目对"中国性"的展示，成为美国人认知"中国"的重要途径。这种认知途径使美国人在远早于他们亲眼看到真实的中国人之前，对所谓的"中国情调"就相当地熟悉了，并且在美国人关于"中国"的"知识和想象的地图"上一再地被复印。

　　在中国戏剧真正登陆美国之前的 18 世纪最后几十年里，中国的皮影、杂技等表演就已经在美国舞台上频频出现，而且颇为流行。到了 19 世纪中期，准确地说是在 1848 年，美国在加利福尼亚州发现了金矿，许多国家的移民来到美国"淘金"，其中也有成批的华工，他们最初被视为开发美国西部的有价值的劳动力。伴随着大批华工进入美国的，是中国戏院的出现和中国戏剧的演出。[1] 在美国国土上中国戏剧的演出是随着华人社区的出现而出现的，并且和华人

1. 吴戈先生在其著作《中美戏剧交流的文化解读》里面，对于作为"移民文化"的中国戏剧早期在美国的情形有着详细、深入的论述。参见吴戈《中美戏剧交流的文化解读》第 2 章的相关论述，第 31—68 页，昆明：云南人民出版社，2006 年版。

群体的社区生活紧密相连，或者说，华人聚居的社区为中国戏剧提供了生存的基本土壤和产生意义的主要语境，而在美国的中国戏剧活动也成为了这些背井离乡的华人重要的精神慰藉。

　　"戏剧作为表演，有模仿与仪式双重功能。模仿功能强调的是戏剧表演模仿一段故事，台上所有的人与物都是指涉性符号，指向舞台之外想象之中的故事空间。仪式功能强调的是戏剧表演作为一个公共事件的社会效果，犹如巫术、体育比赛，表演是自指涉的，指向表演空间本身。"[2] 美国华人社区的中国戏剧表演活动，也同样具有这样的双重功能。这些流散海外的华人，

2. 周宁：《想象与权力：戏剧意识形态研究》，第 177 页，厦门：厦门大学出版社，2003 年版。

在结束每天繁重的体力劳动之后，成群结队地涌入戏院，听一听熟悉的故乡小调，不仅可以缓

解身体的疲惫，更重要的是，他们可以在戏院这个别样的空间里缓解家国之思，并寻找到"自我"的归属感。于是，那种难以排遣的乡愁在戏剧舞台所搬演的熟悉场景／空间中，得以"想象性"地满足。虽然这个时期到美国演出的中国剧团的根本动机是要赢利，具有非官方的特质，而且想象中预设的受众也不仅限于华人，但这毕竟是一种"跨种族"、"跨语种"演出行为，一旦进入由少数华人建立的社区这样一个接受语境，毫无意识却又不可避免地就具有了意识形态意义。华人群落在剧院里观看戏剧演出的同时，能够体验到族群的归属感和同胞之爱。此时，华人社区成为联结戏剧演出与社区意识形态的中介。从这个意义上看，当时美国的中国戏剧演出可以视为一种族群认同的仪式。在接踵而至的排华浪潮中，中国戏剧演出遭到毁灭性的禁止；而美国具有反叛意识的先锋艺术家在进行戏剧实验时，则会转向中国戏曲寻找思想资源。这两种截然相反的态度，其深层的文化心理可能都同样源自美国华人社区中的戏剧演出的这种"仪式"性质。不同的是，前者在中国戏院里面感到莫名的恐惧，而后者则发觉了反叛的灵感。

　　本奈迪克·安德森（Benedict Anderson）在《想象的共同体：对民族主义的起源与分布的反思》（*Imagined Communities: Reflections on the Origin and Spread of Nationallism*）中指出："民族国家可以定义为一个想象的政治共同体——本质上是一种有限的、自主的想象。"[1] 他进一步解释道，"之所以说它想象的，是因为即使在最小的民族国家里面，

1.Benedict Anderson, *Imagined Communities: Reflections on the Origin and Spread of Nationallism*, London · New York: Verso, 1991, p.6.

其大多数成员之间也不可能认识、相遇，甚至从未听说过对方，但是每个人都想象着他们同属一个共同体"，"而它被想象成为共同体，是因为尽管在每个民族国家内部可能存在着不公平和剥削，但它总是被看成是复杂的关系缔结体。正是这种亲缘关系，使在过去的两个多世纪里，成千上万的人为了这种有限的想象做出牺牲成为可能。"[2] 在安德森的著作里面，16 世纪以后

2.Benedict Anderson, *Imagined Communities: Reflections on the Origin and Spread of Nationallism*, p.6—7.

的欧洲的民族国家"想象"来自于纸质媒体，即小说和报纸。正是在一群人阅读的过程中，感受到一种抽象的共时性，以及共时性下的共同生活，从而形成了共同的社群，也就是民族的想象共同体的胚胎。尽管研究对象具有很大的差异，但是安德森的思路对我们思考此时的中国戏剧演出，仍然有着一定的启发性。虽然这个时期到美国演出的中国剧团具有非官方的性质，但中国剧团在美国华人社区的戏剧演出活动，具有公开化、社群化的特征，此时的戏剧演出也成为一个重要的媒介——美国华人通过共同观看戏剧演出，促成了对于"共同体"的抽象想象，产生了根植于中国戏剧文化的民族凝聚力。这个"想象的共同体"可能是后来的"华裔美国"

（Chinese America）的前身。当然，看戏的受众也不可能是仅仅被动地接受，他们的反应也会对这些戏剧演出形成一种"形塑"作用，使演出进行相应的调适。但是，从现有的资料只能看到这些剧团为适应美国观众所做的改变，这个"双向互动"的问题将在下面探讨；至于这些剧团的演出受到华人社区的"形塑"的情况，无从知道。当然，这个时期的中国剧团的演出活动的纯赢利动机和民间性，可能或多或少地遮蔽了其毫无自觉的意识形态意味。

美国华工的隐忍、勤劳，赢得了最初的礼遇和尊敬。但是，好景不长，到了 19 世纪 70 年代，伴随着美国经济的萧条，华工成为稀有的工作机会的竞争者。"于是从 1871 年开始，反华白人开始了针对华人的疯狂暴力行动，他们捣毁财产，杀人放火，无所不用其极。"[1] 1895

1. 姜智芹：《傅满洲与陈查理：美国大众文化中的中国形象》，第 25 页，南京：南京大学出版社，2007 年版。

年，德国皇帝威廉二世提出"黄祸"（die gelbe Gefahr）的说法，并命令宫廷画家赫尔曼·奈克法斯画了一幅名为《黄祸》的版画，伴随着这幅画在欧洲的流传，"黄祸"恐慌开始像瘟疫一样在西方的知识与想象中蔓延。"黄祸"恐慌大致可以分为两种：一是对中国曾经的军事侵略与经济掠夺的隐忧和恐惧，二是移民海外的华人不声不响地流溢于西方世界，引起西方人对于自身安全的幻灭感。其实"黄祸"恐慌根本来自于西方人对他者的忧虑、对异族的紧张与恐惧。[2]

2. 参见周宁：《天朝遥远：西方的中国形象研究》（上），第 354—359 页，北京：北京大学出版社，2006 年版。

从这个意义上看，美国自 19 世纪 70 年代开始的排华浪潮并不是偶然的，其经济萧条不过是导火线，根本的文化心理上的原因在于美国 / 西方对于他性的恐惧，而最初的礼遇，也不过是现实性需求把内心的恐惧暂时地转嫁了而已。当时在美华工的处境和遭遇，从阿英编的《反美华工禁约文学集·中国近代反侵略文学集之五》[3] 所收入的作品中，可见一斑。

3. 参见阿英编：《反美华工禁约文学集·中国近代反侵略文学集之五》，北京：中华书局，1962 年版。该书共包括诗歌、小说、戏曲、事略、散文 5 卷，"补编"部分包括诗歌、讲唱、戏曲和散文 4 个部分。这本书的编辑和出版虽然带着冷战时期的意识形态目的，但其中收入的作品作为我们了解当时华工的遭遇留下了珍贵的资料。

随着排华浪潮的汹涌，美国华人的各种权利被剥夺，生存受到威胁的同时，美国的中国戏剧演出也遭到极大的破坏。——不难想象，当美国人看到华人成群地聚集在黑暗的角落里面，为怪诞的"戏剧"齐声叫好时，内心所感受到的震动与威胁，美国人在想象中会把中国戏剧演出变为败坏基督徒心智与宁静的"异教徒仪式"。但这还不是问题的全部。其实，就在排华声浪很高的时期，一些观看中国戏剧的白人政府官员及其他白人名流，也会流露出对中国戏剧的赞美。当然，这种"赞美"不无对"异域情调"的好奇，但也泄露了美国人破坏中国戏剧演出的真实动机——美国人很明显地看到戏剧演出对于华人社区的凝聚意义，破坏中国戏剧演出无疑是驱逐华人的最好办法。破坏活动开始后，白人社区与政府联合，限制、关闭、逮捕中国戏院经理，甚至是暴力砸场，在许多城市的中国戏院都时有发生。与此同时，华人也被暴力骚扰、屠杀或者驱逐。但是，中国戏剧并没有绝迹，其顽强的生命力来自于其作为一种族群认同意识的强大的凝聚功能。美国的中国戏剧演出的盛衰与华人在美国的命运是紧密相连的，越是在华人遭受歧视、排挤的时候，中国戏剧演出的意识形态功能就越明显，华人社区对它的需求也就更加强烈。

随着时代的变迁，美国的中国戏剧的生存语境也发生了重大的变化。早期的美国华人，精神生活十分匮乏，而且叶落归根的乡土观念很强，观看戏剧演出在各个层面上都是他们的迫切需要，尤其是中国戏剧给他们提供了一种类似于本雅明所说的"空洞的共时性"（empty time），使他们通过戏剧获得了强烈的归属感和认同感。进入 20 世纪以后，华人社区渐趋稳定，现代传媒也开始介入其中，华人"想象的共同体"赖以产生的媒介也多了起来，比如一些华人知识分子主办的以广东方言为主的中文报纸，还有传教士办的中英文双语报纸，华人作家的文艺创作，还有电影、电视等。值得注意的是，美国媒体介入华人社区的日常生活后，对于华人的价值观的形塑作用不可小觑，使这个时期以后的华人的文化身份逐渐具有了"混杂性"（hybridity）的特征，甚至在文化认同的范畴内已经无法对某些问题做出有效的阐释。这样的文化语境中的中国戏剧的存在方式与功能自然会有所变化。以旧金山的粤剧演出为例，"1940 年以来，旧金山职业粤剧演出不再经常举行，唐人街（Chinatown）转向内部寻找其音乐创造力和娱乐活动的来源"[1]，"战后粤剧社活动的逐渐减少，在某种程度上是由于 46 年间移民法的松动，数千名中国妇女因

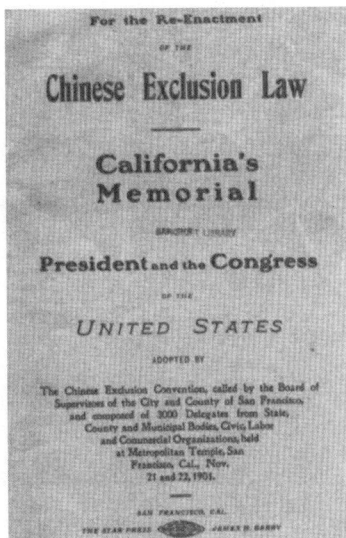

1882 年美国排华法令由国会通过，美国总统签署生效。

---

1. 这个时期的美国白人对于中国戏剧的暧昧态度，吴戈先生在其著作《中美戏剧交流的文化解读》里面曾有过精彩的论述。参见吴戈《中美戏剧交流的文化解读》，第44页，昆明：云南大学出版社，2006 年版。

此作为移民进入美国。戏曲社的会员结婚并有了家庭生活，

对乐社这种聚会场所的需求减弱了，会员的妻子和孩子在

乐社中的存在也改变了乐社的特点"[1]。这些松散的、业余

1. [美] 罗纳德·里德尔:《美国旧金山华人社会中的业余戏曲团体》(海震节译自《飞龙与流水——旧金山华人生活中的音乐》,美国绿林出版社 1983 年版),

的华人剧社，是这个时代中的典型产物。在这些剧社的戏

载《戏曲研究》第 38 辑, 第 207、212 页, 北京: 文化艺术出版社, 1991 年版。

剧演出活动，只对本社的会员开放，其主要的功能在于社

交。很多时候，戏剧演出常常处于半停止的状态，剧社主

要是作为一个消遣和谈话的非正式场所而存在的。这些剧

社具有社会融合的一面，同时也具有明显的封闭性，社会

融合的程度非常有限。影视等娱乐方式的冲击使这些剧社

的发展前途十分渺茫，更主要的问题在于，在美国出生的

华人认同的是美国的主流价值观，与美国社会同化的速度

越来越快，有的人根本就不懂汉语或其他中国方言，这样

的剧社演出对他们没有任何吸引力。[2] 在美华人的后裔（甚

2. 参见 [美] 罗纳德·里德尔:《美国旧金山华人社会中的业余戏曲团体》(海震节译自《飞龙

至包括长期生活在美国的华人）的想象中的"共同体"与

与流水——旧金山华人生活中的音乐》,美国绿林出版社 1983 年版),载《戏曲研究》第 38 辑,

他们的先辈具有很大的差异，不再是族群和文化身份的构

第 207—217 页的相关论述。

述，而是对多元文化的美国的建构，或者说是对华裔美国

的国家身份的建构。从这个意义上说，他们的"想象的共

同体"倒是更接近安德森的本意。[3]

3. 安德森在 Imagined Communities: Reflections on the Origin and Spread of Nationalism 一

在今天的全球化时代，在美国上演的中国戏剧又被赋

书中没有涉及到海外少数族裔对于国家身份的认同,本文是在延伸意义上使用"想象的共同体"

予了新的意义，具有了跨国生产与消费的特征。以 2006

这个概念的。

年春季在厄湾（Irvine）上演的《壮丽的长城》（*The*

Splendor of the Great Wall）和秋季在伯克利（Berkeley）、

厄湾、洛杉矶（Los Angeles）、圣·芭芭拉（Santa

Barbara）等地巡演的《牡丹亭》为例，都是由加州、香港、

台湾的华人投资，中国大陆的剧团演出。这些戏剧演出都

具有一种"怀旧"（nostalgia）的色彩，它激起了流散在

《牡丹亭》的美国演出海报

海外的华人中原本比较淡漠的民族主义和爱国主义情感。这种对于"怀旧"和民族主义的生产和消费可以视为对于全球化和国家疆界消失的一种强烈反应。《壮丽的长城》的背景是日本侵略下的中国，里面穿插了很多那个时期的爱国歌曲，歌词都是战争中流浪在外的中国人的悲哀心理写照，这些歌曲在华人中唤起一种"怀旧"情愫——对于在场观看演出的中国人来说，对于异族侵略和失去家园的痛苦都是非常明显的。这种对于想象的"家""国"的渴望，满足了在每天的平淡生活中所没有的浪漫情感。而《牡丹亭》则把观众拉回到更遥远的时代，它通过展示中国精致的古典文化、经典诗词和浪漫的爱情——与当下的政治形成鲜明的对照——这个古典剧目唤起了华人的文化国家主义情感。这种对于国家文化的自豪展示面向的不仅是海外华人，也是展示给美国观众和戏剧机构的。这种汇集华人的人力、物力的跨国戏剧生产和消费，在美国的戏剧和学术机构中，为自己挣得了政治资本和文化资本。在这个全球化的时代，这种华人跨国戏剧使自身成为了美国当地戏剧的一部分。这些演出也希望能够通过学术，对于操纵着教育机构和符号领域的"东方主义"话语进行一次反转，同时，这种世俗的距离也有助于创造一个在当前的政治气候和全球文化中不可能存在的国家。[1]

1.Daphne Lei, *Transnational Production and Consumption of Chinese "National" Nostalgia*, Abstract for the MRG Paper, University of California, Irvine, 2007.

中国戏剧最初登陆美国时，预设的观众群体不仅仅局限于华人。剧团赢利的动机必然会使其表演对于观众市场有一个价值预期。中国戏剧表演能够取得多大的价值，将取决于美国接受市场的审美形塑法则。为了实现剧团演出的利益最大化，中国戏剧的演出必定要与接受市场发生有效的互动，要受到接受市场的审美法则的形塑。中国戏剧表演在美国这样一个异质文化氛围中发生，将引起一种"双向互渗"的戏剧文化交流的最初局面——尽管这种交流还没有文化上的自觉，更多是出于一种图存的策略。早期中国戏剧在接受市场的形塑下，所发生的变化是多方面的。

中国戏剧最初在美国演出时，还没有自己的剧场，演出要在租用的西式剧场进行。最初要面对的演出场地难题反而成了后来改造、丰富传统中国戏院的契机。中国戏剧在美国演出时，从剧场格局、设备、灯光、音乐到女演员的启用等方面的革新成为了近现代中国戏曲开始向现代转型的先声。[2]梅兰芳在1930年访美演出的时候，也曾根据西方观众的审美趣味对自己的表演进行了调适，而且1936年在国内排演《生死恨》时，运用灯光加强舞台效果，这可能是受到了西方舞台美术的启发。[3]

2.这个时期在美国上演的中国戏剧对于西方戏剧艺术的借鉴和转化，吴戈先生在其著作《中美戏剧交流的文化解读》里面曾有过详尽的论述。参见吴戈《中美戏剧交流的文化解读》，第58—59页，昆明：云南大学出版社，2006年版。

3.参见梅绍武：《我的父亲梅兰芳（上）》，第176页，北京：中华书局，2006年版。

自 19 世纪中期真正的中国戏剧在美国演出以来，中国戏剧演出引起了相当一部分非华人观众的注意，其中也不乏热烈的赞誉，中国戏剧对于美国人的吸引力在 1930 年梅兰芳访美演出时，达到了一个高峰。但是，中国戏曲对美国 / 西方戏剧的影响，是微乎其微的，远不像在近代以来在中国社会剧烈转型中扮演了一定角色的中国戏剧那样，受到了西方戏剧文化的覆盖性冲击。中国戏曲在美国 / 西方的影响，主要体现于旨在颠覆现代价值的先锋戏剧试验上。就其戏剧主流而言，很难看到中国戏剧的影响。在美国主流文化中，中国戏剧仍然是一种少数族裔的边缘艺术形式，在好奇与欣赏的同时，也不无误解和偏见。

在 20 世纪初，最早登陆美国的粤剧演出就引起了一些评论家的注目，并在报刊上做了评论。有资料显示，在 1903 年，亨利·蒂瑞尔（Henry Tyrrell）在《戏剧杂志》（*The Theatre Magazine*）上撰文，评述纽约华人社区的中国戏剧。他的评论涉及到中国戏剧的题材来源、舞台和表现手法，蒂瑞尔认为："至今为止，中国戏剧实际的标准剧目包括元朝期间或早于莎士比亚 200 多年前创作的约 550 出剧作。据说，如今杜瓦耶尔街上的外来戏班还经常从中挑选节目。"关于中国戏剧的舞台，蒂瑞尔指出，"舞台是小型的，没有脚灯、前台、幕布、侧门，除了可由道具员在演出过程中搬上搬下的道具外，没有任何布景。舞台后部被腾空成凹形，以安置包括锣、鼓、琴、笛、号、喇叭的乐队。这一凹壁的两边是门，分别用于演员上、下场，有时它们的使用顺序会有所调整。"对于中国戏剧的表演，蒂瑞尔的描述中似乎也带有些困惑，"一个即将上路的角色会做出上马或踏上船跳板的动作。酒后的几个典型动作或姿势就代表了醉酒的场面。害羞的新娘要回房时，会有两个道剧 [1] 员抬上一个帐篷状带有丝绸门帘的道具。观众

们目睹女演员穿过这道帘子，若无其事地退场，随后道具也被抬下场"。[2]

蒂瑞尔的评述显然可以代表大多数美国人对于中国戏曲的最初打量。——在对中国戏剧

表层特征的描述中不无新鲜、好奇与困惑。随着时间的推移，美国人对中国戏剧的观察和认识也逐渐有所深化，能够深入到中国戏剧深层的美学原理的分析。在 1921 年 4 月 10 日的《纽约时报书评杂志》上，发表了署名威尔·欧文（Will Irwin）的《曾在唐人街的戏剧》（*The Drama That Was in Chinatown*）。欧文从观众接受心理的角度，对中国戏剧的特征做了这样的分析："你见到的只是表面现象。要发现并理解中国观众的态度，还需要长时间的研究。你必须发挥想象，一旦你做到了这一点，那些在舞台上的观众，脚下的孩童，道具管理员都变

得看不见了。隐形的道具管理员在桌上铺上一块黄色台布，那黄色就代表着皇帝。你的想象力立刻就可以建造出一座帝王的宫殿，远比贝拉斯科或莱因哈德特（Rhinehardt）在画布上能画出的要宏伟得多。两张椅子堆在桌子上就成了山：演员登高，遮阳，目光越过平原，注视着远方的战斗。没有哪一位布景画师能像我们的想象力那样，用远处几根蜿蜒如蛇的蓝黄线条就构建出高而远的空间感。"欧文认为中国戏剧的基本原则是"中国戏剧家不受舞台的一般限制，在时间和空间的架构上，他们可以随心所欲"。[1] 欧文频繁出入唐人街的中国戏院，经过长期

<small>1. 威尔·欧文：《曾经的唐人街戏剧》，载《纽约时报书评杂志》，1921年4月10日，转引自都文伟《百老汇的中国题材与中国戏曲》，第142页，上海：上海三联书店，2002年版。</small>

的观摩，他对中国戏剧的表演、舞台布置、服饰、化妆等评价很高，认为"中国戏剧表演是一门比我们通常在美国舞台上所见到的更为完美的艺术"[2]。后来，他与西德尼·霍华德合作，把

<small>2. 威尔·欧文：《曾经的唐人街戏剧》，载《纽约时报书评杂志》，1921年4月10日，转引自都文伟《百老汇的中国题材与中国戏曲》，第142页，上海：上海三联书店，2002年版。</small>

中国的《琵琶记》改编后搬上了百老汇的舞台。[3] 像欧文这样早期的美国戏剧工作者，对于中

<small>3. 参见都文伟：《百老汇的中国题材与中国戏曲》，第142页，上海：上海三联书店，2002年版。</small>

国戏剧的美学原则的深层次研究和评论，以及他们的舞台实践，成为随后美国实验戏剧借鉴中国戏剧的良好开端。

　　"美国现代戏剧之父"尤金·奥尼尔（Eugene O'Neill）在他创作生涯的第二个阶段，大胆尝试各种艺术技巧，他的戏剧实验了包括面具、独白、舞台分割等在内的处理手法，其中某些手法可能就是来自于中国戏剧的启示。比如，在创作于1926年的四幕剧《拉撒路笑了》里面，四个主要人物米莉亚姆、蒂比罗、卡利古拉和庞培阿都带着半个面具，来表现他们的双重性格，令人想到中国京剧的脸谱。1927年的九幕剧《奇异的插曲》，于1928年在百老汇上演，时间长达5个小时以上，演出的中间有一段长长的间歇，让观众去吃过晚餐后再返回剧场看下半部分的演出。这部剧作的形式可能来自于中国戏剧的启发。而后期创作的《作为讣告》和《一个放弃占有的占有者们的故事》中的插曲和循环的形式，在结构模式上与传统的中国戏曲也有很大的相似之处。

　　另一位从中国戏剧中汲取了大量养分的美国戏剧家是桑顿·怀尔德（Thornton Wilder）。怀尔德是美国最早向"幻觉剧场"质疑并发难的剧作家之一，这些剧作家在自己的创作实践中，纷纷转向东西方的古老戏剧传统中寻找思想资源。怀尔德在他的1957年出版的《三部剧集：〈小镇风光〉、〈九死一生〉、〈媒人〉》（Three Plays: Our Town, The Skin of Our Teeth, The Matchmaker）的前言里，谈到了自己早年对舞台上的拟真厢型布景的批评："到二十年代末我开始失去了看戏的乐趣。我不再相信我看到的故事……我感到在我那

个年代里戏剧出了点问题，它只发挥出了很小一部分的潜能……这种不满困扰着我……富于想象力的叙述是在舞台上变得不真实的。最后，我的不满发展成一种怨恨。我开始感觉到戏剧不仅存在不足，而且还在逃避；它并不想挖掘它自己的深层潜力……我不能再听信这样幼稚的求‘真’。我着手写一些独幕剧试图捕捉真实而不是逼真。”[1] 正是有了这种追求，怀尔德在他

1. 桑顿·怀尔德：《三部剧集：〈小镇风光〉、〈九死一生〉、〈媒人〉·前言》，纽约哈珀与罗出版公司 Haper & Row, Publishers, 1957 年，第Ⅶ - Ⅻ 页，

的剧作里面致力于“消灭舞台剧的第四堵墙，从而将观众溶进表演中去，并且使人们意识到‘日

转引自都文伟《百老汇的中国题材与中国戏曲》，第 174 页，上海：上海三联书店，2002 年版。

常生活中最微不足道的事件的价值’”[2]。

2. 阿莫斯·尼文·怀尔德 (Amos Niven Wilder)：《桑顿·怀尔德和他的大众》(Thornton Wilder and His Public)，费城堡垒出版公司 Fortress, 1980

与其他美国剧作家相比，在接触中国传统文化、文学、戏剧方面，怀尔德有着得天独厚的

年，转引自都文伟《百老汇的中国题材与中国戏曲》，第 174 页，上海：上海三联书店，2002 年版。

优势。怀尔德的父亲阿莫斯·帕克·怀尔德是西奥多·罗斯福执政期间的外交官，在 1906 到 1909 年间任香港总领事，怀尔德随父母在中国度过了他的少年时代，曾经在香港教会学校和山东曲阜侨民学校读小学。辛亥革命发生后，怀尔德的父亲转任美国驻上海总领事，并携全家到上海居住，怀尔德又跟随父亲来到上海生活了一段时期。少年时期为时不长的中国文化熏陶，对他后来的思想却有着显著的影响，正如怀尔德的哥哥阿莫斯·尼文·怀尔德所言，怀尔德本人把他的作品“一贯偏爱描写大众的生死世情”归因于他小时候在中国的经历。[3] 怀尔德的中

3. 参见都文伟：《百老汇的中国题材与中国戏曲》，第 174 页，上海：上海三联书店，2002 年版。

国生活经验不仅为他的文学艺术创作提供了素材，还直接给予了他戏剧实验的灵感。1930 年，梅兰芳到美国访问演出，怀尔德观看后深受启发，找到了革新风靡西方舞台的写实戏剧的出口。

1931 年，怀尔德写下了《到特伦顿和卡姆登的愉快旅行》(The Happy Journey to Trenton and Camden)、《漫长的圣诞晚餐》(The Long Christmas Dinner) 和《海华沙号普尔曼客车》(In Pullman Car Hiawatha) 等几部独幕剧，在这些早期剧作里面，怀尔德就借鉴了中国戏剧、日本能剧和莎士比亚剧作中的一些手法和程式。怀尔德本人曾经坦言他的早期作品与东西方古老的戏剧传统的渊源：“在《到特伦顿和卡姆登的愉快旅行》中，四张餐椅代表汽车，一家人在二十分钟里旅行了七十里路。《漫长的圣诞晚餐》一剧中时间跨度达九十年。在《海华沙号普尔曼客车》中，一些更简单的椅子充当卧铺，我们听到了关于沿途城镇乡村最重要的消息；我们听到了他们的思想；我们甚至听到了他们头顶上宇宙行星的运行。在中国戏曲中，人物跨坐在一根竹竿上就表明他在骑马。几乎在所有的日本能剧中，如果演员

4. 桑顿·怀尔德：《三部剧集：〈小镇风光〉、〈九死一生〉、〈媒人〉·前言》，纽约哈珀与罗出版公司 Haper & Row, Publishers, 1957 年，第Ⅻ 页，

在台上绕一圈，我们就明白他正在做一次长途旅行。想想莎士比亚在《尤利乌斯·恺撒》(Julius

转引自都文伟《百老汇的中国题材与中国戏曲》，第 177 页，上海：上海三联书店，2002 年版。

Caesar) 和《安东尼和克娄巴特拉》(Antony and Cleopatra) 剧尾独创的战争场面吧。”[4]

这些早期的实验性剧作对于中国戏剧元素的借鉴，为他 1938 年获得普利策奖的代表作《小镇风光》（Our Town）对中国戏剧手法的创造性吸收奠定了基础。

《小镇风光》的故事背景是新罕布什尔州的一个名为格洛弗斯·考尼斯的小镇，剧作运用白描手法展现了小镇的生活风貌，以及医生杰布斯和报馆编辑韦伯两家人的日常生活。流行戏剧的生动的情节和激烈的冲突全没有了，剧作中代之而来的是平淡无奇、田园牧歌式的小镇生活。剧作表现人们的生活节奏、人际关系，甚至是婚丧嫁娶，都体现出一种平静、温馨、舒缓的风格和笔致。"小镇"犹如远离尘嚣的世外桃源，而又不拒绝现代文明的介入，这暗示了怀尔德对于功利、浮躁的美国现代都市生活的反思和温婉的批评。怀尔德在这部剧作里面融入了一个哲学主题：让人们意识到"生活中最不重要的事情的价值"。[1]《小镇风光》对于凡人小事

1. 都文伟：《百老汇的中国题材与中国戏曲》，第 180 页，上海：上海三联书店，2002 年版。

的温情展示，凸显出一种可以和现代工业文明相互参照的价值体系，其田园诗般的情致显现出对于自然家园、农业文明的乌托邦式地想象和渴望，整部剧作氤氲着一种淡淡的怀旧情愫。为了更好地表达剧作的哲学主题和反思、批判意识，怀尔德必须找到适宜剧作的田园牧歌风格的"形式"。于是，弃主流的幻觉剧场模式不用，转向古老的戏剧传统取法就成了必然。

1938 年 2 月 4 日，（Henry Miller Theatre），杰德·哈里斯（Jed Harris）任导演和监制，《小镇风光》在亨利米勒剧院上演。展示在观众面前的舞台在当时是令人吃惊的：没有幕布和布景，只有一张桌子、一个小凳和几把椅子。演出时，利用桌椅的移动，来制造想象中的民房、教堂、商店、马路和公墓。这出戏还设置了一个舞台监督，他是贯穿全剧的叙述人，不仅要介绍小镇的基本情况和出场人物的性格、职业及其最后的归宿，还要对戏剧中的人事进行评说，其实是作者发表其思想的代言人。除了这些重要的叙述功能，他还负责整个剧场人物的调度，甚至可以随时转换身份，扮演剧中的角色。这些在当时令观众耳目一新的表现手法，不仅实现了怀尔德"剧中要有像传统的中国戏曲那样程式化的布景和道具"[2] 的设想，而且和剧作的主

2. 玛丽·亨德森：《美国戏剧》，纽约：哈利·亚伯拉罕出版公司 Harry N. Abrams, Inc., Publishers, 1986 年，第 112 页，转引自都文伟《百老汇的中国题材与中国戏曲》，第 180 页，上海：上海三联书店，2002 年版。

题相得益彰。

但是，《小镇风光》最初在普林斯顿和波士顿试演时，相当一部分观众和评论家对于这种陌生的舞台效果并不能接受，甚至认为舞台没有布景和灯光是因为制片人太吝啬而不肯提供布景。[3] 对于观众的审美习惯的巨大挑战，正显示出这出戏的先锋性质，评论家约瑟夫·伍德·克

3. 乔治·科诺德尔、波西娅·科诺德尔：《戏剧入门》，第 2 版，纽约：哈考特·布雷斯·卓瓦诺维奇出版公司，1978 年，第 12 页，转引自都文伟《百老汇的中国题材与中国戏曲》，第 181 页，上海：上海三联书店，2002 年版。

鲁奇（Joseph Wood Krutch）在为《国家》（Nation）杂志撰文时，认为《小镇风光》这出

戏的手法"放在任何地方都是极端地反传统的"。[1]

1. 约瑟夫・伍德・克鲁奇：《戏剧》，载《国家》，1938 年 2 月 19 日，第 224—225 页，转引自都文伟《百老汇的中国题材与中国戏曲》，第 181 页，上海：
上海三联书店，2002 年版。

另一位受益于中国戏剧的表现手法的美国剧作家是亚瑟・米勒（Arthur Miller）。他曾
自言读了很多中国古典戏曲剧本，发觉中国古典戏剧的许多表现手法与当代欧美文学现代派
的写作技巧相似。他说他写于 1949 年的《推销员之死》中的表现手法，中国剧作家在三四百
年前就用过了。他对于中国戏曲中的时空观念非常推崇，并在此启发下，写出了《时间的弯曲》
一书。[2]

2. 郑怀兴：《从太平洋彼岸带回的焦虑》，载《戏曲研究》第 26 辑，第 165—166 页，北京：文化艺术出版社，1988 年。

怀尔德在 1979 年版的《小镇风光》"前言"里面说道："戏剧渴望表现的是事物的象征，
而不是事物本身……戏剧要求传统最大限度地介入。所谓传统就是一种得到承认的虚假，一种
被接受了的谎言。如果戏剧假装要用帆布、木头和金属的道具来创造真实，那么它就失去了某
些它应该创造的更真实的东西。"[3] 这句话正说明了以他的创作为代表的美国现代戏剧实验的

3. 桑顿・怀尔德：《〈小镇风光〉前言》（A Preface for Our Town），文见唐纳德・盖洛普（Donald Gallup）编的怀尔德的文集《美国特色和其他文章》
（American Characteristics and Other Essays），纽约哈珀与罗出版公司（Haper & Row, Publishers），1979 年，第 102 页，转引自都文伟《百老汇的中
国题材与中国戏曲》，第 176 页，上海：上海三联书店，2002 年版。

基本观念：主流的幻觉戏剧制造幻觉，其中的资产阶级意识形态作为剧场幻觉，在不受质疑的
情况下被大众接受、强化；而先锋戏剧实验则以美学革命的方式质疑了幻觉剧场从不被质疑的
"真理"。在《小镇风光》里面，怀尔德设计了坐在观众席上的人物，向剧中的舞台监督 / 叙
述人发问，其中，有一位男士问了一个现实指涉性非常强的敏感话题："小镇上没有意识到社
会的不公平和工业的不平均吗？"怀尔德的戏剧实验的意识形态批判意义在此彰显无遗。同样，
奥尼尔借鉴东方思想讽刺西方的物质主义，米勒则尖锐地揭露"美国神话"的欺骗性……美国
这些严肃的剧作家借鉴中国戏剧的美学原则，不是为了在创作中展示一种"异域色彩"，而是
要借助中国戏剧表现手法，反思西方文化自身，完成西方现代性文化的自我建构。但是，当西
方的知识精英在东方文化中找到了反思西方现代性的灵感，这些灵感再被现代传媒给放大、美
化之后，就会演变成为一种庸俗化了的"美好想象"。这种西方社会的想象，对于中国（包括
其他非西方）知识界来说，是需要警惕的，因为它可能是一个思想陷阱——似乎东方的意义要
等待西方的折射才能彰显。

与这类睿智的美学思想借鉴不同，在中国戏剧非常有限的影响下，美国还出现了另一种"准
中国戏剧"。这类戏剧往往会用涉及"中国"的人事作为题材，在其带有"傲慢与偏见"的叙
事中，有意无意地展示出一种含混驳杂的"中国情调"，来迎合大众的"凝视"。

第六节 留美学生的戏剧实践及其文化位置

19 世纪末期，西方的戏剧形式首先经西方侨民传入中国，而中国人的演出则始自教会学校学生的业余戏剧活动，而且这些业余演出一开始就具有政论式的急峻与愤激，缺少的是艺术上的从容和优雅。当然，这种风格与晚清中国风云激荡的社会形势有着密不可分的互动关系，从而成为中国现代戏剧发生的背景和基调，甚至影响了后来的"话剧史"的叙事。

继 1910 年张彭春赴美之后，又有洪深于 1916 年、余上沅于 1923 年、熊佛西于 1924 年陆续到美国留学，并且都把戏剧作为最终的选择。无论留美的初衷有多大的差异，回国以后，他们都纷纷投入到了中国现代戏剧的建设中去，并且一度成为中坚力量。戏剧作为一种话语实践，不可避免地成为权力运作的一个场所。特别是在近现代中国的社会文化剧烈转型的时期，戏剧也毫无例外地参与到了建构民族国家的话语进程中去。当西方的戏剧"知识"进入了这些留美学生的话语以后，他们在中国语境里面，就会通过对西方戏剧形式的跨文化挪用，以一种隐喻的、符号化的方式，表达他们对现代民族国家的不同想象。在整个社会文化空间网络里面，我们可以看到这些留美学生的戏剧实践的位置分布呈现为一种"中心——边缘"的图景。这种状况暗示了对于民族国家的不同的想象方式之间的符号争夺与角力的结果，同时也是西方强势文化在中国以改头换面的方式，通过某些中介再生产知识、权力的关系的过程。

一、 张彭春："南国"尺度下的"话剧史"叙事

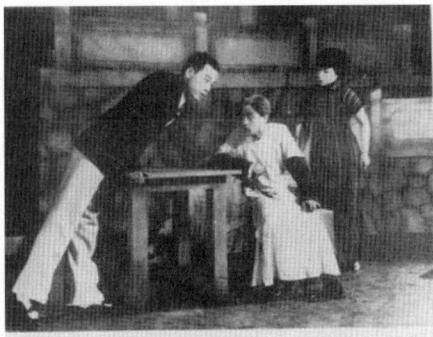

《财狂》演出剧照，万家宝（曹禺）饰 韩伯康（中坐者）　　南开新剧团演出话剧《财狂》剧照，中坐者为曹禺。

连周恩来总理生前也感到奇怪，在 20 世纪上叶，以天津特别是南开新剧团为代表的北方

1. 周恩来在南开学校就读时，曾经是编演新剧的积极分子，担任学校新剧团布景部副部长。曹禺比周恩来小 12 岁，他入学时，周恩来已经毕业。

戏剧活动，在后来的"话剧史"写作中总是被遗忘，所以不得不一再地叮嘱其南开学弟曹禺 [1]

2. 曹禺在他的《回忆在天津开始的戏剧生活》一文中写道："天津是革命话剧发祥的地方，对戏剧发展很有贡献。当初搞话剧运动资料的同志们不知道北方

要记得弥补这个失误。[2] 在后来出版的几部研究南开新剧团的资料里面 [3]，我们同样可以看到这

也贡献不小的力量。周总理曾经一再对我谈，要把天津和北方其它各地的早期戏剧运动写上去。都怪我太忙了，没有做。……周总理也和戏剧家凤子谈过：'为

些编者和作者们的困惑与遗憾，或者可以这么说，这些研究资料出版的本身就是对这种遗憾的

什么北方这么重要的戏剧活动一点都不谈呢？'"见黄殿祺编《话剧在北方的奠基人之———张彭春》，第 249 页，北京：中国戏剧出版社，1995 年版。

表达。出版于 1989 年，由陈白尘、董健主编的《中国现代戏剧史稿》里面，已经用了半节的篇幅，

3. 如夏家善、崔国良、李丽中编《南开话剧运动史料 1909—1922》（天津：南开大学出版社，1984、1993 年版）、黄殿祺编《话剧在北方的奠基人之———

把天津南开学校的戏剧活动纳入了其论述视野。"中国话剧由早期的文明新戏形式向现代化的

张彭春》，梁吉生编《张伯苓与南开大学》（太原：山西教育出版社，1995 年版）、崔国良、崔红编《张彭春论教育与戏剧艺术》（天津：南开大学出版社，

新型话剧的转化，并不是一朝一夕完成的。它经历了一个逐步演变的过程。当文明戏在上海的

2003 年版）。其中，《张伯苓与南开大学》从属于"名人与名校"丛书系列，仅收入了 1 篇与戏剧直接相关的文章，即夏家善的《张伯苓先生与南开话剧》。

职业舞台上已经名存实亡的时候，在一些代表现代文明的学校里，学生演剧仍多多少少地继承

和发展着进步戏剧运动的传统。天津南开学校的新剧活动，代表上述这种演变，在南方新剧走

向末路的情形下，从戏剧观念和编演方法上打开了一条新路。"[4] 值得注意的是，在这个比较

4. 陈白尘、董健主编《中国现代戏剧史稿》，第 79 页，北京：中国戏剧出版社，1989 年版。

正面的评价里面，南开新剧团的戏剧活动的性质是对早期文明戏进步传统的"继承和发展"，

是文明戏和"五四"现代戏剧的过渡物，而不像前面提到的几部研究资料里面所强调的，南开

的戏剧活动是直接从欧美引进（非从日本间接学习），和南方的戏剧活动是平行开展的 [5]。也

5. 如《南开话剧运动史料 1909—1922》的编者在《南开早期话剧初探》里面说道："可以说，我国的话剧艺术形式，主要是从两条渠道输入的：一是春柳社

就是说，后者强调的是北方的戏剧活动和南方是"并列"而非"包含于"的关系。显然，从论

从日本间接移植到我国的以上海为中心的南方各地流行的话剧；一是南开新剧团从欧美直接移植到我国的以天津为中心的北方流行话剧。这两条渠道汇合，

述的篇幅和评价的性质上看，《中国现代戏剧史稿》与这几部研究资料都显得极不协调。

形成了我国早期的话剧艺术。"见夏家善、崔国良、李丽中编《南开话剧运动史料 1909—1922》，第 2 页，天津：南开大学出版社，1993 年版。其他同类相

美国加州大学伯克利分校英语系教授斯蒂芬·格林布拉特 (Stephen Greenblatt) 认为："职

关资料也持此说。

业阐释团体的历史仅仅是文学史的一个片断，文学本身对阐释者起着塑造作用，而文学文本的

跨历史维度，即使几乎未被理解，但却是文学史的重要组成部分。文学史的要义始终涉及两种

偶然性之间的关系，一种偶然性针对文学的创造者而言，另一种针对我们自身而言，正是这两

种偶然性使文学成为可能。在这个意义上，文学史始终是文学的可能性的历史。"[6] 格林布拉

6. 斯蒂芬·格林布拉特：《什么是文学史？》（孟登迎译），载郭宏安、徐葆耕、刘禾主编《国际理论空间》第 1 辑，第 160 页，北京：清华大学出版社，

特教授对于"文学史"的精辟见解，为我们探讨南开新剧团在"话剧史"中的位置提供了一个

2003 年版。

富于启示的思路。如果说"话剧史"也仅仅是中国现代戏剧的"可能性的历史"，那么上面我

们列举的对于南开新剧团的戏剧活动的种种"史述"（包括"被遗忘"在内），本质上都不过

是一种"表述"。因此，问题的关键不在于对某种叙事做出真伪与否的判断，而在于对这些叙

事的生产历史加以"厚描"（thick description），勾勒出其产生的具体文化语境。张彭春作

7. 曹禺：《话剧在北方的奠基人之———张彭春·序一》，见黄殿祺编《话剧在北方的奠基人之———张彭春》，第 1 页，北京：中国戏剧出版社，1995 年版。

为南开新剧团的"有学识、有才能的导演和第一任团长"[7]，对他的戏剧实践及其在整个社会空

间网络中的位置的考察，无疑具有着典型性意义。既然南开新剧团是张彭春从事戏剧活动的主要空间，那么，南开新剧团的外部文化氛围是怎样的？其内部价值取向及其认同方式又是如何形成的？还有它在整个社会空间网络中的位置与张彭春本人的具体实践的关系是什么等等，都将是我们无法回避的基本问题。

张彭春出生在天津一个富家，1904 年入其胞兄张伯苓在天津开办的敬业中学堂（"南开学校"的前身）学习，1908 年毕业于南开学校。就在这一年，张伯苓赴欧美考察，接触了西方现代戏剧，回国后，亲自编导并组织演剧。自 1909 年的第一出《用非所学》开始，每年校庆，南开学校都有戏剧演出，成为学校的一种传统。此时的中国社会正处于一个剧烈的转型阶段，伴随着社会关系的分化重组，出现了种种由知识阶层组成的共同体。这些共同体往往以报刊、学会或学校等形式出现，在共同体内部往往具有着趋同的意识形态信仰，从而使他们具有了"群"的意识，认识到彼此属于同一个群体。近代中国的苦难与问题促使这些知识分子共同体极力地要在社会中扮演一种角色，承担一种责任，发挥其影响，并把自己对于现代民族国家的想象图式付诸于实践。这个阶段的知识阶层最主要的目标就是启迪民智和散布民族国家意识。这些特征，一方面是中国传统士大夫观念在新的社会背景下的自然延伸，另一方面也是现代知识分子意识的觉醒。南开学校就是这样的知识分子共同体之一。

张彭春（右）与胞兄张伯苓

南开学校的创办人之一张伯苓毕业于北洋水师学堂航海班，毕业以后，曾经有过三年的海军生涯，但是 1895 年在山东威海的一次经历，让年轻的张伯苓产生了"弃军从教"的决心，张伯苓曾说过："我正在那里，并且我看见威海卫的旗子两天之内换了三次。我看见龙旗换下了太阳旗，第二天我又看见龙旗被英国旗代替了。悲愁和愤怒使我深思，我得到一种坚强的信念：中国想在现代世界生存唯有赖一种能够制造一代新国民的新教育。我决心把我的生命用在教育救国的事业上。"[1] 从张伯苓的这番话可以看出，当时的南开学校是把培养能够使中国强

　　1. 胡适：《南开的诞生》，见梁吉生编《张伯苓与南开大学》，第 94—95 页，太原：山西教育出版社，1995 年版。

大的一代新国民作为基本的办学思想的，或者可以这么说，出于对国家的失望，张伯苓的南开学校在试图建构一个新的"共同体"蓝图，而这个新的"共同体"就是他想象中的现代中华民族的胚胎。开办新式教育，培养新的国民群体，是这个时期大多数知识分子的选择，也可以说是这个阶段像张伯苓这样的新型中国知识分子的共通的文化习性之一，"威海卫换旗"事件仅仅是一个外在的促发因素而已。很明显，张伯苓"教育救国"的理念和使命具有很强的精英意识，这直接决定着稍后的南开新剧团的实践活动的特质。同时，我们还注意到，南开学校的前身是"家馆"，在 1903 年张伯苓等人到日本考察教育回来后，为日本发达的教育状况所震动，才把"家馆"改成正式中学。[2] 这种改革体现在早期的生源身上，具有很明显的过渡性质，正如张彭春所言：

　　2. 参见胡适：《南开的诞生》，见梁吉生编《张伯苓与南开大学》，第 95 页，太原：山西教育出版社，1995 年版。

"一班的学生年龄十分悬殊。许多人比我受过更长期的旧教育，他们在古典文学方面确有研究，但是当时他们也不得不置身于这个新型体系中来学习其他的必修课程。"[3] 从更深的层面看，

　　3. 张彭春：《南开是怎样建立的》，见梁吉生编《张伯苓与南开大学》，第 90 页，太原：山西教育出版社，1995 年版。

最初促使张伯苓产生"弃军从教"决心的，正是中日甲午海战的奇耻大辱，而南开学校最初的办学模式可能就是借鉴自日本，这种"以敌为师"的行为可能会在潜意识里面给他造成一种伦理压力。从这两个层面出发，可以想见这个建立在本土传统资源和西式现代教育融合的基础上的共同体，无疑会使其内部价值取向具有双重性质：传统的士大夫理念和现代的知识分子意识。当然，"士"的价值观发挥的效力是次要的，方式也是潜隐的，但又确是存在的。当时的南开学校的双重价值观为张彭春后来的戏剧实践创造了很好的外部条件。

　　晚清社会的内忧外患，使近邻日本的明治维新成为中国上上下下倾心并效法的榜样，一时留学日本成风，接着留学欧美亦成潮流。在这样的背景下，1910 年，张彭春和胡适、竺可桢、赵元任等人同船赴美留学，并相继获得文学学士和哲学博士学位，但在美国期间，其主要兴趣在于钻研欧美现代戏剧。张彭春对于戏剧的兴趣，可能和精通音律的父亲的潜在影响，以及张伯苓的倡导不无关系。张彭春身为张伯苓的胞弟，这种血缘关系上的亲近性，在南开学校首先给他带来了一部分象征性的资本。当然这在立志要培养"具有现代科学知识与实际技术的新型领导者"[4] 的南开学校，发挥的力量肯定是潜在的，非主导性的，但考虑到这个共同体内部成

　　4. 夏家善：《张伯苓、张彭春兄弟与南开话剧》，见黄殿祺编《话剧在北方的奠基人之———张彭春》，第 328 页，北京：中国戏剧出版社，1995 年版。

员的知识结构的极强的"参差性"特征，他们对于张氏兄弟的宗亲关系的认同也是必然的。而

1910 年到 1916 年张彭春赴美留学的经历，在当时具有现代学校体制意味的南开学校（甚至是在整个处于转型期的社会），无疑又是一笔显赫的"符号化"了的资本。既然南开学校实行的是现代教育体制，那么现代的文凭等级在这样的环境中就会成为一份颇具效力的身份"通行证"。张彭春在美国学到的西方现代知识在南开学校这个共同体内，就不可能像表面看起来那样以一种"中立"的姿态呈现在其他人面前，而是张彭春借以被这个共同体接纳并认可的一种文化资本。如上文所述，南开学校的演剧风气由张伯苓 1908 年赴美考察归来所开，张伯苓倡导的演剧活动是从属于其教育实践的，他倡导师生编演新剧"仅在藉演剧以练习演说，改良社会，及后方作纯艺术之研究"，[1] 还强调"戏院不只是娱乐场，更是教堂、宣讲所、教室，能改革社会风气，提高国民道德"。[2] 在张伯苓这里，从欧美引进的新剧的功能在于缔造新国民群体的想象——

1. 张伯苓：《四十年南开学校之回顾》，见《校庆特刊·南开四十周年纪念》，1944 年 10 月。

通过演剧，所有参与者都可以产生一种共通的想象，从而产生潜移默化的文化改良功能。正是

2. 夏家善：《张伯苓先生与南开话剧》，见梁吉生编《张伯苓与南开大学》，第 201 页，太原：山西教育出版社，1995 年版。

出于这样的动机，张伯苓才能抵制住来自世俗偏见的压力——校长演剧有失体统，才能身体力行亲自参与。张伯苓对于戏剧的教育和媒介功能的重视后来为张彭春所承继。赴美学习期间，张彭春的兴趣也在于欧美现代戏剧，对于西方现代戏剧的熟练掌握，成为张彭春一种重要的知识修养，回国以后马上在南开新剧团得到了充分的发挥。

　　1916 年夏，张彭春回国，任南开学校专门部主任，8 月被推选为南开新剧团第一任副团长，11 月，南开新剧团公演了他在美国创作的《醒》和由其执导的《一念差》。张彭春主持南开新剧团后，引入欧美现代戏剧的演出体制，建立了正规的编导制度，而且，他非常善于改编世界名剧，如果戈理的《巡按》、易卜生的《娜拉》和《国民公敌》、高尔斯华绥的《争强》、莫里哀的《财狂》等。这些剧作经他改编、排演后，与中国的现实总是能够发生一种隐喻性质的联系，而且他有着相当专业的舞台知识，每场演出都能达到预期的效果。本奈迪克·安德森在《比较的幽灵：民族主义，东南亚与世界》（*The Spectre of Comparisons: Nationalism, Southeast Asia, and the World*）一书中以新闻、媒体、市场、戏剧、生活方式等报道和翻译为例，讨论外来文化通过翻译，对本地的社会思想如何产生影响，如何通过引介其他社会的先进观念，以抽象的想象的方式在本地文化中得以发生。[3] 我们把安德森的著作里面的跨文化、

3. Benedict Anderson, *The Spectre of Comparisons: Nationalism, Southeast Asia, and the World, Part 1 "The Long Arc of Nationalism"*,

跨社会的比较框架借用在张彭春的戏剧实践上，亦具有一定的启发性。张彭春回国后，把欧美

London • New York: Verso, 1998, p.29—74.

的现代戏剧形式和其中抽象的社会思想挪用到中国语境，使其戏剧实践具有了不同于其原有意

义的跨语际特质。张彭春在 1915 年创作于纽约的英文独幕剧《醒》的结尾，"最近回国的留美学生""卢"的两段台词，可以视为张彭春本人的自况。当"卢"为"冯妹"读完报纸对"贪污案审查员被谋杀"的报导后，面对悲痛的"冯妹"，他愤激地说："我们现在在这里，过一会儿也许就不在了。生与死！死是现实。荣华富贵过眼浮云。我们往往要欺骗自己。我们太相信生活了。"这句台词暗示了知识分子"卢"对现实的失望和幻灭感，在接下去的"卢"的台词里面，他提出了对于新的国民素质的期望以及实现的方式的想象："这件事触动了我的灵魂深处。我似乎从一场漫长的梦幻中苏醒过来。……我清楚地记得在他最后的遗言中他曾经说过：'改变人们的思想，创造你的新种族，这是光明未来的唯一牢固基础。'我将从教育婴幼儿做起，抚育他们成长，使他们成为具有新体质、新思想、新灵魂、不辜负我们伟大祖国的光荣历史的男男女女。为他们，我将奉献出一切。他们就是未来祖国的基础。"[1] 这个剧作里面"教育救国"

> 1. 张彭春：《醒》（黄燕生译），见黄殿祺编《话剧在北方的奠基人之一——张彭春》，第 64—65 页，北京：中国戏剧出版社，1995 年版。

的思想非常明显，与南开学校的现代办学理念完全一致。1918 年为纪念校庆 14 周年演出的《新村正》，也是张彭春主创并导演的，我们从其主人公——青年学生李壮图身上，很容易看到易卜生（Henrik Ibsen）的《国民公敌》里面的斯多克芒医生的影子。[2] 张彭春本人与张伯苓的

> 2. 天津南开新剧团编：《新村正》，见黄殿祺编《话剧在北方的奠基人之一——张彭春》，第 67—125 页，北京：中国戏剧出版社，1995 年版。

宗亲关系，以及他的留美经历，无疑是南开新剧团内部的稀缺的象征资本，很容易得到其成员的拥戴、信任和认可。而张彭春的富家出身，还有他对戏剧的兴趣与知识，以及他的戏剧艺术观念、现代知识修养等等，组成了他得天独厚的文化习性。这些文化习性与南开学校这个有着现代教育体制的知识分子群体内部的信仰与规则有着高度的一致性，从而使张彭春的戏剧实践在南开学校如鱼得水，很快就能得到其成员的响应和认同。这一点从我们上面列举的几部研究资料里面收入的文章就能看出来，而这些文章的作者基本都是南开学校出身，或者是早期南开学员的"继承人"，他们的文章都体现出对张彭春在南开新剧团的不容置疑的权威位置的认可。

当然，张彭春在南开新剧团的位置也有一个从边缘到中心的逐渐移动的过程。[3] 其后 20 年里，

> 3. 张彭春最初从美国回来时，欲把在美国编写的独幕剧《醒》作为当年校庆公演剧目，结果被带有"过渡"性质的《一念差》挤出角逐场。其实，张彭春与

张彭春在协助张伯苓主持南开学校校务的同时，编译、执导、组织演出名剧多种，并培养出了

> 张伯苓在政治、教育思想上比较一致，但对于如何发展"新剧"，二人存在一定的分歧，张伯苓对于西方戏剧技术的引进有保留意见。后来随着南开大学的

曹禺、金焰、鲁韧、黄宗江等一大批影剧艺术家。1919 年，张彭春再度赴美，在哥伦比亚大学

> 正式成立，张伯苓不再具体过问以中学为主体的新剧活动，新剧团团长时趾周也离开了学校，而且，1920 年代"爱美剧"也成为一种社会运动，此时张彭春

获得博士学位，曾任中国教育委员会秘书和华盛顿会议天津代表。1923 年到 1926 年，任国立

> 在南开学校的戏剧实践中完全放开了手脚。参见马明《张彭春与中国现代话剧》，见黄殿祺编《话剧在北方的奠基人之一——张彭春》，第 341、347 页，北京：

清华大学教务长，1926 至 1929 年任南开中学部主任兼任南开大学教授。1930 年至 1935 年，梅

> 中国戏剧出版社，1995 年版。

兰芳访美、访苏演出期间，张彭春担任梅剧团总导演和随团顾问，帮助梅兰芳的演出为国外观

众顺利接受，梅兰芳曾这样评价他："干话剧的朋友真正懂京戏的不多，可是 P.C. 张[1] 却是

1. 即张彭春。——引者

京戏的大行家。"[2]

2. 黄殿祺：《张彭春传略》，见黄殿祺编《话剧在北方的奠基人之———张彭春》，第 4—5 页、第 341、347 页，北京：中国戏剧出版社，1995 年版。

从上面对张彭春在南开学校的跨语际戏剧实践的分析可以看出，其戏剧活动的本质在于通过跨文化挪用现代西方社会思想的"幽灵"，进行民族国家构想和抽象的社会变革这样的政治活动，而其权威身份与其戏剧实践相得益彰，成功建构了南开学校这个知识分子共同体的精神生活和意识形态信仰，使全体成员在参与戏剧活动中意识到彼此属于一个群体，获得对一种价值观和身份的认同感。同时，张彭春的跨语际戏剧实践又具有很强的政治导向，以创造和传播抽象的思想符号来实现其议政功能，因而具有很明显的精英姿态，这就与现实的民众距离甚远，基本上局限在以天津、北京为中心的知识分子圈子里面。张彭春交往的圈子主要是留学欧美的知识阶级，如胡适、徐志摩、林徽因等，而这些人也都是他在艺术上的知音。平心而论，张彭春的戏剧实践在艺术的层面上，已经相当成熟，但是他预设的受众群体是像他那样的新型知识分子，导致他的在想象的空间里面的民族国家的认同范围非常有限，而关于他的戏剧活动情况的报道也始终局限在南开学校的内部刊物或者像《大公报》这样的知识精英的阵地上，未能充分借助现代印刷媒体的抽象性和散播性把这个想象的空间最大化，其影响反而不如后来走向了市民和市场的文明戏。这种实践状况与其后来的文化位置有着必然的内在联系。

张彭春在北方的京津地区开展其跨语际戏剧实践的同时，在以上海为中心的南方，另一位留美回国的青年——洪深也在某些艺术团体中奔走，努力把他从美国学到的现代戏剧编导知识付诸实践。

洪深出生在官宦世家，对之寄予厚望的父亲努力给洪深创造条件，使他很早就接受了新式教育。洪深在上海的徐汇公学和南洋公学就读时，深受学校学生演剧风气的感染，为他后来的"戏剧的人生"做了最初的准备。不同于张彭春在南开新剧团编演的戏剧，大多以现代新型知识分子作为主人公，洪深在清华创作的最早的两个剧作《卖梨人》和《贫民惨剧》就把目光投向社会的"底层"。关于这两部早期的剧作，洪深在《戏剧的人生》一文里面有所说明："大约是我太富于情感吧，在清华不久，和四周的贫民都做了朋友了；尤其是那在校门口做小买卖的，

3. 洪深：《戏剧的人生》，见孙青纹编《洪深研究专辑》，第 13 页，杭州：浙江文艺出版社，1986 年版。

拉洋车的，赶大车的，跟驴子的。"[3] 这些经历使洪深"晓得了许多他们平常所不肯说而一般

4. 洪深：《戏剧的人生》，见孙青纹编《洪深研究专辑》，第 13 页，杭州：浙江文艺出版社，1986 年版。

同学所不屑过问的凄惨情形"[4]，最重要的是，这个思想历程影响了洪深后来的戏剧观念和具体

实践。洪深到美国以后，接到了父亲被判处绞刑的噩耗后，他毅然放弃了"实业救国"的初衷，不再学习烧瓷，而转为学习戏剧编撰和戏剧表导演艺术，意欲通过戏剧表现时代人生，改造社会。洪深回国时，是抱着"做一个易卜生"[1]的决心（中国另一位现代戏剧家田汉也说过同样的话）

1. 洪深：《我的打鼓时期已经过了么？》，见孙青纹编《洪深研究专辑》，第 237 页，杭州：浙江文艺出版社，1986 年版。

的，这一点和张彭春也存在着差异，张彭春的戏剧实践的根本目的在于通过现代戏剧艺术，潜移默化地陶冶南开学员的思想道德，进而移风易俗，改良社会，没有开创中国现代戏剧并明确干预政治的宏图。1918 年，张彭春曾经在对南开学员"修身班"的讲话中说："今日少年之气象，多浮嚣而少沉静。余兹有三事，欲为诸生告。一、 前吾赴金陵见黄任之先生谈今上海之新剧。先生谓：时人多抱失望之态度，盖素少研究之功，而欲多收感移社会之效，不亦难乎！今以言夫国家过渡之时代，各种科学，如教育、如政治、如军事、如医术等莫不用功少而成功微。事多袭其皮面，以致少年之辈偶而误会，遂为浮嚣之气象。试与一二青年者谈，观其言动轻佻，即可知其气不沈也。二、 昨日有旧同学某自东京回，述及在日中国之学生，现约十之以在预备入学之时。然此等学生举动多浮嚣，使出而任事未有不破坏者。观今国中捣乱之辈，多为当日一般之青年。所谓浮嚣之学生也。三、 □□□□本校学生之气象，亦不免有浮嚣之评。如上述之事，亦曾有之。此三者使吾不禁有所感触，而可知轻浮习气为少年人之大病。虽然国事如此，而欲以此等浮嚣之青年救国家于来日岂可能哉！……"[2]从张彭春对南开学生的讲话，就可以

2. 张彭春：《关于青年的浮嚣问题》（原载《南开校风》第 87 期，1918 年 1 月 17 日），见崔国良、崔红编《张彭春论教育与戏剧艺术》，第 29 页，天津：南开大学出版社，2003 年版。

看出他本人对于当时的知识青年中"浮嚣"的风气的不满和对"沉静"的倡导。南开新剧团那种温和的改良姿态与对于"各种科学""研究之功"的追求，与那个激进的时代和踌躇满志的洪深等人（包括后来田汉领导的的南国社成员）显然是格格不入。

　　在洪深回国以前，"中国的戏剧已经堕落到不可收拾的地步"，原因是"观众的程度太低，屡遭失败"，[3]当时国内虽有志在中国现代戏剧事业的人士苦苦支撑，似乎仍不奏效。在这种

3. 洪深：《中国新文学大系·戏剧集·导言》，第 59、60 页，见《中国新文学大系·戏剧集》（上海：上海文艺出版社 1981 年 10 月影印本），上海：良友图书印刷公司，1935 年版。

情势下，在国外专攻戏剧、将要回国的洪深无疑被同道视为救命的稻草，[4]而洪深本人势必也自信满满。[5]然而，国内的现实很快地给洪深及其同道上了极其严肃的一课——他编演的《赵

4. 参见汪仲贤 1921 年寄给洪深的信件。转引自洪深为上海良友图书印刷公司 1935 年出版的《中国新文学大系·戏剧集》（上海文艺出版社 1981 年 10 月影印本）所作的《导言》，第 59 页。　　　　　　　　5. 这一点可以从洪深在回国的船上要做"一个易卜生"的誓言看出来。

阎王》与国人的审美习惯存在较大的歧异而不被接受，他的编导才华在戏剧协社刚刚得以展示，即被人利用为争名逐利的工具，无奈之下他只好宣布退出。[6]从这个意义上说，洪深回国后的

6. 洪深《中国新文学大系·戏剧集·导言》，第 86 页，见《中国新文学大系·戏剧集》（上海文艺出版社 1981 年 10 月影印本），上海：良友图书印刷公司，1935 年版。

这一阶段，他从美国学到的现代戏剧知识在中国的跨文化挪用基本是失败的。

　　其实，洪深最初的戏剧实践的失败是必然的。洪深的戏剧理想和实践作为其对现代民族国

家的一种抽象的想象，在这个"想象的共同体"里面，不仅包括生产层面，还包括接受层面，生产层面和接受层面的共通的想象才是戏剧实践得以开展的前提。但是，"观众的程度太低"，还有生产层面的实践者对于名利的争夺，使洪深所预设的共同体的实现程度在两个层面都大打折扣。无论洪深等人对于现代戏剧的构想有多么美好，但是其设想的受众过于笼统和模糊，或者过于理想化，那么其戏剧实践在操作层面就缺乏一种针对性的努力，其实践陷入困境就是迟早的事。洪深这时候也认识到："一个人不是万能的，就是'美国留学的戏剧专家'——这是明星广告部替我挂的招牌，我从来不曾这样自居过，更不曾这样自称过——也不是万能的。"[1]

1. 洪深：《我的打鼓时期已经过了么？》，见孙青纹编《洪深研究专辑》，第 241 页，杭州：浙江文艺出版社，1986 年版。

与此相对照，张彭春的南开新剧团就是一个相当成熟的"共同体"。因为张彭春的南开新剧团的戏剧实践是从属于南开学校的教育，有了这个后盾和支持，背后就没有太大的经济压力，从而具有真正的 amateur（业余的）性质，内部成员之间对于名利的追逐就不会明目张胆；更重要的是，张彭春那种温和的改良姿态，使他不具备洪深等人的政治雄心，预设的受众不是大而无当的"民众"，而是其要用戏剧艺术陶冶、感化、训练、教育的具体对象。所以，就在洪深叹息 1920 年代早期的大多数爱美剧团体"没有剧本，没有演员，没有剧场，没有金钱，没有观众"的时候，张彭春却幸运地拥有"他能独当一面的阵地，是一个进行了十年以上物质建设，积累了十年以上的实践经验的阵地，拥有几枝快笔，不愁没有剧本，拥有一个剧场，不愁没有观众，没有经济压力，无需白手起家；而且还在于，作为导演，他拥有几位得心应手，相互信任，与导演能够形成默契的演员"。[2]根据上文的分析，张彭春本人在南开新剧团占据着稀缺的象征

2. 马明：《张彭春与中国现代话剧》，见黄殿祺编《话剧在北方的奠基人之一——张彭春》，第 354 页，北京：中国戏剧出版社，1995 年版。

资本，具有权威的力量，而且在他的共同体中被预设的受众很明确，基本上就是南开学员或新型知识分子，他们的文化习性与美学趣味具有高度的一致性，其戏剧实践作为一种想象，产生了较强的凝聚力。这才是他的戏剧实践得以成功开展的根本原因。其实，后来曹禺的极为成功的戏剧创作，就与他的南开戏剧经验具有着密不可分的内在联系。虽然洪深的跨语际戏剧实践未能像他预想的那样顺利开展，但是他的留美学习戏剧的经历，以及他在戏剧协社和复旦剧社表现出的导演才华还是为他在当时的文艺界挣得了相应的象征资本，为他接下去的戏剧实践的开展打下了基础。

就在洪深沉痛地反思过去、对自己的能力开始怀疑的时候，他仍然没有放弃探索中国现代戏剧的进路的努力，他接着加入了田汉领导的南国社。二人的交往，始自田汉对洪深导演的《少

奶奶的扇子》的批评，洪深那时就觉得"他真是我的知己"[1]。田汉原是创造社成员，按照洪深

1. 洪深：《中国新文学大系·戏剧集·导言》，见《中国新文学大系·戏剧集》（上海：上海文艺出版社 1981 年 10 月影印本），第 64 页，上海：良友图书

的说法，"不是从舞台而是从文学走向戏剧的"[2]，但是田汉有着和洪深一样的理想，他曾经在

印刷公司，1935 年版。

一封书信里面对洪深说："俾能携手，为将来剧坛的 Epoch-making 改革运动。……"[3] 但是，

2. 洪深：《中国新文学大系·戏剧集·导言》，见《中国新文学大系·戏剧集》（上海文艺出版社 1981 年 10 月影印本），第 44 页，上海良友图书印刷公司，

豪情万丈的田汉此时也面对着一个巨大的困扰："不靠官府、不求资本家，搞'在野'的民众

1935 年版。

艺术运动，钱从哪儿来？就算能卖出戏票吧，可问题又来了——你不是要'为民众'吗？民众，

3. 洪深：《中国新文学大系·戏剧集·导言》，见《中国新文学大系·戏剧集》（上海文艺出版社 1981 年 10 月影印本），第 65 页，上海良友图书印刷公司，

尤其是那些挣扎在贫困线上的民众，哪有闲暇和余钱来看你的戏？另一方面，如果真像他在上

1935 年版。

海公演后所说的，戏剧要由'为民众'（for people）进到'由民众'（by people），那么自

己在剧中所追求的那种'情'、那种'美'、那种'诗意'，能为那些被饥寒所迫的大众所理

解和接受吗？"[4] 其实，南国社的戏剧实践面临的问题在本质上和洪深是一样的——面对共同

4. 董健：《田汉传》，第 317 页，北京：十月文艺出版社，1996 年版。

体的幻象，找不到努力的方向，或者说他们运用现代戏剧艺术营造的想象与现实世界存在着断

裂和错位，所谓的共同体根本就是子虚乌有。田汉领导的南国社有着"波西米亚人"的热烈和

反抗的激情，[5] 有着这种文化习性的激进文艺青年一旦遇到合适的土壤，很容易从"文艺革命"

5. 参见董健：《田汉传》，第 296 页，北京：十月文艺出版社，1996 年版。

走向"革命文艺"。于是，随着 1920 年代末期中国社会和文艺主潮的渐趋政治化，南国社在

进行了"我们的自己批判"以后，便投入了轰轰烈烈的中国左翼文化运动。洪深在这个时候"也

显示了更为激进的创作倾向……这时期洪深最重要的作品是《农村三部曲》……这是现代戏剧

史上较早地用比较明确的阶级观点来反映农民斗争的剧作，在观众中曾引起强烈反应。"[6] 其

6. 钱理群、温儒敏、吴福辉：《中国现代文学三十年》，第 428 页，北京：北京大学出版社，1998 年版。

实这是洪深早期戏剧观念和文化习性在新的社会形势下的延伸和发展。

　　在 1930 年代的戏剧刊物上曾有过这样的说法："南有南国，北有南开"，[7] 而前中国戏剧

7. 马明：《张彭春与中国现代话剧》，见黄殿祺编《话剧在北方的奠基人之———张彭春》，第 359 页，北京：中国戏剧出版社，1995 年版。

家协会副主席刘厚生也说："我们这一辈人开始投身话剧活动时，就已听到'北有南开，南有

复旦'的说法，指的就是这两个大学都有长期的师生演剧传统。"[8] 这种说法在今天可能会受

8. 刘厚生：《我看南开话剧运动·代序》，见夏家善、崔国良、李丽中编《南开话剧运动史料 1909—1922》，1993 年版。

到质疑，[9] 但是，这种说法在当年肯定是有一定道理的。不过，从今天的"话剧史"叙事中的

9. 如马明就在《张彭春与中国现代话剧》一文中表示："南开能和南国相提并论吗？似乎不能。"见黄殿祺编《话剧在北方的奠基人之———张彭春》，第 359 页，

位置分布来看，田汉（南国）、洪深（复旦）显然居于中心，而张彭春（南开）则处于边缘。

北京：中国戏剧出版社，1995 年版。

这种"南""北"不均衡的文化位置暗示了不同的戏剧实践共同体之间有着不同的价值信仰和

游戏规则，当然这并不就说明不同的共同体之间就必然是一种不可通约的关系。其实，张彭春

和洪深、田汉都是有交往的。张彭春和洪深在美国就合作过英文话剧《木兰从军》，而且二人

10. 参见马明：《张彭春与中国现代话剧》，见黄殿祺编《话剧在北方的奠基人之———张彭春》，第 368 页，北京：中国戏剧出版社，1995 年版。

都曾为美国文艺团体讲过中国戏曲艺术。[10] 张彭春和田汉之间，也有相当的交情，他不仅借钱

给田汉营救朋友，还安排田汉给即将访苏的梅兰芳交换意见。[1] 张彭春和田汉都是"厚话剧却

1. 参见马明：《张彭春与中国现代话剧》，见黄殿祺编《话剧在北方的奠基人之———张彭春》，第 362—363 页，北京：中国戏剧出版社，1995 年版。

不薄戏曲"之人，他们因为艺术结缘完全在情理之中。其实，这些新型知识分子在建构他们各

自对于现代民族国家的构想时候，虽然想象的方式存在着歧义，但总体上而言，他们彼此之间

也都能够意识到彼此属于一个更大的共同体。固然，在这个更大的共同体里面，也将不可避免

地存在着符号的争夺，但是，具体到"红色的"1930 年代的中国，洪深、田汉等人开展的左翼

戏剧运动已经基本控制了话语权，像南开新剧团这样的自由知识分子团体，超然地处于阶级斗

争之外，彼此之间的符号角力，可能暂时地就被左翼文人与其他更主要的对手之间的话语权的

争夺或者更为严峻的国难给遮蔽了。

　　值得注意的是，在我们前面提到的几部研究资料里面，很多作者都一再强调，张彭春（而

不是洪深），才是第一个去国外学习戏剧的人，而且是第一个引入西方戏剧的编演体制的戏剧

家。其实，对于这个问题的回答要看从哪个角度去说。如果从时间上看，张彭春的确算是最早的，

但是，细细追究的话，就会发现，说洪深是"第一人"也不错。因为张彭春在留美期间并没有

像洪深那样专门投入戏剧学习之中，而是一种业余的钻研，而且，在张彭春回国开始他的戏剧

实践时，中国还没有"导演"这一职称。其实，如果我们纠缠于谁才是"第一人"这样肤浅的

争论的话，就恰好落入了"话剧史"叙事的圈套，认同了"话剧史"的"真实神话"。在前面，

我们已经简要指出，"话剧史"本身也是一种建构，其叙述本身并非一个透明的载体，貌似中

立的"知识"立场下的写作实则是一个复杂的权力运作过程，因此"话剧史"叙事中的位置分

配遵循的就是一种"区隔"（distinction）逻辑，它本身就是一个幻象。如果我们把注意力集

中在谁是"第一人"这样的问题上，就等于说，我们已经认同了"话剧史"叙事的"游戏规则"，

相反，我们应该结合具体的研究对象，看"话剧史"的写作机制是如何进行运作并以达到为某

种主流话语的合法性进行有效诠释的目的的。"以延安文学作为主要构成的左翼文学，进入 50

年代，[2] 成为惟一的文学事实；20 年代后期开始，左翼文学为选择最理想的文学形态、推进文

2. 指的是 20 世纪 50 年代。下面的"20 年代"同样指的是 20 世纪 20 年代。——引者

学'一体化'的目标所做的努力，进入一个新的阶段"，[3] 在这种情况下，文学艺术的历史写

3. 洪子诚：《中国当代文学史》，第 3 页，北京：北京大学出版社，1999 年版。

作就成为间接形塑读者受众对于文本的认知的一种手段，它的叙事就会参与到民族国家的"大

叙述"（grand narrative）之中，在想象的空间里面制造一种对于新的国家的认同感。既然左

翼文学（艺）后来成为了最理想的文艺形态，那么在后来的"话剧史"叙事中，张彭春领导的

南开新剧团居于一种边缘的位置，就在所难免。而曹禺在"大小舞台之间"的命运，[1] 则是张

彭春的跨语际戏剧实践成果在现实中的具体遭遇。

二、 洪深：命名的策略

　　1928 年 4 月，在田汉为欧阳予倩经沪赴粤送行的聚餐中，作为对田汉的建议的回应，洪深

提出用"话剧"替代以往的"新剧"、"文明戏"、"爱美的戏剧"等称谓，来为这种从西方

舶来的戏剧形式重新命名，得到了田汉、欧阳予倩等人的赞同，逐渐得以沿用并固定下来。[2] 然而，

根据目前可见的资料，我们发现， "话剧"一词并非洪深的首创。" '话剧'早在 1920 年就

在新加坡用于命名剧社（仁声话剧社）。"[3] 在 1922 年 10 月 9、10、13 日的《晨报》上刊登的

北京人艺戏剧专门学校的章程里面，"话剧"一词再度出现。[4] 但是，史实与史述之间往往存

在着有意无意的"误差"——在戏剧界和学术界几乎无一例外地认为"话剧"这个名称是由洪

深首先提出来的。[5] 目前还没有看到相关资料能够证明洪深本人在 1928 年的提法是否参考了其

前面的"仁声话剧社"和北京人艺戏剧专门学校的章程，但无论如何，这个"话剧史误差"最

起码说明了一个事实：洪深的提法的效力要远远大于前两者。[6]

　　在北京人艺戏剧专门学校的章程的第一章"总则"的第三条里面，"第一次使用了'话剧'

和'歌剧'两个新名词：'本学校教授戏剧，分话剧歌剧两系。'接着做了明确的界说：'话

剧，和西洋的笃拉马（Drama）相当，以最进步的舞台艺术表演人生的社会的剧本'， '歌剧，

和西洋的奥柏拉（Opera）相当，以中国各种固有的歌调为基本，用清新适切的演作法；表演

分幕编制的创作剧本'。"[7] 洪深在提出"话剧"的称谓的第二年，即 1929 年 2 月，写下了《从

中国的新戏说到话剧》一文，详细地阐明了"话剧"的含义。洪深指出："话剧，是用那成片

段的，剧中人的谈话，所组成的戏剧。（这类谈话，术语叫做对话。）……话剧表达故事的方

法，主要是用对话。……话剧的生命，就是对话。写剧就是将剧中人说的话，客观的记录下来。

对话不妨是文学的（即选练字句），甚或诗歌的，但是与当时人们所说的话，必须有多少相似，

不宜过于奇怪特别，使得听的人，会注意感觉到，剧中对话，与普通人生所说的话，相去太远

了。"[8] 洪深的这段话实际上是在说明"话剧"剧本的特征及写作方法。接着，洪深指出"话剧"

表演的方法，与剧本写作相同，"也是模仿人生的"。[1] 在"话

1. 洪深：《从中国的新戏说到话剧》，见孙青纹编《洪深研究专辑》，第 177 页，杭州：浙江文艺出版社，1986 年版。

剧"这一小节的第二、三部分，洪深分别强调了"话剧"剧本写作要注重其可上演性，以及"现代话剧"要有"主义"，

并且要寓"主义"于"动人的故事里，好看的背景里"。[2]

2. 洪深：《从中国的新戏说到话剧》，见孙青纹编《洪深研究专辑》，第 177—179 页，杭州：浙江文艺出版社，1986 年版。

洪深分别从剧本、表演及价值取向的具体内容和表达方法方面详细深入地论述了"话剧"的内涵，比北京人艺戏剧专门学校的章程的第一章的说明要详尽得多。但是，这并不就能说明洪深的提法的影响力较大的原因。因为洪深在 1928 年提出"话剧"的称谓以后，当场就得到了田汉、欧阳予倩等人的赞同并得以沿用；而且，北京人艺戏剧专门学校的章程的"界说"并不比洪深的阐释逊色，从某种程度上说，北京人艺戏剧专门学校的章程对于"话剧"的说明更为言简意赅，洪深并没能超越前者。在北京人艺戏剧专门学校的章程里面，已经非常敏锐地谈到了"话剧"的几个要素：渊源——"西洋的笃拉马"；性质——"最进步的舞台艺术"；价值取向——"人生的社会的"；要素或方式——"表演"与"剧本"。如果分别把两个解释回归各自的言说语境，北京人艺戏剧专门学校的章程对于"话剧"的说明里面时代语境的生产痕迹更为明显，反而洪深的解释似乎仍然在前者的阐释框架内打转，有些不合时宜。在"为人生"的大纛下，1922 年正是作为"五四"新文化运动组成部分的中国现代戏剧运动从"破坏"到"建设"的转折时期，北京人艺戏剧专门学校的章程的"界说"正折射出整个中国现代戏剧观念的提升，甚至把"西洋的笃拉马"和"最进步的"这样时髦的主流标签都"贴"上去了。到了 1929 年，"五四"时期相对自由的时代氛围为

洪深

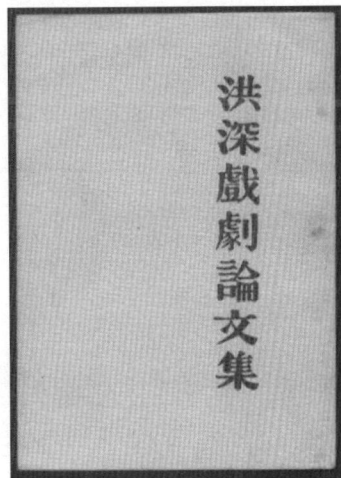

《洪深戏剧论文集》，民国二十三年一月天马书店初版本书影。

紧张的政治气氛所替代，而洪深的文章似乎和当时激进的文艺倾向并不完全合拍。既然两个"话剧"的要义大致相当，那么，何以洪深的提法的影响力更大呢？

我们不妨把洪深对于"话剧"这一语词的阐释放置到其所属的《从中国的新戏说到话剧》这一文本语词集合体之间的动态关系中去再度考察，进一步探讨"话剧"这一语词的含义（significance）背后的意义（meaning）是什么。或者说，我们将要在这里追问这样一个问题：究竟什么是"话剧"？

在《从中国的新戏说到话剧》里面，洪深的言说策略正如其文章的题目所暗示的，是"从中国的新戏说到话剧"。在"说到话剧"之前，洪深分别先后"说"了"新戏"、"文明戏"和"爱美剧"这三个曾经被使用过的、短命的称谓："新戏"具有歧义性，难以把握；"文明戏"内涵变质，由褒到贬；"爱美剧"在中国名不符实，而且戏剧艺术未必非要"非职业的"不可。[1]

1 洪深：《从中国的新戏说到话剧》，见孙青纹编《洪深研究专辑》，第 165—176 页，杭州：浙江文艺出版社，1986 年版。

总体上看，洪深首先对这三个称谓进行了"探源"，然后分析了三个语词的含义的不稳定性和不适性后，才开始阐明"话剧"的含义。

从上面的梳理可以看出，"话剧"与"新戏"、"文明戏"、"爱美剧"这三个语词间的关系呈现为一种"抛弃"与"安置"的建构关系，而洪深的言说策略则体现为"回溯性地重构过去，以便配合现在的需求"，[2] 正是通过这种言说策略，"话剧"首先在文本里面获得了"合

2. 彼埃尔·布尔迪厄：《社会空间与象征权力》（王志弘译），见包亚明编：《后现代性与地理学的政治》，第 305 页，上海：上海教育出版社，2001 年版。

法性"。但是，在这种言说策略下命名的"话剧"，也可能溢出文本，为言说者增加符号资本，形成具有"权威"姿态的理论创新。因为命名行为的本身就是一个判断的过程，肯定"我"的特征，否定"他"所具备的与"我"的相抵牾的成分。当然，并非任何一个言说者采用这样的言说策略，都可以为一个变动不居的"无法命名"之物成功命名，并且为言说者自身增加符号资本，这其中还牵涉到言说者在整个文化网络空间里面的具体实践，包括其所占有的资源，及其相应的位置，还有言说者的文化习性等复杂因素。

在为上海良友图书印刷公司1935年出版的《中国新文学大系戏剧集》[3] 所作的"导言"里面，

3. 本文参考的版本为上海文艺出版社 1981 年 10 月出版的影印本。

洪深详细地勾勒了中国现代戏剧"第一个十年的战绩"。[4] 既然是"战绩"，那么这个勾勒过

4. 洪深：《中国新文学大系·戏剧集·导言》，第 93 页，上海：上海文艺出版社，1981 年版。

程同时也就是一个"破坏"与"建设"同步进行的"区隔"过程，在这个过程中被凸现的也就是洪深的编选标准及其相应的"美学趣味"。刘禾女士认为，《中国新文学大系》"取舍的一般标准来自于人们关于文学的普遍预设（何谓文学），各卷在将这个标准运用于对历史材料的

权威性阐释的时候进一步加强了这种预设"，[1] 这个说法，当然也包括了洪深编选"戏剧集"。

1. 刘禾：《跨语际实践——文学，民族文化与被译介的现代性 (中国，1900—1937)》，宋伟杰等译，第 323—324 页，北京：三联书店，2002 年版。

洪深的"权威性"来自于他的文化资本和习性决定的他在当时的社会文化空间里面的位置。

洪深作为"到国外去专攻戏剧"的"中国破天荒第一人"，[2] 在 1933 年对于自己的学养背景曾有过这样不无自豪的描述："哈佛大学里教授戏剧的是倍克先生；我到哈佛的那年，他已

2. 见汪仲贤 1921 年寄给洪深的信件。转引自洪深为上海良友图书印刷公司 1935 年出版的《中国新文学大系·戏剧集》（上海文艺出版社 1981 年 10 月影印本）

经在哈佛教了二十多年了。他的学生在戏剧界里有成就的不知有多少，欧尼尔就是其中之一。

所作的《导言》，第 59 页。

他教的《戏剧编撰》，学程号为英文第四十七，乃是全国闻名的。每年美国各地的大学毕业生，

教员，新闻记者，小说作家等等，想来哈佛读'英文四十七'的，平均在三百左右；但他只收

取十一人，最多十四人；从来不肯通融多收的。"[3] 而在这段话之前，洪深则提到他写的一部

三幕英文剧《虹》（Rainbow）对于美国是否"真能代表公理"的质疑和"抨击"。随着 1920

3. 洪深：《戏剧的人生》，见孙青纹编《洪深研究专辑》，第 18 页，北京：中国戏剧出版社，1995 年版。

年代末中国文艺界对奥尼尔关注度的提升，洪深在 1933 年又写下了《欧尼尔与洪深——一度

想象的对话》一文。这次横跨太平洋的"对话"实际上是一出"独角戏"，洪深在文中以"双簧"

的方式，模拟奥尼尔的口气，发表了他对于"摹仿"与"创作"的关系的看法，其中不乏自我

4. 洪深的《赵阎王》被视为奥尼尔的《琼斯皇》的"摹仿"品，随后洪深在《欧尼尔与洪深——一度想象的对话》一文中表达了自己对于"摹仿"与"创作"

辩白的意味[4]，同时还委婉地说出了自己与奥尼尔的艺术分野，当然洪深也提及了与奥尼尔"是

的看法。参见张嘉铸的《沃尼尔》（载《新月》1929 年第 1 卷第 11 号）和袁昌英的《庄士皇帝与赵阎王》（载《独立评论》1932 年 11 月第 27 号）。

相隔二年的先后同学，都是培克教授的弟子"。[5] 在"西学东渐，势不可挡；'拿来主义'，

5. 洪深：《欧尼尔与洪深——一度想象的对话》，见孙青纹编《洪深研究专辑》，第 197 页，北京：中国戏剧出版社，1995 年版。

呼声甚强"的中国现代戏剧的"第一度西潮"中，[6] 洪深所拥有的文化资源可谓相当显赫，因

6. 参见董健：《论中国现代戏剧"两度西潮"的同与异》，载《戏剧艺术》，1994 年第 2 期。

为其文化习性与此时的社会文化空间的"游戏规则"取得了高度一致性。然而，我们不能因

此就说以洪深为代表的留美知识分子对于西方文化的态度是一种简单的静态的认同，恰恰相

反，他们面对大时代的文化选择，是一种矛盾、焦虑和暧昧的姿态，这在洪深身上就有典型

的反映。

正如上文所述，洪深一方面为自己的学养背景感到自豪，另一方面又在文章中一再展示自

己的"创作"对美国对华政策的谴责，以及和美国"师兄"的戏剧观念的根本分野。即使在因

为和《琼斯皇》的"相像"而被人一再诟病的《赵阎王》里面，洪深也"出人意料"地为中国

戏剧受众提供了一个负面的"鬼子"/"洋人"形象。在《赵阎王》第 7 幕里面，赵大自言自语道：

"……当初（坐起思量往事，无限凄伤）咱们也是本分人家，种田过活，老爹死下来，留下一

所房子一块地，我养着老娘，对河刘家的小姑娘，叫小金子，（爱深难忘，提起名字，犹觉恋恋）

咱们两自小在一块长大的，小金子说给我做了媳妇，自指望不久过门，娘儿三个，有吃有穿，

短不了和和睦睦，有几天好日子。（长叹）谁知那个年头，来了一个鬼子，说咱们拜祖宗敬神道，全不对，死了还得下地狱受罪，那鬼子尽教着村里人吃洋教，说鬼子话，拜洋菩萨，他妈的又要盖洋教堂，这可坏了，我说俺自己个儿的地，怎不让种呢，原来村里的王老虎，欺着俺妈孤寡，没人帮助，把咱的地偷占着卖给鬼子啦，盖上洋庙，大红砖房，王老虎发了几百吊银的财，咱们一个大钱没见，鬼子势力大着哩，那儿去讲理啊，妈一急病死啦！我的小金子。她……也……死……了！……好鬼子！好鬼子！（抱头又哭）"，接着是舞台指示，刻画的"鬼子"形象是这样的："深目黄须，胡服手杖"，"虎视熊盼，四处指点"，而洋人身边的"中国""洋奴"则是"肥头大腹，宽袖长袍"，"胁肩谄笑，一路奉承"。[1] 这段台词与舞台指示颇具隐喻意味——

1. 洪深：《赵阎王》，见《中国新文学大系·戏剧集》，第 159 页，上海：上海文艺出版社，1981 年版。

其中涉及了洪深对中国传统民间文化与西方强势文化的暧昧态度。

　　在"洋人"与"洋教"到来之前，剧作呈示的是一个民间日常生活的和谐伦理秩序：有房有地，有青梅竹马的小金子，"娘儿三个，有吃有穿，短不了和和睦睦"。随着"那个年头"，"洋人"与"洋教"的到来，这种民间生活秩序的和谐理想即刻化为泡影：赖以生存的土地被"洋庙"占据，"妈一急病死"了，小金子也死了。如果说"洋人"与"洋教"不过是近代侵入中国的西方强势文化的一个"能指"，那么这段描写则暗示了西方强势文化对中国以天伦之乐为理想的文化价值系统的践踏与破坏。虽然我们不能因此就断言洪深对于中国传统小农文化具有着深深的依恋，但是，明显可以从剧作的叙述里面读出洪深对于西方强势文化入侵的拒斥和批判，"鬼子"/"洋人"在这里显然是一个被"丑化"了的形象。孟华女士指出，"自 1840 年起：帝国主义的侵华战争激怒了中国人，'鬼子'一词原本具有的一切'憎恨'的内涵骤然表面化，使该词中一直蕴涵着的'洋'的指向凸现出来"，"总之，中国人把对历史的记忆和想象都熔铸在这一套话中，它言说了'我'与'他者'在不同时间段内的不同关系"。[2] 洪深在《赵阎王》

2. 孟华：《中国文学中一个套话化了的西方人形象——"洋鬼子"浅析》，见孟华等著《中国文学中的西方人形象》，第 29—30 页，合肥：安徽教育出版社，2006 年版。

中的叙述策略暗示了中国知识分子的一个普遍焦灼：学习、引介西方文化是为了"自强"，摆脱"被殖民"的命运，但是又要承受其中的"文化殖民"因素。洪深对这个悖论式的两难处境有着明确的认知，表现在其文章、剧作里面，就体现为一种暧昧的文化态度，特别是剧作《赵阎王》，其场景转换借鉴了奥尼尔的《琼斯皇》，然而在叙述上则巧妙地凸现自己写作的"主体性"。

　　其实，我们结合洪深的"重命名"行为的具体语境，再和北京人艺戏剧专门学校的章程里面对"话剧"的定义进行比较，就可以看出，"话剧"的概念本身就暗隐着对中西文化差异的焦虑。

　　根据资料，洪深的"命名"事件是在 1928 年，并且是在田汉的建议下发生的，[1] 而北京人

1. 参见阎析梧、孙青纹：《赞洪深在艺术上的首创精神》，见孙青纹编《洪深研究专辑》，第 138 页，北京：中国戏剧出版社，1995 年版。

艺戏剧专门学校的章程发表的时间是 1922 年。在"五四"新文化闯将们对中国戏曲非专业地激烈否定后，中国现代戏剧（包括戏曲在内）的建设工作就必然地、历史地落在了专业戏剧者的肩上，北京人艺戏剧专门学校的章程里面把"话剧"和"歌剧"并举的做法就是最有说服力的例证之一。到了 1920 年代末期，以田汉、洪深、欧阳予倩等为核心的，以建设现代戏剧为己任的知识阶层，必然会在"五四"的背景下，继续未竟的戏剧事业。然而，时代语境已经和 1920 年代初期大不一样，他们面临着空前政治化的氛围。这样，他们在这个时期不仅要继续为中国戏剧弥补"现代戏曲"这一课，还要让戏剧艺术真正走向"民众"，那么他们的现代戏剧建设转向传统戏曲发掘资源或者落实西方戏剧形式的跨语境转换，就势在必行。田汉在稍后的《我们的自己批判》里面，曾经说道："不过我把歌剧（指戏曲）运动与话剧运动分为两谈，以为不独新的歌剧对于旧的歌剧有斗争，新的话剧对于旧的话剧（文明戏）也有斗争。我们建设中国的新歌剧许不能不以旧的歌剧为基础。"[2] 而这种思想可能就是他建议为"新剧"重新

2. 田汉：《我们的自己批判》，见《田汉文集（第 15 卷）》，第 118 页，石家庄：花山文艺出版社，2000 年版。

命名的主要原因。[3] 就洪深本人的而言，《赵阎王》的公演是个教训，《少奶奶的扇子》的公

3. 参见董健：《田汉传》，第 286 页，北京：十月文艺出版社，1996 年版。

演则是个经验。早在加入南国社之前，洪深就受聘于复旦大学英文系，讲授英文的同时，还讲授"戏剧编撰"课程。当时校内有个"复旦新剧社"极力邀请洪深指导，洪深加入以后，立即建议把"复旦新剧社"改为"复旦剧社"。[4] 这说明洪深在田汉建议之前，就对"新剧"这个

4. 参见马彦祥：《话剧运动的先行官》，见中国文史出版社编印：《洪深：回忆洪深专辑》，第 21 页，北京：中国文史出版社，1991 年版。

概念的不合理性有所思考。因为"新"带着明显的价值判断的意味，与之对应的自然就是"旧剧"，如果不再使用"新剧"这个名称，也就无所谓"新"、"旧"之分了。从这个更具体的语境来理解前面我们介绍的洪深为"话剧"下的定义，就可以看出它不再像北京人艺戏剧专门学校的章程里面那样强调其"西洋"背景，反而对于"话剧"的"当下性"十分强调（如"但是与当时人们所说的话，必须有多少相似"）——西方的戏剧形式必须要经过跨语境转换，才有可能成功构建此时此地的共同体的想象。而且，"话剧"在洪深这里不是为了和"戏曲"相区别，按照田汉的意思，恰恰是要为"戏曲"争取新的生长空间。当然，其中的艺术精神仍然是西方的"模仿"理论（如"是模仿人生的"），但这里的"人生"显然指的是当下的中国的"人生"——跨文化挪用西方的艺术精神，服务于中国的社会人生，依然被鲜明地体现在洪深提出

的"话剧"概念中。

从洪深既自豪又自省的书写状态以及他为"话剧"下的定义，可以明显看出，中西文化的差异以及中国近现代被西方列强殖民的命运，给他的现代戏剧实践带来了巨大的焦虑感。不妨这么说，洪深自豪的语气实际上是在故意"夸大西方的重要性"，从而缓解"所面临的知识权威危机"。[1] 或者说是洪深根据自己所处的场域的"游戏规则"，调整 / 动用自己的文化资源，

1. 刘禾：《跨语际实践——文学、民族文化与被译介的现代性（中国，1900—1937）》，第 332 页，北京：三联书店，2002 年版。

树立自己不容置疑的权威姿态，为确立自己对现代戏剧建设的规划和对民族国家想象的合法性而采取的一种策略。

从洪深所处的相关语境和他的具体实践，不难看出，洪深的学养背景和知识分子的文化习性成为他在当时的社会文化空间中的戏剧实践得以展开的充分条件。[2] 他对于中国现代戏剧的

2. 洪深回国后的戏剧实践及其相关文化资本的积累，在本文前面已经有所交代，这里不再赘述。

相关言论在文艺界很容易得到回应和赞同，特别是洪深和田汉、欧阳予倩等活跃戏剧活动者的联合，使洪深的相关言论具有了符号动员的建构功能，他们的理论和创作基本上决定着中国现代戏剧在这个阶段的主流特质。而且，洪深、田汉和欧阳予倩后来也被学术界公认为"中国话剧运动的三位奠基人"。因此，洪深提出的"话剧"称谓自然就具有着更大的影响力，而且一直被认为是首创且沿用至今。

本文无意解构洪深等人对于中国现代戏剧的实际贡献，只是想通过对洪深等人的"重命名"行为的意义进行分析，以引起这样一种关注：我们往往热衷于对既定"权威"进行不断的颠覆和挑战，却在无意中遮蔽和认同了生产"权威"的过程与方法。这样一来，我们在对既定"权威"挑战的同时，是否也是再次制造新的"权威"呢？就在我们再次制造新的"权威"的同时，我们的言说的真正价值也就被消解了，仅仅沦为权力争夺的工具而已。

正如"话剧"这个语词，其含义同"新戏"等称谓一样也是变动不居的，在洪深等人以"权威"的姿态为新兴的中国戏剧重新"命名"的同时，"话剧"的意义已经成为一种"幻象"。在洪深等人为几个既有的戏剧名目进行剖析、划分的时候，就无形中生产了一个分类系统。"如果分类系统能够通过依据分类建构起来的表述提供的强化力量来增强客观机制的功效，从而强化阶层的存在，那么它就会成为一个具有决定性的斗争目标。强加一个被认可的命名的行为就

3. Pierre Bourdieu, *Distinction: A Social Critique of the Judgement of Taste*, London: the President and Fellows of Harvard College and Routledge

是对于全社会存在的认同，这个行为改变了被命名的事物。"[3] 命名行为本身就是为符号创造

& Kegan Paul Ltd., 1984, p.480.

合法性，同时也排斥了其他名目的存在。这种"区隔"逻辑又体现了命名者的文化习性，也就

"强化了阶层的存在"，可以实现命名者利益的再生产，表现为一个"良性循环"的增值过程。而"被命名的事物"本身的真正内涵则被消解于乌有，成为一种话语权力的符号，终将走向自我解构。这一点在"话剧"的概念中，已经被明显地体现出来。正如我们今天都不会再按照"话剧"最初的含义去理解它，都明白其中的局限以及对于中国现代戏剧发展可能造成的负面影响，但是也没有人再去为之重新命名，这既是一种宽容，也是一种智慧。但是，不去追问究竟什么是"话剧"、"话剧"的意义是什么，仅仅指出"话剧"含义的表述不当，则表现为一种深层次的思维方式上的"误识"，实际上仍然是对于这个习以为常的术语麻木不仁，这种思维里面可能潜在地隐藏着另一层权力／知识的运作和无形的"重命名"行为，严肃的学术研究可能为新的符号争夺所替代。

三、 从"国剧运动"到"农民戏剧"：国族想象的败绩与调适

1924 年夏，一批留美的中国学生在纽约和波斯顿成功地演出了《杨贵妃》等剧，深受鼓舞，接着组织了"中华戏剧改进社"，并且相约"愿以毕生全力置诸剧艺，并抱建设中华国剧的宏愿"[1]。这批留美学生是余上沅、赵太侔、

余上沅

1. 熊佛西：《佛西论据》，第 37 页，北京：北京朴社，1928 年版。

闻一多、熊佛西、徐志摩、张嘉铸等人，1925 年部分成员回国后，于 1926 年 6 月至 9 月，在徐志摩主持的北京《晨报》副刊上创办了《剧刊》，发起了为时短暂的"国剧运动"。

如今再提到"国剧运动"，很容易把它与 1930 年代中

期以后的"民族化"联系起来，[1]这其实是一种误解，"国

剧运动"与后来的"民族化"根本不是一个层面上的问题。

"民族化"是从"五四"主流话语中生发、延伸出来的一

个子概念，它暗含着中国与世界对立统一的辨证关系，而

且具有特定的意识形态内涵和功利性思考。而"国剧运动"

则完全是不同于"五四"新文化人士的另一种选择，其内

在的灵感与模式与集结在《新青年》杂志周围的那些新文

化先驱们一样——来自西方，有着很显在的精英姿态，虽

然这个短暂的"运动"极力强调其"中国"性质。如果忽

视了"国剧运动"的"民族性"与后来主流文艺倡导的"民

族化"之间的深层差异，仅仅根据表层的相像就把二者加

以联系，逻辑起点就存在着问题，势必步入讨论的误区。

1. 如有学者指出："而在（20世纪）30年代中期，尤其是在抗战以后，当现代戏剧的发展面临着艺术审美的提高、综合艺术的改进和民族化的创造问题时，戏剧界对'国剧运动'派的批判明显减少，这难道是偶然的巧合？也许有人会说，这可能是戏剧界已经忘却历史中还有个'国剧运动'派。这种可能也许在某些人身上会出现，但是真正的理论是不会轻易被忘却的。人们只要翻阅一下阎哲吾的《建设'中国人的戏剧'》，尤其是张庚那篇对解放区戏剧产生过重大影响的《话剧民族化与旧剧现代化》等40年代的重要戏剧理论文章，就不难体味出它们与'国剧运动'理论深刻的内在联系。见胡星亮《二十世纪中国戏剧思潮》，第180—181页，南京：江苏文艺出版社，1995年版；再如，也有学者提出："……这种有价值的意识，实际上在后来的中国戏剧建设与发展中，逐渐地进入了实践环节。不叫'国剧'，但那民族化、民族性的强调，那些对'旧形式的改造和利用'的努力，就是对'国剧'梦并不遥远的回应。"见戈《中美戏剧交流的文化解读》，第100页，昆明：云南大学出版社，2006年版。

　　促使这批热心的留美学生产生回国发起"国剧运动"

的直接事件，据现有资料提示，应该是余上沅编导的五幕

英语话剧《杨贵妃》在一次有着国际竞赛性质的演出中的

大获成功。"当时舆论界认为《杨贵妃》'胜过其他各国

的一切表演，为国家争取到光荣。'后来余上沅在写信给

张嘉铸时回忆说：'《杨贵妃》（即指《长恨歌》）公演

完了，成绩超过了我们的预料。我们发狂了，三更时分，

又喝了个半醉。第二天收拾好舞台；第三天太侔和我变成

了沁孤；你和一多变成了叶芝，彼此告语，决定回国。国

剧运动！这是我们回国的口号。禹九（即张嘉铸），记住，

这是我们四个人在我厨房围着灶烤火时所定的口号。'"[2]

像上帝创世一样，这群青年学生一天一个宏大的蓝图，最

终酝酿出了"国剧运动"。余上沅当年编演英语话剧《杨

贵妃》的具体情形，无从知道，但是这个资料还是很有价

2. 周牧：《戏剧家余上沅先生》，见上海艺术研究所话剧室、国立剧专上海校友会、沙市文化局、沙市市方志办主编《余上沅研究专集》，第13页，上海：上海交通大学出版社，1992年版。

余上沅节译美国戏剧理论家乔治贝克《戏剧技巧》书影，上海戏剧学院、1961年版。

值的，它暗示了萌生"国剧运动"的一个重要的文化心理动机——"胜过其他各国的一切表演，为国家争取到光荣"，也可以说，其中抽象地传达着这群留美知识青年对于现代民族国家的想象。

"国剧运动"发起人之一的闻一多，他的留学是全公费，毫无经济之忧，他毅然提前回国，根本上是源自一种民族意识的觉醒。他说："在美国只知白种人也有颜色之人，蛮夷也，狗彘也。呜呼！我堂堂华胄，有五千年之政教、礼俗、文学、美术，除不娴制造机械为杀人掠财之用，有何者多后于彼哉？""大丈夫之久居此邦犹不知为愤为雄者真木石也！"民族自尊在美国遭受的压抑，激发了他对祖国的满腔热忱，要早一点回国，可以早一点"对中国有点用途"。当回国的船驶近长江口时，闻一多举臂高呼："可爱呀，咱们的中国！"顺手把身上的西装脱下抛入大海，闻一多也喊出了结伴同行的余上沅、赵太侔的共同心声。[1]

《余上沅戏剧论文集》书影，长江文艺出版社，1986 年版。

1. 参见周牧：《戏剧家余上沅先生》，见上海艺术研究所话剧室、国立剧专上海校友会、沙市文化局、沙市方志办主编《余上沅研究专集》，第 14 页。

这种强烈的民族意识与其回国后的戏剧实践有着深刻的联系，同时也决定了其对于既有的思想资源的选择和借鉴。

如果说，"当我们认为自己在向别人学习的时候，我们可能是在发现自己被压抑的方面"，[2] 那么，这些民族尊严被压抑的留美学生，转向爱尔兰文艺复兴运动寻求灵感就是一种必然。在 19 到 20 世纪 20 年代，爱尔兰的民族意识高涨，在政治上要求独立，与此相呼应，复兴爱尔兰民族文学艺术的运动也同时得以展开。代表人物格里高利夫人（Lady Augusta Gregory）、叶芝（William Butler Yeats）、沁孤（John Millington Synge）等创办了阿贝剧院（Abbey Theatre），编演大量具有爱尔兰民族特色

2. ［爱尔兰］安东尼·泰特罗：《本文人类学》，第 111 页，北京：北京大学出版社，1998 年版。

的戏剧作品，与政治独立运动相得益彰。爱尔兰民族戏剧运动的成功实践给"国剧运动"的发起者们很大的鼓舞与启示，所以他们一开始就以"沁孤"、"叶芝"等自命。另一方面，《杨贵妃》在美国的成功，与这个阶段西方的戏剧文化选择倾向不无关系。在 19 世纪末期，西方具有先锋意识的戏剧家就意识到幻觉剧场的模式趋向僵化的事实，开始转向古希腊戏剧和东方戏剧寻求突破的资源。特别是在西方知识精英深刻反思西方价值观的文化语境中，中国戏曲的某些美学特征更容易得到西方知识界的认可。根据余上沅在 1929 年的一篇文章里面的说法，我们可以大致想象在美国舞台上上演的英语话剧《杨贵妃》的情形："那就是去掉唱的部分，只取白，是说也好，是诵也好，加上一点极简单的音乐，仍然保持舞台上整个的抽象，象征，非写实。一方面免了昆曲的雕琢，一方面免除了皮黄的鄙俗，把戏剧的内容充实起来叫它不致流入空洞。这个在希腊悲剧全盛时代实验过，现在还是不妨再试。"[1] 我们从这段话可以看出，《杨贵妃》正好就是美国 / 西方知识界所梦寐以求的戏剧形态，其能够"胜过其他各国的一切表演"也有其必然性。讽刺的是，余上沅的这篇论文题目是《中国戏剧的途径》，其实它讲的恰恰是"美国 / 西方戏剧的途径"。这将很快地为当时的中国现实语境所证明。

1. 余上沅：《中国戏剧的途径》，见上海艺术研究所话剧室、国立剧专上海校友会、沙市文化局、沙市方志办主编《余上沅研究专集》，第 55—56 页，上海：上海交通大学出版社，1992 年版。

　　通过上面的分析，我们可以看出"国剧运动"的生产语境完全是西方的，其实践方案也是西方的。他们计划"国剧运动"的文化心理动机在于抵御民族歧视，偏偏其动力来自于西方的文化尺度下的评判标准对其戏剧演出的肯定，而其操作则移植自"爱尔兰民族文艺复兴运动"的模式。虽然这批热忱的留美学生有着非常自觉的民族意识，而且其理论倡导有一定的价值，但是他们无意中陷入了动机与操作的严重断裂，毫不迟疑地承认了西方文化的同步价值观念，在深层次上是被文化殖民了。问题是，正因为他们的口号中有着明确的"民族意识"，反而使他们更加不易觉察他们的戏剧实践包含的深层矛盾，并对其生产的语境进行批判性的反思。最终，这批热血青年从美国回到中国，完全忽略了他们根本没有倒回来的"时差"，其戏剧实践不具备任何现实的可操作性。与此相比较，"五四"一代文化先驱在极力引进西方写实主义戏剧模式时，虽然激烈地否定戏曲，但他们立足的是中国语境。在今天看来，他们对于西方写实主义戏剧模式在中国的大力引进和实践，以及对戏曲存在的问题的批判虽然过了头，但是更多的是出于一种文化策略上的考虑。在他们的创作中，总是巧妙地凸显"中国"的主体位置，如继承了"五四"新文化遗产的洪深、田汉等人的创作，虽然其中亦不乏文化殖民的可能（特别

是在西方的"知识"贴着"进步"的标签，成为生产某种权威的象征资本的时候）。值得注意

的是，"国剧运动"的发起者们，在去美国之前，基本上都受过"五四"风雨的沐浴。比如余

上沅在 1919 年前后，就曾经是响应"五四"新文化运动的积极分子，甚至其留美的动机，亦

与新文化运动的影响有着直接的联系。[1] 但是他们后来却有着不同于"五四"新文化运动的选择，

1. 参见陈衡粹：《余上沅小传》，见上海艺术研究所话剧室、国立剧专上海校友会、沙市文化局、沙市方志办主编《余上沅研究专集》，第 5 页，上海：上

这在一定意义上，可以看做是为"五四"时期的文化焦灼寻求一种可能解决的途径的努力，不

海交通大学出版社，1992 年版。

过这种途径依然是从西方移植的。面对戏曲艺术的僵化，"国剧运动"的发起者们没有放弃拯

救它的努力，主张把西方的戏剧思想补充在中国戏曲中。他们也承认戏剧与"人生"的关系，

但是他们更强调"纯粹艺术成分"。余上沅曾经说："戏剧虽和人生太接近，太密切，但是它

价值的高低，仍然不得不以它的抽象成分之强弱为标准。"[2] 这可以说是"国剧运动"与当时

2. 余上沅：《〈国剧运动〉序》，见上海艺术研究所话剧室、国立剧专上海校友会、沙市文化局、沙市方志办主编《余上沅研究专集》，第 51 页，上海：上

中国主流戏剧观念的本质区别。当时的戏剧艺术本身就是一种想象现代民族国家的抽象方式，

海交通大学出版社，1992 年版。

在对"抽象"的不同尺度的强调上，暗示出彼此想象方式的歧异。显然，"国剧运动"的发起

者们是要通过对另一种西方思想的"幽灵"的跨文化移植，把中国戏曲作为寻求身份认同和精

神归宿的载体，以隐喻的方式表述他们对于民族文化的深情回眸和对西方戏剧的有限接纳，从

而建构起一种独特的民族国家的想象方式。他们认定了"伟大的爱尔兰国剧"的路子，不打折

扣地把自己的戏剧实践定位于"要用这些中国材料写出中国戏来，去给中国人看；而且，这些

中国戏，又须和旧剧一样，包含着相当的纯粹艺术成分。"[3]

3. 余上沅：《〈国剧运动〉序》，见上海艺术研究所话剧室、国立剧专上海校友会、沙市文化局、沙市方志办主编《余上沅研究专集》，第 51 页。在同一篇

　　既然是想象，就难免与现实存在着一定的错位。特别是"国剧运动"的酝酿完全是在美国

文章中，余上沅给"国剧"下了一个定义："中国人对于戏剧，根本上就要由中国人用中国材料去演给中国人看的中国戏。这样的戏剧，我们名之曰'国剧'。"

完成，其中可能隐藏着一个根本不存在的共同体幻象的危险。成功的戏剧（包括其他艺术形式）

见该书第 49 页。

实践离不开一个由编导演（生产者）、刊物或剧院（与受众沟通的媒介）和受众形成的密切互

动的成熟的共同体。如果我们把戏剧实践视为一种广义上的语言实践，那么戏剧实践的价值将

由其面对的语言市场的法则决定，或者说要看实践者的文化习性与其对接受市场的价值预期的

吻合程度。而满腔热情的余上沅、赵太侔、闻一多刚跨入国门到达上海，就遭受到当头一击——

遇上了"五卅"惨案，余上沅在给张嘉铸的信中说："六月一日那天，我们亲眼看见地上的碧血。

一个个哭丧的脸，恹恹失去了生气，倒在床上，三个人没有说一句话。在纽约的雄心，此刻已

4. 周牧：《戏剧家余上沅先生》，见上海艺术研究所话剧室、国立剧专上海校友会、沙市文化局、沙市方志办主编《余上沅研究专集》，第 15 页，上海：上

经受到一番挫折。"[4] 这样的环境，无疑是容不下"纯粹艺术成分"的，三人拒绝了在上海从

海交通大学出版社，1992 年版。

事戏剧活动的欧阳予倩、洪深等人的挽留，决心去北京和徐志摩的"新月社"一道继续其梦想。

实际上，从三人对于其戏剧实践的地点的选择来看，是基本正确的。北京作为曾经的帝都，其风气相对保守，政治意味较重，而上海正好相反，风气开放，有着相当的市民基础，政治色彩淡薄。当然，城市的精神气质与其中的知识分子共同体的建构有着直接的联系，反过来，不同的城市空间也在形塑着其中的知识分子的话语实践风貌。中国现代戏剧实践与中国城市空间的互动关系是一个值得挖掘的话题，这里由于论题所限，不打算展开，需要说明的是，北京那种保守、持重的气质正适合超然于阶级之外的自由知识分子展开其话语实践，上海则是激进的左翼文化运动的理想实践场所，所以，"国剧运动"选择北京作为发梦的空间不是偶然的。[1] 但是，问题也并非那么简单。

1. 发人深思的是，"国剧运动"惨淡收场后，余上沅曾后悔"不应该只拿北京做国剧运动的中心"，因为"北京社会很特别"。参见自王永生《论余上沅倡导"国剧"的早期戏剧主张》，载《戏剧艺术》，1989 年第 2 期。

徐志摩在《剧刊始业》中记下了他们最初的实践步骤："我们的意思是要在最短的时期内办起一个'小剧院'——记住，一个剧院。这是第一部工作；然后再从小剧院作起点，我们想集合我们大部分可能的精力与能耐从事戏剧的艺术。我们现在已经有了小小的根据地，那就是艺专的戏剧科，我们现在借'晨副'地位发行每周的《剧刊》，再下去就盼望小剧院的实现，这是我们几个梦人梦想中的花与花瓶……"[2] 这走的完全是爱尔兰国剧运动的路子，那个在文

2. 徐志摩：《剧刊始业》，阿英编撰《中国新文学大系·史料·索引》，第 123 页，上海：上海文艺出版社，1981 年版。

中被念念不忘的"小剧院"的原型就是"阿贝剧院"，但这个被余上沅"梦想了五年的'北京艺术剧院'"在当时根本就无法实现。于是，"不得已而求其次"，"乘恢复美专的机会，商量教育部添设了音乐、戏剧两系。可是限于经费，目下仍是一筹莫展！"[3] 由于"国剧运动"

3. 洪深：《中国新文学大系·戏剧集·导言》，第 72 页，上海：上海文艺出版社，1981 年版。

对于"纯粹艺术"的追求，在缺乏经费的情况下，所有计划陷入困境。而且，"国剧运动"的理论倡导，引起了包括他们自己的学生在内的多数人的误解和批判。当时在北京艺专戏剧系学习戏剧的学生，大多是受了"五四"新文化运动冲击的青年，他们是抱着做"易卜生"的念头来的。结果，看到的实际情况和预期的完全不一回事，于是，有的离开，有的自组剧社与之对抗。

4. 洪深：《中国新文学大系·戏剧集·导言》，第 76 页，上海：上海文艺出版社，1981 年版。

就连洪深也批评"他们这个国剧，是希望建筑在旧剧上面的。"[4] 1926 年 8 月，赵太侔离开学校，

5. 如葛一虹主编的《中国话剧通史》（北京：文化艺术出版社，1990 年版）里面评价到："但是何谓'国剧'？它究竟是一种什么形态的戏剧样式？却始终

戏剧系基本名存实亡，余上沅勉强支撑，最终不得不以宣布失败而告终。

是朦胧的，没有得到理论的阐述，更没有任何舞台实践。……在他们的戏剧活动中则又表现出自相矛盾的态度：……似乎'国剧'的基础是话剧形态的，……'国剧'

"国剧运动"自始至终都有着"理想主义"的色彩。其理论阐述固然有一定的价值，但是

的形态又似乎是戏曲型的。"再如，安理在《也谈余上沅与"国剧运动"》（载《艺术百家》1990 年第 3 期）一文中指出："臆想的国剧在实际中并不存在。"

与具体实践存在着明显的矛盾，这一点已经为很多论者所指出。[5] 余上沅本人也做了一些反思，

6. 余上沅：《〈国剧运动〉序》，见上海艺术研究所话剧室、国立剧专上海校友会、沙市文化局、沙市方志办主编《余上沅研究专集》，第 50—51 页，上海：

他总结为"目的错误"、"不明方法"、"缺乏经济的帮助"。[6] 但从根本上都可以归结为"国

上海交通大学出版社，1992 年版。

剧运动"发起者们构建的共同体太过于虚幻，他们对于潜在的市场根本就没有一个明确的预测

和设定。既然是共同体，那么单个方面的力量就无法得以施展，发起者们的戏剧实践面对的潜在的语言市场是经过"五四"新文化运动冲击并形塑过的"场"，其戏剧主张与这个"场"中的基本规则明显相悖。而这个语言市场对于"国剧运动"的反馈信息，无一例外的全是扼杀性的批评，除了他们自己的学生，还有当时较有影响的向培良、洪深等人都在批判之列。今天看来这些批评似乎是误解，其实是一种"前理解"，本质上是一种符号角力。被语言市场检验为不合格的产品，被淘汰是自然的了。他们在《剧刊》上的言论还没来得及付诸实验，便遭到来自内部的攻击，更谈不上宣传了。余上沅等人对于"爱尔兰国剧运动"模式的跨文化挪用，在当时的中国语境里面，最终被证明是失败的了。余上沅把"国剧运动"的失败归结于"像喜玛拉雅山一样屹立不动的社会，它何曾给我们半点同情？""社会既不要戏剧，你如何去勉强它？"[1]

其实余上沅的忧愤仍然没能触及问题的根本，他一再抱怨"社会"冷酷，但是他说的"社会"

1. 周牧：《戏剧家余上沅先生》，见上海艺术研究所话剧室、国立剧专上海校友会、沙市文化局、沙市方志办主编《余上沅研究专集》，第16页，上海：上海交通大学出版社，1992年版。

何其模糊！究竟指的什么，恐怕余上沅本人也不知道。其实，社会不是不需要戏剧，而是不需要没有明确受众预设的所谓"国剧"。余上沅等人一直停留在理论阐述的阶段，在北京艺专戏剧系开展的戏剧教育又与其理论倡导不一致，他们自己也没能拿出一台像样的"国剧"来，其实践的精英意味很浓，他们其实并不像他们的"爱尔兰榜样"们那样了解中国民众。余上沅说：

"我们建设国剧要在'写意的'和'写实的'两峰间，架起一座桥梁，——一种新的戏剧。"[2]

2. 余上沅：《国剧》，见上海艺术研究所话剧室、国立剧专上海校友会、沙市文化局、沙市方志办主编《余上沅研究专集》，第77页，上海：上海交通大学出版社，1992年版。

这句话乍看上去很有洞见和魄力，但是不好落实，除非在戏曲与"话剧"之间落实一种戏剧形式，才能引入另一种形式的美学因素与之融合。我们今天为"国剧运动"翻案的文字很多，往往会拿后来的"话剧"创作中的写意成分（特别是中国1980年代中后期的戏剧创作）作为例证，但要知道，那终究是"话剧"，和"国剧运动"发起者们倡导的"新的戏剧"不完全是一回事。

"国剧运动"内在暗隐着一种处于中西文化夹缝间的焦灼感，这些发起者们的戏剧实践方案实际上是一种独特的对于现代民族国家想象的隐喻，即一批新型知识分子在获得了对于中西文化的完整视角后，意图通过对西方思潮和中国文化进行适度地调和，来完成其对于民族国家的命运的道义上的承担。但是，这种想象方式在当时复杂的意识形态氛围中，有着很大的理想化成分，始终处于一个很边缘的位置。

就在余上沅等人的"国剧运动"尴尬收场的同时，熊佛西从美国哥伦比亚大学毕业，受余上沅的邀请，担任了戏剧系的主任兼教授，开始了他的戏剧实践。不同于"国剧运动"的发起

者们的理想主义和一厢情愿的做法，熊佛西一开始就很注意潜在的"语言市场"需求，能够让

自己的实践有具体的针对性。他接管戏剧系后，首先让学生讨论办学方向，最终"拥护新兴话剧"

者占了多数，他就借此确定今后的具体实践方案。[1]这种注意和"语言市场"互动并调整其戏

1. 余上沅：《国剧》，见上海艺术研究所话剧室、国立剧专上海校友会、沙市文化局、沙市方志办主编《余上沅研究专集》，第77页，上海：上海交通大学

剧实践的做法，在熊佛西后来的戏剧实践中被沿用下来，成为其实践取得成效的基础。

出版社，1992年版。

熊佛西在1932至1936年，连续五年在河北定县开展农民戏剧运动，在某种意义上，熊佛

西倒是真正履行了"国剧运动"倡导的"向荒岛出发，向内地出发"[2]的"爱尔兰文艺复兴"

2. 参见熊佛西研究小组《熊佛西传略》，见上海戏剧学院熊佛西研究小组编《现代戏剧家熊佛西》，第17—18页，北京：中国戏剧出版社，1985年版。

的精神。在谈到这个阶段的戏剧实践的根本动机时，熊佛西说："中国今日的严重问题固然很

多，但主要的还是如何谋得大多数人民的福利问题。稍具现代眼光的人，无不认为'求得大多

数国民的福利'，是中华民族今后唯一的出路。""而戏剧运动的对象更应该是大多数民众"，

所以他认为"今后的戏剧运动必须转过方向来，朝着大众里走去，完成其更大的使命"。[3]这

3. 余上沅：《〈国剧运动〉序》，见上海艺术研究所话剧室、国立剧专上海校友会、沙市文化局、沙市方志办主编《余上沅研究专集》，第51页，上海：上

海交通大学出版社，1992年版。

里提到的"更大的使命"就是熊佛西意欲通过戏剧运动的方式，参与到"谋得大多数人民的福

利"的时代命题中去。既然"农民是中国今日大多数的民众"，"因此我们也可以毫无疑问的说：

今后的戏剧运动应该向农村迈进"。[4]

4. 熊佛西：《中国戏剧运动的新途径》，见上海戏剧学院熊佛西研究小组编《现代戏剧家熊佛西》，第280页，北京：中国戏剧出版社，1985年版。

值得注意的是，这个阶段中国共产党领导下的"左翼戏剧运动"也正在进行"文艺大众化"、

"戏剧大众化"的讨论和实践，这构成了熊佛西的"农民戏剧"运动开展的重要背景，但是二

者又存在着本质上的差异。

熊佛西在定县开展的戏剧实验从属于中华平民教育促进会总干事晏阳初领导的"定县乡村

建设实验"，这个实验的基本方针是消灭"愚穷弱私"四大民族病源，"由单纯的识字教育，

进到以文艺教育救愚，以生计教育救穷，以卫生教育救弱，以公民教育救私，期使我们的全民

族，尤其是大多数的农民，人人都有知识力，生产力，强健力及团结力"，最终"达到农村建

设乃至民族再造，民族复兴的最大企图"。[5]除了教育对象不同，这个"建设实验"和早期的

5. 熊佛西：《戏剧大众化之实验》，第14页，南京：正中书局，1937年版。

南开学校的教育方针很相似，张伯苓当时要努力改变的也是他认为中国的"愚、弱、贫、私、散"

五大弱点，[6]二者的改良色彩是一样的，这一点使得熊佛西的"农民戏剧"实验和"左翼"的"戏

6. 参见胡适：《南开的诞生》，见梁吉生编《张伯苓与南开大学》，第96页，太原：山西教育出版社，1995年版。

剧大众化"运动在立场和出发点上区别开来。但是，"左翼"的"戏剧大众化"运动在整个中

国主流文艺界掀起的浪潮，无疑对熊佛西本人也是一种启发和冲击，再联系到他本人的农民家

7. 参见熊佛西研究小组：《熊佛西传略》，见上海戏剧学院熊佛西研究小组编《现代戏剧家熊佛西》，第7—8页，北京：中国戏剧出版社，1985年版。

庭出身和农村生活经验，[7]他这个阶段的戏剧实践也具有一定的必然性。

在总结"农民戏剧"实验的文章《中国戏剧运动的新途径》里面，熊佛西说："我们必须顾到两个条件：一是农民需要的；二是农民能够接受的。我常说戏剧不仅是'给与'的问题，同时还得顾到观众能否'接受'的反应。农民需要的内容不见得就是农民能够接受的；反之，农民能够接受的内容也不见得就是农民应该需要的。"[1] 在启蒙

熊佛西

1.熊佛西：《中国戏剧运动的新途径》，见上海戏剧学院熊佛西研究小组编《现代戏剧家熊佛西》，第 281 页，北京：中国戏剧出版社，1985 年版。

教育和接受能力之间确实存在着一定的矛盾，但是熊佛西对于农民生活和心态的了解，使他在二者之间取得了平衡。在"唤起'农民向上的意识'"[2] 这个基本前提下，他根据

2.熊佛西：《中国戏剧运动的新途径》，见上海戏剧学院熊佛西研究小组编《现代戏剧家熊佛西》，第 282 页，北京：中国戏剧出版社，1985 年版。

农民的实际，在剧本、农民演剧和剧场改革方面以农民为中心，展开了其卓有成效的戏剧实践。在剧本方面，采用农民能够理解的题材，比如根据传统故事改编的《兰芝与仲卿》、《卧薪尝胆》，对于一些国外的作品，也进行了大力的改编，如爱尔兰格里高利夫人的《月亮上升》、果戈理的《巡按》，还创作了反映农民生活的《屠户》、《锄头健儿》、《牛》、《喇叭》等；还努力培养农民演员，进而达到了"农民自己演剧给自己看"；[3] 最富有创造性的

3.熊佛西：《中国戏剧运动的新途径》，见上海戏剧学院熊佛西研究小组编《现代戏剧家熊佛西》，第 281 页，北京：中国戏剧出版社，1985 年版。

就是其"剧场"设计，从中我们不仅可以看到"国剧运动"发起者们的部分愿望，而且可以发现其中与世界戏剧潮流相呼应的成分。

熊佛西在反思了流行的镜框式舞台的弊端后，认为"倘以广大民众为对象的戏剧，这种形式决不能表现其社会功能。因之，我们不能不另求新的途径——试探一种适合大众生活的戏剧形式"[4]。熊佛西等人首先从改变观众那种"旁

4.熊佛西：《中国戏剧运动的新途径》，见上海戏剧学院熊佛西研究小组编《现代戏剧家熊佛西》，第 283—284 页，北京：中国戏剧出版社，1985 年版。

观者"身份为出发点，要让每个人都参与到表演中来，达到"剧场中没有一个是旁观者，人人都是活动者。所表演

的内容不是'他'或'他们'的事，而是'我们'大家的事。

如此，大家才能感到戏剧的亲切"[1]。具体的做法是："废

1. 熊佛西：《中国戏剧运动的新途径》，见上海戏剧学院熊佛西研究小组编《现代戏剧家熊佛西》，

除'幕线'，即台上台下打成一片，演员观众不分。演员

第 284 页，北京：中国戏剧出版社，1985 年版。

可以表演于台下，观众可以活动于台上；演员与观众，观

众与演员，整个的溶化为一体。在一个目标之下，在一个

区域之内，他们一同哭笑，一同思想，一同活动，一同感动，

一同前进！最好是在露天，以青山绿水为背景；以日月星

辰为灯光！"[2]把整个戏剧演出转变为乡民集体狂欢的仪式，

2. 熊佛西：《中国戏剧运动的新途径》，见上海戏剧学院熊佛西研究小组《现代戏剧家熊佛西》，

在这个过程中，舞台上下、演员观众实现了你中有我、我

第 284 页，北京：中国戏剧出版社，1985 年版。

中有你的存在状态，彼此分享着同一种激情和价值观，获

得一种抽象的"知识力"和"团结力"。在一定程度上，

实现了其教育启蒙的初衷。熊佛西的"农民戏剧"实验体

现出的戏剧美学观念，可能和他在美国学习戏剧时期，对

于整个世界戏剧走向的体察有一定联系，整体上显示出一

种从"分析"（台上／台下、演员／观众）到"综合"的

哲学思维。最重要的是，熊佛西对于其戏剧知识的跨文化

挪用有着明确的受众导向和现实依据，对于中国农民的理

解和尊重，使他彻底放下了留洋知识分子的高高在上的精

英姿态，很注意根据其面对的"语言市场"调整其戏剧实践，

把自己的戏剧知识和中国民间传统加以成功地融合。其戏

剧实践既符合世界戏剧美学的发展潮流，又和具体的中国

语境紧密地结合起来，从而部分地完成了他对于"民族再造、

民族复兴"这样的时代命题的想象和参与。

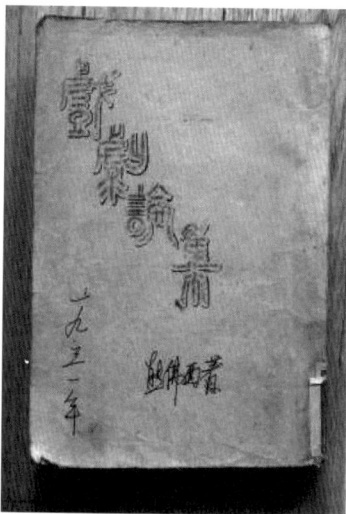

熊佛西主编的《戏剧岗位》书影，重庆中华图书公司 1939—1942 年发行。

第四章　　成熟期：异国形象的重塑

　　威尔斯（H.G. Wells）认为："现代的梦想者所想象的乌托邦，和往日的那些构想必然的有一个基本的不同之处。往日的乌托邦和无何有之乡所描述的都是完美的、静态的国家，是一劳永逸的快乐与均衡国度，永远断绝了事物中所寓含的不安与紊乱——但现代的乌托邦却绝不能是静态的，不变的，绝不能构成一个长久不变的状态，而必须是一个有希望的状态，要导向陆续上升的连续状态。"[1] 进入 1930 年代以后，中美文学交流日益加深。在中国作家眼中，美国已经不再是遥远的乌托邦，美国形象逐渐清晰并被勾勒出整体的风貌。赛珍珠等作家与斯诺、史沫特莱等记者，将现代中国及人民的生活较为真实地展现在西方世界眼前，重新复活了西方人有关圣人治下的"东方乐土"的乌托邦想象，同时也去除了那种无可企及的"乌托邦"光环。中美文学交流进入成熟期。

1. 转引自杨小定：《论乌托邦的旅程》，陈鹏翔、张静二合编《从影响研究到中国文学》，第 163—164 页，台北：书林出版有限公司，1992 年版。

第一节 《现代》杂志之"现代美国文学专号"

美国文学真正开始引起中国作家的集中关注，应当归功于《现代》杂志对于美国文学的重新定位。随着左翼文学思潮的不断扩展，20 世纪 20 年代中后期至 30 年代前期的中国作家一度对东欧等弱小民族的文学极为重视，翻译家们译介的重心也多向此类文学偏移，其目的当然是希望在被压迫民族的文学想象中寻找到某种与现实的中国相契合的心理共鸣，并以此作为参照而开拓出中国文学发展的新路。但在时任《现代》杂志主编的施蛰存看来，中国的作家们因为过于看重文学与现实具体境况的直接联系，其实恰恰忽略了文学自身的"现代"特征。施蛰存认为，虽然中国作家大都明白外国文学的译介对于本国新文学的建设有着极为重要的意义，但这方面所取得的成就却并不很大，长篇名著的翻译数量较为有限，系统的介绍工作更是有待加强，他认为：

> 现在，二十世纪已经过了三分之一，而欧洲大战开始至今，也有二十年之久，我们的读书界，对二十世纪的文学，战后的文学，却似乎除了高尔基或辛克莱这些听得烂熟了的名字之外，便不知道有其他名字的存在。对各国现代文学，我们比较知道一点的是苏联，但我们对苏联文学何尝能有系统的认识呢？这一种对外国文学的认识的永久的停顿，实际上是每一个自信还能负起一点文化工作的使命来的人，都应该觉得惭汗无地的。

> 我们看到，在各民族的现代文学中，除了苏联以外，便只有美国是可以十足被称为"现代"的。……现代在美国，是在供给着二十世纪还可能发展出一个独立民族文学来的例子了。

> 假如我们自己的新文学也是在创造的途中的话，那么这种新的势力的先锋难道不是我们最好的借镜吗？

当然，他同时又特别强调：

> 我们断断乎不是要自己亦步亦趋的去学美国，反之，我们要学的，却是那种不学人的，创造的，自由的精神。这种精神，固然不妨因环境不同而变易其姿态，但它的本

质是重要的，却是无论任何民族都没有两样的。[1]

1. 编者 (即施蛰存)：《现代美国文学专号导言》，载《现代》第 5 卷第 6 期，1934 年 10 月。

正是基于这样的理由，1934 年 10 月，《现代》杂志第 5 卷第 6 期才以专刊的形式隆重地推出了"现代美国文学专号"。而"美国文学"也从此成为了真正能显示出其自身特色的一个独立的国别文学类型。《现代》杂志的这一创举是有其内在原因的，事实上，从一开始，《现代》杂志就力求把中国文学与世界各国文学保持同步发展确立为明确的目标。在该刊最初两卷的封面上，"现代"一词还对应着一个法文词汇"LES CONTEMPORANS"，意指"同时代的"。很显然，《现代》杂志的同仁们首选的目标，即是当时代表了世界文学最新发展潮流的那种"新兴文学"。因此，他们对域外文学译介的重点就是美、苏、法、英、日、德等国的带有"先锋"色彩的前卫之作。

编辑《现代》杂志时期的施蛰存

"现代美国文学专号"分概观评述、作家专论、作品翻译和附录四个大的部分对美国现代文学作了全面的介绍，内容涉及小说、戏剧、诗歌、散文、文学批评、文艺杂志、作家小传乃至逸闻趣事等方方面面，从早期杰克·伦敦到新近的威廉·福克纳，几乎涵盖了 20 世纪前期美国文学 30 多年的演进历程，堪称"三十年来美国文坛的年谱了"。[2]

2. 施蛰存：《〈现代美国文学专号〉编后记》，载《现代》第 5 卷第 6 期，1934 年 10 月。

其概述部分主要有 4 篇总论，分别为赵家璧的《美国小说之成长》、顾仲彝的《现代美国的戏剧》、邵洵美的《现代美国诗坛概观》和李长之的《现代美国的文艺批评》，另有 3 篇介绍美国有代表性的批评家的论文：梁实秋的《白璧德及其人文主义》、赵景深的《文评家的琉维松》和张梦麟的《卡尔浮登的文艺批评论》。作家专论部分则选取了 11 位重要的美国作家，大体依时间顺序分别介绍了他们

《现代》杂志之"现代美国文学专号"封面

的生平、思想及其创作成就，具体为《杰克·伦敦的生平》（沈圣时）、《葛普登·辛克莱》（钱歌川）、《德莱塞的生平，思想，及其作品》（毕树棠）、《刘易士评传》（伍蠡甫）、《怀远念旧的维拉凯漱》（赵家璧）、《安得生发展之三阶段》（苏汶）、《戏剧家奥尼尔》（顾仲彝）、《哀慈拉·邦德及其同人》（徐迟）、《作为短篇小说家的海敏威》（叶灵凤）、《帕索斯的思想与作风》（杜衡）和《福尔克奈——一个新作风的尝试者》（凌昌言）。作品译文包括了16短篇小说、1部戏剧、5篇散文和30首诗歌，其中，小说部分主要翻译了杰克·伦敦的《全世界的公敌》（王敦庆译）、欧·亨利的《纳城纪事》（姚枬译）、德莱塞的《旧世纪还在新的时候》（季羡林译）、库柏的《棕发女郎》（朱雯译）、安德生的《死》（苏汶译）、海明威的《瑞士顶礼》（李万鹤译）、福克纳的《伊莱》（江兼霞译）等等。作为附录，该期杂志还专门刊登了毕树棠编制的《大战后美国文学杂志编目》及薛蕙撰写的《现代美国作家小传》，简要介绍了30种美国文艺杂志及87位现代美国作家，专号甚至还增用了4个页码用于刊登白璧德、马克·吐温、杰克·伦敦、德莱塞等24位批评家和作家的照片。无论是其所介绍的美国作家还是参与译介的中国作家，其阵容在当时都堪称空前。

除了希望中国作家能够及时地了解到域外文学的最新信息之外，"专号"的出现其实还有其专门的针对性。自20年代末期开始，随着全球性的左翼红色政治运动的持续展开，以文学配合政治宣传活动的倾向逐渐变得越来越明显，在域外左翼文学的翻译与中国左翼作家的创作两种强势力量的推动下，初生未久的新文学仿佛陷入了永远无法摆脱与现实政治密切合作的怪圈。30年代的中国文坛，虽然左翼文学已成为主流，但多数真正钟情于文学自身的中国作家对以政治来统领文学的做法都有着或多或少的不满。如施蛰存所言：

> 在现代的美国文坛上，我们看到各种倾向的理论，各种倾向的作品都同时并存着；他们一方面是自由的辩难，另一方面又各自自由的发展着。他们之中任何一种都没得到统治的势力，而企图把文坛包办了去，他们也任何一种都没用政治的或社会的势力来压制敌对或不同的倾向。美国的文学，如前所述，是由于它的创造精神而可能发展的，而它的创造精神却又以自由的精神为其最主要的条件。在我们看到美国现代文坛上的那种活泼的青春气象的时候，饮水思源，我们便不得不把作为一切发展之基础的自由主义的精神特别提出来。[1]

---

1. 施蛰存：《现代美国文学专号导言》，载《现代》第5卷第6期，1934年10月。

　　施蛰存的意见实际也代表了当时中国文坛的某种普遍的焦虑。施蛰存曾计划借用"国别专号"的形式陆续地全面介绍世界各国的文学发展境况，而他之所以首先选择了文学历史相对较为短暂的美国，其用意正是在于使之能够更有利于同新生的现代中国文学形成比照，以美国文学的自由发展所取得的成就来印证中国文学必须摆脱政治意识形态束缚的重要性。

　　整个"现代美国文学专号"对于 19 世纪末到 20 世纪前期美国文坛不同作家的评价，以及各个作家代表性的作品的编译选择，基本上都是围绕着"多样性"的原则来展开的。编选者既突出了以现实批判为主要倾向的作家们的创作，如杰克·伦敦、曷普登·辛克莱、德莱塞和当时刚获诺贝尔文学奖不久的辛克莱·刘易士等，同时也兼顾了有着明确的创新意识的现代主义作家，如尤金·奥尼尔、埃兹拉·庞德、海明威、帕索斯以及崭露头角的福克纳等。对于前者那类强调现实主义的作家，评论者也有意识地回避了对他们的"左翼作家"身份的简单认同，而是侧重于开掘他们各自在创作上所体现出来的自身的独有特色及其对美国文学的特殊贡献。比如，杰克·伦敦虽然在中国常常被人与厄普敦·辛克莱相提并论，但是与辛克莱的那种"新闻实录"式的作品相比，杰克·伦敦其实才是真正的先行者，"新世的所谓报告文学（Reportage），'一个作家直然无隐的把握着现实生活，而把它赤裸裸地以报告式的文体写下来'，那种文学的式样，就由杰克·伦敦第一个创始的"[1]。钱歌川评价厄普敦·辛克莱则认为，他既能创作出

1. 沈圣时：《杰克·伦敦的生平》，载《现代》第 5 卷第 6 期，1934 年 10 月。

如《屠场》、《波斯顿》等那样的具有巨大社会意义的小说，同样也能写《爱的巡礼》、《西尔维亚》之类的浪漫故事。安得生"自己也是'铜钱眼里翻筋斗'翻出来的，却坚决的对商业主义，对生产狂，对机械的现代生活，作了毫无顾惜的反叛"[2]。毕树棠分析德莱塞重点突出

2. 苏汶：《安得生发展的三阶段》，载《现代》第 5 卷第 6 期，1934 年 10 月。

的是作者的那种"脱离旧时代，开拓新疆域"的创造性，他虽然同其他作家一样在忠实地描绘他所生活的那个社会，但他更能够深入到人的灵魂深处去解剖人性的真相。"从个人的性情里窥探人生，表现出来，便是艺术。"[3] 刘易士虽然曾积极地加入过厄普敦·辛克莱的社会主义

3. 毕树棠：《德莱塞的生平，思想，及其作品》，载《现代》第 5 卷第 6 期，1934 年 10 月。

实验，但他"并不是一位批评家，先把自己撇开在一旁，再去判断世界的一切。他是一个易感的美国人，把自己所感受的尽量写成小说。……他为着公平，自由，仁爱，礼仪而奋斗，但是他自己却没有先弄出一个体系，再来说话"。刘易士的成功并不在于他的所谓"左倾"，而恰恰在于他同福兰克林及马克·吐温一样，代表了独创的美国文学特色。[4]

4. 伍蠡甫：《刘易士评传》，载《现代》第 5 卷第 6 期，1934 年 10 月。

　　基于《现代》杂志对于"现代意识"的充分肯定，世界范围内的现代主义文学思潮一直是

杂志引介的重心之一，而对美国作家中具有现代主义倾向的那类创作，《现代》杂志更是将其放在了首位。"现代美国文学专号"中所介绍的作家，多半都是后来被公认的现代主义在美国的代表。由此，杂志对于这类作家的介绍就主要突出了他们在其创作中与传统的浪漫主义或现实主义相区别的有着特别的创新色彩的那些部分。比如，叶灵凤认为，海明威的小说应当是出于乔伊斯(James Joyce)一派，但他们之间已有了显著的差异，受到乔伊斯影响的作家非常普遍，帕索斯也是其中之一。"但他们谁都不是他的机械的模仿者；他们都从乔伊斯得到了暗示而自己在发展着路径的。"[1] 对于新近崛起于美国文坛的"意识流"作家福克纳，评论者凌昌言则

1. 杜衡：《帕索斯的思想与作风》，载《现代》第5卷第6期，1934年10月。

重点分析了其与众不同的全新的叙事形式，凌昌言认为："帮助他获得普遍的声誉的，便是各种各式的新技巧的尝试。新奇，这也是现代生活所需要的一件东西，福尔克奈是无论在内容上或形式上都适应了现代的要求了。""作者把故事的时间是时常的倒置，要读者把这许多零零落落的印象凑合起来，才能得到一幅整然的图画。"凌氏进一步指出，"威廉·福尔克奈并不是一个深刻的思想家，要在他的作品里找寻思想发展的过程的人是会失望的。他的人生观也宁说是非常单纯：即，他看到这世界是整个的恶的。……我们与其在作家本人身上找寻他的思想的特征，却还不如去考察一下这个福尔克奈可能成为流行的时代的特征较为有益些。"[2]

2. 凌昌言：《福尔克奈——一个新作风的尝试者》，载《现代》第5卷第6期，1934年10月。

"现代美国文学专号"对于美国作家的介绍不是为了单纯为中国作家提供某种用以模仿的样本，而主要是为了凸显美国作家身上所共有的那种"自由的"、"创造的"精神特质。曾有人认为叶灵凤的小说就有模仿海明威之处，叶氏也对此作过解释："因为在自己所写的创作里，曾经一再地运用海敏威的几部书名，于是便有人以为我在受着他的影响，甚而至于模仿他。"[3]

3. 叶灵凤：《作为短篇小说家的海敏威·附笔》，载《现代》第5卷第6期，1934年10月。

但一个真正有着独创性的作家其实是根本无法被刻意模仿的，即使能够成功地模仿，也终究不可能真正达到被模仿者的水平。李长之曾对此作过精辟的总结，他认为："有识见的人，在现在不能偏于一派一隅，尤其在中国，我们既然没有那种传统作背境的，似乎更不必冒充某某的嫡派了。然而现在却依然偏有人，奉外国的人主，而为自己的奴隶性作挡箭牌，以欺压本国同胞，所以我们就时时有拆穿它的义务了的。"他还借惠特曼的话说，"美国顶重要的事乃是吸取美国的渊源所自的国家的文化，不独限于英国，还得加上庄严虔诚的西班牙，彬彬有礼的法兰西，深沉远大的德意志，以及其余诸国，甚至意大利艺术，东方民族的精神，也不能放过。"[4]

4. 李长之：《现代美国的文艺批评》，载《现代》第5卷第6期，1934年10月。

1930年代的世界文坛，以苏联的无产阶级文学为代表的"左翼"文学一直被视为新兴的世

界文学的主流，其对中国文坛的影响更是广泛而深刻的。在同声为"左翼"文学欢呼喝彩的当口上，《现代》杂志有意识地推出了"现代美国文学专号"，其核心的意图无疑是希望能够使中国作家打破某种随波逐流的思维惯性，真正从更为开阔的视野出发，在更为广泛的范围内合理地汲取世界文学的营养，以创制出富有自身民族特色的现代中国文学。然而，遗憾的是，出于特定的社会历史原因，这一愿望最终未能收到多大的效果，但"专号"的出现首次向中国文坛展示了一个相对完整的美国文学的整体形象，无论是对于此后美国文学的进一步译介，还是中美作家间的文学交流，它都起到了极为重要的引领作用。从这个意义上讲，正是因为有了《现代》杂志之"现代美国文学专号"的出现，中国人对于美国的认识才真正被翻开了全新的一页。

自新文化运动开始，新文学的作家们其实一直都在试图展开域外文学的系统整理工作，但由于早期翻译的混乱，以及人们对于域外文学在认识上的种种差异与浮泛，这项工作始终未能引起足够的重视。一直到 20 年代后期，因为对域外文学的翻译已有了相对比较充分的积累，才由世界书局的徐蔚南等人出面，开始组织出版以普及文学常识为目的的"ABC 系列"文学丛书，曾虚白的《美国文学 ABC》即承担了全面介绍美国文学的任务。

事实上，曾虚白并不认为有一种独立的"美国文学"存在，他始终认为，所谓"美国文学"不过是"英国文学"的一个分支而已，他在序言中就曾肯定地说："美国文学既是英国文学的一支派，那末，没有美国文学，好像英国文学还没有完全……只希望读者把这本小册子做英国文学 ABC 的第三册看，这才可以贯彻首尾。"[1] 曾氏此书分为 16 章，除首章总论外，其余为

<hr>

1. 曾虚白：《美国文学 ABC·序言》，第 1 页，上海：世界书局，1929 年版。

15 位美国作家的专论，包括欧文、古柏（即库柏）、爱摩生（即爱默生）、霍桑、欧伦濮（即爱伦·坡）、怀德孟（即惠特曼）、麦克吐温（即马克·吐温）及亨利詹姆士等等。曾氏对美国文学的论述首先排除了一般人所认定的诸如林肯、福兰克林等等早期政治家们的那类作品，他认为，这些人的著述只是采用了类似于文学的技巧来发扬其政治上的主张，所以算不得是文学，因为真正的文学必须有"轻灵的想象"和"泛溢的情感"，单纯的政治宣传是不可能有任何文学上的价值的。不难看出，曾虚白展开论述的前提，其实是有其明显的针对性的。20 世纪末期的中国文坛，正是"左翼"文学开始盛行的时期，曾虚白此论，无疑是为了首先与那种突出文学的宣传功能的潮流划分出明晰的界限。曾虚白所选取的多数都是美国早期的作家，而 20 世纪之初出现于美国文坛的众多的已经显露出了美国文学自身特色的那些作家，诸如斯泰因、

德莱塞、海明威、福克纳等等，基本就被排除在曾虚白的视线之外，这种局限也使得他的这部有一定开创意义的著作很快就被人们遗忘在了某个角落。

作为"良友文学丛书"之第十三种，赵家璧在 1936 年出版了有关美国文学的新的研究专著《新传统》一书。该书实际为赵家璧撰写于 20 世纪 30 年代前期的一系列美国作家评论的合集，此前已大多在各式刊物上陆续发表过了，收入书中共十篇文章，除《美国小说之成长》为概述外，其余为九位小说家的专论，分别为特莱塞（即德莱塞）、休伍·安特生、维拉·凯漱、裘屈罗·斯坦因、桑顿·维尔特、海明威、福尔格奈（即福克纳）、杜司·帕索斯和辟尔·勃克（即赛珍珠）。赵家璧坦言："美国的文学是素来被人轻视的，不但在欧洲是这样，中国也如此。"[1] 而他之所以仍然选择了美国文学作为研究的对象，其实也暗含了矫正人们的这一错觉的意图。准确地讲，《新传统》一书应当是一部"现代美国小说作家专论"，但由于

1. 赵家璧：《新传统》，第 2 页，上海：良友图书印刷公司，1936 年版。

此著所论基本是按照时间序列而逐次展开的，且在重点评介具体的个案作家的同时也兼顾到了对于其他作家的论述，所以完全可以看作是一部有关 20 世纪前期美国小说发展的断代小说史。赵家璧对美国小说的评述是围绕着一个比较一致的核心依次展开的，这就是他所认定的"现实主义"。他认为，马克·吐温及布莱特·哈特等早期作家的创作可以称之为一种"边疆现实主义（Frontier Realism）"或"初民的现实主义（Primitive Realism）"，豪威尔斯的创作与左拉和托尔斯泰比较相似，但他的作品一直在朴实的平民世界与浮华的中产阶级之间摇摆，他对于现实的一切都隐藏起了其应有的批判锋芒，所以只能称之为"缄默的写实主义（Reticent Realism）"。19 世纪末期美国文坛上所掀起的"暴露运动（Muckraking Movement）"使专注于个人经验的文学写作开始有了"社会的"内涵，"许多带有社会意识的政治小说和商业小说，把美国人的目光，第一次由'个人的'转变而为'社会的'了"。[2] 杰克·伦敦和辛克莱

2. 赵家璧：《新传统》，第 23 页，上海：良友图书印刷公司，1936 年版。

所带来的即是社会主义的写实主义的雏形。由于经济的迅猛发展，社会上也产生了一个特殊的"拟贵族阶层（Pseudo-aristocracy）"，因为度着悠闲的日子所以才发生了对文艺的雅兴，于是产生了维拉·凯漱（Willa Cather）、华顿夫人（Edith Wharton）、凯贝尔（Cabell）等一类远离现实、专事描绘象牙塔里的浪漫生活的作家。当然，在另一方面，也同样产生了德莱塞、安得生和刘易斯这样的"真实的现实主义（Candid Realism）"的作家，而这一现实主义途径的最新继承者与开拓者就是帕索斯。正是因为有了继马克·吐温以后诸如杰克·伦敦、德莱塞、

安得生、辛克莱及帕索斯等一系列优秀作家的出现，才真正使美国文学从根本上完全摆脱了其英国传统的痕迹，从而确立起了全新的"美国格调"，使美国成为了"世界文坛上最活跃最前进的一国"。[1]不难看出，赵家璧的评价中其实隐含着一条清晰的线索，那就是"现实主义"在不同

1. 赵家璧：《新传统》，第 58 页，上海：良友图书印刷公司，1936 年版。

时期的演进和变化，其主要思路显示为：初民的现实主义——缄默的现实主义——文学的现实暴露运动——（个人）真实的现实主义——社会主义的现实主义。这种刻意的对于"现实主义"的强调，无疑是针对早期美国文学所沿袭的英国维多利亚式的浪漫传统而来的，惟其如此，我们才会明白赵家璧将此一专著命名为"新传统"的原因。他的最终目的就是为了从新近繁荣起来的美国文学中寻找到其之所以能够以自身独有的特色迅速崛起于世界文坛的内在动因，在他看来，这动因正是由于美国作家勇敢地摆脱了那种因因相袭的"旧传统"，而真正确立起了立足于美国作家自身所处的切实生活的"现实主义"的"新传统"。如果将赵家璧的《新传统》与曾虚白的《美国文学 ABC》联系起来，美国文学的发展其实已经构成了一部相对比较完整的历史了。

联系起赵家璧在此书的序言中对中美文学所作的比较就不难明白，他之所以专门挑选这九位仍旧活跃在美国文坛的小说家来加以评述，其真正的用意乃在于为新生的中国文学提供可资参照的借镜。赵家璧认为：

> 我觉得现在中国的新文学，有许多地方和现代的美国文学有些相似的：现代美国文学摆脱了英国的旧传统而独立起来，像中国的新文学突破了四千年来旧文化的束缚而揭起了新帜一样；……太平洋两岸的文艺工作者，大家都向现实主义的大道前进着。他们的成绩也许并不十分惊人，但是我们至少可以从他们的作品里认识许多事实，学习许多东西的。[2]

2. 赵家璧：《新传统》，第 2—3 页，上海：良友图书印刷公司，1936 年版。

如此看来，赵家璧所取的思路与施蛰存主持《现代》杂志之"现代美国文学专号"的愿望几乎是完全一致的了。赵家璧的整个评述其实都是建立在 20 世纪 30 年代在世界范围内广泛兴起的以"唯物论"哲学思想为根基的"文学社会学批评"的基础上逐次展开的，但他的评论又与"左翼"文学所强调的以"文学"的"宣传"去组织动员起全部的力量以实现社会主义的核心目标有着根本的区别，因为他所突出的"社会的"现实主义只着眼于"文学"本身，而不在改造社会；是着眼于文学对人性之社会的本质属性的开掘，而不是把文学当作变革社会的宣传手段。同样的，他的立场与施蛰存等人对于美国文学的刻意凸显也有实质性的不同，因为他所

立足的现实主义"新传统"，与其说是美国作家的专有，毋宁说是世界范围内文学的普遍潮流，不只是有俄国时代的托尔斯泰和苏联时代的高尔基，同样还包括了法国的巴尔扎克与罗曼·罗兰，在更广大的视野中，只有现实主义能够为作家提供无限丰富的思想资源，现实主义才有可能成为中国新文学发展所必然选择的理想途径。

赵家璧的《新传统》的出现无疑应当是20世纪30年代中国文坛的一个重要的事件，它不只是及时地为中国作家带来了美国文坛的最新的信息，而且为中国作家指示了一条可资实践的途径。但遗憾的是，由于战争的来临，他所发出的本就微弱的声音最终不得不被淹没在日益密集的炮火声中。事实上，赵家璧自身一直都没有放弃他所认定的这份事业。1935年前后，他开始积极地动员不同派别、不同立场的作家来共同编写《中国新文学大系》，从他对于美国文学"新传统"的理解来看，他的这一具有深远影响力的活动其实正是在最大限度地为发展中的中国新文学建立起自己的"全新的传统"。一种困守在旧有传统之中的文学是没有前途的文学，而一种不能构建起自身的新的传统的文学同样无法真正焕发出文学的生机，而只可能逐步走向衰落，这也许是赵家璧潜心于研究为人们普遍轻视的美国文学所得到的最深刻的启发。

美国小说能够引起中国作家的重新关注，除了有辛克莱·刘易斯获得诺贝尔文学奖（1930年）的直接影响以外，美国文学在一战以后的迅猛发展及在世界范围内所得到的普遍认可也是重要的原因。进入20世纪30年代以后，中国文坛对域外文学的翻译已经初步形成了一种专门化和系统化的基本格局，早期的那种带有明显随机性的混乱局面也逐渐为积极获取世界文坛最新信息的同步翻译所取代。

第二节　赛珍珠的"中国世界"

1938年，瑞典皇家学院将本年度的诺贝尔文学奖授予了一位名不见经传的美国女性作家布克夫人（Pearl S. Buck），她的中文名字就是赛珍珠。评委们在颁奖辞中曾这样称赞她："由于赛珍珠对中国农民生活史诗般的描述——这描述是真切而取材丰富的，以及她传记方面的杰

作——赛珍珠杰出的作品，使人类的同情心越过遥远的种
族距离，并对人类的理想典型做了伟大而高贵的艺术上的
表现。"

　　赛珍珠 1892 年出生于美国的西弗吉尼亚，但出生仅 4
个月就随从事传教事务的父母来到了中国，此后的 40 多年
时间，除了回国接受大学教育以外，到 1934 年以前，她一
直都生活在中国。为她带来了空前盛誉的《大地》（*The
Good Earth*）虽然出版于 1931 年的纽约并同时获得了该年
度的普利策奖，但却是她在中国南京生活期间创作完成的。
在着手翻译中国古典小说名著《水浒传》的同时，她又创
作了并称为"大地上的房子三部曲"中的第二部《儿子们》
（*Sons*, 1932），后于回国不久创作完成了第三部《分家》
（*A House Divided*, 1935）。赛珍珠一生撰写过包括小说、
散文、戏剧、传记、文学及时事评论在内的一百多部著作，
而其所围绕的中心主要是中国。

赛珍珠在中国时的留影

　　在赛珍珠出现之前，美国乃至整个西方世界对中国的
想象一直呈现出某种两极化的特点，要么视中国为"黄祸"
之源，认为中国作为被异教所统领的半文明地区对整个世
界都潜存着某种毁灭性的威胁；要么就以近于理想化的热
情将古老的中国描绘成了西方人一直苦苦寻觅的曾经失去
了的"伊甸"乐园。赛珍珠的出现可以看作是对于这两种
极端想象的根本性的颠覆，她以其切身的经验与细腻的描
画告诉美国人和所有西方读者，"中国既非恶魔之地，也
不是天使之国。她有着普普通通的民众，有欢笑，也有眼泪；
有爱，也有恨，同地球上的人类别无二致"。[1] 赛珍珠的《大
地》以江南农民王龙一家的兴衰衍化为基本线索，描述了

1. 陈衡哲：《合情合理地看待中国——评赛珍珠的〈大地〉》，郭英剑译，原载《太平洋时事》
（*Pacific Affairs*）杂志 1931 年第 4 卷第 10 期，见郭英剑编《赛珍珠评论集》，第 10 页，桂林：
漓江出版社，1999 年版。

自清末至民国北伐时期近半个世纪里中国农民在饥荒、兵匪、内乱和外患等多重灾难的迫压下艰难生存的事实境况。其续篇《儿子们》和《分家》则讲述了王龙的后代如何从和睦共处走向了彼此分化，最终舍弃了他们赖以生存的土地而导致了殷实家业的彻底衰微的曲折经历。《大地》系列所集中展示的农民、地主、商人和军阀共同构成了近代中国社会最为突出的生存结构，由于《大地》三部曲的故事是以赛珍珠自身对于中国生活的切实的观察和体验为基本依据而撰写出来的，这就首先保证了其与那种单纯依靠传言或片面的理解为根基的观念性的极端想象之间有了根本的区别。赛珍珠彻底抛弃了以往文学文本中惯有的对于中国人的脸谱化处理方式以及所谓的"东方式"特征，从而完全摆脱了"艺术和诗学传统上的那些屏风、面纱和镜子……它们总把农民……当成呆板苍白、黯然失色的芭蕾演员似的人物"，她再现的是"不带任何神秘色彩和异国情调的中国"。[1] 赛珍珠的出现使美国及整个西方对中国

1937 年根据赛珍珠的小说拍摄的电影《大地》的海报。

1.［美］彼德·康：《赛珍珠传》，第 143 页，刘海平、张玉兰等译，桂林：漓江出版社，1998 年版。

的认识有了一个新的转机。

　　赛珍珠是一个极其独特的甚至可以说富有传奇色彩的作家，她从小就生活在一种东西方双重文化相互混融的特殊境遇之中，她的成功与苦恼也都源自于这种既合理共存又彼此隔膜的矛盾。生活在东方世界，却又并不置身于其中；而她所置身的西方，她自己却又不在那里生活，这种貌似割裂的生活境遇实际上已经天然地为她提供了互视两个世界的双重视角，并使她最终建立起了一种"天下归一"的核心理念。多伊尔曾评价说："无论是作为一个普通人还是作为一位作家，东方和西方这两个世界都充实拓展了

赛珍珠的精神领悟力，增强了她的理解力和同情心。东西方在赛珍珠身上融为一体，有助于形成她对其中异同点的成熟认识；而这种认识最终成为她生活观念的一个显著特点。赛珍珠是两个世界和两种文化的媒介。"[1] 在创作《大地》系列之前，赛珍珠就曾创作过一部短篇小说《革命者》，发表在 1928 年《亚细亚》杂志的 12 月号上，该小说的主人公就叫王龙，这篇小说中的王龙其实已经有了后来《大地》中王龙的雏形，但《革命者》中的王龙是个游手好闲，滑稽而又愚笨的农民形象，且显得还比较单薄。而到创作《大地》之时，赛珍珠所重新构想的王龙已经日益变得厚实丰满起来了，我们看到，《大地》中的王龙既有粗鲁猥琐、卑怯懦弱、痴愚笨拙、势利冷漠的一面，也有坚定执拗、宽厚仁慈、勤勉朴实却又不乏心计的一面，这正说明赛珍珠对于中国农民的理解一直有一个逐步深入的过程。事实上，不只是对于中国农民的观察和思考如此，赛珍珠对于整个中国文化的理解和接受，乃至其"天下归一"的理念的形成，也同样有着一种逐次变化的过程。同大多数曾经在中国生活过的西方人一样，赛珍珠也曾屡遭中国人的蔑视和拒斥，在她的记忆中甚至一直还残留着由义和团及北伐军所带来的恐惧的阴影，但更多的时候，她是一直生活在中国底层民众的善良、热情与朴实的氛围之中的。生活在中国的她是一个并不认为自己是外国人的外国人，但她毕竟接受的是与中国完全不同的西方式的教育——包括来自其父母的基督教立场与美国大学的现代知识教育。换言之，在她的生命经验中实际上已经形成了一种横亘在生存体验与知识描述之间的难以逾越的鸿沟，而她的全部创作都可以看作是终其一生在为填平这道鸿沟所作的不懈努力。

　　从不回避由于文化的冲突所带来的种种矛盾，这也许是体现在赛珍珠身上的最为可贵的地方。早在 1930 年，她在创作《东风·西风》之时，她就已经明确地意识到了这种冲突的核心之所在，主人公桂兰与已经完全西化的做医生的丈夫之间，以及桂兰的兄弟与其美国妻子玛丽之间的尴尬处境，所显示的就是两种文化最终的不可协调。一方面，赛珍珠其实不认为中国人的生活就应该像王龙那样保持那种近乎原始的基本形态，这一点从她对于体现在王龙等人物身上的自私、固执、狡黠、势利等特性，以及对现实中国政治的种种批评中即可见出；在另一方面，她也并不认可中国或中国人应该彻底美国化或西方化，这一立场因其从根本上违背了基督教传教士们所既有的"以福音救中国"的核心意旨而为日后的赛珍珠带来了沉重的舆论压力。即便是对于已经认同了西方文化的现代中国知识分子，赛珍珠也同样不乏批评之声。《大地》

---

1. ［美］保罗·A·多伊尔：《赛珍珠》，第 2 页，张晓胜等译，沈阳：春风文艺出版社，1991 年版。

出版之初，在美国华裔中就曾引起过激烈的争论，华裔学者康永喜、江亢虎等人撰文对其小说所描述的诸多情节的真实性，包括中国人的实际生存境况，尤其是民俗方面的各种细节问题提出了质疑，事实上，这类争论也间接地反映出了中国知识分子与农民之间的隔膜。赛珍珠当时就曾明确地表示，中国的知识分子到了国外，经过夸张美化后的中国总是他们津津乐道的话题。他们热衷于强调文化、儒家学说及存在于远东哲学中玄奥的精神因素，当然他们也扭曲了中国普通农民的形象。《分家》中留学美国并获得了博士学位的王龙的孙子王源几乎就可以看作是赛珍珠眼中的这类中国知识分子的典型代表，强烈的民族自卑往往会在其相反的方向上激发出更加强烈的民族自大。赛珍珠认为，需要提醒人们特别注意的是，中国人的实际生活远比儒家学说的原则更原始更朴实。典型的中国人受儒家原则的影响并不比典型的美国人受基督教教义的影响更大。赛珍珠眼中的中国文化的真正代表其实并不在知识阶层，而恰恰体现在最广大也最普通的底层民众身上。进一步说，人类对于"文化"的理解并不只能限于上层阶级所代表的那些高雅的纯粹的知识与观念的诸般形态，显示在普通民众身上的与他们的生命存在有着血肉一般的联系的富于生活力的那种形态，也许才是"文化"的真正本质。正因为如此，赛珍珠才从根本上彻底地摆脱了西方世界的那种普遍存在的对于中西种族与文化间的"差异"的强调，而将关注的重心放在了人与土地及人与人的关系这样的更带有人类普遍性的问题之上，进而使得王龙这一农民形象在相当程度上已经超越了"中国"这个既有的空间局限，而成为了遍布全球的同样在与天灾和人祸的抗争中挣扎、欢乐和失望着的农民的代表。赛珍珠 1933 年 3 月 13 日在美国哥伦比亚大学发表题为《向西方阐释中国》的演讲时也曾说：

> 有人问我"中国真是这样的吗？中国人讲这个吗？中国人是这样的吗？"的时候，我只能回答道："我不知道。也许，中国有些地方是这样的吧。我只是在那儿看到过。但是，作为一个国家，中国幅员辽阔，民族多样，风俗各异。我不可以声称代表中国或者代表任何人说话，我只代表自己"……我感兴趣的是人类的心灵和行为，而不是哪个国家的人和心灵。[1]

1. [美] 赛珍珠：《向西方阐释中国》，张丹丽译，载《江苏大学学报》，2002 年第 1 期。

诚如多伊尔所指出的那样，赛珍珠最终使西方读者能够开始带着"理智、同情和理解之心"去认识中国，它让美国读者了解到，"在一个与己截然不同的异族人民的生活当中，同样体现着人类的普遍共性"，"在对中国抱有特殊友情的美国，《大地》第一次使中国人看起来像邻居那样熟悉”，赛珍珠“已为美国增添了一个假想的大省”。《大地》中所描述的纷纭杂沓的事件，“表达了'人类经验的持续性'、再现了'自古以来人们便有的共同态度'”。[1]

> 1.［美］保罗·A·多伊尔：《赛珍珠》，第 24、35 页，张晓胜等译，沈阳：春风文艺出版社，1991 年版。

　　赛珍珠虽然长期生活在中国，但毕竟不可能完全摆脱某种西方传教士的观察视角。她之所以获得诺贝尔文学奖并不完全是出于对她所期待的“世界大同”的文化理想的肯定，相反，西方世界似乎仍旧愿意坚守那种以基督教文化来拯救中国的既有理念。归国后的赛珍珠也曾创作过为数不少的美国题材的作品，比如《城里人》（1945）、《愤怒的妻子》（1947）、《地久天长》（1949）、《光明行列》（1952）及《房子里的声音》（1953）等，但大多未能引起人们的兴趣，读者似乎仍旧愿意看到诞生在她的笔下的中国故事而不是美国人的毫无新意的传奇。这其实也从一个侧面显示出赛珍珠及普通民众与西方上层意识形态所代表的主流文化在对待东方文化的态度方面的某种根本性的差异。赛珍珠摈弃了西方人所固有的种族优越论观念，并且通过实际参与中国人的具体生活而使自身有了最为切实的体悟，从这样的一种立足点来看待中国文化就必然与那种单纯的“黄祸”想象或形而上学式的玄学想象有着本质的不同。事实上，赛珍珠也确有试图以中国人的生活方式来改造美国人的意图，她不只是认为中国的人与自然之间有着某种天然的和谐关系，即使在具体的诸多生活细节上，也值得美国认真思考。譬如，她认为中国家庭总是让子女和父母生活在一起，这样既能保证成年男子的工作或学业，又能协调老少之间的彼此照顾，美国人现有的子女成年即独立生活的方式不仅为青年人增添了经济上的压力，更无法保证子女对老人的赡养，所以应当积极学习中国式的家庭模式。当然，赛珍珠也并非是一个完全彻底的中国文化的信徒，她在希望美国人能够接受中国的异质文化的同时，同样在提醒美国人乃至整个西方世界的白种人应当深入反思他们在亚洲遭到排斥的根本原因，那就是，殖民主义与种族优越永远不可能以其单方面所谓的善举而改变来自被施舍者的敌视。唯一的出路只能是，随着东西方彼此间了解的不断加深，最终能够在一种真正平等的基础上去增进双方的友谊与互补。

　　具体到文学而言也是如此，赛珍珠对于中美两国各自的文学传统都曾有过不同程度的批评，其批评的焦点也主要集中在文学与最广大的民众之间的分离上。1938 年 12 月 12 日，赛珍珠在瑞典皇家学院诺贝尔奖授奖仪式上发表了题为《中国小说》的长篇演讲，以其独特的方式近乎全面地评价了包括《水浒传》、《红楼梦》、《三国演义》、《白蛇传》、《太平广记》、《西游记》、《封神演义》、《儒林外史》、《镜花缘》、《野叟曝言》、《金瓶梅》及唐代传奇在内的中国小说。赛珍珠认为，中国小说对西方小说和西方小说家具有着深远的启发意义，因为中国的小说不是由那些自诩为高雅文学的代表的文人作家们所创造的，而是由中国最普通的民众共同创造出来的。它也许仅仅开始于某个历史悠久的传说的某一个细节，但在经过连续不同的版本演绎之后，一个由很多人历经不同的时间和空间共同合成起来的复杂的故事就诞生了，它显示的是一个伟大民族整体的深远而令人崇敬的想象力。赛珍珠认为，这才是中国小说真正独特的地方，它是一种自然生成的故事，所以比文人作家创作的文学更接近文学本身。因为有着这样一种积极的民本文学的潜在意识作为核心，赛珍珠才在自己的创作中将中国传统的民间"说书"技巧，与西方传教士的那种向普通民众传播福音时娓娓絮语的特征巧妙地糅合在了一起，从而创造出了一种既朴实简洁又委婉庄重的圣经体的中国家族小说的全新样式。

赛珍珠及其创作一直被视为中美文学交流的典型个案，其根本原因就在于，她在中西各自偏向的主流文化意识之外寻找到了一种带有原初色彩的也更具有普遍性的认识视角，那就是在不断变幻的时空格局中那种有着永恒价值的人与土地以及人与人之间的最为朴素的关系，因为正是这种处于最底层的关系在决定着国家、民族、战争、政治、经济、艺术乃至宗教等等宏大的观念范畴。赛珍珠不仅从根本上彻底扭转了美国及西方世界对于中国的种种误解，而且为东西方的文化沟通提供了一种全新的思路。尽管赛珍珠在中美两国都曾遭遇到了来自不同阶层的批评与贬责，但在更为广泛的范围内，她以她的执着赢得了其所应有的认可和尊重。多数中国批评家认为，她在小说中所描绘的中国农民形象其实与现实中的中国农民还有着相当的距离，但从小说艺术而非现实的角度来说，赛珍珠笔下的农民也许更接近真实本身，因为这种真实是一种人的精神本质的真实；惟其与土地、生命、欲望乃至信仰等等这类更具有人类普遍性的精神元素联系在一起，中国的农民才会在超越了其"中国"这一特定空间范畴之后显示出世界各地的农民所共有的本质属性。

有学者指出："赛珍珠的《大地》在美国人心目中树立起中国农民勤劳、俭朴、艰苦、卓绝、反压力、反剥削、不屈不挠、坚毅不拔的形象。她的描述直接影响到美国人民对中国抗日战争中抵抗精神的看法。"[1]"二战"期间，赛珍珠还创作了大量的广播剧，如《美国对中国讲

1. ［美］魏斐德：《当代西方学者对中国文化的评价》，见《中国文化书院讲演录（第二集）·中外文化比较研究》，第183页，北京：三联书店，1988年版。

话》、《中国至美国》、《这个世界顶得住吗？》等等，以实际行动积极促进美国对于中国抗

战的支持。她的《明天的火种》等战时演讲集更是始终如一地贯彻着其"普遍平等"的基本理念，以此启发美国民众对于战争意义的理解。1941—1950 年，赛珍珠创办并主持了"东西方交流协会"，该协会的主要任务即是组织亚洲各个阶层的人士就其各自的文化与历史话题在美国作巡回演讲，从各种意义上讲，赛珍珠对于积极促进东西方文化上的交流是有着巨大的贡献的。

第三节　跨文化想象与林语堂的文学创作

真正一生都在围绕着中美文化的沟通和交流来展开其文学创作的作家也许只有两位，一位是赛珍珠，另一位就是林语堂。林语堂一直以"两脚踏东西文化，一心评宇宙文章"而自诩，对于他所夸耀的那种"对中国人讲外国文化，而对外国人讲中国文化"的夫子自道，人们也一直是表示首肯的。不过细究起来，林语堂的"对中国人讲外国文化"似乎并没有胡适等人那样投入且影响巨大，除了早年所译介的少量西方文艺论著与文学作品及晚年编订的"汉英词典"以外，他的主要成就与独特贡献应当显示在"对外国人讲中国文化"上。林语堂自幼深受西洋文明的浸染，从在教会学校的学习到早期所从事的英文教学工作，从留学欧美到积极参与中国新文学的创作，直至最终定居海外，他以纯熟的英语向西方世界全面介绍古老的东方文化，他的一生几乎完全可以看作是西方基督教文化在转换中国人的精神特性与生活形态方面的最为成功的代表。

林语堂是为数不多的能真正以汉、英"双语"从事写作的优秀作家之一，早在 20 世纪 20 年代末，林语堂就一直在为英文杂志《中国评论周报》撰写各式评论，其出国以前，还曾在赛珍珠的帮助下，将中国的古典文学名著《老残游记》和《浮生六记》译为英文在美国出版，不久又在美国出版了他的第一部全面描写中国社会和中国文化的英文著作《吾国吾民》（*My Country And My People*, 1935）。1936 年，林语堂赴美定居以后，又陆续出版了《生活的艺术》（1937）、《京华烟云》（1939）等英文作品，并编译出版了《孔子的智慧》、《老子的智慧》（1948）等系列论著，向西方世界系统介绍中国古代的孔、孟、老、庄等的思想与学说，同时又创作出版了《风声鹤唳》（1941）、《啼笑皆非》（1943）、《苏东坡传》（1947）、《唐人街》（1948）、《朱门》（1953）、《武则天传》（1957）等等长篇文学作品。林语堂的目的是希望在战时西方记者的报道之外，以小说这种更具感染力量的形式强化西方人对中国的深入理解，他自陈："今日西文宣传，外国记者撰述至多，以书而论，不下十余种，而其足使读者惊魂动魄，影响深入者绝鲜。盖欲使读者如历其境，如见其人，超事理，发情感，非借道小说不可。"[1]

林语堂

1. [美] 魏斐德：《当代西方学者对中国文化的评价》，见《中国文化书院讲演录（第二集）·中外文化比较研究》，第183页，北京：三联书店，1988年版。

因为有了他的不懈努力，美国乃至整个西方世界继赛珍珠之后才又一次把目光转向了遥远的中国，并开始在初步摆脱了其"黄祸"想象的基础上重新思考东西方文化的差异与沟通对话的可能。

　　美国以及西方世界对于古老的中国文化其实并不陌生，东方"乌托邦"想象也一直是西方世界所向往的理想形态之一，所以，林语堂的成就并不在于使美国和西方世界了解了中国传统文化，而主要体现在使西方民众真正切实地感受到了这一独特的文化形态在现实生存中的实际效用上，林语堂对于中国文化的介绍也基本上是围绕着"享受人生"这个中心而展开的，这一点特别突出地表现在《吾国吾民》、《生活的艺术》及《中国的智慧》等一系列论著之中。正因为如此，他的作品才会备受美国出版商的青睐并屡屡成为风靡全美的畅销书，从这个角度讲，林语堂的创作其实一直都有着刻意取悦于西方读者——尤其是中产阶级读者——的潜在倾向。同时，由于林语堂始终将"生活情趣"当作是文化转介的重心，这也促使他把中国传统士大夫的那种品茗、赏花、听风、弄月之类的"闲适"精神看成了中国文化的全部，并以此形成了对中国文化内核的片面理解。林语堂的创作，"不仅在认识功能上填补了西方读者对于中国情况的知识空白，而且摆出了一副为西方文化人生价值取向的弊端寻找疗救药方的架势，以东方文明的闲适哲学来批评美国高度工业机械化所造成的人的异化。但林语堂也没有简单地以中国文化的人生价值取向来替代西方的东西，而是着眼于重新唤醒美国人头脑里也曾经有过但此刻却已失落掉的自然主义哲学的精神。"[1] 这其实也正

1. 施建伟：《林语堂在海外》，第 27—28 页，天津：百花文艺出版社，1992 年版。

是林语堂所寻找到的东西文化对话的切入点，即不同文化形态在其"异"质之外显示于"享乐人生"这一特定层面上的"同"质共性。在这一点上，林语堂延续了早期美国思想家爱默生及梭罗的某种理想，同时也与杜威式的实用主义形成了内在的共鸣。

　循此就不难发现，林语堂以英文创作的一系列作品，其实大都是为西方读者激发并重新构建起了有关东方"乌托邦"乐土的新的想象。《辉煌的北京》为西方人设置了一个优雅而实在的空间场景，曾获得过诺贝尔文学奖提名的《京华烟云》则为人们描绘出了一幅虽不乏悲悯却充满生活情趣和智慧的生存图景，《苏东坡传》塑造的是作为快乐哲学与自由精神化身的东方哲人形象，即使是《武则天传》中的女王，也并不像西方人所想象的那样暴戾蛮横、不分是非，而同样有着旷达开朗、超凡脱俗的一面。仿佛是为了进一步印证他所勾画的东方"乐土"其言不虚，他还特意创作了离美国人最为切近的一个实体范本，这就是《唐人街》。

　《唐人街》是林语堂惟一一部描绘美国华人社群具体生活境况的小说，有研究曾评价认为："《唐人街》虽然描写的是纽约华人社区，但华人的现实或历史只作为他文化表述的外在形式，作者的目的是宣扬他所景尚的道家文化和基督教精神。"[2] 小说以冯家幼子汤姆的视角，全面

2. 卫景宜：《西方语境的中国故事》，第 25 页，杭州：中国美术学院出版社，2002 年版。

展示了冯氏家族在唐人街的一段生活历程，堪称宁静和谐的"东方乐土"在美国社会中的一个翻版。汤姆的父亲在唐人街开着一家手工洗衣店，经过多年的辛勤工作积蓄起一小笔资产，然后将远在中国的妻子及幼子、幼女接来美国一起生活，小说主要描写的是汤姆来到美国后从陌生到适应，从受辱隐忍到顽强奋斗，直至最终完全投身到了美国社会之中的一系列经历和转化过程。其中既有对长子与意大利裔女孩儿异族通婚的充分肯定，也有二子积极参与美国人的经济活动的褒扬，更有对汤姆能够超越种族隔膜，默默地实践着美国式的个人价值理想的热情赞美。冯氏家族的每一个成员都显示出了中国人所特有的那种勤劳、朴实、善良、豁达而又充满生存智慧的东方文化本性，而其中的"老杜格"则无疑又是此种文化精神的最高层面的典范代表，

小汤姆则可以看作是林语堂理想中的东西文化结合生成的"宁馨儿"。林语堂的《唐人街》实际并未脱离美华文学所共有的"身份诉求"的主题，只是在林语堂这里，这一主题已经由异质文化间的固守、隔膜与对抗被转换成为了开放、融通与对话了。在林语堂看来，种族与文化的差异其实只是表层的现象，人类真正能够得以沟通的基础是人所共有的基本"人性"。就像道家文化的宽容与基督教文化的博爱未始不能彼此互补一样，人类如果能真正超越民族、国家及其所属文化的束缚，从最为简单明了的"人性"根基出发，则"大同世界"也并非是一种无稽的幻想和神话。他的《唐人街》以及稍后创作的"乌托邦"小说《远景》，大都可以看作是他所构想的理想世界的具体显现。魏斐德认为，林语堂所沿袭的其实是当时盛行于西方的所谓"民族性格分析"的观照策略：

　　　　二次大战之后，研究民族性格的学派在研究中国历史和中国政治学界，他们开始利用心理方法来分析中国的国家性格（National Character）。

　　　　……林语堂在《吾国吾民》一书中里乃大谈中国文化特质，泛论中国文化的特殊习性。林语堂把中国人形容为性情温和，有耐性，无动于衷，避免争斗，知足，有幽默感，有保守倾向。他的作品在美国风行一时，对塑造美国人心目中的中国人形象有很大影响力。林语堂在西方心目中塑造的中国人形象固然是十分可亲可喜的，就是特别可爱的，然而像这种混乱、笼统的描述固然可以做褒词，也可以做贬词，可以用做善意的描写，也可用做恶意的刻画。考尔柯尔以后，便以这种笼统的形容，把中国人说成贫穷，肮脏，残酷。……空泛、笼统地对文化特性的描写可以因时因地而呈现种种不同的面貌，而这些对文化特质的描写却常常被视为基本不变的恒常民族性的表现。[1]

1. ［美］魏斐德：《当代西方学者对中国文化的评价》，见《中国文化书院讲演录（第二集）·中外文化比较研究》，第190、183—184页，北京：三联书店，1988年版。

林语堂在《唐人街》中所显示的东西方文化的融和，首先放弃了孰优孰劣的简单价值判断，因为有了这样的前提，他才会在东方伦理与基督教文化两种完全异质的精神形态之间寻找到可能的相似点与相融点。但是，林语堂的那种撇开一切具体的经济境况、政治形态及宗教意识等因素而作出的"等量齐观"式的判断，却在另一个层面上非但无助于对各自文化根性的深刻反思，反而很可能会演变成为西方文化殖民的变相代言；其所实现的也许不是真正意义上的文化的交流与平等对话，而恰恰可能是更为隐蔽的隔阂和对抗。

　　当然，作为文化沟通的先行者，林语堂所处的时代毕竟还未能给他创造充分的交流条件，

当美国人依然将中国想象为一个愚昧、落后而又凶悍的蛮
邦异族时，林语堂的出现无疑对此种想象作出了根本性的
修正。除此以外，他还以自己的创作从一个侧面展示了现
代中国文学的全新的精神品质，在美国文坛经由斯诺所编
选的《活的中国》而对现代中国文学有了初步了解之后，
他是第一个真正站在美国人面前的现代中国作家。即使是
冷战时期的1961年，林语堂在美国国会图书馆所作的《五四
以来的中国文学》的报告中，仍高度评价了鲁迅、胡适、
徐志摩及沈从文等现代中国作家的文学成就，其在一定程
度上对美国学界了解和深入研究现代中国文学起到了重要
的推动作用。

第四节   奥尼尔与中国戏剧

分别处于异质文化圈内的文学艺术的交流，总是在自
身对对方想象的基础上，以研析、借鉴对方，并为自身开
辟新的生长空间为指归。"美国现代戏剧之父"尤金·奥
尼尔与中国戏剧、中国文化之间双向的想象、借鉴与误读，
都在中美两国的戏剧发展史上留下了显著的印迹，尤其是
奥尼尔对于中国戏剧的影响和启迪，几乎伴随着中国戏剧
"现代化"进程的每一个重要阶段。因此，"奥尼尔与中
国戏剧"这个话题，在中美戏剧交流史上绝对占据着举足
轻重的一页。

尤金·奥尼尔

一、　奥尼尔在中国的译介

20 世纪的 "20 年代是美国戏剧走向民族化、现代化的辉煌时期。以格拉斯佩尔、奥尼尔为代表的剧作家们开始反观欧美戏剧传统，刻意摆脱欧洲戏剧，尤其是英国戏剧的影响，主张推广以反映美国历史与现实、表现美国人民思想情绪和审美理想、融合美国民间艺术成分的戏剧样式。在他们的戏剧思想影响下，美国出现了一系列紧扣时代脉搏、不受商业化倾向左右的高品味戏剧。"[1] 此前，美国的戏剧艺术成就与其雄厚的经济实力显示出极大的不平衡，中国对于美国

1. 刘海平、王守仁主编：《新编美国文学史》（第 3 卷），第 383 页，上海：上海外语教育出版社，2002 年版。

戏剧基本上没有实质性地接触。中国真正地重视美国戏剧是从这个时期开始的。当然，中国此时瞩目于美国戏剧，还有一个重要的原因——中美两国在 20 世纪初所面临的相似的文化境遇。

以《新青年》为主要阵地的 "五四" 先驱者们对中国传统戏曲的批判和对西洋戏剧的引入，主要是理论层面的，等到 20 世纪的 20 年代，中国戏剧正处于 "旧的已破，新的未立" 的尴尬局面中，亟待进入创造实绩的建设与实践阶段。而此时 "文明戏" 由职业化转向商业化的倾向所导致的种种弊端，显然不是中国戏剧的正路。——此刻的中国戏剧同美国一样，处于创建本民族的、现代的戏剧的历史转折点上。于是，中国的有志之士把焦灼的目光投向大洋彼岸的美国去寻找借镜就是必然的了。也是在这个时期，中国对于美国戏剧的译介开始了。最有光彩的，往往也是最夺目的。《泰晤士报》曾经有过这样的评价："在奥尼尔之前，美国只有剧院，奥尼尔以后，美国才有了戏剧。"[2] 据目前可见的资料，奥尼尔可能是第一个被译介到中国的美

2. 《泰晤士报》，1953 年 12 月 7 日，第 77—78 页，转引自《尤金·奥尼尔评论集》，第 201 页，上海：上海外语教育出版社，1988 年版。

国戏剧作家，也是最重要的一个，而且，"就外国戏剧家的作品被研究和搬演的量而言，在中国，只有奥尼尔不输于莎士比亚。"[3]

3. 刘海平：《中国文化与美国：戏剧篇》，见刘海平编《中美文化的互动与关联》，第 88 页，上海：上海外语教育出版社，1997 年版。

奥尼尔的名字首次在中国见诸报端，是在 1922 年 5 月刊出的《小说月报》第 13 卷第 5 号的 "海外文坛消息栏"，有段介绍美国文坛近况的文字，其中提到 "剧本方面，新作家 Eugene O'neill 着实受人欢迎，算得是美国戏剧界的第一人才。" 这则 "消息" 是由接编并革新了《小说月报》的 "文学研究会" 发起人之一沈雁冰撰写的。1924 年 1 月，正在美国学习戏剧的余上沅写了《今日之美国编剧家阿尼尔》一文，寄回国内，收入 1927 年北新书局出版的《戏剧论集》里面。这篇文章对于奥尼尔的 5 部剧作进行了介绍：《天边外》、《琼斯皇》、《安娜克里斯蒂》、《毛猿》和《最初的人》。作者指出："有象征写实剧，有社会问题剧，有心理剧，有表现剧，

也有描写人物的戏剧"，"阿尼尔的笔姿风度，和他的剧中人物，无一不蓬蓬勃勃，充满生气。阿尼尔的编剧技术，极为精绝，且具有新的创造。"余上沅还对奥尼尔在美国戏剧史上的位置与意义做了极高的评价和充分的肯定："有了惠特曼，美国才真正有了诗；有了阿尼尔，美国才真正有了戏剧。"[1] 这个评价是中肯的。同年 8 月 24 日的《世界日报》"周刊之六"上发表

1. 余上沅：《今日之美国编剧家阿尼尔》，见《戏剧论集》，第 51—56 页，北京：北新书局，1927 年版。

了署名胡逸云的文章《介绍奥尼尔及其著作》。这篇文章虽然写作时间稍后于余上沅的《今日之美国编剧家阿尼尔》，但进入国内读者的视野的时间则早于余文。

　　1928 年 11 月，奥尼尔满怀着对于古老的东方文明的憧憬和仰慕，远涉重洋，辗转来到梦想的"中国"，低调地在上海生活了一段时间。但是，奥尼尔在上海的经验与他对中国的"想象"相去甚远，在极度失望中离开了上海。尽管奥尼尔的上海之行是较为保密的，当时的新闻媒体还是做了些许报道，而且在 1926 年和赵太侔、余上沅、闻一多等留美学生一起发起"国剧运动"的张嘉铸还乘机多次到旅馆寻访并成功地采访了他。几个月后，张嘉铸发表了专访文章《沃尼尔》，文章还附有编者的按语："沃尼尔（Eugene O'neill）是美国现代最伟大的戏剧家，新近游历到了上海，张嘉铸先生就到旅馆里访问了几次，又给我们写了这一篇介绍的文字"，张嘉铸的文章主要是介绍奥尼尔的生平、家庭、婚姻、个性及游历生活，同时也对奥尼尔的创作历程进行了梳理和评价，认为奥尼尔"是个诗人，一个人性的观察者"，[2] 同期还刊登有奥尼

2. 张嘉铸：《沃尼尔》，载《新月》，1929 年第 1 卷第 11 号。

尔的照片。在这个时期的评介奥尼尔的文章中，张嘉铸的文章是最详尽的，基本上为中国读者展示了奥尼尔的全貌。特别应该注意的是，这篇文章还涉及了奥尼尔与美国小剧场运动的关系。而此时的中国戏剧正处于业余的、非营业性的"爱美剧"的倡导和实验阶段，张文的"借镜"意义不言自明。1929 年 5 月 1 日，《北新》第 3 卷第 8 期刊登了查士铮的《剧作家友琴·沃尼尔》，文章还有一个副标题"介绍灰布尔教授的沃尼尔论"，因为这篇文章是翻译自美国学者灰布尔（T.K. Whipples）的《代言人》（Spokesmen）中的一个章节。同年，在《戏剧》第 1 卷第 2 期上发表了署名春冰的两篇译文：《戏剧生存问题之论战》和《英美剧坛的今朝》，两篇译文均提及奥尼尔，第 5 期上又发表了春冰的论文《欧尼尔与〈奇异的插曲〉》，文章较有见地地指出了奥尼尔的剧作《奇异的插曲》在"戏剧形式上的革命"[3] 性。

3. 春冰：《欧尼尔与〈奇异的插曲〉》，载《戏剧》，1929 年第 1 卷第 5 期。

　　综览 20 世纪 20 年代对于奥尼尔的译介情况，非持续性与表面化是这一阶段的显著特征。20 世纪 20 年代前期，中国对于奥尼尔的关注非常零星，这种情况直到 20 年代后期奥尼尔来访

中国之后才有所改观；同时，也可以看到，这些译介文字大多流于对作家本人生平、创作的表层介绍，能够深入研析的文字几乎没有。从戏剧史和文化史的角度来看奥尼尔在 20 世纪 20 年代的译介情况，可以发现，这个时期中国戏剧向异域借镜的重点正是处于从"易卜生"转向"奥尼尔"的过渡阶段，因此体现为一种"过渡性"的特征——这既是一种美学上的选择，更是不同历史语境下的文化选择的结果。

从 1930 年起，中国开始发表、出版奥尼尔戏剧作品的中文译本，同时奥尼尔的部分作品也被搬上了舞台，而且评介文字的深度也大为提升。可以说，自这个年头开始，奥尼尔对中国戏剧的影响逐渐地赶上并全面地超越了易卜生，中国进入了译介奥尼尔的最重要的时期。

1930 年，一位署名如林的人在《戏剧》第 2 卷第 1 期上发表了奥尼尔的《捕鲸》的中文译文。同年 12 月，上海的商务印书馆出版了古有成翻译的《加力比斯之月》，里面包括了奥尼尔早期描写海上生活的 7 个独幕剧：《月夜》、《航路上》、《归不得》、《战线内》、《油》、《一条索》和《划十字处》等。1931 年 1 月，商务印书馆再度推出古有成翻译的奥尼尔的三幕剧《天外》。古有成在译作后面附有一篇"译后"，指出奥尼尔的剧作不仅在欧洲已经普遍地上演或者阅读，而且在位于东亚的日本也有演出，"但是我们中国却事事落人后，舞台上没有著者的戏剧的踪迹亦不必说，文坛上也似乎还没有人谈及他"。[1] 古有成有些言过其实，在此之前的译介

1. 古有成：《〈天外〉译后》，见《天外》，上海：上海商务印书馆，1931 年版。

虽然不多且流于表面，但是那些译介奥尼尔的文字的起步意义不容忽视。"舞台上没有著者的戏剧的踪迹"这一说法倒是符合事实，因为这篇"译后"的写作时间是 1928 年 4 月，而奥尼尔的作品在中国首次被搬上舞台是在 1930 年，由熊佛西导演、北平大学艺术学院戏剧系演出的《捕鲸》。中国在这方面，的确是"落人后"了。1931 年，古有成又翻译了《不同》，刊登在《当代文艺》第 1 卷的 2、3 期上。1931 年 6 月 30 日，劭惟、向培良翻译并导演的《战线内》，在上海劳动大学那波剧社成功演出。同年 8 月，钱歌川翻译的《卡利甫之月》首先发表在《现代文学评论》第 2 卷 1、2 期合刊上，随后，该译本由中华书局以英汉对照的形式出版，并附有译者撰写的《译者冗言》和《奥尼尔评传》。在《评传》中，钱歌川深刻地指出了奥尼尔剧作中那摄人心魄的魅力来自于剧作家复杂而丰富的社会经验，当然其中不乏"中国式"的误读成分，除此之外，钱文还讨论了奥尼尔剧作的艺术特色，较全面地论述了奥尼尔的创作。1932 年，马彦祥翻译的《还乡》刊登在《新月》第 3 卷第 10 期上，同年秋，上海复旦预科剧社演出了

《东航卡迪夫》。同年 11 月，《新月》第 4 卷第 4 期上刊登了《天外》的另一个中文改译本，名为《天边外》，译者是顾仲彝。两年之后，1934 年元旦，赵丹导演的《天边外》由拓声剧社在上海宁波同乡会演出。1934 年 3 月 1 日出刊的《文学》第 2 卷第 3 期上刊登了洪深与顾仲彝合译的《琼斯皇》，还有洪深编的《奥涅尔年谱》，并附有《琼斯皇》的剧照和奥尼尔的木刻像。同年，《人生与文学》第 1 卷第 2 期上刊登了怀斯翻译的《天长日久》。6 月 1 日出刊的《文艺月刊》第 5 卷第 6 号上又发表了顾仲彝改译的《天边外》，6 月中旬，复旦剧社公演了《琼斯皇》。7 月 1 日出刊的《文艺月刊》第 6 卷第 1 号刊登了洪深的学生、戏剧家马彦祥翻译的《卡利比之月》，这是继 1931 年钱歌川翻译的《卡利甫之月》之后的第 2 个中译本。8 月 1 日，《文艺月刊》第 6 卷第 2 号又刊登了马彦祥翻译的《战线内》，这又是继 1931 年劭惟、向培良翻译的《战线内》之后的第 2 个中译本。这种反复出现的译作在某种程度上可以反映出当时戏剧界的美学趣味和眼光，是一个值得关注的翻译现象。在《文艺月刊》第 6 卷第 2 号上还刊印了 Bdnond Quinn 作的奥尼尔的雕像，Robert E. Jobes 作的《奇异的插曲》的封面，还有 Cieon Tnroekmorton 作的《毛猿》的插图。10 月出刊的《现代》第 5 卷第 6 期出了"现代美国文学专号"，刊登了袁昌英翻译的《绳子》及《〈绳子〉译后语》，在"译后语"里面，袁昌英坦率地指出了《绳子》写作上的失误。同期还有顾仲彝撰写的评论文章《戏剧家奥尼尔》，这篇文章对于奥尼尔剧作的社会意义和人物进行了评析，并且认为奥尼尔是一个戏剧创作的"实验者"，"打破了许多戏剧的规则，但他从不打破戏剧的基本定律"。[1] 这个认识还是比较深刻、到位的。

1. 顾仲彝：《戏剧家奥尼尔》，载《现代》，1934 年第 5 卷第 6 期。

1936 年 2 月 1 日出刊的《文艺月刊》第 8 卷第 2 号，刊登了马彦祥翻译的《早餐之前》，5 月 7 日，马彦祥导演了这部独幕剧，在南京中正堂由联合剧社演出，著名演员白杨主演，反响很是热烈。同年夏季，国立剧校再度把此剧搬上了舞台。

1936 年 11 月，瑞典皇家学院授予奥尼尔诺贝尔文学奖，中国的"奥尼尔热"出现了苗头，[2]

2. 刘海平、朱栋霖：《中美文化在戏剧中交流——奥尼尔与中国》，第 137 页，南京：南京大学出版社，1988 年版。

对奥尼尔译介的深广度持续增长。在这个月，王实味翻译的 9 幕剧《奇异的插曲》，在上海中华书局出版，书前面有张梦麟写的序言，着重探讨了《奇异的插曲》的"悲剧性"和其中旁白的使用。1937 年，上海启明书局出版了唐长孺翻译的《月明之夜》（即《啊，荒野！》），这本书的前面附有唐长孺写的"小引"和钱公侠、谢炳文作的"前言"。随后，抗日战争爆发，中国的奥尼尔译介热潮有所停滞，但"余热"尚存，对于奥尼尔的剧作及其评论一直时断时续地持续到 40 年代末。

1938 年，范方翻译了奥尼尔的独幕剧《早点前》，1939 年收入了光明书局出版的《世界名剧精选》。11 月，上海剧艺社在当时被称作"孤岛"的上海将这部剧作搬上了舞台，并且由译者范方主演。本月出刊的《戏剧杂志》第 1 卷第 3 期上发表了署名瑞任的《观〈早点前〉》，对范方的表演做了充分肯定。顾仲彝分别翻译于 1932 年和 1943 年的《天边外》和《琼斯皇》，在 1939 年 2 月，由长沙商务印书馆以《天边外》名为合出一册出版，书后附有一篇评论文章《戏剧家奥尼尔评传》，该书在 1940 年再版。

1941 年 12 月，在战时陪都重庆公演了改编自奥尼尔的《天边外》的《遥望》。"和原剧一样，《遥望》也是三幕六场，故事的情节和发展也和原作没有什么太多的两样"。[1] 但是，在《遥望》里面，《天

1. 里孚：《关于〈遥望〉》，载《中央日报中央副刊》，1941 年 12 月 30 日。

边外》里的远方的大海变成了现实的战场，原作内蕴的生命深处的诱惑就没有了。虽然"幻想与现实的冲突仍然存在"，"奥尼尔所作的幻想与现实冲突的内涵的巨大涵盖面转形了，成为一出与中国现实社会密切相关的世俗悲剧"。[2] 《遥望》只是利用了《天边外》的"躯壳"，而

2. 刘海平、朱栋霖：《中美文化在戏剧中交流——奥尼尔与中国》，第 139 页，南京：南京大学出版社，1988 年版。

它的"灵魂"则完全是属于"中国"的。就剧作的内在意蕴而言，《遥望》更接近于"此时此地"的《芳草天涯》（夏衍）、《祖国在召唤》（宋之的）等表达战时大后方知识分子内心波澜的剧作。《遥望》这部剧作本身不算上乘，但是它的生产、接受和反馈过程却具有"跨文化"交流的意义——它是中美戏剧交流中，中国对于交流信息的选择、改造和移植的一个典型案例。

对于奥尼尔剧作的翻译连续几年内出现了空缺，直到 1944 年，张友之翻译的《良辰》由重庆的大时代出版社出版。抗战胜利后，1945 年 10 月，王思曾翻译了《奇异的插曲》的前 5 幕（全剧共 9 幕），名为《红粉飘零》，由南京的独立出版社出版。1948 年 1 月，聂淼翻译的《安娜·桂丝蒂》由上海开明书店出版。同年 6 月，奥尼尔的悲剧代表作《悲悼》三部曲的最初中文译本由上海中正书局出版，译者是朱梅隽，中文名为《梅农世家》，三部曲分别为《归》、《追》、《鬼》，书前附有 J. W. Krutch 的文章《介绍奥尼尔》。1949 年 3 月，由荒芜翻译的《悲悼》的第 2 个中文译本由上海晨光公司出版，列入"晨光世界文学丛书"第 15 种，实际上也就是费正清（John King Fairbank）、赵家璧、徐迟、郑振铎和马彦祥等中外学者合作编译的"美国文学丛书"的一种。三部曲的中文译名分别是《归家》、《猎》、《祟》。荒芜（1916—

3. 刘海平、朱栋霖：《中美文化在戏剧中交流——奥尼尔与中国》，第 142 页，南京：南京大学出版社，1988 年版。

1995）的"译笔优美流畅，颇能传达原著精神"。[3]

据统计，"截至20世纪40年代末，奥尼尔的剧本共有17部在中国翻译出版，9部在中国

1. 荣广润、姜萌萌、潘薇：《地球村中的戏剧互动》，第199页，上海：上海三联书店，2007年版。

舞台上演"。[1]不像20世纪20年代，中国对于奥尼尔的评介那样零星和浮浅，到30、40年代，

2. 一个实例是：奥尼尔的"《送冰人》刚在美国上演，中国方面便立即作出反响"。见刘海平、朱栋霖《中美文化在戏剧中交流——奥尼尔与中国》，第140页。

中国戏剧界开始密切关注美国剧坛，关注其代表人物奥尼尔，[2]对奥尼尔的评论[3]的密度和深度

3. 20世纪30、40年代关于奥尼尔的评论文章，有一部分是作为前言或者译后记附在其剧作的中译本上的，这些文章在前面介绍其剧作翻译时都已附带谈及，

也都达到了空前的状态。

这里不再重复。

1930年3月出刊的《小说月报》第21卷第3号上刊登了赵景深的评论文章《奥尼尔与得利赛》。

到了1932年，中国文艺评论界涌现出了一批比较重要的评介文字。3月20日出刊的《青年界》

第2卷第1期上发表了黄英（即阿英，1900—1977）的《奥尼尔的戏剧》，在这篇文章里面，

黄英指出了奥尼尔的诗人气质及其剧作的诗的情调："他（即奥尼尔）是具有浓厚的诗人气质，

在他的作品里，处处显出了诗的情调。"[4]同时，黄英还很关注奥尼尔剧作里面生活在社会底

4. 黄英：《奥尼尔的戏剧》，载《青年界》，1932年第2卷第1期。

层的水手们的悲惨人生："他们的生活是完全的被蹂躏的地狱的生活，这种生活使他们日陷于

悲观，颓废，终至于尽可能的任性享乐，慢性的去摧毁自己的生命。"[5]黄英从奥尼尔的剧作

5. 黄英：《奥尼尔的戏剧》，载《青年界》，1932年第2卷第1期。

里面读出了"阶级"内容，并且因为在奥尼尔剧作里看不到这些水手们的未来，论者提出了

对奥尼尔剧作的保留意见："但他（即奥尼尔）的戏剧，我依然是不能绝对满意的，因为在他

的戏剧里所反映的，只是水手们的悲苦的生活，只是忠实而同情的表现了他们的生活，他只看

到了他们的生活的悲惨，他没有看到这一些人们的走向光明的生活。"[6]黄英是从一个中国"左

6. 黄英：《奥尼尔的戏剧》，载《青年界》，1932年第2卷第1期。

翼"评论家的视角去解读奥尼尔的，他的观点在1930年代的中国很具有代表性。黄英的解读，

生动地反映了在跨文化的戏剧交流中，接受者能动地对交流信息进行文化渗透、注入新的意义

的过程。这在中美戏剧交流史上是意味深长的一笔。

1932年11月出刊的《新月》第4卷第4期上发表了余上沅的文章《奥尼尔的三部曲》。

余上沅在这篇文章里面评介了奥尼尔的悲剧力作《悲悼》三部曲，并与易卜生的《小爱友夫》

进行了比较，正确地指出"奥尼尔在这儿分析人类行为的动机"，但是又认为"奥尼尔此剧意

在揭开'人类的假面具'，这就未免浮浅，其原因盖出于余上沅是从中国传统文化伦理观念来

观照、评价此剧中人类的行为，似乎非要判出个是非曲直、正义邪恶之分。其实，这至少不是

奥尼尔创作的本意"。[7]11月20日，《独立评论》第27号发表了袁昌英的《庄士皇帝与赵阎王》，

7. 刘海平、朱栋霖：《中美文化在戏剧中交流——奥尼尔与中国》，第122页，南京：南京大学出版社，1988年版。

这篇文章对琼斯的心理、命运以及剧中鼓声的戏剧性进行了评析，同时，还指出了《琼斯皇》

与《赵阎王》之间的微妙关系："我虽认赵大是庄士的儿子，然而，赵大是赵大，庄士是庄士。

各有各的生命，各有各的个性，各有各的意志，未可混而为一的。"[1]这个评价相对来说是准

1. 袁昌英：《庄士皇帝与赵阎王》，载《独立评论》，1932 年 11 月第 27 号。

确的，这篇文章是最早的、也是研究奥尼尔对洪深影响的较具分量的论文。1932 年，马彦祥的

专著《戏剧讲座》由上海的现代书局出版，该著的第 7、8 章介绍世界"近代剧的代表作家及

其作品"，涉及到的作家有易卜生、安特莱夫、高尔基、梅特林克、霍普德曼、平内罗、萧伯

纳、高尔斯华绥、奥尼尔等。在这本书的第 8 章，马彦祥指出奥尼尔的作品与他本人的生活经

验的关系："他的作品带有他的风霜的经验的痕迹很深，这和别的戏剧家之徒有人生的观察而

缺乏人生的经验的，自然是比较深刻得多了。"[2]同时，也点明了奥尼尔在世界剧坛的地位和

2. 马彦祥：《近代剧的代表作家及其作品》，见《戏剧讲座》第八章，上海：上海现代书局，1932 年版。

巨大的影响："其实，不仅美国的戏剧界无人能与之争锋，他的作品之新颖和犀利，我们即使

说是已经征服了欧洲的剧坛，也不是过分的赞语。欧尼尔确是目前唯一的一个范围广大的戏剧

天才。"[3]该年还有两篇评介奥尼尔的文章：10 月 22 日的《晨报》上发表了骏祥（即张骏祥，

3. 马彦祥：《近代剧的代表作家及其作品》，见《戏剧讲座》第八章，上海：上海现代书局，1932 年版。

1910—1996）的《评奥尼尔的一个新剧本》，11 月出刊的《东方杂志》第 29 卷 1 号上刊登了

署名浩若沪的文章《一个黑人口中的奥尼尔》。1932 年是中国文艺界评介奥尼尔的重要年份，

其中最具代表性的文章当属黄英的《奥尼尔的戏剧》和袁昌英的《庄士皇帝和赵阎王》，它们

或偏颇或中肯，从跨文化交流的意义上看，都是极具代表性的。

　　1933 年，洪深的《欧尼尔与洪深——一度想象的对话》发表在《现代出版家》第 10 期上，

这是"在当时所有评介《悲悼》的文字中，……最为著称，而且也是中国早期奥尼尔研究中，

其本身最具探讨价值的一篇文章"。[4]同时，这篇文章还阐明了洪深本人的戏剧创作思想。

4. 刘海平、朱栋霖：《中美文化在戏剧中交流——奥尼尔与中国》，第 122 页，南京：南京大学出版社，1988 年版。

　　1935 年 9 月 2 日的《大公报》上，刊登了肖乾的文章《奥尼尔及其〈白朗大神〉》，在这

篇文章中，肖乾以激情洋溢的笔调对于奥尼尔在美国戏剧史上的地位和意义给予了充分的肯定

和相当高的评价："……有一个作者，一个年纪轻轻，不懂规矩的美国作者，竟一气跨过大西

洋，傲慢地步入伦敦城，傲慢地闯入大陆剧场。一向都鄙视美国的不列颠人竟也承认这人的著

作是安格罗·撒克逊文艺的光荣了。这人后来还跨过太平洋。他的《琼斯皇帝》（洪深译，载

《文学》翻译专号）和《天际线外》都曾在中国公演过。如果一个人还记得美国也有戏剧，那

占九成是优金·奥尼尔（Eugene O'Neill）的了。"对于奥尼尔的剧作风格，肖乾将其总结为

"奥尼尔味"，他认为："了解高尔斯华兹，威尔波，甚至了解肖伯纳都不是难事。奥尼尔却

以强烈的个性刻印到每篇作品上，拒绝摹拟和揣忆，题旨也不容易捉摸。百老汇没有他的影子。

他不睬时下到底在热闹着什么题材，什么风格，他笔直地创造自己的艺术，每篇戏都有十足的奥尼尔味。"肖乾认为《白朗大神》是"最成功最奥尼尔的"，"他把现实和象征，生命和死亡打成一片。他起图用生命诠释生命，一个神秘的表现！"[1]这一年10月出刊的《人生与文学》

1. 肖乾：《奥尼尔及其〈白朗大神〉》，载《大公报》，1935年9月2日。

第1卷第5期上刊登了专攻英美戏剧的评论家巩思文的《奥尼尔及其戏剧》。

　　1936年7月1日出刊的《文艺》第3卷第3期上刊登了柳无忌的文章《二十世纪的灵魂——评欧尼尔新作〈无穷的岁月〉》，这篇文章是"本时期唯一的讨论奥尼尔宗教观的文章"[2]。柳

2. 刘海平、朱栋霖：《中美文化在戏剧中交流——奥尼尔与中国》，第133页，南京：南京大学出版社，1988年版。

无忌认为："欧氏在这剧里走上了一条新的道路，他重为人生估定一个新的价值；那就是说，他又回到宗教，认它为医治现代病症的一剂良药。"[3]柳文认为"戏剧作品应该提供医治时代

3. 柳无忌：《二十世纪的灵魂——评欧尼尔新作〈无穷的岁月〉》，载《文艺》，1936年第3卷第3期。

病的良剂，这多少反映了当时我国学者普遍地对悲剧这一西方文艺的重要形式了解得还很浮浅，在很大程度上是受到了我国传统文学中美学观念的影响"[4]。同时，从柳文里面还能隐约听到

4. 刘海平、朱栋霖：《中美文化在戏剧中交流——奥尼尔与中国》，第136页，南京：南京大学出版社，1988年版。

"五四"时期"为人生"的文学观念的回音。同年，《国闻周报》第13卷第47期上发表了肖乾的论文《论奥尼尔》。在这篇论文里，肖乾引用了评论家E. Bechhofer的话，对于《琼斯皇》的时代意义做了高度评价："多少年来，戏剧家们企图发现一种迈出当代戏剧界栅的作品，如今，奥尼尔解决了这个问题。"[5]

5. 肖乾：《论奥尼尔》，载《国闻周报》，1936年第13卷第47期。

　　1937年，评论奥尼尔的文章总量达到了一个前所未有的高峰。1月27日发行的《中央日报》上发表了浩若沪的文章《奥尼尔的技巧及其社会哲学》。1月出刊的《文艺月刊》第10卷第4、5期合刊的"戏剧专号"上刊登了王思曾翻译自S. K. Winther的《奥尼尔的剧作技巧》，这篇文章重点论述了奥尼尔剧作中的象征手法，认为他的《白朗大神》是"用文字、动作、图画，和哑剧表达出来的，对于生命的一种象征的解释"[6]。2月25日出刊的《新中华》第5卷第4期

6. S. K. Winther：《奥尼尔的剧作技巧》（王思曾译），载《文艺月刊》，1937年第10卷第4、5期合刊。

上发表了俊祥的《美国戏剧家奥尼尔》。《文学》第8卷第2号上刊登了俞志远的《奥尼尔的生涯及其作品》，同期还附有奥尼尔及其书斋照片，接着，该杂志第3号又发表了赵家璧的《友琴·奥尼尔》，同期刊印了奥尼尔夫妇的近照及签名，还有奥尼尔8岁时的珍贵照片。《社会科学》的第10、13、16期上发表了黄学勤的《戏剧家奥尼尔的艺术》，在这篇文章里面，黄学勤"强调奥尼尔对水手悲惨的描写和剧作的社会批判意义"。[7]11月1日出刊的《国闻周刊》

7. 刘海平、朱栋霖：《中美文化在戏剧中交流——奥尼尔与中国》，第114页，南京：南京大学出版社，1988年版。

第14卷第3期刊登了曹泰来的《奥尼尔的戏剧》。在这篇文章里面，曹泰来分析了奥尼尔在戏剧形式方面的创新："他无论是尝试哪一种形式，总是开展着新面目。他表面上是推翻传统

观念与形式，触犯现成的规律，然而实际上一切戏剧的定理已尽其中。因为创造艺术家犹如艺术本身，题目的选定，表现的手法，无不从心所欲。"同时，曹泰来的文章还指出奥尼尔戏剧的真正价值在于"他的诗人精深的想象，解释人类永远向上之心念与永恒的挣扎底光荣"。[1]

1. 曹泰来：《奥尼尔的戏剧》，载《国闻周刊》，1937 年第 14 卷第 3 期。

1938 年 6 月出刊的《文艺阵地》第 1 卷第 5 期上刊登了南卓的《评曹禺的〈原野〉》，指出："作者（即《原野》的作者曹禺）有一个癖好，就是模仿前人的成作。《原野》同欧尼尔的《琼斯皇》（The Emperor Jones）非常相像，都是写的一个同自然奋斗的人怎样还是被一座原始的森林——命运的化身——给拿住了。"南卓的文章还进一步指出《原野》"模仿"的失败，认为仇虎"似乎没有像琼斯一样迷路等死的必要"。这篇评论文章还指出："作者很喜欢欧尼尔的作品，在《雷雨》中的二少爷像《天外》（Beyond the Horizon）中的兄弟一样的憧憬着'天外'。《原野》里的金子又重复地表示对'天外'的希望，一心想坐着火车，到那黄金铺地的所在，——具象的'天外'。"[2]南卓的文章看到奥尼尔对曹禺创作的可能的影响，是有见地的，

2. 南卓：《评曹禺的〈原野〉》，载《文艺阵地》，1938 年第 1 卷第 5 期。

但是因此而抹煞了曹禺的独创的一面，就有些不够中肯。11 月，继范方翻译了奥尼尔的独幕剧《早点前》，《戏剧杂志》第 1 卷第 3 期上发表了赵家璧的《〈早点前〉的作者奥尼尔》。1939 年，长沙商务印书馆出版了巩思文的专著《现代英美戏剧家》，涉及到了 5 位现代英美戏剧家：奥尼尔、考欧德、奥凯西、赖斯和毛姆。其中，"奥尼尔"一章包括奥尼尔的生平、代表作介绍、奥尼尔剧作评析和附录，共 3 万多字，"总评奥尼尔的戏剧"是主体内容，而且联系了美国的小剧场运动来探讨奥尼尔的成长。"此书主要价值在于因篇幅最长而显示出对奥尼尔戏剧进行全面评述的气势。"[3]此后，奥尼尔的评介文章一度空缺，直到 1941 年 12 月改编自《天边外》

3. 刘海平、朱栋霖：《中美文化在戏剧中交流——奥尼尔与中国》，第 138 页，南京：南京大学出版社，1988 年版。

的《遥望》在重庆上演，12 月 30 日发行的《中央日报》上刊登了 3 篇相关评论文章：陈纪滢的《遥望简评》、理孚的《关于〈遥望〉》和罗荪的《诗与现实》。1942 年，桂林发行的《文学译报》第 1 卷第 2 期上刊登了陈占元翻译自法国 J. J. 蒲里甫的《友琴·奥尼尔传》。《话剧界》第 7 期发表了王卫的《欧美剧人介绍：戏剧家奥尼尔》。1944 年 3 月 10 日出刊的《天地》第 6 期上发表了女作家张爱玲的《谈女人》，在这篇文章里面，张爱玲从女性视角出发，对奥尼尔的《大神勃朗》很是赞赏，并且指出其运用了"印象派笔法"，"《大神勃朗》是我所知道的感人最深的一出戏，读了又读，读到第三四遍还使人心酸泪落。奥涅尔以印象派笔法勾出的'地母'是一个妓女……这才是女神。"她甚至说道："如果有这么一天我获得了信仰，大

约信的就是奥涅尔《大神勃朗》一剧中的地母娘娘。"[1] 同年，《戏剧时代》第 1 卷第 4、5 期

1. 张爱玲：《谈女人》，载《天地》，1944 年第 6 期。

上发表了 R. 华思的《现代美国剧作家及其作品》，文章里面对奥尼尔做了重点评述。1945 年

8 月 31 日出刊的《文艺先锋》第 7 卷第 2 期上刊登了洗群的《读欧尼尔的〈加力比斯之月〉》。

1947 年 2 月 15 日出刊的《文艺春秋》第 4 卷第 2 期上发表了顾仲彝的《奥尼尔和他的〈冰人〉

介绍》，此时奥尼尔的《送冰的人来了》刚刚在美国上演。顾文"只是提供了有关该剧的外围

轮廓"，"但它却是解放前唯一的关于奥尼尔的后期剧作的介绍，而且其中还透露了剧作家后

期另一重要剧作《长日入夜行》的信息"。[2]

2. 刘海平、朱栋霖：《中美文化在戏剧中交流——奥尼尔与中国》，第 141 页，南京：南京大学出版社，1988 年版。

　　由于建国后特殊的文化生态，奥尼尔及其作品在整整 30 年里暂时地从中国读者的视野中

隐退了。但是，由于此前中美戏剧艺术的交流与互相启迪，"奥尼尔"的影响被本土化，已经

融入了中国文化血脉的深处，成为中国戏剧传统的一部分，一旦遇到合适的文化氛围和生存态

势，便会"再次开始东航'天边外'的奇遇"。[3]

3. 刘海平、朱栋霖：《中美文化在戏剧中交流——奥尼尔与中国》，第 147 页，南京：南京大学出版社，1988 年版。

　　1979 年，《外国戏剧资料》第 1 期上刊登了凯瑟琳·休斯的《近三十年美国剧作家概貌》

和露西娜·嘉巴德的《在动物园里：从奥尼尔到阿尔比》，两篇文章都介绍了奥尼尔的一些

情况。接着，《剧本》第 2 期上发表了谢榕津的《美国剧坛一瞥——现代戏剧家：尤金·奥尼尔、

田纳西·威廉斯、阿瑟·米勒》。而赵澧发表在《戏剧学习》的第 2 期上的《美国现代戏剧

家尤金·奥尼尔》，则标志着"第一篇全面评介奥尼尔戏剧的论文问世"。于是，"中断了

三十年的中美文化在戏剧中的'对话'终于又恢复起来，并且形成了八十年代中国的方兴未

艾的'奥尼尔热'"。[4] 在这种情势下，奥尼尔的剧作的译介、出版和研究工作在中国文艺界

4. 刘海平、朱栋霖：《中美文化在戏剧中交流——奥尼尔与中国》，第 147—148 页，南京：南京大学出版社，1988 年版。

再度全面展开。

2008 年 2 月，任鸣导演的美国剧作家
奥尼尔的名作《榆树下的欲望》剧照。

1980 年，龙文佩翻译的《东航卡迪夫》、白野翻译的《天边外》和刘宪之翻译的《琼斯皇》，刊登在复旦大学外国文学研究室编的《外国文学》的第 1 期上。1981 年，《外国戏剧》第 2 期上发表了汪义群翻译的《榆树下的欲望》，《小剧本》第 3 期刊载了范方翻译的《早点前》，《外国文学》第 4 期刊登了李品伟翻译的《榆树下的欲望》，《外国剧作选》第 5 卷收入了聂淼翻译的《安娜·桂丝蒂》。1982 年，《外国文艺》第 1 期刊登了鹿金翻译的《大神布朗》。同年，上海文艺出版社出版了荒芜翻译的《奥尼尔剧作选》，里面包括《天边外》、《毛猿》和《悲悼》。1983 年，《美国文学丛刊》第 1 期上发表了张廷琛翻译的《日长路远夜深沉》，《现代美国文学研究》第 1 期上，刊登了槛畲翻译的《早餐之前》和《梦孩子》，第 2 期上刊登了郭继德翻译的《诗人的气质》。同年，湖南人民出版社出版了欧阳基翻译的《进入黑夜的漫长旅程》和蒋嘉、蒋丁虹翻译的《榆树下的恋情》。1984 年，漓江出版社出版了荒芜、汪义群等翻译的《天边外》，作为"获诺贝尔文学奖作家丛书"之一，这个集子包括了《天边外》（荒芜译）、《琼斯皇》（茅百玉译）、《上帝的儿女都有翅膀》（汪义群译）、《榆树下的欲望》（汪义群译）、《啊，荒野！》（沈培锚译）和《进入黑夜的漫长岁月》（汪义群译），前面附有汪义群的"译本前言""执着地反映严肃的人生"，书后的附录里面包括"授奖辞"、"受奖演说"、"自传"、"奥尼尔创作与生平年表"和"奥尼尔剧作首演系年"。1985 年，《戏剧界》第 1 期刊载了黄宗江改编自《安娜·克里丝蒂》的《安娣》。1987 年，《当代外国文学》第 2 期发表了刘海平翻译的《休伊》。

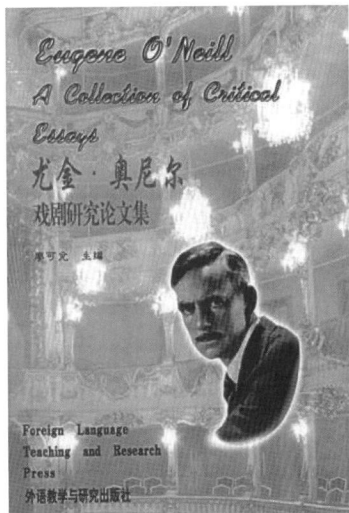

廖可兑主编的《尤金·奥尼尔戏剧研究论文集》书影，外语教学与研究出版社 1997 年版。

　　20 世纪 80 年代，伴随着奥尼尔剧作的翻译出版，各种文艺学术期刊也大量刊载了研究奥尼尔及其作品的文章，这些文章的公开发表和彼此互动，逐渐在中国形成了一个由专刊、专会构成的奥尼尔学术研究平台，并且形成了一个薪火相传的合理的学术梯队。"其中有老一辈的资深研究者荒芜、廖可兑，有中年一代的功力深厚的龙文佩、欧阳基等，还有崛起中的新的一代"，[1] 如刘海平、汪义群、朱栋霖等。1985 年，欧美戏剧研究专家廖可兑先生在中央戏剧学

1. 刘海平、朱栋霖：《中美文化在戏剧中交流——奥尼尔与中国》，第 148 页，南京：南京大学出版社，1988 年版。

院成立并亲自主持了奥尼尔研究中心。1987 年 2 月 24 日至 27 日，中央戏剧学院和山东大学在北京主办了中国第一届"尤金·奥尼尔学术研讨会"，来自全国 34 所大学、科研机构和表演剧院的 60 多位专家、学者和艺术工作者到会，曹禺作为戏剧家协会主席和中央戏剧学院名誉院长，亲自到会祝贺发言，会后编辑出版了《奥尼尔戏剧研究论文集》。1988 年是奥尼尔诞辰 100 周年，这一年第二届奥尼尔学术研讨会在北京举行。同年，南开大学举办了"全国外国文学研究生奥尼尔戏剧学术研讨会"，南京大学的刘海平教授组织举办了"奥尼尔国际学术研讨会"和"奥尼尔戏剧节"。此后，基本上每隔一两年，奥尼尔学术研讨会就会在中国的大学举办一次。1988 年 5 月，由刘海平、朱栋霖合著的《中美文化在戏剧中交流——奥尼尔与中国》由南京大学出版社出版，这本书主要涉及了"奥尼尔戏剧创作与老庄哲学的关系，奥尼尔剧作对中国话剧的影响，中国文化界随着自身文化价值、审美观念的嬗替、演变而对奥尼尔戏剧接受的进程"，[2] 并附有奥尼尔剧作中译、评介、上演等资料，这是一本资料详实、角度新颖的专

2. 刘海平、朱栋霖：《中美文化在戏剧中交流——奥尼尔与中国》，第 8 页，南京：南京大学出版社，1988 年版。

著。1993 年 9 月，上海译文出版社出版了由陈良廷、鹿金翻译自美国学者弗吉尼亚·弗洛伊德的专著《尤金奥尼尔的剧本——一种新的评价》，这本书参考了大量的奥尼尔生前的"工作日记"，对他的作品的不同版本进行了分析和评价，对于研究奥尼尔及其作品而言，极具参考价值。"从 1979 年至今，中国大陆公开发表的、在学术上卓有见地的奥尼尔研究文章已逾 200 篇。与 20 世纪 30、40 年代相比，新时期以来从事奥尼尔戏剧研究的队伍更加壮大，理论研究更加深入，角度更加宽广，成果也更为丰厚。"[3]

3. 荣广润、姜萌萌、潘薇：《地球村中的戏剧互动》，第 254 页，上海：上海三联书店，2007 年版。

　　20 世纪 80 年代以来，在奥尼尔剧作翻译、研究不断深入的同时，他的剧作也频频在中国舞台上演出。1981 年 9 月，中央戏剧学院导演系作为内部教学内容，演出了《安娜·克里斯蒂》的第 3 幕，导演是张学琛。1982 年 5 月至 6 月，中央戏剧学院正式公演了《安娜·克里斯蒂》，由表演系 78 级演出，导演是滕岩。12 月到次年 1 月，长春话剧院也演出了该剧，仍由滕岩执导。

1983 年 2 月 2 日至 11 日，5 月 17 日至 18 日，山西话剧院演出了《天边外》，共计 12 场，导演是谢元。1983 年秋，陕西话剧院演出了《安娜·克里斯蒂》，由赵慧珍执导。同年 9 月，中央戏剧学院作为内部教学内容，演出了《榆树下的欲望》的第 3 幕，导演是张孚琛。1984 年 6 月，中央戏剧学院作为内部教学，演出了《漫长的旅程》，由张孚琛执导。1983 年，中国戏剧家协会和美国"奥尼尔研究中心"共同协商了一个中美戏剧交流项目。1984 年 9 月，美国奥尼尔研究中心主席乔治·怀特应中国戏剧家协会的邀请，到中国执导黄宗江改编自《安娜·克里斯蒂》的《安娣》，经过近一个月的紧张排练，10 月 16 日，《安娣》在中央戏剧学院的试验剧场首次演出，主演为鲍国安、麻淑云、薛山。这次中美戏剧"对话"获得了理想的效果，在国内外引起了很大的反响。1986 年 1 月，沈阳话剧团演出了《榆树下的欲望》，总导演是张孚琛，导演朱静兰，在沈阳、哈尔滨、大连、上海、北京等地共演出 50 多场。1986 年 4 月，中央戏剧学院表演系毕业班演出了《悲悼》三部曲之《归家》，由张孚琛执导，共演出 13 场。1988 年是奥尼尔诞辰 100 周年，南开大学举办了奥尼尔学术研讨会，并且在校内由学生用英语演出了《啊，荒野！》。同年 6 月，在南京、上海两地举办了奥尼尔戏剧节，在南京上演了 4 部奥尼尔的戏剧，在上海有 7 部奥尼尔的戏剧演出。1990 年 10 月，第 3 届全国奥尼尔学术研讨会在山西举办，山西省话剧院演出了由刘明厚编剧的《迷雾人生》，这是一部描写奥尼尔生平及戏剧创作的戏剧。1995 年 6 月，第 6 届奥尼尔学术研讨会在上海举行，在此期间，上海戏剧学院演出了《走进黑夜》，导演是刘云，中央戏剧学院排演了《悲悼》，由赵之成执导。1997 年 5 月，第 7 届奥尼尔学术研讨会在广州举行，期间有 5 部奥尼尔戏剧上演。2001 年 5 月，中央戏剧学院表演系 98 级学生演出了《大神布朗》。2002 年 1 月，《安娜·克里斯蒂》和《榆树下的欲望》的片段在上海演出。2003 年 4 月，为纪念中国戏剧梅花奖创办 20 周年，广东话剧团在北京的北兵马司小剧场演出了《安娜·克里斯蒂》，由王晓鹰执导，因为考虑到演出的效果，对原作进行了适当的删改，并调整了演绎方式。主演是三位"梅花奖"获得者王虹、李邦禹和张页川，他们"精彩的表演涌现着剧中人物情感的波涛，把感情与理性的矛盾融入人与自然（大海）的搏斗中，一方面展现了人与自然搏斗过程中的无奈，一方面也凸现了爱情的力量与人性的光辉"[1]。

1. 刘平：《北京上半年话剧舞台扫描》，载《戏剧文学》，2003 年第 12 期。

二、 中国戏剧创作与奥尼尔

20 世纪是个信息愈加密集的时代。奥尼尔在美国戏剧界取得的巨大成就以及造成的影响，几乎在同一时间，就传入大洋彼岸的异质文化圈内，并且得到了热烈的回应。在中国，奥尼尔的影响几乎贯穿了整个中国现代戏剧发展的进程。但是，奥尼尔对于中国现代戏剧的影响的结果，并非中美文化"杂交"后的戏剧"混血儿"，而更多的是一种"启示"——为中国现代戏剧的进一步发展贡献了一块可供熔铸的基石；而中国戏剧家们在这个基础上的创造性成果，反过来也为"世界"现代戏剧艺术谱系增添了无可替代的东方戏剧艺术精神。

如果把奥尼尔与整个中国现代戏剧的发展进程的复杂关系网络看作一个坐标系的话，那么洪深、曹禺和李龙云的部分创作及实践则代表着可以描述这个关系轨迹的 3 个坐标点。

1. "摹仿"与"创作"：洪深与奥尼尔

1933 年 1 月 22 日，中国现代戏剧奠基人之一的洪深，写下了《欧尼尔与洪深——一度想象的对话》一文。这次横跨太平洋的"对话"实际上是一出"独角戏"，洪深在文中以"双簧"的方式，模拟奥尼尔的口气，发表了他对于"摹仿"与"创作"的关系的看法，其中不乏自我辩白的意味，同时还委婉地说出了自己与奥尼尔的艺术分野，或者说是洪深在"摹仿"的基础上进行"创作"的基点。

洪深的做法是事出有因的。

1922 年春天，作为"到国外去专攻戏剧"的"中国破天荒第一人"[1] 的洪深回国，该年冬天写出了旨在"同情""一个士兵一生的罪恶与痛苦"[2] 的剧作《赵阎王》。1923 年 2 月，"由洪深个人出资"，在上海笑舞台演出，洪深亲自演出。然而，"这次表演的结果，对大多数观众是失败的"。2 月 8 日的《晶报》刊登了这样的报道："前夜实演时，观者颇不明了，甚至有谓此人系有精神病者"[3]。如果说这个阶段刻薄的报道和舆论仅说明了中国观众对于洪深的新的戏剧手段存在隔膜，而使洪深倍感寂寞的话——每一位走在其时代前面的人，总是避免不了寂寞的命运的；那么，等到 1920 年代末，伴随着奥尼尔在美国的崛起和中国对奥尼尔零星的译介，一些嗅觉灵敏的文艺界批评家们，很快发觉了《赵阎王》的美国"祖宗"，即奥尼尔的《琼斯皇》，一时"改本说"（1929 年《新月》第 1 卷第 11 号上刊载了张嘉铸的《沃尼尔》，

---

1. 见汪仲贤 1921 年寄给洪深的信件。转引自洪深为上海良友图书印刷公司 1935 年出版的《中国新文学大系·戏剧集》（上海文艺出版社 1981 年 10 月影印本）所作的《导言》，第 59 页。
2. 洪深：《我的经验》，见孙青纹编《洪深研究专辑》，第 206 页，杭州：浙江文艺出版社，1986 年版。
3. 参见洪深为上海良友图书印刷公司 1935 年出版的《中国新文学大系·戏剧集》（上海文艺出版社 1981 年 10 月影印本）所作的《导言》，第 61 页。

该文提到："洪深先生的《赵阎王》，我们认为是沃尼尔的 Emperor Jones 的改本"）与"儿子说"（袁昌英发表在 1932 年《独立评论》第 27 号上的《庄士皇帝与赵阎王》指出"赵大是庄士的儿子"）甚嚣尘上，对于洪深本人的创造性工作要么不承认，要么最小化。无奈，洪深的学生马彦祥只好出来为自己的老师撰文辩护。此时的洪深，可能会感到冤屈。于是，就有了 1933 年的《欧尼尔与洪深——一度想象的对话》的问世。

洪深第一次撰文说明《赵阎王》与《琼斯皇》的关系，是在为 1935 年上海良友图书印刷公司出版的《中国新文学大系戏剧集》写作的《导言》里面："洪深的《赵阎王》，第一幕颇精彩——尤其是字句的凝炼，对话非常有力。第二幕以后，他借用了欧尼尔底《琼斯皇》中的背景与事实——如在林子中转圈，神经错乱而见幻境，众人击鼓追赶等等——除了题材本身的意义外，别的无甚可观。"[1] 洪深在多大程度上"摹仿"了奥尼尔的《琼斯皇》，他已经说得

> 1. 洪深：《中国新文学大系·戏剧集·导言》，第 70 页，上海：上海文艺出版社，1981 年版。

很清楚，无需进行对比、发掘、"实证"，从而寻求人物、情节的对应关系。实际上这种工作既没有意义，也不大可能，因为洪深的"摹仿"与他的"创作"必定是水乳交融的一个有机体，作为文艺创作的戏剧创作完全是一种精神性劳动，无从运用条分缕析的理性方法去"定量"分析所谓的"摹仿"成分，即使是"摹仿"，也必定被"创作"给渗透的不是那么"纯粹"了，充其量只能找到"摹仿"的影子。这里，问题的关键是洪深在"摹仿"的基础上的"创作"的基点是什么，他的"创作"是如何体现的，以及洪深的"创作"为何会如此体现。

梳理洪深与奥尼尔的关系"渊源"，需要追溯到哈佛大学乔治·皮尔斯·贝克教授开的戏剧编撰课程"英文四十七"。奥尼尔与洪深同为贝克的学生——奥尼尔在学时间为 1914 年至 1915 年，而洪深在学时间为 1919 年至 1920 年，[2] 二人是没有任何实质上的接触的。洪深曾在《欧

> 2. 洪深在《欧尼尔与洪深——一度想象的对话》里面说他和奥尼尔"是相隔二年的先后同学"，可能是洪深对于奥尼尔在学的确切时间了解有误。

尼尔与洪深——一度想象的对话》里面提到他和奥尼尔在哈佛"是相隔二年的先后同学，都是培克教授的弟子"，在《戏剧的人生》里面再次详细回忆了他在哈佛贝克教授门下学习戏剧的情形："哈佛大学里教授戏剧的是倍克先生；我到哈佛的那年，他已经在哈佛教了二十多年了。他的学生在戏剧界里有成就的不知有多少，欧尼尔就是其中之一。"[3] 从这些回忆性的文字，

> 3. 洪深：《戏剧的人生》，见孙青纹编《洪深研究专辑》，第 18 页，杭州：浙江文艺出版社，1986 年版。

可以看出洪深对于和奥尼尔同出一门的事实很是自豪。但实际上，奥尼尔和贝克教授的课堂是"格格不入"，他觉得这门课无聊至极，和其他学生对于这门课的敬畏和专注不同，奥尼尔"会坐在椅子上不安分而且摆晃着，沉着脸，以一种不很响的声音发出吓人的诅咒和表示异议的咕

哝声"，"他独来独往，非常不愿意与人交往。他不欢迎人亲近他"。[1]哈佛一年的学习对于

1.［美］鲍恩:《尤金·奥尼尔传：坎坷的一生》(陈渊译)，第84—85页，杭州：浙江文艺出版社，1988年版。

奥尼尔而言"没有对他带来什么害处，但反过来说，他也几无得益"。[2]洪深则不，"可以说，

2.［美］弗·埃·卡彭特:《尤金·奥尼尔》(赵岑、殷勤译)，第3页，沈阳：春风文艺出版社，1990年版。

洪深走上戏剧道路的启蒙老师是贝克教授。他在戏剧方面的编、导、演、舞、美、设计等的全

方位的锻炼是以后成为戏剧全才的一个前提和基础。贝克教授的戏剧思想及教学方法使洪深受

益终生"[3]，而洪深回国后，倾其所学，将他在美国学习的现代戏剧排演及管理体制，结合中国

3.韩斌生:《大哉洪深》，第424页，北京：中央文献出版社，2000年版。

戏剧发展的事实，进行了创造性转化，从事了一系列戏剧活动，对于中国现代戏剧的革新与发

展有着极大的推进意义。洪深与奥尼尔在哈佛的大相径庭的经验说明了贝克教授"只是洪深

走向奥尼尔的一个中间站"[4]，而奥尼尔对于洪深只是一个精神上的"同门"。奥尼尔离开哈

4.［捷克］马立安·高利克:《中西文学关系的里程碑》，第158页，北京：北京大学出版社，1990年版。

佛以后，写下了很多重要的剧作，这些剧作自1916年开始在美国各地剧院上演，洪深离开哈

佛和波士顿后，接着到了纽约，而奥尼尔此时期的大多剧作都在纽约首演，其中包括《琼斯

皇》。[5]洪深可能看过这出戏，而且对于奥尼尔在美国戏剧界的地位肯定是有所认识，并且因

5.参见荒芜、汪义群等译的《天边外》"附录""奥尼尔剧作首演系年"(汪义群辑)。

为哈佛的"渊源"，洪深"心向往之"就是自然而然的了。但是，这些梳理仅能辨认出洪深

和奥尼尔的关系渊源以及《赵阎王》"摹仿"《琼斯皇》的基本渠道之一，并不能说明在《赵

阎王》中什么是"摹仿"因素，也没有必要说明，关键是洪深在这个基础上的"创作"的发生、

原因及意义。

再回到《欧尼尔与洪深——一度想象的对话》一文，在结尾处，洪深说道："欧尼尔的社

会环境，何以只包括生理而竟完全忘记生产了呢！这个，将来还要找一个机会谈谈的。"[6]这

6.洪深:《欧尼尔与洪深——一度想象的对话》，见孙青纹编《洪深研究专辑》，第205页，杭州：浙江文艺出版社，1986年版。

句话委婉地表述了洪深与奥尼尔的"戏剧观"的分歧所在——洪深的戏剧观的最终指归在于"生

产"，而不仅仅是"生理"。实际上，这正是洪深"创作"的基点，也是我们探讨《赵阎王》

与《琼斯皇》的关系的起点。

在《属于一个时代的戏剧》里面，洪深详细地回忆了《赵阎王》写作的前前后后："记得

六年前[7]的春天，在第一次奉直战争后，我特为上北方去，想收拾一点戏剧的材料。在火车里

7.即1922年。——引者注

听得兵士谈说，吴佩孚战胜的军队，将长辛店阵线上，受有微伤而不碍性命的奉军，多数活埋了。

因为奉军身边，都有几十块钱，吴军很穷，不活埋，不能夺取奉军的钱。我当时听了，情感上

起了极大的冲动，好几天不能自然。后来慢慢的联想到北方军阀和兵士的一切的罪恶，慢慢的

对于受虐的民众发生无量的同情，慢慢的对那作恶的兵士也会发生同情了。但我只是一个从事

戏剧的人，别无能力，所以只得费了几个月的工夫，在那年冬间，完成了《赵阎王》这部剧本。如今已有实行的政治家，起兵将北方的军阀打倒了，欣喜得像那剧本内所描写的事实，以后再也不会发生了。这两部剧本[1]都是有时代性的。我现在全照旧时所作，一些不加修改，刊登出来，

1. 另一部剧本是《贫民惨剧》，洪深在《属于一个时代的戏剧》第 6 节前半部分有所描述。——引者注

为要忠实的保存着时代对于我所生的影响，以及我能力所够得到，提取着的时代背景与精神。还有一点，可以无须乎多声明的，就是《贫民惨剧》与《赵阎王》都是我阅历人生，观察人生，受了人生的刺激，直接从人生里滚出来的。不是趋时的作品（作文字同穿衣裳一样会求时髦）。"[2]

2. 洪深：《属于一个时代的戏剧》，见孙青纹编《洪深研究专辑》，第 163—164 页，杭州：浙江文艺出版社，1986 年版。

从洪深的自白可以看出《赵阎王》的题旨在于反映时代，表达作者对于人生的看法，而非"趋时的作品"。

在《赵阎王》中，历来最容易引起争议或者追寻所谓的"奥尼尔味儿"的地方，就是剧作里面写到赵大在树林里面和幻影周旋，最终神经错乱的内容，即第 2 幕到第 8 幕。[3] 表面上看

3. 洪深：《赵阎王》，见《中国新文学大系·戏剧集》，第 137—163 页，上海：上海文艺出版社，1981 年版。

是借鉴了奥尼尔曾使用的"表现主义"手法，但实际上是"现实主义"的。这可以从两个层面得以解释：第一，从赵大的幻觉的内容上看，赵大在树林里面的所谓幻觉实际上大多数是他对自己经历的回忆。从剧作的第 3 幕起，洪深就在闭幕时注上该幕幻觉里面的事件发生的时间（地点）：从"民国十一年长辛店"一直回溯到"庚子"年间义和团运动的爆发，在赵大的回忆里面，我们可以看到中国历史的一个侧面，或者说《赵阎王》里面的幻觉描写是通过赵大的人生经验去反映那个时代的精神的一种手段，在赵大的幻觉里面，亦存在很多"中国元素"，比如第 8 幕，当那群衣衫褴褛的人群出现时，他们是中国传统戏剧里面的二郎神、三太子、孙悟空、猪八戒、秦叔宝、武松、黄天霸等，也有义和团的旗子。第二，从"形式的内容"上看，洪深在剧中着力描写"潜意识"，他的用意绝非炫耀"时髦"的写作技巧，实际上洪深的手法与剧作题旨本身有着深层的联系：洪深为了表述他对时代、人生的理解，对"受虐的民众"的"同情"，必须把赵大这个"兵士"描写得富于立体感，才能消除人们对于"兵士"片面的"罪恶"成见。如何使赵大的形象彰显出人性的多侧面，唯有从他的"恶"里面发掘他的良心、他的痛苦，以及他的内心的疯狂与挣扎，写出他值得同情的一面，那么只有把他的潜意识和内宇宙转化为形象和动作，才能达到洪深的写作意图。赵大的幻觉和恐惧，正是他的良心在善与恶的两极挣扎的体现，他的神经错乱背后是人性的光辉和洪深寄托的悲悯。根据最后一幕，我们可以想到，老李的所思所为，完全可能成为第二个赵大，这样一来，赵大的形象就具有了普遍意义。

而且，赵大在松林里面的幻觉，在第 1、2 幕里面，已经通过人物的对白做了铺垫，严格地说后来的幻觉并不突兀，或者多么难以理解。洪深在写赵大的恐惧时，一再地通过赵大的"代言"，为他曾经的作恶寻找社会因素，凸现出赵大不过是一个被冷酷的社会暴力机器绞杀的贫苦农民而已。在洪深的笔下，赵大还具有眷恋土地的文化心理情结，比如第 4 幕，赵大自言自语："先花几百块，换买一块小小的麦田，自己的力气，挣换出吃的穿的喝的来，良心无亏，从此安分守己，做一个好人罢！"《赵阎王》塑造的赵大是一个典型的被社会腐蚀了的淳朴农民，完全是"中国制造"，他与大洋彼岸的"琼斯皇"完全是两码事。

洪深借鉴《琼斯皇》的地方是其叙事结构和场景转换技巧，但是与奥尼尔着力通过表现现代人的恐惧与悲剧去追寻形而上的哲学意义不同，洪深追求的"还是一出戏的社会效果"[1]，他

1. 洪深：《欧尼尔与洪深——一度想象的对话》，见孙青纹编《洪深研究专辑》，第 204 页，杭州：浙江文艺出版社，1986 年版。

虽然用了《琼斯皇》的现成技巧，"却说了"他"所要说的话了"[2]。这就是洪深的"摹仿"

2. 洪深：《欧尼尔与洪深——一度想象的对话》，见孙青纹编《洪深研究专辑》，第 204 页，杭州：浙江文艺出版社，1986 年版。

与在此基础上的"创作"。

当然，洪深并不是非采用描述"潜意识"的技巧不可，但是他认为："我对于男子扮演女子，是感到十二分的厌恶的"，"我又想演戏，结果只好是自己去写一出那完全不须要女角的戏了。赵阎王题材决定之后，我决意借用奥尼尔写《琼斯王（皇）》方式，这也是主要原因之一，因为这样，戏中就可以不用女角了"[3]。洪深为了"要对社会说一句话"，可谓用心良苦，

3. 洪深：《我的打鼓时期已经过了么？》，见孙青纹编《洪深研究专辑》，第 238 页，杭州：浙江文艺出版社，1986 年版。

不料上演后恶评如潮，对此洪深亦做了沉痛的反思，他准确地意识到："平时我们说话，还得'以其所知，及其所不知'；现在忽然由一个他们素所不知道的人，对他们用些他们素所不习惯的方法，说一句他们素所听不见的话，而要他们了解你同情你，这岂不在妄想么？"[4]《赵阎王》

4. 洪深：《我的打鼓时期已经过了么？》，见孙青纹编《洪深研究专辑》，第 238 页，杭州：浙江文艺出版社，1986 年版。

的失败，在于洪深未能照顾到当时中国观众的接受水平与习惯，但是，洪深的创作与演剧的理想是成功地实现了的，舆论的恶评，从另一个角度看，也是对洪深的先驱姿态的最确切的历史记录。

当年，洪深是寂寞的。如今，"西方中心主义"仍然时时在无形中影响着我们对于历史的描述立场。张嘉铸的"改写说"和袁昌英的"儿子说"暗含着若没有外来影响，中国的现代戏剧就不可能"产生"的意味，这个说法所依托的思维模式在部分中国知识分子中一直大有市场。洪深的《赵阎王》的产生的时间正值"五四"新文化运动的高潮期，也是中国现代戏剧从"文明戏"走向"爱美剧"的转折阶段。在"为人生"的大纛下，从美国饱学归来的洪深曾立志："如果

可能的话，我愿做一个易卜生。"[1]洪深的戏剧观的重点在"生产"，这一双关语道出了《赵阎王》

1. 洪深：《我的打鼓时期已经过了么？》，见孙青纹编《洪深研究专辑》，第 237 页，杭州：浙江文艺出版社，1986 年版。

与《琼斯皇》的根本分野，也是洪深与奥尼尔的戏剧观的根本分野，也是洪深为"世界戏剧"

贡献的"中国的表现主义"的特色所在，其根本意义在于在世界文化格局里面凸现了中国文化

因素，或者说是为世界呈示了半殖民地的中国知识分子所追求的现代性的独特样貌和方式。

　　这里的讨论并非要否定"影响"的存在，而是在基于这样一种观念——"单一不代表所有，

外在不决定整体"之上，对"影响"的某种因素及其功能作出一个客观的定位和适度的评价。

　　我们应该认识到，洪深在借鉴《琼斯皇》的场景转换技巧上，还存在着明显的缺陷。《赵

阎王》的场景转换靠的是开枪和鼓声，开枪倒没什么，这个反复出现的动作与反复出现的幻觉

是相辅相成的。但是，鼓声就很牵强。《琼斯皇》里面的鼓声不仅渲染了舞台气氛，而且，"这

鼓声正是琼斯内心活动的写照，是他生命的象征"，同时，鼓声"在琼斯的内心世界和鼓声之

间架起了一座桥。他们看到了外在世界和人物内心的矛盾冲突"。[2]《赵阎王》里面的鼓声不仅

2. 张耘：《论尤金·奥尼尔的〈琼斯皇〉》，见廖可兑主编《尤金·奥尼尔戏剧研究论文集》，第 234 页，北京：外语教学与研究出版社，1997 年版。

缺乏现实依据，更不具备《琼斯皇》里面的心理背景与哲学意味。洪深的《赵阎王》的成就与

缺陷，既是一种开拓，也为后来的中国剧作家们留下了继续完善的余地。

2. "抄袭"还是"借鉴"：曹禺与奥尼尔

　　继 1933 年的《雷雨》和 1935 年的《日出》后，曹禺在 1936 年秋完成了 3 幕剧《原野》，

于 1937 年 4 月至 8 月发表在《文丛》第 1 卷第 2 至 5 期上，同年 8 月，由文化生活出版社出版，

8 月 7 日至 14 日由上海业余实验剧团在上海卡尔登大戏院首演，导演应云卫（1904—1967）。

与《雷雨》和《日出》不同，《原野》的发表与演出都没有引起重视。

　　直到 1938 年 6 月，发表在《文艺阵地》第 1 卷第 5 期上的南卓的《评曹禺的〈原野〉》，

才打破了这种尴尬的局面。然而，这篇迟来的第 1 篇评论文章指出"《原野》太接近欧美的作

品了……这种情形在文艺上却是一个严重的失败。"[3]南卓的文章显示出作者的文艺视野很开阔，

3. 南卓：《评曹禺的〈原野〉》，载《文艺阵地》，1938 年第 1 卷第 5 期。

眼光也相当敏锐——可以在曹禺的《原野》（包括《雷雨》）里面"探测"到种种"模仿"因素，

如"《原野》很明显的同欧尼尔的《琼斯皇》（The Emperor Jones）非常相像"，"在《雷雨》

中的二少爷象《天外》（Beyond the Horizon）中的兄弟一样的憧憬着'天外'。《原野》里

的金子又重复的表示对'天外'的希望"，还有"仇虎去谋害焦大星一段，则脱胎自莎士比亚

的《马克白》（Macbeth）中马克白夫妇暗杀邓肯王（Duncan）一场"，"还有仇虎用故事的

形式将他同焦大星的关系讲清，这是模仿《八大锤》和《断臂说书》"，总之，"作者（即曹禺）有一个癖好，就是模仿前人的成作"。[1] 接着南卓指出，《原野》失败的根本原因并非"模仿"，

1. 南卓：《评曹禺的〈原野〉》，载《文艺阵地》，1938 年第 1 卷第 5 期。

因为"抄袭或模仿本不是绝对不允许的"，问题是在《原野》里面，种种"模仿"因素未能协调，比如人物的性格塑造犹如"旧剧"人物性格"表解式"的传达，这与剧中人物语言"颇似欧美的习惯"有关，还有《原野》的"思想那可以说是不大清晰的，——而且有点杂乱，原因是作者从技巧出发，模仿的作品太多，外来的成分占了上风，影响到思想表现的不一致。再就是作者自己的思想似乎也还不大固定"。[2] 应该说，南卓的评论还是有一定的深度的，比如他能够从《原

2. 南卓：《评曹禺的〈原野〉》，载《文艺阵地》，1938 年第 1 卷第 5 期。

野》中看出曹禺的"模仿"源头，特别是他认为，导致曹禺失败的根本原因不是"模仿"，而是"模仿"的杂乱，这种见识与思路是值得肯定的。但是，这篇文章依然有"隔靴搔痒"而不得要领的问题存在，因为其立论的基础是不可靠的：曹禺的《原野》（包括其他作品）的创作过程，绝非简单的"技巧移植"，而是作家把积淀在其潜意识层面的种种经验、学养信息调动出来，在特殊的社会文化背景的熔炉中加以熔铸的结果，所谓的"模仿"并非一般想象的那样容易辨认和确认，而这类过于"简化"的评论继南卓之后却一再地出现。[3] 南卓文章里面"探测"

3. 自南卓的文章之后，一直到 1990 年代，中外学界对于曹禺剧作中对包括易卜生、欧里庇德斯、莱辛、高尔斯华绥、奥尼尔、契诃夫等西方剧作家的可能的

出的"模仿"源头，可能的确是曹禺曾经阅读学习过的作品，但是，除此之外，其他非"模仿"

"模仿"还津津乐道，大多数文章的思路与南卓如出一辙，但也有部分文章着力论述曹禺在借鉴基础上的创造，在研究方法和观念上有所突破和发展。

因素又从何而来？显然南卓的文章的阐释力是极为有限的，那么在此基础上的论证与得出的结论也必然难以中肯。解释学理论家伽达默尔认为："理解是一个我们卷入其中却不能支配它的事件；它是一件落在我们身上的事情。我们从不空着手进入认识的境界，而总是携带着一大堆熟悉的信仰和期望。解释学的理解既包含了我们突然遭遇的陌生的世界，又包含了我们所拥有的那个熟悉的世界。"[4] 这段话对于思考这个问题很具启发性：对于曹禺来说，他在阅读其他

4. 伽达默尔：《真理与方法》，转引自［德］汉斯·罗伯特·耀斯《审美经验与文学解释学》（顾建光、顾静宇、张乐天译），第 7 页，上海：上海译文出版社，1997 年版。

作品和进行创作的时候，必定"带着一大堆熟悉的信仰和期望"，那么他对其他作品的理解与借鉴也必定经过了两层"信仰和期望"的创造性转化，那些所谓的"模仿"在这个过程中实际上已实现了带着主体性的特征的再生；对于南卓来说，对《原野》的认识和评论同样是"带着一大堆熟悉的信仰和期望"进行的，其理解也是"历史性"的，其中融合了他本人的知识结构、接受期待和历史语境的"形塑"，比如对于曹禺"技巧"的不适，并因此而带来的与作品的种种"隔膜"，还有对于作品"清晰"的"思想"的混乱而徒劳的猜度等，都展示出战时中国文艺思想的"冰山的一角"。

　　1966 年，在印第安纳大学念比较文学博士课程的刘绍
铭的博士论文《曹禺论》，是以曹禺与西方戏剧的比较进
行研究的，但是，他的论文也是在寻找所谓"模仿"的基
础上评价曹禺的，得出的结论包括："《雷雨》受了希腊
悲剧与易卜生《群鬼》的影响，《原野》的出处来自奥尼
尔的《琼斯皇》，《北京人》的写作师承契诃夫等等。"[1]

1. [香港] 忆扬：《从刘绍铭博士论曹禺谈起》，见王兴平、刘思久、陆文璧编《曹禺研究专辑》
（上册），第 397 页，福州：海峡文艺出版社，1985 年版。

刘绍铭认为曹禺"偷了大师们的金线"，他的主要问题
是"未能好好的利用这些'金线'"，"中国自新文学运
动以还，中国的小说家，诗人或剧作家，不管是能读外
文也好，不能读外文也好，总多多少少因翻译关系受了
些外来文学的影响。但在作品上表现外来文学最特出的，
想首推曹禺"。[2]刘绍铭的看法是有道理的，但是因此而

2. 刘绍铭：《〈曹禺论〉自序》，见王兴平、刘思久、陆文璧编《曹禺研究专辑》（上册），第
392 页，福州：海峡文艺出版社，1985 年版。

无视作家本人的主体在创作过程中的意义，把外来影响无
限扩大，并且将其看作一个静态的决定性过程，就难免偏颇。
刘绍铭的研究思路与观点，从表层看是一个研究方法的问
题，但往深层看，就是一个观念的问题，其中暗含着对于
西方强势文化的臣服。不能否认，在中国与西方的文明对
话过程中，一直存在着不平等的历史事实，但是，不能因
此就以西方文艺的"标准"来衡量、评价中国现代文艺的"意
义"，这个"标准"是建立在"误识"基础上的一种"幻象"，
牵涉到研究者的文化态度和历史观念。

　　对于种种臆猜，曹禺早在 1936 年 1 月为《雷雨》作的
"序"里面就有所"申述"：

　　　　我很钦佩，有许多人肯费了时间和精力，
　　使用了说不尽的语言来替我剧本下注脚；在国内
　　这次公演之后更时常地有人论断我是易卜生的信

曹禺

徒，或者臆测剧中某些部分是承袭了 *Euripides* 的 *Hipp olytus* 或 *Racine* 的 *Phedre* 的灵感。认真讲，这多少对我是个惊讶。我是我自己———一个渺小的自己：我不能窥探这些大师的艰深，犹如黑夜的甲虫想象不来白昼的明朗。在过去的十几年，固然也读过几本戏，演过几次戏，但尽管我用了力量来思索，我追忆不出哪一点是在故意模拟谁。也许在所谓"潜意识"的下层，我自己欺骗了自己：我是一个忘恩的仆隶，一缕一缕地抽取主人家的金线，织成了自己丑陋的衣服，而否认这些褪了色（因为到了我的手里）的金丝也还是主人家的。其实偷人家一点故事，几段穿插，并不寒伧。同一件传述，经过古今多少大手笔的揉搓塑抹，演为种种诗歌、戏剧、小说、传奇，也很有些显著的先例。然而如若我能绷起脸，冷生生地分析自己的作品（固然作者的偏爱总不容他这样做），我会再说，我想不出执笔的时候我是追念着哪些作品而写下《雷雨》，虽然明明晓得能描摹出来这几位大师的遒劲和瑰丽，哪怕是一抹，一点或一勾呢，会是我无上的光彩。[1]

1. 曹禺：《〈雷雨〉序》，见王兴平、刘思久、陆文璧编《曹禺研究专辑》（上册），第 14—15 页，福州：海峡文艺出版社，1985 年版。

曹禺谦卑的"申述"道尽了艺术创作的规律：作家的创作基础是积淀在"潜意识"里面无数的经验、学养、文化资源熔铸后的有机体，而不仅仅是某个具体外来因素的促生。关于《原野》与奥尼尔的《琼斯皇》的"真正"关系，曹禺也做了很明确的说明：

奥尼尔一生中对各种各样的戏剧形式进行了尝试。有现实主义、表现主义、象征主义、神秘主义等等。《琼斯皇》是奥尼尔表现主义的代表作之一。早年教过我的张彭春先生，曾最先向我提过这出戏。当时他刚刚从美国回来，告诉我他在美国看过一出戏，讲的是一个黑人逃进了森林里，后面有许多人追杀他。随着阵阵的鼓声，他的面前出现了许许多多阴森恐怖的场面。后来，我写了《原野》，里面也有鼓声出现，有人说，我这是抄袭《琼斯皇》。这个误解颇有意思。我不曾读过这个剧本。《原野》是中国的，无论在主题、人物和故事上和这个剧本不相干。我在修改《原野》时，把那鼓声改为磬声了。[2]

2. 曹禺：《在奥尼尔学术讨论会上的讲话》，见《奥尼尔戏剧研究论文集》，第 3 页，北京：中国戏剧出版社，1988 年版。

曹禺在写作《原野》前，仅仅从其导师张彭春先生那里听说过。《原野》与《琼斯皇》是"不相干"的，它是"中国的"。《原野》的创作是"对在曹禺之前已经形成的、被理论家所称之为'机械现实主义'的戏剧规范的一次根本性的冲击与突破，同时也是对在已有戏剧规范下的中国读

者、观众，也包括中国的评论家的接受习惯的巨大挑战"[1]。南卓的评论文章指出曹禺"模仿前

　　1. 钱理群：《大小舞台之间——曹禺戏剧新论》，第109—110页，北京：北京大学出版社，2007年版。

人的成作"，实际上"恰恰表现了这种接受习惯的历史惰性力量"。[2]如果说《原野》第三幕与《琼

　　2. 钱理群：《大小舞台之间——曹禺戏剧新论》，第109—110页，北京：北京大学出版社，2007年版。

斯皇》有若干"相似点"的话，正应了"东海西海，心理攸同"（钱锺书语）的说法，这是完

全符合艺术创作的规律的。关于《原野》第三幕，曹禺说："写第三幕比较麻烦，其中有两个

手法，一个是鼓声，一个是有两景用放枪收尾。我采取了奥尼尔氏在《琼斯皇帝》所用的，原

来我不觉得，写完了，读两遍，我忽然发现无意中受了他的影响。"[3]奥尼尔对于曹禺的"影响"

　　3. 曹禺：《曹禺自传》，第128页，南京：江苏文艺出版社，1996年版。

是存在的，但是又是无形的，因为这些"影响"已经成为曹禺本人意识深处的文化信息的一个

组成，它们已被化合为曹禺本人的知识修养的一部分，是一种精神性的状态，——正如曹禺所

言："无意中受了他的影响。"同时，这种"无形的影响"在曹禺的创作中的作用也仅仅是局

部的。正如曹禺本人曾经说的那样："拿我个人体验来说，读外国剧本、中国剧本，真有好处。

人们常说'千古文章一大抄'，'用'就得'抄'。但这种'抄'决不能是人家怎么说你怎么说，

而要把它'化'了，变成你从生活中提炼出来的东西。借鉴与抄袭的界限就在于此。"[4]

　　4. 曹禺：《曹禺谈〈雷雨〉》，见王兴平、刘思久、陆文璧编《曹禺研究专辑（上册）》，第187页，福州：海峡文艺出版社，1985年版。

　　曹禺自言看过的奥尼尔的剧本有《悲悼》、《天边外》、《榆树下的欲望》、《安娜克利

斯蒂》，还有《毛猿》，曹禺对于奥尼尔剧作的整体评价是，"奥尼尔前期的剧本戏剧性很强，

刻划人物内心非常紧张"，[5]对于作为剧作家的奥尼尔的评价是，"奥尼尔是划时代的伟大剧

　　5. 曹禺：《曹禺自传》，第128页，南京：江苏文艺出版社，1996年版。

作家，他追求戏剧上的高度艺术；他敢于汲取，也善于汲收"，"作为一个剧作家，不但要有

生活，而且还要善于汲收，善于继承。第一二次世界大战期间出现了许多新的戏剧流派，奥尼

尔对这些新的戏剧形式进行了大胆的尝试"。[6]实际上，曹禺的这些评价恰恰道出了他与奥尼

　　6. 曹禺：《在奥尼尔学术讨论会上的讲话》，见《奥尼尔戏剧研究论文集》，第5—6页，北京：中国戏剧出版社，1988年版。

尔的真正"联系"：第一，善于刻画人物内心的紧张，在剧作中进行人的"灵魂探险"；第二，

善于汲收，显示出旺盛的创造活力。

　　横向地看，刻画人物紧张的内心，进行"灵魂探险"，可以说贯穿了曹禺这个阶段的每部剧作。

《雷雨》里面，"几乎每一个人都陷入一种'情热'——欲望与追求之中"，[7]在郁热的酷夏，

　　7. 钱理群、温儒敏、吴福辉：《中国现代文学三十年》，第413页，北京：北京大学出版社，1998年版。

剧中人物在"雷雨"到来前的压抑和最后"雷雨"般的爆发令人触目惊心，《日出》里面，陈

白露等人的"自由生命的自我剥夺，曹禺称这类'习惯的桎梏'为生活的'自来的残忍'，与

　　8. 钱理群、温儒敏、吴福辉：《中国现代文学三十年》，第417页，北京：北京大学出版社，1998年版。

繁漪们的'挣扎'、潘月亭们的'被捉弄'同样惊心动魄"，[8]而《原野》更是"讲人与人的

　　9. 曹禺：《给蒋牧丛的信》，转引自田本相：《曹禺传》，第464页，北京：十月文艺出版社，1988年版。

极爱和极恨的感情，它是抒发一个青年作者情感的一首诗"。[9]《原野》第一幕"金子与仇虎调情、

捡花那场戏: 这一对被情欲燃烧得几乎疯狂的男女, 竟会爱得如此痛苦, 情人间如仇敌般互相折磨, 在对方'筋肉的抽动'中享受着爱的快感, 在丑的变形中发现美的极致。焦母对于她的儿子焦大星的爱又何尝不是强烈而刻骨铭心的, 正是为了独占对方的感情, 疯狂的爱竟转化成对媳妇疯狂的恨, 并得到了金子同样疯狂的反击, 陷入了无休止的嫉妒、怨恨的感情折磨中, 自身也发生了情感的毒化, 性格的扭曲", 在第三幕的戏剧重心发生了一次转移, "由外部的复仇行为 (人与外在社会力量的关系) 转向由复仇引发的内心矛盾 (人与自身的关系, 人的灵魂世界的揭示), 由外在命运的挣扎转向自身灵魂的挣扎"。[1]

1. 钱理群、温儒敏、吴福辉:《中国现代文学三十年》, 第 417—418 页, 北京: 北京大学出版社, 1998 年版。

　　奥尼尔在 1925 年曾经说过: "……我常常深切地意识到一种潜在的力量, 你叫它命运也好, 上帝也好, 造成我们现状的推动生物的人发展的力量也好, 总之是一种神秘的力量——同时也深切地意识到人的一个永恒悲剧: 人为了使这种力量表现自己, 而不是像动物一样, 成为表现这种力量的一个微不足道的事件, 他进行着光荣的然而又是导致自我毁灭的斗争。"[2] 这个说

2. 奎因:《美国戏剧史: 从内战到现在 (第 2 卷)》, 第 199 页, 转引自刘海平、朱栋霖《中美文化在戏剧中交流——奥尼尔与中国》, 第 49 页, 南京: 南京大学出版社, 1988 年版。

法完全可以用来解读曹禺这个阶段的剧作。曹禺在《我所知道的奥尼尔》里面, 谈到他读了《悲悼》三部曲, "惊叹奥尼尔善用人物的变态心理和相互的爱与恨的关系", 而奥尼尔在《榆树下的欲望》里面, "刻划人物是既深又狠的。两种欲望激烈的斗争, 那种残酷性使人战栗, 使人觉得奥尼尔对人生探索得多么深透"。[3]

3. 曹禺:《我所知道的奥尼尔》, 载《外国戏剧》, 1985 年第 1 期。

　　纵向地看, "从 1933 年—1942 年的十年间, 曹禺即为中国现代话剧奉献了《雷雨》、《日出》、《原野》、《北京人》、《家》五部堪称经典的杰作; 而且每一部新作, 都在现实人生与人性开掘及戏剧形式上有新的试验与创造"。[4] 而奥尼尔在 1920 年 6 月 20 日给 G.J. 内森的信中写

4. 钱理群、温儒敏、吴福辉:《中国现代文学三十年》, 第 421 页。

道: "我把我自己看作是一个具有前途的新手。我承认你所说'奥尼尔过多地把生活看成戏剧, 而伟大的戏剧家则把戏剧看成是生活', 击中了要害。但我敢保证, 以后每一部新的作品都将逐步证明此话越来越不正确: 我不会固守任何舒适的壁龛而心满意足。绝无此事! 我还年轻, 还打算'成长'! "[5] "我不会固守任何舒适的壁龛"可以说是奥尼尔艺术创新的宣言。奥尼尔

5. [美] 奥尼尔著, 郭继德编:《奥尼尔文集》(第 6 卷), 第 217 页, 北京: 人民文学出版社, 2006 年版。

"作为 20 世纪一位世界级的戏剧艺术家", 在将"彼此碰撞的各派戏剧相互沟通的问题上""显示了他的巨大的非凡的创造力: 在奥尼尔的戏剧里, 情节剧、佳构剧与心理剧, 现实主义与表现主义, 写实手法与非写实技巧, 悲剧与喜剧, 易卜生与斯特林堡等等, 达到了巧妙的融合。

6. 钱理群:《大小舞台之间——曹禺戏剧新论》, 第 108 页, 北京: 北京大学出版社, 2007 年版。

这正是曹禺所向往、追求的戏剧境界"。[6] 而曹禺也的确在其剧作中实现了这种境界。这是曹

禺与奥尼尔的另一个真正的"联系"。

"再没有第二位中国剧作家曾像曹禺那样，同大洋彼岸这位 20 世纪戏剧的杰出代表奥尼

尔进行过如此广泛、深刻的'对话'。"[1] 这种深层次的对话的意义就在于，在世界多元并举

1. 刘海平、朱栋霖：《中美文化在戏剧中交流——奥尼尔与中国》，第 48 页，南京：南京大学出版社，1988 年版。

的文化格局中，凸现了中国现代戏剧艺术的创新活力与独特风貌。

3. "人本"探求：李龙云与奥尼尔

1988 年 6 月，李龙云的剧作《洒满月光的荒原——荒原与人》[2] 被评为中国"第四届全国

2. 剧作《洒满月光的荒原——荒原与人》，无场次话剧，创作于 1986 年，首刊于《剧本》1987 年第 11 期。1989 年王贵于辽宁人民艺术剧院上演此剧，1993

优秀剧本奖"（1986—1987 年度，话剧类）获奖剧本。《剧本》1988 年第 8 期上刊登了本届评

年徐晓钟于中央戏剧学院执导该剧，2006 年 9 月国家话剧院又上演了由王晓鹰导演的该剧。曾获"第四届全国优秀剧本奖"（话剧类）、"中国曹禺戏剧奖"，

奖委员会成员之一的田本相先生的文章《现实主义的回潮和嬗变——关于 1986、1987 年话剧获

先后被收入《20 世纪中国文学大师文库》、中央戏剧学院教材《古今中外 60 部经典剧作选》，并被译成德、日等文字出版。1993 年 11 月中国社会科学院

奖优秀剧本的思考》，这篇文章指出："李龙云由《小井胡同》走向《洒满月光的荒原》，就

出版社出版了《荒原与人——李龙云剧作选》。

其现实主义的精神是始终贯穿着的，而后者是溶入了现代主义的审美思维和审美感知方式，它

更注重对人的灵魂深层意识和感情的表现，那些大段的独白、旁白以及时空转换频繁的陈述方

式，都意在对人的心灵有更真实更深刻的刻画。它追求的是人的精神现象的复杂性和深刻性，

以及人的精神冲突的紧张性。剧本里曾有这样一句台词：'最残酷的是人的自身的搏斗'。正

是他所锐意追求和向往的美学境界。落马湖王国的人们，于大个子、马兆新、苏家琪、李天甜、

宁姗姗、细草都有着紧张而深刻的自我灵魂搏斗。因此，心灵的真实，也可以说心灵的诗意真

实达到一个前所未有的境界。在这里，它同奥尼尔的美学追求就有着相通之处。"[3] 该文的分

3. 田本相：《现实主义的回潮和嬗变——关于 1986、1987 年话剧获奖优秀剧本的思考》，载《剧本》，1988 年第 8 期。

析和观点表述是精辟且有分寸的。李龙云曾经撰文坦言："在我所接触过的剧作家中，我喜欢

尤金奥尼尔。他是我心目中的真正的剧作家，尽管我的作品风格与奥尼尔相去甚远。奥尼尔那

种对'人本'的执着探求，那种力图穷尽人的复杂的不懈奋斗，令人感到惊心动魄。"他又说，

奥尼尔是"我心目中的真正的剧作家"，"奥尼尔是我创作的百科全书"。[4] 在另一篇文章中，

4. 李龙云：《戏剧断想》，见南京大学戏剧影视研究所编：《弦歌一堂论戏剧》，第 8 页，南京：南京大学出版社，2005 年版。

李龙云再次指出："就作品所包容的人的无限的丰富性、就作品对于'人本'研究中所蕴含的

强大的思想力量而言，更吸引人的是斯特林堡、迪伦马特，尤其是奥尼尔。"[5] 而李龙云的剧作，

5. 李龙云：《走访奥尼尔故居》，见《荒原与人——李龙云剧作选》，第 559 页，北京：中国社会科学出版社，1993 年版。

按照他本人的说法，大致可以分为两类："一类是《荒原与人》，包括《叫我一声哥》，写的

是那种人本的困境，体现了我在文学上的一点追求；另一类是《小井胡同》、《正红旗下》，

体现了我对那种带有浓郁地域文化色彩的生活的热爱，体现了我对自己最熟悉的生活的回味与

6. 李龙云：《戏剧断想》，见南京大学戏剧影视研究所编《弦歌一堂论戏剧》，第 6 页，南京：南京大学出版社，2005 年版。

拥抱……"[6] 李龙云的剧作风格与奥尼尔的确"相去甚远"，然而在李龙云的《荒原与人》等写"人

本的困境"的剧作中，对于人的"灵魂"的揭示，正如田本相先生指出的那样，与"奥尼尔的美学追求就有着相通之处"。或者可以这样说，"人本"探求是李龙云与奥尼尔交流与沟通的基本"话题"。

李龙云真正开始接触并关注奥尼尔及其作品，是在 1980 年冬天，当时他还在南京大学师从陈白尘先生攻读戏剧学硕士研究生，并在创作话剧剧本《小井胡同》。一位研究奥尼尔的朋友用了将近两星期的时间，把奥尼尔的英文版剧作用汉语对李龙云进行复述，李龙云当时的情绪是"惊讶"，特别是对于《进入黑夜的漫长旅程》，惊讶于奥尼尔对人自身精神矛盾和灵魂的揭示。[1]

1. 李龙云：《走访奥尼尔故居》，见《荒原与人——李龙云剧作选》，第 559 页，北京：中国社会科学出版社，1993 年版。

作于 1986 年的《洒满月光的荒原——荒原与人》是一部无场次话剧，共分 19 节。这部剧作的时间是"人的两次信仰之间的空间"，地点是"落马湖王国——坐落在一片处女荒原上的、人们头脑中一个虚幻的王国"，人物众多，其中包括了横跨 15 年的同一个人，如"马兆新"和"十五年后的马兆新"，"毛毛"和"十五年后的毛毛"，甚至还有印度诗人"泰戈尔"。这部戏的主人公的身份是"知青"，然而，"知青"在戏里仅仅是一个背景，或者用作家自己的话说，只是"借用了他们身上一些反映人类共同本质的东西"。[2]

2. 李龙云：《人·大自然·命运·戏剧文学——〈荒原与人〉创作余墨》，见《荒原与人——李龙云剧作选》，第 305 页，北京：中国社会科学出版社，1993 年版。

剧作从"十五年后的马兆新"再度回到落马湖的"寻找"开始，为整部作品奠定了"反思"的基调——所谓的"寻找"，其实就是在历史记忆里面反思人性，审视人性，进而开掘那个年代人的精神生活的底蕴。整部戏里包含了两个时空：十五年前的落马湖和十五年后的落马湖。这两个时空不是平行的，而是彼此交错的，以马兆新及其相关的人事为交集，两个时空里面的人物进行对话、驳诘，对自己进行反思，对他人进行评论，使整部戏具备了深厚的人性内容和情感意义。几乎剧中的每个人物，包括马兆新、于大个子、细草、四川女人、苏家琪、李长河等都具有着极端矛盾的内心世界。马兆新正直、善良、柔情，同时又是狭隘、嫉妒、具有极强的占有欲；于大个子残暴、专制，同时又是孤独、温情的；细草单纯、善良、纯情，但又是懦弱、愚昧的……因此，这部戏的戏剧性就不仅来自于人物之间的矛盾关系，更重要的、也是更具魅力的，是来自于人物内在的矛盾冲突。剧中许多人物的对话在一定程度上体现为"独白"的性质，彰显的是人性的复杂和主体追寻自我的尊严与价值、构建一种完整人格的艰辛，体现了剧作家探求"人本"困境的努力。

于大个子，这个"落马湖王国"的残暴君主，是剧作里面人性遭到过分压抑转而扭曲的典型。于大个子的童年是在于家围子度过的，一家人耻辱地存活在镇长于麻子及其家族用权势编织的网中。于大个子的爹爹屈服于镇长的权力，正月里踩碎了挂得稍高于镇长家的灯笼，也踩碎了年少的于大个子和他心爱的小妹的心。于大个子童年时就认识到："我记下了一个死理儿，权力比啥都值钱！有权是人活着的最大享受！"对年少的于大个子更大的打击是妹妹的惨死。于大个子的爹爹对于其后娘和镇长的奸情视而不见，还把他们兄妹二人赶出家，给镇长创造环境，终于在一个大雨天，妹妹被支使出来后，在追赶于大个子的路上，被卷进了激流，再也没能上来。这些往昔的耻辱、沉痛的记忆和创伤造就了于大个子日后那可怕的爆发。"多少年之后，一旦他以国王的身份出现在落马湖的时候，这种过分压抑就像决堤而出的脏水，变成了过分的放纵。他企图占有落马湖所有的女孩子！那种对生活进行报复的疯狂，既烧毁了别人，也最终烧毁了他自己。"[1]"但不论扭曲到什么程度，他们身上的余烬都不会彻底熄灭。这反而加

1. 李龙云：《人·大自然·命运·戏剧文学——〈荒原与人〉创作余墨》，见《荒原与人——李龙云剧作选》，第308页，北京：中国社会科学出版社，1993年版。

重了人的悲剧色彩。最没有人味的于大个子，在梦幻之中，也总觉得一个男孩子正在扑向他的怀抱，在跟他叫爸爸。当他花了毕生的心血精心构筑的王国倒塌之后，他仍然不忘自己的牺牲，他扛着一块巨大的石碑走上舞台，跪伏在碑石的背面，倔强地刻写着自己的名字。他并不奢望留芳千古，但他要顽强地向自己向人们显示他的尊严与价值。"[2]极端的人性压抑下可怕的爆发，

2. 李龙云：《人·大自然·命运·戏剧文学——〈荒原与人〉创作余墨》，见《荒原与人——李龙云剧作选》，第309页，北京：中国社会科学出版社，1993年版。

并没有遮蔽于大个子对于尊严的追求。剧作家对于其笔下的人物的刻画中没有简单的政治或道德评判，而是从人性的角度，去发掘人之为人的全部内涵所在。

"马兆新"这个艺术形象在很大程度上寄托了剧作家对自身的无情解剖，从而使剧作具有些许"精神自传"的性质。李龙云曾坦诚地说："为了我自身的准确与完善，我在这个戏中将自己分成了两半：既有当年的'马兆新'，又有一个'十五年后的马兆新'……"[3]

3. 李龙云：《人·大自然·命运·戏剧文学——〈荒原与人〉创作余墨》，见《荒原与人——李龙云剧作选》，第305页，北京：中国社会科学出版社，1993年版。

"马兆新的情感世界中，始终存在着两种对立的力量：一种是理智支配下的温柔、爱抚、理解：'我应该像个大哥哥似的守护着她，一下也不碰她。'看到细草那突起的腰身，他告诫自己：'不要瞎想，她是无辜的。她真的爱我，只爱过我小马一个人……'；另一种是狭隘、嫉妒、占有欲带来的暴躁与残忍。他疯了似的轰赶着辕马，把自己的女人送给一个愚笨的马车夫，'这是世界上只有男人对女人才做得出来的报复'，听着哗哗的马铃声，'像有人用刀子在心里剜动'，他想喊，他实在控制不住自己的泪水，但却拼命控制自己的举动。所谓的男人的自尊把

马兆新的理性世界抽打得粉碎。乱七八糟的情感像一池子沸腾的脏水冲毁堤岸，一泻千里，把他扭曲成一个反复无常的人：他用大鞭抽打迎亲的无辜村民；他把刚才还疯狂报复的对象抱上爬犁拉回小五队；被捕的时候，他又一次接受了细草的爱情；但当细草分娩，生下'那个混蛋男人的孩子'的时候，他彻底抛弃了细草，告别了落马湖……两种力的斗争，往往是理智支配下的理解、爱得胜，但胜利并不持久，那些男人的弱点总是不断重新膨胀，搅起新的漩涡……"[1]

1. 李龙云：《人·大自然·命运·戏剧文学——〈荒原与人〉创作余墨》，见《荒原与人——李龙云剧作选》，第313—314页，北京：中国社会科学出版社，1993年版。

马兆新的"反复无常"，正是他内心两种对立的力量激烈搏斗的外现，同于大个子极度压抑后的爆发一样，令人惊心动魄，具有丰富的人性内涵。同时，因为"十五年后的马兆新"的反思性质的对白和独白，使剧作家把解剖刀似的笔触深入到了人物的灵魂深处，无情地把人的内在的丑陋与闪光通过富于戏剧性的动作展示了出来，显示了剧作家本人的艺术勇气和自省意识。

这部戏里面有很多颇具象征意味的"音响动作"，比如钟声、小号声、大鼓声，还有板胡声，在整部戏的"音响动作"里面，占主导地位的是钟声和小号声。在《荒原与人》里面音响很多，之所以说"钟声"和"小号声"等是一种戏剧动作，而非辅助性因素，是基于这样一种认知："区别作为辅助因素的音响和构成动作的音响，主要标志在于：后者既然作为一种动作，如果没有它，戏就无法进行下去了。"[2]在剧作的"场景"介绍部分，很突出地有一口钟："舞

2. 谭需生：《论影剧艺术》，第55页，长沙：湖南文艺出版社，1986年版。

台一侧，悬着一口钟。这是那种荒原上特有地钟——两根粗重的橡木杆子，中间悬起一叶报废的耙片。敲钟的钟锤是一根链轨轴，它竖挂在木杆子上。戏在开始的时候，人们体会不到这口钟的可怕。随着剧情的发展，人们将会逐渐悟出：那不是一口钟，而是落马湖王国皇权的象征！是一个绞刑架！""钟声"在这部戏里象征着权力，也象征着残暴、贪婪的人性，每当"钟声"响起，总是能在特定场景里面渲染一种可怕的气氛，能够迅速改变戏剧情境，使剧情急转直下。剧作的第2节里面，细草的一句台词道出了"钟声"的实质："这钟声恨不得把我们身上那点人味儿敲干净……"但是，"钟声"并非贯穿全剧的唯一"音响动作"，还有一个时时与之对抗的"小号声"。"小号声"虽然是忧伤的，但更"像是一缕阳光，把人引进了另一个世界。那种带有几分忧伤色彩的长音汇成一个活生生的人的世界。倔强地和钟声抗衡着、拼搏着"。"小号声"在剧中象征着一种美好的人性。这两种具有象征意味的"音响动作"在剧中的抗衡，亦构成了戏剧冲突的双方，形成这部戏的另一条动作线，并且象征着剧中人物内在灵魂的冲突与搏斗，从而使没有生命的音响具有了深刻的人性内涵。

《荒原与人》"是写给整个世界的"，"这部戏写了人的永恒的失落感。这种失落感不仅仅属于某一地域、某一年代。更具体点说，这部戏写了人在失去归属之后，人在寻找自我的焦灼之中，人性平衡的一个全过程"。[1] 这部戏的题旨在于对全人类的共通的精神困境的追问和

1. 李龙云：《人·大自然·命运·戏剧文学——〈荒原与人〉创作余墨》，见《荒原与人——李龙云剧作选》，第305—306页，北京：中国社会科学出版社，1993年版。

探求。奥尼尔的大多数重要剧作亦是如此。在李龙云为之惊心动魄的《进入黑夜的漫长旅程》里面，就蕴涵着"人本"探求的强大思想力量。虽然《进入黑夜的漫长旅程》是奥尼尔的具有自传性质的纪实作品，它却超越了个人的事情，"表现了人对打消孤独感并赋予生活以意义的普遍的渴望"。[2]

2. [美] 弗吉尼亚·弗洛伊德：《尤金·奥尼尔的剧本：一种新的评价》，陈良廷、鹿金译，第525页，上海：上海译文出版社，1993年版。

《进入黑夜的漫长旅程》[3] 也暗含了一个"失落"与"寻找"的主题，在剧作的第4幕，

3. 本文参考的剧作是漓江出版社1984年出版的《天边外》里面收入的《进入黑夜的漫长旅程》（汪义群译），下同。

作者借埃德蒙之口说："……作为一个人，我将永远感到自己是个局外人，找不到一个安身的家。我不需要什么，也不被人家所需要。这样的人永远找不到归属，永远对死亡抱着一丝眷恋！"玛丽也有一句这样的台词："我在找什么？我知道在找我失掉的一件东西。"这句台词似乎暗示了整部剧作里面的人物的精神状态。"两股力量组成了奥尼尔这个人和剧作家：他的爱尔兰人的天主教传统和新英格兰的环境。"[4]"在后期的剧本中，所有的爱尔兰家族——梅洛迪、蒂

4. [美] 弗吉尼亚·弗洛伊德：《尤金·奥尼尔的剧本：一种新的评价》，陈良廷、鹿金译，第530页，上海：上海译文出版社，1993年版。

龙和霍根——都是背叛天主教的。在剧本的结尾，玛丽·蒂龙在注射毒品后迷乱的状态中哭着要求得到她已经失去的'一件东西'时，正是在伤心地哀叹失去了她的宗教信仰，她的生存内核。在作者地全部作品中，没有一个角色比玛丽·蒂龙更深刻地描述了爱尔兰人移居美国的残酷的后果和他们为同化所常常付出的代价。在他们同不列颠人长达几个世纪的斗争中，爱尔兰人被迫放弃他们的财产和权利；他们交出了一切，只剩下宗教信仰。对那些曾被灌输过宗教信仰的第一代和第二代移民来说，失去宗教信仰意味着经受精神创伤。用宗教的措词来说，玛丽·蒂龙的漫长白天的旅程结束于对信仰的绝望，十字架的圣约翰管这叫心灵的黑夜"。[5] 蒂隆一家

5. [美] 弗吉尼亚·弗洛伊德：《尤金·奥尼尔的剧本：一种新的评价》，陈良廷、鹿金译，第531页，上海：上海译文出版社，1993年版。

面对信仰的缺失和内在灵魂的空虚，不得不用酗酒、毒品和嫖妓来填补、忘却，然而这些盲目的行为却导致了严重的后果，一家人都要为这些后果承担一定的责任，于是每个人都在对家人的爱与恨、理解与误解的矛盾漩涡中挣扎、循环，走不出浓雾般的宿命，承受着无边的寂寞、恐惧和绝望。由此，"人们看到：一天的时光正在熄灭。按奥尼尔的说法，这个从白天到黑夜的旅程也就是生活本身的公式。剧本主人公力图摆脱使他们感到压抑的时间节奏，这一尝试构

6. 陈世雄、周宁：《20世纪西方戏剧思潮》，第378页，北京：中国戏剧出版社，2000年版。

成了剧本内存的冲突线索"。[6]

在《进入黑夜的漫长旅程》里面，除了埃德蒙外，蒂隆、玛丽和杰米都具有"双重形象：他们可能成为的自我和他们成为的自我。在每个人物肉体的双重性中生来具有自我中的另一种一分为二的性质：无辜的受害者同有罪的害人者相对抗"。[1] 因为某种原因，剧中的每个人都

1. ［美］弗吉尼亚·弗洛伊德：《尤金·奥尼尔的剧本：一种新的评价》，陈良廷、鹿金译，第 535 页，上海：上海译文出版社，1993 年版。

未能按照自己应该的方向走，真正的自我和现实的自我间产生了可怕的分裂。玛丽可能成为一个修女，结果成为一个染上毒瘾的跑码头的演员的妻子，蒂隆可能成为一个伟大的演员，结果成了一个失败的父亲和丈夫，杰米原本很可能在学业上取得成功，结果成了作风浪荡的败家子。他们在这种双重形象之间痛苦、抱怨、追寻、忘却，结果只能是换来更多的折磨和绝望。

奥尼尔是善于把剧中的音响变成为极具戏剧性的"动作"的剧作家之一。在《琼斯皇》中，那富于哲学意味的"鼓声"对于推动琼斯那特定的心理活动的萌生和发展具有着重要的作用，从而构成了戏剧冲突的一个方面，象征着与琼斯对抗的力量。在《进入黑夜的漫长旅程》里面，海港外边的灯塔上传来的时断时续的"雾笛声"，同样也是一种具有象征意味的戏剧动作。玛丽在第三幕说："我讨厌的是雾笛。它老是在你耳边缠住你，让你不得清净，老是提醒你，警告你，让你回顾过去。……"在这里，"雾笛声"不仅仅是在渲染气氛、烘托心理，它还成为了一种内在灵魂的召唤。与其说"雾笛声"来自海港，不如说是来自于人物的内心，特别是玛丽的内心，它象征着另一个自我的不断复苏和对抗。

奥尼尔作为李龙云"心目中的真正的剧作家"和"创作的百科全书"，其人生与创作都有可能对李龙云具有着潜移默化的内在影响，成为李龙云进行艺术创作的种种经验与学养积淀的因素之一，因此我们无法说出李龙云的创作中哪些是来自"奥尼尔"的影响。奥尼尔的影响是无形的，它可能已被化合在李龙云本人的生活经验、知识结构、接受期待和他身处的 1980 年代中后期的中国文化语境，完全成了李龙云自己的艺术创造。正如李龙云所描述的创作感受那样："一年以前，动手写戏的时候，我理不清我要写什么。只觉得全部心灵沉浸在一个世界之中。只要闭上眼，脑海里就浮现出一片洒满月光的荒原，荒原上站着一群年轻人。我甚至能听到各种各样的音响：小号、长笛、马铃、钟声……我说不清那些音响是从大地上发出的还是从人们身上发出的。所有的内容紧紧地揪扯在一起，构成一团有弹性的生命，分不清大小、先后。"[2]

2. 李龙云：《人·大自然·命运·戏剧文学——〈荒原与人〉创作余墨》，见《荒原与人——李龙云剧作选》，第 314 页，北京：中国社会科学出版社，1993 年版。

就总体而言，李龙云在《洒满月光的荒原——荒原与人》里面，体现出的鲜明而执着的"人本"探求意识及其相应的美学追求与奥尼尔是相通的。

三、 奥尼尔剧作中的中国形象

关于中美文学的因缘，"戏剧方面，尤金·奥尼尔虽曾到过中国，但他关心的是道家思想，而不是中国的传统戏曲"[1]。的确如此。

1. 郑树森：《文学地球村》，第 37 页，上海：上海三联书店，1999 年版。

在讨论中国文化对奥尼尔的影响时，有人可能会首先想到他像中国京剧那样让他的角色戴着面具。比如，在《拉撒路笑了》里面，奥尼尔使用了一个"不同年龄段的综合化妆方案来表达人的多面性"。四个主要人物分别带着半个面具，但总体上用到的面具，主要象征着拉撒路在从贝赛尼（Bethany）到卡普里（Capri）的路上遇到的人们的宗教、伦理和文化身份。

另一个关于影响的明显的例子是《奇异的插曲》这部作品的形式，1928 年这部戏剧在百老汇上演时，中间有一段长长的间歇，让观众去吃晚餐后再回来看下半部分演出。这一点无疑来自于中国戏曲的启发。而《作为讣告》和《一个放弃占有的占有者们的故事》中的插曲和循环的形式，在结构模式上与大多数传统的中国戏曲相似。

但是，奥尼尔对于中国的迷恋和中国文化了解的深入，远远超过中国戏剧外在的形式和技巧方面。早在 1920 年代，奥尼尔为其新作《喷泉》和《马可百万》搜集背景资料时，他广泛地阅读了中国历史、宗教、艺术和诗歌。在关于中国文化的书籍中，奥尼尔的书房保存了詹姆斯·莱格（James Legge）翻译的两版《道家经典》（*The Texts of Taoism*），其中包括老子的《道德经》和庄子的一些天马行空式的写作，他的书房还有林语堂研究中国哲学观念的两本书：《吾国吾民》（*My Country and My People*）和《生活的哲学》（*A Philosophical of Living*）。[2]

2. 刘海平：《中国文化与美国：戏剧篇》，见刘海平编《中美文化的互动与关联》，第 82—83 页，南京：南京大学出版社，1988 年版。本文用英文写就。引文为引者所译。

无疑，中国传统哲学和文化，特别是道家思想，已经深刻地影响了奥尼尔的人生态度、生活方式和戏剧创作。奥尼尔在晚年用他所得的诺贝尔文学奖的四万美元奖金在加利福尼亚州海边的山沟里建了一幢中式二层小楼，并且在墙门上钉着四个楷体铁铸汉字"大道别墅"。这幢小楼"面东背西"，鱼脊状的屋顶上是中国风格的黑色圆瓦。窗子上有朱红大漆，窗里挂有一卷竹帘，房间摆设主要是镶着画瓷的中式红木家具。屋后的花园中，沿墙修了一条传说能够避邪的九曲红砖道。"用'道'来命名他自己一生中最后修建的一幢住房对于奥尼尔说来，这不仅是个取名字的问题，而是一种确认了的生活方式和人生态度。或者说是他为自己灵魂寻找的归宿，奥尼尔隐居偏僻山沟离群索居的八年生活，像是一位息交绝游、存心养性的道家子弟。因此，当奥尼尔进入后期创作时，‘道’对他来说，已不仅是他反复琢磨过了的哲学思想，而且是身体力行过了的实在经验。道家思想悄悄地潜入了他的作品的主题、结构、人物和风格之中，在一定意义上还决定了他对创作题材的取舍。”[1] 法国学者巴柔对于“比较文学意义上的形象”曾有过这样的界定：“形象就是对一个文化现实的描述，通过这种描述，制造了（或赞同，宣传）这个形象的个人或群体，显示或表达出他们乐于置身其间的那个社会的、文化的、意识形态的、虚构的空间。”[2] 奥尼尔剧作中表述出来的这些“中国”因素，实际上已构成了“比较文学意义上的形象”。

1. 刘海平：《“不说老庄而老庄精神在焉”——论奥尼尔所受道家影响》，见钱林森编《中外文学因缘》，第 212—213 页，南京：南京大学出版社，1989 年版。

2.［法］达尼埃尔—亨利·巴柔：《形象》，孟华译，见孟华主编《比较文学形象学》，第 155—156 页，北京：北京大学出版社，2001 年版。

在写于 1918 年的成名作《天边外》里面，奥尼尔就借剧中人物罗伯特之口，抒发了自己对于“天边外”的东方异域的想象和神往：“……（指着天边，做梦似的）假如我告诉你，叫我去的就是美，遥远而陌生的美，我在书本里读过的引人入胜的东方神秘和魅力，就是要到广大空间自由飞翔、欢欢喜喜地漫游下去，追求那隐藏在天边以外的秘密呢？假使我告诉你那就是我出门的唯一原因呢？”[3] 在作于 1921 年的《泉》[4] 里面，奥尼尔塑造了一个具有“浪漫的冒险精神”的主人公胡安，他一直有着“中国梦”。在这部剧作里面，“中国”有着大墙围起来的村庄，里面黄金遍地，有神圣的树林和林中那青春之泉，还有奇装异服的“中国诗人”……构思并写作于 1923 至 1925 年之间的《马可百万》[5] 里面，主人公马可波罗已经真正地到了“中国”，里面不仅涉及了大量关于“中国”的混乱的历史知识和“中国人”的描述，还“第一次把东方的清净无为精神主义和西方的毁灭性物质主义加以具体而微的对照”。[6]“正如为《喷泉》所作的研究工作本身可能触发了他写《马可百万》的灵感，《马可百万》似乎也给了奥尼尔写一部皇帝戏的构思，那就是写‘中国皇帝，秦始皇的一生，他的统治于公元前 201 年告终’。……在《秦始皇》中，他考虑把古代中国的贪婪君主同现代的对应人物作个类比。”[7]1936 年的剧作《啊，荒野！》[8] 中，主人公理查德深情地对恋人穆丽儿说：“……不，我们要到某一个遥远而奇妙的地方去！（他想起了吉卜林小说中的描写）某些要经过长途跋涉才能到的地方——那些小路常常是还未有人走过的——就像那条到曼德勒去的路那样！我们将在中国看着黎明像雷霆一般来到！”除了这些表层的“中国”因素的编织和思考，奥尼尔的剧作在风格和结构上还对老庄哲学进行了深层次的借鉴和吸收。

3. 本文参考的剧作是漓江出版社 1984 年出版的《天边外》里面收入的《天边外》（荒芜译）。

4. 本文参考的剧作是人民文学出版社 2006 年出版的《奥尼尔文集》（第 2 卷）里面收入的《泉》（郭继德、甲鲁海译），下同。

5. 本文参考的剧作是人民文学出版社 2006 年出版的《奥尼尔文集》（第 3 卷）里面收入的《马可百万》（毕谹译），下同。

6.［美］詹姆斯·罗宾森：《尤金·奥尼尔和东方思想》，第 111 页，郑柏铭译，沈阳：辽宁教育出版社，1997 年版。

7.［美］弗吉尼亚·弗洛伊德：《尤金·奥尼尔的剧本：一种新的评价》，陈良廷、鹿金译，第 286—287 页，上海：上海译文出版社，1993 年版。

8. 本文参考的剧作是漓江出版社 1984 年出版的《天边外》里面收入的《啊，荒野！》（沈培锠译）。

在奥尼尔那平和宁静的早期剧作《加勒比人的月亮》中，就已经突出了东方色彩，戏剧性地表现了月夜那可见可闻的寂静。这部作品把行动与无为与平静中的噪音统一于一体。道家主张天人合一，超越分裂的自我，把主客体统一于和谐，从《加勒比人的月亮》到《身败名裂的人的月亮》，奥尼尔的剧作明显地体现了他对道家这种对待现实态度的毕生的兴趣。在《安娜·克里斯蒂》里面，大海那超道德的神秘的力量可以决定那些懵懂的主人公们的生死，而这种力量却被崇拜着。在奥尼尔接下来的"东方戏剧"《喷泉》里面，主人公们向东航行，西方那些二元对立，比如人与自然、青年与老年、生与死都被处理为幻觉，这部作品中的象征和结构中的很多循环也都回应了道家两极节奏。在《马可百万》中，东方的精神智慧被用来对抗西方的物质主义。奥尼尔在"大道别墅"放弃了他长达11幕的庞大的写作计划，即计划对美国150年的历史进行批判性地评价的《放弃占有的占有者们的故事》，而写出了4部自传性的剧作，来反思他的过去。这些作品是：《送冰的人来了》、《进入黑夜的漫长的一天》、《休吉》和《身败名裂的人的月亮》。詹姆斯·蒂隆在《进入黑夜的漫长的一天》的第4幕，通过回忆他的贪婪、艺术的失败和祖传的事业，与他的儿子爱德蒙以及他自己达成了和谐，玛丽也是在失去真我之前追寻了她记忆中的所有的过去和经验。希基在《送冰的人来了》的最后一幕里面，极力在他的吧友面前为他自己和自己的行为解释——他说当他还是个孩子的时候，"我一开始就必须往回走"。根据道家的思想，要辨别内心之道，所有外在的印象都需要静止，意识要隐退进内部的一个焦点，必须采取一个原始的回归。奥尼尔的自传体剧作的另一个明显的特点是相反事物的混合与统一，这导致了作品的风格、人物和主题的含糊性。庄子的哲学思想质疑了非此即彼的二元对立的世界观，比如悲喜、对错、善恶等，提出了所有的价值观的联系和相反的东西可以统一的观念。和早期与中期的作品不同，奥尼尔后期的剧作展示了一个相对的世界，以往那斩钉截铁、爱憎分明的二元世界不再出现了，为一种新的含糊观念所替代。在最后的4部戏里面，主人公们仍然执着于他们的梦想，但是这些梦想已经失去其浪漫的色调，没有什么秘密或者美好可言，这些梦想不再用来给肮脏的现实予以补偿，或者给予信仰。在斗争中遭受苦难或者失败后，这些剧作的悲剧意识并没有达到顶点或者被完全抛弃。这些剧作中，人物的梦想不但没有被超越，反而完全沉浸于现实中。海里霍普的酒吧间里的居民们的梦想简单的就像到街上去散步或者找回一份失去的工作一样。蒂隆的最大梦想也就是对于这些事情所抱的一线希望：玛丽能够成功戒毒，还有埃德蒙的疾病不是肺病，而不过是点小感冒。奥尼尔在他后期剧作里对于梦想和现实的二元对立的摒弃，可能正好回应了"庄周梦蝶"的寓言。在后期的作品里面，奥尼尔不再谴责任何东西，也不再理想化或者赞美任何东西，对剧作里面的人物既不同情也不批评，他似乎已经达到了视万物为一体的状态，明白了在内心世界"万物归一"的道理。[1] 正如詹姆斯罗宾森所言："奥尼尔和东方神秘论的密切关系宣示了他变动

1. 参见刘海平：《中国文化与美国：戏剧篇》里面的相关论述，见刘海平编《中美文化的互动与关联》，第 85—88 页，上海：上海外语教育出版社，1997 年版。

不居的现实观，影响了他的戏剧人物的价值观和生活态度，并且赋形于他全部剧作的象征性和结构。"[2]

2. ［美］詹姆斯·罗宾森：《尤金·奥尼尔和东方思想》（郑柏铭译），第 2 页，沈阳：辽宁教育出版社，1997 年版。

"到中国去"是奥尼尔生命中挥之不去的情结，即使其"所见"与"所想"之间有着天壤之别。1922 年，在奥尼尔给友人凯尼斯麦高文的信中说："冬天的计划仍无头绪，但也许出于无奈，我们会突然去中国，我喜欢这个念头，因为不知道为什么欧洲对我来说已毫无意义。"在剧作《马可百万》发表的第二年，即 1928 年，奥尼尔怀着美好的期待，开始了以中国为目的地的远洋航行，在一封信中，他激动地称这次旅行将实现自己的"终身理想"，对他以后的创作将有着"无法估价的意义"。[3]11 月，奥尼尔和同样热爱中国文化的第三任妻子卡罗丹经香港到达上海，这

3. 盖尔泊夫妇：《奥尼尔》，纽约，1973 年版，第 678 页，转引自钱林森编：《中外文学因缘》，第 205 页，南京：南京大学出版社，1989 年版。

个战乱中的"十里洋场"和奥尼尔想象中的"太平与宁静"相去甚远，令他颇感失望，逗留的一个月里仅留下了"数以百万难以消化的印象"。[4] 然而，奥尼尔对于"中国"的兴趣非但没

4. 盖尔泊夫妇：《奥尼尔》，纽约，1973 年版，第 686 页，转引自钱林森编：《中外文学因缘》，第 205 页，南京：南京大学出版社，1989 年版。

有丝毫退减，1936 年，年过半百的他还对英国作家毛姆表达了自己想重访中国的愿望，接着又邮购了毛姆推荐的一本关于北京的书。[5] 奥尼尔"叶公好龙"式的中国之行和他部分剧作里面

5. 盖尔泊夫妇：《奥尼尔》，纽约，1973 年版，第 798 页，转引自钱林森编：《中外文学因缘》，第 206 页，南京：南京大学出版社，1989 年版。

对"中国"形象的混乱表述，彰显了"奥尼尔对于中国的想象来自古典儒道思想所描绘的纸上世界，带有浓郁的怀旧情绪和幻想成分"。[6]

6. 宋伟杰：《中国文学美国——美国小说戏剧中的中国形象》，第 454 页，广州：花城出版社，2003 年版。

"西方的中国形象，是集体性、大众化想象的'他者'表述，这种表述并非个人或个别文本性的，它在不同的文本中重复，构成一个具有特定原则性的话语，带有明显的程序性。任何个别表述都受制于这一整体，任何一个个人，哪怕再有想象力、个性与独特的思考，都无法摆脱其控制，只能作为一个侧面重新安排已有素材，参与这种文化符号的生产与传播。"[7] 奥尼

7. 周宁：《乌托邦或意识形态：西方中国观的知识状况》，见乐黛云、（法）李比雄主编《跨文化对话》第 19 辑，第 116 页，南京：凤凰出版传媒集团、江苏人民出版社，2006 年版。

尔也不例外，其剧作中的中国形象只不过在表现西方某种中国形象的"原型"而已。作为奥尼尔主要创作期的 1920 年代，也就是 20 世纪前期，在西方人眼里，正是继"黄祸"和"义和团"

8. 周宁：《乌托邦或意识形态：西方中国观的知识状况》，见乐黛云、［法］李比雄主编《跨文化对话》第 19 辑，第 113 页。

之后，"黑暗的中国形象边缘，又泛出光亮"[8] 的年代，"美国社会正翻卷着一股对东方文化

大感兴趣的思潮"。[1] 奥尼尔剧作中的中国形象正是他提供

1. [美] 詹姆斯·罗宾森：《尤金·奥尼尔和东方思想》，郑柏铭译，第 2 页，沈阳：辽宁教育出版社，1997 年版。

给西方世界的一剂"治世良方"，宁静平和的"田园牧歌"
式的"中国"是奥尼尔用以反思西方物质主义的乌托邦想象。
其意义在于给西方受众提供了一面可以反观自身的"镜子"。

第五节　梅兰芳访美演出

梅兰芳，享誉世界的中国戏曲艺术大师、杰出的京剧
表演艺术家。他出生、成长在动荡的年代，其艺术生涯深
深地烙上了 20 世纪中国历史变迁的印痕，他荣耀而寂寞的
一生则成为中国一代艺术家的生命缩影。在中国传统戏曲
受到西方戏剧的强烈冲击的 20 世纪 20 年代，梅兰芳面临
着巨大的考验和压力，经过七八年的艰辛筹备，借款 15 万
元，自费率领他的梅剧团，在前途未卜中，于 1929 年冬从
上海踏上了英国的"加拿大皇后"号邮轮，远涉重洋，到
美国巡回演出，获得了令人瞩目的成功和热烈的反响，在
中美戏剧交流史上留下了浓墨重彩的一页。

梅兰芳的好友齐如山发现，在当年的西方人眼里，中
国的"梅兰芳"是可以与"长城"相提并论的；而德国戏
剧家布莱希特（Bertolt Brecht）也曾经说过，梅兰芳是西
方人关于中国的一个幻想，也是一个梦。可见，"梅兰芳"
在中美（西）文化交流史上，已成为一个有着"他者"意
义的文化符号。

梅兰芳演出《天女散花》剧照

一、　梅兰芳访美演出的背景与动机

梅兰芳首次为美国人演出，可以上溯到 1915 年秋季。在当时的交通部路政司司长刘竹君的推荐下，梅兰芳应北京政府外交部邀请，在外交部宴会厅为美国人在华北创办的几所学校的俱乐部委员会演出了一场新编的歌舞剧《嫦娥奔月》。梅兰芳以其细腻动人的表演赢得了 300 多名美国男女教职员的赞赏。[1] 此后，梅兰芳的演出成为招待外宾不可缺少的节目，而观看梅

1. 梅绍武：《我的父亲梅兰芳》（上），第 51 页，北京：中华书局，2006 年版。

兰芳的京剧表演也成为来华游历的外国人心向往之的事情之一。[2]

2. 齐如山：《梅兰芳游美记》，第 6 页，沈阳：辽宁教育出版社，2005 年版。

最初建议梅兰芳赴美演出的是美国驻华公使保尔·芮恩施（Paul Reinsch）。在为其卸任回国前举行的饯别宴会上，他说："若欲中美国民感情益加亲善，最好是请梅兰芳往美国去一次，并且表演他的艺术，让美国人看看，必得良好的结果。"[3] 虽然芮恩施此言的政治目的表露无

3. 齐如山：《梅兰芳游美记》，第 2 页，沈阳：辽宁教育出版社，2005 年版。

遗，但他的确是见识到了梅兰芳的表演艺术的魅力的人。早在梅兰芳 1915 年秋季的《嫦娥奔月》的演出中，芮恩施就是座上客，而且对梅兰芳的表演极为赞赏，第二天还到梅宅亲自拜访，后来又看过几次梅兰芳的表演。当时在座的人对芮恩施的建议不以为然，认为有夸张之嫌，对此，芮恩施再度补充道："这话并非无稽之谈，我深信用毫无国际思想的艺术来沟通两国的友谊，是最容易的；并且最近有实例可证：从前美意两国人民有十分不融洽的地方，后来意国有一大艺术家到美国演剧，竟博得全美人士的同情，因此两国国民的感情亲善了许多。所以我感觉到以艺术来融会感情是最好的一个方法。何况中美国民的感情本来就好，再用艺术来常常沟通，必更加亲善无疑。"芮恩施的话独引起了当时的交通总长叶玉虎的重视，并转告了梅兰芳的好友齐如山。梅兰芳也有此意愿，但不愿贸然行事，十分谦逊。经齐如山的鼓动，最终坚定了决心。[4]

4. 齐如山：《梅兰芳游美记》，第 2—3 页，沈阳：辽宁教育出版社，2005 年版。

梅兰芳演出的《贵妃醉酒》剧照

从表面来看，在政治的推动下，"毫无国际思想的艺术"这次似乎扮演了一个具有"国际

思想"的角色，成为梅兰芳访美演出的主要动因；然而，我们把梅兰芳访美演出的事件放置到那个时代的历史语境里面看，就会发现其中还有着更深层的文化背景和心理动因，而芮恩施的提议不过是一个外在的促发因素而已。

在晚清以降的中国，西方文明伴随着其坚船利炮，冲破了中国固有的封闭与宁静，使中国传统的文化形式发生了裂变。当时的有识之士，普遍意识到文化启蒙对于民族自强的重要意义，采取了一系列改良活动，中国戏曲亦在此列。于是，产生了一些不同于传统戏曲的改良新戏，并且，在一定程度上起到了启迪民智的作用。然而，随着辛亥革命的失败，与政治紧密结缘的改良新戏也落入了低潮，最终沦为了"恶俗"的代名词。这一切，都使新文化人士不得不采取一个不同于此前的"改良"的、更为激进的文化战略选择。——以钱玄同、胡适、陈独秀、刘半农、周作人、傅斯年等为代表的一批新文化人士，以《新青年》杂志为阵地，对中国"旧文化"发起了极为严厉的全面声讨，而以中国传统文化为依托并且深入民众的古典戏曲自然也在被声讨之列。新文化人在1917和1918年的《新青年》杂志上曾展开"旧剧评议"，批判的锋芒直指戏曲的封建毒素。在批判戏曲的封建性内容的同时，新文化先驱们也极力引入西方的戏剧形式，大力译介欧美戏剧。《新青年》杂志在1918年6月和10月，专门开辟了"易卜生专号"和"戏剧改良专号"。其实，"五四"时期的新文化先驱中真正理解戏剧艺术的人并不多，他们往往基于一种先验的认知构架，去理解西方戏剧和中国戏曲。在"启蒙"的功利心态下，他们译介欧美戏剧时，把具有写实性的"社会问题剧"作为首选，并运用其美学标准去衡量、批判中国戏曲，没能在尊重各自不同的美学特征的前提下，去对古典戏曲的症结做出冷静的思考。其实，中国的戏曲也可以是"现代"的，它自有其发展的路数，"戏曲"与"旧"之间应该是一个不等号。然而，选择即意味着判断：这种误读也反映出中国新文化先驱在各种文化压力和冲突中，确立新的文化主体意识的自觉和过程。面对强大的传统文化，新文化先驱们的文化选择和实践自有其时代的合理性和清醒的一面，但是，从中国戏剧艺术的生态角度看，他们激进的"反传统"使原本就已经步入僵化的古典戏曲艺术几乎失去了自我反思、革新的机会。有了这样的背景，再加上20世纪上半叶中国血与火般的社会现实因素的制约，使西方式的写实主义的戏剧样式取得了几乎是唯一的"合法性"，参与到了建构民族国家的话语进程中，成为时代要求的积极响应者。即使到了后来也曾有意识地转向戏曲寻求资源，但仍然是出于一种政治形势的迫切需要，基本上没有成为艺术的自觉。虽然也有一些留学欧美专攻戏剧并且具有宏阔的世界视野的戏剧家，如宋春舫、张彭春、余上沅、熊佛西等，有过这方面的自觉和努力，但始终没能形成可以与主潮分庭抗礼的制衡性力量，最后总是因为与当时中国的土壤和气候不相宜而不了了之。从 19 世纪晚期直到 20 世纪 80 年代，传统戏曲在中国戏剧主潮中始终处于一个十分尴尬的位置。

虽然"五四"时期的新文化运动先驱们以极端的方式否定了中国传统戏曲并建设了"现代"戏剧形式，但是，这种"终结性"的否定本身也会成为"传统"戏曲参与"现代"文化建设的一个重要契机。

我们不妨在"五四"新文化先驱的战略选择中内涵的思维方式的基础上做一个反向思考，可以发现："传统"只有在"现代"的参照、对立中才能确认自身并获得意义。换句话说，中国戏曲的"传统性"只有在外来的剧烈冲击和内在的危机意识中，才能够被建构出来并且被反思重估。所以，对于中国传统戏曲的理解和实践，其本身实际上就是一个"现代"的问题。这将是我们思考梅兰芳的艺术实践的一个重要起点。

"梅兰芳一生的艺术活动，体现了不断革新、精益求精的精神。他的艺术，经历了三个不同的发展阶段：从他从事舞台活动开始到 1915 年前后，是他艺术活动的早期。这一时期是以继承传统为主；自 1915 年起至抗日战争前夕，是他艺术活动的中期，这时期他的创作精力最为旺盛。由于辛亥革命以及时装新戏的影响，梅兰芳力图使自己的艺术活动能符合时代潮流。因此，他连续排演了一些时装新戏，对于京剧表现当代题材进行了初步探索。此后，他致力于古装新戏的创造和传统剧目的整理加工。"[1] 在这个阶段，梅兰芳的创造性工作主要包括：他

1. 中国大百科全书总编辑委员会：《中国大百科全书·戏曲曲艺》，第 246 页，北京：中国大百科全书出版社，1983 年版。

对京剧旦角表演艺术上的重大革新，成功地突破了传统正工青衣专重唱功、不太讲究身段表情的局限；他还编排了一些歌舞成分较重的新剧目，并在其中创作了数量甚多的与剧目内容相适应的舞蹈；在舞台美术方面，基于其歌舞剧的实验，对京剧旦角的化妆方法做了改进，并被后人遵循沿用；他还在歌舞剧中采用了传统戏曲舞台所没有的布景，增添了舞台的美感；梅兰芳还在继承京剧传统唱腔的基础上，创作了新的唱腔，广为流行；对于京剧的乐队伴奏，梅兰芳也做过大胆革新。梅兰芳面对时代的严峻选择，以其扎实的艺术功底、高度的艺术责任感和创新精神，力除当时盛行于戏曲舞台的庸俗恶趣，从京剧艺术传统中挖掘其典雅与优美的成分，

从题材、音乐、美术、舞蹈等诸方面进行了"现代性"的反思和革新，为这门传统艺术赢得了生机和尊严。而梅兰芳本人的努力和实绩及其艺术精神，在中国戏曲界也备受肯定和推崇。

在访美演出之前，梅兰芳曾经于 1919 年和 1924 年成功地访问了日本，但是日本和中国同属东亚，具有文化上的亲缘性，对于中国京剧的接受相对容易，而美国与中国的文化背景相去甚远，京剧艺术能否在这个异质文化的国土上引起反响，对梅兰芳本人而言完全是一个未知之数。其实，梅兰芳此前在国内为欧美人士的演出都得到了极高的评价。但是我们也需要注意到这样一个背景："在前清时代，西洋人差不多都以进中国戏院为耻。"[1] 而且，

1930年2月，梅兰芳在美国与卓别林合影。

1. 齐如山：《梅兰芳游美记》，第 5 页，沈阳：辽宁教育出版社，2005 年版。

西方人到了中国，要看的是"梅剧"，而不一定是中国戏曲，还有，这些要求看"梅剧"的西方观众究竟在多大意义上能够代表"美国"（或"西方"），都是需要考虑的。这些问题都使事情变得更为复杂起来，赴美之路似乎也开始云遮雾罩，从这个角度看，梅兰芳当初的犹豫并非没有道理。而梅兰芳最初的犹豫和谨慎也从一个侧面反映出他对此次访美演出的重视。——梅兰芳是担负着一种对于京剧艺术的责任感和民族使命感来思考此次出行的意义的。我们也不能忘记为了此次访美演出做出了巨大贡献的、学贯中西的齐如山，他根据自己对于世界戏剧走向

2. 参阅齐如山《梅兰芳游美记》第 1 卷各章的相关内容。当然，齐如山的文字里面未免有自我夸

的认识，进行了认真的考察，做出有根据的判断，然后鼓

大之嫌，如曹聚仁就曾经指出："在齐如山先生的回忆录中，当然不免过于夸张他自己对梅氏的

励梅兰芳，坚定其信念，并且动用各种人际关系，主要负

助力。"参见曹聚仁《听涛室剧话》，第 90 页，北京：中国戏剧出版社，1985 年版。但是，最

责了筹款、宣传和接洽等必不可少的复杂事务。[2] 而梅兰

起码在梅兰芳到达美国、遇到张彭春之前，齐如山做出的大量工作的实际性意义是不可忽视的。

芳到美国后遇到的另一位戏剧家张彭春同样功不可没。

如果说梅兰芳是这次中美戏剧交流的使者的话，那么齐如山和张彭春就是这次交流得以实现的幕后"推手"。

在外在的条件成熟以后，作为中国戏曲艺术界楷模的梅兰芳，在中国"传统"戏曲承受着西方"现代"文明剧烈冲击，其价值受到主流文化力量质疑的当口，就理所当然地要担负起把中国戏曲艺术放在世界文明的参照系中加以横向的重新考量的"现代性"重任。这个落在梅兰芳肩上的任务，是历史性的，它形成了这次中国传统戏剧参与世界戏剧的最主要的背景和动因。

二、 梅兰芳访美演出盛况及中美知识界的反应

经过长期的精心准备，梅兰芳带着其梅剧团踏上了赴美演出的征途，而此时的美国正处于经济大萧条的时期——梅兰芳面临着可能破产的风险。

梅剧团在美国访问了包括纽约、华盛顿、西雅图、芝加哥、旧金山、洛杉矶、圣地亚哥和檀香山等在内的主要城市，总共用了半年的时间，演出长达 72 天。梅剧团所到之处，都受到了各个城市以市长为首的各界知名人士和市民的盛情接待。剧团到达旧金山时，数万群众闻讯赶到车站欢迎，市长亲自前去迎接，并且在站台外面的广场上发表了热情洋溢的欢迎词，全场掌声雷动，气氛热烈。市长还陪同梅兰芳乘车前往当地的大中华戏院参加"欢迎大艺术家梅兰芳大会"。梅兰芳还应邀在华盛顿为政界人士演出，除了总统胡佛因当时不在而未能到场外，包括副总统在内的官员和政要共 500 多人出席观看，一致高度评价梅兰芳的表演艺术。美国前财政部长麦克杜还赠给梅兰芳一套美国各届总统的铜制纪念章作为留念。文艺界人士对于梅剧团的到来，更是表达了热烈的欢迎。梅兰芳在美国同贝拉斯科、斯达克·杨等戏剧家，卓别林、范朋克和玛丽·壁克福等电影演员，露丝·圣丹尼斯和泰德·萧恩等舞蹈家都有过愉快的交往。一些画家和雕塑家纷纷要求为梅兰芳画像或塑像。纽约剧界总会邀请梅剧团全体成员入会。学术界也高度评价了梅剧团的演出，很多大学校长和教授前往剧场观看演出，并且给予充分的肯定。哥伦比亚大学、芝加哥大学和旧金山大学举行座谈会，邀请梅兰芳前去演讲。南加利福尼亚大学和波摩拿学院还授予梅兰芳文学博士荣誉学位，对于其表演艺术给予很高的评价，并感谢他为介绍东方艺术、联络中美两国人民情感、沟通世界文化所做出的贡献。美国观众也十分

热情。每一场演出结束都连续叫帘至少 15 次，在纽约的最后一场演出闭幕后，观众久久舍不得离开，排队与梅兰芳握手。纽约有家商店甚至在一个"鲜花展览会"上以"梅兰芳花"命名一种新花。檀香山的土著用其语言编制一首《欢迎梅君兰芳成功歌》，在梅剧团乘船回国时，在码头上唱了另一首新编的《梅兰芳歌》表示惜别。旅美侨胞也为梅剧团的成功演出做了很多协助工作，并为之感到骄傲。[1]

1. 参见梅绍武：《我的父亲梅兰芳（上）》，第 117—119 页，北京：中华书局，2006 年版。

梅兰芳与美国黑人歌唱家罗伯逊（左一）、黄柳霜（左二）、熊式一教授（右三）、余上沅（右一）合影。

梅剧团在美国不仅受到各界的欢迎，而且媒体和评论界也给予梅剧团的演出以高度的评价。其中《纽约世界报》的评论员认为："……梅兰芳是迄今我所见到的一位最卓越的演员。纽约以前从没见过这样杰出的表演。"《邮报》剧评家指出："梅兰芳是继尼任斯基之后出现在纽约舞台上表演得最优美的一位演员。他那敏捷灵巧的演技是别人无法比拟的。"《纽约时报》的评论员赞扬道："梅兰芳身穿华丽的戏装在舞剧中的表演，犹如中国古瓷瓶或挂毯那样优美雅致，使观众觉得自己在跟一个历史悠久而成熟的奇妙成果相接触。"《纽约太阳报》的评论员说："人们不无惊奇地发现，数百年来中国演员在舞台上创造出一整套示意动作，使你感觉做得完全合情合理，这倒并非由于你理解中国人的示意，而是因为你明白美国人也会那样表达所致。我倾向于相信正是这种示意动作的普遍性使我们感到梅兰芳的表演涵义深邃。当然正是由于这一点，而无须乎讲解，我们也完全可以理解他的表演。"《世界报》的评论员从京剧舞台的简洁性出发，赞扬中国人"在不采用实体布景和道具方面远远超前了我们好几个世纪。我们花费成千上万的钱财使舞台上呈现实景，布满总起来足有半吨重的沙发啦，餐具柜啦，桌椅啦，门框啦，书柜啦等等实物，而中国人却用一些常规的示意动作代替了这些笨重的累赘；数百年来，他们的观众对此已经习惯，顿时凭想象力把他们转换为适当的场景和行动。一名中国演员登场，并不需要推开一扇花费 45 美元而挺费劲才制成的、涂了漆的人造纤维门板，再砰地一声把它关上，弄得那个仿制的房间帆布墙鼓胀起来，悬乎乎地颤动不已。没有，他只消把腿微微一抬就迈过了想象中的门槛。中国的观众，经过具有艺术修养的几代人认为这是理所当然的事，都熟悉这类众多的规范动作而立刻予以理解，他们并不因为舞台上没有一扇真实的房门而感到上当受骗。相比之下，我们则要求演员登场下场时，台上得有镶板、铰链和门上的球形控手，真是多么原始而幼稚啊！"[1]

梅兰芳 1930 年在美国波摩那学院获博士学位后留影。

1. 施高德：《梨园魁首梅兰芳》，香港大学出版社，1959 年，第 109—110 页，转引自梅绍武《我的父亲梅兰芳》（上），第 226—227 页，北京：中华书局，2006 年版。

剧评家和演艺界更多地从西方表演艺术传统与梅剧团演出的横向比较和对西方戏剧表演的反思中，肯定梅兰芳的表演艺术成就。剧评家罗勃特·里特尔曾说，对于梅兰芳表演的京剧艺术"我也许只懂得其中的百分之五，而不了解其他大部分，但这足以使我为我们的舞台和一般西方的舞台上的表演感到惶恐谦卑，因为这是一种以令人迷惑而撩人的方式使之臻于完美的、古老而正规的艺术，相比之下我们的表演似乎没有传统，根本没有旧有的根基"。鉴于京剧艺术的戏剧和舞蹈的完美结合，E·V·威耶特感叹道："我们的演员，很可惜没有像德国和中国演员那样受过最高形式的舞蹈训练。"发现了京剧里面的"旁白"后，1930 年 5 月 1 日的《洛杉矶审查报》发表了以《中国早在几百年前就已听见"旁白"》为题的文章，文章指出："尤金·奥奈儿在《奇妙的插曲》里运用了'旁白'这一新颖手法，在当代戏剧中掀起一阵争先仿效的时髦的狂热。中国伟大的演员梅兰芳解释道，这种阐明情节的手法，作为京剧的主要组成要素之一，早已存在几百年的历史了……"

知名文艺评论家斯达克·杨则敏锐地指出："令人感兴趣的是我们注意到希腊古剧和伊利莎白时代的戏剧同京剧颇为相似……京剧对希腊古剧作了一种深刻的诠释，因为那些使人联想到希腊的特征，以一种自然的思考方式，一种深刻的内在精神，体现在中国戏剧里。两者之间不仅有显著的相似之处，诸如男人扮演女性角色，中国演员常常勾画的具有传统风格和规定涵义的脸谱，同雅典戏剧中实在的面具几乎没有多大的区别，布景都是很简朴的，而且在思想和精神深处的特征方面也有相似的地方……"他还从京剧的情节场面、道具、定场诗、男扮女角和韵散转换等方面的比较，看出"伊利莎白时代的戏剧和京剧也十分明显地相似，外表或多或少相像"。而包括卓别林在内的好莱坞电影界则表示梅兰芳的表演给予他们很大的影响和启发，视京剧表演艺术为"宝贵的参考品"。[1]

1. 梅绍武：《我的父亲梅兰芳》（上），第 120—145 页，北京：中华书局，2006 年版。

梅兰芳能够在美国成功演出并获得各界的一致好评，除了京剧艺术本身的魅力和梅剧团的精湛表演外，张彭春也做了大量必不可少的工作，但其工作在后来也曾引起一些学界人士的质疑。

梅兰芳到达美国后，应邀前往华盛顿出席中国使馆为其举行的欢迎宴会，当时在美国讲学的张彭春也在被邀请之列。梅兰芳恳请张彭春协助梅剧团的演出事宜，张彭春答应了，并立即给出两个建议："一是梅剧团赴纽约百老汇演出前应先在报章上广泛宣传；二是聘请一位熟悉美国演艺界的专业演出人联系一切演出日程。""张彭春教授的两项措施果然行之有效，京剧艺术很快便引起美国主流社会各界人士的关注。"[2] 如果说这两项建议仅仅限于公关和人事方

2. 梅绍武：《我的父亲梅兰芳》（上），第 223—224 页，北京：中华书局，2006 年版。

面，那么在梅剧团正式开始演出后，张彭春的专业才能和对中西戏剧艺术的见识则得到了充分的表现。

张彭春的父、兄都是戏曲专家，他本人早年就爱好京剧，18 岁又与胡适、赵元任等同船赴美留学，在美国深受西方戏剧艺术熏陶。从 1916 年起，张彭春就来往于中美两国之间，在南开和清华开设西方戏剧课，在美国讲授中国戏曲。在梅兰芳赴美之前，张彭春就曾建议"华美协进社"邀请梅兰芳赴美演出。学贯中西的张彭春应梅兰芳的恳请，以梅剧团的总导演、总顾问和发言人的身份，用谈话、文字的形式，在各种招待会和首演等重要社交场合，向媒体、艺术界、学术界发表大量演说，介绍中国京剧的特点，为梅剧团的演出大力宣传、造势，这些铺垫对于梅剧团的成功演出是很必要的。其实，"大多数美国人对中国戏剧的偏见确实根深蒂固"，

"……从梅兰芳在百老汇首次演出的前一两天，对大多数美国观众有影响力的纽约著名剧评人，在关于梅兰芳的评论里还不掩饰轻视中国戏剧的心态，甚至预言纽约观众难以接受中国戏剧。"[1]

1. 马明：《论张彭春与梅兰芳的合作及其影响》，载《戏剧艺术》，1988 年第 3 期。

除了为梅剧团宣传造势，张彭春"为了京剧能够走向世界，力求以综合艺术和二度创作的观念，他对一些有影响的京剧剧目重新整理，在压缩纯交代性场次使之精炼集中的基础上，要求演员按照导演构思塑造艺术典型，以及废除检场饮场陈规等等为梅兰芳欣然接受的观念与方法"[2]。

2. 马明：《论张彭春与梅兰芳的合作及其影响》，载《戏剧艺术》，1988 年第 3 期。

这也反映出梅兰芳本人的胸怀和眼光，在异质文化里面，能够以一种开放、谦逊的心态汲取西方戏剧养料，并且开创了京剧导演制的先河。后来梅兰芳回国后，在 1936 年排演《生死恨》时，运用灯光加强舞台效果，显然是从西方舞台美术里面学到的，[3] 这再次证明了梅兰芳善于在西方的参照下对传统京剧艺术进行革新的意识。

3. 梅绍武：《我的父亲梅兰芳（上）》，第 176 页，北京：中华书局，2006 年版。

对于张彭春建议的并为梅兰芳所采纳的为适应美国人的审美习惯所做的表演上的的改变，学术界一直有人质疑。其实当年斯达克·杨在和梅兰芳会谈时就指出："我对梅君所唱的女声，觉得毫无隔膜，我感到梅君的小嗓与女子真嗓相比较还是协调的，戏中的身段和平常人的动作也是美术化了的，听了看了非常舒服，但我觉得梅君的嗓子很好，似乎不敢用力唱，你怕美国观众不能领略中国歌唱的妙处，其实这种顾虑是不必要的，美国人既然公认中国戏是世界艺术，就应该极力发挥固有长处，因为许多人不是为取乐，而是抱着研究东方艺术而来的。"他还说，"我想，梅君在中国演戏，一定比在美国好。在这里演出，我看出有迁就美国人眼光心理的迹象，我奉劝不要这样，致损及中国戏的价值。"[4] 斯达克·杨不愧为极具影响力的评论家，他

4. 许姬传、许源来：《忆艺术大师梅兰芳》，第 28 页，北京：中国戏剧出版社，1986 年版。

的问题非常专业和到位，但是正因其专业，也没有太大的代表性，他完全忽视了西方人此前对于中国戏剧的偏见和蔑视，同时也忽略了一般美国大众的审美趣味，甚至根本就不了解梅兰芳此行的意图和艰难。比较值得我们重视的是，在 20 世纪 80 年代，台湾作家、学者施叔青女士对于梅兰芳访美演出时，有意地削弱音乐、突出舞蹈的做法提出的质疑："至于出国演出剧目的安排，处处以迁就外国观众为原则。最明显的是把演出时间缩短为两个小时，因为怕洋人不耐久坐。再者剧情戏怕他们不易了解，于是选择了以动作、特技、歌舞为主的剧目来取悦外国观众。集锦式的剧目也许让洋人感到热闹、多变化，却是支离破碎的，无法表达出完整的思想。"[5]

5. 施叔青：《西方人看中国戏剧》，第 29 页，北京：人民文学出版社，1988 年版。

施叔青女士的质疑产生于她对尊重中西文化差异的诉求，这种观念的出发点是好的，但是其中

6. 孙柏：《19 世纪的西方人怎样看中国戏》，载《戏曲研究》第 68 辑，第 185 页，北京：文化艺术出版社，2005 年版。

暗含着走向文化相对主义的危险和可能，[6] 不利于中国戏剧对于世界戏剧的有效参与和对话，

从根本上说，可能导致中国戏曲对自身的价值判断的缺失。从观演关系的角度看待施叔青女士提出的问题，会发现其中有很大的理想化成分，不符合演员创作的基本规律。演员在为观众表演时（包括其他形式的创作在内），演员与观众之间会产生一种客观存在的相互作用，它类似于物理学上的"磁场"一样能够产生奇妙的效应，当这种效应作用于演员时，演员必然会按照"场"的作用力调整自己的演出。演员身处这个客观关系网络，就要受制于潜在的"场"的结构情形，其创作就必然要受到"场"的"形塑"。梅兰芳和张彭春面对的是先验地排斥中国戏剧的美国观众，要想有效地传达京剧艺术信息，按照西方人的审美习惯进行一些调适，看似刻意迁就，其实也是尊重了艺术创作的规律。梅兰芳此行的目的是要让中国戏曲参与到世界戏剧中去，本质是为了交流、检验、革新，如果固守在中国的演出方式（实际上也不可能，最多只是程度大小有异），最终会得不偿失。另一位曾在美国观看过梅兰芳演出的朱季黄准确地发现："我看他[1]的戏，感觉到唱与做不平衡，唱的技巧未见提高，而手、眼、身、步的目的性，却

1. 即梅兰芳。——引者

比以前准确而强烈。过了一个时期，这种感觉就消失了，但不是恢复原状，而是进入了新境界。"[2]

2. 许姬传、许源来：《忆艺术大师梅兰芳》，第29页，北京：中国戏剧出版社，1986年版。

这正说明了梅兰芳在面对不同观众时的微妙变化。对此，梅兰芳也有体会："演员与观众的关系是密切而微妙的，经过这次交流后，不仅唱、做方面有所演变，对化妆、声学、光学、剧场管理、严格遵守时间，都有新的体会，古人强调'读万卷书，行万里路'，非亲身经历，不知其中甘苦。"[3]梅兰芳此次访美演出，获得了世界性的视野，这正是中国戏曲现代转型的一个

3. 许姬传、许源来：《忆艺术大师梅兰芳》，第29页，北京：中国戏剧出版社，1986年版。

重要契机。

而对中西戏剧知识有着全面掌握的张彭春也早就意识到，中国戏曲"要想得到世界的地位，决不是闭户自诩可成的，必须注意到世界的需要。"[4]这句话道出了张彭春当年给梅剧团一系

4. 张彭春：《什么是现代化》，转引自马明《论张彭春与梅兰芳的合作及其影响》，载《戏剧艺术》。

列建议的根本原因，而这也正是梅兰芳所期望的。张彭春和梅兰芳等人在美国演出时，对于中国戏曲的调整，以及梅兰芳回国后的革新，正显示出一种文化与另一种异质文化相遇时，必然会在对方的作用力下发生一定的变异。

不同于美国的赞誉，在中国知识界，除了戏曲界以外，对于梅兰芳访美演出一事，反应相对地有些冷漠。[5]但是，我们该如何评价知识界的冷漠反应？这不仅涉及到我们将在什么意义

5. 参见吴戈：《中美戏剧交流的文化解读》，第4章第6节的相关论述，昆明：云南大学出版社，2006年版。

上评价"五四"一代文人的文化选择，而且直接关系到我们在何种意义上理解梅兰芳访美演出的价值问题。中国知识界的冷漠"反映折射出来的中国人的价值判断'失准'，反映的是'殖

民语境'下的文化心态的'变形',在文化自卑与价值自弃中,看自己'自轻自贱',看别人'敬若神明',听意见'诚惶诚恐',以至于'幻视幻听''[1]吗?如果说被殖民国家人民在殖民

1. 吴戈:《中美戏剧交流的文化解读》,第 314 页,昆明:云南大学出版社,2006 年版。

国家的长期影响下,产生了民族文化自卑与价值自弃心态,那么同属一个被殖民的文化语境中的戏曲界人士何以就具有对所谓的"殖民文化"的"免疫力"呢?这显然无法解释。这种基于后殖民主义文化批判理论的研究思路,固然犀利,但如果无视其产生的西方语境和研究对象本身的复杂性,就直接套用,将仍然会局限于"中 / 西"、"中国戏曲 / 西方戏剧"等二元对立的模式中,很容易把复杂的问题简单化,从而过早地结束对于问题的讨论。

对于中国知识界的冷漠(也许是冷静)的反应的思考,要从梅兰芳的美国影响及其限度开始。

三、 梅兰芳的美国影响及其限度

郑树森教授曾敏锐地指出:"中国传统戏曲的象征性,在梅兰芳 1930 年颇为轰动的访美演出后,虽曾广受注意,但对美国剧坛主流并没有什么影响。倒是 30 年代初期美国工人剧运所倡导的'活动报纸剧场'(The Living Newspaper;改变时事新闻的讽刺批评短剧),基于省略布景道具的经济理由及时空转换的便利,曾向梅兰芳演出的京剧借鉴。"[2]郑树森教授

2. 郑树森:《文学地球村》,第 37 页,上海:上海三联书店,1999 年版。

的这段话看起来似乎有些不可思议,其实我们把这段话放置到西方人对于中国戏曲的矛盾态度和西方戏剧文化观念的变迁中去理解,就毫无意外和费解之处。

由于中西文化的巨大差异,早期很多西方人接触中国戏曲首先是从一些几近成为"套话"的片面文字介绍开始的,还有的也不过仅仅读了几个不高明的节译剧本,对于中国戏曲及其表演完全停留在一种混乱的"想象"状态。"公元一七三六年,波摩神父翻译的《赵氏孤儿》,这是西方人对于中国戏剧介绍的开始。"[3]"当法国人读到波摩神父在其《赵氏孤儿》的译本的

3. 施叔青:《西方人看中国戏剧》,第 12 页,北京:人民文学出版社,1988 年版。

唱词部分写下:'他们起唱了',读者的直接反应是以他们所熟悉的西方唱的观念套入中国戏剧里。如是凭着欧洲人的臆想,创造了好些稀奇古怪的东、西混合体。"[4]18 世纪法国杰出的

4. 施叔青:《西方人看中国戏剧》,第 6 页,北京:人民文学出版社,1988 年版。

哲学家、文学家伏尔泰曾经把《赵氏孤儿》改编成不忠实于原著的《中国孤儿》,以伏尔泰为代表的文学家们一致认为:"中国文化在其他方面有很高的成就,然而在戏剧的领域里,只停留在它的婴儿幼稚时期。"认为中国的所谓"悲剧","其实只不过是堆砌一大堆不合理的情

节罢了"。[1] 在 19 世纪末，真正看过中国戏曲的西方人仍然批评道："所有演员的吐字都是单

1. 施叔青：《西方人看中国戏剧》，第 7 页，北京：人民文学出版社，1988 年版。

音节的，我从未听到他们发一个音而不从肺部挣扎吐出的，人们真要以为他们是遭遇惨杀时所

发出的痛苦尖叫。其中一个演法官的演员在舞台上走着十分奇怪的台步，他首先将他的脚跟放

在地上，然后慢慢放下鞋底，最后才是脚尖。相反的，另一个演员，却像疯子似的走来走去，

手臂与腿夸张地伸动，比起我们小丑剧的表演，仍然显得太过火了。"这里的苛评，令人想起

洪深在 1923 年 2 月在上海笑舞台演出《赵阎王》时，被当时的中国观众疑为有精神病，这是值

得深思的。关于戏曲唱腔，有西方人形容道："高到刺耳以至无以忍受的程度，那尖锐的声音

让人想到一只坏了喉咙的猫叫声一样的难听。"有的西方学者比较了中西剧场后，得出这样的

结论："中国剧场依然停留于它的婴儿时期，它太早就定型成为一种极僵硬的形式，而无法从

中解放自己。"[2] 而在梅兰芳访美演出的前一年，即 1929 年，美国戏剧家 Sheldon Cheney 还这

2. 施叔青：《西方人看中国戏剧》，第 9 页，北京：人民文学出版社，1988 年版。

样批评中国戏曲："它虽然有儿童似的神仙故事的清新，却又是种四不象的诗的剧场。中国戏

剧内容太过简单，缺乏深度，表现了中国人无知的天真，这种天真只能使西方人视之为可笑的

幽默。"[3]

3. 施叔青：《西方人看中国戏剧》，第 23 页，北京：人民文学出版社，1988 年版。

　　但与这种无法欣赏中国戏曲，转而诋毁的态度相反，还存在着另一种对于中国戏曲无限神

往、着迷而不吝美辞的观点。有时候甚至在同一个人身上同时出现两种截然不同的矛盾态度。

美国作家马克·吐温曾在旧金山看了几场粤剧，他认为"精彩极了"，"很像意大利歌剧加上

马戏班的杂耍、中国功夫、奇特的服装和狂野的外来音乐"。对于《牡丹亭》的《惊梦》的感

受是"感到太有意思了"。[4] 美国传教士丁韪良在其回忆录里面同时表达了他对于中国戏曲的

4. [美] 多米尼克·士风·李：《晚清华洋录：美国传教士、满大人和李家的故事》，第 123—124 页，李士风译，上海：上海人民出版社，2004 年版。

欣赏和困惑："观众是指站着看戏的，因为寺庙里几乎没有什么坐椅。因此他们是否能够一直

这么站着听下去，不仅有赖于剧团的吸引力，也有赖于观众自身肌肉的耐久力。无论酷似歌剧

的花腔女高音，还是用怪异的方言来说的大段念白，如果没有戏装和演技的帮助，都是晦涩难

懂的。尽管如此，中国的戏曲仍具有一种奇异的魅力，而且戏曲所表现的大多是历史题材，所

以它也被用于传授历史和灌输美德，就像在古希腊那样。"他还困惑地说："在中国的戏院里，

甚至是那些最好的戏院里，几乎不注重任何背景效果。对于观众想像力的惟一外部辅助就是演

员的换装，这往往是在观众的眼皮底下进行的。演员每次出场都要自报身份，而且一个刚扮演

了反面人物的演员转身换上一套华丽的戏装，就大摇大摆地上台来宣布：'下官皇帝是也。'——

这难免给人以一种怪异的感觉。"[1]而俄国人叶·科瓦列夫斯基则一方面丑化中国戏曲的演

1. [美] 丁韪良：《花甲记忆——一位美国传教士眼中的晚清帝国》，第 42—43 页，沈弘、恽文捷、郝田虎译，桂林：广西师范大学出版社，2004 年版。

唱"像是某种动物的咆哮"，另一方面又认为"中国戏剧表演还是有它所独到的、婀娜多姿

2. [俄] 叶·科瓦列夫斯基：《窥视紫禁城》，第 176—177 页，阎国栋等译，北京：北京图书馆出版社，2004 年版。

的一面"。[2]卓别林也曾认为："中国戏剧是珠玉与泥沙混杂。"[3]

3. 施叔青：《西方人看中国戏剧》，第 29 页，北京：人民文学出版社，1988 年版。

　　从以上的粗略梳理，可以看到西方人对于中国戏曲表现出两种截然相反却并行不悖的态度。这种矛盾的情形恰如丁韪良笔下的中国戏曲演员一样，刚才还是反感，转身就换了另一副面目，又"宣布"欣赏了。——这同样难免给人一种怪异的感觉。然而这种矛盾的情形正是我们思考梅兰芳的美国影响的起点。

　　在西方戏剧文化中一直存在着两大传统，即表演剧场传统和文学剧场传统。在易卜生之前，这两种传统在西方戏剧里面都有所体现。易卜生的剧作不仅如左拉所追求的那样描写真实，语言生活化，提供逼真的人物活动环境，而且对于"佳构剧"技巧的运用达到了炉火纯青的地步，同时在里面注入了现代精神。此后，西方戏剧对于文学剧场的追求大大超过了表演剧场，几乎遗忘了表演剧场里面的独白、面具等手段，转而诉诸于新发现的透视规律等科技手法，追求一种高度的幻觉模式。但是现代生活不可能满足于戏剧一味地展示生活细节，文学剧场的发展日益走向僵化的时候，必然要寻求新的戏剧资源，并出现另一种戏剧形态对其进行挑战和颠覆。这种新的戏剧形态的共同本质就是向表演剧场传统回归，从古典戏剧和东方戏剧里面寻找资源。这种回归从 19 世纪后期就开始了，一直持续下来。在这样的文化背景下，那些西方人对中国戏曲的矛盾态度就不难理解了。西方人在看到中国戏曲时，一方面因为中国传统戏曲固有的问题，其审美习惯遇到了巨大的挑战，出于一种傲慢的沙文主义心态，极尽丑化、诋毁之能事；另一方面，中国戏曲本身的魅力和他们深层心理中的"乡愁"，对于这种陌生却似曾相识的戏剧形式产生了本能上的亲近感。

　　梅兰芳访美演出成功的原因，除了京剧的魅力和梅剧团、张彭春的种种努力外，其深层的文化原因在起着决定性作用——京剧艺术暗合了西方古老的戏剧精神，并为先锋戏剧家们提供了可以借鉴的资源。我们回顾美国文艺评论家和戏剧家的评价就可以看到，这些评论中有几个出现频率颇高的词语："古老"、"舞蹈"、"表演"，显然这几个词语根本代表不了京剧艺术的所有特质。而斯达克·杨的评论更具代表性，他看到京剧，联想到的是希腊戏剧和伊丽莎白时代的戏剧。值得注意的是，以斯达克·杨为代表的评论家们真正认同的，与其说是京剧，

不如说是京剧的演出方式——在梅兰芳的表演中，他们联想到的是西方的古老戏剧传统。美国的剧评家们，正是由这种相似性出发，在文化认同中发现了与京剧相似的东西，从而赋予了"京剧"或"梅兰芳"以文化"他者"的意义。这中间隐藏了一个文化价值转换的运作过程。同时，我们还要注意到，真正受到梅兰芳的表演影响的，可能仅限于一些为数不多的先锋戏剧家。因为这种非主流的、先锋性的戏剧实验，不仅是一种美学上的革命，还是对流行意识形态的颠覆。这就是梅兰芳的表演手法能够为政治色彩极为浓厚的美国工人"活报剧"所吸收的主要原因。

从梅兰芳在美国交往的演艺界朋友来看，受其表演影响的基本局限于默片明星、舞蹈家或单人剧表演者。[1] 以梅兰芳与当时的好莱坞电影界的关系为例，很难说梅兰芳对当时的美国电

1. 梅绍武：《我的父亲梅兰芳》（上），第142—195页，北京：中华书局，2006年版。

影有多少影响。当时美国电影正处于从默片到有声片的过渡阶段，歌舞片这个电影类型就是这个过渡阶段的典型产物，它反映的是这个过渡期的焦虑感，不同于今天的歌舞片的生产是出于一种艺术自觉。把梅兰芳的演出放在有声片对世界电影文化的巨大影响的背景下思考，就很容易发现美国电影界正是在京剧表演中发现了他们异域"知音"，发现京剧中有舞蹈、歌唱和对话等因素，与有声片的发展趋势有着不谋而合的相似之处。"京剧"或"梅兰芳"对于当时的好莱坞电影界而言，正是一个可以缓解其焦虑感的文化镜像。对于受到有声片冲击，导致演艺事业遭遇瓶颈的默片明星而言，更是如此。

美国人对于梅兰芳的巨大赞誉，寄托了他们深深的"乡愁"和文化自省意识。这种赞誉产生于西方文化语境，对于美国人（或西方人）而言，反映出一种深刻的自我反思精神。如果我们因为美国人的赞誉，而毫无保留地美化中国戏曲，就很容易落入一种盲目的文化乐观和廉价的民族优越感，反而不利于中国传统戏曲的现代转型，不能真正地识别戏曲的价值，也从一定程度上消解了梅兰芳访美演出的文化意义。值得我们重视和借鉴的是西方人的文化自省意识（而不是其热情的赞誉），从中国戏剧成功参与世界戏剧和中国传统戏曲的现代转型的意义上，去理解梅兰芳此次访美演出的价值，才能够让梅兰芳真正地不虚此行。

同样，我们在评价"五四"新文化人士对于西方写实主义戏剧大力倡导的偏颇时，不能把问题归结于西方的写实主义戏剧在"西方"已经落伍。不管写实主义戏剧在西方如何落伍，它在中国的语境里面，确有其"现代"和"先锋"的性质。就像戏曲在中国遭到主流戏剧批判的

同时，在"西方"却被认为是"现代"的，而得到先锋戏剧家的热情拥抱一样，最终的旨归都在于政治。意义由语境决定，"现代"没有唯一标准。我们的民族文化自信心不能靠西方人给予，他们也永远不可能给予。中国传统戏曲发展到 19 和 20 世纪之交，确实已存在很大的症结。"五四"一代文化先驱的激烈地"反传统"的偏颇之处，上文已经指出，但是其中对中国传统文化进行自我批判的清醒态度仍值得珍视。我们不能因为西方人对中国戏曲的肯定和新文化先驱对戏曲的批判，就简单草率地认为这是中国人"文化自卑与价值自弃"的表现，这不仅是对"五四"一代文化人的曲解，也是对梅兰芳的误解。我们不妨以鲁迅与梅兰芳的关系为个案，来考察鲁迅的文化心态。

在鲁迅的杂文中，涉及到梅兰芳的文字颇多，其中有两篇是专论梅兰芳的，即 1934 年 11 月写的两篇《略论梅兰芳及其他》。在第一篇里面，鲁迅写到："梅兰芳不是生，是旦，不是皇家的供奉，是俗人的宠儿，这就使士大夫敢于下手了。士大夫是常要夺取民间的东西的，将竹枝词改成文言，将'小家碧玉'作为姨太太，但一沾他们的手，这东西也就跟着他们灭亡。他们将他从俗众中提出，罩上玻璃罩，做起紫檀架子来。叫他用多数人听不懂的话，缓缓的《天女散花》，扭扭的《黛玉葬花》，先前是他做戏的，这时却成了戏为他而做，凡有新编的剧本，都只为了梅兰芳，而且是士大夫心目中的梅兰芳。雅是雅了，但多数人看不懂，不要看，还是觉得自己不配看了。"[1] 通过这段话，鲁迅想要抨击的是"常要夺取民间的东西"的"士大夫"

1. 鲁迅：《略论梅兰芳及其他》，见《鲁迅全集》（第 5 卷），第 579 页，北京：人民文学出版社，1981 年版。

之流和梅兰芳的表演艺术在"玻璃罩"中"被雅驯"的事实，而非戏曲和梅兰芳，这中间涉及到了鲁迅个人的美学观点。关于梅兰芳的出访，鲁迅说："梅兰芳的游日，游美，其实已不是光的发扬，而则是光在中国的收敛，他竟没有想到从玻璃罩里跳出，所以这样的搬出去，还是这样的搬回来。"[2] 鲁迅认为梅兰芳游日、美归来，其表演艺术似乎未有大的变化，仍然在"士

2. 鲁迅：《略论梅兰芳及其他》，见《鲁迅全集》（第 5 卷），第 579—580 页，北京：人民文学出版社，1981 年版。

大夫"的"玻璃罩"中，原样"搬回来"。平心而论，鲁迅的批评有些过于严厉，梅兰芳革新戏曲的努力是有的，但是中国戏曲和西方戏剧分属于两种完全不同的美学体系，借鉴是有限度的。但鲁迅的期望和梅兰芳出访的愿望则是一致的，而且鲁迅的分寸也是有的，"光在中国的收敛"，而不是在日本或者美国！鲁迅对梅兰芳的表演艺术也不是没有肯定，他指出："他未经士大夫帮忙时候所做的戏，自然是俗的，甚至于猥下，肮脏，但是泼辣，有生气。待到化为'天女'，高贵了，然而从此死板，矜持得可怜。看一位不死不活的天女或林妹妹，我想，大

多数人是倒不如看一个漂亮活动的村女的，她和我们相近。"[1] 鲁迅对于梅兰芳"雅驯"前的

1. 鲁迅：《略论梅兰芳及其他》，见《鲁迅全集（第 5 卷）》，第 580 页，北京：人民文学出版社，1981 年版。

表演是给予充分肯定的，"泼辣"，"有生气"；批评的主要是"高贵"但"死板"、"矜持"的"天女或林妹妹"。鲁迅欣赏的是民间文艺那清新、刚健的美学风格，对于高雅、矜持而脱离大众的表演，鲁迅是反感的。这终究是一种美学追求上的歧异。其实在早期的作品《社戏》里面，鲁迅就表达了类似的观点："我"陶醉的是水乡夏夜那粗糙、质朴的民间社戏，而非剧院里面雅致的大戏。鲁迅对于梅兰芳的批评应该放在具体的历史氛围中去理解，"在风沙扑面，狼虎成群"[2] 的 20 世纪 30 年代的中国，处于思想前沿阵地的思想家如鲁迅，根本无法陶醉于

2. 鲁迅：《小品文的危机》，见《鲁迅全集》（第 4 卷），第 575 页，北京：人民文学出版社，1981 年版。

优美的境界，相反推崇、提倡一种"力的美"。今天我们再反观这两种美学风格，其实它们都是中华民族的文化遗产，鲁迅和梅兰芳在不同的层面上对二者都作出了贡献，鲁迅其实没有批评梅兰芳本人，更没有批评中国戏曲艺术本身，分歧在于二者的不分高下的美学观点。那种脱离了具体语境，照搬西方的"后殖民"理论的解释，自然会认为这种批评是鲁迅的文化心态不健全的反映，其实是一种断章取义的曲解。

在《拿来主义》里面，鲁迅用讽刺的口吻写道："听说不远还要送梅兰芳博士到苏联去，以催进'象征主义'，此后是顺便欧洲传道。我在这里不想讨论梅博士演艺和象征主义的关系，总之，活人替代了古董，我敢说，也可以就算得显出一点进步了。"[3] 鲁迅显然对梅兰芳的演

3. 鲁迅：《拿来主义》，见《鲁迅全集》（第 6 卷），第 138 页，北京：人民文学出版社，1981 年版。

艺与"象征主义"的关系不以为然，其实，这正反映出鲁迅的强烈的民族认同和文化自省意识。"象征主义"作为一种西方文艺思潮，体现的是西方的美学诉求和标准。当西方人发现中国的京剧表演里面有与他们的"象征主义"相似的成分后，认为京剧也是"象征主义"的。如果中国人不加分辨，反而以西方人的表面认同而沾沾自喜，说梅兰芳的演艺是"象征主义"的，那么就是在认同西方的美学评判标准。这表面看起来似乎是有"文化自信"，其实正好落入了文化殖民的圈套——他们对于中国传统文化的评判尺度完全是以西方标准为转移的。鲁迅批评的就是这些"要送梅兰芳博士到苏联去，以催进'象征主义'"的国人，正是在这一点上，鲁迅的讽刺和不以为然反而彰显出他的清醒和民族文化自信。

"五四"一代新文化先驱们"反传统"的激进态度的确有其偏颇之处，但在当时，更多的是面对强大的传统势力时采取的一种策略，就像鲁迅所说的，在当时的中国，如果你想在一个四面封闭的房子开一扇窗户，最好是提出把房顶掀了，人们才会同意你开窗户。实际上，"五四"

新文化先驱们在大力引介西方文明用以启蒙民智时，面对西方的强权和殖民，不是没有"以敌为师"的屈辱感和伦理压力。但是，他们往往会通过各种方式，在自己的言论和作品里面，凸显"我者"的主体意识，来缓解由中西文明冲突带来的焦虑感和西式启蒙带来的压力感。如果忽视了他们的文化实践的具体语境，在后殖民理论的框架下进行研析，就很容易把问题简化，从而得出有失公允的结论。由此，我们把中国知识界对于美国的"梅兰芳热"的冷淡态度，视为一种冷静似乎亦无不可。

第六节　现代主义与"九叶诗人"

T. S. 艾略特（T. S. Eliot）是 20 世纪西方诗坛的一代宗师，在现代英美诗歌中是开一代诗风的先驱，在理论建构和创作实践上都做出过重大贡献。艾略特的《普鲁弗洛克的情歌》(*The Love Song of J. Alfred Prufrock*，1915) 初露锋芒，长诗《荒原》(*The Waste Land*，1922) 确立他作为西方现代派诗歌一代宗师的地位。

1. 茅盾：《几个消息》，载 1923 年 8 月 27 日《文学周报》；朱自清译《纯粹的诗》，载《小说月报》第 8 卷第 12 号，1927 年 12 月。

此后不久，艾略特的名字就传入了中国。当时在茅盾和朱自清的文章中已经提到了他。[1]

2. 叶公超：《文学·艺术·永不退休》，原载台北《中国时报·副刊》1979 年 3 月 15 日，转引自陈子善编《叶公超批评文集》，第 226 页，珠海：珠海出版社，1998 年版。

第一个将艾氏诗作与诗论介绍给中国的是叶公超。[2] 20 世纪 30 年代，叶公超发表了一系列文章，介绍 T.S. 艾略特，如长篇论文《爱略特的诗》（1934）[3] 和《再论爱略特的诗》（1937）[4] 等。

3. 叶公超：《爱略特的诗》，原载《清华学报》第 9 卷第 2 期，1934 年 4 月，收入陈子善编《叶公超批评文集》，第 111—120 页，珠海：珠海出版社，1998 年版。

他的入室弟子赵萝蕤在翻译和研究艾略特方面取得过重要成就。她在 30 年代翻译出版的《荒原》

4. 叶公超：《再论爱略特的诗》，载《北平晨报·文艺》第 13 期，1937 年 4 月 5 日，收入陈子善编《叶公超批评文集》，第 121—126 页。

（上海新诗社出版，1937 年）是《荒原》第一部中文全译本。叶公超在其序言《再论爱略特的诗》中阐释了艾略特的诗歌和诗学理论。这些引起了中国文学界的重视，如邢光祖发表在上海《西洋文艺》杂志上的论文（1939）评析了赵萝蕤的译文。1946 年 7 月，赵萝蕤在美国哈佛大学俱乐部跟艾略特共进晚餐，艾略特将签有自己姓名的相片和诗集赠送给赵萝蕤，并在一本诗集的扉页上写了"为赵萝蕤签署，感谢她翻译了《荒原》"。艾略特还为她朗诵了自己的《四个四重奏》(*Four Quartets*) 片断，并希望她能将这一部作品也译成中文。[5] 赵萝蕤重新编译的《艾

5. 赵萝蕤：《我与艾略特》，见《我的读书生涯》，北京：北京大学出版社，1996 年版。

略特诗选》（山东大学出版社，1999 年版）在她去世以后出版，距她开始翻译和研究艾略特，

其时间跨度已有 60 多年。

在 20 世纪 30 年代，艾略特的诗学理论就被翻译介绍到中国，如曹葆华在《北平晨报·学园》上连载的《诗与批评》中就翻译发表了多篇艾略特诗学论文，周煦良翻译的艾略特论文《诗与宣传》（载《新诗》第 1 卷第 1 期，1936 年 10 月），以及邵洵美论文的《现代美国诗坛概观》（载《现代》杂志第 5 卷第 6 号，1934 年 10 月）就翻译介绍了威尔逊著《爱略特论》等。从 20 世纪 30 年代末到 20 世纪 40 年代末，尤其是在抗日战争期间，民族的生死存亡是中国人民的头等大事。现实主义成了中国文坛的主流，对西方现代派文学的介绍和研究势头自然减弱了，但是仍然有相当表现，尤以处于后方的西南联大师生一直在进行这一方面的工作。他们中有叶公超、理查兹（I. A. Richards）、燕卜逊（W. Empson）、冯至、卞之琳等一些著名文学家和教授，以及穆旦、王佐良、杨周翰、杜运燮、郑敏、袁可嘉等一批青年人。他们在教学、翻译和研究中的主要对象就是艾略特、里尔克、叶芝、瓦雷里、奥登和法国早期象征派等。袁可嘉在那一时期发表了一些对艾略特的研究论文，如《论诗境的扩展与结晶》（载北平《经世日报·文学周刊》，1946 年 9 月 15 日）以艾略特的核心诗学观念"客观关联物"来分析意象创作的艺术效果，用以艾略特为代表的西方现代诗学观念来推动中国新诗的现代化，他的书评《托·史·艾略特研究》（载天津《大公报·星期文艺》，1948 年 5 月 23 日）已经是那一阶段艾略特研究最后的声音了。从 20 世纪 40 年代末起，随着政治局势发生巨大变化，包括艾略特在内的西方现代派作家诗人被视若洪水猛兽，招致排斥与批判。在 50 年代中国的对外关系一边倒的情况下，中国的外国文学研究竟是奉前苏联的理论观点为圭臬，前苏联学术界将艾略特称作是"当代反动文学的领袖"，他"在社会政治问题方面的言论是同他思想上和艺术上的反动立场完全符合的"。[1] 后来出于反对修正主义和资产阶级思潮的需要，中国学术界对艾略特与西方现代派进

1. [苏] 阿尼克斯特：《英国文学史纲》，戴镏龄等译，北京：人民文学出版社，1959 年第 1 版，1980 年第 2 次印刷。

行了更加猛烈地抨击，彻底否定其政治立场，严厉批判其思想意识，进而抹煞其艺术成就。如袁可嘉的论文《托·史·艾略特——英美帝国主义的御用文阀》（载《文学评论》，1960 年第 6 期），《英美现代派诗歌述评》（载《文学评论》，1963 年第 3 期），《腐朽的文明，糜烂的诗歌》（《文艺报》，1963 年 10 月号）和王佐良写的《艾略特是何许人也？》（载《文艺报》，1962 年第 2 期）等。在 20 世纪 50 和 60 年代，台湾和香港学术界继续介绍和研究艾略特，发表研究论文，翻译出版了艾略特诗学文集。这些成果包括杜国清《诗的效应与批评的效应》（1972），

黄维樑《欧立德与中国现代诗学》（1976），邢光祖《艾略特与中国》（1977）和郑树森《〈荒原〉与中国文字的方法》（1978）等以及杜若洲翻译的《荒原·四个四重奏》（台湾至文出版社）等。

自中国大陆进入新时期以来，对艾略特的翻译研究发生了巨大变化。赵萝蕤对她 30 年代的译文和注释作了修订，新译文刊于《外国文艺》1980 年第三期和《外国现代派作品选》第一册（上海译文出版社，1981 年版）；其他译本包括《四个四重奏》（裘小龙译，漓江出版社，1985 年版）、《美国现代诗选》中收入的《荒原》等诗（赵毅衡译，外国文学出版社，1985 年版）、《T.S. 艾略特诗选》（紫芹译，四川人民出版社，1988 年版）、《情歌·荒原·四重奏》（汤永宽译，上海译文出版社，1994 年版）和《艾略特诗选》（赵萝蕤等译，山东大学出版社，1999 年版）等。

关于艾略特诗学理论和作品研究的论著大量出现。如裘小龙译注的《四个四重奏》在题为"开一代诗风"的前言中详细介绍了艾略特的诗学理论；此外还有《艾略特诗学文集》（王恩衷编译，国际文化出版公司，1989 年版）、《艾略特传》（［英国］彼得·阿克罗伊德著，刘长缨等译，国际文化出版公司，1989 年版）和《艾略特文学论文集》（李赋宁译注，百花洲文艺出版社，1994 年版）、英文专著《艾略特与英国浪漫主义传统》（张剑著，外语教学与研究出版社，1996 年版）、《走向〈四个四重奏〉——T.S. 艾略特的诗歌艺术研究》（蒋洪新著，湖南人民出版社，1998 年版）、《艾略特》（刘燕著，四川人民出版社，2001 年版）、《英诗新方向——庞德、艾略特诗学理论与文化批评研究》（蒋洪新著，湖南教育出版社，2001 年版）、《"荒原"之风：T.S. 艾略特在中国》（董洪川著，北京大学出版社，2004 年版）和《现代批评之始——T.S. 艾略特诗学研究》（刘燕著，广西师大出版社，2005 年版）等多种论著。各种文学刊物和学术刊物发表了大量的有关艾略特研究的论文和艾略特作品的译文。中国还引进了西方研究艾略特的原版著作如《剑桥文学指南——特·斯·艾略特》（上海外语教育出版社，2000 年版）等。1995 年 10 月，"中国 T.S. 艾略特——庞德研究会"成立，中国对艾略特的介绍和研究进入了一个空前繁荣的新阶段。

威斯坦·休·奥登（Wystan Hugh Auden），出生于英国，后加入美国籍，是 20 世纪英美现代主义的著名诗人和诗歌理论家，他诗艺娴熟，诗作题材广泛，成果丰硕，能熟练运用十四行诗、民谣、颂歌、六行诗体及挽歌等多种诗体进行创作，进行了多种试验。奥登在诗学理论上也很有建树，在西方现代派诗坛上占有重要地位。有论者称，20 世纪 20 年代是 T.S. 艾略特称雄，20 世纪 30 年代则是奥登的天下。[1] 他曾被选为美国文学艺术院和协会的成员（1945），担任

1. J. Parini, *The Columbia History of American Poetry*, Columbia University Press, 1993, pp.506—533.

美国耶鲁大学《青年诗人丛书》的主编，任牛津大学的诗歌教授，对美国和英国的年轻诗人们起到向导的作用。奥登被分别载入了美国和英国的文学史，他的作品被收入两国的文学作品集。

1937 年，中国的抗日战争爆发。次年，奥登和作家衣修午德（Christopher Isherwood）接受英国蓝登书屋（Random House）和费伯出版社（Faber & Faber Ltd.）关于编写旅行记的联合邀请，来到战火纷飞的中国。在汉口，他们受到蒋介石和宋美龄的接见，采访了周恩来，会见中共领导人博古和美国记者史沫特莱等，去武汉大学会见陈源和凌叔华等学者。他们还出席了由杭立武主持的文艺界欢迎招待会，会上聚集了文化界名流如戏剧家田汉和诗人穆木天及冯玉祥将军等。田汉即席赋诗，把奥登比作到意大利和希腊去支持当地民族解放斗争的英国诗人拜伦："信是天涯若比邻，/ 血潮花片汉皋春；/ 并肩共为文明战，/ 横海长征几拜伦！"（载汉口《大公报》1938 年 5 月 22 日），当地的报纸对他们的活动作了报道。在武汉，他们目睹了日军大空袭及中国空军的大规模迎战。他们曾赶赴徐州采访李宗仁，亲身体验了著名的台儿庄战役。两人经西安返武汉，东行南昌，去金华采访敌后。再从温州去上海租界孤岛，诗人邵洵美为他们翻译了抗日游击队歌，他们与长期在中国从事工业合作运动的新西兰人路易·艾黎作了长谈。这次中国之行的成果就是翌年在纽约和伦敦同时出版的《战地行》（*Journey to a War*, 1939）。全书由 3 个部分组成：诗歌、游记和报导，游记部分由衣修午德撰写，诗歌部分为奥登所作。书中还收入了珍贵的周恩来照片。[2]《战地行》的诗歌部分是奥登的一组 14 行诗，

2. 张子清：《二十世纪美国诗歌史》，第 505 页，长春：吉林教育出版社，1995 年版。

总题为"战时"（The Time of War），共 27 首。组诗的前半部分是诗人对人类历史的思考，后半部分着重对当时的社会现实和战争的探索，表现一位西方青年诗人对中国抗日战争的认识和对中国军民的真挚感情。《战地行》为西方世界了解中国，支持中国的抗日战争起到了重要作用。有论者称，这两位作家诗人当时最好的篇章就收在《战地行》中，而其中的"战时"14 行组诗为"20 世纪英国诗歌放出异彩"。[3]

3. 王佐良主编：《英国诗选》，第 812 页，上海：上海译文出版社，1988 年版。

奥登的"战时"组诗随之被译成中文介绍给中国读者。卞之琳在 20 世纪 40 年代初期翻译了其中 6 首，发表在昆明和桂林的刊物上（抗战胜利后上海的刊物转载），后来又翻译了奥登的诗《小说家》等，发表于上海《东方和西方》杂志（1947 年 7 月）。当时的一批青年诗人，

同样在战争的环境下，实践着同样的诗歌革新，他们被奥登诗作倾倒，以至翻译他、学习他。王佐良在回忆西南联大的文章中记述了他们学习奥登等西方现代派诗人的情景："我们更喜欢奥登，原因是他的诗更好懂，他的那些掺和了大学才气和当代敏感的警句更容易欣赏，何况我们又知道，他在政治上不同于艾略特，是一个左派，曾在西班牙内战战场上开过救护车，还来过中国抗日战场，写下了若干颇令我们心折的 14 行诗。"[1]"联大的这些青年诗人们没有白读艾略特和奥登。"[2]

1. 王佐良：《穆旦：由来与归宿》，见《王佐良文集》，第 466 页，北京：外语教学与研究出版社，1997 年版。

2. Wang Zuoliang, *Degrees of Affinity*, Foreign Languages Teaching and Research Press, 1985, p.90.

在 20 世纪 50 和 60 年代，当中国大陆猛烈批判和彻底否定西方现代派文学时，奥登的影响在台湾和香港得以继续。如余光中在 1972 年撰文介绍和阐释奥登"关于大诗人的 5 个条件"（见奥登撰《19 世纪英国次要诗人选集》序）中，将这些条件归纳为"多产、广度、深度、技巧、蜕变"，并据此评述了一批英美著名诗人。余光中尤其赞扬奥登"把主观的好恶与客观的褒贬截然分开，这种超然的批评风度，是值得我们学习的"。他主张以奥登的 5 个条件作为参照，认真反省台湾的现代诗歌创作。[3] 这些对 20 世纪 70 年代的台湾诗歌和后来的中国新诗都产生

3. 余光中：《大诗人的条件》，见黄维樑、江弱水编选《余光中选集·文学评论集》，第 150—155 页，合肥：安徽教育出版社，1999 年版。

了非常重要的影响。

自 20 世纪 80 年代初以来，中国大陆重新介绍和研究奥登。如查良铮重新发表他翻译的奥登诗作；卞之琳也重新发表了奥登的诗作译文，并撰写了《重新介绍奥登的四首诗》（见卞之琳《英国诗选——莎士比亚至奥登》，湖南人民出版社，1983 年版）；一些重要的英美诗歌选集，如王佐良主编的《英国诗选》（人民文学出版社，1988 年版）收入和介绍奥登的诗作；一些重要的英美诗歌专著，如王佐良的《英国诗史》（译林出版社，1993 年版）和张子清的《二十世纪美国诗歌史》（吉林教育出版社，1995 年版）都有专章论述奥登，奥登在中国的传播与影响进入了一个新的阶段。

现代主义（Modernism）是 19 世纪末 20 世纪初在西方出现的一种思潮和文化现象。现代主义文学在观念、题材、形式和风格上都具有鲜明的思想特征和艺术特征，力图摆脱西方文学甚至整个西方文化的传统，并进行大胆的试验与创新。20 世纪 40 年代，T.S. 艾略特、奥登和里尔克等现代派诗人对一批中国青年诗人产生了很大影响。30 年代的奥登有很强的社会意识，他和其他青年"粉红色诗人"一起，集中抨击当时的社会制度和弊端。"九叶诗人"指 20 世纪 40 年代集结于《诗创造》和《中国新诗》等刊物，由穆旦（查良铮）、杜运燮、郑敏、袁可嘉、

辛笛（王馨迪）、陈敬容、杭约赫（曹辛之）、唐祈和唐湜等九位青年诗人组成的诗派。他们从西方现代主义吸取艺术观念和表现方法，探寻现代主义与中国现实结合的途径，努力在诗歌的题材、语言和技巧上进行探索。后来出版的《九叶集》（江苏人民出版社，1981 年版）汇集了他们的代表性诗作。

1. 穆旦，曾在美国芝加哥大学研读英国文学，经常在诗作中以艾略特式的构思和手法表现知识分子在苦难中自我搏斗的形象。唐湜在《搏求者穆旦》一文中指出："他（穆旦）自然该熟悉艾略特，看他的《防空洞里的抒情诗》与《五月》，两种风格的对比，现实的与中世纪的，悲剧的与喜剧的，沉重的与轻松的（民谣风的）对比，不正像《荒原》吗？"[1] 穆旦不仅翻译

1. 唐湜：《新意度集》，北京：三联书店，1990 年版。

过奥登的"战时"14 行诗，还接受奥登的诗学观念，让反映社会现实的战争、流亡和通货膨胀等题材带上了现代主义的色彩，在他的诗作中，都市的工业性比喻以及嘲讽的政治笔触，跟奥登早期诗作非常相似。[2]

2. 王佐良：《中国新诗中的现代主义——一个回顾》，载《文艺研究》，1983 年第 4 期。

2. 杜运燮，从 20 世纪 40 年代初起就翻译介绍过奥登诗歌，并深受其影响。[3] 他认为奥登的

3. 杜运燮：《我和英国诗》，载《外国文学》，1987 年第 5 期。

诗艺具有一种"临床效果"，诗人就应该具有这种"临床心理"，就像医生临床那样，拿着手术刀，冷静审视对象，直接有力，切中要害，把病体的伤处揭示出来。他认为，奥登的"战诗"十四行诗第 18 首就是"临床效果"的一个例证，诗人没有直接表露出对中国士兵牺牲的同情或赞美之情，而是冷静地以"他的牺牲可换来别人的安宁"展示全诗主题。[4] 据杜运燮自陈，他的

4. 游友基：《九叶诗派研究》，第 204 页，福州：福建教育出版社，1997 年版。

诗作《游击队歌》、《善诉苦者》和《追物价的人》等都是受到奥登诗歌的启迪而写成。[5]

5. 袁可嘉：《西方现代派诗与九叶诗人》，见《半个世纪的足印》，第 316 页，北京：人民文学出版社，1994 年版。

3. 袁可嘉，在"九叶诗人"中具有较浓的理论色彩，他认为"综合意识"是西方现代派诗歌的一个特征，艾略特的综合可以概括为"文化综合"，而奥登的综合则是一种"社会综合"，是对社会问题的全景似关注和剖析，奥登诗中强烈的讽刺和新奇的比喻到了令人吃惊的程度。[6]

6. 袁可嘉：《西方现代派诗与九叶诗人》，见《半个世纪的足印》，北京：人民文学出版社，1994 年版。

他在"新诗现代化"的系列文章（1946）[7] 中提出诗的本体论、有机综合论、诗的艺术转化论等

7. 三联书店后来辑为《论新诗现代化》一书出版，1988 年版。

都明显受到艾略特、理查兹和英美新批评的启发，并结合了中国新诗创作的实际问题。这些对形成中国式的现代主义诗歌都起到了重要作用。

4. 辛笛，曾在英国爱丁堡大学研修英国文学，深受 T.S. 艾略特和奥登等的影响。辛笛是"九叶诗人"中惟一直接接受过艾略特教诲，并跟奥登一代诗人有过交往者。他在英国留期间，"常听现代主义大师 T.S. 艾略特开的课"，"跟艾略特和英国三大诗人中的 S. 史本德和 C.D.

刘易斯, 以及缪尔们时相过从, 成了现代主义大师的嫡系学生"。[1] 奥登在其诗集《暂时》 (For
the Time Being, 1945) 的序言中阐述了他评判作品的准则,辛笛在其影响下,在自己的诗集《手
掌集》后记中引用奥登序言,并自陈: "我很喜欢奥登这一段简洁完整的文字,虽然写来平易,
创作的甘苦却给他轻轻道破。"30 多年过后, 辛笛坚持这些话"仍然能够表达我的心情", 于
是将包括奥登序言在内的《手掌集》后记全部用在《辛笛诗稿》的前言末尾。[2] 现代主义的影
响在辛笛的诗集《手掌集》 (1947) 中有明显体现,如诗《门外》 (1937) 描写抗战期间他负
笈英伦时的孤寂焦虑之情, 就明显带有艾略特在《四个四重奏 • 燃毁的诺顿》中的意象和情绪;
又如诗《寂寞所自来》 (1946) 中描写当时上海的情形表现诗人对中国前途的忧虑, 跟 T.S. 艾
略特笔下经历了第一次世界大战的浩劫, 笼罩在悲观绝望情绪之中的欧洲非常相似。

1. 唐湜:《辛笛与诗》, 载《诗探索》, 1995 年第 3 期。
2. 辛笛:《辛笛诗稿》, 第 7 页, 北京: 人民文学出版社, 1983 年版。

5. 杭约赫, 擅长政治抒情诗, 其长诗《火烧的城》 (1948) 通过描写江南一中小城市在几
十年间的变迁, 展示中国社会的历史演变。这首诗的创作受到艾略特《四个四重奏 • 燃毁的诺
顿》的影响和启发, 艾略特诗中那个位于英国亨廷顿郡 (Huntingtonshire) 的一个小村庄小吉
丁 (Little Gidding) 化作中国诗人笔下的中国小城市。长诗《复活的土地》 (1949) 正好与艾
略特的《荒原》形成对照, 以宏观的视野展示世界的空间; 反法西斯战争中取得了胜利, 而此
时的上海却仍然是"满目的骷髅"和"满街的灵柩", 是"精神杀戮的屠场", 呈现出一派精
神荒原的景象。人们无法忍受这"长久的饥渴", "快倒了, 快到了! "谐音词的运用暗示着
旧的即将死去, 新的即将诞生, "新的伊甸园"正向人们敞开。杭约赫的政治抒情长诗是直接
接受奥登等 20 世纪 30 年代"粉红色诗人"的影响而写成, 所以评论界认为, 他"在思想感情
上与奥登是相通的"。[3]

3. 杜运燮:《我和英诗》, 载《外国文学》, 1987 年第 5 期。

6. 唐祈, 接受艾略特影响相当明显, 他的长诗《时间与旗》 (1948) 以现代派诗风揭露旧
上海繁华背后的黑暗, 就受益于艾略特的《荒原》和《四个四重奏》, 尤其是"燃毁的诺顿"。
艾略特在《荒原》中将零乱的意象迭加在一起, 造成一种严密厚实的整体感。而在《四个四重奏》
中, 他赋予时间以结构功能, 展示时间形成的过去、现在和未来, 人的生命也在时间中变动消失,
从而得出了哲学意义上的结论: "只有通过时间才能被征服"。唐祈化用了艾略特对时间的思
考, 将 20 世纪 40 年代末的上海置于时间的整体结构中, 组织起众多的空间意象, 从市中心"金
色落日的上海高岗" (象征资本主义)、犹太哈同花园 (象征殖民主义), 从农村破旧的茅屋

到田里贫穷的农民，从龙华血染的桃花到黑夜燃烧的火焰，都市内外的空间得到了鸟瞰似的历史展现，着重在时间的整体意义上寻求现实的象征本质。

7. 唐湜，在新时期复出后回忆他当年接受影响的情况："我更在课堂里念到 T.S. 艾略特、R.M. 里尔克的作品，又进入了一个新的世界，作了一些新的探索。"[1] 他对艾略特的《荒原》

1. 唐湜：《我的诗艺探索》，见《新意度集》，第 192 页，北京：三联书店，1990 年版。

有很高评价："《荒原》是现代诗的最典型的代表，它体现了作者的诗人兼批评家（这是英国文学中最好的传统之一）的性格：最自然亲切的诗人与最博学的古典学者的结合。"[2] 他当时

2. 唐湜：《我的诗艺探索》，见《新意度集》，第 192 页，北京：三联书店，1990 年版。

还对"九叶诗人"接受艾略特等现代派诗人的影响作过分析评论，这些评论文章后来汇集在《新意度集》（三联书店，1990 年版）中。唐湜称奥登是"现代的思想者"，"沉思者，最丰富也最朴素"。[3] 他对奥登和 T.S. 艾略特诗作中的玄思非常折服，并用心揣摩和效法，他学到了他

3. 唐湜：《辛笛的〈手掌集〉》，见《新意度集》，北京：三联书店，1990 年版。

们关于"诗在日常生活中"的诗学观念，坚持在日常生活中感悟自然，体验人生，探索心灵。[4]

4. 游友基：《九叶诗派研究》，第 367 页，福州：福建教育出版社，1997 年版。

美国黑人诗歌起源于即席领唱众人和的灵歌和黑人奴隶的民歌民谣，其主题或抒发黑人在奴隶制和种族歧视的社会制度下所遭受的折磨与痛苦，基调悲怆幽怨；或表达对平等权利和正义世界的向往等，风格粗犷炽烈。黑人诗歌富有方言土语的风味和非洲原诗音乐的节奏。

中国译介美国黑人诗歌，始于 20 世纪 30 年代。著名美国黑人诗人兰斯顿·休斯（Langston Hughes）因向往十月革命后的苏联，于 1932 年访问前社会主义苏联。他随后来到中国上海，会见了鲁迅等左翼作家。傅东华在《文学》杂志第 1 卷第 2 期上发表《休士在中国》一文（1933年），详细介绍了这位著名黑人诗人及其作品。修斯访华开启了中国译介美国黑人文学的历程。《黑人文学》（杨昌溪著，良友图书印刷公司，1933 年版）首次为中国读者集中介绍了美国黑人文学的发展和特征。邹韬奋于 1933 夏天赴美国考察，回国后出版的《萍踪忆语》（生活书店，1937 年版）记述了此次考察的观感，其中第 22 章"黑色问题"专论美国黑人遭受的种种不平等待遇。这部书在抗日战争期间曾两次再版。

自 20 世纪 30 至 40 年代，译介美国黑人诗歌逐渐进入新阶段。一些杂志如《文学》、《文学月报》、《诗创作》和《民族文学》等纷纷开设"黑人文学"或"黑人诗歌"专栏，刊载了不少美国黑人诗人的诗作译文，如在上海出版的《世界文艺季刊》第 1 卷第 3 期（1946）"近代美国诗歌专栏"中就有"黑人诗歌"一项。此外，还出现了数种黑人诗歌的译本，包括《黑人诗选》（杨任译，黎明书局，1937 年版）和《美国黑人诗歌》（荒芜译，上海文艺出版社，

1949 年版）等；《新的歌·现代美国诗选》（袁水拍辑译，晨光出版公司，1949 年版，1953 年版）

中也收入了一批美国黑人诗人的作品等。这些译作使中国读者能够了解到美国黑人深受歧视压

迫的生活和为争取平等权利进行的斗争。

　　自抗日战争至解放战争时期崛起的"七月诗派"摒弃"表现自我"和"唯美追求"等诗学主张，

大力倡导革命现实主义的诗歌，推崇欧美民主诗人"澎湃着反抗的热情，革命的热情"的诗歌

作品。[1] 七月派理论家兼诗人胡风在 20 世纪 30 年代就注意到了美国黑人诗歌，他翻译了修斯的《给

　　1. 李岫、秦林芳主编：《二十世纪中外文学交流史》，第 388 页，石家庄：河北教育出版社，2001 年版。

黑人女郎》和《长工》等诗，收入诗集《野花与箭》（文化生活出版社，1937 年版），后来出

版的《胡风诗全编》（浙江文艺出版社，1992 年版）重新刊载了他的这些译诗。胡风在抗日战

争最为艰苦的阶段提出的诗学主张贯穿着强烈的现实主义和战斗精神。他认为，诗人应该认识

到，战争是神圣而艰苦的，诗歌创作既要表现"社会基础底沉重和人民生活底痛苦"，也要表

现"我们的人民底英勇，有坚强的决心和信心"。[2] 在这些思想和诗学观念的感召下，一批诗

　　2. 胡风：《略观战争以来的诗》，见邹建军选编《二十世纪中国文学史精粹·新诗卷》，第 220 页，石家庄：河北教育出版社，2000 年版。

人创作出洋溢着革命热情，号召为祖国为民族而战的诗作。

　　进入 20 世纪 50 年代之后，中国的主流意识形态将美国统治者视为敌人，将备受歧视压迫、

争取平等权利的美国黑人看作朋友，包括诗歌在内的一些美国黑人文学作品能够翻译出版，其

中富有反抗精神的作品在"反对美帝国主义"的斗争中发挥了积极作用。诗歌译本有《黑人诗歌》

（邹绛译，上海文化工作社，1952 年版）、《黑人诗选》（张奇译，作家出版社，1957 年版），

《黑人诗选》（孙用编译，人民文学出版社，1959 年版）和《美国歌谣选》（袁可嘉译，外国

文学出版社，1985 年版）中选译的黑人歌谣等。

第七节　战时中国的生存图景与中美文学的互动

　　由于赛珍珠和林语堂等人的努力，1930 年代的美国曾一度掀起过重新观察和研究中国的热

潮。中国的《现代》杂志刊登的一则消息说，1934 年前后，有关中国的书在美国的销量一直很

好，"为国人所熟知的勃克夫人的著作，在最近反获得了比以前更大的注意，他如在中国居留

相当久的史沫特列女士（A. Smetley）的新著，也非常流行。至于翻译的作品，如苏联特列捷可夫的《一个中国青年的自传》，法国马尔罗的《人类命运》等一类书，近来也出得非常之多"。另外还有两部关于中国历史和民族研究的书。但消息的作者也认为，"不幸的是，这种书的叙述中国情形，是多少带相当隔膜的，绝不能像我们自己那样的彻底了解，而我们国人，却从没有用外国文写过这样一部书，或是有什么国人的这一类著作被译成外国文呀！"[1] 应当说，此类评价在当时是比较中肯的。虽然美国人借助于赛珍珠的创作而对中国的理解有了某种程度的转变，但这种了解毕竟仍旧是间接的经验。

1. 居雪：《关于中国的书》，载《现代》第 5 卷第 6 期，1934 年 10 月。

此则消息中所提到的史沫特列，即艾格妮丝·史沫特莱（Agnes Smedley），这是一位出生在美国却积极地参与过中国的左翼革命运动的女性作家与西方记者。史沫特莱于 1929 年以《法兰克福日报》特派记者的身份来到中国，1930 年代初期曾与哈罗德·艾萨克斯在上海办过刊物《中国论坛》。1934 至 1935 年，史沫特莱同鲁迅及许广平同住在一起几乎有一年时间，且因此结识了身处流亡之中的中国女作家萧红。1936 年，史沫特莱还曾与鲁迅合作编辑了一本关于珂勒惠支的书。史沫特莱同著名小说家和妇女活动积极分子丁玲关系也很密切，生前一直同丁玲有通信往来。正是在丁玲等中国妇女运动工作者的帮助下，史沫特莱才在其《革命时期的中国人》及《大地的女儿》等著作中，深刻地描绘出了 20 世纪 20—30 年代中国妇女所历经过的特殊遭遇。1930 年代前期，史沫特莱主要从事的工作就是将中国的左翼文化运动的消息及时地报道到美国和其他西方世界。1937 年初，她辗转来到了延安，并在此生活了很长一段时间，她的描写中共领导人朱德的传奇经历的著作《伟大的道路》即来源于这个时期她的一系列的采访和直接的见闻。

但真正第一次将中国西北共产党人的活动及实际生活报道给西方的却是另一位美国记者埃德加·斯诺（Edgar Snow）。斯诺于 1928 年抵达中国上海，1941 年初离开中国。在来到中国之前，他只是一个出身于中产阶级家庭的极为普通的年轻人，既没有任何明确的政治信仰，也从未接受任何汉学训练，"中国"在他的想象中也基本如多数美国人所认为的那样，是一个"被上帝抛弃了的"、"由斜眼人控制的不毛之地"。年仅 23 岁的他之所以来到正处于动荡时期的中国，也仅仅只是为了从文学的角度撰写一些游历世界的冒险旅行文章，这同 1930 年代大多数美国青年所怀抱的理想主义与激进主义相互结合的那种探索性精神特质完全一致。但正是斯诺的这次本来缺乏清晰目的的"中国之旅"几乎从根本上改变了他的一生，他的名字从此与"中国"密切地联系在了一起。

斯诺曾在日记中记载了这样一则趣闻，有个准备在中国修筑铁路的美国人在华北和一群中国人坐在一起，讨论应该在哪里修铁路，但是，他提出的每一个地点都遭到了否定，因为他所提到的地方，不是俄国、日本或法国的"势力范围"，就是英国的"势力范围"，最后他勃然大怒，"那么，中国究竟在什么地方？"[1]这则趣闻其实也代表了斯诺对于中国的最初的印象。

1. [美] 伯纳德・托马斯：《冒险的岁月：埃德加・斯诺在中国》，吴乃华等译，第64页，北京：世界知识出版社，1999年版。

1936年以前，斯诺除了协助上海的约翰・鲍威尔主持《密勒氏评论》的编辑工作以外，多数时间都在中国内地作长途的旅行，然后以新闻报道的形式向西方世界评述中国的政治、经济、思想及民生等方面的具体动向与实际情形。与其他西方记者有所不同的是，斯诺似乎天生有着某种能够迅速捕捉社会思想流向的敏感——他并不仅仅把新闻报道看作是对客观事实的单纯陈述，而是把他在亲历这些事实时的所有感触和困惑也同时融和在报道之中以传达给读者。也许是基于其既有的自由主义与人道主义的立场，斯诺一直把思考的重心放置在中国乃至世界的未来命运这一根本的主题之上。

1932年，中国的"左联"有六位烈士被害，这一事件在全世界引起了公愤。在美国，辛克莱・刘易斯、西奥多・德莱塞、约翰・杜威和厄普顿・辛克莱等一百多位作家和学术界人士曾前往中国驻华盛顿大使馆抗议，斯诺同样从这一事件中敏锐地觉察到了中国的"左翼"运动自身所具有的独特而积极的意义。也是在这一年，通过宋庆龄、姚莘农等人的介绍和帮助，斯诺见到了鲁迅，并因此结识了左翼文学的不少作家。与宋庆龄、鲁迅等人的相遇可以被看作是斯诺从一个散漫的自由知识分子向同情左翼运动的政论家转变的开始，如果说斯诺从自己最为切实的游历见闻中看到的只是一个破败、落后、混乱的中国和一个无能、残暴、腐败的政府的话，那么，从宋庆龄及鲁迅等人的身上，斯诺则看到了未来中国必将重新"复活"的希望。

身处1930年代的中国，斯诺能明显地感觉到中国乃至世界的整体的脉动，也许正是出于这种对于政治与社会动向的高度敏感，斯诺多次预言了即将在中国爆发全新的革命的可能。对于他自己来说，能够亲历和见证这场革命无疑将成为他一生中最值得骄傲与自豪的事情。斯诺不是一个坚定的"左翼"思想的拥护者，"左派"一词在斯诺看来，其含意极为驳杂，既可能特指马克思主义者，也可能包括心怀不满的资产阶级分子、沙龙社会主义者、自由主义人士、孟什维克分子、托洛茨基分子等等在内的一切改革者，虽然这些人各自的思想取向有所不同，但其最根本的目标却都是为了对抗以国民党政府为代表的高压与专制。由于国民党政府对新闻舆论的控制，斯诺和海伦笔下的中国的共产党人一直被描述成了啸聚山林的恐怖匪患，而来自《字林西报》等报刊的新闻及传教士带回的消息，甚至充满了诸如共产党人强迫妇女"裸体"游行、土改政策如何缺乏人性、如何残酷地杀戮婴儿等等之类的恐怖气息。这与斯诺所接触到的部分事实形成了极大的反差，对于身为记者且富有探险气质的他而言，这类宣传倒是从相反的方向上激发了他一探真相的强烈兴趣，因为他始终相信，包括中国革命在内的一切革命，都是为了要解决生存问题而发生，现实中的中国似乎正在证明着这一点。

埃德加·斯诺与海伦

出于政治策略方面的考虑，由长征而聚集在以延安为核心的中国西北的共产党人，既希望外界能够及时了解这支革命队伍，同时又不愿意因其对外的报道是出自于如史沫特莱等这样的亲"左翼"的记者之手而引起不必要的误解，所以最终选择了埃德加·斯诺这位有着相对独立性的西方记者作为延安的访客。经过周密的策划和辗转奔波，1936 年 7 月，斯诺终于踏上了延安这块令人激动却又神秘莫测的土地。到 1936 年 10 月底，在历时 4 个月的全面采访与实地观察以后，斯诺带着厚厚的 14 本笔记离开了延安。次年 10 月，一本名为《红星照耀中国》的书在英国出版，1938 年初再次在美国出版，几乎整个西方世界从此开始以前所未有的惊奇目光关注中国的革命运动和这场运动的领导者中国共产党人。在书中，斯诺平静地写道："不论中国共产主义运动在南方的情况如何，就我在西北所看到的而论，如果称之为农村平均主义，较之马克思作为自己的模范产儿而认为合适的任何名称，也许更加确切一些。这在经济上尤其显著。在有组织的苏区的社会、政治、文化生活中，虽然有一种马克思主义的简单指导，但是物质条件的局限性到处是显而易见的。"中国的西北"主要是农业和畜牧区，好几个世纪以来，文化趋于停滞状态，虽然现在存在的许多经济上的弊端无疑是半工业化城市中经济情况变化的反映。但是红军本身就是'工业化'对中国的影响的显著产物，它对这里化石般的文化所带来的思想震荡确确实实是革命性质的"。[1] 斯诺在书中客观地记述和评价了包括毛

1.［美］埃德加·斯诺：《西行漫记》，董乐山译，第193、194页，北京：三联书店，1979年版。

泽东、朱德、周恩来、贺龙、彭德怀等人在内的中共领导人和各级军事将领的个人风格与共同志趣，他让美国及所有西方人看到了一群与一般报道完全不一样的人和一片几乎称得上是中国农村革新样板的人间乐土。《红星照耀中国》于1938年2月即有了以上海复社的名义出版的中文译本，从而也使国统区的人们了解了中国共产党人的真实面貌及其辖区人民的实际生活图景。由于特定的现实原因，该译本被更名为《西行漫记》，并一直沿用至今。自1937年"七七事变"开始，中国的局势发展一直都是西方世界关注的焦点之一，而斯诺著作的出版无疑在最为恰当的时候为西方世界对中国问题的深入分析和研究打开了一种全新的视野。诚如西方媒体所评价的那样，"驻中国的新闻记者埃德加·斯诺对当时尚不为人所知的中国共产党人的第一手描述，使人们的精神为之一振，为人们带来了光明和希望。斯诺描述了这些勇敢、年轻的抗日革命者，描述了他们那些有着现代思想，看上去正直诚实的领导人，从他的描述中，人们看到了抗战胜利的希望，看到了即将获得新生的中国"。甚至在美国记者西奥多·H·怀特于1945年到达中国时，一位美国将军还告诉他，"中国共产党的军队所拥有的唯一力量，是'美国的新闻记者对美国人所讲述的有关他们的事情。像你和埃德加·斯诺之类的家伙，谈论着共产党的游击队和他们控制的地区。你们这些家伙使他们获得了力量'"。[2] 如果说赛珍珠的《大

2.［美］伯纳德·托马斯：《冒险的岁月：埃德加·斯诺在中国》，吴乃华等译，第9、10页，北京：世界知识出版社，1999年版。

地》使西方世界第一次了解了古老中国普通民众的真实生活的话，那么，斯诺的《红星照耀中国》则使西方人第一次获得了有关中国人正在发动的力图改变其被动与落后局面的全面革命的最为切实的知识。

试图从思想上彻底改变美国人对于中国人民的实际看法的不只是斯诺一个人，还包括史沫特莱及安娜·路易斯·斯特朗等一大批曾经在中国生活过的美国记者与各个阶层的人士，这

其中，斯特朗应该算是最为特殊的一位。

安娜·路易斯·斯特朗（Anna Louise Strong），一位比史沫特莱和斯诺年纪都要大的美国记者与女性作家，她不仅是一位经验丰富的新闻记者，同时也是一位颇受民众欢迎的演讲家和作家。早在 1921 年，斯特朗就访问过社会主义的苏联并一直与其保持着密切的关系，自 1925 年起，斯特朗先后六次访问中国，她以其特有的敏感及时地将中国革命及抗日前线的各种信息传播到了世界各地。她所撰写的《千千万万的中国人》及《人类的五分之一》等著作，与斯诺的撰述一样，在改变美国及西方世界对于中国的认识方面起到了至关重要的作用。斯特朗不仅见证了中国的阶段性历程，她甚至亲身参与了这段对整个世界产生了深刻影响的历史。抗战结束后的 1946 年，正当国共关系与世界格局发生微妙变化的时节，她访问了延安，也正是在这次与毛泽东的谈话中，毛泽东的"一切反动派都是纸老虎"的著名论断由她传播到西方世界。1958 年，年近 73 岁的斯特朗再次来到社会主义的中国，从此成为了一直生活在中国的英语世界的代言人，她于 1970 年逝世，享年 84 岁。

安娜·路易斯·斯特朗

与埃德加·斯诺有所不同，斯特朗的中国之行是以其明确的政治取向为根本的，所以，在她的笔下，人们很少看到以往作家们所惯于描写的破败的宫廷式建筑、污浊的带有血腥味儿的空气、肮脏的乞丐以及面无表情的行人等等形象，她初次到北京即曾特意声明说，北京能够吸引她，既不是因为有异国的圣地文明和古代宫殿，也不是为了到外城旧货店里选购珠宝和丝织品，而是因为这座城市充满了某种与新生的俄国极其相似的激情。也因此，在她看来，作为"红色圣地"的延安无疑代表着整个中国未来的唯一可能的方向。当 1944 年 7 月末斯特朗到达延安时，她最大的感受是，"在延安没有急迫感，然而有着时代感，有着对时间和空间的感受。这里感受到大地上一年四季的缓慢循环，这里感受到中国耕地扩展的极端困难。大地上空，太阳照常旋转，带来了播种与收获……因此，延安不管战事如何……（都是）……一个和平安全都有保障的地方"。"共产党人不仅是住在延安，而且把这个落后的中国城镇改造成为一座综合性的、繁荣昌盛的文化城。"马克思主义的欧洲经验在毛泽东的具体应用中已经转变成为了更为切实的亚洲经验，这才是真正引起美国以及西方世界所普遍关注的地方。"中国人一直在大胆地发展着它那醒人耳目的理论，向苏联党支配其他国家共产党政策的权力提出了挑战。中国党的领导人都希望安娜·路易斯把这些信息带向外部世界，这样也许会使美国看到和相信共产主义多种形式之间的区别。"[1] 由此，斯特朗认为："如果'中国往何处去？'这个问题

1.［美］特雷西·斯特朗、海伦·凯瑟：《心向中国——斯特朗六次访华》，王松涛译，引文分别见第 88、92、93 页，北京：解放军出版社，1986 年版。

只涉及中国，已经够复杂了。但是，由于地球上所有大国都卷入这场冲突，所以问题就成了'世界往何处去？'"[2]

2.［美］安娜·路易斯·斯特朗：《人类的五分之一》，见《斯特朗文集》(3)，傅丰豪、王厚康、吴韵纯译，第 193 页，北京：新华出版社，1988 年版。

　　斯特朗更多的是以其对现代中国政治进程的参与和积极推进而著名于世的，因为有了她的不懈努力以及斯诺等其他美国记者的报道所引起的广泛影响，红色中国的真实境况才及时地为美国民众及官方政府所了解，并最终促使美国在对华关系问题上出现了难得的转机。中国的抗战后期，美国几乎是唯一能在中国积极活动的西方国家，几乎所有的美国人，包括政府高层及普通民众在内，似乎都在急切地想知道一个最为基本的事实，那就是：战时的中国是否已经在稳步地走向共产主义？而在中国，无论是共产党还是国民党也都清醒地意识到，与美国人保持友好的关系与交往应当是件极为有利的事情。1944 年，被称为"迪克西使团"的美国军事观察小组正式成立，他们所履行的来自美国官方的"中立"政策为大量记者及各方人员采访延安等红色政权管辖的区域提供了极大的方便。

　　1944 年夏天，由中外记者组成的大型西北参观团走进了延安，随后不久，由驻华美军司令部派遣的美军观察组也分批抵达延安，开始了对"红色圣地"前后历时近半年的全面考察。仿佛是为了再次证明斯诺及斯特朗等人的报道的真实性，这批来自不同阶层、抱有各自目的的考察队伍不约而同地对这一想象中的神秘地域表示出了空前的震惊。首批记者在目睹了国民党地区的悲惨情景之后即普遍认为，延安远胜于重庆，延安人民"比其他地方的中国人民吃得

饱、壮实和生机勃勃"。一位报道者还评论说：盟军指挥官"将会为指挥这些身体健壮、给养良好、久经考验的军队感到骄傲"。[1] 谢伟思在 1944 年 7 月发出的第一篇报道即称："延

1. [美]迈克尔·谢勒：《二十世纪的美国与中国》，徐泽荣译，第 136—137 页，北京：三联书店，1985 年版。

安民众官吏打成一片，路无乞丐，家鲜赤贫，服装朴素，男女平等，文化运动极为认真，整个地区如一校园，青春活泼，民主模范，自修、自觉、自评，与重庆另一世界。"美军观察组的成员埃默逊也曾谈到对延安的印象："凉爽的空气、明媚的阳光和眼前的群山令我陶醉……中国的饭菜美味可口，生活舒爽畅快……比起朦朦胧胧的重庆，这里真是一个理想的地方。"斯坦因在《红色中国的挑战》中也这样写道："活跃而自然的延安的气氛和愉快热烈而实干的八路军军人似乎把美国军官和士兵都迷住了，他们极细致地欣赏中共单纯的毫不造做的对于客人的殷勤。""我从未见过这么多的一群一群的中国人和外国人这样毫不拘泥而且愉快地在一起，这样毫未想到出身，政治信仰和种族的不同——这样顺利地彼此合作，这样诚恳地互相赏识。"[2]

2. 中共陕西省委党史研究室编：《中外记者团和美军观察组在延安》，此处引文均出自于该著，分别见第 18、358、510、511 页，西安：陕西人民出版社，1995 年版。

尽管来到战时中国的美国作家和记者并不全都是持有左翼思想倾向的报道者，但基于对当时无所作为的国民党政府治下的中国时局的判断，他们对于发生在中国的全新的红色革命普遍抱有一种理解和同情。曾以报道纳粹暴行的《欧洲内幕》一书而一举成名的约翰·根室（Juim Guneiren）于 1938 年初来到中国，在经过对国统区与上海孤岛等地的大量实地调查之后，又创作了他的另一部杰作《亚洲内幕》，他在书中以具体如微的事实展示了中国民众团结一心抵抗外侮的信心和勇气，该著甫一出版即广为畅销，他也因此被称誉为世界最杰出的战地记者之一。1939 年，美国《芝加哥每日新闻》记者毛那（E.A. Mowler）以国际反侵略大会代表的身份来到了中国，他通过与中国各阶层人士广泛接触以及自己对广州和中国西南地区的实际考察，创作了曾轰动一时的长篇报告文学作品《毛那在中国》（又名《卧龙醒了》）。毛那在该著作中象征性地将中国比作是一个忍辱百年而终于苏醒的巨大水母，这一奇特的意象既使人们看到了中国人在抗战时期的愤怒与勇猛，同时也使西方世界强烈地预感到了未来中国的霸气和潜在威胁，此种想象事实上已经为战后西方世界对于红色中国的高度警戒埋下了伏笔。

1944 年 10 月美军观察组在延安。

值得特别注意的还有美国著名作家海明威的访华。1941 年 3 月，正是欧洲与亚洲战场战火最为激烈的时期，海明威受美国纽约《午报》主编英格索尔的委托，携新婚妻子玛莎·盖尔虹来华访问。海明威赴华主要是为了全面了解远东的战争局势，以便使美国民众对美国在远东战场上所应发挥的作用能有一种相对比较明确的判断。他在短短的三个月时间里，先后深入到桂林、重庆、昆明等地作了广泛的采访，并直接会见了包括蒋介石在内的众多国民党军政要员及中共在国统区的核心领导人周恩来。由于 1941 年 1 月，蒋介石刚刚发动过世人震惊的"皖南事变"，加上海明威在国际反法西斯战线所具有的声名及其访华所特有的半官方身份，他对于中国的报道就特别地引起了国共双方与美国政府的高度重视。事实证明，海明威尽管只是像完成一般报道任务似的在《午报》上发表了六篇分析性的评述文章和一篇与主编的谈话记录，但他对于当时中国时局的观察和判断却是非常准确的。他预言了中日之战的最终结果以及国共内战必将爆发的事实，同时也充分肯定了中共所领导的新式革命的必要性。他的论断既在一定程度上深刻地影响了美国高层在日后的对华政策上的决断，同时也直接决定了他本人的文学创作与中国人民之间的特殊的亲和关系。另一位以报道中国而获得了中国人民的普遍好感的美国作家是温台尔·威尔基，他于 1942 年访问中国，通过与抗战中的中国民众的广泛接触，在其旅行游记体报告文学作品《天下一家》中，以《自由中国为什么抗战》的专题对战时中国的经济、政治与教育文化现状给予了详尽的报道。在深入剖析国民党政府的高压政策所带来的恶果的同时，威尔基高度评价了战时中国所萌发出来的新的民族觉悟及其日渐蕴藉的不可抗拒的追求民族独立与自由的巨大力量。

从总体上看，美国作家与战时记者对中国所作的有关报道，基本上都是以中国民众反法西斯专制和寻求民族独立的种种事件和现代倾向为其核心的。这类报道在相当程度上改变了美国人以往所固有的那种始终认为中国尚处于蒙昧、野蛮的落后状态的普遍看法，并且也已经与赛珍珠所描述的憨厚、懦弱的中国农民，以及"伊甸园"式的"东方乐土"有了显著的区别。出现于战时的关于中国的报道对日后中美关系的影响是巨大而深远的，尽管在战后相当长的一段冷战时期，美国对于红色中国的想象一直保持着某种戒备和恐惧，但美国对于中国的看法至少已经不再停留于"圣贤古国"或"黄色祸患"之类的简单判断之上了。

战争年代的海明威

在美国人眼中，中国从来就不是值得特别关注的重心。出于贸易及传教的需要，早期美国的汉学研究也一直是追随欧洲的基本路向而逐步发展的，但从 1930 年代开始，中国在远东乃至整个亚太地区的战略地位显得越来越重要，美国才将中国问题单列为亚太地区问题中至关重要的一个来加以考虑，由此，也才在美国诞生了区别于欧洲汉学的专门的中国学研究。1876 年，美国的耶鲁大学首开中文课程，稍后又有加利福尼亚大学开设了汉语课程，同年，由卫三畏主持，美国建立了第一个汉语教学研究室及东方学图书馆。次年，哈佛大学也开设了汉语课程并设立了东方学图书馆。到 1898 年美国亚洲学会成立时，来华的传教士已达 1500 人之多。[1] 有关中国的各个方面的信息基本上就是由这些传教士带回到美国国内的。1915 年，芝加哥大学开办了东方语文系，1927 年，哈佛大学成立哈佛燕京学社及中国学图书馆。次年，美国国会图书馆东方部成立，一直到 1947 年，在费正清的主持下，哈佛大学开始实施中国区域研究规划，并专门开设了东方文化课程，专门的中国学研究才逐渐具有了一定的规模。不过，初步建立起来的

1. 中国社会科学院情报研究所编：《美国中国学手册》，第 667 页，北京：中国社会科学出版社，1981 年版。

中国学研究还主要限于对中国古代的政治、历史、哲学及相关文献典籍的收集整理的层次上，兴起于中国五四运动之后的现代中国文学基本上没有被纳入到研究的范围。加之中国的新文学主要是依赖于对西方文学的借鉴而发展起来的，其中还未能真正显示出自己的独特风貌，这在一定程度上使西方学者产生了一种现代中国文学多为摹仿之作因而价值不大的错觉。

美国人所接触到的最早的现代中国作家是鲁迅，最早向美国学界介绍鲁迅的当属早期曾在燕京大学任教的巴特勒特（Robert Merril Bartlett），1926 年 6 月 11 日，他曾亲自拜访过鲁迅，并根据所记录的谈话撰写了《论新中国之思想界领袖》一文发表在 1927 年美国的《当代历史》杂志 10 月号上，文中对鲁迅评价说："中国最有名的小说家鲁迅，是新文化运动的一个台柱。……他现在被普遍地认为是当代中国文学的一位伟大的现实主义作家和短篇小说大师。"而在此之前的 1925 年 4 月，出生于美国新泽西州的华裔学者梁社乾（George Kin Leung）也曾与鲁迅通信，希望能接洽有关《阿 Q 正传》的翻译版权事宜。梁氏的译本定名为 The True Story of Ah Q，鲁迅还曾审阅指正了他的译文中的两处值得商榷的地方，该译本于 1926 年由上海商务印书馆出版。稍后，英国人密尔斯（E.H.F. Mills）又将《阿 Q 正传》翻译为英文，并取名为《阿 Q 的悲剧及其他当代中国短篇小说》（The Tragedy of An Qui, and Other Modern Chinese Stories），于 1930 年和 1931 年先后在英国和美国出版。1931 年 2 月，"左联"六位作家遇害，鲁迅与茅盾及史沫特莱等人一起联合起草了《中国作家致全世界的呼吁书》发表在美国的《新群众》杂志上，引起了世界各国文坛对国民党当局的愤怒和抗议。这个时期，鲁迅的一系列杂文如《黑暗中国的文艺界现状》、《中国文坛上的鬼魅》及《写于深夜》等，也多由史沫特莱翻译介绍，发表在美国的《新群众》、《今日中国》、《中国呼声》等刊物上。1931 年美国纽约召开的工人文化联合大会还推举鲁迅及苏联的高尔基、列宁夫人克鲁普斯卡娅、法国的巴比塞、德国的雷恩，以及美国的德莱塞和辛克莱等，为大会的名誉主席。1935 年，王际真重译《阿 Q 正传》发表在美国的《今日中国》杂志上，此后，美国的《远东》杂志又陆续发表过王际真翻译的鲁迅的《风波》、《祝福》及乔治·肯尼迪（George A. Kennedy）翻译的《故乡》等作品。虽然现代中国文学并不为美国文坛所看重，但美国作家从鲁迅的身上却看到了未来中国文学的希望之所在。

实际上，早在 20 世纪 30 年代初期，来到中国不久的埃德加·斯诺就曾计划翻译《阿 Q 正传》，但由于斯诺本人的中文水平尚有欠缺，加上对原作的理解也有相当的难度，该译本最终未能发表或出版。在鲁迅的积极帮助下，斯诺开始陆续翻译了鲁迅及现代中国作家的文学作品并发表在《亚细亚月刊》上，而在此之前，西方世界对于现代中国作家的文学创作几乎还一无所知。斯诺后来特意将其编辑翻译的"现代中国作家选集"定名为《活的中国》，其用意正是在向西方世界传达一种中国即将"新生"的潜在信息。《活的中国》共收入了鲁迅的六篇小说、一篇鲁迅为选集写的自序和一篇杂文，第二部分则收入了包括柔石、茅盾、丁玲、巴金、沈从文、林语堂等在内的 13 位作家的 17 篇短篇小说，斯诺对每位收入作品的作家都撰写了简要的介绍，并在书后附录了妮姆·威尔斯（海伦·福斯特·斯诺）的专论《现代中国文学运动》和一份详细的研究现代中国文学的书目。当然，斯诺毕竟仍旧是暂时生活在中国的美国人，他对于现代中国文学包括对鲁迅作品的理解主要还是立足于西方人的立场去看待的，比如，他认为，鲁迅的小说《药》主要是为了诠释中国的普通民众对于医疗知识的缺乏，以及由此而产生的对于民间巫术的迷信，同时对政府的视而不见表示了某种程度的攻击。他认为郁达夫是中国印象主义的代表，沈从文则应当被看作是中国的大仲马，如是等等。但是，正如妮姆·威尔斯在其专论中所指出的那样，现代中国的文学虽然并不成熟，但它的意义主要显示在"它表达了在文化上的一种根本改变"，"它既是一场思想革命，也是一场语言革命。如果不能多少理解惟独中国在语言问题上所固有的巨大困难，就不可能理解革命的性质"。[1]《活的中国》一

1.［美］妮姆·威尔斯：《现代中国文学运动》，见埃德加·斯诺编《活的中国》，文洁若译，第 341、342 页，长沙：湖南人民出版社，1983 年版。

书于 1936 年在英国出版，次年又在美国出版，它既是美国民众及时了解现代中国作家与文学发展的开始，同时也是使西方能够得以重新了解现实中国的开始，《活的中国》应当算最早在美国出版的现代中国文学作品的选集了。一直在中国编辑主持《中国论坛》工作的哈罗德·艾萨克斯，也曾在鲁迅和茅盾的协助下选编过一本现代中国作家的选集《草鞋脚：1918—1933 中国短篇小说选》，鲁迅还为其专门作有《〈草鞋脚〉小引》一文。遗憾的是，由于种种原因，该选集直到 1974 年才由美国麻省理工学院出版社出版。1941 年，王际真翻译的鲁迅作品选集《阿Q 及其他》由美国哥伦比亚大学出版社出版，其中收入了包括《狂人日记》、《阿 Q 正传》及《伤逝》等重要作品在内的 11 篇小说，这是在美国出版的第一部现代中国作家的个人选集。1943 年，王际真又翻译出版了《中国现代小说选》，其中收入了鲁迅的《端午节》和《示众》两篇小说。斯诺和王际真编辑出版的现代中国小说选辑后来一直被美国的中国学研究者视为

重要的参考文献。

茅盾也是最早为美国读者所熟知的现代中国作家，他的短篇小说《喜剧》（1931）曾由乔治·肯尼迪译为英文分别刊登在 1932 年 6 月上海的《中国论坛》（*China Forum*）和 1934 年美国的《今日中国》（*China Today*）上，他的《春蚕》也由王际真翻译发表在伊罗生主编的《当代》杂志（*Contemporary*）上。1935 年，由斯诺和海伦·福斯特共同编译的《活的中国》一书中还曾收入了茅盾的《泥泞》和《自杀》两篇短篇小说，他的《秋收》和《林家铺子》也是在 1930 年代中后期被翻译介绍到美国的。《中国简报》（第七期）曾载文称："茅盾的作品是为中国中等阶级而创作的'左拉主义的文学'（Zolaist Literature）"，"他是自然主义者的领袖；是现代中国女子底心理底最好的描画者；……是一个非属于学生或目不识丁的劳动者，而只是为那些把希望安置在中国革命底实现上的中产阶级的商人和小康的农民的写实主义的小说底'代言者'（Spokesman）"。[1]

1. 杨昌溪：《西人眼中的茅盾》，见伏志英《茅盾评传》，第 153 页，上海：上海开明书店，1931 年版。

老舍是一位为美国民众喜爱的现代中国作家，同时也是中美文学交流的积极推动者。老舍一直认为："中美两国的文化要联合起来，发扬两国人民爱好和平的精神。"[2]1945 年，曾在

2. 老舍：《旅美观感》，载《书报精华》第 18 期，1946 年 6 月 20 日。

美国驻华使馆工作过的伊文·金（Robert S. Ward）所翻译的老舍的《骆驼祥子》（*Richshow Boy*）由纽约雷诺尔和希柯克公司出版，为照顾美国读者当时的欣赏习惯，伊文·金的译本将原作的悲剧性结局改写成了大团圆式的喜剧，老舍对此甚为不满。但该译本一出版即发行达百万册之多，成为了当年风靡全美的畅销书。稍后，又有伊文·金翻译的老舍的《离婚》（*Divorce*，1948）及郭镜秋（Helen kuo）的译本 *The Quest for Love of Luo Lei*（1951 年版）分别在美国出版，老舍的其他作品如《黑白李》、《眼镜》、《一封书信》等也曾被收入 20世纪 40 年代中后期陆续在美国出版的各式中国现代小说集中。老舍曾于 1946 年 3 月至 1949 年10 月访美讲学，对伊文·金的包括《离婚》在内的任意篡改原作的编写式译本始终未表示认可，这也从一个侧面显示出美国读者的那种惯于欣赏轻松闹剧的审美模式与现代中国作家的创作取向之间的文化隔膜。老舍访美期间，除讲学外，又陆续完成了《鼓书艺人》及《四世同堂》第三部《饥荒》的写作，并及时交由郭镜秋和艾达·普鲁依特（Ida Pruitt）翻译，分别于 1951年和 1952 年在美国出版。

由于鲁迅的介绍，中国女性作家萧红很早就结识了史沫特莱。1941 年，萧红的《马房之夜》

曾由斯诺的前妻妮姆·威尔斯翻译发表在她所主编的《亚洲月刊》（9月号）上。另一位中国女性作家丁玲，最初则是因其被国民党政府拘捕而为美国文坛所熟知的。丁玲被捕的消息最早是由上海的《大美晚报》和《中国论坛》报道的，她的以"左联"烈士遇害为背景的小说《某夜》也曾由乔治·肯尼迪翻译发表在1932年的《中国论坛》上。1935年10月，丁玲的短篇小说《水》被翻译发表在美国的《亚洲》杂志（第35卷第10号）上，《水》和她的另一篇小说《消息》后被收入了《活的中国》一书。而在斯特朗的《人类的五分之一》、史沫特莱的《中国反攻》和《中国战歌》、E·里夫的《丁玲——新中国的女战士》以及妮姆·威尔斯的《续西行漫记》等纪实作品中，丁玲也一直是被持续关注的对象。

新兴的现代中国文学虽然尚未能以其独有的面貌引起美国文坛的广泛注意，但现代中国所发生的与传统的老大帝国迥然不同的深刻变化却一直在吸引着美国的目光。进入1930年代以后，中国的"左翼"文学运动逐步得到了世界范围内的"左翼"思潮的呼应，尤其从1930年代中期开始，"美国作家联合会"就成为了声援中国抗战的最早也最为有力的美国"左翼"文学团体，海明威、辛克莱和德莱塞等著名作家纷纷发表演说，积极敦促美国政府从各个方面援助包括中国在内的所有反法西斯国家的抵抗活动。1938年3月，"中华全国文艺界抗敌协会"（"文协"）成立以后，中国的抗战文艺运动开始与世界范围内的反法西斯文学运动密切地联系在了一起。"文协"除及时发表了由茅盾起草的《告世界文学家书》等文章之外，还广泛组织中国的翻译家们陆续将中国的抗战文艺作品翻译推广到世界各地，同时也与来华的各国作家与记者合作，将中国抗战的实际情形以纪实、特写及报告文学等多种形式传播到了域外。另一方面，马耳、王礼锡、胡仲持、铁弦等翻译家们也以各种方式大量译介域外反法西斯文学的优秀作品，从而使中国作家得以全面了解世界反法西斯文学发展的最新动向。从1939年开始，身处"孤岛"上海的金星书店编辑发行了总名为"国际文艺丛刊"的报告文学丛书，其中包括马尔洛的《人的希望》（戴望舒译）、《中国大革命序曲》（王凡西译）以及美国作家李特的《震动世界的十日》（王凡西译）等等一系列优秀作品，为了使抗战文学作品及时出国，1940年，中国"文协"还与香港"文协"分会合作创办了英文月刊《中国作家》，由马耳、戴望舒和冯亦代等人编辑并在香港出版发行，此一刊物成为了战时中国以英语方式向世界各国推介现代中国文学与中国抗战文艺活动的最为重要的平台。这一时期中国作家的创作，如姚雪垠的《差半车

麦秸》、丁玲的《孩子们》、刘白羽的《满洲的俘虏》、
碧野的《北方的原野》、张天翼的《华威先生》等等作品，
即是由马耳与在香港的美国人布朗合作翻译，并在美国出
版发行的。[1] 而由马克斯·格拉尼克和妻子格雷斯·莫尔共

1. 黄俊英：《二次大战的中外文化交流史》，第 257—258 页，重庆：重庆出版社，1991 年版。

同创办的英文刊物《中国呼声》、"美中人民之友会"创
办的《现代中国》和《中国月报》、美国驻华记者鲍威尔、
杨格、罗布等人联合创办的《远东人》杂志等一系列报刊，
更是以最快的速度向美国民众传达了中国抗战的进展实况
和各方面的信息。

　　自 1936 年后期到整个 1937 年，中国一直被战前的某
种浓密的阴影包围着，中国的翻译家们似乎也走到了一个
谷底。包括美国文学在内的所有域外文学翻译活动几乎都
因为战争的爆发而被迫陷入了暂时的停顿，这种情况差不
多一直持续到了中日战争后期的 1943 年。

　　1938 年至 1942 年的五年间，翻译家一方面为配合抗战
而积极地将域外有关战争的各种信息及时地传递到国内，
比如《宇宙风》杂志在 1938 年陆续发表了墨农译穆文珂的
散文《基督医院是怎样被炸的》（第 65 期）、郭镜秋译
S·C·Marning 的散文《日军在南京》（第 68 期）等。《文
艺》杂志在 1939 年发表了俞荻译辛克莱和（苏）派夫伦科
合著的《国际集体创作〈金卢布〉的写作过程》（2 卷 6 期），
同年 3 月，《抗战文艺》也发表了张郁廉译辛克莱的《给
苏联的作家们》（3 卷 12 期），次年 10 月，《大众文艺》
再次发表了萧三译辛克莱等著的《国际名作家与这次世界
大战》（2 卷 1 期），徐迟、钱能欣译劳荪的《我轰炸东京》
也于 1943 年由重庆时代生活出版社出版。1939 年 4 月，上

《大街》的作者辛克莱·刘易士

海中央书店专门以"世界创作文库"（第六辑）的方式出
版了徐沉泗编选的《美国作家选集》，收录了自早期的哈特、
爱伦·坡、华盛顿·欧文、马克·吐温、杰克·伦敦，到
后来的包括刘易士、安德生、海明威、德莱塞及福克纳等
等在内的 15 位作家的代表性作品，为中国读者提供了关于
美国小说的一种整体概貌与发展轮廓。这一时期里，"文协"
主持的英文版杂志《中国作家》于 1939 年 8 月在香港出版，
由冯亦代、戴望舒、徐迟和叶君健等人负责编辑，向海外
宣传中国作家在抗战中的情况。另一方面，在极其艰难的
境况下，翻译家们仍然在努力坚持将美国名作家的各式著
述译介到中国，其中包括朱雯译勃克夫人的《黎明的古国》
（上海 ABC 书店，1939 年版）、许天虹译杰克·伦敦的《强
者的力量》（《现代文艺》1 卷 4 期，1940 年）、钟开莱
译海明威《杀人者》（1942 年《人间世》1 卷 1 期）等等。
此外，霍桑的《红字》（韩侍桁译，重庆文风书局，1940
年版）和《圣水》（伍光建译，上海益明书局，1941 年版）、
马·密西尔的《飘》（傅东华译，上海龙门书局，1940 年版）
等，也经由各位名家的翻译而得以流传到了中国。1940 年
9 月，"翻译小文库"由上海文化生活出版社出版。

由《飘》改编的电影《乱世佳人》海报

　　值得特别注意的是，新近在美国文坛崛起的年轻作家
约翰·斯坦贝克（John Steinback）已开始引起战时中国
作家的密切关注了。茅盾在战时曾评价说："海明威和中
国读者相见，实远在抗战以前四五年，斯坦倍克的受到我
们读者的欢迎，却是近几年来的事……在当代美国作家中，
这一位犹太人血统的作家恐怕是最能引起我们的热心的。"[1]

斯坦贝克的创作兼有浪漫主义与现实主义相互融和的"寓

1. 茅盾：《近年来介绍的外国文学——国际反法西斯文学的轮廓》，载《文哨》第 1 卷第 1 期，
1945 年 5 月 4 日。

言式"的象征特点，并以其对于那种未被物质文明所浸染的古朴纯真的人类自然天性的描摹和颂扬在美国文坛独树一帜。斯坦贝克后期的创作则显示了更为浓郁的现实批判的气息，其代表作就是 1939 年发表的《愤怒的葡萄》（The Grapes of Wrath）。1941 年 6 月，秋蝉节译的斯坦贝克《苍茫——〈愤怒的葡萄〉之一章》在《文学月报》（3 卷 1 期）上发表，这也许是中国文坛接受斯坦贝克的开始。次年 8 月，楼风翻译了斯坦贝克的《人与鼠》（Of Mice and Men，1937），在《文艺阵地》第 7 卷 1—3 期上连载。截止到 1949 年，斯坦贝克的代表性作品大多数都被陆续译介到了中国，他也因此成为了战时中国所引介的美国小说中的一个独特的亮点。

从 1943 年开始，域外文学的翻译有了逐步复苏的迹象。1943 年，由胡仲持翻译的萨洛扬的《唱歌班的歌童们》（《时与潮文艺》1 卷 2 期）和《沃伊勃卫人》（《文艺杂志》2 卷 6 期）被相继发表，德莱塞的《婚后》（《文艺先锋》3 卷 1 期）和《自由》（《时与潮文艺》2 卷 2 期）则由钟宪民译出；次年，黄药眠译德莱塞的《永逝的菲比》也由上海文化供应社出版。陆仁寿译德莱塞的《老亨利的悲惨命运》则发表于 1946 年的《文艺先锋》9 卷 2 期。欧·亨利的《圣诞礼物》（即《麦琪的礼物》）由徐蔚南译出并发表于 1943 年 12 月《文艺先锋》3 卷 6 期等。到 1949 年，除了上海商务印书馆曾出版了张骏祥译萨洛扬的戏剧《人生一世》之外，上海晨光出版公司也许是唯一一家集中出版美国文学作品的出版社了，仅在此年 3 月，晨光就连续推出了焦菊隐译爱伦坡的《海上历险记》和《爱伦坡故事集》、马彦祥译海明威的短篇小说集《没有女人的男人》和《在我们的时代里》、张骏祥译复尔乌特的戏剧《林肯在依利诺州》、徐迟译亨利·梭罗的散文集《华尔腾》及楚图南译惠特曼的《草叶集选》等一系列优秀作品，这也许是民国时代美国文学作品出版的最后一次高峰。

随着对美国社会的深入了解及美国文学作品的广泛译介，中国作家对于美国文学的评论也开始逐步成为一个相对独立的领域，这意味着一种被动的无条件接受的时期基本结束，中国作家对于美国文学的独立判断能力正在形成。一方面，翻译家们积极地引进美国批评家的多种著述，比如吴茗译格莱登的《美国晚近文艺思潮论》（《时与潮文艺》5 卷 2 期，1945 年）、冯亦代译法斯特的《现实主义与小说》（《小说》1 卷 4 期，1948 年）等等，另一方面，中国的批评家们也开始从宏观和微观等多重层面展开了对域外文学的独立批评，包括冷火的《论杰

克·伦敦》（《文学批评》创刊号，1942 年）和《杰克·伦
敦年谱简编》（1943 年《抗战文艺》10 卷 1 期）、冯亦代
的《海明威的迷茫——评〈战地歌声〉及其他短篇》（《抗
战文艺》9 卷 1—2 期，1944 年 2 月）、朱自清的《美国的
朗诵诗》（《时与潮文艺》5 卷 1 期，1945 年 3 月）、徐
迟的《关于美国文学》（《文联》1 卷 3 期，1946 年 2 月）
等等。种种情形表明，在历经了 20 世纪 30 年代中期美国
文学的翻译热潮之后，虽然由于战争的原因，译介工作曾
被迫处于半停顿状态，但在整个 1940 年代，中国作家对于
美国文学的接受一直是在逐步走向深化的。在故旧的美国
传统文学之外，作家们对美国文学在同时期的发展给予了
更多的关注。而且，从另一个角度来说，"二战"期间欧
洲的众多作家大量迁移到了美国，不仅使美国文学得以注
入了新的创作力量，同时也使美国文学自身成为了战争时
期世界文坛所注目的中心，这也是美国文学能够再次得到
中国作家的密切关注的重要原因。继《现代》杂志推出"美
国现代文学专号"之后，1943 年，初创于大后方的《时与
潮文艺》杂志在 2 卷 2 期又一次推出了"美国当代小说专号"，
在极端严峻的战争环境下，美国文学再次获得了向中国作
家集中展示其突出成就的机会。

新近崛起于美国文坛的小说家斯坦倍克

　　《时与潮文艺》于 1943 年 3 月 15 日在重庆创刊，停
刊于 1946 年 5 月 15 日，由孙晋三担任主编，初为双月刊，
自 2 卷 1 期起改为月刊，在历时三年的时间里共出刊 5 卷
26 期。《时与潮文艺》是"以报道时代潮流，沟通中西文
化为宗旨"的"时与潮社"唯一的文艺期刊，它既是抗战
后期有着广泛影响的重要文学期刊，同时也是译介域外文

新近崛起于美国文坛的小说家威廉·福
克纳

学的核心阵地。在其"发刊词"中，该刊对自身有着这样一种基本的定位：《时与潮文艺》"一向以报道时代潮流，沟通中西文化为宗旨"。[1] 与施蛰存等主编的《现代》杂志相比而言，《时

1.《发刊词》，载《时与潮文艺》1 卷 1 期，1943 年 3 月 15 日。

与潮文艺》在某种程度上可以看作是对《现代》的那种以前瞻性的目光关注世界文学潮流的编辑传统的延续，而它的拓展之处却又显示在，除了对域外文学新潮的积极引进以外，它更注重在汲取域外文学营养的同时深入探索中国文学自身发展的新途径。也因此，聚集在刊物周围的大批执笔者，如茅盾、巴金、朱光潜、叶君健、梁宗岱、胡仲持等等，既是功力深厚的翻译大家，同时也是在创作和批评多方面已颇有成就的文坛名流。从这个角度来说，《时与潮文艺》已经从最初的对于域外文学的简单"拿来"逐步趋向于同世界文学展开"对话"了。

由于处在特定的战争语境中，《时与潮文艺》主要对域外的"反法西斯文学"给予了足够的关注，包括对战时苏联文学的全面总结、对德国反纳粹作家的创作的及时报道、对英美出版界的近况及战时文学所引起的反响的评述等等。但《时与潮文艺》对战时文学的重视并没有停留在鼓动或宣传的初级层次上，而是在文学的现实意义背后更重视对于文学自身的艺术品质的发现和开掘。也正是基于这个原因，在 1943 年 10 月 15 日的 2 卷 2 期上，《时与潮文艺》特意开辟了一期"美国当代小说专号"，以求更为深入地了解和评价美国小说在当代的特殊语境中的发展境况。

实际上，在此之前，1940 年创办于重庆的《文学月报》也曾在次年推出过一个"美国文学特辑"（3 卷 1 号），集中发表过春江译惠特曼的诗《黎明的旗子》、袁水拍译《休士近作诗二章》、秋蝉节译的斯坦贝克的《愤怒的葡萄》中的一章以及铁弦所作的一篇评介文章《关于约翰·斯丹贝克》等。但由于其所发表和介绍的内容比较散乱和单薄，所以未能引起文坛的重视。《时与潮文艺》的"美国当代小说专号"则主要将重点放置在"当代小说"这一较为集中的专题上，从翻译和评论两个层面上及时介绍了美国当时最为兴盛的短篇小说创作的最新成果。翻译部分选择了 8 篇作品，分别为钟宪民译德莱塞的《自由》、高殿森译安特生的《上帝的力量》、孙家新译凯漱的《保罗的悲剧》、罗书肆译威士各特的《逃亡者》、陈瘦竹译休士的《掉了一件好差使》、谢庆尧译海明威的《非洲大雪山》（即《乞力马扎罗的雪》）、胡仲持译斯坦贝克的《约翰熊的耳朵》和李葳译萨洛扬的《十七岁》；评论则包括孙晋三所作的《美国当代小说专号引言》、吴景荣翻译的伦敦泰晤士报文艺副刊上的一篇述评《泛论美国小说》、林疑今的

《美国当代问题小说》。如果说《现代》杂志出刊"美国现代文学专号"时期，编选者所看重的主要是美国文学所展示出来的某种"自由的"、"创造的"精神特质，那么，《时与潮文艺》对于美国"当代小说"的关注则重在显示文学与现实人生之间的密切联系，即孙晋三所说的，"一种'活'的感觉，一种'生'的喜悦"，因为其中所包含的是"有血有肉的人生"。[1] 美国小说

1. 孙晋三：《美国当代小说专号引言》，载《时与潮文艺》2 卷 2 期，1943 年 10 月 15 日。

也因此从根本上彻底摆脱了从前英国小说的束缚而真正具体了自身独特的品质。《时与潮文艺》一共出刊过六期"专号"，从总体上看，尽管"美国当代小说专号"并不是其中最为成功的一期，但就中国作家对美国文学的理解而言，此一"专号"却显示出了某种根本性的突破。一方面，中国作家已不再单纯地把眼光放置在美国"左翼"文学这一单向的维度上了，这就使得在辛克莱等人之外，有更多的美国作家进入了中国作家的视野；在另一方面，"专号"特意选择了"短篇小说"这种形式来透视当时美国文学的发展概貌，其与战争时期特定的文学创作需要也有很大的关系，它既延续了《现代》杂志时期展示美国文学多元共进景观的一般特点，同时又有目的地凸显了当时美国作家的那种以集中开掘人的生存境遇作为共同追求的普遍倾向，其对中国文坛的启发无疑是非常积极和明显的。

第五章　　对峙期：批判中的选择与接受

　　出于特定的历史原因，在相当长的时期内，世界被人为地划分成了彼此对立的两个部分，政治意识形态领域的分歧与对峙直接影响到文学的交流。尽管中美之间已度过了从初步接触到文化想象，再到现实交往的漫长的过程，但在更为深刻的精神层次上，彼此仍未能达成真正的沟通；甚至相反，当人们毫不犹豫地将政治意识形态的选择与归属看作是衡量一切的惟一标准时，误解和偏见就开始肆意蔓延，新一轮的隔膜最终演变成了横亘在彼此间的牢固屏障。美国对于中国的恐惧实际来源于对逐渐席卷全球的整个红色共产主义运动的恐惧，也因此，美国才会把封存已久的"黄祸"想象重新翻检出来，并在意识形态意义上将其转换为新一轮的"黄种人"对"白人世界"的蔓延、渗透、绞杀和最终的占领，这场想象中的扩张运动被命名为"红祸"——一种足以产生某种"多米诺骨牌"效应的空前的灾难。

第一节 片面引介的美国诗歌

第二次世界大战结束之后，世界政治格局发生了很大变化。以美国和前苏联为代表的两大政治阵营长期严重对峙，"冷战"局面一直延续数十年之久。新中国曾经是"社会主义阵营"的重要成员国，和所谓"资本主义阵营"对抗，与美国之间长期断绝一切往来。自新中国成立及与美国断交至与美国重新建立外交关系，其间长达 30 年。在这一时期，极左思潮曾经一度成为中国国内的主导意识形态，其影响所及，深入到政治、外交、经济、文化和教育等所有社会领域。其间尤其是十年"文化大革命"达到了顶峰。在这样的历史文化大背景下，中美诗歌交流出现了严重失衡状态。

就中国诗歌在美国的传播与影响而言，第二次高潮是在 20 世纪 50 年代末以后。著名诗人斯奈德、布莱、凯瑟、赖特和雷克思洛斯等人的诗作和诗论明显接受自中国古诗，包括杜甫和白居易等的影响。寒山在现代美国诗坛和思想界的影响至今不衰。在这两次高潮中，现当代美国诗歌接受以儒家、佛家和道家思想为主的中国传统思想文化的影响是很突出的现象。白之（Cyril Birch）编译的两卷本《中国文学选集》收入了在中国诗歌史上具有代表性或重要的诗人及其作品，涉及多位译者，曾被广泛用作大学教材，产生很大影响。该选集集中体现了 20 世纪 60 和 70 年代英美学术界翻译和研究中国古典文学的领域和水平，也标志着中国诗歌在美国的广泛传播，产生影响并进入了主流学术界。此外，美国文化与中国传统文化相结合而形成的美籍华裔英语诗人与诗作，虽然影响尚有限，但特色却非常鲜明，是本领域不可或缺的组成部分。

就美国诗歌在中国而言，由于上述极左思潮成了统领中国大陆社会生活的主导意识形态，强调大力开展阶级斗争，连文学创作和文学翻译都必须突出政治标准。在此种意识形态操控下，仅有极少数重要的美国诗人被准许翻译出版，如朗费罗、惠特曼和休斯等，甚至只能出版只考虑意识形态不考虑艺术成就的个别美国诗人如米列（Martha Millet）和路温菲尔斯（Walter Lowenfels）等人的作品。这些都是特殊历史条件下的出现的极不正常现象。到了"文化大革命"时期，所有的美国诗人诗作全部被禁止在中国大陆翻译出版。而在这一时期的台湾与香港，美国诗歌与诗学继续被翻译和介绍进来，产生了影响。

在 20 世纪下半叶，中国大陆对美国诗歌的翻译和介绍，仅限于"文化大革命"前的 17 年。"文化大革命"十年期间，真正的文学艺术在中国大陆被全部禁绝，遑论美国诗歌。即使在"文化大革命"前的 17 年间，由于政治局势、国际形势和意识形态等多方面的原因，中美关系处于隔绝和对峙状态，"美帝国主义"长期被称作中国的头号敌人。在文化交流的领域，只有很少数美国诗人，如朗费罗、惠特曼以及休斯等获准翻译出版，在中国传播、介绍给读者。那 17 年间获准翻译出版的美国诗人的作品仅 12 种译本。[1] 许多现当代重要的美国诗人，如爱伦·坡、

1. 孙致礼：《我国英美文学翻译概论（1949—1966）》，第 59 页，南京：译林出版社，1996 年版。

T. S. 艾略特、庞德和迪金森等在中国大陆并没有被翻译介绍。

在那一时期，被翻译出版个人专辑的美国诗人仅 4 人，其中朗费罗和惠特曼是具有代表性的美国著名诗人。朗费罗一生中写了大量的抒情诗和歌谣，在那一时期，朗费罗诗歌的汉译本有：《朗费罗诗选》（杨德豫译，人民文学出版社，1959 年版），歌颂少女忠贞爱情的《伊凡吉琳》（*Evangeline*，1847）由李平枢翻译，新文艺出版社出版（1957 年版），朗费罗的长诗《海华沙之歌》（*The Song of Hiawatha*，1855）被称为印第安人的史诗，在 1957 年出现了两个中文译本，一是《哈依瓦撒之歌》（赵萝蕤译，人民文学出版社），一是《海华沙之歌》（王科一译，上海新文艺出版社）。惠特曼（Walt Whitman）被认为是美国最伟大的诗人之一，其全部作品都收在《草叶集》（*The Leaves of Grass*）中，于 1855 年初版，其后共出了 9 版。其中文译本有《草叶集》（楚图南译，1949 年初版）。1955 年，为响应世界和平理事会的号召，纪念这位杰出的诗人，这个中文译本由王岷源修订，由人民文学出版社以《草叶集选》重新出版（1955 年版）。另外两位美国诗人在美国文学史上没有什么地位，对他们的翻译和介绍，主要是基于对其政治思想的考虑。W·路温菲尔斯（Walter Lowenfels）是美共党员、进步诗人，《路温菲尔斯诗选》（方应锡译，上海文艺出版社，1959 年版）表达了美国人民热爱和平，反对战争的呼声；M·米列（Martha Millet）是当代进步女诗人，《米列诗选》（袁可嘉译，新文艺出版社，1957 年版；上海文艺出版社，1959 年版）的主题是呼唤平等自由、歌颂和平民主、反对种族歧视、反对战争威胁。除上述个人专辑之外，还有一些诸家诗人的合集，如《骑驰》（邹绿芷辑译，文化工作社，1948 年、1950 年版）收有惠特曼和朗费罗等人的诗歌，《新的歌——现代美国诗选》（袁水拍辑译，晨光出版公司，1953 年版）收入了包括休士等在内的 22 位诗人的作品等。当时美国黑人被视为受压迫受歧视，具有反抗精神的种族，所以黑人诗歌受到格

外的重视，包括休士（Langston Hughs）在内的《黑人诗选》就出版过两种，一为邹绛辑译（文化工作社，1952 年版），一为张奇辑译（作家出版社，1957 年版）。

　　然而，在那一时期的台湾和香港，中国学者仍然在翻译研究美国诗歌。其中具有一定代表性的作品是由香港今日世界出版社出版的《美国诗选》（后来由北京三联书店出了大陆简体字版）。这个选集由著名学者翻译家林以亮（宋淇）编选，由张爱玲、林以亮、余光中和邢光祖等翻译。《诗选》共收入 17 位重要的美国诗人的 110 首诗，还配有诗人的肖像画，译者为每一位诗人及其作品撰写了简明扼要的介绍。这些都是这部选集的特色。20 世纪 70 年代中期，中国大陆正处于"文化大革命"后期，外国文学翻译和研究领域一片荒芜，香港和台湾的学者则不断推出美国诗歌翻译和研究的成果。如台湾学者陈祖文译的《诗人谈诗——二十世纪中期美国诗论》（H.Nemorov: Contemporary American Poetry）（[美] H·纳美洛夫著，陈祖文译，香港今日世界出版社，1974 年版，北京三联书店，1989 年版。）就是一个典型例证。书中收录了 20 世纪 50 和 60 年代 19 位美国诗人的演说词，谈他们关于诗歌创作的经验，还引用自己的作品作为例子，这些演说词曾经在"美国之音"广播过，产生了很大影响。

第二节　美国小说的"政治"解读

　　自 1950 年开始，中国文坛对于美国文学的接受逐步走向了某种政治性的偏执，尤其是在 1950 年后期朝鲜战争爆发以后，当代美国作家的文学创作几乎完全退出了中国作家的视线之外。当然，也并不是说在中国文坛上已完全没有了美国作家的身影，在被视为"纸老虎"的大洋彼岸的帝国世界里，那些以"左翼"思想为主导性创作倾向的作家，以及专事暴露和批判美国社会与政治文化的作家，仍然被看作是中国人民的"友军"。翻译家金人曾公开地承认："翻译工作是一个政治任务。而且从来的翻译工作都是一个政治任务。不过有时是有意识地使之为政治服务，有时是无意识地为政治服了务。"[1] 整个 1950 年代，能够为中国作家所认可的美国

1. 金人：《论翻译工作的思想性》，载《翻译通报》第 2 卷第 1 期，1951 年 1 月 15 日。

小说的代表人物，主要限于马克·吐温、杰克·伦敦、德莱塞、海明威和法斯特等寥寥数人。

而在这一时期，对于这些作家作品的翻译，也是在经过了反复的"政治"衡量之后才被"选择性"地出版的。对于其他美国小说作家的创作则主要选择的是，要么是明显属于"左翼"文学之列的作品，要么是那类旨在暴露美国社会的黑暗或者描写美国人民的朴实与善良的作品，无论是思想主题还是艺术形式均显得比较单一。进入 20 世纪 60 年代以后，美国小说在中国的译介进一步走向萎缩，除了被有选择地承认的几位作家如杰克·伦敦、马克·吐温和德莱塞等的作品能够得以刊行和出版，能为中国作家所接受的美国小说家已经屈指可数了，而从 1964 年至 1973 年的十年间，美国小说几乎完全从中国人的视野中彻底消失。

1974 年，上海人民出版社曾发行过一份名为《摘译》的小型刊物，但仅限于小范围的内部阅读和参考，其中刊行过少量的美国小说的梗概和节译，包括田滨译荷塞·依格拉西亚的《壁橱里的枪支》（1974 年第 1 期）、程征译杰拉尔德·M·威廉斯的《指引的宿处》（1974 年第 1 期）、美德译温利·怀特的《自由》（1974 年第 5 期）、闵镝译托马斯·邦特利的《八次会见》（1974 年第 7 期）、丰华译埃伦·道格拉斯的《光明的使徒》的小说梗概（1974 年第 8 期）、徐俊译雷蒙德·肯尼迪的《室内温度》（1975 年第 4 期）等。然而在 1975—1978 年间，这样的译介活动再一次停滞，美国小说能得以重新与中国读者见面则已经是 1979 年以后的事情了。

1950 年，《文艺报》曾主持编辑过一套"文艺建设丛书"，其核心指导思想是延安文艺座谈会上的讲话精神，主要收集代表了文艺为工农兵服务这一主导方向的文艺作品，其中也包括少量翻译作品和理论文章的汇编，由丁明辑译的《美国文学的作家与作品》一书即是作为丛书的其中一卷出版的。该书是在广泛收集 1948—1949 年曾发表在《苏联文学》及《新时代》等杂志上的有关美国文学的评论文章的基础上汇集而成的。其内容分为两个部分，一部分是有关美国文学的总体评价，包括马里亚莫夫的《两个世界的文学》、安尼西莫夫的《美国文学——为反动派服务》、I·拉皮茨基的《美国的文化迫害》等 5 篇文章；另一部分是专门的作家作品论，收集了由安尼西莫夫、乌尔诺夫等人撰写的有关德莱塞、法斯特和辛克莱·刘易士等美国左翼作家的评论。冷战时期，出于政治意识形态的特殊需要，中国作家对于苏联文学曾表示过高度的认同，也因此，由苏联批评家撰写的文学评论同时也成为了中国作家重新看待美国文学的某种潜在的指南。这种取向不仅决定了中国文坛在翻译引介美国文学时的政治选择，同时也决定了中国作家对美国文学的基本认识与一般评价。

马里亚莫夫在其《两个世界的文学》一文中，将新生的苏维埃文学与一切资产阶级的文学明确地划分成了"新"与"旧"两种，他认为："旧文学的特色在于她的激烈的抗议精神：对伤害人类灵魂的深恶痛绝与对人生的种种不平的憎恨。……可是人们不能在这些书的任何一本中找到一种对获得人类幸福的可能性之深刻与不可磨灭的信念；也没有任何一本书说明这种渴望的幸福是什么样子。"相比之下，诞生在苏维埃社会主义国家的"新"的文学，却能够"赋予书以生命，使它充满建设的热情与创造性的乐观主义。"从这个立场出发就不难发现，充斥在美国文学中的不过是某种"病态"："在这些作品的大部分中，抗议的激烈精神让位于一种无限的厌倦，憎恨变成了愤世嫉俗，爱与同情衰退了。""而在另一方面则有我们的文学，它的基本新颖处表现在作者的参与新世界的建设，对其正在做着它的一份的自觉的骄傲，对其正在帮助建设的这一新世界的责任感，对其正为关系整个生活的重大事业而奋斗这一事实的政治认识上。""对于国家的深沉的爱在整个过去三十年中鼓舞了我们的文学。但正是这种对祖国的爱，对于自己的英雄，工作伙伴之敬爱，这种作为人民寄托给作家的任务之对一切文学的态度——正是这些特性，使我们的文学成为真正世界性的。"[1]马里亚莫夫在文中具体引述了美

1. [苏] 马里亚莫夫：《两个世界的文学》，见丁明译辑《美国文学的作家与作品》，分别见第2、3、4、6页，北京：三联书店，1950年版。

国作家法斯特对斯坦倍克、福克纳等人的批评，认为这些美国作家虽然能够清醒地看到美国社会的堕落及人们生活的痛苦，最终却无法寻找到解决这一难题的出路，而他们对于现实政治的逃避不过是让自己逃进了"虚假艺术"的"毒气室"里而已。对于刚刚投身于新生的共和国的中国作家来说，马里亚莫夫的有关两种"文学"的界限的划分无疑有着某种指导性的作用，它不仅暗示了中国作家在其自身的创作中所应采取的政治立场，而且也预示了中国作家在对美国文学的接受过程中所应有的批判态度。

安尼西莫夫的《美国文学——为反动派服务》一文则集中批判了美国资本家垄断集团以其所控制的文化权力欺骗美国人民，并残酷打压美国进步作家的独立自由思想的事实。比如辛克莱在其《拜金艺术》中所陈述过的"金钱写作"与"谎言欺骗"，美国政府对正直的法斯特的监禁与迫害，以及新近在美国出现的左翼杂志《新群众》和《主流》等对于反动势力的联合抵抗等等。"今日美国文艺界的情况就是如此。在美国，垄断资本正在窒息自由和独立的意见，残酷地报复那对掠夺性的卑劣目的的极轻微的异议，而这种卑劣目的是那些对报纸、杂志和出

2. [苏] 安尼西莫夫：《美国文学——为反动派服务》，见丁明译辑《美国文学的作家与作品》，第19页，北京：三联书店，1950年版。

版家具有控制权的人所追求的。"[2]而那些肆意歪曲辛克莱·刘易士、德莱塞等人的创作的批

评家，如阿尔温等人，则正是垄断资本家们的帮凶。I·拉皮茨基则在《美国的文化迫害》一文中讽刺说，美国的文化堕落几乎已经让自由女神像羞愧到把背转向美国的地步，以众议院议员托马斯为首的所谓"非美活动委员会"对于有着独立思想的美国文艺工作者的迫害及其对"好莱坞共产党活动"的调查与审判，已经再次证明了法西斯主义在美国的猖獗。"美国反动分子们决心把美国生活的真实情况排除于艺术与文学之外。""美国的顽固分子正在运用其权势去粉碎与扑灭一切活的与进步的，一切不肯屈服于石油、钢铁、汽车与其他大王的事物。"[1] 如

1. [苏] I·拉皮茨基：《美国的文化迫害》，见丁明译辑《美国文学的作家与作品》，第 31、34 页，北京：三联书店，1950 年版。

果说中国的知识分子曾经一度将美国视为现代国家的理想典范的话，那么，这里所勾勒出的却是美国社会的另一幅阴暗的景观，它既在相当程度上打碎了人们对于美国的曾经的梦想，同时也激发了中国作家对于美国的新一轮法西斯暴力政治的痛恨与恐怖想象。为了进一步证明这一点，萨马稜在其《美国武士——美国军国主义文学》一文中再次以对美国的"战争文学"的具体分析强调了美国资产阶级文学的法西斯性质。他认为，早在 19 世纪 40 年代以前，"资产阶级美国文学就将自由人民的刽子手和压迫者认为是英雄人物。美国文学中的这种帝国主义倾向已经有五十年的历史了"。"资产阶级出版商所出版的大部分战争小说，都是蓄意要使读者反对苏联，灌输新战争不可避免论，并使读者成为美国帝国主义新冒险行径的参加者的。"[2] 事实上，

2. [苏] 萨马稜：《美国武士——美国军国主义文学》，见丁明译辑《美国文学的作家与作品》，第 38、54 页，北京：三联书店，1950 年版。

在中国作家看来，萨马稜的这一结论很快就在不久后爆发的朝鲜战争中得到了证实。也因此，当中国作家积极地奔赴战场为战士们呐喊助威时，他们所得到更多的就是对于被称为美帝国主义的险恶用心的认识的进一步强化。

　　与那种将两大敌对阵营的文学作鲜明对比的批评有所不同，门德尔逊的《美国文学界的颓废分子》主要意在深入美国文学自身内部去探讨美国文学在当下的发展走向，其核心立足点则是列宁的关于"两种民族文化"的著名论断。门德尔逊集中对前期进步的美国作家，如斯坦倍克、奥尼尔、莱特、王尔德、萨洛扬及斯坦因等人在其后期的逐渐转变提出了严肃的批评。他认为，这些作家曾经的创作有着高度的思想自觉，但后来却走向了悲观失望及对人民大众的蔑视，进而成为了帝国主义的帮凶。而当早年的那些进步的作家日益走向颓废和反动时，美国文学中真正值得肯定的作家只剩下法斯特、马尔兹、厄普顿·辛克莱、德莱塞以及马克·吐温和杰克·伦敦等寥寥数人了。

　　从 1950 年开始一直到 1970 年代末期整个中国对于美国文学的翻译引进活动中，我们很容

易看出苏联批评家们对于美国文学的评价在中国所造成的巨大而深远的影响。它不仅导致了这段时期中国的翻译文学在译介上的刻意偏向，而且几乎从根本上扭转了中国作家对于美国文学的基本认识，那就是，美国文学（甚至包括一切文学）的价值主要就体现在其对于政治意识形态的选择正确与否上。德莱塞的《美国的悲剧》之所以伟大，主要在于其对美国"文明"的野蛮性的庄严而无情的暴露，他的创作使人们清楚地意识到，美国的社会矛盾已经达到顶点，资本主义制度本身已经使国家无可挽回地走上了绝路。德莱塞在其前期创作中虽然暴露了美国人民在垄断资本的迫害下沦为奴隶的具体事实，但由于他还没有意识到人民的力量的强大，所以未能塑造出积极的正面人物。而随着德莱塞对于十月革命后的苏维埃的深入了解，他的创作也发生了根本的转变，他不但能够更为彻底地揭露美国生活方式的丑恶面目，而且重新塑造出了反抗资本主义的战士的形象，以此给美国文学带来了巨大而深远的启发。安尼西莫夫（又译阿尼西莫夫）认为："德莱塞之所以能够坚持并在与反动统治力量作斗争时取得胜利，这完全是由于他克服了重重困难，找到了走向人民的道路。"[1] 中国的翻译家们也同样认为，"德莱塞

1. ［苏］阿尼西莫夫：《德莱塞》，毕生译，第 1 页，上海：上海文艺出版社，1959 年版。

之所以成为二十世纪美国最伟大的作家，首先在于他的作品的人民性。在他的作品中，他提出了具有普遍的人民意义的问题"。"是什么原因使得德莱塞走上了光荣而正确的道路呢？首先是由于德莱塞一生中对被压迫的人民、对残酷的资本主义制度下各式各样的牺牲者，自始至终怀着深挚的爱。"[2] 乌尔诺夫评价法斯特说，他之所以会遭遇美国政府的诋毁，首先就在

2. ［美］德莱塞：《美国的悲剧·译后记》，许汝祉译，第 1261、1262 页，上海：上海文艺联合出版社，1954 年版。

于他是一名永不妥协的斗士，他提醒人们，不只是要警惕希特勒的法西斯奴役，更要警惕垄断资本家和托拉斯对人民的愚弄和奴役。他的创作使人们认识到，所谓资本主义美国的发展是沿着其"特殊道路"进行的说法不过是无稽的神话，阶级社会的历史只能是猛烈的阶级斗争的历史。"法斯特曾经一而再地以不同的形式并在不同的场合强调指出这一点：只有那认为人民的自由是社会生活中不可移易的条件的国家，才能争取其他国家的承认和尊敬，并获得机会对历史的进展作它应有的贡献。"[3] 在中国，法斯特的《公民汤姆·潘恩》中所塑造的

3. ［苏］乌尔诺夫：《法斯特》，见丁明译辑《美国文学的作家与作品》，第 113、118 页，北京：三联书店，1950 年版。

汤姆·潘恩形象也一直被视为是被美国反动浪潮所淹没的"民族英雄"。一个以革命为终身事业的革命家，重新返回美国时，美国早已经遗忘了他。汤姆·潘恩在美国非但得不到应有的尊敬，还受尽欺侮和歧视，最终只能在默默无闻中潦倒死去。莫梯勒瓦在《路易士的道路》一文指出："即使是有天才的艺术家，也只有当他感受了先进思想的时候，才能得到真正的创

作上的成就。"[1] 中国文坛在译介辛克莱·刘易士的《格定·普兰尼希》时，评论者也同样肯

1. [苏] 莫梯勒瓦：《路易士的道路》，见丁明译辑《美国文学的作家与作品》，第 127、128、134 页，北京：三联书店，1950 年版。

定地认为，作为辛克莱·刘易士后期的重要作品之一，《格定·普兰尼希》以讽刺的笔触勾勒

出了美国资产阶级社会的面貌，作家通过对格定·普兰尼希这样一个信口雌黄、追逐名利、拼

命往上爬的人物的描写，深刻地刻画了美国统治阶级利用教育、宗教及慈善等公益机构作为工

具，为其法西斯化的政权和反苏反共的政策服务的生动图景，使我们进一步认清了"美国生活

方式"的实质。[2]

2. [美] 辛克莱·路易士：《格定·普兰尼希》，叶封译，上海：上海文艺出版社，1962 年版。

　　政治意识形态上的"一边倒"直接导致了文学译介与文学批评的"一边倒"，基于这样的

影响，中国文坛对于域外作家特别是敌对阵营的作家的引介就被明确地划分成了"进步的"与"反

动的"两类，而认定其"进步"的重要尺度就是其作品是否揭露或批判了资本主义的罪恶本质。

这一尺度甚至对一直被视为经典的那些作家的作品也同样适宜。比如对于杰克·伦敦，翻译者

在译介其《野性的呼唤》时就曾特意引用苏联批评家巴拉托夫的评论说："他的作品的绝大部

分，包括最优秀的在内，都充满着对资本主义世界的深刻的不可调和的憎恨，洋溢着阶级斗争

的激情。"[3] 而对其诸多短篇小说的一般看法，也基本延续的是俄文版《杰克·伦敦小说选集》

3. [美] 杰克·伦敦：《野性的呼唤·前记》，刘大杰译，第 2 页，上海：上海国际文化服务社，1953 年版。

的编辑者 A·米罗诺娃的一般评价，认为这些作品"至今仍旧没有失去它们的尖锐性和现实意

义，因为它们仍然保有着一股力量，就像在本世纪初叶那样揭露着、指斥着全世界人民的、和

平和自由的最凶恶的敌人——国际帝国主义"[4]。"他写作的许多短篇小说和革命论文，大部分

4. [美] 杰克·伦敦：《杰克·伦敦短篇小说选集》，许天虹译，第 183 页，上海：上海新文艺出版社，1957 年版。

是充满战斗精神，暴露资本主义的丑恶、帝国主义的罪行、反动统治阶级的欺诈的。……是巧

妙地形象化了的，对资本主义、帝国主义、和反动统治者的控述，能提高读者的政治觉悟。"[5]

5. [美] 杰克·伦敦：《强者的力量》，许天虹译，第 1—2 页，上海：上海文化工作社，1952 年版。

对于马克·吐温的《密士失必河上》，评论者也认为其主要运用了讽刺的笔调对当时美国南北

各地的诸如欺骗、盗窃、仇杀、赌博及贩卖黑奴等等生活图景作了生动的描绘，通过前后两个

时期的对比，暴露了资本主义的恶毒势力是怎样进入美国生活的每个角落里的，它有助于我们

了解美国帝国主义的本质和它的起源。马克·吐温的《一个推销员的故事》收入短篇小说七篇，

同样被认为是意在赤裸裸地暴露空虚、无聊的美国生活方式及美国统治阶级的荒唐和愚蠢，同

时展示作者对人民大众的热爱与关怀。对于马克·吐温文学创作的"政治定性"在相当长的一

段时期内遮蔽了人们对于他的独有的艺术特质的领悟与理解，甚至到 1960 年，老舍所撰写的

《马克·吐温："金元帝国"的揭露者》一文中，仍然坚持认为："马克·吐温是一位热爱和平、

民主，富有正义感的进步作家。从 19 世纪 90 年代美国成为帝国主义的那一天开始，马克·吐温就以他锋利的文笔，用散文、短篇小说，特别是政论的形式，不断揭露美帝国主义对亚非国家的侵略暴行和美国资本主义的虚伪文明，并对美国资产阶级惯于吹嘘的所谓民主、自由、平等做了尖刻的嘲讽，对亚非人民反对殖民主义的斗争表示了深切的同情。因此，马克·吐温的作品在美国受到反动统治阶级的仇视，一部分被列为禁书，甚至不能出版；但是，他的这方面的作品至今仍是进步人类反对侵略战争，反抗帝国主义、殖民主义、保卫世界和平的一个武器。"[1]

1. 老舍：《马克·吐温："金元帝国"的揭露者》，载《人民日报》，1960 年 9 月 6 日。

如同政治层面上的意识形态对立一样，当文学接受不得不被政治意识形态绑架时，对于敌对一方的一切想象都只能在一种类似于硝烟弥漫的战场的氛围中逐次展开了。此种形态的文学交流多数都显示为某种情绪化的愤激或偏执，而非真正理性思考下的准确的判断。对于美国文学来说，自 1950 年以后的近 30 年时间内，人们除了对寥寥几位美国作家及其有限的一些作品的粗浅了解以外，经由早期翻译家和批评家们的努力所初步构建起来的美国文学的整体轮廓，又重新被拉回到了近乎完全陌生的境遇中去了。

第三节 "文革"年代的"内部读物"

事实上，特定年代对于文学在意识形态层面上的"政治定性"并没有完全遮蔽人们对于美国文坛各种信息的及时了解。不过，这种了解只能以"内部读物"——俗称"黄皮书"这一极其特殊的方式曲折地展开。刘心武曾回顾说，极端政治年代的"黄皮书"一直是"一些文学青年想方设法借到手的珍本，……'文革'中，出版'黄皮书'一事自然成为了有关部门和有关'黑线人物'的一大罪状，但据我所知，'黄皮书'大概并没有销毁多少，仍在暗中流传，一位比我小 10 岁的当年参与过'破四旧'的朋友告诉我，他就是从阅读被抄来的'黄皮书'开始，而萌发出文学创作冲动的"。[2]

2. 刘心武：《无数杨花过无影》，载《外国文学评论》，第 4 期，1991 年。

作为 19 世纪中后期曾与霍桑等人齐名的美国作家，赫尔曼·麦尔维尔（Herman Melville）的名字对中国作家来说一直非常陌生，这其实也显示出中国文坛在译介美国文学过程中的某种疏忽。麦尔维尔未能引起中国作家们的重视，除了他在美国文坛同样一直遭受冷遇外，也与他的小说中的那种充满寓言与象征的类似于现代主义的风格及其浓厚的形而上玄学色彩有着很大的关系。麦尔维尔的代表性作品是被称为"百科全书式小说"的《白鲸》，但这部作品在 1851 年出版时，除霍桑给予了极高的赞誉以外，美国评论界几乎众口一词地对其作了全面的否定。值得特别注意的是，1957 年，这部在美国曾备受讥讽的作品被译介到了中国。当然，《白鲸》的翻译并不是出于中国作家对麦尔维尔的真正理解，而仅仅是因为中国在政治上的同盟军——民主德国积极引进了这部作品。此外，在中国作家看来，麦尔维尔的《白鲸》等作品能够在冷战时代被美国读者所重新接受，主要是因为他们从其作品中看到了某种与社会现实有关的隐喻性的联系，中国的翻译者举证说，美国某工人日报上有一篇读者感言，就曾"把白鲸那种喷水联系到今天美国统治阶级用以敲诈勒索的氢弹的毒烟上去"。[1] 尽管在极其特殊的语境中，中国的翻译者对麦尔

1. [美] 麦尔维尔：《白鲸（莫比—迪克）·译后记》，曹庸译，第 844 页，上海：上海新文艺出版社，1957 年版。

维尔的这部巨著作出了某种程度的曲解，但毕竟终于使这部作品有了与中国读者接触的机会。

　　除了麦尔维尔之外，被称为"垮掉的一代"作家的作品在这个时期也曾以极偶然的方式被引介到了中国，比如克鲁亚克的《在路上》、塞林格的《麦田里的守望者》等。翻译家施咸荣在当时曾介绍说："《麦田里的守望者》是最近几年来在整个资本主义世界很畅销的小说……这部小说甚至还通过对作家的影响，间接地在某些社会主义国家发生影响。据苏联的一些评论家指出，苏联最近很出风头

《在路上》的作者杰克·克鲁亚克

的青年作家、《带星星的火车票》一书的作者阿克肖诺夫的作品在主题思想和艺术风格上都受

到此书的影响。"[1] 译者还具体转述了该小说在世界各国的不同评价，比如所谓美国的资产阶

1. [美] 杰罗姆·大卫·塞林格：《麦田里的守望者·译后记》，施咸荣译，第 271—272 页，北京：作家出版社，1963 年版。

级文艺评论家普遍认为，该小说是"小说史上的奇迹"，是"二十世纪的古典名著"，"每一

页都是惊奇和快乐的源泉"，而小说中的主人公霍尔顿则是"用纸墨和幻想创造出来的活人"。

塞林格应当被看作是与马克·吐温一脉相承的现实主义作家，主人公霍尔顿是"现代城市中的

哈克贝利·费恩"。另一种较为正统的观点见于巴巴拉·吉尔斯的《塞林格的孤独战争》，他

认为："塞林格笔下的年轻人被腐朽的现象所包围，又只能从个人的立场去看待这现象，因此

他们只是反对这种现象，要求证明个人的纯洁，却不去进一步研究事物的动因。……像霍尔顿

那样的哲学，只能导致对一切都逆来顺受。"保尔·菲力普斯则认为，从霍尔顿到弗兰妮，塞

林格小说中的人物已经由精神分析走向了神秘主义，塞林格自己也开始试图用佛教思想来代替

他的弗洛伊德主义，"塞林格是个有很大局限性的讽刺家，他的局限性主要是对世界大事漠不

关心。"《麦田里的守望者》曾于 1960 年 11 月被译载于苏联的《外国文学》杂志上，而且还

在《文学报》、《文学与生活报》、《新世界》及《苏联文学》等刊物上发起过专题的讨论。

不久，东欧的匈牙利、保加利亚等社会主义阵营的国家也相继出版了塞林格作品的各种译本。

尽管批评家们对该小说的思想内容持有不同的看法，但在总体上，苏联评论界基本上持比较肯

定的态度。多数评论者认为，塞林格是个"极有才能的作家，他的小说是一部能给读者留下深

刻印象的杰作"。但另一种以迪姆希茨为代表的反对意见则认为，"塞林格是美国所谓'被打

垮的一代'作家的代表，在美国是以'不满'和'捣乱'出名的"。《麦田里的守望者》是"一

本可怕的书"，"反映了现代美国的精神空虚，记录了现代美国资产阶级青年的精神空虚，这

种空虚通过霍尔顿这个无足轻重的、可怜的、干瘪的'美国的儿子'形象而鲜明地表现出来的"。

塞林格"尽管有文学才能"，但他的创作"却是与现代派有紧密联系的，这种联系表现在自然

主义的描写上，在作者对人物所采取的'中立'立场上，在把生活当作一种宿命地发展的东西

上"。所以，它只能被看作是一部"现代派颓废主义的可怕作品"。[2]

2. [美] 杰罗姆·大卫·塞林格：《麦田里的守望者·译后记》，施咸荣译，第 280—284 页，北京：作家出版社，1963 年版。

1962 年 12 月，由中国科学院哲学社会科学部学术资料研究室负责编印过一本供内部参考

使用的材料《美国文学近况》，其中全面介绍了 1952—1962 年美国近十年文学发展的概况、主

要作家及流派的一般特征及代表性的作品，在总题为《从几个流派和倾向看美国文学的危机》

的文章中，对包括"先锋派"诗歌（庞德等）、"垮掉的一代"（克鲁亚克、金斯伯格等）等在内的新的创作趋向给予了批判。但透过这些偏颇的批判文字，人们也从另一个侧面了解到了美国文坛的一些新的信息，比如"垮掉的一代"的特立独行的生活方式，"Beat"的三重含义："垮掉——精神崩溃"；"节拍——爵士音乐的疯狂节拍及其他官能刺激"；"宗教上的神秘的极乐境界"，以及他们在创作上对于卡夫卡、沃尔夫和乔伊斯的继承等。除总体批判外，编写者也介绍了一批老作家尤其是有着"左翼"倾向的"进步"作家如帕索斯、赖特、法斯特等，及"新批评"的代表人物兰色姆、布鲁克斯、泰特等在近期的生活与创作情况，另外还特意列举了很多新近出现于美国文坛的作家的代表性作品，如拉尔夫·埃里森的《隐身人》、詹姆士·古尔德·柯赞斯的《爱的纠缠》、纳博科夫的《洛丽塔》等等，批判者认为，"这些作家把资本主义制度不可救药之症，理解为人类本性的东西"。"他们认为，狂妄行动、残酷无情、自私自利——这都是人的基本性格。""从主观上说是作家们深受了弗洛伊德心理学说和存在主义的影响的结果。""存在主义使作家在曲解人的个性的同时产生一种虚无主义的人生观，因此更加引起悲观失望。"[1] 值得注意的是，编写者对福克纳除了认为其思想一度趋于右翼之外并

1. 中国科学院哲学社会科学部学术资料研究室编：《美国文学近况》，第 21 页，内部编印，1962 年版。

未作过多的批判，这也许跟他的小说晦涩难懂有很大的关系。与福克纳的情况比较类似，阿瑟·密勒也未遭到过多的批判，而斯坦倍克、萨洛扬、马尔兹和海明威等则仍是受到充分肯定的作家。从某种角度来说，也许正是因为有了这类以批判面貌出现的文字的及时介绍，才最终使得新时期以后中国文坛对于美国文学的引进形成了某种迅速而广泛的态势，这种态势与这个时期的批判性铺垫有很大的关系。

作为批判材料被译介的美国小说还包括上海人民出版社于 1974 年 3 月出版的《美国小说两篇》，一篇是理查德·贝奇的《海鸥乔纳森·利文斯顿》（晓路译），另一篇是埃里奇·西格尔的《爱情故事》（蔡国荣译）。除译文外，该书还专门配载了任文钦的《海鸥为什么走了红运？》和司马平的《一份向垄断资产阶级投降的号召书》两篇批判文章。《海鸥乔纳森·利文斯顿》是一篇寓言体的哲理小说，其以拟人的方式讲述一只海鸥不满于整天飞来飞去找食物的平庸生活，后经一位海鸥先哲的教导终于领悟了生活的目的和意义，并最终成为了一只超凡脱俗的海鸥的故事。小说出版于 1970 年，但出版后一直未引起美国读者的注意，直到 1972 年该小说才被重新发现而成为了当年的畅销书，它实际上隐喻的是在历经了 1960 年代的诸如越战、

核威慑、种族对抗浪潮及学生运动等等事件以后美国社会所普遍弥漫的困惑与茫然的情绪。批判者认为，这是"一部用彻头彻尾的主观唯心主义和神秘主义的色彩涂抹而成的小说"。"小说煞费苦心地告诉人们，乔纳森并非是什么特殊的'天才'，而只是一只最普通的海鸥；像他一样，每一个人身上都有可供发挥的'本性'，只要你愿意去尽量发挥它，你就可以从地上的王国，飞入光明的'没有局限'的天国，达到'尽善尽美'的境地。"因此，批判者认为，作者竭力向劳动人民散布"尽善尽美"的幻想，其实正是为了满足垄断资产阶级"尽善尽美"的需要，它既掩盖了人民大众与资产阶级之间的现实矛盾，同时也掩盖了资本主义的剥削本质。[1]

1. 任文钦：《海鸥为什么走了红运？》，见《美国小说两篇》，第1、2页，上海：上海人民出版社，1974年版。

不难看出，这是一种典型的政治意识形态分析，对于另一部小说埃里奇·西格尔的《爱情故事》的批判也一样贯穿的是这种阶级论分析的腔调。《爱情故事》本来只是描述大银行家的儿子奥利弗·巴雷特违背家族意愿与糕点师的女儿詹尼·卡维累里恋爱，终因詹尼患上白血病逝世而导致的一个爱情悲剧，由于其中涉及到家族关系、社会等级、纯洁情感及个人的自我选择等等的话题，加上小说被改编为电影以后获得了巨大的成功，一时间成为了美国年轻人争相传阅的畅销书。不过，在当时的中国批评家看来，小说仍然是在迎合"统治阶级的政治需要"，"美帝国主义从五十年代侵朝战争失败后，就开始走下坡路，到了七十年代初更是危机深重，日薄西山。经济上急剧没落，激化了美国国内的阶级矛盾和民族矛盾。……而在青年中表现出来的普遍情绪则是对美国现实的强烈不满、对传统关系的怀疑和对未来前景的失望。《爱情故事》在这样的时代气氛下破土而出，编造出一个颇有'反叛'精神而最终又有美满结局的大英雄奥利弗，这就无异向广大美国青年提供了一个榜样，指明了一条出路"。但实际上，"小说中所描写的'反叛'，从来没有离开、并且是处处依赖着奥利弗的那个腐朽的家族，说到底，这种'反叛'不过是跪着'造反'而已！"[2]《海鸥乔纳森·利文斯顿》和《爱情故事》虽然在"文革"时代

2. 司马平：《一份向垄断资产阶级投降的号召书》，见《美国小说两篇》，第45—51页，上海：上海人民出版社，1974年版。

被批判得一无是处，但到20世纪80年代却重新获得了中国青年们的一致青睐，从这个角度讲，"批判式"的译介也在极端政治时代为中国读者多少保留了某种窥视域外文学信息的可能。

中国的"文革"后期，由上海人民出版社主持还曾出版过一份供"内部参考"的《摘译》杂志，在极其严峻的政治环境中，正是这份杂志的出现才使中国文坛多少还能够窥见一些西方文坛的最新信息。比如对美国作家温利·怀特的介绍及对其短篇小说《自由》（原载美国《黑世界》1973年2月号）的摘译，尽管评论者仍然是立足于政治意识形态的倾向性层面来评价其

创作的，认为该小说"以借古喻今的手法，揭露了在南北战争以后美国黑人并没有真正获得解放的实质。……资产阶级用'民主'、'自由'等空洞口号欺骗黑人，而对他们最关切的土地问题却根本不解决。"不过，"由于作者世界观的局限，小说没有指出黑人争取解放的正确道路，小说主人公所追求的自由也带有无政府主义色彩"，[1]但毕竟使来自美国文坛的声音未曾完全断绝。《摘译》还曾开设过"美国文艺动态"专栏，具体介绍美国文坛的新近情况及作家们的活动，在一定程度上也使中国作家了解了一些美国文学发展的近况，而且对日后中国文坛在选择译介美国文学时也有一定的参照作用。比如对 1974 年 3 月 18 日《纽约时报》所公布的"全国图书奖"候选作品名单的介绍，其中小说和诗歌部分就涉及到了不少现代主义作家和诗人的作品，如托马斯·皮恩宠（即托马斯·品钦）的《万有引力之虹》、艾萨克·辛格的《羽毛王冠及其他故事》及艾伦·金斯伯格的《美国的衰落：1965—1971 年间咏这个国家的诗歌》等。[2]1976 年 6 月，《摘译》还专门出版过一期"增刊"，用于刊登米切纳的长篇小说《百年》

1. ［美］温利·怀特：《自由》，载《摘译》1974 年第 5 期，第 125—126 页，上海：上海人民出版社，1974 年版。

2.《"全国图书奖"候选作品名单》，载《摘译》，1974 年第 5 期，第 142 页。

的节译，该小说是 1975 年美国的十大畅销书之一，主要探讨"美国精神"的演进历程。"增刊"所载据 1975 年美国《读者文摘》第 1 卷的"图书缩写本"译出，虽然在其所附录的评论文章中仍旧充满了批判的意味，却毕竟也显示出中国文坛对美国文学的持续关注。[3]

3. ［美］詹姆斯·A·米切纳：《百年》，载《摘译（增刊）》，上海：上海人民出版社，1976 年版。具体评论文章：韩天宇、王国义《"寿礼"与"挽歌"》、石恒《詹姆斯·A·米切纳其人》、《詹姆斯·A·米切纳谈〈百年〉》及程征摘译《美国报刊对〈百年〉的评论》，分别见第 1、240、241、243 页。

　　在整个冷战时代浓郁的政治氛围中，虽然中国作家与作为敌对阵营的美国文坛失去了交流了机会，却也因为有了诸如"内部读物"这类特定年代的特殊产物的出现，使得中国作家尚未完全与西方文坛彻底隔绝。从另一个角度来说，自辛克莱、赛珍珠及奥尼尔等等美国作家获得诺贝尔文学奖之后，冷战时代获此具有广泛世界影响的殊荣的美国作家仍在不断涌现，包括威廉·福克纳（1949 年）、海明威（1954 年）、斯坦贝克（1962 年）、索尔·贝娄（1976 年）和艾萨克·辛格（1978 年）等等，他们的创作同样也在通过各种正式或非正式的渠道引起中国作家的注意。某种程度上说，如果没有这样的一种潜在的信息沟通，后来的 20 世纪 80—90 年代也无法在很短的时间内就迎来中美文学交流的深化与繁荣。

第四节 港台地区美国文学的传播

自 1949 年国民党政府迁台以后，美国基本上成为台湾在经济、政治、军事及文化诸多方面依附的惟一对象；而就美国一方面来看，台湾作为抵抗国际"共运"的前沿，同样有着不同寻常的战略意义。由此，战后的台湾与美国之间就形成了一种互为依存的纽带关系，而毗邻中国大陆的香港一时间也成为了多方势力相互渗透的公共场域。事实上，由于两次世界大战对于欧洲经济的重创，美国在战后实际已经取代了英、法、德等欧洲强国而成为了西方经济的真正主导者，对于台湾来说，不只是上层的领导者认为需要依靠美国以发展其经济并保障台湾的安全，低层的普通民众也同样一直把美国人的那种富裕、悠闲、自由的生活方式看作是梦寐以求的最高理想。由于有着这种普遍弥漫的"亲美"意识作为支撑，美国文化在台湾岛的广泛传播也就成了顺理成章的事情。

从 1951 年到 1970 年，美国政府相继通过了"共同安全法案（Mutual Security Act）"、"史密斯法案（Smith-Mundt Act）"及"富布莱特法案（Fulbright Act）"等一系列政策性法规，借以与台湾展开教育与文化交换活动。表面上看，这一系列法案主要是为了促进美台双方的文化互动，但实际上，美国政府的真正目的却是为了在台湾全面推行其"美国式"的制度文明及其与苏共阵营相对抗的意识形态理念。其所要达到的目标可以概括为四个方面的内容：一是促进台湾民众对美国政治、经济、文化、制度，以及外交政策的深入了解，借以增进台湾以及东南亚华人对美国反共政策的信心；二是间接提高台湾的国际声望，并逐步建立起国民党政府在海外的某种"保存传统文化，推进现代文明"的良好形象，有关"美国文学"及"中国文化"的专门研究因此也成为了法案的内容之一；三是协助改进台湾的教育，以培养现代化发展所需的各方面人才；四是在台湾社会及政治的各个阶层中，培养一大批熟悉美国文化、制度、价值，容易与美国沟通的人士，以维持甚至扩大美国在台湾的整体影响力。[1] 1961 年，由

1. 赵绮娜：《美国政府在台湾的教育与文化交流活动（1951—1970）》，台北中央研究院欧美研究所，载《欧美研究》第 31 卷第 1 期，2001 年。

常驻台湾的美国新闻处汇编出版的台湾社会各界人士的旅美演讲纪录《美国印象》（*American Impressions*），即是此类法案推行之初的产物。在整个 20 世纪 50—60 年代，美国几乎完全垄断了域外文化输入台湾的全部渠道。不过，从法案所推行的实际效果来看，似乎并未能完全达

到美国政府所真正期待的结果，除了"美式"的生活方式及其大众通俗文化（比如好莱坞影片、美式快餐文化或通俗流行音乐等）对于台湾民众生活的具体渗透以外，美国式的自由民主制度及其核心价值理念并没有在台湾得到切实的实现。

当然，由于有了这样一系列的政策性法规的保障，在大陆与美国近乎完全隔绝的状态下，汉语文学与美国文学之间反而经由台湾这样的一个特殊的渠道得到了相对的沟通。某种程度上说，也正是因为有了这样的沟通作为前提，美国的"中国学"研究才有了逐步推进且日益摆脱欧洲"汉学"的束缚，乃至于最终成为一门独立学科的可能。

战后初期的台湾文坛对于西方文学还是比较陌生的，尽管随着国民党政权的退守，有不少原在大陆的学者与作家也来到了台湾，但在浓郁的政治对抗氛围中，生存的问题被摆在首位，文学的交流与对话也自然被暂时搁置了起来。进入 1950 年代中期以后，由于台海局势的相对缓和，加上美国对台湾影响的日趋扩大，台湾作家们也开始借助于各种渠道逐步引介西方文学，借此以扩展其文学视野，台湾文坛对美国文学的初步接触也开始于此。

以自由主义为核心取向的杂志《自由中国》，可以看作是这个时期最为典型的以"美国式"政治模式为最高理想的政论刊物。该刊的主办者及主要撰稿人，如胡适、雷震、殷海光等人，都有着浓厚的美式思想背景，其负责主持"文艺栏"的聂华苓则在积极引进域外文学方面起到了重要的作用。在聂华苓的支持下，旅美的台湾作家陈之藩曾在《自由中国》杂志的"文艺栏"第 12 卷第 5 期（1955 年 3 月）到第 16 卷第 3 期（1957 年 2 月）近两年的时间里连续刊载了他的游记系列散文《旅美小简》（22 则），几乎全面地向台湾民众描绘了美国社会生活的方方面面。1957 年 8—9 月（第 17 卷第 4—6 期），《自由中国》"文艺栏"又连载了於梨华寄自美国的系列散文《海外寄语》（6 则），这类由台湾作家自行书写的有关美国的诸种印象与细微感受，无疑在构建台湾民众对于美国的想象方面起到了最为直接的导引作用。此外，费翰发表的《美国短篇小说与美国人生活》（第 13 卷第 3 期，1955 年 8 月），及彭歌的《美国文学的瑰宝——白鲸记》（第 15 卷第 10 期，1956 年 11 月）等文章，尽管还只是对美国小说的书评式的介绍，但毕竟在浓郁的政治氛围之外使人们多少接触到了一些"文学"的气息。

真正重新将美国文学纳入台湾文坛视野的，应当是由夏济安、刘守宜、吴鲁芹等人于 1956 年创办的《文学杂志》。该杂志也是 1950 年代台湾最重要的文学杂志之一，于 1960 年 8 月停刊，前后发行 4 年共 48 期。《文学杂志》是一份典型的"学院派"刊物，其主创者及撰稿人大都是台湾各高校师生及旅美的华裔学者。该杂志创刊之初的宗旨是为了承继当年朱光潜等京派文人所创办的《文学杂志》的"纯文学"取向，只是其重心开始转向了对于西方现代主义文学的积极引介上。就当时而言，现代主义文学创作的代表还主要集中在欧洲，比如卡夫卡、加缪、詹姆斯·乔伊斯、弗吉里亚·沃尔夫、萨特、D·H·劳伦斯等等，尤其以存在主义与精神分析思潮为主，所以《文学杂志》也多以这方面的译介作为重点。美国除了海明威和福克纳等人以外，多数作家的现代主义倾向尚不是非常明显。尽管如此，出于台美文化交流的特殊便利，杂志对美国文学的介绍也占有相当的分量。杂志初办当年，即发表了由客居美国的小说家张爱玲所译 Robert Penn Warren 撰写的《海明威论》（1 卷 3 期，1956 年 11 月），时任美国纽约州立大学教授的夏志清也及时撰写了《张爱玲的短篇小说》（2 卷 4 期，1957 年 6 月），及《爱情·社会·小说》（2 卷 5 期，1957 年 7 月）、《评〈秧歌〉》（2 卷 6 期，1957 年 7 月）等一系列批评文章，这可以看作是海外学者对张爱玲及其作品展开研究的开始。台大外文系兼任教授吴鲁芹所译 J.E. Spingarn 的《新批评》（2 卷 3 期，1957 年 5 月）则是台湾对风靡全球的"英美新批评派"文学理论的最早的介绍，它甚至直接影响到了台湾批评家们对于此种批评方法的理解和应用，比如夏济安所撰写的《评彭歌的〈落月〉兼论现代小说》〉（1 卷 2 期，1956 年 10 月），以及美国柏莱大学东亚系教授陈世骧的中国古典文学研究系列《中国诗之分析与鉴赏示例》（4 卷 4 期，1958 年 6 月）等，即是对新批评方法的有效尝试。除此以外，杂志还相继发表了梁实秋译 Irving Babbitt 的《浪漫的道德之现实面》（3 卷 2 期，1957 年 10 月）、齐文瑜（夏济安）译 Philip Rahv 的《论自然主义小说之没落》（4 卷 2 期，1958 年 4 月）、诗人余光中撰写的《爱伦坡的生平与作品》（4 卷 3 期，1958 年 5 月）及其翻译的 Clinton S. Burhans 的评论《〈老人和大海〉：海明威对人类的悲剧观》（8 卷 1 期，1960 年 3 月）、白绍康译 Malcole Cowley 的《两次大战后的美国战争小说》（6 卷 1 期）、景新汉译 Rod W、Horton 与 Herbert W. Edwards 合作撰写的《自然主义与美国文学》（6 卷 6 期，1959 年 8 月），包括当时在美攻读博士学位的台大外文系学生刘绍铭翻译的 Malcolm Cowley 的批评文章《论批评家影响下的美国现代小说》（7 卷 1 期，1959 年 9 月）、翁庭枢译 Alfred Kazin 的《孤寂的一代——评五十年代美国小说》（7 卷 3—4 期）等等。《文学杂志》对于美国文学的译介虽然在数量上不足以与欧洲现代主义文学相比拟，但毕竟及时地传达了来自美国文坛的多重信息，而且其对文学理论与批评的重视在某种程度上已经达到了以"理论"诱导"创作"的实际效果，同时也为后来的《现代文学》等杂志对美国文学的引介奠定了相当的基础。

稍晚出现的《现代文学》与《中外文学》杂志同样属于"学院派"文学杂志，《现代文学》于 1960 年 3 月创刊，其创办者白先勇、王文兴、陈若曦等人当时还都是台大外文系三年级的学生，且深受夏济安等老师们的影响。《中外文学》则创刊于 1972 年 6 月并一直延办至今，其主创者是台大文学系所的核心成员颜元叔、胡耀恒和叶庆炳等人，此一刊物在译介西方各式文学理论及推动中外文学比较研究等方面起到了至关重要的作用。《现代文学》创刊之前，《文学杂志》一直也是他们初试文笔的主要阵地，从这个意义上说，《现代文学》其实完全可以看作是《文学杂志》的延续。《现代文学》在创办之初的"发刊词"中曾明确表示："我们打算分期有系统地翻译介绍西方近代艺术学派和潮流，批评和思想，并尽可能选择其代表作品。""我们有感于旧有的艺术形式和风格不足以表现我们作为现代人的艺术感情。所以，我们决定试验、探索和创造新的艺术形式和风格。""为了需要，我们可能做一些'破坏的建设工作'（Constructive Destruction）。"[1] 在这种基本理念的指导下，《现代文学》同样以大力引介西方现代主义文

1.《发刊词》，载《现代文学》第 1 期，·1960 年 2 月。

学理论及名家名作为核心取向，同时大量刊载本土作家的各式现代主义文学创作。自创刊开始，《现代文学》分别以专辑的方式逐步引介西方的现代主义作家，除卡夫卡等人外，美国作家中被引介的主要有费滋杰罗（Scott Fitzerald 即菲兹杰拉德，1896—1940）、奥尼尔、福克纳、史坦贝克、海明威和安德森等。拉尔夫·克拉夫评价说："出于政治上的原因，这批年轻人不得不舍弃曾吸取过西方文学技巧的 30 年代中国文学主流派，而重新使西方的现代思想适应中国小说的创作。"[2] 正是对现代主义的广泛引介才促进了战后台湾小说的文体革新，也因此，《现

2.［美］R·麦克法夸尔、费正清编：《剑桥中华人民共和国史·中国革命内部的革命（1966—1982）》，第 907 页，北京：中国社会科学出版社，1992 年版。

代文学》杂志最终成为了台湾 1960 年代引领其现代主义文学风潮的"大本营"。而在《文学杂志》及《现代文学》上曾经初试身手的一批青年作家，在移居美国以后，又重新成为了美籍华裔文学创作的中坚力量。

20 世纪 40 年代后期，由于国共内战的全面爆发，中国内地的大量作家被迫到香港暂居以躲避战乱，因此也促进了香港文坛一度的繁荣。1948 年前后在香港频繁活动的既有郭沫若、茅盾等这样的"左翼"作家，同时也有司马长风、赵滋蕃、徐訏等右翼文人，特别是在 1949 年

以后，"左翼"作家们重返大陆以参与中共的文化建设，所以香港文坛逐渐聚集起了一批以右翼文人为主的文学创作力量，并以此形成了战后香港文学发展的主流。冷战对峙时期，香港同样成为了美国所谓"围堵共产主义势力"的前沿。1951 年，由美国政府支持的"亚洲基金会"在香港先后资助成立了人人出版社和友联出版社，以出刊各种杂志书籍的形式抵制中国大陆的共产主义运动，并藉此推广美国文化。1952 年又再次资助成立了"亚洲出版社"，专门发行出版以"反共小说"为主的文艺作品，也兼有各式翻译作品的出版。1952 年 3 月，在美国新闻处的直接参与下，《今日世界》（月刊）创刊，稍后开始以今日世界出版社的名义译刊美国作家的作品。张爱玲、林以亮、刘以鬯和姚克等均为这个时期译介美国文学的主要作家。郑树森曾回顾说："在东西两大阵营的冷战气候中，左右双方在五六十年代香港华文社会，一直在意识形态上角力。当时退守台湾的国民党政府仰仗美援维持，可说自顾不暇。香港的右翼文化如无美国资金的初步灌溉，在当日香港的经济环境，恐怕早就夭折，遑论日后的茁长壮大，成为本土和独立自主的力量。"[1]

1. 郑树森：《遗忘的历史·历史的遗忘——五、六十年代的香港文学》，见黄继持等《追迹香港文学》，第 4 页，香港：牛津大学出版社，1998 年版。

撇开政治层面的因素来看，公正地讲，以香港右翼作家的翻译为主的对于美国文学的大力引介确实为香港文学在日后的发展奠定了扎实的基础。以今日世界出版社为核心，美国文学在香港得到了比较全面系统的翻译。除了早期美国作家的创作，如张爱玲译欧文的《欧文小说选》（1963 年版）及道伦（Doren，M・V）编选的《爱默生文选》（1975 年版）、徐訏编辑的《美国短篇小说新辑》（1964 年版）、叶晋庸译梅尔维尔的《白鲸记》（1969 年版缩写本）、黎裕汉译马克・吐温的《顽童流浪记》（1978 年版）、吴明实译梭罗《湖滨散记》（1977 年版）、惟为译《霍桑小说选》（1979 年版）等等之外，20 世纪的美国作家更是其译介的重心，包括乔志高译费滋杰罗（Fitzgerald，F・S，又译菲兹杰拉德）的《大亨小传》（即《了不起的盖茨比》）（1971 年版）、姚克译密勒（Miller，A）的《推销员之死》（1977 年版）、唐锡明译威斯特（West，J）的《四海一家》（1975 年版），吴明实译安德森（Andersen's）的《小城故事》（1975 年版）、汤新楣译斯坦倍克《人鼠之间》（1977 年版）、先信译刘易斯的《大街》（1976 年版）、伍希雅译斯坦倍克的《小红马》，另有海明威的作品翻译，如汤新楣译《战地春梦》（1978 年三版）、张爱玲译《老人与海》（1979 年版）、徐文达译《海明威小说选》（台北志文 1979 年再版）等等。而在具体的作品翻译之外，有关美国文学的评论及史著也被

陆续译介了进来，比如王敬羲译美国斯鲁伯（Thorp, W）
的《二十世纪美国文学》（1968 年）、方杰译（英）M・坎
利夫《美国的文学（上下卷）》（1975 年版）等，林以亮
等译 W・V・俄康纳的《美国现代七大小说家》（1967 年
版），分列伊德丝・华顿、辛克莱・路易士、斯葛特・费
滋杰罗、威廉・福克纳、E・海明威、汤麦斯・吴尔甫、N・韦
斯特的生平与创作经历，以及各位作家主要的作品与创作
风格，田维新等译《美国小说评论集》（1975 年）收入 16
位当代美国文学批评家对 19 世纪以来美国 19 位小说家的
代表作品的评论，并附录作者小传。为了顺应香港市场对
于美国文学的译介热潮，其他出版社也纷纷加入了编译的
行列，香港九龙纵横出版社出版了《以撒・辛格小说选》（1979
年 9 月版）等。1973 年 3 月，香港中文大学中国古典文学
翻译委员会还专门编译出版了《英美学人论中国古典文学》
一书，这是英美学者研究中国文学的最新成果的一次集结，
对后来美国的中国学研究起到相当大的促进作用。

　　1950—1970 年代的香港文坛一直与台湾文坛有着相互
呼应的关系，这不只是显示在政治意识形态的倾向上，同
时也显示在对域外文学的引介及各自文学创作的主要取向
上。刘以鬯就认为：“作为文化转运站，香港写作人的视
野广阔，汲取养料较多较快，产生优秀作品的条件比台湾
好。台湾是禁读大部分新文学作品的地区，‘清洁运动’
早已使文学史出现大段空白，有志于文艺复兴的人为了提
高台湾文学的水平，一直与香港文学有联系。”[1] 台港两地

1. 刘以鬯：《三十年来香港与台湾在文学上的相互联系》，见梅子、易明善编《刘以鬯研究专集》，
第 105 页，成都：四川大学出版社，1987 年版。

对美国文学的翻译与出版同样一直都有着密切的交流，出
版于香港的美国文学丛书同样有着众多的台湾读者，而台

香港作家刘以鬯最早开始尝试“意识
流”小说的写作。

湾出版的各式美国读物在香港也一样有着广泛的市场。比如朱炎的《美国文学评论集》（台北联经 1976 年版）、玛西·约翰的《世界文学史话》（台湾开明书店编译，1977 年版）1976 年4 月李俊德译《诺贝尔文学奖作品选集》（台北星光 1976 年版）、1979 年 10 月蔡进松等译《诺贝尔奖短篇小说集》（台北志文 1979 年版），作为"新潮文库"志文出版社，同时还出版了颜元叔译福克纳等的《翻译与创作》等等，作品、评论与史著的结合，无疑使台港两地的作家在一个较短的时期内即对美国文学有了某种比较全面而深入的了解。同台湾一样，西方现代主义文学思潮特别是存在主义的文学创作也是香港文坛引介的重心，当然，这也与存在主义的代表作家加缪和萨特在 1957 年和 1964 年先后获得了诺贝尔文学奖有着很大的关系。香港译介现代主义文学的主要刊物是马朗主编的创刊于 1956 年 2 月的《文艺新潮》（月刊）杂志，其译介范围几乎涵盖了战后西方各个国家的现代主义文学，其中多数是诺贝尔文学奖的获得者。由于台港两地的作家们一直保持着密切的互动关系，所以此类译介在一定程度上对推动台湾 1960 年代现代主义文学的勃兴也起到过积极的作用。

　　域外现代主义文学对香港作家的创作同样产生过重要的影响，尽管刘以鬯曾自认："谈小说技巧，不能不谈意识流。运用这种技巧写小说，想写成功，并不容易。事实告诉我们：像乔也斯或福克纳那样成功地运用这种技巧的，终究不多。"[1] 但他的《酒徒》对"意识流"手法

1. 刘以鬯：《写在〈外国短篇小说选〉前面》，见《外国短篇小说选》，第 2 页，广州：花城出版社，1982 年版。

的成功运用却是公认的事实。当然，相比之下，与台湾文坛有所区别的是，香港文学一直存在着某种通俗化与商业化的取向，所以在引介和创作等方面，香港文学也多倾向于文学的娱乐功能及市场效应。除了刘以鬯等不多的几位严肃作家的创作以外，多数香港作家对于美国文学特别是有着浓郁的现代主义色彩的文学其实并不是非常看重的。由于香港在地域上及文化属性上的特殊性，香港文学也潜在地有着多种文学因子相互杂糅的特点，所以，我们时常也能从香港作家的创作中捕捉到某种现代主义文学的影子。但就总体而言，香港文学对现代主义的实验并不是很成功，它也因此未能像台湾那样最终形成某种普遍的现代主义文学潮流。

第六章　　繁荣期（上）：中美诗歌的互动交流

　　20 世纪 70 年代中后期，中美关系逐步解冻。在全球政治格局改变的同时，两国间的文学交流亦重现生机。中国诗人寒山影响了美国"垮掉的一代"，在美国掀起了一场研究中国诗歌的热潮。同时，出生在美国的华裔诗人登上诗坛，成为美国文坛上的一股新兴力量，中国诗学研究在美国渐成体系。中美诗歌交流步入繁荣期。

第一节　寒山诗歌与"垮掉的一代"

在中国诗歌对美国文学文化的影响中，唐代诗僧寒山是一个奇特现象。在 20 世纪以前，寒山一直遭受正统中国文学界排斥，在文学史上没有地位。但在美国，从 20 世纪 50 年代末到 60 年代，寒山成了"垮掉的一代"（The Beat Generation）的精神先驱和理想英雄。寒山诗英译本成了美国青年最喜爱的读物之一，寒山在美国思想文化界的影响至今不衰。寒山诗云："忽遇明眼人，即自流天下"。寒山不曾想到，他的预言会在千百年后得以实现，他的作品得以复活并广为传播。

1. 寒山诗歌简介。寒山是中国唐代僧人、诗人，其姓氏、籍贯和生卒年代均不详。因他长期隐居台州始丰（今浙江天台）西之寒岩（即寒山），故号寒山子。其人形容不整，言行怪诞，狂放不羁。寒山诗歌在内容方面，除记述身世或山林隐逸之兴外，常以通俗机智的语言表现人生哲理，多数宣扬释迦牟尼轮回因果之说，或阐述道家达观之理，糅合了释、道、仙各家的观点，其中还有讥讽时态、警励流俗的一面。在形式方面，以五言为主，杂以七言、三言或楚骚等体；结构上以八句诗为主，杂以四句或较长者。在表现手法上，以教戒说理为主，结合佛教经典的偈颂体和口语化的民间文学特点，除间有出以庄语工语者外，多用村言口语，语气诙谐，机趣横溢。

2. 翻译研究寒山诗歌的热潮。自 20 世纪 50 年代初以来，有多位美国译者翻译过寒山诗，有的还有研究成果。[1] 在美国和西方兴起了翻译和研究寒山诗歌的热潮。其中较突出的有：

1.Paul Kahn, *Han Shan in English*, Rendition, No.25, Spring, Chinese University of Hong Kong, 1986.

（1）蒲立本（E.P. Pulleyblank），著名汉学家，他从音韵用字入手，探讨寒山诗的产生年代，他把存世的 300 多首寒山诗的音韵用字作了详细的分类与研究，其结论是：大部分寒山诗作于隋末唐初，小部分作于晚唐。这是研究寒山诗产生时代的最为可信的成果之一。（Linguistic Evidence for the Date of Han Shan, 手稿，收入 *Chinese Poetry and Poetry* 一书的书稿中）[2]

2. 参见钟玲：《寒山诗的流传》，见《中国古典文学比较研究》，台北：台湾黎明文化事业公司，1977 年版。

（2）加里·斯奈德（Gary Snyder），著名诗人，加利福尼亚大学兼职教授；他在加利福尼亚大学伯克利校区学习时，曾在华裔学者陈世骧教授指导下研习中国古典文学，并开始翻译寒山诗。他从 300 多首寒山诗中精选翻译了表现人与自然融洽无间的 24 首诗，其译文首次发表在《长青评论》（Evergreen Review）1958 年秋季号上。斯奈德在译诗前的短序中对寒山诗作了精辟的归纳："'寒山'既指作者，又是他的栖息地，还表示其心灵境界"，"寒山诗以唐代口语写成，俚俗而清新。其思想融汇了道家、佛家和禅宗"。[1] 斯奈德后来将自己的诗与

1.Gary Snyder, *Riprap & Cold Mountain Poems*, East Wind Printers, 1958, 1959, 1965.

寒山诗合编成《碎石集与寒山诗》（*Riprap & Cold Mountain Poems*，East Wind Printers，1958，1959，1965）出版，这使寒山诗得到更为广泛的传播。斯奈德还首次将闾丘胤作《寒山子诗集序》译成英文，附在其译文前面。这篇序言虽是伪托，但流传甚广，颇具影响。斯奈德的译诗和译序对美国 20 世纪 60—70 年代"垮掉的一代"（The Beat Generation）产生了很大影响，成为美国青年喜爱的读物。美国汉学家白之（Cyril Birch）编辑的《中国文学选集》（*An Anthology of Chinese Literature: From Early Times to 14th Century*，New York，Grove Press，1965，pp.194—202.）就收入了斯奈德译的这 24 首寒山诗。

（3）华兹生（Burton Watson），哥伦比亚大学汉学教授，翻译家，翻译出版了多种中国古典文学作品，在西方世界享有盛誉；他选编翻译的《唐代诗人寒山诗 100 首》（*Cold Mountains: 100. Poems by the T'ang Poet Han Shan*，New York：Columbia University Press）于 1962 年出版，1970 年再版，在西方产生了很大影响。这部译著取材于日本学者入矢义高编著的寒山诗注释本（日本岩波书局，1958 年版）。华兹生和斯奈德都于 1956 至 1957 年间去日本，在京都参禅，深入理解佛教教义，对他们翻译诗僧寒山的诗歌具有重要意义。

（4）罗伯特·亨瑞克斯（Robert G. Henricks），达特茅斯学院（Dartmouth College）宗教学资深教授，他翻译寒山诗的起因主要是为他所开设的"中国佛教"课程提供教材，其次是以前的译者翻译寒山诗的数量不很多，许多寒山诗从未被译成英文，更谈不上寒山诗的全译。他在前人翻译成果（包括日本出版的寒山诗日文注释本）的基础上，经过数年的努力（包括在台北斯坦福中心作专题研究），于 1990 年出版了《寒山诗（全译注释本）》（*The Poetry of Han Shan-A Complete, Annotated Translation of Cold Mountain*，State University of New York Press，1990），这是迄今惟一的一部寒山诗英文全译注释本。译注者翻译了现今存世的全部寒山诗，对每首诗都作了详细的注释。译注者更关注寒山诗蕴含的佛教教义。译注者在长篇序言中介绍了有关寒山诗歌及寒山诗翻译与研究的详细情况，并编制了详细的检索表，书后附的参考书目近 200 种。这标志着美国乃至西方的寒山诗翻译和研究达到了新的高度。

(5) 彼得·斯坦布勒（Peter Stambler），当代学者，出生于美国华盛顿特区，毕业于耶鲁大学，曾在威斯康辛大学任教，后在香港浸会大学讲授英语和文学。他于 20 世纪 90 年代翻译了寒山诗 134 首，以《相遇寒山》为题和双语对照的形式，作为"熊猫丛书"的一种，由北京的中国文学出版社出版（*Encounters with Cold Mountain-Poems by Han Shan*, Beijing, Chinese Literature Press, 1996）。译者在此书的序言中说明了他研究和翻译寒山诗的体会，他认为，寒山是中国唐代的一位重要诗人，但其题材之丰富多样，对大自然和外部世界在精神上和感情上的反应之深广，又表明他"最具有'现代意识'"，所以，译者采用了灵活的手法和亲切的语气去翻译寒山原诗。

3. 寒山与"垮掉的一代"。在美国历史上，20 世纪 60 年代被称为"狂乱的年代"。随着"二战"后一度猖獗的右翼势力逐渐消亡，美国人民（主要是青年人）表现出对社会现实不满，对官僚政治不满，对传统的价值观念不满；另一方面，战后的西方世界创造了繁荣的物质文明，但高度的工业化使人成为自己创造对象的异化物，人的个性和愿望被泯灭。人们看不到希望和前途，深感苦闷彷徨，纷纷在思索和寻求出路。在这样的社会背景下，反主流文化大行其道。各种思潮和运动风起云涌，发展迅猛。[1] 在反主流文化的潮流中，与上述那些大张旗鼓、轰轰烈烈的

1. 参见庄锡昌：《二十世纪的美国文化》，第五章"狂乱的年代"，杭州：浙江人民出版社，1993 年版。

反叛形式形成鲜明对照的是，一些青年人和文学艺术家采取了消极的反叛形式，其中最突出的就是文学艺术领域里的"垮掉的一代"和社会上的"嬉皮士"（Hippies）青年。"垮掉的一代"是 20 世纪 50 年代初期发端于旧金山和洛杉矶，随后风行全美国的一场文学运动。这一派作家艺术家主张采取自我探索、自我暴露的方法来宣泄对社会风尚和价值观念的反叛与抨击，以酗酒、吸毒和群居等方式来向保守的传统示威，并逐渐形成了具有鲜明特色的政治观和艺术观。[2] 嬉皮士们鄙视一切规章制度和传统观念，他们长发赤脚、奇装异服，玩世不恭，以怪诞言行来

2. 参见王锦培：《美国社会文化》，武汉：武汉大学出版社，1996 年版。

发泄对社会现实的不满。[3]"垮掉的一代"作家杰克·克鲁亚克（Jack Kerouak）的小说《在路上》（*On*

3. 参见庄锡昌：《二十世纪的美国文化》，第五章"狂乱的年代"，杭州：浙江人民出版社，1993 年版。

the Road, 1957）描写一群不满战后美国社会现状，精神陷于苦闷彷徨的青年，对前途感到渺茫，就以性爱、吸毒、流浪等来充实自己，麻痹自己。这部小说正是上述反主流文化的艺术表现，在美国青年中广受欢迎。

斯奈德翻译的寒山诗和间丘胤作《寒山子诗集序》对当时美国青年的思想产生了很大影响。"垮掉的一代"从寒山的诗作和思想言行中吸取了巨大的精神力量，将寒山奉为精神上的先

行者。他们认为，"垮掉的一代"在思想上艺术上的特质，跟1000多年以前的寒山是一脉相承的。嬉皮士们（Hippies）认为寒山其人其诗跟他们是完全相通的，如寒山穿着奇特，衣着破烂，头发飞扬，手握卷轴，举止随便，自得其乐。他们把寒山视为在思想上精神上的英雄，推崇备至。[1] 从外貌打扮和言行举止上看，寒山和"垮掉的一代"都表现出反叛传统的强烈意识；

1. 钟玲：《寒山诗的流转》，见《中国古典文学比较研究》，台北：台湾黎明文化事业公司，1977年版。

但在精神上，寒山是远离尘世，以回归自然为其生命的目的。寒山是以与世无争，回归自然的方式来求得自我解脱，进入理想境界。与之非常相似的是，"垮掉的一代"要努力摆脱工商业高度发达给现代人造成的精神压力，摆脱现代文明的物质享受，摆脱社会和家庭的束缚，向往回归自然的精神生活，他们在公路上流浪，在丛林中生活，无忧无虑地置身于大自然中。斯奈德在1958年选译的寒山诗，正是表现人与自然相处无间、融为一体的精神境界。他在译诗短序中指出："他们（寒山与拾得）已经成仙了。但是，现在有些时候，在美国的穷街陋巷、果园中、流浪汉出没的丛林里和伐木营地里，你还会与他们不期而遇呢。"[2] 这种社会现象在20世纪60

2.Gary Snyder, *Riprap & Cold Mountain Poems*, East Wind Printers, 1958, 1959, 1965.

年代更为普遍。

　　对"垮掉的一代"产生重要影响的还有克鲁亚克的另一部自传体小说《达摩流浪者》（*The Dhama Bums*, 1958，又译为《法丐》，意即得到佛家真传的流浪汉）。小说扉页上写着："献给寒山"。小说描写作者与斯奈德的友谊，写斯奈德翻译寒山诗的情况。作者感受斯奈德译的寒山诗和宣扬的寒山精神，继而在斯奈德的指引下追求一种新的、佛家的精神境界。克鲁亚克笔下的寒山成了"垮掉的一代"崇拜的偶像，他将斯奈德和寒山并称为"垮掉的一代的宗师"，成了"美国文化中新兴的英雄"，这位英雄沉着、冷静，试图"通过主观经验来实现生命意义上的叛逆"。[3] 这部小说对寒山思想在美国的推广起到媒介和推动的作用。

3.Alan Watt, *Beat Zen, Square Zen and Zen*, San Francisco：City Lights, 1959, p.5.

　　4. 几点简析。寒山诗歌的基调是回归自然的呼声、是知觉的感性和反抗社会习俗的精神。这正是美国20世纪50—60年代的青年和一些文学艺术家们在上述社会文化背景下所要追求的价值观念。关于寒山的传说生动神奇、引人入胜，寒山诗表达的禅宗思想和人生经验，以高超的艺术手法塑造的"寒山"这个核心象征，诗中描绘的大自然的神秘美，以及人通过与大自然"物我两忘"的融合而实现精神上的永恒自由与解放等，这些都适应了当时美国社会文化的特殊需求。这就是寒山诗在美国社会得到广泛传播和产生重大影响的思想文化背景。

第二节 中国古诗与美国后现代诗人

后现代主义（Post-modernism）是在第二次世界大战之后出现在西方发达资本主义国家的一种社会文化思潮。美国后现代派诗崛起于被称为"狂乱的年代"的 20 世纪 60 年代。在社会剧烈动荡的时代里，固有的社会问题日趋突出和尖锐，经济繁荣又引发了新的社会问题。这些问题冲击着社会生活的各个方面：反对越战的风暴、黑人争取民权的斗争、女权运动的风起云涌、校园反叛运动的兴起、性观念的巨大变化和"新左派"思潮的产生等。[1] 同时，高科技和过度工业化也造成了诸多问题，如环境污染、人类与自然的不协调、人性的异化、人的感情受机械文明的压抑等。当时，一些美国后现代诗人为日益尖锐的社会问题所困扰，他们欣赏和崇尚中国古典诗歌，学习在中国古诗和中国传统思想文化中蕴含的精神实质，如提倡人与自然的融合，号召回归大自然，重新建立人类与大自然之间的融洽关系，追求勤劳自足的心态；提倡人与他人真诚合作，呼唤人性与人情的复归，提倡人际间的纯真感情等。这种精神与现代主义诗歌所表现的人与自然的冲突、人际关系冷漠的危机意识之间，既存在联系，又恰恰相反，这正是后现代主义思潮在美国现当代诗歌中的一种表现。

1. 肯尼斯·雷克思洛斯（Kenneth Rexroth），旧金山文艺复兴运动的积极倡导者之一，推动了 20 世纪 40 和 50 年代美国诗歌的发展。雷克思洛斯的诗歌创作题材非常广泛，早期诗集《凤与龟》（*The Phoenix and the Tortoise*，1944）所涉及的众多题材以及融会其中的时间空间观念等，容易使读者联想到庞德的《诗章》（*Cantos*）、艾略特的《荒原》（*The Waste Land*）以及弥尔顿的《失乐园》（*Paradise Lost*）等巨著。雷克思洛斯因为翻译学习中国诗歌而深受汉诗和中国文化影响，自己取了一个中国名字"王红公"。他从青年时代起，就在美国学者诗人宾纳（Witter Bynner）引导下学习中国古诗，在翻译介绍中国诗歌方面卓有贡献。其汉诗译作包括《汉诗一百首》（*100. Poems From Chinese*，1956），《续汉诗一百首》（*More 100. Poems from Chinese*，1970）、《兰舟，中国女诗人诗选》（1972）和《李清照诗全集》（*Li Ching-cho, Complete Poems*，1979）等（后两种与钟玲合译）。中国古典诗歌中的思想内涵，对自然美的描写以及创作手法等对他的诗学理论和诗歌创作都产生了很大的影响。他

---

1. 参见庄锡昌：《二十世纪的美国文化》，第五章"狂乱的年代——1960—1970"，第 185—222 页，杭州：浙江人民出版社，1993 年版。

认为，"中国古典诗歌对美国诗歌的影响堪与以往任何时期英法诗歌对美国诗歌的影响相媲美"，

"远东的古典诗歌宣扬的是一个完美文化的方方面面，或者说，人类心灵的种种要素以及最完

善的人的种种品质。而所有这些，却被西方文明压制或者歪曲了"。[1] 此后他诗歌创作的题材

1.Rexroth, Kenneth: *The Influence of the Classical Japanese Poetry on Modern American Poetry.* 转引自〔日〕儿玉实英著、陈建中等译《美国诗歌与日本文化》，第 176—177 页，西安：陕西人民教育出版社，1993 年版。

则更多地转向对大自然的描写和对人的心灵和道德的探索。这在他的《新诗选集》（*Selected*

New Poems，1964）、《短诗全集》（*Collected Shorter Poems*，1966）和《新诗集》（*New*

Poems，1974）等诗集中都不乏佳例。如《短诗全集》中题为"又一春"（Another Spring）的诗，

表现诗人在深山中，欣赏大自然之美，细致地描绘了宁静而温馨的自然景物。诗中就多处使用

或者化用了杜甫、王维和白居易的诗句作为"互涉文本"（intertext），他还在自己的诗歌创

作中经常使用中国诗歌的意象和典故。由于雷克思洛斯终生崇敬杜甫，在他的诗作中被引作"互

涉文本"或意象典故的中国古诗句中，杜甫诗占了较大的比例。在诗歌创作的审美意识上，雷

克思洛斯从中国古典诗歌中接受的影响也很明显。据他自陈，他在诗歌创作中"力求最大限度

的简练"[2]，如他的后期诗作大多句子简短，意象鲜明，其中常有中国古诗中的常见意象，如，

2.雷克思洛斯：《〈日本诗歌百首〉序言》，转引自〔日〕儿玉实英著、陈建中等译《美国诗歌与日本文化》，第 219 页，西安：陕西人民教育出版社，1993 年版。

明月、暮霭、落日、森林，等等，蕴涵着浓郁的自然美和诗人的情怀，明显带有中国古诗，尤

其是李白、王维等人写的绝句或短诗的韵味，在技巧上则明显地运用了由庞德从中国和日本古

典诗歌中归纳出并且大力加以倡导的所谓"意象迭加"（superposition）的创作手法，带有非

常浓郁的诗意。雷克思洛斯还在创作技巧和语言文字上师法中国古典诗歌，例如，使用"千"、

"万"这类词汇来表达"无限"之类的意思，在中国古典诗歌中可谓俯拾即是，但在传统的英

语诗歌中并不多见，然而在他的诗中却经常出现。

　　2. 菲立普·惠伦（Philip Whalen），出生于俄勒冈州，曾就读于里德学院，20 世纪 40 年

代和 50 年代，他与斯奈德（Gary Snyder）成了密友，都热衷于旧金山诗歌复兴运动，是当时"垮

掉的一代"诗歌运动的积极成员。他倾心于包括中国和日本在内的东方古代文化艺术，在 1966

年以后一度移居日本，他于 1973 年皈依佛门，成为禅宗和尚。尽管惠伦服膺佛学比较晚，但

却是美国当代诗人中皈依佛门最为彻底的一位。他自 1975 年起任旧金山"禅学中心"的负责人。

他的诗《颂歌与赞美》就是以中国禅宗诗僧留下的公案为题材。惠伦转信禅宗后，仍然保持了

早期"垮掉派"的诗歌语言风格，认为他们所感兴趣的"东方思想"不可能用当代美国人平常

说的语言表达出来。如他《献给中国先祖的颂歌》一诗中赞美中国传统的文学艺术、书法绘画：

"我赞美那些中国古人，……为拯救我们大家心里感到幸福。"在一首献给白居易的诗《成功就是失败》中，他写到："（白居易，）你太令人兴奋，太令人心碎。我们太爱你，回到中国去吧！"他的诗歌创作表现出来的"东方精神"包含有一定的社会批评。例如1957年是以清帝退位为标志的中国传统社会结束后的45年，惠伦在这一年写了一首题为《五七年十月十日，清朝覆亡后四十五年》的诗，虽然他在诗中把一些历史事实搞错了（如把被八国联军焚毁的圆明园说成了颐和园），但他对帝国主义侵略中国，疯狂摧毁中华文化艺术的灿烂瑰宝明确地持批评态度。[1]

1. 参见赵毅衡编译：《美国现代诗选》，第547—551页，北京：人民文学出版社，1985年版。

3. 罗伯特·布莱（Robert Bly）在美国后现代诗人中成就突出，他的故乡明尼苏达州西部的麦迪逊小镇秀丽的自然风光给他以诗的灵感和启迪；他曾在哈佛大学求学，毕业后返回家乡小镇，一度以朗诵和翻译诗歌为生。他曾接受法国、西班牙和拉美超现实主义诗人的影响，在诗歌创作中致力于发掘超现实主义的深层意象（deep image）。他翻译过中国古典诗歌，受到中国古典诗歌的重大影响，认为自己的创作得益于中国古诗寓意蕴于咏景的技巧。其诗集中有不少"仿中国诗"，后期的诗作风格趋向清丽恬淡，"中国色彩"更加明显。布莱指出："美国诗人认识到许多中国古典诗达到了阴与阳之间的完美平衡，因此如果我们要写出好诗，就得以中国古典诗人为师，尤其是陶潜、杜甫和其他一些诗人。"[2]布莱本人翻译过陶潜和杜甫的诗，

2. 赵毅衡：《美国诗人谈中国诗对美国当代诗歌的影响》，载《外国文学报道》，1981年第3期。

他的诗集《树将在此屹立千年》（*The Trees Would Stand Here for Thousand Years*）的卷首就引用陶潜《饮酒》诗中的四行："劲风无荣木，此荫独不衰；托身已得所，千载不相违。"他在一些诗集中将所译的陶渊明诗与他自己的"仿陶诗"混编。他的诗作中的意象和情趣与陶潜诗非常相似，由此可以看出陶潜对他的影响。布莱的诗从主题上来看可分为两个大类，一是宣扬和平反战，二是关于人与自然之间的抒情与哲学境界。在后一方面，他经常引入中国古代诗人李白、杜甫和白居易的诗作以丰富自己的意境。[3]由于布莱的诗歌创作深受拉美作家如聂

3. 参见郑敏：《寻找美国的诗神》，《美国当代诗选》，第313页，长沙：湖南人民出版社，1987年版。

鲁达、瓦列霍、加西亚·洛尔迦等的影响，同时也受中国古典诗歌的影响，所以，他曾经明确表示："我认为美国诗的出路在于，向拉丁美洲诗歌学习，同时又向中国古典诗歌学习。"[4]

4. Robert Bly, *Talking A Whole Morning*, Michigan Uiversity Press, 1980, p.210.

4. 詹姆士·赖特（James Wright）出生于俄亥俄州，曾就学于肯庸学院，在华盛顿大学获得博士学位，后在多所大学任教，诗歌创作十分丰富，共出版了10本诗集，其中的《诗集》（*Collected Poems*）曾获普利策奖（1972）。赖特热爱大自然，善于捕捉大自然中最有意义的

细节，他也写城市生活，但他笔下的城市生活却显得凄凉而令人压抑，似乎在说明人们应当挣脱工业社会的束缚，到大自然中去寻求安宁。赖特是布莱的挚友，也是诗坛上的同道。他们都曾经狂热地喜欢拉丁美洲诗人聂鲁达和瓦列霍等人的诗作。在深受拉丁美洲诗歌影响的同时，他们也十分崇尚中国古典诗歌。赖特对白居易等诗人简朴明快但意蕴深远的风格极为赞赏，他诗中出现的意象和意境，经常显示出中国古典诗歌和绘画中常见的风味，他在将东方情调糅入西方技巧方面取得了独特的成就。赖特和布莱一样，受到中国古典诗歌的影响。赖特对白居易十分热爱和崇敬，并接受白居易诗歌的影响。这些在他写的一首怀念白居易，题为《冬末在水洼旁，我想起中国古代的一位刺史》（*As I Stop over a Puddle at the End of Winter, I Think of an Ancient Chinese Governor*, 1961）的长诗中得以体现。这首诗的若干部分取自英国汉学家韦利（Arthur Waley）翻译的白居易诗"初入峡有感"及多首怀念挚友元稹的诗歌。赖特不仅将白居易的诗句作为"互涉文本"（intertext）用在自己的诗作中，还将原诗中的若干意象化用在自己的诗作中。如同白居易只能在思念之中与元稹相见，赖特在诗中表达了他对白居易屡遭挫折、身世坎坷的感叹与惋惜。

5. 加里·斯奈德（Gary Snyder），当代著名诗人，关于中国诗歌产生的影响，据斯奈德自述："我很欣赏隐逸的、历史的、宴饮唱和的以及学识渊博的中国古诗。特别能感动我的是一些写自然的诗，比如王维的诗，还有一些诗中的宁静的意境，后来我开始在我的老师陈世骧教授的指导下读原文的中国诗，而且越来越喜欢中国诗的严谨形式，精练的语言和复杂的意蕴。所有这些都对我的诗歌创作产生了影响。"[1] 斯奈德写的诗将东方诗特有的意境和美国西部农

1. 见《加里·斯奈德给区珫的信》，载《外国文学评论》，1994年第1期。

业林业工人的生活结合起来，具有独特的风味。他在创作中糅合儒道和禅宗，融会东方文化和印地安人文化，在美国后现代诗人中具有鲜明的特色。除了寒山，斯奈德对其他一些中国古代诗人，尤其是唐代诗人，如王维、韦应物、杜甫和白居易等也很熟悉。他在创作思想和技巧上，直接或间接地接受了中国古典诗歌许多影响和启发。例如，斯奈德诗作的一个显著特征就是极为简约和直接使用意象来表达，他的诗作大都以自然风光和人在自然界里的劳动生活为题材，风格简洁明朗，语言朴实精练，在当代美国诗坛上独具一格。如他获得普利策奖的诗集《龟岛》（*Turtle Island*, 1957）收有他自认为最好的诗《松树冠》（*Pine Tree Tops*）。斯奈德表明，此诗是以苏轼的七绝《春夜》为师而写成的。诗人面对自然界的美丽神秘，痛感现代人类的无知。

现代派文学艺术家往往认为自然是丑恶的，只有人工（艺术）才是美的。现代派诗对自然的态度正反映出现代工业社会只是利用和开发自然的片面实用态度，其恶果是造成人类和自然界之间关系的不协调。后现代派诗有鉴于此，提倡环境保护，要求人类和自然协调融洽，这正是斯奈德诗作中的深意。

第三节　美国诗人与中国当代诗坛

自 20 世纪 80 年代初开始，由于中国实行"改革开放"的政策，闭关锁国、万马齐喑的局面被彻底打破。外国的思想文化，包括文学艺术作品被大量翻译介绍进中国。在美国诗歌方面，比较突出的有：山东大学现代美国文学研究所编辑的《现代美国文学研究》丛刊，该刊推出许多介绍和评论美国诗人诗作的研究成果；湖南人民出版社编辑出版的"诗苑译林"收入了若干美国诗人的作品，由著名翻译家译成中文，广受好评；广州花城出版社推出的"花城袖珍诗丛"，也收录不少美国诗人的作品。近 30 年来，中国出版（发表）了许多译成中文的美国诗歌和研究美国诗歌的著述，美国诗歌在中国的传播与接受进入了一个空前繁荣的新阶段。其中，仅以书籍形式面世的美国诗歌汉译文及研究性著作就有如下一些较为重要的作品：

1. 个人专辑。新时期以来，一些重要的美国诗人，如惠特曼、狄金森、艾略特、弗罗斯特和金斯伯格等的个人专辑就翻译出版过若干种。例如，惠特曼的译者有楚图南、赵萝蕤、李野光和李视岐等，其译本如《草叶集》（楚图南、李野光译，人民文学出版社，1978 年版）、《惠特曼诗选》（李视岐编译，北岳文艺出版社，1983 年版）、《惠特曼抒情诗选》（李野光译，湖南文艺出版社，1997 年版）和《惠特曼诗选》（赵萝蕤译，山东大学出版社，1999 年版）等；艾略特的译者有赵萝蕤、裘小龙、汤永宽、赵毅衡、紫芹（张子清）、杜若洲等。赵萝蕤早在 30 年代中期就率先翻译出版了艾略特的《荒原》（1937 年版），半个多世纪以后，经她修订的译文重新面世，《荒原》新译文载《外国文艺》（1980 年第 3 期）和《外国现代派作品选》（上海文艺出版社，1981 年版），新时期之初的中国读者到此时才可读到艾略特的作品。在赵萝蕤的学术生涯中，艾略特始终是她关注的重点，这可以从她一系列文章和译文中看出，如《艾略特与〈荒原〉》（《时事新报》1940 年 5 月 4 日）、《〈荒原〉浅说》（《国外文学》1986年第 4 期）以及《我与艾略特》（《文汇读书周报》1992 年 3 月 28 日）[1] 及《艾略特诗选》（赵

1. 赵萝蕤：《我的读书生涯》，北京：北京大学出版社，1996 年版。

萝蕤译，山东大学出版社，1999 年版）等；艾略特诗作译文还有《四个四重奏》（裘小龙编译，漓江出版社，1985 年版），集中收入《荒原》、《阿尔弗莱特·普鲁弗洛克的情歌》和《四个四重奏》等艾略特最具代表性的诗作译文，译者还撰写了题为《开一代诗风》的长篇前言；其他译本还有《情歌·荒原·四重奏》（汤永宽译，上海译文出版社，1994 年版），《T.S. 艾略特诗选》（紫芹译，四川文艺出版社，1988 年版）和《荒原·四首四重奏》（杜若洲译，台湾志文出版社，1985 年版）等；狄金森的译者有江枫、张芸和孙亮等，如《狄金森诗钞》（张芸译，四川人民出版社，1986 年版），《狄金森诗选》（江枫译，湖南人民出版社，1984 年版）比较全面地向中国读者介绍了这位杰出女诗人，译者在前言中详细分析了狄金森的诗学观念和艺术技巧，对中国读者认识和了解狄金森起到了重要的作用，《水草与珍珠——埃米莉·狄金森诗选》（孙亮译，中央编译出版社，1999 年版）采用了英汉双语对照的形式，选材和装帧等都别具一格；弗罗斯特诗歌的译作包括《弗罗斯特诗选》（曹明伦译，四川人民出版社，1986年版）和《一条未走的路——弗罗斯特诗歌欣赏》（方平编译，上海译文出版社，1988 年版）等，后者的译著者在每首诗的译文后面都附有详细的评析文章，在诗歌译本中独具特色；金斯伯格诗歌译作有《卡第绪——母亲挽歌》（张少雄译，化成出版社，1991 年版），以及由文楚安翻译的《金斯伯格诗选》（四川文艺出版社，2000 年版）和名作《嚎叫》（英汉对照本，四川文艺出版社，2001 年版）等。

在个人专辑方面，存在着不均衡的情况。如 19 世纪著名诗人爱伦·坡的诗作就没有以专辑的形式译介过。近 30 年来，在中国已出现大量关于庞德的译文和论文。然而，或许是由于庞德思想深邃，作品博大精深，译者宁愿谨慎对待，迄今未见其中文版诗选集或诗全集问世。庞德的诗作，以书籍形式出现的，目前似乎仅《比萨诗章》（黄运特译，漓江出版社，1998 年版）一种；华裔学者叶维廉著《庞德的〈神州集〉》（Pound's Cathay, Princeton University Press，1969）在学术界和翻译界久享盛名，但迄今未见其中文译本。我们期待着庞德诗选集或全集中文译本和庞德研究的专著问世。

2. 个人论辑。除翻译出版个人的诗作选集外，还有分别论述重要诗人的专著或诗人的论文集等，如《惠特曼评传》（李野光著，上海文艺出版社，1988 年版）；又如 T．S．艾略特，在新时期，就出现了若干种著述或译著，在诗学理论方面有《艾略特诗学文集》（*Selected Essays on Poetry and Poets, by T.S. Eliot*，王恩衷编译，国际文化出版公司，1989 年版）和《艾略特文学论文集》（李赋宁译注，百花洲文艺出版社，1994 年版）；在传记方面，有《艾略特传》（［英］P·阿克罗伊德著，刘长缨译，国际文化出版公司，1989 年版）；在诗歌艺术方面，有专著《走向四个四重奏——T.S. 艾略特的诗歌艺术研究》（蒋洪新著，湖南人民出版社，1998 年版）、英文专著《艾略特与英国浪漫主义传统》（张剑著，外语教学与研究出版社，1996 年版）和《"荒原"之风：T.S. 艾略特在中国》（董洪川著，北京大学出版社，2004 年版）等。

3. 诸家合集。新时期以来，出版了形式各异，种类繁多的美国诗人诸家合集。如《美国现代诗选》（上下卷，赵毅衡编译，外国文学出版社，1985 年版）共收入 73 位美国现当代诗人的 520 首诗作，对每位诗人都有简短的介绍，就入选的诗人诗作数量而言，是规模最大的一种；《美国主要诗人作品选介》（苟锡泉编，吴均陶等译，上海外语教育出版社，1989 年版）收入了在美国文学史上最重要的 26 位诗人的近 100 首诗，以中英文的形式编成，对每首诗作了详细的注释，便于读者理解；《美国现代六诗人选集》（申奥译，湖南人民出版社，1985 年版）收入了庞德、弗罗斯特、桑德堡、威廉斯、卡明斯和休斯的诗作 200 多首，附有诗人照片，并对每位诗人作了简要介绍；《美国现代诗钞》（江枫译，青海人民出版社，1986 年版）；《当代美国诗选》（杨通荣译，贵州人民出版社，1986 年版）；《美国当代诗选》（郑敏编译，湖南人民出版社，1987 年版）收入 35 位当代美国诗人的作品译文，译者的长篇序言《美国当代诗与写现实》对当代美国诗歌作了全面深入的分析，书末附有译者翻译的美国当代著名诗人 R．布莱的论文《寻找美国的诗神》，这些对读者理解当代美国诗歌有重要意义；《美国抒情诗选》（黄杲炘译，上海译文出版社，1989 年版）以及上面提到的《美国诗选》（北京三联书店，简体字版，1989 年版）、《我听见亚美利亚在歌唱——美国诗选》（袁可嘉等译，人民文学出版社，1988 年版）除收入 20 位著名美国诗人的 81 首抒情诗外，还收入了美洲印第安人和黑人的 9 首歌谣，这是以往汉译美国诗歌中不多见的；以及《美国现代诗》（区铽等译，花城出版社，1988 年版）、《二十世纪美国诗选》（庄彦选译，春风文艺出版社，1990 年版）和《美国抒情诗 100 首》（黄杲忻译，上海译文出版社，1994 年版）等。

4. 流派选集。20 世纪美国诗坛呈现出流派更迭、色彩纷呈的局面，这在汉译美国诗歌中也有突出表现。相关的诗选汉译本如《意象派诗选》（［英］约翰·琼斯编，裘小龙译，漓江出版社，1986 年版）收入 20 位英美意象派诗人的作品，附录包括诗人小传以及跟意象派相关的一些重要文献；《美国自白派诗选》（赵琼，岛子译，漓江出版社，1987 年版）翻译介绍了兴盛于 60 年代的美国自白派诗人（Confessional Poets）及其代表作；《当代美国女诗人朦胧诗选》（非鸥译，湖南文艺出版社，1990 年版）收入了 40 位当代美国女诗人的作品；《两条河的意图——当代美国华裔诗人作品选》（王灵智、黄秀玲、赵毅衡编译，上海文艺出版社，1990 年版）收入了 20 位当代美国重要的华裔诗人的近 70 首诗，是目前所知中国大陆惟一一部美国华裔英语诗人作品的汉译本，等。

5. 英美诗歌选集。由于美国诗歌与英国诗歌有与生俱来的亲缘关系，在一些合编英美诗人而成的选集中也收入了不少美国诗人的作品，如《英诗金库》（［英］弗·帕尔格雷夫编，罗义蕴和曹明伦等译，四川人民出版社，1987 年版）就收入美国诗人布莱恩特、爱默生和朗费罗等美国诗人的诗作；《英美桂冠诗人诗选》（方平、李文俊主编，上海文艺出版社，1994 年版）收入 8 位美国桂冠诗人的诗作 71 首，以及《英诗 300 首》（顾子欣译，国际文化出版公司，1996 年版）中的"美国诗选"部分收入不同历史时期的 42 位美国诗人的 120 首等。

6. 导读与鉴赏。新时期以来，汉译美国诗歌大量出现，美国诗歌在中国的传播与接受进入了前所未有的新高潮。为使中国读者了解美国诗人，理解美国诗歌，陆续出现了一批导读与鉴赏类的著作。例如：《美国诗歌选读》（杨传纬编译，北京师范学院出版社，1992 年版）、《美国诗歌导读》（刘岩编著，北京语言文化大学出版社，2000 年版）从比较新颖的角度对不同历史时期的美国诗歌作了分析阐释，具有很强的实用性，因为是以英文写成，尤其适用于大学教学；《诗艺——美国现当代诗歌赏析》（胡开杰著，复旦大学出版社，2005 年版）共选录自惠特曼至今的 39 位美国现代和当代诗人的诗歌作品共计 55 首；《美国现代诗歌精选评析》（袁若娟著，河南大学出版社，2006 年版）翻译评析了历年来重要的美国诗人及其作品；《美国诗歌赏析》（姜涛著，新华出版社，2006 年版）在点评美国诗歌的思想内容和语言技巧的同时，强调社会文化和宗教哲学与这些诗歌的关系；《美国现代诗歌鉴赏》（李顺春著，南京师范大学出版社，

2007 年版）精选了 33 位美国诗人的 76 篇诗作，并作详细的分析评论。

　　7. 引进外国论著。在翻译出版美国诗歌的同时，还出现了一些关于美国诗歌的评论性研究性著述。前期主要是通过翻译引进介绍，如《美国作家论文学》（前苏联进步出版社 1974 年版，刘保端等译，三联书店，1984 年版）收入了惠特曼、艾略特和弗罗斯特等的诗论，《诗人谈诗——二十世纪中期美国诗论》（［美］H·纳美洛夫著，陈祖文译，香港今日世界出版社，1974 年版，北京三联书店，1989 年版）收集了 20 世纪 50 和 60 年代 19 位美国诗人的演说词，谈他们关于诗歌创作的经验；又如《美国诗人五十家》（Peter Jones: *An Introduction to Fifty American Poets*, 1979）（［英］皮特·琼斯著，汤潮译，四川文艺出版社，1989 年版）扼要介绍了最具代表性的五十位美国诗人及作品片段，等；《当代美国诗人：1940 年后的美国诗歌》（马克·斯特兰德著，北京师范大学出版社，1999 年版）主要论述美国后现代主义诗歌，包括其主要流派及代表性诗人诗作等；《剑桥文学指南：20 世纪美国诗歌》（比奇著，重庆出版社，2006 年版）将美国 20 世纪诗歌置于文学、文化以及社会历史的大背景下进行讨论分析；第一部分介绍美国诗歌从 19 世纪的抒情诗体向现代诗歌的过渡和转变，第二部分探讨重要的诗歌流派及重要诗人；值得注意的是，近年来，中国的一些大型出版机构引进了一批重要的原版研究著作，如《哥伦比亚美国诗歌史》（*A Columbia History of American Poetry*, by Jay Parini, 北京外语教学与研究出版社，2005 年版），以及《剑桥文学指南》（*The Cambridge Companion*）系列丛书中关于美国诗人与诗歌的若干种书籍（上海外语教育出版社）等。

　　8. 研究性论著。中国学者在翻译引进英美等国外研究论著的同时，开始对美国诗歌进行系统研究，其主要成果有：《美国文学简史》（董衡巽等著，人民文学出版社，1986 年版）在全面论述美国文学史的各个阶段时，都以专门的章节来论述不同时期的美国诗歌，使读者对美国诗歌的历史发展有比较明晰的了解。进入 90 年代后，对美国诗歌的研究取得重要成果，其中最突出的是《20 世纪美国诗歌史》（张子清著，吉林教育出版社，1995 年版），全书以 90 万字的篇幅论述 20 世纪美国诗歌的各相关方面，全面系统，资料丰富，条理清晰，可以说是中国的外国文学研究领域内国别诗歌史方面最为优秀的成果；又如《20 世纪美国诗歌——从庞德到罗伯特·布莱》（彭予著，河南大学出版社，1995 年版）分为 12 章，对 20 世纪主要的美国诗歌流派及其代表性诗人作了介绍，明晰扼要，资料也很丰富；近年来出版的此类著作如《20

世纪美国诗歌大观》（唐根金著，上海大学出版社，2006 年版）除"附录：20 世纪美国诗歌精选"外，正文分为 9 章，详细论述 20 世纪美国诗歌的主要流派及重要诗人诗作等；《美国诗歌研究》（李长栓著，北京大学出版社，2007 年版）全书共 5 个部分，对从殖民时期到 20 世纪初的 20 位美国著名诗人的 90 首诗歌进行研究，简要介绍其生平和创作风格，详细解释所选诗歌，对每首作品的思想内容和创作技巧作分析评论，并附参考译文等。

在一个多世纪的中美诗歌交流史中，众多的美国诗人及其作品被翻译介绍到中国来。他们的诗作以不同的内容题材、创作手法和艺术风格，为中国读者和评论界所了解和熟悉，受到广泛关注和喜爱。有些重要的美国诗人受到中国诗歌和中国文化的影响，在他们的诗歌创作和诗学理论中有鲜明体现。这些在中美文学文化交流中是一个重要的组成部分，为推动中美两国文学界的相互了解起到很大作用。本章选取了几位具有代表性的重要美国诗人，考察他们与中国的关系，进而探究他们在中美诗歌交流中的地位和意义。

艾米莉・狄金森（Emily Dickinson），著名女诗人，从年轻时就弃绝社交，终老独身，在家务劳动之余埋头写诗，写过 1770 余首风格独特的短诗，但生前只发表过少数几首，绝大多数作品都是在她死后由亲友整理出版。其诗作大多写自然、死亡和永生，以文字细腻、观察敏锐、意象突出著称。狄金森在美国诗坛上占有独特的地位，影响了 20 世纪的庞德、艾米・洛威尔、弗罗斯特和 T．S．艾略特等一大批诗人，架起了通向现代主义的桥梁。她和惠特曼一样，上承浪漫主义余绪，下开现代主义先河，被公认为美国诗歌新纪元的里程碑。1984 年，纽约圣约翰大教堂新建立的"美国诗人之角"石碑上，首批镌刻上她跟惠特曼和爱伦・坡的名字。

然而，狄金森跟惠特曼在中国的际遇却大不一样。在中国，从"五四"时期开始，就一直有人翻译研究惠特曼，而对狄金森诗歌的翻译和研究，却开始于新时期。据不完全统计，近 20多年来，中国出现了十几种狄金森诗歌的中译本，这在中国译介的美国诗人个人选集中相当罕见。比较突出的译者有江枫、张芸和孙亮等。这些译本包括《狄金森诗选》（江枫译，湖南人民出版社，1984 年版）、《狄金森诗钞》（张芸译，四川文艺出版社，1986 年版）和《水草与珍珠——埃米莉・狄金森诗选》（孙亮译，中央编译出版社，1999 年版）等。张芸译本是译者在美国留学期间完成的，具有一些独到的见解；孙亮译采用英汉双语对照的形式，在选材和装帧等都别具一格。江枫译《狄金森诗选》出版于中国新时期之初，传播较广，影响较大。译者在长篇译序中介绍了这位杰出的美国女诗人，详细分析了狄金森的诗学观念和艺术技巧。译者在序言中指出，不了解狄金森就不足以认识美国现代诗歌的源流，狄金森诗歌不仅是美国人民的珍宝，也是世界人民的共同财富。[1] 这些论述与译文对中国读者认识和了解狄金森起到重要的作用。

1. 江枫：《狄金森诗选·译序》，第 20 页，长沙：湖南人民出版社，1984 年版。

在这一时期，在多种刊物上还发表了众多狄金森诗歌译文和研究论文。此外，不少文学和翻译方向的研究生的学位论文也以狄金森诗歌研究为题材，其中包括数十篇硕士论文和数篇博士论文。中国引进的原版著作《剑桥文学指南——艾米莉·狄金森》（上海外语教育出版社，2004 年版）收入欧美当代著名学者的十多篇论文，体现了国外学者近年来狄金森研究的最新成果。中国近年来出现了一批研究狄金森的学术专著，如《埃米莉·迪金森诗歌的分类和声韵研究》（王誉公著，山东大学出版社，2000 年版）对狄金森及其诗歌做了深入细致的研究，作者在长篇绪论里介绍了狄金森的生平与创作，详细分析了狄金森诗歌的创作特征与思想特征；英文版《艾米莉·狄金森诗歌文体特征研究》（周建新著，广西人民出版社，2006 年版）是在作者的博士论文的基础上完成，集中研究狄金森诗歌的文体特征；本领域最新的成果是《狄金森研究》（刘守兰著，上海外语教育出版社，2006 年版），全书分为生平篇、师承篇、风格篇、主体篇、书信篇和批评篇；内容包括诗人生平、代表性作品分析、欧美研究历史与现状及在中国的译介等。

罗伯特·弗罗斯特（Robert Frost），20 世纪美国最重要的诗人之一，曾在哈佛大学学习，长期生活在新罕布什尔州的农村，参加田间劳动，跟农民交往甚密，被称为"新英格兰的农民诗人"。他的诗作常以描写新英格兰的自然景色或风俗人情开始，但又蕴涵着深邃的人生哲理。其诗作朴实无华，然而细致含蓄，耐人寻味；在形式上与传统诗歌相近，但不像浪漫派或唯美派诗人那样矫揉造作。在格律方面，他喜用传统的无韵体和十四行体的各种变体，在节奏上独具特色。他曾在数所大学任教并任驻校诗人，接受过多所大学颁发的荣誉学位，任国会图书馆的诗学顾问。曾作为特邀嘉宾，在肯尼迪总统的就职典礼上朗诵自己的名作《彻底奉献》（1961年）。曾四度荣获普利策诗歌奖和美国全国文艺学院的金奖，晚年是美国的非官方桂冠诗人。

早在 20 世纪 50 和 60 年代，余光中就开始翻译和研究佛罗斯特，发表了《佛罗斯特：隐于符咒的圣杯》和《佛罗斯特的生平和作品》等论文。他对佛罗斯特有很高评价："在现代诗中，佛罗斯特是一个独立的巨人，他没有创立任何诗派。……他创造了一种新节奏，以现代人和活语言底腔调为骨干的新节奏，在放逐意义崇尚晦涩的现代诗的气候里，他拥抱坚实和明朗。当绝大多数的现代诗人刻意表现内在的生活与灵魂的独白时，他把叙事诗（narrative）和抒情诗写得同样出色，且发挥了'戏剧性独白'（dramatic monologue）的高度功能。"[1] 关于佛罗

1. 余光中：《死亡，你不要骄傲》，见《听听那冷雨》，第 307 页，济南：山东文艺出版社，1994 年版。

斯特诗歌创作的哲学思想，余光中指出："佛罗斯特确曾私淑爱默森和梭罗的知觉、自持与个人主义，但是他显然超越了前人的理想主义"，"佛罗斯特对生活的基本态度之一，便是梦与现实，爱与用，创造与生活的合为一体"。[2] 基于佛罗斯特关于诗歌的看法"一首诗始于喜悦，

2. 余光中：《佛罗斯特：隐于符咒的圣杯》，见《余光中选集》（第三卷），第 120 页，合肥：安徽教育出版社，1999 年版。

而终于智慧"，余光中对此做了阐释归纳："他的诗往往以新英格兰的自然景色或风俗人情开始，然后，行若无事地，顺着自然的新英格兰口语的节奏，渐渐地达到他诗末的警句式的结论（epigrammatic conclusion）。所以，佛罗斯特的作品往往以区域性的描写开始，但这只是一层烟幕，重要的还是那幕后的结论和教育意义，那结论却是普遍性的，甚至宇宙性的。"[3] 余

3. 余光中：《佛罗斯特的生平和作品》，见林以亮编选《美国诗选》，香港今日世界出版社首发、三联书店重印，1989 年版。

光中尤其欣赏佛罗斯特的诗歌形式与语言："佛罗斯特在形式上最大的特点，是文字和俚俗和节奏和口语化。在他的点金术中，俗能变雅，俗得极雅，口语能锻炼成耐人久嚼的节奏，话说得很轻松，可是意义下得很重。"[4]

4. 余光中：《佛罗斯特：隐于符咒的圣杯》，见《余光中选集》（第三卷），第 126 页，合肥：安徽教育出版社，1999 年版。

在中国大陆地区，对佛罗斯特的翻译和研究则迟至 20 世纪 80 年代。引进的原版著作《剑桥文学指南：罗伯特・佛罗斯特》（上海外语教育出版社，2004 年版）收入了西方学者研究佛罗斯特新的重要成果，推动了中国学界的弗罗斯特研究。20 多年来，除了在刊物和美国诗歌选集中收入关于佛罗斯特的大量诗歌译作和研究论文外，书籍形式的成果《佛罗斯特诗选》（曹明伦译，四川人民出版社，1986 年版）开始比较系统地译介佛罗斯特诗歌，《一条未走的路——佛罗斯特诗歌欣赏》（方平编译，上海译文出版社，1988 年版）在每首诗的译文后面都附有详细的评析文章，在诗歌译本中独具特色；《佛罗斯特诗选》（上下卷，曹明伦译，台湾城邦爱诗社，2006 年版）是在台湾出版的大陆学者译作；《佛罗斯特集》（上下卷，曹明伦译，辽宁教育出版社，2002 年版）收入佛罗斯特的全部诗歌作品，以及散文和戏剧作品，标志着中国译介佛罗斯特进入了一个全新的阶段。

艾伦・金斯伯格（Allen Ginsberg），现代美国诗人，是美国"垮掉的一代"（Beat Generation）文化思潮的主要发言人和精神宗师，常以愤怒的嚎叫揭露美国社会的阴暗面；他的诗歌创作与诗学理论在后现代时期的美国有鲜明的特色。金斯伯格是一位颇有争议的怪杰，

一方面，他学识渊博，极具诗情，富有才华，笃信宗教，创作出大量特色鲜明的优秀诗作；另一方面，他个性狂傲，举止怪异，放荡不羁，甚至服用致幻剂以激发创作灵感，时常被怀疑有精神病。金斯伯格敢于把真实的自我和人性中最隐秘的部分向公众敞开。对于其人其诗，历来褒贬不一，但他作为具有世界性影响的诗人和社会活动家却声誉日隆。他因诗集《美国的堕落》获得美国全国图书奖（1974 年），并入选美国文学艺术学院院士，获普利策诗歌奖的最后提名（1995 年）等，他的诗作逐渐被学院派文坛所接受和认可。

金斯伯格学识渊博，熟悉中国的儒学和佛教经典，在中国古诗中，喜欢《诗经》及苏轼、李白和王维等的诗作，最崇敬白居易。他曾帮助汉学家华兹生（Burton Watson）编译苏轼诗词。[1]

1. 参见张子清：《二十世纪美国诗歌史》，第 560 页，长春：吉林教育出版社，1995 年版。

他受到庞德的汉字表意理论和威廉斯的创作实践接受汉诗的影响，一些诗作也具有绘画和意象的特色。[2] 在中国新诗中，他比较喜欢郭沫若、艾青、北岛和舒婷等的诗作。金斯伯格深受从

2. 参见张子清：《中国文学和哲学对美国现当代诗歌的影响》，载《国外文学》，1993 年第 1 期。

西藏移居美国的达垅巴 11 世活佛的影响，笃信藏传佛教。金斯伯格于 1972 年正式皈依佛教，获法号"达摩狮"（Lion of Dharma），按照佛教教义每日坐禅。他认为，佛教的色空与道教的虚无已经渗透到他的诗作里面。

金斯伯格致力于促进中美两国文学界的交往，1984 年他曾作为"垮掉派"诗人的头领参加了访问中国的美国作家代表团。中国的一切令他惊奇和向往，他决定在中国多停留一段时间，对当代中国文化进行深入考察。他在北京外国语学院、河北大学和复旦大学等校给中国师生讲授威廉斯、克里利、克鲁亚克和奥洛夫斯基等美国现代作家诗人，同时观察中国人的日常生活。当他在苏州和杭州凭吊白居易的遗迹时，想起他喜爱的英文本《白居易诗选》（路易·艾黎译），构思了一组缅怀白居易的诗歌（后收入《中国组诗》）。中国给他以新的环境和心态，他每天练习太极拳，没有酗酒吸毒，也没有依靠服致幻剂来激发创作灵感。金斯伯格把中国之行诗作汇编成"中国组诗"，后来收入诗集《白色的尸衣，1980—1985》中出版（1987 年）。评论界指出，"中国组诗"独具魅力，为西方读者打开了一扇了解中国的窗户。"中国组诗"最早由文楚安译成中文，连同译者的评介文章，发表在北京《外国文学》1994 年第 5 期上。组诗中有一组由 7 首短诗组成的《读白居易抒怀》（Reading Bai Juyi），内容由怀念白居易，赞美中国传统文化，一直写到他的中国之旅和对中国现当代社会的观感等。"中国组诗"详细记述了金斯伯格的访华观感，如佩带红杠臂章的少先队员，戴口罩的街头妇女，守香烟摊的小贩，

冒出白色烟雾的烟囱，食品丰富的大市场等等。诗人以细微的观察和生动的描写，展开了当时中国市井风情的巨幅画卷。[1]

1. 参见《金斯伯格诗选》，文楚安译，成都：四川文艺出版社，2000 年版。

在中国，"垮掉的一代"曾经被认为是资产阶级道德沦丧、腐化堕落的表现；金斯伯格因言行怪异，诗作惊世骇俗，常人难以理解，所以他长期以来没有被认真介绍和研究过。中国学界介绍和研究金斯伯格，始于 20 世纪 80 年代初。除刊物上的一些零星介绍之外，《美国现代诗选》（赵毅衡编译，人民文学出版社，1985 年版）集中翻译介绍了他的一组诗作，包括《嚎叫》片段和诗人简介。《美国文学简史》（董衡巽等著，人民文学出版社，1986 年版）有专章介绍金斯伯格和"垮掉的一代"诗人，中国的读者由此开始了解这位美国当代大诗人。20 世纪 90 年代以后，这类翻译和研究进入了一个新阶段。其中比较重要的是选译金斯伯格 24 首诗作的文中译本《卡第绪——母亲的歌》（花城出版社，1991 年版），以及《外国文学》杂志 1994 年第 5 期发表文楚安先生一组翻译和研究金斯伯格的成果。这一组成果包括论文《金斯伯格及其在中国的接受》、《金斯伯格〈中国组诗〉选译》和译者撰写的诗评《久违了，金斯伯格——论金斯伯格的中国组诗》。这一组成果代表着当时中国学界研究金斯伯格的实际业绩。当时类似的成果还有《国外文学》杂志 1993 年第 3 期发表的张子清撰《中国文学和哲学对美国现当代诗歌的影响》中关于金斯伯格的部分等。稍后的专著如《二十世纪美国诗歌史》（张子清著，吉林教育出版社，1995 年版）和《二十世纪美国诗歌》（彭予著，河南大学出版社，1995 年版）等都有专章介绍和评述金斯伯格和"垮掉的一代"诗人。20 世纪 90 年代的专著如《美国诗与中国梦》（钟玲著，台湾麦田出版有限公司，1996 年版）和《中国文化对美国文学的影响》（刘岩著，河北人民出版社，1999 年版）都论及金斯伯格接受中国文化的影响。在世纪之交，四川文艺出版社连续推出了中文本《金斯伯格诗选》（文楚安译，2000 年版）和中英对照本金斯伯格著《嚎叫》（文楚安译，2001 年版）。中英文本《嚎叫》首次使中国读者有机会认识这部名作的全貌；《金斯伯格诗选》精选诗人在各个时期的重要作品，是第一部最为完备的金斯伯格诗作中文译本。译者在长篇序言《艾伦·金斯伯格简论》中详细分析了金斯伯格的创作思想和艺术特色；此书前面收有金斯伯格的秘书鲍勃·罗森塔尔（Bob Rosenthal）为中文译本撰写的长篇序言《艾伦·金斯伯格离开了行星——〈金斯伯格诗选〉中文版序》；此书后面有两篇专论，即由哈佛大学教授、诗评家海伦·文德莱（Helen Vendler）撰写的"美国的透视——

艾伦·金斯伯格四十年来的诗歌"和由"垮掉的一代"研究专家，金斯伯格的挚友戈登·博尔（Gordon Ball）撰写的《艾伦·金斯伯格："垮掉的一代"的遗产、联系及其他》等。这些中国读者很难见到的资料为中国读书界了解和研究金斯伯格提供了很大的方便，使译本在再现原作的文学性艺术性的同时，还具有很强的学术性。[1] 在诗人研究方面的突出成果是《透视美国——金斯伯格论坛》（［美］费林格编，文楚安译，四川文艺出版社，2002 年版），此书汇集了一批西方学者研究金斯伯格的多篇论文，书前有译者的长篇序言"说不尽的金斯伯格"，对推动中国学界了解和研究金斯伯格有重要意义。

1. 参见《金斯伯格诗选》，文楚安译，成都：四川文艺出版社，2000 年版。

在 20 世纪不同历史时期的中美诗歌交流中，美国诗歌在诗学观念、题材内容和创作手法等方面对中国诗歌产生了很大影响，有助于推动中国诗歌的成长发展。这种影响在中国诗歌接受的外国影响中占有较大比例。在不同的历史时期，由于国际局势、意识形态和文化背景等的变化，上述影响的表现也有所不同。

自 20 世纪 70 年代末 80 年代初以来，随着美国诗歌被大量翻译介绍到中国，美国现代诗学也被引入中国。当代中国诗坛开始了解和接受来自异域的现代诗学观念，以审视过去，拓展未来。新时期中国诗歌呈现出一派蓬勃景象，各种诗歌流派涌现，新人佳作不断出现。另一方面，朦胧诗和新生代诗等具有现代派色彩的新诗作品也引发了激烈争论。

1. 对极"左"思潮下中国诗歌的批判。美国现代诗人、评论家庞德坚持艺术的真实性是艺术的根本力量之所在，他坚决反对虚假的艺术。如同"提供虚假报告的科学家应该受到惩罚和鄙视"一样，如果艺术家"为了迎合时尚的趣味，符合专制者的要求，墨守传统的得到戒律"，他就是"弄虚作假"，是在"撒谎"，就应该"对他进行相应的惩罚"。[2] 新时期中国诗坛对在极左思潮统治下，尤其是"文化大革命"期间，在所谓"革命现实主义与革命浪漫主义相结合"

2. T.S. Eliot, *Literary Essays of Ezra Pound*, ed. London, 1954, pp.43—44.

甚至"三突出"和"向革命样板戏学习"等原则钳制下创作出来，充满"假、大、空"的所谓诗歌（如郭沫若于 1958 年大跃进期间写的"百花齐放"组诗）进行彻底批判。

2. 思想文化荒原上结出的果实。在西方，两次世界大战彻底打破了旧的秩序的安定局面，给人类带来巨大灾难，文艺家和知识分子对一直秉持的道德观念和价值体系产生怀疑和反叛情绪。这些对西方现代派文艺的兴起和发展起到重要作用。艾略特的《荒原》就产生于"一战"后的精神废墟上（1922 年），表达了对世俗社会和现代文明的厌恶和绝望。与之相似，中国的朦胧诗发端于 20 世纪 70 年代中期。"十年动乱"给国家民族造成巨大灾难，敏感的青年诗人对传统教育和道德观念产生怀疑和反叛情绪，力图在思想文化荒原上用诗歌来表现自己的情绪，重新思考自身价值，重新认识真善美。那一时期的诗歌作品对开创新时期中国诗歌的兴盛局面发挥了重大作用。

3. 如何对待传统与表现时代精神。艾略特强调作家诗人应当具有"历史意识"："这种历史意识迫使一个人在写作时不仅对他自己一代了若指掌，而且感觉到从荷马开始的全部欧洲文学，以及在这个大范围中他自己国家的全部文学，构成一个同时存在的整体，组成一个同时存在的体系。……这种历史意识同时也使一个作家更强烈地意识到他自己的历史地位和当代价值。"[1] 过去对"传统"的界定只是"在民歌与中国古典诗词的基础上发展新诗"，既排斥包

1. T.S. 艾略特：《传统与个人才能》，见《艾略特文学论文集》，李赋宁译注，第 3 页，南昌：百花洲文艺出版社，1994 年版。

括从古希腊罗马文化直到现当代的西方文学艺术，也排斥自"五四"以来的各个新诗流派。当代诗人们开始重新认识古今中外优秀的文学艺术传统。当代诗人们正是在艾略特关于"传统性"和"历史意识"的启发下，重新认识自身传统（如 20 世纪 40 年代的"九叶诗人"等），同时了解和掌握西方诗歌和诗论。艾略特强调诗歌表现"时代精神"的重要性，他指出，每个作家在写他自己的时候，就是在写他那个时代。[2] 新时期的中国诗人从社会的变动和发展，从自身

2. 参见 T.S. 艾略特：《传统与个人才能》、《莎士比亚和塞内加斯多葛派哲学》，见《艾略特文学论文集》，李赋宁译注，南昌：百花洲文艺出版社，1994 年版。

的体验和思索出发，加强了"历史意识"和"时代意识"，这一时期的优秀作品所蕴涵的强烈时代感深深地感动着读者。

4. 关于诗人职能与诗歌创作。庞德指出，诗歌和文学的"对象是人、人类和个人"。[3] T.S.

3. T.S. Eliot, *Literary Essays of Ezra Pound*, ed. London, 1954, pp.43—44.

艾略特用"催化剂"（catalyst）和"贮存器"（receptacle）来比喻诗人的心灵，"（成熟诗人的）头脑是一个更加精细地完美化了的媒介，通过这个媒介，特殊的或非常多样化的感受可以自由地形成新的组合"，"诗人的心灵实际上是一个贮存器，捕捉和贮存无数感受、词句和意象，停留在诗人的头脑里，直到将它们组成新的化合物。"[4] 新时期的中国诗人突破了曾经长期被

4. T.S. 艾略特：《传统与个人才能》，见《艾略特文学论文集》，李赋宁译注，第 5 页，南昌：百花洲文艺出版社，1994 年版。

奉为圭臬的"文艺为政治服务"、"艺术表现社会生活"的使命和现实主义局限。他们主张，诗是"诗人用自己的心灵创造出的世界"，是"人类的心灵与外部世界以一种特殊的方式进行交流的结果"，他们强调诗人对外界现实具有的主观驱使力和重新组合作用。[5] 于是，在优秀

5. 参见徐敬亚：《崛起的诗群—评我国诗歌的现代倾向》，见谢冕主编《磁场与魔方——新潮诗论卷》，第 108 页，北京：北京师范大学出版社，1993 年版。

诗人的作品中，被理智和法则规定了的世界解体，色彩、音响和形象之间的界限消失，时间与空间被超越，客观的外部世界开始重新组合，并且产生变形。新时期诗作中一些经常被人引用

的作品（如北岛和舒婷等的诗作）就是这方面的典型例证。

5. 突破传统审美观念和创作手法的局限。艾略特说过："在我们文化的现状之下，诗人的作品必然是难懂的，我们的文化包罗万象，内容复杂，它在一个敏感的心灵上必然引起广泛复杂的反应。诗人必然会变得越来越广博，越来越喜欢引征，越来越不直接，为了要强迫文字适合他的意义，必要时不惜将文字完全打乱。"[1] 艾略特始终表现出一种偏重艺术技巧的倾向，

1. 转引自刘彪：《艾略特的〈荒原〉》，见《欧美现代派文学三十讲》，第27页，贵阳：贵州人民出版社，1981年版。

他一再声称，诗人的重要职责就是要用新的表现手法使陈腐的语言重新充满生机。[2] 艾略特的

2. 参见裘小龙译《四个四重奏》序言《开一代诗风》，桂林：漓江出版社，1985年版。

诗作就是这一诗学主张的集大成者，其代表作《荒原》正是典型例证。庞德倡导以发挥"语言能量"（energy in language）实现诗歌创作和翻译的"创新"。他认为语言具有生命力，能在各种环境中生存变化。"语言能量"即语言包含的力量、生机与活力，是"诗歌的核心"。要使诗歌语言具有能量，不是依靠意义，而是运用简洁、节奏、声音和形式等手段。[3] 新时期

3. Jerome Munday, Introducing Translation Studies, Theories and Applications, London: Routledge, p.168.

的中国诗人们力图突破传统审美观念和创作手法的局限性，他们直接或间接地吸收了包括艾略特和庞德在内的西方现代派诗歌的多种手法，如：(1) 审美视角多元化，(2) 逻辑上悖谬无理，(3) 时间空间错动，(4) 叙述话语的内心独白，(5) 意象的跃动，(6) 语言的无序，(7) 语意上的复义，(8) 间接暗示与象征手法等。另一方面，有些当代中国新诗"晦涩难懂"，常令读者"不知所云"。应当看到，有些诗歌作者缺乏中外文化底蕴，缺乏诗的灵感与悟性，缺乏学习中国和西方诗歌优良传统的基础，只是照搬西方现当代诗歌的一些创作技巧。这样的诗作缺乏思想与智慧的光彩，缺乏感人的艺术力量，是不可取的。

自20世纪80年代以来，世界政治格局发生了很大变化。西方国家的科学技术飞速发展，经济和军事实力日益增强。随着前苏联及"社会主义阵营"解体，美苏两国几十年争霸世界的"冷战"对峙局面终告结束。中国在结束"文化大革命"和以极"左"思潮为主导意识形态的局面之后，终于走出了数十年"闭关锁国"的自我封闭状态，进入了"改革开放"新时期。随着中国和美国建立外交关系（1979年），两国之间在经济、文化和教育等各个领域的交流呈现出前所未有的蓬勃兴盛局面。中美两国的作家诗人频繁互访，也推动了中美两国在诗歌方面的交流与影响。

就中国诗歌在美国而言，由于中国已经对美国学者和作家敞开了大门，美国的汉学家和翻译家们不再受到只能去日本或台湾研习中国文学的约束，他们来到中国大陆，与中国同行广泛

交流，取得了新的成果。在美国的主流学术界，出现了一批成就卓著的汉学家翻译家，如白之、华兹生、梅维恒和宇文所安等，他们编译的中国文学作品选集或者中国诗歌选集等在美国甚至西方的文学文化界产生了很大的影响。一批早年去美国留学，而后已经成为美国著名教授的华裔学者，如刘若愚、罗郁正、叶维廉和欧阳帧等，更是频繁往来于中美两国之间，通过他们在美国的主流学术界和文学界的重要影响，有力地推动着中国诗歌在美国的传播与影响。在诗歌理论方面，以权威性美国《新编普林斯顿诗歌与诗学百科全书》为代表的西方权威诗学著作已经将中国诗歌与诗学并列于与源自西方文化传统的诗歌诗学同等重要的地位。迈克编的《世界文学杰作选集》更是收入了中国诗歌的优秀作品等，这些都标志着中国诗歌在美国及西方世界的经典化。

　　另一方面，美国诗歌在中国的传播与影响也进入了一个崭新阶段。译介美国诗人诗作，无论是种类还是数量，都有很大的扩展。出版了多种美国诗歌选集，以及包括诗歌在内的美国文学选集和评论集等。译介工作也从单纯的翻译发展到研究，在很多大学里开设的美国文学课程包括诗歌的赏析与研究等。自 20 世纪 70 年代末起至今，除 T.S. 艾略特和奥登等人的曾经影响过中国新诗的美国现代主义诗学观念重新受到重视之外，以庞德、威廉斯和金斯伯格等为代表的诸多新的诗学观念也对中国当代新诗产生巨大的影响。近 30 年间，几乎所有重要的美国诗人和作品，各种新流派及他们的理论观念，都被翻译和介绍到中国。这无疑给当代中国诗歌乃至文学界的发展都带来了新的启迪和活力，产生了广泛影响，但同时也呈现晦涩难解的弊病。

第四节　华裔英语诗人及中国诗歌在美国的译介

　　20 世纪后半期，出自美国唐人街的当代华裔英语诗人以鲜明的种族和文化特色登上美国诗坛，成为影响美国社会文化的一支独特生力军。他们的作品逐步走出了"异族文学"的狭隘领地，成为美国文坛上的一股新兴力量。有些诗人的作品已经引起美国诗坛重要批评家的注意，与美国主要诗人的名字一起出现在有影响的美国出版商的书目上。20 世纪 60 年代以后，随着民权运动和女权主义的兴起，华裔文学跟美国其他少数族裔文学一起，作为"反主流文化"而发展兴盛。当代华裔英语诗歌在美国主流社会中产生了相当的影响，获得过多种文学奖项，已经成为当代美国诗歌的组成部分。

1.唐人街亚文化。在华人移居美国的一个多世纪中，在美国许多大城市（尤其是东西海岸）逐渐形成了被称为"唐人街"（Chinatown）的华人聚居区，产生了一种兼具东西方文化特征的亚文化传统。[1] 唐人街为华人提供了主流社会不可能提供的生存和发展机会，使华人能够保

1. 参见周敏：《唐人街——深具社会经济潜质的华人社区》，北京：商务印书馆，1995 年版。

存自己特有的文化和习俗，使中华文化的精华不至于在融入美国主流社会和主流文化的过程中丧失殆尽。唐人街又为华人移民提供了生存并进入主流社会的途径。中华文化提倡的不畏艰难、自立自强、勤奋节俭等传统美德在唐人街得到充分的展现。华人子女在中华传统文化的激励下，积极上进，努力学习工作，提高了华人在美国社会中的地位。第一代华人的艰苦奋斗也为后代的发展和成功铺平了道路。当今的美国华裔人士在主流社会的各个领域内多有建树和贡献，取得令世人瞩目的成就。美国华人的政治和经济地位大为提高，华裔精英在美国上层社会的各个领域不断出现。一方面，由唐人街亚文化传统孕育成长的当代华裔英语诗人，承传着具有几千年历史，博大深厚的中华文明，由他们体现出的悠久丰富的中国文化和文学成为美国文学开发新作品的巨大资源；另一方面，他们在美国接受了良好教育，精通英文，又长期置身于西方文化之中，熟知美国读者的阅读兴趣和批评界的动向。他们在两种迥然不同的文化相互融会和相互碰撞之中发展成熟，经受磨练。美国社会的民族多样性，美国文坛的宽容性和出版界的商业性也为华裔英语文学的发展提供了条件。

2.美华英语诗人综述。在 20 世纪的前半叶，中国诗歌主要是通过美国诗人翻译家的翻译介绍，几乎没有在美国的中国诗人和作家用英文写作。到了 20 世纪后半叶，产生于唐人街亚文化的一批年轻华裔诗人逐渐成长，改变了这种面貌。至 20 世纪 80 年代末，美国华裔英语诗歌初具雏形，其诗歌作品是中美文化结合的产物。大多数美华诗人没有数典忘祖，他们保留了家族姓氏，又取一个美国名字，其中一些人还具有使用英汉两种语言的能力。他们为自己的文化遗产感到自豪，并努力在作品中表现自己与中国传统文化的连接和承继关系。另有一些诗人认为唐人街亚文化包含了太多的血泪与苦难，很难给华人提供生存和发展的条件，对以唐人街为

代表的传统美华文化持批评态度。当代美华诗人的作品是中国诗歌影响美国社会的一个方面。他们分布在美国各地，包括旧金山的"天脚六女性"（Unbound Feet Six），纽约的"地下研讨会"（The Basement Workshop），杂志《桥》周围的诗人群；以西雅图为大本营的一些华裔诗人，以及夏威夷杂志《竹岭》周围的诗人群等。[1] 他们的独立地位不断上升，不再仅

1. 见赵毅衡：《第二次浪潮：中国诗歌对今日美国诗歌的影响》，载《北京大学学报》，1989 年第 2 期。

仅是影响主流的配角，其中不少诗人正在进入主流。他们中的一些人已经与美国的主流诗歌建立了密切联系，进入了从前少数族裔诗人很难进入的"大出版社"。当代美华英语诗歌正在兴起，新的局面正在形成。

3. 女性美华英语诗人。在当代美华英语诗坛上，女性诗人有突出的表现。20 世纪 70 年代在旧金山出现了由六位华裔女诗人组成的著名诗派"天脚六女性"，其成员包括默尔·吴（Merle Woo，吴淑英）、珍妮·林（Genny Lin，林小琴）和耐丽·王（Nellie Wong，朱丽爱）等。默尔·吴自称是社会主义者和女权主义者，是美国左翼政治活动的积极分子，她主张"每一首诗都是政治诗"。珍妮·林出生于旧金山，毕业于哥伦比亚大学和旧金山州立大学，是促进亚美文化的活跃人物，她与华侨史学者麦礼谦合作编译的《埃仑诗集》获得了巨大成功，她描写美国华人的苦难经历的诗作具有很强的艺术感染力。耐丽·王出生于旧金山湾区，她的中国情结是系于以中国餐馆、麻将和鸦片等为特色的唐人街文化，常使读者感受到处于文化边缘的华裔诗人那种无所归属无所适从的悲凉。她在名作《我的祖国在哪里？》中表达了美籍华裔对自身身份（identity）的困惑和处于两种文化夹缝中的尴尬境地，对唐人街文化是否代表中华文化提出置疑。尽管后来"天脚六女性"的成员由于政治倾向不同而分道扬镳，但她们的作品以批判意识、女权主义和民权运动为基调，为中国诗歌影响美国社会写下了特殊的重要篇章。

在其他一些重要的美华女性诗人中，卡洛琳·刘（Carolyn Liu，刘玉珍）在旧金山州立大学获英语文学与创作硕士。她阅读过大量中国文学作品，包括陶渊明、杜甫、李白、阮籍、白居易和苏轼的诗词，以及韩愈、吴承恩和吴敬梓等人的创作。她认为白居易能够把历史、个人生活和抒情融为一体，陶渊明看似浅近的语言中蕴含着玄学意味。卡洛琳·刘把中国文学的影响融入到自己的诗作中。梅梅·勃森布鲁格（Mei-mei Berssenbrugge，白萱华）出生于北京，后随家人去美国，在纽约哥伦比亚大学获艺术学硕士。她长期在大学讲授文学创作。她的诗歌

创作所接受的影响，在美国传统方面有惠特曼、狄金森和庞德等，在中国方面有杜甫、李白和王维等。她的代表作题为《两条河的意图》（*The Statement of Two Rivers*），表现诗人置身于两种文化之中的亲身体验，美华英语文学是东西方两种文化结合的产物，使读者感受到中国传统文化的精华在强势的美国主流文化中仍生生不息。

4. 其他重要的美华英语诗人。在其他重要的当代美华英语诗人中，阿伦·刘（Alan Chong Liu，刘肇基）是一位具有强烈政治意识和历史观念，风格独特的老诗人。他出生于加利福尼亚，曾在圣塔·克鲁兹加州大学攻读艺术学。其诗作收在诗集《献给贾迪娜的歌》（*Songs for Jadina*，1981）等中，其代表作长诗《岩石中的水泉》抒情和叙事的文体并列，以历史审视的眼光描写 19 世纪华人筑路工人被屠杀的血案，呈现早期华工与当今华人之间一脉相承的血缘，使作品具有史诗式的幅度和深厚的历史感。阿瑟·施（Arthur Sze，施家彰）出生于纽约，是当今美国诗坛上十分活跃的创作与翻译兼长的华裔青年诗人，他曾在柏克莱加州大学研习中国文学，翻译过中国古诗，后在多所学校讲授诗歌创作。他深受中国文化的影响，并在诗歌创作中体现出自己跟中国传统文化的联系。他的诗作曾多次获得重要的文学和诗歌奖项。其长诗《丝绸之路》（*The Silk Road*）不仅限于描写马可·波罗的历史题材，还表现诗人对和平的渴求和对生命的玄想，旅美青年华裔作曲家谭盾为这首长诗谱曲，在纽约的演出大获成功。青年诗人李力扬（Li-Young Lee）曾在纽约州立大学求学，其诗作清新简朴，其题材经常是歌颂他的华侨父母亲和中国情结，诗作中常以"荷花"、"菊花"、"月光"和"雨丝"等富含中华文化色彩的意象和清新抒情的风格受到美国读者的欢迎和批评家的赞扬，在后现代主义的当代美国诗坛上具有独特的风格，获得美国诗坛的重要奖项。其诗作的中文译文还经常刊载在《华侨日报》等华文报纸上，受到旅美华人的喜爱。

中国诗歌在美国的译介与影响，无疑是古典诗歌占了绝大多数。相比之下，中国新诗所占比例就比较小，影响也要小得多。但在几十年间，美国对中国现代诗歌的翻译与介绍还是有突出的成果。和中国古诗翻译和传入美国的过程相似，中国新诗在英诗世界的传播和接受，也经历了从欧洲到美洲的历程。

第一部中国新诗的英译本应该是由后来成为美国加利福尼亚大学伯克利校区东亚语文系教授的陈世骧（Shih-hsiang Chen）与英国学者哈罗德·艾克敦（Harold Acton）合译的《中

国现代诗选》（*Modern Chinese Poetry*，London，Duckworth Press，1936）。20 世纪 30 年代中期，艾克敦在北京大学英文系讲授英诗与莎士比亚，当时，陈世骧是北京大学英文系三年级学生。艾克敦对他的中英文水平和文学修养有很深的印象，并在他的帮助下了解中国现代诗歌。于是两人开始合译《中国现代诗选》。他们翻译的大致过程是：先由陈世骧做初步工作，包括入选、诗作和初译，然后再由艾克敦润饰定稿。收入的中国现代诗人诗作包括：陈梦家、周作人、冯文炳、何其芳、徐志摩、郭沫若、卞之琳、戴望舒和闻一多等。此选集于 1936 年在英国伦敦出版，受到英美读者的欢迎。[1]

1. 参见张错：《批评的约会》，第 38 页，上海：上海三联书店，1999 年版。

由美籍英裔作家白英（Robert Payne）编著的《中国当代诗选》（*Contemporary Chinese Poetry*，1947）在伦敦出版。白英曾采访过西班牙内战，第二次世界大战期间在英国驻重庆大使馆工作，曾去延安访问并采访过毛泽东，也曾在西南联大教书。《中国当代诗选》入选诗人是徐志摩、闻一多、何其芳、冯至、卞之琳、俞铭传、臧克家、艾青和田间等。跟陈世骧和艾克敦合译的选集相比，白英的选本更能体现时代变化的气息。跟前一部诗选相似的是，这一部诗选采用了编译者与诗人本人或另一位中国学者诗人合译的方法。此选集出版后也受到英美读者和评论界的关注和好评。[2]

2. 参见张错：《批评的约会》，第 41 页，上海：上海三联书店，1999 年版。

美籍华裔学者许介昱编译的《20 世纪中国诗选》（*Twentieth Century Chinese Poetry：An Anthology*）于 1963 年在美国出版。许介昱毕业于西南联大，是闻一多的学生，他当年的一些同窗后来成为中国著名的学者和诗人。许介昱 1959 年在斯坦福大学获得博士学位的论文就是对闻一多的研究。他的这部选集收入近五十位诗人，按诗人流派和群体划分，包括"先驱者"（如胡适、刘大白和朱自清等），"新月派"（如闻一多、徐志摩和朱湘等），"玄学诗人"（如冯至和卞之琳等），"象征诗人"（如李金发和戴望舒等），以及独立于流派之外的诗人（如李广田、何其芳和郁达夫等）。虽然编译者的标准和分类不无商榷之处，但这个选本以其入选诗人的数量以及对诗人生平和创作特色的介绍，在读者和评论界受到好评，被称为是"近乎划时代的重要著作"（something of a landmark）。[3]

3. 参见张错：《批评的约会》，第 52 页，上海：上海三联书店，1999 年版。

华裔学者翻译家叶维廉（Wai-lim Yip）选编翻译过两部中国新诗选集，在美国的文学界和翻译界都享有盛誉。其中之一是《中国现代诗歌：1955 至 1965 年》（*Modern Chinese Poetry：1955—1965*），于 1976 年出版。如果从中国新诗的发展和入选诗人的年代来看，可以视为是上述几种选集的延续。另一部选集是《防空洞抒情诗，现代中国诗，1930 至 1950 年》（*Lyrics from Shelters, Modern Chinese Poetry*, 1930—1950），于 1992 年由美国加拉德出版公司出版。这部选集中收入 18 位现代中国诗人的作品，其中包括冯至、戴望舒、艾青、卞之琳、何其芳、臧克家、吴兴华、绿原以及被称为"九叶诗人"的几位诗人。很显然，被选收入诗集的这 18 位诗人中，具有"现代派"倾向的占了绝大多数。这部选集的前面有一篇长达68 页的绪论，几乎占了全书三分之一的篇幅，这在译诗选集中是很罕见的。长篇绪论的主体部分由编译者叶维廉撰写，在其第一部分"跨文化语境中的现代主义"和第二部分"1930 至 1950 年间中国诗歌的语言策略与历史关联"中，编译者集中探讨"为什么在三十、四十年代的中国诗坛会出现现代主义"这个问题。[1]

1.Wai-lim Yip, *Modern Chinese Poetry*, 1955—1965, Selection, Translation and Introduction, Garland Publishing Inc., New York, 1992.

其他颇具影响的中国新诗译本还有由汉学家荣之颖（Angela Jung Palandri）等编译的《台湾现代诗歌》（*Modern Verse from Taiwan*），于 1972 年由加州大学伯克利校区出版社出版。由齐邦媛（Chi Pang-yuan）等编译的《当代中国文学作品选集·第一卷》（*An Anthology of Contemporary Chinese Literature*, 1975）以及由华裔学者许介昱编译的《中华人民共和国文学》（*Literature of the People's Republic of China*, 1980）等当代中国文学选集中的诗歌部分等；汉学家奚密（Michelle Yeh）编译有《现代中国诗选》（*Anthology of Modern Chinese Poetry*），于 1992 年由耶鲁大学出版社出版，集中收入了台湾和中国大陆的诗人的诗作。20 世纪 80 年代末以来，在美国出版的中国新诗译本包括汉学家闵福德（J.M. Minford）等编译的《火种：中国良心之声》（1988 年）中的诗歌部分、芬克劳和凯莎合译的《碎镜：中国诗歌》（1991 年）以及由摩伦编译的《红杜鹃：文化运动以来的中国诗歌》（1990 年）等。

在美国翻译出版的中国诗歌中，1980 年由华盛顿大学出版社出版的《埃仑诗集》（*Island: Poetry and History of Chinese Immigration on Angel Island*, 1910—1940）[2] 是以诗歌

2.Him Mark Lai, Genny Lim & Judy Yung, *Island: Poetry and History of Chinese Immigration on Angel Island*, 1910—1940, eds., Seattle and London: University of Washington Press, 1980.

形式记载下来的 20 世纪前半叶华人移民在美国的血泪史，独具鲜明特色。"埃仑"是英文island（岛）的译音。美国西海岸旧金山海湾有一个小岛叫天使岛，曾经被用作移民拘留地。从 1910 年至 1940 年的 30 年间，先后有 20 多万华人被拘禁在岛上的小木屋里，受尽刁难、歧视与屈辱，过着猪狗不如的生活。他们在木屋板墙上刻写诗词，以发泄胸中的愤懑与绝望，抒发对家乡和亲人的思念。因害怕招致美国移民局官员的迫害，作者大多没有署名。1970 年，这

些刻在木屋墙上的诗词被偶然发现，当时仍存留在木屋墙上的诗词有 60 多篇。美国华裔历史学家麦礼谦（Him Mark Lai）、华裔诗人林小琴（Genny Lin，珍妮·林）和杨碧芳（Judy Yung）等历经数年辛勤工作，对这些诗词进行搜集整理，辑录合编成书，并由编译者译成英文。因为这些由无名作者刻写的诗行发出的控诉与号呼具有震撼人心的力量，诗集的出版在美国社会引发了巨大反响，并于 1982 年获得美国图书奖。编译者林小琴和麦礼谦根据同一题材编写的剧本《纸天使》也在美国社会产生了较大影响，获得 1986 年的杰米·豪奖。1987 年 4 月，林小琴偕剧组来北京演出此剧，受到热烈欢迎。

在美国还翻译出版过一些现代中国诗人的个人选集。如由著名学者诗人安格尔（Paul Engle）和他的妻子、华裔作家学者聂华苓合译的《毛泽东诗词》，于 1972 年由纽约德尔（DELL）出版公司出版；由美国布鲁明顿大学威利斯·巴恩斯通（Willis Barnstone）跟中国学者合作翻译的《毛泽东诗词》于 1972 年在纽约出版，在西方学术界产生了较大的影响。这些是在美国较早翻译出版的毛泽东诗词。华裔学者陈志让和 M·布洛克合作翻译的《毛泽东诗词三十七首》于 1985 年由英国牛津大学出版社出版。其译文和注释都有很高的质量，书中还收入了两位译者撰写的“毛诗导论”，以帮助西方读者理解和欣赏毛泽东诗词。哈佛大学东亚研究中心研究员罗斯·特里尔（Ross Terrill）著《毛泽东传》（Mao: A Biography）中包括了几乎全部毛泽东诗词。1979 年，美国出版了《鲁迅旧体诗英译注》。此外，由华裔学者欧阳桢（Eugene Chen Eoyang）、彭文兰和玛丽琳·金（Marilyn Chin）合译的《艾青诗选》（Ai Qing: Selected Poems，1982）由美国印第安那大学出版社和北京外文出版社出版。1991 年纽约新方向（New Directions）出版社出版北岛诗选《陈雪》（Old Snow）。此外，一些文学杂志发表翻译了中国现代诗歌，如 1983 年第 2 期美国《国际诗歌》发表邹荻帆的诗《夜航》等。此外，颇具影响的美国《今日世界文学》（World Literature Today）杂志也经常发表关于中国新诗的译文和评论介绍。

中国诗歌在美国的翻译与接受，除了上述“古典诗歌”与“现代新诗”的大致分类外，还有一些是跨时代的诗选，反映出选编者和翻译者对中国诗歌的不同理解和审美情趣。这方面的例证包括：由阿瑟·克里斯蒂（Arthur Christy）编译的《玉象：中国古今诗歌选译》（Images in Jade: Translations from Classical and Modern Chinese Poetry），于 1929 年在纽约出版。

在中国诗歌影响美国的第一次与第二次高潮之间还出现过一些影响不太大的译本，如克拉克（Robert Wood Clack）译著有《竹林与荷塘》（*Bamboo Glade and Lotus Pool*）一书，共70页，于1934年在亚特兰大出版；维姆萨特（G. Wimsatt）编译的《香水井》（*Well of Fragrant Waters*），于1945年在波士顿出版；无名氏编译的《中国古今爱情诗选》（*Chinese Love Poems from Ancient to Modern Times*），于1942年在纽约出版，此书是根据多种汉诗英译本选编而成。后来的这类译本还有吴志林、欧文和乐之成（译音）合译的《向阳光的光芒》，收入从《诗经》到毛泽东的诗词多达600多首。此外，由麦克法林（Paul Mcpharin）主编的《中国古今抒情爱情诗选》（*Chinese Love Lyrics: From Most Ancient to Modern Times*），于1964年在纽约出版等。

由美籍英裔学者白英（Robert Payne）编译的《白驹集：中国古今诗歌新译》（*The White Pony: An Anthology of Chinese Poetry From the Earliest Times to the Present Day, Newly Translated, New York, John Day Company*，1947，1960）的书名典出《诗经·小雅·白驹》，集中所选汉诗，从《诗经》开始，收录的诗人从古代的屈原、陶渊明、杜甫、李白、白居易和苏东坡等，直至现当代中国诗人如闻一多、冯至、卞之琳、艾青、田间等，以及毛泽东，甚至还有两位鲜为人知的诗人，即八指头陀和北京大学教授俞铭传。选编者曾于抗战期间的西南联大教书，他在选编过程中，得到过同在西南联大教书的中国学者闻一多、浦江清和孙雨霆的指点。译文先由中国学者如李赋宁、袁可嘉等翻译，再由白英修饰润色。选编者在序言中高度赞扬了中国诗歌。这部中国诗歌译本以其选材广泛、译文质量上乘等特点在美国和西方世界产生了较大的影响。

1975年，美国印第安那大学出版社出版了由华裔学者柳无忌（Wu-chi Liu）和罗郁正（Irving Yucheng. Lo）合编，有多位中美译者参与翻译的诗集《葵晔集——中国历代诗词曲选集》（*Sunflower Splendor-Three Thousand Years of Chinese Poetry*，1975）。这是迄今在美国（乃至在西方世界）翻译出版的时间跨度最长、最为完备的英译中国诗词选集。上至《诗经》，下至毛泽东诗词，中国诗歌的渊源发展尽有体现。就诗歌的体裁和形式而言，这部译诗选集囊括了五言诗、七言诗、乐府诗、律诗、绝句、词和散曲等，所选诗词经多位在美国的文学研究专家和翻译家精心翻译，还附有相关背景知识的注释和赏析导引。《葵晔集》的编者还以美国读者熟悉的西方诗歌作为参照，对中西诗歌作了比较。可以说，《葵晔集》的选编与翻译出版，是中国诗歌在美国的翻译与接受历程中一件具有里程碑意义的大事。

雷克思洛斯（Kenneth Rexroth）在翻译介绍中国古典诗歌方面贡献突出，他译的中国诗集包括《汉诗百首》（*100. Poems from Chinese*，1956）、《爱与流年：续汉诗百首》（*Love and the Turning Year: 100. More Poems from Chinese*，1970）、《兰舟：中国女诗人诗选》（*The Orchid Boat: Women Poets of China*，1972）以及《李清照诗全集》（*Li Ching-chao, Complete Poems*，1979）（后两种与中国学者钟玲合译）。除《李清照诗全集》外，其他译本收入中国古诗和近现代诗近 350 首。在有些译本上，雷克思洛斯署了他的中文名字"王红公"。而雷克思洛斯的诗集《新诗抄》（*New Poems*，1974）并不全是他自己创作的诗歌，其中就有对中国诗的仿作和译作等，有时读者很难判断在其诗集中，哪些是他自己的创作，哪些是他翻译的中国诗。从 20 世纪 60 年代开始，美国和西方世界女权主义的兴起。在这种思潮影响下，雷克思洛斯在翻译中国诗歌方面的兴趣转移到中国历代女诗人。雷克思洛斯的中国古诗翻译，得到了当时在美国攻读比较文学的中国女留学生钟玲的帮助，有些译作是两人合译的。雷克思洛斯和钟玲的译文在美国的文学界和学术界受到好评，如哈佛大学教授、著名汉学家宇文所安（Stephen Owen）就在《亚洲学刊》（*Journal of Asian Studies*）1973 年 11 月号上撰文对《兰舟：中国女诗人诗选》作了评论，认为所选诗人具有代表性，尽管有些地方不够准确，但译者的想象力和创新精神却是引人注目的（见该刊第 105 页）。雷克思洛斯的诗集《新诗抄》中收入了中国古典诗歌的译文，其中标明和钟玲合译的有 8 首。20 世纪 60 年代末，美国出版的一部很有影响的当代诗歌选集《赤裸之诗：近年来美国开放题材诗歌》（*Naked Poetry: Recent American Poetry in Open Forms*，1969）选入雷克思洛斯的 16 首诗，其中竟然有 14 首是选自他翻译的中国古诗。

在过去几十年间，尤其是"二战"结束之后，在美国出现过一批产生过重要影响的英译中国文学选集。这些选集在不同历史时期，在美国甚至许多西方国家，被广泛地运用于大学教材或普通读物。这些选集都收入了中国古诗的英译文，其中包括中国诗歌史上最具代表性的诗人与诗作。有的选集除了译文之外，还增加了引言和注释等，以便于西方读者和学者学习研究，这对于中国诗歌在英语世界和西方的传播与接受，起到很大的作用。在这些选本中，最具影响的如：白之（Cyril Birch）主编《中国文学选集（第一卷）：从早期至 14 世纪》（*Anthology of Chinese Literature*, *Volume I*: *From Early Times to the Fourteenth Century*, Grove Press, 1965）和《中国文学选集（第二卷）：从第 14 世纪至当代》（*Anthology of Chinese Literature*, *Volume II*: *From the Fourteenth Century to the Present Day*, Grove Press, 1972）；梅维恒（Victor Mair）选编《哥伦比亚中国古典文学选集》（*The Columbia Anthology of Traditional Chinese Literature*, 1994）；宇文所安（Stephen Owen）编译《诺顿中国文学选集：初始至 1911 年》（*An Anthology of Chinese Literature*, *Beginnings to 1911*, *Norton and Company*, 1996）以及由当代英国汉学家闵福德（John Minford）和中国学者刘绍铭合作编译的《中国古典文学译文集》（第一卷）（*An Anthology of Translations of Classical Chinese Literature*: *Volume One*, 2000, 2002）等。这些选集在选材与编排、翻译策略与技巧等方面各具特色，并且在英译介绍中国古诗方面，做了大量踏实的工作，为在美国和西方世界传播中国古诗，让美国和西方读者认识并欣赏中国古典诗歌，做出了重大贡献。

在中美诗歌交流史上，长期以来，一批重要的美国译家努力翻译介绍中国诗歌，在报刊上发表中国诗歌的英译文，出版英译汉诗选集，或将其翻译的中国诗歌收入英文版中国文学选集中。在这批译家之中，不乏著名诗人和学者。他们置身于美国的主流社会，熟谙现当代美国的思想文化和价值观念，常常是针对美国社会文化的弊端和需要引进介绍中国诗歌。他们以自己在文化界、文学界具有的影响和地位翻译介绍中国诗歌，有力地增进了汉诗在美国的传播和影响。这些译家以各自不同的学术背景、艺术见解和翻译策略去理解、选择和翻译中国诗歌，为在美国弘扬和传播中国诗歌做出了巨大贡献，在中美文学交流史上写下重要篇章。

肯尼斯·雷克思洛斯（Kenneth Rexroth, 1905—1982），著名美国后现代诗人，翻译家。出生于印第安纳州南本德（South Bend, Indiana），青少年时期在美国中西部地区度过，曾浪迹社会底层，甚至身陷囹圄。他从 1929 年起开始发表诗歌，随即成为当时美国诗歌运动的领袖人物之一，在 20 世纪 50 年代，是旧金山文艺复兴运动的积极倡导者和创始人之一。雷克思洛斯一生著述甚丰，出版了 50 多部书。其论著有《20 世纪美国诗歌》（*American Poetry in the Twentieth Century*, 1971）等，主要诗集有《几点钟》（*In What Hour*, 1940）、《凤与龟》（*The Phoenix and the Tortoise*, 1944）、《万物印记》（*The Signature of All Things*, 1949）、《龙与独角兽》（*Dragon and Unicorn*, 1952）、《新诗选集》（*Selected New Poems*, 1964）、《短诗全集》（*Collected Shorter Poems*, 1966）和《新诗抄》（*New Poems*, 1974）等多种。雷克思洛斯不仅亲身经历了美国的新诗运动，还积极学习翻译中国诗歌，将包括中国诗歌在内的多国诗歌作为参照，深入理解 20 世纪美国诗歌。他与其他诗人一起，推动了 20 世纪 40 至 70 年代美国诗歌的发展。他的后期诗作生动地呈现出回归生活的心灵，进入与生命和大自然融合的境界，他被当时的评论界誉为"可能是现有美国诗人中最伟大的一位"[1]。

1.Luis Ellicott Yglesias, "Kenneth Rexroth and the Breakrough into Life", New Boston Review, Dec., 1977, pp.3—5. 转引自钟玲《王红公英诗

　　雷克思洛斯对中国古典诗歌（以及日本古典诗歌）有很高的评价，他说过："完全可以这样说，

里的中国风味》，见郑树森、周英雄、袁鹤翔合编《中西比较文学论集》第 105 页，台北：台湾时报出版公司，1986 年版。

在今天，日本和中国的古典诗歌对美国诗歌的影响堪与以往任何时期英法诗歌对美国诗歌的影响相媲美。对于 1940 年以后出生的人来讲，这种影响更近于压倒一切。这里，我想说明一下其中的原委。远东的古典诗歌宣扬的是一个完美文化的方方面面，或者说，人类心灵的种种要素以及最完善的人的种种品质。而所有这些，却被西方文明压制或者歪曲了。"[2] 他通晓中文

2.Kenneth Rexroth, "The Influence of the Classical Japanese Poetry on Modern American Poetry", 转引自〔日〕儿玉实英著、陈建中等译：《美国

和日文等数种语言，翻译并出版了数种语言的诗歌译文集，如《日本诗百首》（*100. Poems*

诗歌与日本文化》，第 176—177 页，西安：陕西人民教育出版社，1993 年版。

from the Japanese, 1955）等。但是，雷克思洛斯终生崇尚中国诗歌，在翻译介绍中国古诗方面的贡献尤其突出。在他翻译的外国诗中，中国诗歌占了绝大多数。由于他从来没有正式修过中文课程，主要是依靠自修苦读的精神和勤查字典的不懈努力去研读和理解原诗意义，后期翻译得到中国学者钟玲的帮助。他毕生倾情于中国"诗圣"杜甫，积极翻译介绍杜诗等中国诗歌。在他的英译汉诗中，除《李清照诗全集》外，其他译本收入中国古代和近现代诗近 350 多首；翻译的中国诗集就有四五种之多，这在当代美国和西方诗人中并不多见。在 20 世纪 60 和 70 年代，他在翻译传播中国诗歌方面付出了很大努力，做出了重大的贡献。

　　长期以来，西方学者翻译家一直推崇李白和王维，认为李白是中国历史上最伟大的诗人。在较早的汉诗英译中很少涉及杜甫。但是，雷克思洛斯却发现了杜甫诗歌的无穷魅力。1924 年，19 岁的雷克思洛斯南下新墨西哥州，向著名诗人翻译家威特·宾纳（Witter Bynner）求教。宾纳毕业于哈佛大学，他学识渊博，对东方文化抱有浓厚兴趣。当时，宾纳正在新墨西哥州的圣塔菲（Santa Fe）翻译中国古诗。他与江亢虎合译的《群玉山头》（*The Jade Mountains*, 1929，即《唐诗三百首》）后来成了大学教材，产生很大影响。青年雷克思洛斯在宾纳的引导下开始学习中国古诗。宾纳着重向雷克思洛斯推荐杜甫，这对他后来的汉诗英译与诗歌创作产

生了长久的重大影响。雷克思洛斯发现了杜甫诗歌的博大精深与无穷魅力，并为之深深折服。

他从此不改初衷，毕生热爱和崇敬杜甫，并为翻译和研究杜甫付出了长期努力。据他在自传中

说："从我少年时代起，就随身带着杜甫的作品，这些年来，我对他的诗比对自己的大多数诗

作还要熟悉"，"我30年来一直沉浸在他的诗中"，"可以肯定地说，在道德情操及领悟力

上，是杜甫使我成为更加健全的人"。[1] 他沉溺于杜甫诗中长达数十年之久，收益甚巨。他认

1.Kenneth Rexroth, *An Autobiographical Novel*, New York, New Directions, 1964, p.319.

为杜甫是世界上"最伟大的非史诗非戏剧性诗人，在某些方面，比莎士比亚或荷马优秀，至少

他更自然更亲切"。[2] 据他分析，杜甫之所以成为如此伟大的诗人，其主要原因是杜甫所代表

2.Kenneth Rexroth, *An Autobiographical Novel*, New York, New Directions, 1964, p.319.

的文化。雷克思洛斯指出，养育杜甫的文化即中华传统文化，是人类历史上最为悠久的文化。

杜甫这样一位优秀诗人关注的是"人的坚信、爱、宽宏大度、沉着和同情"，而只有这些品德

才能够拯救整个世界。虽然杜甫没有任何宗教信仰，但他关心普通人民的命运和处境，这才是

"惟一可能持久的宗教"。[3] 雷克思洛斯对杜甫极为崇敬，曾专门撰写论文《杜甫诗论》（*Tu*

3. 参见张子清：《中国文学和哲学对美国现当代诗歌的影响》，载《外国文学》，1993 年第 1 期。

Fu，Poems），阐述他对杜甫的诗作的深刻理解。他在论文中说，杜甫的诗表现了对生活和人

性的热爱，以及人与大自然之间的心灵交流，杜甫敏锐的观察力激发起他自己的想象和诗情。

雷克思洛斯举出杜甫的《北征》句"鸱鸟鸣黄桑，野鼠拱乱穴。夜深经战场，寒月照白骨"作

为例证，说明杜诗语言简洁凝练，在对自然景物的描写中蕴涵着诗人对世事的忧虑和对人民疾

苦的深切同情。雷克思洛斯在主题思想和写作技巧等方面都接受了杜甫的影响。他在论文中指

出，是杜甫精确的洞察力激发他在诗歌创作中的意象，使之看似寻常，实则鲜明强烈，产生深

刻印象。[4] 可以说，在雷克思洛斯的人生观与艺术思想的形成和成熟过程中，中国唐代大诗人

4.Kenneth Rexroth, *Classics Revisited*, pp.127—128.

杜甫起到了无与伦比的巨大作用。雷克思洛斯回顾自己接受杜甫影响的经历时说："杜甫对我

影响之巨，无人可及"，"我三十年来一直沉浸在他的诗中，我深信，他使我成了一个更为高

尚的人，一个道德的代言人，一个有洞察力的生命体"。[5] 凭着对杜甫崇敬和热爱，雷克思洛

5.Kenneth Rexroth, *An Autobiographical Novel*, New York, Ner Directions, 1966, p.319.

斯依靠字典和数种西方语言的译本研读和翻译杜诗。雷克思洛斯从不固步自封，善于吸收各家

之长，加之他不谙汉语，因此他在英译杜甫诗时依据了多种版本。其中文原诗依据郭知达编《九

家集注杜诗》，而外文译诗则是其他译者的数种英文、法文或德文译本。其中包括：（1）洪

业（William Hung）的杜诗英文译文；（2）艾思柯夫人的杜诗英文译文；（3）欧文·冯扎

克（Erwin von Zach）的杜诗德文译文；（4）圣德尼（Hervey St. Denys）的杜诗法文译文；

（5）罗大冈的杜诗法文译文；（6）马古利叶（George Margouliers）的杜诗法文译文；（7）

白英(Robert Payne) 的杜诗英文译文等。在上述各个版本中，雷克思洛斯采用最多的是前三种。

在翻译过程中，他还得到中国朋友郭长城（C. K. Kwock）等的具体帮助。一方面，这些译

本可以帮他从不同的角度理解原诗，但另一方面，多种不同的外文译本也会影响他对原诗的理

解，甚至距离原诗的确切意义更远。雷克思洛斯翻译的 36 首杜诗，其中有 35 首发表在《汉诗

百首》（1956）中，另 1 首收在《续汉诗百首》（1970）中。收在《汉诗百首》中的杜甫诗歌

英译文，就译文的语言、普及面和影响力，在美国文坛上被赞誉为"可能仅次于庞德的《神州

集》"[1]。雷克思洛斯的英译汉诗集如《汉诗百首》等流传甚广，其中有些译诗还在一些诗刊上

> 1. 钟玲：《经验与创作——评王红公英译的杜甫诗》，见郑树森编《中美文学因缘》，台北：台湾东大图书公司，1985 年版。

转载，或被收入英诗选集之中，成为批评家评论的对象。他的有些译诗还被谱成歌曲传唱。雷

克思洛斯翻译的中国古诗，尤其是杜甫诗歌，在美国诗坛上产生了广泛影响。雷克思洛斯翻译

的中国古诗受到美国诗坛和评论界的重视与好评。美国当代著名诗人 W．C．威廉斯（William

Carlos Williams）曾经盛赞雷克思洛斯翻译的中国古诗："在我有幸读到，用美国现代语言写

作的诗集之中，这本书能置于最富于感性的诗集之列"，"王红公翻译的杜甫诗，其感触之细微，

其他译者，无人能及。"[2] 宾纳对雷克思洛斯英译杜甫也是赞誉有加："这些译诗，使我们感到，

> 2. 转引自钟玲：《经验与创作》，见郑树森编《中美文学因缘》，第 122 页，台北：台湾东大图书公司，1985 年版。

我们的心灵在古代的山水中复活了，我们可与古人情感交融。"[3]

> 3. 转引自钟玲：《经验与创作》，见郑树森编《中美文学因缘》，第 122 页，台北：台湾东大图书公司，1985 年版。

从 20 世纪 60 年代开始，女权主义在美国和西方世界兴起。在这种思潮的影响下，雷氏汉

诗英译的主要兴趣转移到中国女诗人上。加拿大学者谢莉·西蒙（Sherry Simon）指出，当代

女性主义翻译理论的一个核心任务是反对翻译中的性别歧视，廓清和批判将妇女和翻译贬低到

社会和文学阶层底层的观念。[4]1970 年，在美国威斯康星大学攻读比较文学的中国女留学生钟

> 4.Sherry Simon, *Gender in Translation: Cultural Identity and the Politics of Transmission*, London and New York, Routledge, 1996. p.1.

玲[5] 为完成题为《肯尼斯·雷克思洛斯：翻译、摹仿与改写》的博士论文，从学校来到加州采

> 5. 钟玲（1945—）：女，祖籍广东番禺，出生于重庆，在台湾长大，毕业于东海大学外文系，1967 年去美国，获威斯康星大学比较文学博士，曾任教美国纽

访他，从此开始他们在英译汉诗方面的合作。他们合译的《兰舟：中国女诗人诗选》收入了多

> 约州立大学、香港大学和香港中文大学。现为香港浸会大学教授，文学院院长。

位中国女性诗人作品的英译，包括黄娥、朱淑真、秋瑾和郑敏等；他们合译的《李清照诗全集》

更是这方面的典型例证。当他们对词语有不同的译法时，常使钟玲感到惊讶的是，雷克思洛斯

总能"抓住诗中激发中国诗人感情的那些因素"。[6] 他们的译文在文学界学术界受到好评，如

> 6.Kenneth Rexroth, *An Autobiographical Novel*, New York, Ner Directions, 1966, p.319.

著名汉学家宇文所安曾在《亚洲学刊》（*Journal of Asian Studies*）1973 年 11 月号上撰文评

论他们合译的《兰舟：中国女诗人诗选》，认为所选诗人具有代表性，尽管有些地方不够准确，

但译者的想象力和创新精神却很引人注目（见该刊第 105 页）。雷克思洛斯跟中国女学者钟玲在汉诗英译上合作，从题材到方式，无不彰显女性在中国诗歌史上的重要地位，印证了当代女性主义文学理论与翻译理论的主张。

雷克思洛斯在诗歌的创作和翻译中强调"中国法则"（a kind of Chinese rule），突出表现具体的图景和诉诸感官的意象，努力创造出一种"诗境"（poetics situation），呈现出具体的意象和情景，即能使读者置身其中的特定时间与特定地点。雷克思洛斯在汉诗英译中不拘泥于字词的对应，甚至不惜对原诗作较大的改动，其主要的动因就是追求再现原诗的"诗境"。他通过翻译掌握了中国山水诗的表现手法，诗人在山水诗创作中尽量减少人的介入，努力呈现大自然的本来面目，[1] 他还将这条"中国法则"运用到自己的诗歌创作中。他曾明确表示：

1. 参见自钟玲：《经验与创作》，见郑树森编《中美文学因缘》，第 144 页，台北：台湾东大出版公司，1985 年版。

"我认为中国诗歌对我的影响，远远大过其他诗歌。我自己写诗时，也大多遵循一种中国式的法则。"[2] 评论界认为，雷氏最好的作品是描写大自然的诗，这些诗恬静优美，构思精巧。

2. 雷克思洛斯 1970 年在加州跟钟玲的谈话，转引自钟玲《经验与创作》，见郑树森编《中美文学因缘》，第 144 页，台北：台湾东大出版公司，1985 年版。

而事实上，他的这类诗却多为他翻译的中国或日本诗歌。[3] 如 20 世纪 60 年代末，在美国出版

3. Ian Hamilton, *Oxford Companion to 20th Century Poetry*, Oxford University Press, 1996.

的当代诗歌选集《赤裸之诗：近年来美国开放题材诗歌》（*Naked Poetry: Recent American Poetry in Open Forms*, 1969）中，雷克思洛斯入选的 16 首诗中就有 14 首是他翻译的中国诗。又如雷克思洛斯的诗集《新诗抄》并不全是他创作的诗歌，选集分为四个部分：即他创作的诗、他翻译的一位假托日本女诗人的诗、中国诗仿作和中国诗译作等。由此可以看出，他是把自己的创作与介绍东方文化结合在一起了。读者有时甚至很难判断诗集中哪些是他自己创作的诗，哪些是经他翻译的诗。

海陶玮（James Robert Hightower），是 20 世纪美国汉学界的领军人物之一，他出生于俄克拉荷马州的萨尔弗（Sulphur），在科罗拉多州立大学学习期间，读到了由庞德翻译的中国古典诗歌，对此产生强烈兴趣。在哈佛大学获得中文硕士学位之后，到北京继续研习中文和中国文学。当时北京被日本侵略者占领，美国和日本是交战国，海陶玮曾经被日本占领军关进了设在北京的战俘营，后作为交换俘虏从战俘营被遣返回国，后得以重返哈佛大学深造，继续研习中国文学。1946 年，他以论文《韩诗外传：韩婴对〈诗经〉教化运用的诠释》（后出版于 1952 年）获得比较文学博士学位，成为该校比较文学项目主任。1946 至 1948 年间，他们夫妇再次来到北京，继续研究中国文学，并出任在北京的哈佛燕京学社副主任。中国内战快结束时，

海陶玮决定返回美国，重回哈佛大学。他 1952 年任副教授，1958 年升任教授，后来还担任哈佛大学东亚研究会主席、远东语文系系主任等职。此外，他还曾在英国、德国和加拿大的多所大学任访问学者。2006 年 1 月以 90 岁高寿辞世。海陶玮的主要学术成果包括《中国文学论题》（*Topics in Chinese Literature*，1950，1953，1966）、《杜甫诗选》（*Tu Fu's Gedichte*，1952）、《韩诗外传：韩婴对〈诗经〉教化运用的诠释》（*Han Shih Wai Chuan: Han Ying's Illustrations of the Didactic Application of the Classic of Songs*，1952）、《骈文指要》（*Some Characteristics of Parallel Prose*，1965）、《陶潜诗集》（*The Poetry of T'ao Ch'ien*，1970）以及跟华裔学者叶嘉莹合作研究的论文集《汉诗研究》（*Studies in Chinese Poetry*，1998）等。

　　海陶玮编译的《陶潜诗集》（*The Poetry of T'ao Ch'ien*，Oxford: Clarendon Press，1970）作为英国牛津大学出版社策划出版的大型"牛津东亚文学丛书"之一，是英语世界第一部陶潜诗歌全译本，是学者型翻译的代表作。陶潜，即陶渊明，东晋末年著名诗人。他从小热爱自然，熟读儒家经典，也接受玄学思想影响。曾出任过如参军和县令等职务，但因在官场从政有违自己意志，不肯与社会陋习同流合污而毅然弃职归隐，躬耕田园，终其一生。陶潜今存诗文 130 余篇，其中诗歌 120 余首。陶潜诗歌绝大多数是五言诗，有少数是四言诗。其内容大致可分为"咏怀诗"、"田园诗"和"哲理诗"三个大类。陶潜诗歌浓缩了他高尚的品德情操、丰富的人生经历和卓越的表现才能。在质朴自然中蕴含着精粹广博，在写景抒情中表现他遗世独立、旷达乐观的人生态度。陶潜诗歌以其深刻的思想内涵和独特的艺术魅力倾倒过无数读者，在中国文学史上独具特色，在世界文学史上也发出持久的光彩。

　　《陶潜诗集》收入海陶玮翻译的全部存世陶潜诗歌，还收入译者研究陶潜的成果，以及他翻译的中国历代各家关于陶潜诗歌的诠释及注解，这一部分的篇幅大大超过英文译诗，凝聚着译者对陶潜诗歌长期深入研究的学术成果，这在汉诗英译领域是不多见的。美国诗人，翻译家雷克思洛斯强调，诗歌翻译是一种"情感赞同行为"（act of sympathy），是将原作诗人的言说（utterance）转换成自己的言说，以实现两者的同一（identification）；他反对译者仅仅是用自己语言的词语跟原诗词语相对应的方法。[1]陶潜是中国诗歌传统中最为著名的诗人之一，其思想感情和人生观念极具特色。海陶玮景仰陶潜，完全赞同陶潜的人生观和思想感情，在情

1.Kenneth Rexroth, *The Poet as Translator*, W. Arrowsmith & R. Shattuck, eds., *The Craft and Context of Translation*, Anckor Books, 1964, p.29.

感和精神实现两者的同一，自己也成了"现代西方的东方隐士"。这是他长期专注于陶潜诗歌翻译和研究的主要动因。他推出的首部陶潜诗歌英文全译本产生了重大影响，直至今日，跟其他英美翻译家翻译研究多位中国诗人的方式不同，海陶玮以主要精力翻译研究陶潜，给后来的英美学者翻译家留下了重要启示。《陶潜诗集》以其精当的译文和丰富的内容，成为海陶玮汉诗英译的顶峰。在很长一段时期内，这部《陶潜诗集》是英语世界关于陶潜诗歌的惟一的一部全译本，产生了重要影响。[1] 直到多年后，另一位美国汉学家戴维斯（A.R. Davis）的两卷本

1. J. R. Hightower, *The Poetry of T'ao Ch'ien*, tr., Oxford: Clarendon Press, 1970.

译文及论著《陶渊明：作品与意义》出版，才改变这种状况。

海陶玮曾两度在美国哈佛大学，两度在中国北京研习汉语和中国文学，有深厚的中国语言和古典文学修养。在他后来研究和翻译中国古诗的过程中，又得到著名学者叶嘉莹等的帮助。他的陶诗英译准确而传神，有很高的水平。无论是从教育基础、学术背景还是从个人的禀赋修养来看，海陶玮跟传统的或同时代的若干英美翻译家相比，都有明显的区别。他在汉诗英译的质量和造诣上，是明显比较高明的。海陶玮英译的陶潜诗歌被英美文学界和学术界广泛接受，被收入多种在英语世界出版的大型权威性中国文学或中国诗歌译文选集中，这些选集包括由汉学家梅维恒（Victor Mair）主编的《哥伦比亚中国古典文学选集》（*The Columbia Anthology of Traditional Chinese Literature*, New York Columbia University Press, 1994），由当代英国汉学家闵福德（John Minford）和中国学者刘绍铭历时十余年合作编辑而成的《中国古典文学译文集》（第一卷）（*An Anthology of Translations of Classical Chinese Literature: Volume One*, Columbia University Press & The Chinese University Press, Hong Kong，2000，2002）以及由耶鲁大学著名学者梅纳德·迈克（Maynard Mack）主编的《诺顿世界文学杰作选集》（*The Norton Anthology of World Masterpieces*, Norton and company，1997）等。

华兹生（Burton Watson），当代美国著名汉学家、翻译家；出生于纽约，在第二次世界大战期间加入美国海军，战争结束时以战胜者身份进驻日本，特色鲜明的东方文明使他产生浓厚兴趣；后入哥伦比亚大学研习中国文学，在华裔学者王际真等的指导下潜心学习，获中国文学硕士学位；同年赴日本京都大学，在汉学家吉川幸次郎的指导下研习《史记》等中国典籍，以《史记》研究获哥伦比亚大学汉学博士学位；后在哥伦比亚大学和斯坦福大学讲授中国和日

本语言文学，并从事翻译工作，是以出版东亚研究成果著称的哥伦比亚大学出版社的首要撰稿人。1990 年，应邀来香港中文大学翻译研究中心讲学，并参加由该中心主办的《译丛》杂志（Renditions）的编译工作，任该刊编委。华兹生毕生从事中国和日本文学的翻译和研究，他翻译的以白居易、苏轼、寒山和陆游等为代表的中国古代诗人诗作，以及汇集他英译汉诗成就的《哥伦比亚中国诗选：从早期至十三世纪》等是 20 世纪英语世界汉诗翻译领域的重要成果，在美国和西方世界产生重大影响，在国际学术界享有很高声誉，并以此获得过多种奖项，如哥伦比亚大学翻译中心颁发的金质奖章（1979）和"笔会翻译大奖"（PEN Translation Prize, 1981）以及美国艺术文学院（American Academy of Arts and Letters）颁发的"文学奖"（Literature Award, 2006）等。

在华兹生翻译的大量中国古典文学作品中，古典诗歌占了很大比例。他对英译中国古诗有明确的见解和策略，如力主摒弃传统英诗的格律以及传统诗歌的词语和句式，主张使用符合现代英语规范的英文来翻译中国古诗，务使当代英美读者能够理解与欣赏中国古诗。他英译汉诗的风格平淡自然，舒缓有致，跟大多数中国古诗固有的语气风格相一致。华兹生的译文成功地传达了中国古诗中常有的宁静致远的韵味。他选译的中国古代诗人选集包括《宋代诗人苏东坡选集》（Selections from a Sung Dynasty Poet, Su Tung-p'o, 1966）、《寒山诗百首》（Cold Mountain: 100. Poems, 1970）、《随心所欲一老翁：陆游诗文选》（The Old Man Who Does as He Pleases: Selections from the Poetry and Prose of Lu Yü, 1973）、《白居易诗选》（Po Chu-I: Selected Poems, 2000）和《杜甫诗选》（The Selected Poems of Du Fu, 2002）等；华兹生还出版了一些论述中国诗歌的专著如《中国式抒情：第二至十二世纪的中国诗歌》（Chinese Lyricism: Shih Poetry from the Second to the Twelfth Century, with Translations, 1971）和《中国韵文：汉魏六朝赋中的诗歌》（Chinese Rhyme-prose: Poems in the Fu Form from the Han and Six Dynasties Periods, 1971）等，其中也包括了他翻译的中国诗歌。作为专治东亚文学的著名专家，华兹生还注意把日本学者研究中国古诗的成果翻译介绍到英语世界，如将他在日本京都大学的导师、著名汉学家吉川幸次郎著《宋诗引论》（An Introduction to Sung Poetry, by Kojiro Yoshikawa, 1967）从日文翻译成英文，在美国出版，增进了汉诗在美国的传播与影响。

华兹生编译《哥伦比亚中国诗选：从早期至十三世纪》（*The Columbia Book of Chinese Poetry: From Early Times to the Thirteenth Century, Columbia University Press, 1984*）是集中体现译者研究和翻译中国古典诗歌成就的代表性译著。这部选集共十二章，涵盖中国古典诗歌的各主要历史时期及其代表性诗人诗作。译者在书前的长篇导论中，追溯了中国传统诗歌的发展历史，中国古诗在思想内容、语言形式和格律韵式等方面的特征，以及译者英译汉诗时所秉持的原则和策略等；华兹生还为书中的每一章都撰写了引言，对该时期中国古诗的特色和成就做扼要的分析介绍。[1]

1. B. Watson, *The Columbia Book of Chinese Poetry: From Early Times to the Thirteenth Century*, Columbia University Press, 1984.

关于译诗选集与传统建构，香港中文大学的翻译研究学者孔慧怡（Eva Hung）强调，翻译文学选集在译入语文化中建构和阐释源语文学传统，可以发挥很大的作用。[2] 格伦•约翰逊

2. 孔慧怡：《以翻译选集建构文学传统》，载《翻译•文学•文化》，第 110 页，北京：北京大学出版社，1999 年版。

（Glen M. Johnson）突出文学作品选集的意义，认为编撰文选是使作品经典化的重要因素。[3]

3. 转引自钟玲：《史耐德与中国文化》，第 181 页，北京：首都师范大学出版社，2006 年版。

华兹生的《哥伦比亚中国诗选：从早期至十三世纪》涉及各个历史时期中国传统诗歌的代表性诗人诗作等。其时间跨度之长，类别之广，诗人诗作之多，译文质量之上乘等，在英美翻译家中是相当罕见的。加之译者不仅为全书撰写导论，还为书中的每一章都撰写了引言，对于各个历史时期的中国古代诗人及其诗作所具有的不同特征做了简要精当的分析介绍。这样的译著为在美国和英语世界构建中国古诗传统，实现英译汉诗在西方世界的经典化方面具有极其重要的意义。

白之（Cyril Birch），当代美国著名汉学家，翻译家，出生于英格兰的兰开夏（Lancashire），曾在伦敦大学亚非学院（The School of Oriental and African Studies, London University）研读中国语言文学，获中国文学博士学位，曾长期在母校教授中文。从 1960 年起，任教于美国加利福尼亚大学伯克利校区东方语文系，后任该校中文及比较文学教授及系主任；1991 年从该校退休并任名誉教授。白之积极参与跟中国学术界的交流，曾于 1983 年来北京出席首届中美双边比较文学研讨会，并兼任香港中文大学翻译研究中心《译丛》（*Renditions*）杂志编委等。

白之的主要著译涵盖了传统中国小说、戏剧、诗歌以及现代中国文学领域，并以翻译和研究明代戏剧及故事著称。在所有的文学类型中，他最喜爱的还是中国古典戏剧。其英译中国戏剧《牡丹亭》（*The Peony Pavilion*）、《燕子笺》（*The Swallow Letter*）和《浣纱记》（*The Girl Washing Silk*）是他长期致力于研究传统中国戏剧的巅峰之作，曾分别刊登在香港中文大

学《译丛》杂志上。白之翻译研究中国古典文学作品的成就集中体现在两卷本《中国文学选集》中，即《中国文学选集·第一卷：从早期至十四世纪》（*Anthology of Chinese Literature, Volume I: From Early Times to the Fourteenth Century*, New York: Grove Press, 1965）和《中国文学选集·第二卷：从十四世纪至当代》（*Anthology of Chinese Literature, Volume II: From the Fourteenth Century to the Present Day*, New York: Grove Press, 1972）。

　　白之为编译两卷本《中国文学选集》付出了巨大努力，除收入他自己英译的中国古诗外，还以兼收并蓄的态度，选收了多位译者的汉诗英译作品。全书译文出自 38 位译者之手，其中有 10 位是海外华裔学者，包括陈世骧、王际真、初大告、夏志清和叶维廉等；在 28 位英美译者中，有不少是当时名重一时的翻译家，如韦利（Arthur Waley）、庞德（Ezra Pound）、葛瑞汉（A.C. Graham）、霍克思（David Hawkes）、宾纳（Witter Bynner）、艾克尔（William Acker）、海陶玮（J.R. Hightower）、华兹生（Burton Watson）、赖道德（J.K. Rideout）、麦克修（Vincent McHugh）、舒威霖（William Schultz）以及主编白之等。这部选集因材料丰富、译文上乘、选编精当，集中体现了 20 世纪 50—60 年代英美学术界翻译和研究中国古典文学的水平，也代表着当时英诗世界汉诗英译最佳成就，曾经长期在英诗世界广泛用作大学教材，产生了很大影响。许多对中国文学感兴趣的西方读者和学者，正是通过白之的这部两卷本选集得以了解和欣赏中国文学作品。[1]

1.Cyril Birch, *Anthology of Chinese Literature*, ed., Volume I, Volume II, New York: Grove Press, 1965, 1972.

英译汉诗在《选集》中占了较大比例，从诗人及作品来看，从《诗经》和《楚辞》起，凡是在数千年中国诗歌历史上具有代表性或重要的诗人及其作品，《选集》多有选入。如在《选集》第一卷（早期至 14 世纪）中收入的诗人诗作包括：屈原、陶潜、寒山、王维、杜甫、李白、韩愈、白居易、元稹、李贺、李商隐、李煜、温庭筠、苏轼和李清照等。《选集》第二卷（自 14 世纪至当代）收入的诗人诗作包括：关汉卿、马致远、徐再思、张养浩、张可九、乔吉、高启、陈子龙、吴伟业、朱彝尊、纳兰性德、袁枚、蒋春霖和毛泽东等。值得关注的是，白之选编的这个选本跟英诗世界出版的其他许多英译中国文学选本不同，其他选集大多仅选传统中国文学（如宇文所安、梅维恒或闵福德的选本等）。另有少量由其他编者选编的现当代中国文学作品选集。白之的这个《选集》第二卷还选收了现当代中国文学作品，其中的中国新诗部分包括：

徐志摩、闻一多、艾青和冯至等；此卷还有专章介绍当代台湾诗人和诗作，包括洛夫、商禽和痖弦等。

　　白之编《中国文学选集》中收入英美译者翻译的中国古诗中也有不少误译。中国古典诗歌文字简洁而意蕴丰富，对于呈现意象、创造意境和美感意识的追求往往重于对意义和逻辑关系的考虑。以"意合"（parataxis）为特征的语言成分连接方式及篇章结构，又突破了常规的语法范畴、时间空间和人际关系等方面的限制，扩展了无限与广垠的境界，将诗人个人一时的体验变成了普遍的恒常的经验。由于中国古诗的这些基本特征，英美译者要正确理解中国古诗是很困难的。加之古汉语文字艰深，中国历史文化意蕴极其丰富，他们要准确翻译中国古诗则更是困难。

　　勒菲弗尔（André Lefevere）指出，翻译是"改写"（rewriting）的一种重要形式，翻译"可以为主体文学引进新的表现手法，而且可以转变译入语文化中文学的功能观"。[1] 白之及

1. André Lefevere, *Translation, Rewriting and the Manipulation of Literary Fame*, London and New York, Routledge, 2002, p.38.

其《中国文学选集》改变了过去英语世界译介中国文学零散随意、缺乏系统性的弊端，在汉诗英译领域内具有承上启下的重要意义。选集中一批翻译家的大量诗歌译作以"改写"形式为英美读者和学术界传达汉诗意义，再造汉诗意境，为英语世界的主体文学引进中国古诗的观念和手法，由此丰富了英语文坛，扩展和深化了英美学者和批评家对文学功能的认识。阿明·弗兰克（Armin Paul Frank）在为《翻译研究百科全书》撰写的"翻译文选"（Anthology of Translation）词条中对翻译文学选集的定义、分类和性质等做了简明扼要的阐释。他指出，编者选编翻译文选，如同举办艺术展览，为译入语读者提供源自某种语言或某一民族的"编排成型的作品集"（configurated corpara）。[2] 在翻译研究和文学研究领域，人们也注意到了翻

2. Mona Baker, *Routledge Encyclopedia of Translation Studies*, Shanghai Foreign Languages Education Press, 2004, p.14.

译文选的编纂跟译文经典化以及建构文学传统之间的紧密关系。例如格伦·约翰逊（Glen M. Johnson）指出，编纂文选是使作品经典化的重要因素。[3] 孔慧怡在论文《以翻译选集建构文学

3. 转引自钟玲：《史耐德与中国文化》，第181页，北京：首都师范大学出版社，2006年版。

传统》中指出，翻译文学选集在译入语文化中建构和阐释源语文学传统，可以发挥很大作用。[4]

4. 孔慧怡：《翻译·文学·文化》，第110页，北京：北京大学出版社，1999年版。

白之的两卷本《中国文学选集》产生于20世纪60年代，时间跨度长，文学类别多，尽量选入具代表性的中国作家诗人，涉及的译家和译作也很多，代表着当时英语世界英译和研究中国文学的整体水平。所以当时有论者称："一位作家如果能被收入像白之所编这样重要的选集，他长远的文学地位可谓稳如泰山。"[5] 如同整部文选试图在英语世界建构中国文学传统一样，在这两

5. 钟玲：《史耐德与中国文化》，第182页，北京：首都师范大学出版社，2006年版。

部译文选集中收入的英译汉诗则向英美读者展现和阐释中国诗歌传统，使读者能对中国诗歌有比较全面和深入的了解。几十年来，白之选编的这两卷本译文选集一直发挥着十分重要的作用。

加里·斯奈德（Gary Snyder），美国当代著名诗人翻译家，出生于旧金山，在美国西海岸长大。美国西海岸是东方文化、印地安文化与爱斯基摩文化的连接地，加里·斯奈德从 10 岁起，多次参观过位于西雅图的艺术博物馆。在那里，来自东亚的艺术品给他留下深刻印象。早在里德学院学习期间，他就接触到费诺罗萨关于中国和日本艺术文学的文稿，以及庞德翻译的中国和日本文学作品，对中国古诗产生浓厚兴趣。正是中国古诗和中国传统艺术给了斯奈德终生的启迪和艺术灵感。1953—1956 年，他在加州大学伯克利校区研究生院攻读包括中文和日文在内的东方语言和文化期间，受到著名华裔学者陈世骧的亲切指导。在 20 世纪 50 和 60 年代，斯奈德数次去日本，先后在日本居住了十多年，潜心研习东方文化和禅宗佛学。他曾在日本寺庙里当侍僧 3 年，悉心钻研禅宗佛学。按照斯奈德的说法，他主要是为了学习中国文学文化才去日本的。斯奈德返回美国后，定居在加利福尼亚州北部荒僻山区的森林里，在山林里身体力行地实行"抛弃腐朽的现代文明，回归并置身大自然"的艺术和人生追求。他在创作中融会包括儒道和禅宗的东方文化和美洲印地安文化，他兼任加州大学戴维斯校区教授，每年有一段时间到学校上课，讲授文学创作和现代诗歌。斯奈德的汉诗英译极大地影响了他自己的创作思想和创作手法。他以翻译中国唐代诗僧寒山的诗作著称，除了寒山，他对其他一些中国古代诗人，如陶潜、王维、韦应物、杜甫、白居易和苏轼等的诗作也很熟悉。在创作思想和技巧上，直接或间接地接受了中国古典诗歌的重要影响和启迪。例如，斯奈德诗作的一个显著特征就是极为简约和直接使用意象表达，他的诗作大多以自然风光和人在自然界里的劳动生活为题材，风格简洁明朗，语言朴实精练，在当代美国诗坛上独具一格。斯奈德出版了 20 多部诗集，包括《碎石集》（*Riprap*，又译《敲打集》，1959）和《山水无际》（*Mountains and Rivers without End, Counterpoint, Washington*, 1996）等；他的诗歌创作曾获得古根海姆研究奖（Guggenheim Fellowship）和普利策奖等重要文学奖项。

斯奈德是继庞德和艾米·洛威尔之后翻译介绍中国诗歌最为得力的著名美国诗人，他在研究、翻译和传播中国唐代诗僧寒山的诗作方面有重大的贡献。经他翻译的寒山诗，对当时美国社会和思想文化产生过深远影响。寒山（生卒年代不详）长期隐居台州始丰（今浙江天台）西之寒岩（即寒山），故号寒山（或寒山子），他形容不整，狂放不羁。其诗长于以通俗机智的语言记述隐逸山林之兴，表现人生哲理，宣扬轮回因果等，语气恢谐，机趣横溢。寒山自称写有诗歌 600 余首，今存 300 余篇。斯奈德在《长青评论》（*Evergreen Review*）1958 年秋季号上发表了 24 首英译寒山诗，引起很大反响。早在斯奈德之前，英国翻译家韦利于 1954 年就在《相逢》杂志（*Encounter*）上发表了 27 首英译寒山诗。在斯奈德之后，美国汉学家、翻译家华兹生又于 1962 年出版了 100 首寒山诗的英文译本。在几位翻译家中，斯奈德所译寒山诗的数量最少，但影响却最为深远。其首要原因或许是他本人的行为和思想活脱就是一个现代美国式的寒山。其次，由于斯奈德本人与寒山的思想相通，他从存世的 300 余首寒山诗中仅选 24 首，反映出他自己的文学倾向和欣赏角度，包含着斯奈德的再组织和再创作，再加以陈世骧教授的悉心指导，斯奈德对寒山诗的理解比较准确，所以他的翻译具有鲜明的特色，产生了深远的影响。斯奈德翻译的寒山诗成为英译中国文学的经典，白之主编的《中国文学选集》（*Anthology of Chinese Literature*，1965）第 1 卷就选收了斯奈德翻译的这 24 首寒山诗以及吕丘胤写的序言。在数十年时间里，这部选集成为美国以及西方许多大学东亚语文系的常用教材，影响深远。几十年之后，由闵福德和刘绍铭合编的《中国古典文学译文选（第一卷）》（*An Anthology of Translation: Classical Chinese Literature*，Volume I，2002）成为当今英语世界最为全面广泛，也最具影响力的中国古典文学译文选集。这部译文选集再次全部收入了斯奈德翻译的寒山诗歌 24 首。由此可见，斯奈德翻译的寒山诗歌在英语世界具有相当重要的地位和影响。

上述这些，实现了寒山诗歌在英语世界的经典化（canonization）历程。"经典"（canon）源自古希腊的 kanon（意为"尺度"），后延伸为"杰出的标准"（standards of excellence）。[1] "文学经典"是指"传统的具有权威性的著述"，"不仅具有长久的阅读和研

1. M.C. Howatson and Ian Chilvers, *Oxford Dictionary of Classical Litearture*, eds., Oxford University, 1993, p.107.

究价值，还可以作为书籍的标准与典范"。[2] "经典化"是指文学作品经读者的反复阅读，批评

2. 转引自廖七一：《胡适诗歌翻译研究》，第 181 页，北京：清华大学出版社，2006 年版。

家和专家学者的长期研究，最终被接受并确认为具有天才性和独创性的经典作品的一过程和方式。斯奈德英译寒山诗在这方面功不可没。过去，在正统的中国文学界，寒山一直受到排斥，在文学史上没有地位。但到了 20 世纪后半叶，寒山诗在国外的传播与影响，却是出人意料。在与东方文化存在着巨大差异的英语世界，寒山诗也风行起来。在美国，数种重要的和权威性

的中国文学选本都全部收入斯奈德翻译的寒山诗歌，产生很大影响。在美国，从 20 世纪 50 年代末到 60 年代，寒山成了在思想文化界影响甚大的"垮掉的一代"的精神先驱和理想英雄。英译寒山诗成了美国青年最喜爱的读物之一，寒山在美国思想文化界的影响至今不衰。寒山诗云："忽遇明眼人，即自流天下"。这样的预言在千百年后得以实现，他的作品得以复活并广为传播。从 20 世纪 60 和 70 年代起，经过中国留美学者如钟玲等的介绍，寒山诗歌在英语世界的经典化引起了中国学术界（先在台湾香港，而后是大陆）的重视。

斯奈德以翻译寒山诗歌闻名于世，他还翻译了唐代其他一些诗人的作品。在 1999 年出版的《斯奈德选读：散文、诗歌与翻译，1952 至 1998 年》（*The Gary Snyder Reader, Prose, Poetry and Translation*，1952—1998）中，收入了 1 辑"唐诗 16 首"（*Sixteen T'ang Poems*），计 15 首绝句和 1 首律诗的英译，诗人包括孟浩然、王昌龄、王维、刘长卿、王之涣、白居易、柳宗元、元稹、杜牧和张继等。在此辑译诗后面还附有一首唱和诗，那是斯奈德于 1984 年首访中国时，到访苏州寒山寺，在枫桥边口占的一首《枫桥畔》（*At the Maple Bridge*）。此外，还包括他翻译的白居易的"长恨歌"。发表于 20 世纪末的这一组斯奈德英译唐诗，跟译者几十年前发表的寒山诗歌相比，采用"异化"策略来凸现中国古典诗歌的特征更加明显，如尽量使用原诗的语序和叠字等，省略主语或谓语动词等，使用创意的标点符号及空格来表现译者所理解的中国原诗中的韵味等。斯奈德翻译的这 17 首唐诗，全部选自《唐诗三百首》，那是他于 1953 至 1956 年在加利福尼亚大学伯克利校区读研究生时，在陈世骧教授开设的"唐宋诗选读"课程中所研习过的诗作。斯奈德当时就在陈世骧的指导下翻译过这些诗歌，但是没有发表，直到 30 多年之后，他才把这些诗歌加以修改润色，献给他敬佩的导师陈世骧教授。[1]

1.Gary Snyder, *The Gary Snyder Reader, Prose, Poetry and Translation*, 1952—1998 Washington D. C., Counterpoint, 1999.

宇文所安（Stephen Owen）是美国哈佛大学东亚语文系的中国文学和比较文学教授，是唐诗研究领域首屈一指的美国汉学家，享誉世界的汉学家和翻译家。据他自陈，其中文复姓"宇文"跟他的英文姓氏 Owen 读音相近，但中文名"所安"却跟其英文名"斯蒂芬"（Stephen）无关，是取自他喜欢的一句《论语》："视其所以，观其所由，察其所安。"[2] 他跟传统中国

2. 参见叶扬：《宇文所安其人其书》，载《中国比较文学》，1988 年第 2 期。

文化的渊源，于此可见一斑。宇文所安出生于美国密苏里州的圣路易市，长于南方小城，后随父母移居北方大城市巴尔的摩。在那里的市立图书馆里，英裔学者白英（Robert Payne）编

译的《白驹集：中国古今诗歌新译》（*The White Pony：An Anthology of Chinese Poetry From the Earliest Times to the Present Day，Newly Translated，New York：*John Day Company，1947，1960）为他开启了通往中国诗歌宏富宝藏的门户，他从此喜欢中国古典诗歌，终生不改。宇文所安天资聪颖，潜心向学，在中学时就对希腊文和拉丁文下过功夫，后入耶鲁大学主修中国语言文学，在汉学家傅汉思（Hans Frankel）的指导下研究中国古诗。数年之后，他以论文《论韩愈与孟郊诗》获博士学位，并以其出众才华和发展潜质打破美国名校一般不留本校博士的惯例，留在母校任教（1972 年），8 年之内从助教一路升任正教授。因哈佛大学的中国文学首席教授海陶玮（James Hightower）退休（1982 年），经世界汉学界权威人士评议，时年 36 岁的宇文所安从众多竞争者中胜出，就任哈佛大学的中国文学和比较文学教授。他现在是该校特级教授（University Professor），是以汉学研究和翻译成果获此殊荣的极少数学者之一。

宇文所安治学极勤，著译甚丰，凝聚着他毕生学术追求的心血，即对以唐代诗歌为主的中国古典文学作品作全面、系统而深入的研究与翻译。其重要著译包括《论孟郊与韩愈诗》（*The Poetry of Meng Jiao and Han Yu*. New Haven：Yale，1975）、《初唐诗》（*The Poetry of the Early T'ang*. New Haven：Yale，1977）、《盛唐诗》（*The Great Age of Chinese Poetry：the High T'ang*. New Haven：Yale，1980）、《中国传统诗歌与诗学：世界之兆》（*Traditional Chinese Poetry and Poetics：An Omen of the World*. Madison：the University of Wisconsin Press，1985）、《追忆：中国古典文学中的往事再现》（*Remembrances：the Experience of the Past in Classical Chinese Literature*. Cambridge：Harvard University Press，1986）、《迷楼：诗和欲望的迷宫》（*Mi-lou：Poetry and the Labyrinth of Desire*. Cambridge：Harvard University Press，May 1989）、《中国"中世纪"的终结：中唐文学文化论文选》（*The End of the Chinese "Middle Ages"：Essays in Mid-Tang Literary Culture*. Stanford：Stanford University Press，1996）、《他山之石头记》（*Borrowed Stone：Selected Essays of Stephen Owen*，南京江苏人民出版社，2002 年）、《早期中国古诗的形成》（*The Making of Early Chinese Classical Poetry*. Cambridge：Harvard Asia Center，2006）和《晚唐：

九世纪中叶（827 至 860 年）的中国诗歌》（*The Late Tang: Chinese Poetry of the Mid-Ninth Century (827—860). Cambridge: Harvard Asia Center, 2006*）等。

宇文所安英译中国古典文学大致分为作品与理论两类。前者主要是他编译的《诺顿中国文学选集：从初始至 1911 年》（*An Anthology of Chinese Literature, Beginnings to 1911, Norton & Company, 1996*，以下简称《选集》），这部被称为"里程碑"的煌煌巨著共 1200 多页，所收 600 余篇作品从《诗经》至清代文学，时间跨度达 2500 多年，几乎全部由宇文所安一人翻译。这部译文集在全世界的文学界学术界产生巨大影响，出版次年即获得由美国文学翻译协会颁发的"杰出翻译奖"（Outstanding Translation Award）。在文类方面，宇文所安的研究几乎涵盖了中国古典文学的所有文类：诗词曲赋、散文、小说和评论等，在范围和文类等方面都超过以前出版的类似选集。理论类译文主要是《中国文论读本》（*Readings in Chinese Literary Thought, Council of East Asian Studies, Harvard University, 1992*）。这部译著后来被翻译成中文在中国出版，其中译文版书名为《中国文论：英译与评论》（*Chinese Literary Theory: English Translation and Criticism*，北京，中国社会科学出版社，2003 年版）。宇文所安的译文除被收入自己编译的选集中外，还被收入其他重要的选集中，如《世界文学杰作选》以及闵福德等编译的《中国古典文学译文集》等。

宇文所安的研究和翻译成就是英译汉诗在英语世界经典化（canonization）的一个重要标志。英语世界的"诺顿文学书系"历来是西方的权威经典文学文本。过去在"欧美中心主义"强权文化的制约下，基本只选收源自希腊罗马文明传统的经典文学作品，对源自其他地域和文化的文学作品多有忽视或歧视。宇文所安编译的《选集》选入具代表性的中国古代诗人及其作品，使大量英译汉诗首次被置于与西方经典文学并列的地位。他的译诗还被收入多种经典文学选集如梅纳德·迈克（Maynard Mack）主编的《诺顿世界文学杰作选集》等。

宇文所安是学者翻译家的典范。文学翻译可以由多种文化身份的译者完成，"学者化翻译"是指由学者研究者从事的翻译，注重对原著的解读，译文严谨规范，十分讲求学术性。在译文前常有长篇导论，对原著做详细说明，还有伴随译文的大量注释，甚至还包括对原著的研究成果。宇文所安的唐诗研究系列成果举世闻名，影响深远，包括唐诗在内的中国古诗英译跟他的学术研究紧密相连。他的《选集》不仅有全书导论，每章每节都有独立引言，以说明该时期或文类的特色，甚至对选译的每篇作品也有解说。他试图用作品译文和研究成果来深入完整地展现中国古典文学传统。由于宇文所安汉诗英译的数量大，质量高，且以他精湛的研究成果为支撑，所以，他翻译的中国古诗在美国和西方产生了深远影响。他以令人难以置信的毅力和恒心翻译完成的《选集》在英语世界和其他西方国家被广泛用作大学教材，也成为专业研究者的必备书目，得到评论界的高度赞扬和普通读者的喜爱。他的译诗被收入多部英译中国文学选集中，为在当代西方学术领域熔铸汉学之辉煌做出巨大贡献。

第五节　美籍华裔学者的中国诗学研究

为扩大中国诗歌在美国的传播与影响，美籍华裔学者做出了特殊贡献。他们从小接受中国传统文化的教育，具有中国传统文化和中国语言文字的深厚修养，同时，又在青少年时代打下了坚实的英文基础，熟悉西方文学传统，后来又多在美国的大学里苦读和工作多年，接受西方语言文学的系统训练，对欧美文学与文化有精深了解。因此，他们最具有条件进行中西文学的比较研究，也最具有条件将中国诗歌和其他文学作品翻译介绍给美国及西方。华裔学者为在美国传播中国古典诗歌和中国传统诗学做出了意义重大的贡献。

陈世骧（Shih-hsiang Chen），祖籍河北滦县，幼承家学，在北京大学获英国文学学士学位；1941 年赴美国深造，在哥伦比亚大学攻读文学理论；曾长期在加利福尼亚大学伯克利校区东方语文学系任教，主讲中国古典文学和中西比较文学。1971 年因心脏病突发在学校猝然辞世，年仅 59 岁。陈世骧博古通今，著述甚丰，开创了 20 世纪 50 和 60 年代美籍华裔学者人文社会科学研究的新局面。其文学生涯可分为三个阶段：第一阶段，醉心于创作和研究新诗，曾在戴望舒主编的《新诗》上发表作品，又与英国学者哈罗德·艾克顿（Harold Acton）合作编译《中国现代诗选》（*Modern Chinese Poetry*），选录翻译了从郭沫若到卞之琳的 18 位新诗人的作品，于 1936 年在伦敦出版，这是首次向西方读者介绍中国新诗。第二阶段，赴美国以后，转向了比较文学和中国古诗研究，精心翻译了陆机的《文赋》；第三阶段，致力于中国先秦文学和哲学研究，运用现代西方文学批评理论和方法来重估 3000 年中国传统文学之成就。

陈世骧结合中国传统的考据方法，运用现代西方文学和语言学理论深入研究《诗经》、《楚辞》、先秦两汉词赋和唐诗等，其论文大多用英文写成，发表在多种学术刊物上，备受中外学界推崇。其论文多收入《陈世骧文存》（1975，1998）。如论文《中国的抒情传统》就是从《诗经》和《楚辞》开始，阐述中国古典诗歌的抒情传统，并跟印度和希腊等外国诗歌作了比较研究。他研究《诗经》的长篇论文《原兴：简论中国文学特质》（*The Shih-ching: Its Generic Significance in Chinese Literary History and Poetics*）对《诗经》作了精细分析，并强调其在中国文学史上的光辉影响；论文《论诗：屈赋发微》（1971）研讨屈原作品里的时间观念，并将《楚辞》纳入文史哲的中国文化大传统中加以研究分析；论文《〈楚辞·九歌〉之结构分析》（*On Structural Analysis of Ch'u Tz'u Nine Songs*）。在唐诗研究方面有论文《中国诗之分析与鉴赏示例》（1958）、《时间和律度在中国诗中的示意作用》（1958）和《〈八阵图〉圜论》（1968）等。如他认为杜甫的"八阵图"尽管只有四句，但是在气势上完全是一种"静态悲剧"，简直可以跟古希腊悲剧相颉颃，在诗学著作的书评方面，陈世骧对英国汉学家修中诚（E. R. Hughes）评论班固和张衡的著作《中国二诗人》（*Two Chinese Poets*）写了书评，对修中诚著作中的不妥和谬误之处提出了批评。[1]

1. 参见陈世骧：《陈世骧文存》，沈阳：辽宁教育出版社，1998 年版。

在中国传统诗学和文论方面，论文《寻求中国文学批评之源》（*In Search of the Beginning of Chinese Literary Criticism*，1951）对中国文学批评的起源和产生作了回顾分析；论文《中国诗字之原始观念试论》运用大量实例探讨"诗"在中国文学史上的功用和演进过程，并与西方诗歌的发展作了比较；论文《中国诗学与禅学》从哲学和诗学的角度出发，阐述禅宗佛学（Zen）及其主要观念如"悟"和"参"等跟中国传统诗学之关系，及在中国古诗中的表现等；论文《时间和律度在中国诗中的示意作用》从比较文学的角度探讨中国古典诗歌在时间与律度两个方面的"示意作用"，以此来作为判断诗与非诗，以及好诗与坏诗的依据，论文《中国诗之分析与鉴赏示例》运用西方现代批评理论和中国传统诗论详细分析唐诗等中国古诗，并与西方诗歌作比较。

在中国新诗方面，陈世骧曾跟英国学者艾克顿合作编译《中国现代诗选》；他还研究过当代中国诗歌，如在 20 世纪 60 年代初撰写研究大陆新诗的一些英文论文，如《同一中的多元：

诗与大跃进》和《共产主义下中国诗歌中的比喻与无意识》等，这在中美两国处于严重对峙状态下的海外文坛是很罕见的；此外，论文《关于传统·创作·摹仿——从"香港—1950"谈起》，对夏济安于 1950 年在香港仿 T．S．艾略特的"荒原"而写成的长诗作了评述，在社会、文化和宗教等方面对两首诗作比较研究，对诗歌创作与继承传统、创作与摹仿等观念提出了看法。

罗郁正（Irving Yucheng Lo），出生于福建省福州市，他曾在复旦大学刘大杰教授的指导下学习中国古典文学，研读唐诗宋词和老庄哲学；他在上海圣约翰大学英文系求学期间主修英国文学史和 19 世纪英国诗歌散文等课程，为其日后英译中国诗词打下了深厚的语言文学基础；1947 年他赴美留学，先后获哈佛大学英国文学硕士学位和威斯康星大学英国文学及比较文学博士学位；罗郁正曾先后任教于美国多所高校，讲授英国文学与比较文学。1967 年被聘为印第安那大学东亚语文系教授，后兼任该系系主任及东亚研究中心主任；他曾多次往返于中美两国之间，从事学术和翻译活动，如作为美国代表团成员来中国进行学术访问和出席会议等；他还经常赴中国大陆、台湾与香港参加学术活动，为沟通和促进中美两国的文学和文化的交流做出了很大贡献。

罗郁正对中英语言文字的掌握，已经达到炉火纯青的境界，他不仅具有深厚的中国文化底蕴，而且对东西方文化都有精深的理解，这使他能够在中英两个迥然不同的语言文化世界之间纵横驰骋，他善于将这两方面的优势结合起来，使自己的翻译在语言和思想方面相得益彰。他不仅勤于汉诗英译的实践，还形成了比较系统的翻译理论和比较文学的学术思想。

罗郁正的主要学术著译包括《辛弃疾研究》（*Hsin Ch'i-chi*, *New York*, 1971），与著名华裔学者、印第安纳大学语文系前系主任柳无忌合作编译的中英文版中国古典诗词选集《葵晔集——中国历代诗词曲选集》（*Sunflower Splendor: Three Thousand Years of Chinese Poetry*. New York：Doubleday，Indiana University Press，1975—1998），以及与美国汉学家舒威霖（William Schultz）合编的中国清代诗歌选集《待麟集》（*Waiting for the Unicorn: Poems and Lyrics of China's Last Dynasty*，1644—1911，Indiana University Press，1986）等。选编翻译的《葵晔集》和《待麟集》两部中国诗歌选集是罗郁正在美国翻译、介绍和研究中国诗歌方面最为突出的成就，在美国的文学界和学术界产生了很大影响。此外，罗郁正还应邀担任《英译文学百科全书》（*Encyclopedia of Literary Translation into*

English）的编辑顾问，为这部"包涵全世界语言及从上古至现代之名作家，不仅诗人连小说家与哲学家均在内"的巨著撰写有关陶潜、白居易、李商隐、李清照及辛弃疾等人作品英译的评论，并为《不列颠百科全书》（*Encyclopedia Britannica*）撰写中国古代诗人如温庭筠等人的词条；罗郁正还积极译介中国现当代诗人及其作品，他曾为《20 世纪世界文学百科全书》（*Encyclopedia of World Literature in the Twentieth Century*）撰写闻一多和徐志摩等诗人及其诗作的介绍，并将"朦胧诗派"诗人北岛和顾城等人的作品译成英文，介绍给西方读者。

　　《葵晔集》在汉诗英译的百年历程中，是篇幅最大、收录诗作最多、涉及译者最多、影响也最大的中国诗歌选译本。"葵晔"（sunflower splendor）典出美国诗人康拉德·艾肯（Conrad Aiken）的长诗《李白来书》（*A Letter from Li Po*），象征着灿烂悠久的传统中国文化。两位主要选编者在校勘原作及保证译文质量上下了很大功夫。如对原诗的选编，就包括参考善本如《四部丛刊》和《四部备要》等，以及曹寅校印《全唐诗》、唐圭璋编《全宋词》、隋树森编《全元散曲》等根据经考据的总集。本书译者集中了当时北美洲一批专治中国文学的教授、研究生和华裔专家，他们精通中国语言文学，又有深厚的西方文化和文学素养，其译作大致能正确达意。选集分为六卷，即卷一《〈诗经〉与〈楚辞〉：中国韵文的初期遗产（春秋战国时期）》；卷二《从统一到分裂：知识酝酿的时代：诗歌的多种音调（汉魏晋南北朝）》；卷三《诗境的扩大与诗的全盛时期（唐代）》；卷四《诗种的孳衍：活跃的词坛（五代宋金）》；卷五《散曲的兴起（元代）》；卷六《一个悠长的传统：诗人的适应与挑战（明清民国）》等，共收录 145 位诗人的近千首诗词曲作品（包括 8 首毛泽东诗词），有多首诗歌系首次英译。英文版中则收录了 50 多位译者翻译的译作，其中大多为美国和加拿大学者（含华裔学者），名家占一定数量，其中罗郁正本人的译作近 150 余首。该书内容丰富，体例完备而独特。《葵晔集》既反映中国诗歌悠久传统，又考虑美国的文化背景。书前有罗郁正撰写的长篇英文导言，对中国诗歌的历史发展、语言特征和诗歌格律等做了详细说明，导言后还有关于本书术语和引语的说明。书末长达 110 页的附录包括文献书籍、诗人诗作介绍、词曲的词牌及英译以及中国朝代与历史时期表等。这些对于帮助西方读者理解和欣赏中国诗歌具有重要的参考价值。[1]《葵晔集》

1. Wu-chi Liu and Irving Yucheng Lo, *Sunflower Splendor-Three thousand Years of Chinese Poetry*, eds., New York: Anchor Books, 1975.

出版后立即在美国出版界引起轰动，被列为美国"每月读书俱乐部"（Book of the Month Club）的入选本，《纽约时报·星期日书评》专刊也在首页登载汉学家戴维·拉铁摩尔（David

Lattimore）撰写的长篇书评，称该书是一部划时代的作品；几十年间，美国及西方许多大学采用《葵晔集》作为学习中国文学文化的教材；该书在 30 年间多次再版，从未中断，其在美国和英语世界的传播及影响至今不衰。从 20 世纪 70 年代初开始，随着国际形势的发展，中美两国之间开始打破了数十年敌视对峙的坚冰。美国人掀起了看东方的热潮，无论是知识界还是普通大众，都对悠久神秘的中国传统文化产生了浓厚兴趣，越来越多的人希望认识和了解中国及其文化。《葵晔集》的诞生与普及为美国公众认识中国，了解中国文化，欣赏中国文学拓展了视野，为沟通中美文化交流与推动中美关系的发展起到了很大作用。

《葵晔集》的选编与出版获得成功后，一些研究中国文学的外国学者与学生提出了对中国某个时代断代的文学作品集的需求。于是自 1986 年起，罗郁正与美国汉学家舒威霖教授合作，指导来自北美的近 50 位学者，用了 6 年多的时间，从浩如烟海的清代诗词作品中遴选、翻译、编辑成中国清代诗歌选集《待麟集》（1986 年）。这部译著同样有中英文两个版本，是当年首部比较全面地介绍钱谦益和吴伟业等约 70 位清代主要诗人及其作品的译著，是罗郁正继《葵晔集》之后在汉诗英译和比较文学等领域的又一重要成果。该书同样得到了同行和读书界的高度评价。北美《中国文学教师协会月刊》（*Journal of the Chinese Language Teachers Association*）和《当代世界文学》（*World Literature Today*）等出版物都对《待麟集》发表书评，对该书的翻译和研究成就及学术价值给予了充分肯定和高度评价，如《中国文学教师协会月刊》称《待麟集》"在所有西方语言翻译的同时期作品中最为全面"；《当代世界文学》称该书"有益地丰富了英译汉诗宝藏……极具可读性"。

刘若愚（James L.Y. Liu），出生于北京一个书香门第，毕业于北京辅仁大学，随即入清华大学读研究生；在英国布里斯托尔大学获硕士学位，后在英美和香港的多所大学任教，讲授中国语言文学和中西比较文学；长期在美国斯坦福大学担任中国文学和比较文学教授，曾任该校亚洲语言学系主任、美国亚洲研究学会会员和美国东方学会会员等；曾以副团长身份率美国代表团来中国参加中美双边比较文学研讨会。

刘若愚的主要著述有《中国诗艺》（*The Art of Chinese Poetry*，1962），《李商隐的诗》（*The Poetry of Li Shang-yin*，1969）、《论中国文学》（1973）、《北宋六大词家》（*Major Lyricists of the Northern Sung*，1974）、《中国文学理论》（*Chinese Theories of Literature*，

1975）和《语际批评家：阐释中国诗歌》（*The Interlingual Critic：Interpreting Chinese poetry*，1982）等。他逝世后，著名汉学家林理彰（*Richard John Lynn*）整理出版的《语言·悖论·诗学：一种中国观》（*Language-Paradox-Poetics：A Chinese Perspective*，1988）总结归纳他关于中西文学批评的理论思考。除理论著述外，刘若愚还有大量的中国古典诗词和文学研究论文的英译作品。他注重教书育人，在美国培养出一批高水平的中国文学和比较文学研究专家。

他的英文著作《中国诗艺》（1962）向西方读者介绍和诠释中国传统诗歌与诗学，并发展形成自己的新的中国诗学观念。全书分为三篇，上篇"作为诗歌表现媒介的中文"，是向西方读者介绍中国的语言文字在诗歌创作、分析与鉴赏中的功用与特征，由于大多数西方读者对于汉语和汉诗不了解，这一方面的知识对他们了解和欣赏中国古诗具有重要的意义。中篇"中国传统诗观"是对各派批评家的诗学观念加以爬罗剔抉，将中国传统诗学的最高成就归纳成四种最具代表性的诗学观念，即"道学主义诗观"、"个性主义诗观"、"技巧主义诗观"和"妙悟主义者诗观"等。下篇"走向综合理论"，是作者在综合上述诗观的基础上发展自己的诗学观念，即"诗是对境界和语言的探索"。此书用西方的常用术语介绍和阐释中国传统诗学，既通俗易懂地向美国和西方读者介绍中国传统诗论，又为习惯于中国传统文论术语和美学观念的中国文论家拓展了视野领域，在美国和西方世界享有盛誉。刘若愚认为，诗是能动的，具创造性的，一首诗不是过去经验的僵死记录，而是把过去的经验跟读写诗歌的现在体验融合起来的活的过程。刘若愚的英文著作《中国文学理论》的主要研究对象是中国古代文论，但作者站在文学理论总体体系的高度，运用西方文艺理论的观点和方法，通过中西比较，研究中国丰富的文学理论典籍，对各种学说流派兼收并蓄，进行比较。刘若愚的英文著作《北宋六大词家》探讨北宋文学史上最重要的六位大家，即晏殊、欧阳修、柳永、秦观、苏轼和周邦彦，取其最具代表性的作品，立足于中国传统文学批评方法，就其文字、句法、音韵、格律等作精细研究；同时，又吸取现代西方的批评观念，科学地探索宋词中诗意的境界。作者向世人指出，中国古代的诗人曾经将人类的想象力扩展到非常广阔而微妙的程度。

刘若愚去世后出版的《语言·悖论·诗学》是以中国传统观念界定"悖论诗学"的内涵，即源出中国儒家道家早期文本中的"诗中'明言'愈少，'含意'愈多"的观念，这意味着语言的运用可以阐明文本中超越语言的含义。书中引用中西诗歌和诗学的许多实例，指出中西文学作品在运用语言形成概念方面存在着明显的差异，但两者都可以对文本的涵义实现深刻的理解，并对"元悖谬"作了深入的解释。

高友工（Yu-kong Kao），著名华裔教授，文学史专家，哈佛大学燕京学社研究员。高友工是丹东凤城人，出生于沈阳。其父曾留学美国，后任东北工学院院长。1947 年，高友工考入北京大学法律系。1948 年，即随父母去台湾，在台湾大学中文系学习，1952 年大学毕业后考上翻译官，在驻台美军顾问团工作两年后去美国留学。他于 1954 至 1960 年在哈佛大学学习。从 1962 年起，任普林斯顿大学中国文学和比较文学教授。

高友工的研究领域主要是中国古典诗歌和诗学。其代表作包括《中国抒情美学》（载《词语与意象：中国诗歌、抒发与绘画》，普林斯顿大学出版社，1991 年版）和《律诗的美学》（1986 年版）（载宇文所安和林顺夫编《抒情诗的生命力——后汉到唐的诗歌》，普林斯顿大学出版社，1986 年版）等长篇论文。这些论文受到学术界的重视和好评。长篇论文《律诗的美学》是当代西方世界研究中国古典诗歌的代表性成果之一。论文详细考察了中国古诗中"律诗"（含五言律诗和七言律诗）这一高度格律化的诗歌形式的结构、音韵及修辞规则。作者认为，律诗在公元 7 世纪时成为一种风行于世、最为严谨的诗歌样式。在中国历史上，律诗不仅是一种重要的文学形式，还是一种政治与社交的媒体，在传统的中国社会生活中发挥着相当重要的作用。文章分析了作为律诗前身的五言诗的形成、结构及修辞规则，中国早期的抒情美学与"古诗十九首"，以及六朝美学（从山水诗到宫廷诗）等。作为文章的主体部分，作者介绍了律诗的形成、独特结构及词法句法特征，剖析律诗"描写性"和"表现性"这两种主要的表述模式等，指出其在中国古典诗歌发展史上的重大意义。在以上分析论述的基础上，作者着重分析律诗达到艺术高峰的唐代诗歌的艺术特征，按时期分别论述"初唐诗人的艺术境界"、"盛唐山水诗人的艺术境界"和"盛唐末年杜甫的恢弘境界"等。全文首次运用现代诗学、语言学和美学等理论详论中国律诗的特殊结构和美学特征，以及这些特征在不同阶段唐诗中的表现，发人所未道，既精细又广博，表明作者深厚的学术功底和研究中国古诗的特殊视角。高友工这种从语言结构和艺术形式入手研究中国古典诗歌的方法并不仅限于律诗，他的另一篇论文《中国语言文字对诗歌的影响》（载台湾《中文文学》杂志第 18 卷第 15 期）运用中国和现代西方的语言学理论研究分析中国语言文字，从语言的定义和汉语言文字的特征提出"中国的文字文化"，分析口语与文字、"口语文化"与"文字文化"之间的区别等。作者论述了中国古诗的形式意义，如节奏与节律、对仗与空间、意象与动感等。文章以深厚的语言学和诗学理论基础，精细严谨的分析，令人信服地详细论述了独具特色的中国语言文字在构成中国诗歌语言文本中的功用和对中国古诗产生的影响，是一篇极有见地的重要论文。

高友工的其他著述包括与梅祖麟合著的英文论文，如《杜甫的〈秋兴八首〉——语言学批评的实践》（原载《哈佛大学亚洲研究学报》第 28 卷，1968 年）、《唐诗的句法、用字与意象》（原载《哈佛大学亚洲研究学报》第 31 卷，1971 年）以及《唐诗的隐喻、意象与典故》（原载《哈佛大学亚洲研究学报》第 28 卷，1968 年）等。这些论文在美国的中国古典诗歌和诗学研究领域产生了深远影响。这三篇论文后来被译成中文，汇集成《唐诗的魅力》一书，1989 年由上海古籍出版社出版。在论文《杜甫的〈秋兴八首〉——语言学批评的实践》中，作者运用现代批评理论，如理查兹（I.A. Richards）和燕卜逊（W. Empson）理论及英美"新批评"派倡导在"细读"（close reading）基础上作"内在研究"（intrinsic study）的理论观点等，详细分析杜甫《秋兴》这八首七律诗，是对中国古诗作语言学分析研究的典范之作。论文论及《秋兴》中丰富的词汇、语法和词汇的复义现象，音型的密度变化而形成节奏上的抑扬顿挫，外在形式上的含糊而形成诗的意象并产生复杂的内涵等。作者指出，杜甫的《秋兴》由于在语言特征和形式结构等方面有多层联系和影响，致使全组诗寓意深远，耐人寻味，成为中国诗歌史上的不朽之作。通过作者对《秋兴》的语言和结构特征的分析，读者可以了解到杜甫如何运用这些特征去创造诗意效果、杜甫诗歌后期风格是如何形成的，进而准确地理解杜诗的特点以及杜诗风格何以能够在晚唐诗人中产生如此重要的影响。作者强调了着眼于语言形式的"内在研究"在中国古典诗歌研究中的重要性，认为杜甫之所以成为中国最伟大的诗人，是因为他"创造性地运用语言并使之臻于完美境界"，并由此得出具普遍意义的结论："诗是卓越地运用语言的艺术"。[1] 在长篇论文《唐诗的句法、用字与意象》中，作者运用现代西方语言学理论，

---

1. 高友工、梅祖麟：《唐诗的魅力》，第 31 页，上海：上海古籍出版社，1989 年版。

研究中国唐诗的句法、词汇和意象。如在句法方面，就将唐诗的句法分为"独立性句法"、"动作性句法"和"统一性句法"几个大类，并逐一进行分析；在词汇及意象方面，划分了"名词和简单意象"和"动词和动态意象"两个大类，并分别作了详尽分析，有些地方还跟英文诗

歌作了比较研究，如讨论"诗歌中由句法表现的细节罗列"时，就分析了华兹华斯（William Wordsworth）和胡德（Thomas Hood）等英国诗人的诗歌，并跟杜甫和李商隐诗歌在句法特征上作了一些比较。在论文《唐诗的语意、隐喻和典故》中，作者运用索绪尔（Ferdinand de Saussure）、雅各布森（R. Jakobson）、弗莱（N. Frye）、理法特尔（M. Riffaterre）、理查兹和燕卜逊等多位理论家的观点，对唐诗的语意、隐喻和典故作了详细分析，其内容包括"意义和对等原则"、"隐喻和隐喻关系"、"典故和历史原型"以及"隐喻语言和分析语言"等，视角和方法都很新颖，以许多实证分析的例子得出结论。《唐诗的语意、隐喻和典故》与《唐诗的句法、用字与意象》相互关联，互为补充，使作者对唐诗进行语言特征和形式结构的分析更臻于完整和深入。总之，后来译成中文并汇编成《唐诗的魅力》一书的三篇长篇论文，是高友工（及其合作者）运用西方现代批评理论对唐代诗歌的语言特征和形式结构作精细的"内在研究"的成功之作，具有很强的学术性和崭新的视界，自问世以来，在美国（及西方世界）的汉学界享有很高的声誉。

高友工的研究兴趣自中国古典诗歌扩展到传统小说和戏曲，乃至绘画和书法等。他在其代表作，长篇论文《中国抒情美学》提出的"抒情美学"或"抒情意境"的重要观念，是对在美国研究中国古典诗歌、中国艺术和中国传统文化的一个突出贡献。他认为，在中国文学艺术和中国文化中，抒情美学最为上层文化赞许，对于文学艺术乃至整个文化领域也最具有影响力。就古典诗歌而言，由《诗经》、《楚辞》、汉乐府、"古诗十九首"到律诗等，具有悠久而连续的传统。从历史发展的眼光看，中国的抒情传统是以《诗经》和《楚辞》为肇端，到先秦的音乐美学，经汉魏六朝的文学，至唐宋大放光华，达到了艺术的巅峰，这以后逐步让位于戏曲和小说等形式。他提出的"抒情美学"或"抒情意境"观念，汇通了诗书乐画诸领域，已广为学界接受。他的论文《中国叙事文学中的抒情意境》（载蒲安迪编《中国叙事文学，批评与理论文集》，普林斯顿大学出版社，1977 年）考察中国古典诗歌中"抒情意境"的发展，以及它对文言和白话两类叙事文学体裁的影响。

叶维廉（Wai-lim Yip），广东中山人，毕业于台湾大学和台湾师范大学，获文学学士、硕士学位；1963 年赴美国留学，在依阿华大学获艺术硕士学位，1967 年在普林斯顿大学获比较文学博士学位；后在美国加利福尼亚大学圣迭戈校区任教至今，其间几度回台湾大学和香港中文大学主持比较文学研究所或博士班。叶维廉从事研究和翻译成果甚为丰硕，同时他诲人不倦，数十年间培育英才无数。

叶维廉出版中英文著译四十余种，包括中文著作《从现象到表现》、《比较诗学》、《中国诗学》、《历史·传释·美学》、《解读现代后现代》和《寻求跨中西文化的共同文学规律》等，英文著作《论庞德的〈神州集〉》（*Ezra Pound's Cathay*，1969）和《距离之消解——中西诗学对话》（*Diffusion of Distance*，1993）等。其译诗集有外译汉的《众树唱歌》和几部汉译英诗集，如《汉诗英华》（*Chinese Poetry: Major Modes and Genres*，1970）、《藏天下：王维诗选》（*Hiding the Universe: Poems of Wang Wei*，1972），《现代中国诗选：1955至1965年》（*Modern Chinese Poetry*，1955—1965，1976），《防空洞抒情诗：现代中国诗歌：1930至1959年》（*Lyrics from Shelters: Modern Chinese Poetry*，1930—1950，1992）等。多卷本《叶维廉文集》由安徽教育出版社出版。

叶维廉翻译理论的基础是 Hermeneutics（通译"阐释学"或"诠释学"），他称为"传释学"，因为翻译是 Communication，这一观念就试图解释：产生于甲文化的原诗人的思维与表达跟产生于乙文化的读者的诠释与理解之间必然存在着差距，这种差距是怎样形成的？能不能和怎样缩小这种差距？[1] 叶维廉的诗歌翻译主要英译中国诗歌，在美国和西方世界产生了很大影响。

1. 参见朱徽：《叶维廉访谈录》，载《中国比较文学》，1997 年第 4 期。

如《汉诗英华》于 1976 年在加州伯克利出版，选译了自《诗经》到元曲的 150 多首中国古诗，此书已被美国一些大学作为教材并多次重印；译诗集《藏天下：王维诗选》是选译的王维诗歌，在美国影响很大。叶维廉还编译过两部中国新诗选集，如《中国现代诗歌》是"五四"时期和 20 世纪 30、40 年代中国新诗人作品英译的延续；另一部《防空洞抒情诗》收入了冯至、戴望舒、艾青和"九叶诗人"等 18 位现代中国诗人的作品，其中具有"现代派"倾向的占了绝大多数，选集前面有一篇近 70 页的绪论，其主体部分由叶维廉撰写，集中探讨"为什么在三十四十年代的中国诗坛会出现现代主义"等问题，对美国和西方读者了解和接受该时期的中国新诗具有重要参考价值。[2] 他的英文专著《论庞德的〈神州集〉》根据中国古诗的文本和庞德的译文，

2. Wai-lim Yip, *Modern Chinese Poetry: 1955—1965*, Selection, Translation and Introduction, Garland Publishing Inc., New York, 1992.

研究庞德的翻译思想及方法，是研究中国古诗在美国译介的最重要著述之一。

叶维廉还发表了大量论文，如《中国古典诗歌中传释活动》运用中国古典阐释哲学并参照西方的"阐释学"理论来分析解释中国古典诗歌，《中国古典诗中美感意识的演变》用中国传

统美学观念和现代西方美学理论来分析中国古诗中山水美感意识，《严羽与宋人论诗》以西方诗论为参照，讨论严羽的《沧浪诗话》以及其他宋代诗人、诗论家如苏轼、黄庭坚等人的诗论，《从比较的方法论中国诗的视境》从语法与表现、视境与表现、具体经验与美学和时间与经验等几个方面探讨中国古诗的视境，《语法与表现：中国古典诗与英美现代诗美学的汇通》是就中国古诗与英美诗歌因不同的语法体系而导致不同的表现所进行的比较研究，论文《语言的策略与历史的关联》和《中国现代诗的语言问题》等探讨自"五四"以来中国新诗的语言及表现，《危机文学的理路》是作者探讨分析自 80 年代以来大陆朦胧诗的论文。

欧阳桢（Eugene Chen Eoyang），出生于香港，1959 年毕业于美国哈佛大学，在印第安那大学获得比较文学博士学位后任该校比较文学教授；1983 年作为美国代表团成员来中国参加中美双边比较文学交流会，曾任美国比较文学学会会长以及国际比较文学协会跨文化交流分会会长，任在美国出版的英文杂志《中国文学：论述、文章和评论》（*Chinese Literature: Essays, Articles and Reviews*）的编委，兼任香港岭南大学英文系教授。

欧阳桢的主要学术著作有《透明之眼：对翻译、中国文学和比较诗学的思考》（*The Transparent Eye: Reflections on Translation, Chinese Literature and Comparative Poetics, University of Hawaii Press*, 1993）、《翻译中国文学》（*Translating Chinese Literature*, 1995）和《"借用的羽衣"：翻译论辩文集》（"*Borrowed Plumage*": *Polemical Essays on Translation*, 2003）等。他还发表了大量的论文和译文，出版过诗歌翻译选集等。

欧阳桢在其代表性专著《透明之眼》中论述汉诗英译及在美国和西方世界的传播。他认为，中国古诗英译可以以第二次世界大战为分界线，大致分为两个阶段。之前是以韦利和庞德为代表，他们是"中国化了的西方人"，尽管他们想努力传达中国古诗精髓，但还是保留了英美文化特征，他们的译作在西方产生巨大影响，庞德的英译汉诗虽然没有忠实于原作，但却受到了美国和西方读者的喜爱和评论家的关注。第二次世界大战以后的翻译家以刘若愚、刘殿爵、柳无忌和罗郁正等人为代表，他们是"西方化了的中国人"。尽管他们长期浸淫于西方文化，能够自由地用英文表达思想，但他们的根还是深深植于中国文化之中。这两代中国古诗翻译家的背景和观点之间存在着巨大的差异，韦利和庞德完全是以不懂汉语的西方读者为自己译文的对象，尚未西方化的中国人也不会读他们的译作；而第二代翻译家们的译文则要面对几类读者，他们的译作便须经受更多的考验。欧阳桢对中国古诗英译中的弊端也作了分析研究，如他认为，尽管韦利英译的中国古诗非常成功，但是由于译者只是翻译他自己喜欢的中国诗歌，其选择原则和翻译方法就只能呈现中国诗歌的相似性而排斥了相异性和多样性。而翻译以中国古诗为主的中国古典文学作品，如果是用英国维多利亚时期那种矫揉造作的文风、冗长累赘的句子和沉重奇特的语气等，那就跟中国古典文学变化多样、生动活泼和寓意丰富等特征相去甚远。理雅各（James Legge）翻译中国文学作品，是用基督教中心主义和欧洲中心主义的观念来看待中国和中国文化，其汉籍英译往往歪曲了中国的形象。

欧阳桢还发表了大量的英文论文，论述中国古典诗歌和传统诗学，如《孤舟：中国自然中的自我形象》（1973 年）、《孔子的颂歌：埃兹拉·庞德的〈诗经〉译本》（1974 年）、《诗人的语调与译者的语调》（1975 年）、《中国文学译文的读者》（1976 年）等，为在美国和西方世界介绍中国古诗和传统诗学做出了突出的贡献。如在论文《诗学中的两极对立范式——中西文学之前提》中，作者结合中西诗歌中的若干实例，分析评述了中西诗学中的形式范式、概念范式、体裁范式和哲学范式等"两极对立范式"；在论文《捉襟见肘的信使：翻译中的接受美学》以西方接受美学的理论观点研究英译中国古诗和古籍的问题。欧阳桢立足于中国传统文学批评，从《文赋》、《易经》、《文心雕龙》、《沧浪诗话》和《随园诗话》等中援引大量的例证，提出"味"的概念，是西方传统研究中尚未涉及的艺术观，这方面的论文有《超越视听准则——谈"味"在中国文学批评里的重要性》等。

除了对中国诗歌诗学的研究，欧阳桢还翻译发表了许多中国诗歌，如在由柳无忌和罗郁正主编的《葵晔集——中国历代诗词曲选集》中就收入了由欧阳桢翻译的李清照词 13 首，颇得好评；又如由欧阳桢与彭文兰和玛丽莱·金合译的《艾青诗选》（*Selected Poems of Ai Qin*）于 1982 年由美国印第安那大学出版社和北京外文出版社出版。

孙康宜（Kang-i Sun Chang），祖籍苏州，幼年时随父母去台湾，曾在东海大学和台湾大学攻读英文和美国文学；后赴美国留学，在南达科他州立大学获英国文学硕士学位，在普林斯顿大学获文学博士学位。从 1982 年起，在耶鲁大学东亚语文系任教，并于 1991 年出任该系系主任，是第一位任此职的华人女性。[1]

1. 参见孙康宜：《耶鲁潜学集》，西安：陕西师范大学出版社，1998 年版。

孙康宜在耶鲁大学开设的主课是"中国诗与诗学"以及关于中国文学的课程。在研究方面，她重点研究中国女性文学与中国明清文学，著述甚为丰硕，如英文专著《中国词的演进——从晚唐到北宋》（*The Evolution of Chinese Tz'u Poetry, From Late Tang to Northern Sung*）、《六朝诗研究》、《陈子龙柳如是诗词情缘》，她与魏爱莲（Ellen Widmer）合编的《明清妇女创作》（英文本）由斯坦福大学出版社出版，主编的英文版《中国女诗人选集》由耶鲁大学出版社出版，《古典与现代的女性阐释》的中文译本由台北联合文学出版社出版。她擅长以当代西方理论如女性主义来研究中国古典诗词和古代女诗人的作品。她主编的《中国女诗人选集》收录中国古代女诗人的作品，自汉代开始的班婕妤，至蔡琰、左芬、鲍令晖、武则天、上官婉儿、薛涛、鱼玄机、花蕊夫人、李清照、朱淑真、管道升、王微、卞寒、徐璨、柳如是，直到秋谨等 20 世纪初叶的中国女性诗人共 121 位，并编辑有班超、钟嵘和欧阳修等的诗词论著 60 篇。这部选集首次以英文将历代中国妇女在社会、文学和艺术上的形象完整地呈现于美国和西方世界。

孙康宜的英文力作《中国词的演进——从晚唐到北宋》以温庭筠、韦庄、李煜、柳永和苏轼等五位词人为重点，综论词从南唐到北宋的演进。她的英文专著《陈子龙柳如是诗词情缘》问世后引起了许多关注和赞赏。书中探讨歌妓诗人柳如是与明末为国捐躯的志士陈子龙的一段情缘。作者指出，柳如是既是才妓的典范，也是故国的象征。而陈子龙晚期的爱国诗词代表着中国人的悲剧观，他从早期的情词感受发展为感天动地的忧国词作，革新了情词的方向，这是"词"这一艺术形式能在晚明时期雄风再现的主因。就陈柳而言，生命的意义在于追寻，而诗词正是这种追寻最具有活力的部分。

除多种学术著作之外，孙康宜还以中英文发表了大量论文，如研究六朝诗风的《中国六朝的"抒情批评"》，提出中国文学的"抒情批评"这个重要理论观念，认为陆机的《文赋》、刘勰的《文心雕龙》及钟嵘的《诗品序》等都是"抒情批评"的范例；又如论文《从"文类"理论看明传奇的结构》、《六朝时期的中国抒情诗批评》、《再读八大山人诗——文字性与视觉性、及诠释的限定》、《说愁：论愁的词境与美感》、《女性主义者论中国现代性》、《中国古典情诗的性别观》、《解构与重建——北美《文心雕龙》会议综述》、《隐情与"面具"——吴梅村诗试说》、《从文学批评里的"经典论"看明清才女诗歌的经典化》、《刘勰的文学经典论》、《性别的困惑——从传统读者阅读情诗的偏见说起》和《柳如是与许灿：女性还是女权主义？》等。

从 20 世纪 50 年代起，掀起了中国古诗影响美国诗坛和思想文化领域的第二次高潮。其涉及面之广，远远超过 20 年代，持续之久，至今不衰。英国汉学家英译的中国古诗继续产生着重要的影响，其中突出的例证有：韦利翻译的《九歌》(The Nine Songs)、霍克思翻译的《楚辞》(Ch'u Tz'u: the Songs of the South, an Ancient Chinese Anthology. Oxford: Clarendon Press) 以及葛瑞汉译的《晚唐诗》(Poems of the Late T'ang) 等；而在美国，则出现了许多具有特色的优秀译本，如庞德翻译的《诗经》(The Classic Anthology Defined by Confucius)、麦克诺顿 (William McNaughton) 的《诗经》对原作做了全面的翻译介绍，以及瑞典汉学家高本汉 (B. Karlgren) 英译的《诗经》(The Book of Odes) 等；由戴维斯 (A. R. Davis) 选编并撰写序言，柯特沃尔和史密斯 (Robert Kotewall and Norman L. Smith) 合作翻译的《企鹅丛书·中国诗歌卷》(The Penguin Book of Chinese Verse, Baltimore: Penguin, 1962; London: Penguin) 在英语世界中英译汉诗经典化方面起到了开先河的重要作用；就中国古诗选集而言，其中较为突出的有：当代著名汉学家华兹生 (Burton Watson) 编译的《中国韵文》(Chinese Rhymed-Prose，1971) 和《哥伦比亚中国诗选：从早期至十三世纪》(The Columbia Book of Chinese Poetry: from Early Times to the Thirteenth Century) 等，后者是美国翻译介绍中国古典诗歌的重要译著，涵盖了中国诗歌史上最具代表性的诗人及其作品，被誉为"几乎篇篇珠玉"，对美国文坛产生了重大影响；1970 年美籍华裔学者叶维廉翻译的《汉诗英华》(Chinese Poetry: Major Modes and Genres) 在伯克利出版，选译了自《诗经》到元曲的 150 多首中国古诗，此书已被美国一些大学作为教材并多次重印；由富洛詹 (J. D. Frodsham) 等编译的《中国诗选集》(Anthology of Chinese Verse, 1967)，以及由唐安石 (John A. Turner) 翻译的《汉诗金库》(A Golden Treasury of Chinese Poetry, University of Washington Press, 1976) 选入自周至清代的 120 多首古诗译文等。在大量的译作之外，还出现了汉诗英译的研究成果，具有代表性的是由蒂尔 (R. E. Teele) 编著的《透过模糊的镜面：汉诗英译研究》(Through A Glass Darkly, A Study of English Translations of Chinese Poetry, Ann Arbor: University of Michigan Press, 1949)，这标志着汉诗英译在英语世界里的深入发展。

中国的唐诗具有永恒的意义，在这一阶段，唐诗仍然在美国翻译介绍中国古典诗歌中占了很大比例，其中突出的例证有：张棠资（译音，Tang-Zi Chang）编译的《唐诗六百首》于 1969 年由加利福尼亚 T. C. 出版社出版；由美籍华裔画家王慧铭编译的《不系舟：唐诗选译》（*The Boat Untied and Other Poems: A Translation of T'ang Poems*），于 1971 年在马萨诸塞出版，系中英文对照，配有木刻彩色图案，印刷精美；葛瑞汉（A.C. Graham）翻译的《晚唐诗》（*Poems of the Late T'ang*）1965 年由巴尔的摩企鹅书局出版；美国耶鲁大学远东出版社出版了斯廷森（Hugh M. Stinson）译著的《唐诗五十五首》（*Fifity-five T'ang Poems*），配有注释和讲解，主要用作学习中国古诗的教材。在宋词英译方面，访英中国学者初大告英译宋词《中华隽词》（*Chinese Lyrics*）1937 年由剑桥大学出版社出版，收词 50 首，是在英语世界较早出版的宋词英译本；由艾林（Alan Ayling）和麦金托希（Duncan Mackintosh）合译的《中国词选》（*A Collection of Chinese Lyrics*，1965）及《中国词选续编》（*A Further Collection of Chinese Lyrics*，1969），刘若愚（James Liu）著《北宋六大词家》（*Major Lyricists of the Northern Sung*，1974）探讨北宋晏殊、欧阳修和柳永等词人与作品，也包括了宋词英译，较新的宋词英译本有朱莉娅·兰多（Julie Landau）编译的《春光无限：中国宋词选》（*Beyond Spring: Tz'u Poems of the Sung Dynasty*，Columbia University Press，1994）等。

在中国唐代诗人中，美国翻译家和读者的兴趣也在发生着变化。他们除继续对李白和白居易等感兴趣之外，还将视野扩展到其他一些诗人。中国唐代诗僧寒山就是一个突出例证。寒山是禅宗佛学的生动体现，其诗作的基调是回归自然的呼声和反抗社会习俗的精神，这些都适应了 20 世纪 50 至 70 年代美国社会文化的特殊需求。在英美和西方兴起了寒山诗翻译和研究的热潮。多年来，有 20 多位英美译者翻译过寒山诗，有的还有研究成果。寒山在美国的传播和影响一直延续到今天。最早的寒山诗英译者是英国汉学家、翻译家韦利，他翻译的 27 首寒山诗发表于 1954 年 9 月号《相逢》（*Encounter*）杂志，这是英译寒山诗的开始。当代美国著名诗人加里·斯奈德（Gary Snyder）于 20 世纪 50 年代在加利福尼亚大学伯克利校区学习东方语言艺术时，在华裔教授陈世骧先生的指导下研习和翻译寒山诗，他从 300 多首寒山诗中精选翻译了表现人与自然融洽无间的 24 首，其译文首次发表在《长青评论》（*Evergreen Review*）1958 年秋季号上。斯奈德的译诗和译序对美国 60 和 70 年代"垮掉的一代"（The Beat Generation）产生了很大影响，成为美国青年喜爱的读物。加利福尼亚大学伯克利校区的汉学家白之（Cyril Birch）编辑的《中国文学选集·第一卷》（*An Anthology of Chinese Literature: From Early Times to 14th Century*，New York：Grove Press，1965）就收入了斯奈德译的这 24 首寒山诗。华兹生（Burton Watson）是美国哥伦比亚大学汉学教授，著名翻译家，他翻译出版了多种中国古典文学作品，在西方世界享有盛誉。他选编翻译的《唐代诗人寒山诗百首》（*Cold Mountains: 100. Poems by the T'ang Poet Han Shan*，New York：Columbia University Press）于 1962 年出版，1970 年再版，在西方世界传播很广。罗伯特·亨瑞克斯（Robert G. Henricks）是美国达特茅斯学院（Dartmouth College）的宗教学资深教授，他经过数年努力，于 1990 年出版了《寒山诗（全译注释本）》（*The Poetry of Han Shan-A Complete, Annotated Translation of Cold Mountain*，State University of New York Press），这是迄今惟一一部寒山诗英文全译注释本。译注者翻译了现今存世的全部寒山诗，并对每首诗都作了详细注释，尤其是对其中的典故和象征的解析，标志着美国乃至西方的寒山诗翻译和研究达到了一个新的高度。彼得·斯坦布勒（Peter Stambler）1944 年出生于美国华盛顿特区，毕业于耶鲁大学，曾在威斯康辛大学任教，后在香港浸会大学讲授英语和文学，他于 20 世纪 90 年代翻译了寒山诗 134 首，以《相遇寒山》（*Encounters with Cold Mountain-Poems by Han Shan*，Beijing：Chinese Literature Press，1996）为题和双语对照的形式，作为"熊猫丛书"之一种，由北京中国文学出版社出版。译者没有采取严谨的手法，而是有意运用灵活手法和亲切语气去翻译寒山诗，以此来"实现一位美国现代诗人与这位中国唐代大师之间在心灵上交流"（参见该书序言）。

从中国古诗影响美国诗坛的第一阶段看，美国的读者、诗人和翻译家早就喜欢王维的诗作。到了这一阶段，他们似乎更加青睐王维。王维是中国唐代诗人、画家。其诗作主要是描绘山水田园风光和隐逸生活，充满诗情画意。宋代苏轼评王维的艺术作品："味摩诘之诗，诗中有画，观摩诘之画，画中有诗"，可谓中肯。王维诗歌的语言平易晓畅，其具体意象便于英译，少有典故，省掉了注释，安适恬静的意境令人向往。正是由于王维诗歌具有这些特色，所以在中国古代诗人中，格外受到美国翻译家和读者的喜爱。在中国诗人的个人诗选中，王维诗选翻译和出版的最多。例如，陈希和威尔斯（Henry W. Wells）合译的《王维诗选》收入了 50 首王维诗；由张音南和沃姆斯利（Lewis C. Walmsley）合译的《王维诗》于 1958 年出版，书中收王维诗

167 首，是同类译本中数量最多的；沃姆斯利还著有《画家兼诗人王维》，这是一部用英文撰写的王维传记；1973 年罗宾逊（G.W. Robinson）翻译的《王维诗歌》以其译文的高质量受到学界称道；1980 年美国汉学家余宝琳（Pauline Yu）编译的《王维诗选》将王维诗分为四个大类：少年诗作、宫廷诗作、禅诗和山水田园诗，并对王维诗歌作了深入细致的分析研究；1972 年，华裔学者叶维廉翻译出版了《藏天下：王维诗选》（Hiding the Universe: Poems of Wang Wei），译者在题为"王维和纯粹经验"的序言中指出王维的世界是恬静而非个人的，中国古典诗歌就具有这种彻底的非个人特征；华裔学者荣宝林也译有《王维诗选》等。就美国翻译介绍中国古诗而言，若跟李白、王维和寒山等的诗作相比，唐代大诗人杜甫的诗作以前受到的关注比较少。其原因可能是杜甫诗作充满诗人对社会、历史和政治等方面的深刻关注，语言精巧深邃，典故较多，译者难于驾驭，读者不易理解。但是，到了中国古诗影响美国的第二次高潮时，杜甫诗歌明显受到了重视，洪业（William Hung）著译的《中国最伟大诗人杜甫诗歌注释》（Tu Fu, China's Greatest Poet）1952 年由美国哈佛大学出版社出版，是这方面最为突出的成就。此外，雷克思洛斯经过艰苦努力，翻译发表了 36 首杜甫诗，阿瑟·库柏（Arthur Cooper）著有《李白与杜甫》（Li Po and Tu Fu）1973 年在巴尔的摩出版，收有多首李白与杜甫诗作译文。

美国的学术界和翻译界还关注中国其他历史时期的诗歌。例如，庞德翻译的《诗经》于 1954 年在伦敦出版，这是庞德最后一部重要的翻译作品；耶鲁大学著名汉学教授傅汉思（Hans Frankel）精通中国由汉至唐的文人诗词和民间歌谣，翻译过不少中国古诗，其中脍炙人口的是《曹植诗十五首》；富洛詹（J.D. Frodsham）编译了《中国汉魏晋南北朝诗选》（An Anthology of Chinese Verse: Han Wei Chin and the Northern and Southern Dynasty, 1967）；哈佛大学汉学家海陶玮（James Robert. Hgihtower）译著的《陶潜诗》（The Poetry of T'ao Chien）于 1970 年由英国牛津大学出版社出版，该书有中国历代对陶潜诗评注的英译，其篇幅大大超过译诗本身，反映出编译者对陶诗的广博知识和浓厚兴趣（参见本书第十章"海陶玮：现代西方的东方隐士"）；关于白居易，有雷斐氏（Howard S. Levy）的大部头《白居易诗》和华兹（Burton Watson）的《随心所欲一老翁：陆游诗文选》（The Old Man Who Does as He Pleases: Selections from the Poetry and Prose of Lu Yu,

1973）；雷克思洛斯与钟玲合译的《李清照诗全集》（*Li Ching-chao, Complete Poems,* 1979）是第一部在美国翻译出版的李清照全部存世作品；华裔学者胡品清著《李清照》也收有多首李清照词译文，于 1966 年由纽约 Twayne 出版社出版；纽约州立大学教授乔纳森·查维斯（Jonathan Chaves）集中翻译介绍宋代诗人梅尧臣的诗作，查维斯编译的《云之远游：袁宏道及其兄弟诗文选》（*Pilgrim of the Clouds: Poems and Essays by Yuang Hung-tao and His Brothers,* 1978）则是翻译介绍明代诗人袁宏道及其兄弟袁宗道和袁中道诗作的译著；施密特（J.D. Schmidt）的《杨万里》（1976）一书收有译诗 150 多首，傅瑟克（L. Fusek）翻译的《花间集》（*Among the Flowers,* 1982）和比雷尔（A. Birrel）翻译的《玉台新咏》（*New Songs from a Jade Terrace,* 1982）等都是中国传统诗词的新译。

　　与其他时期相比，美国汉学界对中国金元明清至近代诗歌的翻译和研究就显得比较薄弱，但是也有一些重要成果。如魏世德（J.T. Wixed）的《中国诗歌五百年：1150 至 1650 年》（*Five Hundred Years of Chinese Poetry: 1150—1650,* 1989）是这一阶段中国诗歌翻译介绍的代表性选本；美国华裔学者杨富森和梅茨格（C.R. Metzger）合作编译的《元诗五十首》（1967 年）成书比较早，选材较广，对元代诗歌作了介绍评述；杰罗姆·西顿（Jerome B. Seaton）编译的《长生之酒》（1978 年），如书的副标题所示，是"元代道家的饮酒诗"；罗郁正（Irving Yucheng Lo）和舒威霖（William Schultz）合作编译的《待麟集：中国末代诗歌与抒情诗》（*Waiting for the Unicorn: Poems and Lyrics of China's Last Dynasty,* 1986），译介 72 位清代诗人的作品，规模之大，前所未有；乔·查维斯翻译的《哥伦比亚中国晚期诗选》（*Columbia Book of Later Chinese Poetry,* 1986）是元明清三代的译诗集，被视为是上述华兹生编译《哥伦比亚中国诗选：从早期至十三世纪》的续编。关于"曲"作为诗歌体裁和大家作品，有施文林（Wayne Schlepp）的《散曲的技巧和意象》（1970 年）、柯润璞的《上都乐府》（1983 年）及其续集（1993）、拉德克（K.W. Radtke）的《元代诗歌》（1984 年）。这里的"元代诗歌"实为"小令"，这些著作对元曲作了比较细致的研究，在这些作品中讨论的中国诗人，包括元好问、贯云石、高启、袁宏道、纳兰性德、袁枚、龚自珍、黄遵宪和王国维等，对这些诗人的研究带有评传性质，即研究其作品及其生平。

　　随着人类文明的进步与发展，长期在思想文化领域内占主导地位的"欧美中心主义"越来越受到质疑与挑战，希望打破强势文化与弱势文化之间交流的失衡状态，希望不同民族的文化能够平等地共存交流的呼声越来越受到重视。至 20 世纪后半叶，由著名学者翻译家英译的优秀中国古典诗歌在美国和西方世界逐步被经典化，在世界文学宝库中享有崇高地位。英译汉诗在美国和西方的经典化证明，中国古诗不仅是中华传统文化的重要组成部分，还因其独特的艺术、道德和思想文化价值，成为世界文学宝库中的瑰宝。这一经典化历程也标志着中华传统文化在世界人类文明中的"非边缘化"进程，为打破"欧美中心主义"观念对非欧美文化传统的歧视与偏见，实现不同文化之间的平等交流，推动当今世界"文化全球化"的进展，具有重大意义。

1. 关于文学经典。"经典"（canon）源自古希腊的 kanon（意为"尺度"），原指被教会权威确认的经书、律法和典籍。后来扩展到文学研究领域，在西方文学传统中，就有所谓"乔叟经典"和"莎士比亚经典"等。[1]"经典化"（canonization）是指文学作品经读者的反复阅读，

1. 参见赵一凡、张中载主编：《西方文论关键词》，刘意青撰"经典"词条，第 280—282 页，北京：外语教学与研究出版社，2006 年版。

批评家和专家学者的长期研究，最终被接受并确认为具有天才性和独创性的经典作品这一过程和方式。"经典化"不惟西方文学文化特有，在古代中国，从数千首民歌和古诗中精选而成的《诗经》正是文学作品"经典化"的典型例证，作为"四书五经"之一，在中国几千年的传统文化中产生了巨大影响。文学作品"经典化"的标志包括进入权威性文学作品选集和工具书，进入大学课堂，成为经常被引用的经典篇章，在社会文化中产生重大影响等。文学作品的"经典化"必然要受到权力关系、意识形态和种族文化等的影响，文学翻译的"经典化"也是如此。当代后殖民主义理论对此进行批判，突显强势文化与弱势文化之间的权力差异，呼吁打破不同民族、不同语言和不同文化之间的不均衡和不平等关系，关注第三世界文学作品被译入美国和欧洲主流文化的方式与意义，彰显文学翻译在解构"欧美中心主义"文化霸权中的重要作用。[2]英译汉

2. 许宝强等编：《语言与翻译的政治》，第 116—203 页，北京：中央编译出版社，2001 年版。

诗在美国的经典化，体现了中国传统文学文化经历的"非边缘化"（demarginalization）历程，这对于推动当今世界"文化全球化"（cultural globalization）的发展具有重要意义。

2. 创译改写的历史回顾。过去，在"欧美中心主义"强权文化制约下，一些美国译者多以"译者隐身"（translator's invisibility）的策略，按照自己的需要改写和翻译中国古诗，利用其中的主题、意象和情节，以迎合美国读者的阅读欣赏和兴趣。有些人甚至无视原诗文本的存在与价值，直接标明是自己的创作。例如，美国出版的多种《美国文学作品选》或《美国诗选》收入的庞德（Ezra Pound）诗作中，大多收入了他的《河商之妻：一封家书》（*The River-*

Merchant's Wife: A Letter），这首诗其实是他根据费诺罗萨的草译稿翻译的李白诗《长干

行》；[1] 诗人 W.C. 威廉斯（William C. Williams）的诗作《春日寡妇怨》（*The Widow's*

1.*The Norton Anthology of American Literature*, Vol. II, W.W. Norton & Company, Inc., 1979, p.1041.

Lament in Spring Time）是他根据另一位美国诗人雷克思洛斯创意英译的欧阳修《丰乐亭

游春》三首之三改写而成；[2] 又如美国女诗人卡洛琳·凯瑟（Carolyn Kizer）的《夏日河畔》

2. 参见钟玲：《美国诗与中国梦》，第 54 页，台北：台湾麦田出版公司，1996 年版。

（*Summer Near the River*）共四段 26 行，实际上是她创意英译和仿拟的中国六朝乐府诗，

其中前三段仿拟汉乐府诗《子夜歌》，最后一段仿拟唐乐府诗《莫愁乐》；[3] 再如雷克思洛斯

3.Dominic Cheung, "*Carolyn Kizer and Her Chinese Imitating*", William Tay, Ying-hsiung Chou et al, eds., *China and West: Comparative*

的诗作中有多首是他创意英译的中国诗歌，包括杜甫、苏轼、欧阳修、陆游、朱淑真、梅尧臣

Literature Studies, The Chinese University Press, Hong Kong, 1980.

和朱熹等。[4] 可见，以前中国诗歌主要是通过美国诗人译者的创意英译或者改写，以"译作隐形"

4. 参见自钟玲《经验与创作》，郑树森编《中美文学姻缘》，第 137 页，台北：台湾东大出版公司，1985 年版。

的形式，方能进入欧美经典文本，并不是严格意义上的英译汉诗经典化。

　　3. 走向经典的历程。由于中国与美国在社会文化之间的巨大差异，也由于传统中国文化的博大精深和古代汉语的艰深难解等原因，美国和西方世界很难直接了解和认识中国古诗的独特魅力。回顾 20 世纪汉诗英译的百年历程，从世纪初叶的零散翻译，到第一次高潮中以《神州集》和《松花笺》为代表的数种小型译诗集；从诗人译者的创译改写，到学者译家的严谨翻译；从译者的个人兴趣，到赞助力量（如权威性出版机构）制定的宏大规划；从普通读者的阅读欣赏，到学术界的研究阐释等，英译汉诗逐步进入了历来仅仅源自希腊罗马文化传统的文学经典中，正在实现其"经典化"进程。

　　4. 诺顿文学书系。"诺顿文学书系"历来是西方世界的权威经典文学文本。过去在"欧美中心主义"强权文化的制约下，基本只选收源自希腊罗马文明传统的经典文学作品，对源自其他地域和文化的文学作品多有忽视或歧视。以前，只有极少数中国古诗经过西方译者或诗人的加工改写，才能进入这一书系（如上述庞德著《河商之妻》被收入"诺顿美国文学选集"）。随着时代进展，情况发生改变。最近几十年间，该书系较多地反映中国诗歌和中国诗学。如哈佛大学宇文所安（Stephen Owen）编译的巨著《诺顿中国文学选集：初始至 1911 年》（*An Anthology of Chinese Literature, Beginnings to 1911, Norton and Company*，1996）。宇文所安精选了包括诗歌与诗学在内的中国古典文学作品及理论著作的重要篇目，并完成全部英译，包括所有最具代表性的中国古代诗人诗作，如杜甫、李白、陶潜和李商隐等。这使中国古诗首次被置于与西方经典文学并列的地位。又如由耶鲁大学梅纳德·迈克（Maynard Mack）

主编的《诺顿世界文学杰作选集》（*The Norton Anthology of World Masterpieces*, *Norton and company*，1997，2002）在全世界享有很高声誉。该选集虽然标榜"世界文学杰作"，以前却没有关注包括中国古诗在内的中国文学传统。然而，近十来年出版的新版已经将英译汉诗精品置于世界文学杰作之列，包括屈原《九歌》、汉乐府诗、《诗经》选译以及王维、李白、杜甫、韩愈、白居易、元稹、杜牧、陶潜、李商隐和李清照等的诗作。按照此选集的编撰方针和选材标准，这些英译汉诗精品已经成为世界性经典之作。

5. 其他重要文学选集。在美国出版的多种中国诗歌选集和文学作品选集包含了大量的英译汉诗，如由加州大学白之选编的《中国文学选集》（*Anthology of Chinese Literature*, *From Early Times to the Fourteenth Century*：Grove Press，1965）曾被广泛用作大学教材，影响很大。其译文出自数十位译者（含五位海外华裔学者），体现了当时英美翻译和研究包含诗歌在内的中国古典文学的领域和水平，涉及的中国古诗包括《离骚》、《诗经》，以及陶潜、杜甫和李白等众多中国重要诗人的作品。

由柳无忌和罗郁正合作编译的《葵晔集——中国三千年诗词选》（*Sunflower Splendor-Three Thousand Years of Chinese Poetry*：Indiana University Press，1975，1993）是迄今时间跨度最长，参与译者最多，最为完备的英译汉诗选集。上自《诗经》，下至毛泽东诗词，汉诗渊源及发展尽有体现。就体裁形式而言，囊括了五言诗、七言诗、乐府诗、律诗、绝句、词和散曲等，所选诗词经多位英美和中国学者译家精心翻译，并附有大量注释和赏析导引。《葵晔集》在推动英译汉诗在美国的经典化方面具有重要意义。

由汉学家闵福德（John Minford）等历十余年编辑而成，哥伦比亚大学出版社和香港中文大学出版社推出的《中国古典文学译文集》（第一卷）（*An Anthology of Translations of Classical Chinese Literature*：*Volume One*，2000，2002）以其丰富的内容、精当的选材、严谨的编排和精美的装帧受到世界学术界的关注和赞扬，成为世界文学的经典。译文集共30章，收入中国自古代至唐代最具代表性的作家诗人的诗歌散文的英译文，其中诗歌部分包括《诗经》、《楚辞》、汉乐府、南朝宫廷诗、盛唐诗、唐五代词等；诗人专章包括陶渊明、谢灵运、鲍照、王维、李白、杜甫、白居易、寒山及女性诗人等；按时期划分的诗人如中唐诗人和晚唐诗人等，涵盖了中国古代至唐代的诗歌精华。涉及众多西方译者如韦利、庞德、洛威尔、高本汉、雷克思洛斯、宾纳和库柏等，其中当代汉学家的译作引人注目，如白之、斯奈德、葛瑞汉、霍克斯、华兹和宇文所安等。值得注意的是，选集中还收入了一些中国译者的译作，如辜鸿铭、施友忠、王靖献、叶维廉和杨宪益等。译文集的每一章都有由著名学者撰写的引言及编者的大量注释。学者的论述与译家的译作相得益彰，其鲜明的学术性使之远远超越了一般的文学译文集。由宾州大学梅维恒（Victor H. Mair）主编的《哥伦比亚中国古典文学选集》（*The Columbia Anthology of Traditional Chinese Literature*，1994）以其丰富的内容，精当的选材，在学术界享有盛誉，被广泛用作大学教材。该选集分为基础与阐释、诗歌、散文、小说和戏剧五个部分，其中诗歌部分占有较大比例，收入从古代至清代约 160 位中国古代诗人的作品，涉及众多英美汉学家翻译家的英译文，这些译者除主编者之外，还有韦利、海陶玮、宇文所安和华兹等。

6. 权威性工具书。近半个世纪以来，由美国普林斯顿大学推出并增订再版的权威性工具书《新编普林斯顿诗歌与诗学百科全书》（*Alex Preminger & T.V.F. Brogan*：eds.，*The New Princeton Encyclopedia of Poetry and Poetics*：Princeton University Press，1965，1985，1993，2002）在全世界产生了广泛深远的影响。过去在"欧美中心论"的影响下，其中没有关于中国诗歌诗学的内容。但从 1993 年的第三版起，新增补的"中国诗歌"（Chinese Poetry）和"中国诗学"（Chinese Poetics）等词条引人注目，成了中国诗歌西方经典化的典型例证。"中国诗歌"条由华裔学者王靖献（Ching-hsien Wang）撰写，以长达十页的篇幅使之成为全书的重要条目，论述从《诗经》、《楚辞》、唐诗宋词、近现代诗歌，到当代朦胧诗的中国诗歌发展概况，使"中国诗歌"与"英国诗歌"、"法国诗歌"和"美国诗歌"等并立于世界诗歌之林，突显其经典地位；"中国诗学"条由美国汉学家林理彰（Richard Lynn）撰写，涉及儒家和道家思想以及中国传统的和现代的重要诗学观点，使"中国诗学"跟"美国诗学"、"法国诗学"和"印度诗学"等一样被置于平等的地位。又如由印地安那大学倪豪士（W.H. Nienhauser，Jr.）主编的《印第安那中国古典文学指南》（*The Indiana Companion to Traditional Chinese Literature*，1986）是美国和西方迄今最为完备的中国古典文学工具书，其中有相当部分的内容是对中国古典诗歌与传统诗学的论述。这类工具书打破"欧美中心主义"的局限，矫正无视或歧视中国诗歌传统的偏见，客观公允地介绍中国诗歌和诗学，成为英译汉诗在美国和西方经典化的标志。

第七章　　繁荣期（下）：中国形象与美国形象

　　1970 年 8 月，一直被视为"中国人民的友人"的美国作家埃德加·斯诺应邀再次访问中国，因为有着《西行漫记》的影响，斯诺在中国受到了国家领导人毛泽东和周恩来等人的亲自接见，并由他及时地在美国《生活》杂志上首次披露了中国领导人愿意与当时的美国总统尼克松协商解决中美矛盾的消息，由此也最终促成了 1972 年中美关系最初的解冻。1971 年 10 月，联合国大会以投票的方式最终承认了中华人民共和国的合法地位。1972 年 2 月，尼克松正式访华。1978 年 12 月，卡特总统正式宣布中美建交，中国的国家领导人邓小平也应邀访问了美国。发生于 1970 年代的这一系列事件不仅从根本上改变了中美间的政治格局，同时也为两国间的文学交流带来了新的契机。新一代美华作家致力于讲述与他们祖辈的创作截然不同的故事。美华文学的作者群体不仅局限于美国的华裔学者们，大陆留学生的创作同样不可忽视。西方现代主义思潮在中国大陆激起强烈的反响。中美作家的频繁互访打破了长期的隔膜，消弥了曾经的误解，双方均以一种更加开放的姿态看待对方。中美小说、戏剧等方面的交流在这时也步入全面而深入的了解与对话的繁盛时期。

第一节 华裔族群的身份诉求

中美文学交流过程中，有一种极为特殊的现象，也就是我们通常所说的"美华文学"的创作。由于从事此类创作的多是美籍华裔作家，他们中既有纯粹以英文方式讲述"中国故事"的作家，如汤亭亭、谭恩美等，也有以汉语形式叙述"美国故事"的作家，如后期留美的中国学生的创作，这就不可避免地产生了作家对于其自身文化属性的认同问题。事实上，在中美两种异质文化之间，"美华文学"的创作一直都处于某种文化夹缝之中，当他们身处古老的东方文化氛围中时，作为乌托邦理想的充满着自由、生机与活力的现代美国时时在牵引着他们的想象；而当他们真正跻身于喧闹纷纭的美国社会时，恬静平和的东方式生存形态又重新成为了他们可望而不可及的梦想。"美华文学"是中美文学交流中的一个特例，它们各自从其相反的方向上将异国想象推向了某种"乌托邦"想象的极端。

自19世纪中叶中美间开始交往以后，中国向美国的移民就一直未曾中断过。晚清时代的移民多为华工，基于对所谓"黄金世界"的想象，早期华工移民的主要目的是为了求得自身生存境况的改善——希望在窘迫的生存环境之外寻找到一个可以赖以生活的"新家"，但现实最终彻底打破了华工移民的梦想，而以此为基础所创作的文学作品就成为了早期移民"血泪史"的真实写照。以描绘早期华工苦难生活为基本内容的文学创作一直被视为"美华文学"的源头之一，此类作品多数带有秉情实录的纪实特征，其共同的基调阴郁哀痛而真实感人，虽然文学价值不高，但它们不仅首次向中国人展示了美国作为繁荣世界的阴暗的一面，而且在相当长的一段时期内构建并强化了中国人有关种族对立的极端想象。

有资料显示，由传教士资助在耶鲁大学学习的留美中国学生李延富（Lee Yan Phou，音译）于1887年发表的自传体作品《孩提时代在中国》（*When I Was a Boy in China*），被认为是美籍华裔用英文创作的第一部文学作品。该书主要描述作者13岁前在中国的生活经历，其中详细地向美国人介绍了中国的饮食、娱乐、民俗及礼仪等方面所特有的习惯与具体生活方式。鉴于19世纪后期美国社会对中国人的普遍歧视和丑化，该书的写作带有矫正美国人一般认识的直接目的。1912年，一位有着中国血统的美国女性作家伊迪丝·伊顿（Edith Maud

Eaton，1865—1914）以"水仙花"（Sui Sin Far）为笔名创作出版了一部短篇小说集《春香夫人》（*Mrs. Spring Fragrance*），被认为是美华文学创作真正的肇始之作。该书包括了《春香夫人》（17 篇）和《中国孩子的故事》（20 篇）两个系列的短篇作品，虽然"水仙花"的创作以其独特的中国题材引起过人们的注意，但这类纯然想象的"中国故事"最终也未能在美国文坛争取到某种应有的地位。

20 世纪初期的旧金山唐人街

直到 20 世纪 30 年代末期，由于有了林语堂的出现，美籍华裔作家才首次获得了美国文坛一定程度的认可。20 世纪 40 年代以刘裔昌（Pardee Lord）的《父亲与光宗耀祖的后代》（*Father and Glorious Descendant*，又译《虎父虎子》，1943）及黄玉雪（Jade Snow Wang）的《华女阿五》（*Fifth Chinese Daughter*，1945）等为代表的创作，同林语堂的各式小说、散文和传记等作品一起将美华文学初次推向了某种高峰。而此后黎锦扬（Lee Chin Yang）等人的写作则可以看作是美华文学向后期转换的过渡，朱路易（Louis Chu，1915—1970）的《饮碗茶》（*Eat a Bowl of Tea*，1961）创造了一种独特的"唐人街英语"与"直译式汉语方言"（主要是粤方言）相混杂的文体形式，这种形式虽然在地道的英语作家看来似乎显得非常可笑，但正是这种奇特的混杂才真正显露出了美国"唐人街"华裔民众的原初生活形态。尽管朱路易的创作在当时并没有被人们所看重，但当美华文学越来越陷入身份认同的尴尬境地时，恰恰是这种混融杂糅的特定话语形式被批评家们认定为是美华文学之精神品质的真正代表。

美华文学的一个比较突出的特征就是，几乎所有的创作者都将其所描述的重心限制在华人自己的生活范围之内，这样做固然是出于向美国社会真实展现华人生活的实际境况的需要，但其更为深层的原因恐怕主要是出于寻找和确定华人自身身份时的潜在的焦虑。由于历史和特定时代的原因，美籍华裔虽然被认为是"美国人"，但他们却始终被排除在主流之外而只能生活在美国社会的边缘。此外，基于血缘与文化所既有的共通性，华人社群的某种自动的聚合也同时进一步加大了其与美国主流社会之间的疏离和隔膜，也由此形成了与美国文化有着明显区别的独特的华人侨民文化，其代表性的符号标识就是具有"共名"性质的"唐人街"（Chinatown，又称"中国城"）。如史景迁（J. Spence）所说："'中国城'是美国社会的一个特殊部分，它与针对中国移民的移民法及由于在美国的中国劳工的缘故而引发的紧张局势密切相关。把中国人输送到美国去从来就不等于使美国人更好地理解生活在中国的中国人。"[1] 早期的"唐人街"

1. [美] J. Spence（史景迁）：《文化类同与文化利用——世界文化总体对话中的中国形象》，第144页，廖世奇、彭小樵译，北京：北京大学出版社，1990年版。

对于美国社会来说几乎是神秘、怪异，毫无生气却又充满恐怖的特定符号，不过，这类感觉多半都来自美国人自己虚幻的想象。

　　在美国社会中，"唐人街"其实一直是一种文化身份的象征，它代表的是居美华裔族群的特定文化秉性与独立的生存形态。某种意义上说，"唐人街"的生存模式其实是把传统中国的那种封闭式的农耕文化形态几乎完整地移植到了美国的土地上，有华裔作家曾感叹说："外头的世界过个一百一千年，在中国城里才像过了一年半月似的。这里的岁月也像古董一样。"[2]

2. 喻丽清：《爱情的花样》，第58页，台北：尔雅出版社，1991年版。

随着美国社会对华裔族群的逐步认可与接纳，以"唐人街"为代表的生存模式也必然会受到冲击，由美国的"大熔炉"政策所带来的"同化"与极力维护自身文化属性的"共生"策略其实一直都"悖论"性地存在着。虽然经赛珍珠及林语堂等人的努力，美国社会对华裔族群有了某种全新的认识，甚至在刘裔昌和黄玉雪的笔下还出现过对于"模范华裔"的热情赞颂，但真正生活在"唐人街"的广大民众几乎每天都要面对独立生存与融入美国社会的两难选择。与此同时，他们除了要接受美国人的审视之外，还需要接受"中国人"的审视。不难想象，处身于此种境遇之中的新一代美华作家能够尽一切可能对自身的文化属性与生存的合法性依据展开追问，几乎是顺理成章的事情。

　　美华文学作家中有一个极为特殊的群体，这批作家出生于美国，同时接受的是完整的美国教育，写作也是以英语为"母语"展开的，某种程度上说应当称之为地地道道的"美国人"，但他们从肤色到家庭却又属于"黄种人"系统。尽管他们几乎从未受到过东方文化的影响，但他们又由于各种原因与东方文化有着千丝万缕的联系。这批承载着典型的美国文化及其精神气质的华裔后代常常被人称作"香蕉人"，或者"黄皮白心"的一代，出现于他们笔下的"中国人"

形象也被研究者称为"自塑形象"。这一特定概念主要用于"指称那些由中国作家自己塑造出的中国人形象，但承载着这些形象的作品必须符合下述条件之一：它们或以异国读者为受众，或以处于异域中的中国人为描写对象，但都具有超越国界、文化的意义，因此在一定程度上可被视作一种异国形象，至少也可被视作具有某种'异国因素'的形象，理应纳入形象学研究的范畴中来"[1]。"黄皮白心"的新一代作家是真正促使"美华文学"成为独立文学形态的中坚力量。

> 1. 孟华：《比较文学形象学论文翻译、研究札记》，见《比较文学形象学》，第 15 页，北京：北京大学出版社，2001 年版。

如果说此前的美华作家主要是在叙写华裔族群在美国生存与奋斗的真实历史的话，那么，新一代作家则以质疑与想象的方式彻底地颠覆了这段历史的真实性与合法性，由此才使隐藏于背后的构建其所谓真实历史的权力话语得以全面地暴露了出来。

新一代作家并非是要全盘否定此前作家们的创作，他们对前辈作家其实保持了足够的尊敬，汤亭亭就曾自认："我所读的中国文学是透过英文翻译——韦礼、赛珍珠、林语堂、《红楼梦》、《易经》，当然也有英译的古典诗和现代诗。"[2] 她在回忆其初次接触黄玉雪的小说时还曾说："我

> 2. 单德兴：《汤亭亭访谈录》，何文敬、单德兴《再现政治与华裔美国文学》，第 218 页，台北：台湾中央研究院欧美研究所，1996 年版。

惊奇万分、备受鼓舞、受益匪浅，这使我的作家梦成为可能——我有生以来第一次发现有一个像我一样肤色的人成了故事的主人公，成了故事的作者。"[3] 当然，对于前辈作家的尊重并不

> 3. 转引自刘海平、王守仁主编，王守仁主撰：《新编美国文学史（第四卷）》，第 346—347 页，上海：上海外语教育出版社，2002 年版。

意味着对他们所秉持的文化策略的沿袭与拓展。事实上，新一代美华作家所面对的文化境遇也许是最为复杂和微妙的，从总体上看，他们其实一直处于至少四种势力相互碰撞的夹缝之中，在白种美国人看来，他们是"华裔"；在"唐人街"原驻华裔看来，他们是"美国人"；在美国批评家眼里，他们书写的是"中国故事"因而不属于"美国文学"；而在华裔批评家的心目中，他们又是已经被美国彻底"殖民化"了的"美国作家"，他们的所谓"中国书写"已经完全失去了"中国"特性，不过是"文化殖民"的另一种翻版，所以理应被排除在"华裔作家"之外（如著名的所谓"汤赵之争"）。由于有了来自各个方向的多重力量的挤压，他们的创作才不得不首先面对一个需要优先回答的迫切问题："我"到底是谁？这一问题同时又引发了对其他一系列相关问题的追问：到底是谁塑造并规定了现在的"我"？"我"有没有历史？什么样的"历史"才是真实的"我"的"历史"？"我"有没有可能重新获得"我"的"历史"？……诸如此类。由此我们才会看到，出现在新一代作家笔下的各式文本，尽管都具有多重阐释的可能，但在"文化身份"的确认问题上其实始终显示着惊人的一致。从这个意义上讲，新一代美华作家正是在美国社会土生土长的新一代华裔的真正的代言人，也因此，他们的身上才会体现出某种多重文

化混融杂糅的精神气质。

一般认为，新一代美华文学的代表主要是汤亭亭、谭恩美、任璧莲和赵健秀等一批自 1970 年代后期至今一直活跃在美国文坛的华裔作家，尽管这批作家在文化选择及文学个性等方面各有差异，但他们在具体创作中又都有着相对比较一致的叙事取向，那就是，在全新的语境中重新讲述"中国故事"。

汤亭亭 (Maxine Hong Kingston) 是新一代美华文学的领军人物，她陆续创作的《女勇士》 (The Woman Warrior: Memoirs of a Girlhood Among Ghosts, 1976)、《中国佬》 (China Men, 1980) 和《孙行者：他的伪书》 (Tripmaster Monkey: His Fake Book, 1989) 等一系列作品一直被视为新一代美华文学中的代表之作。汤亭亭的创作所采用的是一种典型的"后现代"式的"文本拼合"策略，此类文本不以对完整事件的曲折陈述而见长，因而其文本的"中心"和"主题"趋于隐退；又因为此种叙事多带有强烈的主观想象与臆断的色彩，所以事件的真实与否及其价值取向也就不再是文本所应关注的问题。汤亭亭的文本只遵循其当下叙事的内在情感逻辑，这就使得她彻底跳出了既有文化视域的局限，既能借助于特定的文化意象(花木兰、女儿国或孙行者等) 置换其当下的生存境遇，同时也能通过对此类文化意象的合理变形与重新整合质疑并"解构"所谓"真实历史"的合法性依据。汤亭亭的全部创作几乎都可以看作是由对"'我'到底是谁"这一核心问题的追问而逐步衍生出来的产物，这里的"我"既是叙事者个体自身，同时也是"华裔族群"所共有的特定符号。她的最早的自传体小说《女勇士》在这一点上体现得最为明显，"我"是美国人却并不被美国人所承认（现实规定），"我"是华裔却又被真正的华裔指认为是美国人（血缘规定），这到底是为什么？《女勇士》最终试图解决的问题只能是："我"的含混身份究竟是怎么来的？《女勇士》对于有着不同来源的"中国故事"采取的是"美国式"的解读与改写，也正是这种改写为她带来了广泛的争议。其中，最为强烈的批评（主要是赵健秀）是认为汤亭亭的改写完全违背了"中国故事"的"经典"原则，或者说已经从根本上完全失去了"中国特性"，因而只能看作是已经彻底"被殖民化"了的纯粹为讨好美国白人的产物。但也有另一种意见认为，汤亭亭的尝试恰恰应当被看作是"对异质文化互动、融合、共生的文本实践"，其所反映的正是美华作家在"双重边缘"的处境中的文化认同和书写策略。"她对于中国神话、民间传说的改写使中国文化因子在新的文化土壤中获得了嫁接和再生的机遇，在与异质文化碰撞、交融的过程中产生了一种色彩斑斓的艺术魅力，体现出不同文化无论其强弱，可以平等对话、互为滋养的和平态势。"[1] 其最终的目的是希望实现

1. 蒲若茜：《族裔经验与文化认同》，第 61 页，北京：中国社会科学出版社，2006 年版。

真正意义上的对于"民族——国家"界限的完全消解。

　　汤亭亭其实并不否认"中国经典"对于自己的影响，只不过她在理解上有着自己的独特方式，她曾自陈："我的故事形式受中国故事形式的影响。中国的思维方式很流畅，不像西方的思维方式，它直接而准确。我喜爱《西游记》和中国传奇小说展开故事的艺术方式，一段情节接一段情节，好像无休无止。……我喜欢说书人讲故事的方式，既令人难忘，又很实际，也很现实，自相矛盾的东西可以合并一处。"[2] 应当说，刻意强调文化属性上的"中国特性"或"美国特性"，

2. 张子清：《东西方神话的移植和变形——美国当代著名华裔小说家汤亭亭谈创作》，见汤亭亭《女勇士》，李剑波、陆承译，张子清校译，第 196 页，桂林：漓江出版社，1998 年版。

其实是一种典型的"文化偏执主义"的理路。霍尔在《多重小我》（minimal Selves）一文中认为："'我'是谁——'真正的'我——乃是在与多种异己的叙述（other narratives）之关系中形成的。……属性原本就是一种发明（incention）……属性是在'不可说'的主体性故事与历史叙述、文化叙述之不稳定的会合点形成的。"[3] 从这个意义上讲，"华裔族群"本身即

3. 转引自张敬珏：《说故事：汤亭亭〈金山勇士〉中的对抗记忆》，单德兴译，见单德兴、何文敬主编《文化属性与华裔美国文学》，第 18—19 页，台北：中央研究院欧美研究所，1994 年版。

是安德森所谓的"想像的共同体"（Imagined Communities），汤亭亭的有意"误写"是带有某种经典 / 反经典式的"互文"（Intertexts）特征的，"互文"书写的目的不是为了最终求证出某种终极性的结论——不是为了确证"我"最终是中国人还是美国人，而是为了借助于"互证"来具体展示有关"文化属性"的诸多话语在其诞生、衍续、转换、扭曲、变形，直至成为某种被固定下来的"刻板印象"的过程中的种种形态，在多重话语的相互争辩（对话）中使其"属性"自行呈现出来。在汤亭亭的另一部小说《中国佬》中，这种"互文"现象同样也体现在从 Chinamen 到 China Men 的转换上。《中国佬》常常被人看作是家族史或民族志，汤亭亭在这个文本中所延续的中国故事的美国化或者欧美故事的中国化的策略仍旧是为了颠覆权威与经典所带来的"身份焦虑"，而刻意使所谓"真实"的历史自相矛盾（歧义书写）则是在历史的多重可能性之间延展其尽可能开阔的想象空间。Chinamen 代表着"被赋予"了"固定形象"的父辈乃至祖辈，而 China Men 所显示的则是"沉默者"对于话语权力的争取。诚如有研究者所指出的那样，在"华裔的"与"美国的"两种文化形态之间，她"既不是藉着在两个传统中选择其一，也不是藉着单纯地混杂两个传统。她在两个传统中重建自己的手法，是藉着重新塑造亚洲和西方的神话，因而抗拒古老的传统，并使自己（及读者）摆脱父权的或殖民的掌控。

她藉着杂糅的事实与幻想引进了一个新世界，这个世界的基础是互补，而不是宰制。她的说故事使得那些被父权、种族歧视、历史所抹煞的人重获'新声'"。汤亭亭在此采取了两种策略，既以替代式的诉说模式（an alternative mode of telling）对抗传统的史学（作为知识的历史及其延续性与支配性），又以重新想象过去来为一个新的未来铺路。"汤亭亭关切的不只是争取（reclaiming）华裔美国人的过去，也有意去形塑（envisioning）更好的未来。"由此也形成了巴赫金意义上的"复调"式的"对话"。[1] "复调"的核心在于彼此平等而又互相共在，它

1. 单德兴：《析论汤亭亭的文化认同》，见单德兴、何文敬主编《文化属性与华裔美国文学》，第37、26、27页，台北：中央研究院欧美研究所，1994年版。

不是"非此即彼"的矛盾转化，而是"或此或彼"的多元共存。不只是整个"华裔族群"如此，所有隶属于这个"族群"的每个个体都将如此，就像汤亭亭后来的小说《孙行者》中的惠特曼·阿新（Wittman Ah Sing）那样。阿新始终在寻找属于自己的"族群"，却又永远不知道"族群"何在，就如同他希望写一部有关中国的伟大作品，却又希望丝毫不提到中国一样。阿新"本质上是个美国人，而他又悲剧性的从归属感的角度（in terms of belonging）来追寻文化属性，浑然不知就生命存在的角度（in terms of being）而言，他实际上已拥有该属性"。[2]

2. 康士林：《七十二变说原形——〈猴行者：他的伪书〉中的文化属性》，谢惠英译，见单德兴、何文敬主编《文化属性与华裔美国文学》，第63页，台北：中央研究院欧美研究所，1994年版。

汤亭亭的创作为美华文学提供的是一种全新的文本，它并不以单一的价值立场去简单地肯定或否定自身与"他者"，而是在更为广阔的场域内借助其多种声音的对话使自身与"他者"及其各自的"文化属性"得以自行显现。进一步说，"如果说文学史或其他任何历史都诉诸一代代的不断重建，那么在美国当代强调多元文化（multi-culturalism）的社会情境中，以弱势族裔的立场及角度重建历史，向强势团体'争取公道'——或者该说，'争取发言权、诠释权'——的作法，是具有重大意义且值得鼓励的。当不同版本的历史愈有机会显现、发言、为人所见所闻时，较公平合理的社会出现的可能性往往就愈大"。[3]

3. 单德兴：《析论汤亭亭的文化认同》，见单德兴、何文敬主编《文化属性与华裔美国文学》，第17页，台北：中央研究院欧美研究所，1994年版。

与汤亭亭形成强烈反差的是另一位美华作家赵健秀（Frank Chin）。应当说，美华文学在一个较短的时期能掀起普遍的热潮，与赵健秀等人编选的《哎呀！：亚裔美国作家选集》（Aiiieeeee！: An Anthology of Asian-American Writers）及《大哎呀！：华裔与日裔美国文学选集》（The Big Aiiieeeee！: An Anthology of Chinese American and Japanese American Literature）有密切的关系，但在赵氏的选集中，汤亭亭的作品一直被排斥在外，其根本原因是源于赵健秀自身对于其所强调的"亚裔感性"（Asian American sensitivity）的坚守。赵健秀主要是一个戏剧作家，他的创作多侧重于借助其所塑造的各式形象来传达其固有的族裔

意识与文化理念，有研究者认为，其《唐老鸭》（*Donald Duck*，1991）中的历史书写就是一种典型的"记忆政治"，"赵健秀的整个计划大抵是以其记忆政治为基础，企图唤起华裔美国人的集体记忆。……从弱势族裔论述立场看，《唐老鸭》无疑是晚近书写 / 矫正（writing/righting）美国历史文化的大计划的一部分"。[1] 他在《甘加丁之路》

1. 李有成：《〈唐老鸭〉中的记忆政治》，见单德兴、何文敬主编《文化属性与华裔美国文学》，第 127 页，台北：中央研究院欧美研究所，1994 年版。

（*Gunga Din Highway*，1994）中对关家后代尤利西斯的塑造在某种程度上其实就是中国的"三国"故事中"桃园三雄"的另一种翻版，他所希望的"华人英雄"既区别于那种妖魔化了的"傅满洲"，同时也区别于被神秘化了的"陈查理"。但那种试图借《三国演义》、《水浒传》等他所认定的中国文学经典来重建一种有关华人的"英雄"传奇的书写策略，其目的仍旧是为了改变美国对恭顺、隐忍、羸弱、保守的中国人的普遍认识与想象。因此他才会认为，汤亭亭的对于"中国故事"的"失真"式的有意"误读"只是为了讨好美国白人而采取的对自身文化遗产的"亵渎"与"歪曲"，其在本质上与"傅满洲"和"陈查理"之类的形象图解几无二致。此种理路无疑在相当程度上遮蔽了他对于汤亭亭的书写策略的更为深刻的理解和认识。

其实，在是否需要取消"Chinese-American"这一特定称谓中间的连接符号以使之成为"Chinese American"的问题上，汤亭亭与赵健秀应当是并无矛盾的。汤亭亭曾表示："为什么我不能只'代表'我自己而要'代表'其他的人？为什么我不能只拥有个人的艺术想象？"[2] 可见汤亭亭主要坚持的是以"我"的身份追问为前提的"个体"立场，而赵健秀所执着的则是作为"华裔"总体而存在的

2. Maxine Hong Kingston, *"Cultural Misreadings by Chinese American Reviewers"*, Guy Amirthanayagam. *Asian and Western Writers in Dialogue: New Cultural Iderdities*, ed., London：The MacmillanPress LTD, 1982, pp.61.

1993 年据谭恩美小说改编的电影《喜福会》海报

"族群"理念，有着比较明显的后民族主义的色彩。这其实也显示出美华文学自身在不同取向上的某种不可避免的差异。

美华文学的后继者还有以《喜福会》(Joy luck Club)而崛起于美国文坛的女性谭恩美(Amy Tan)。谭恩美的书写策略与汤亭亭有相似之处，如果说汤亭亭的《中国佬》以其福柯式的"考索"重新建构起了一种"父系族谱"的的话，那么，谭恩美的《喜福会》以及稍后的《灶神之妻》(The Kitchen God's Wife, 1991)、《灵感女孩》(One Hundred Secret Senses, 1995)及《接骨师之女》(The Bonesetter's Daughter, 2001)等文本，则共同构建起了区别于传统的另一种版本的"母系族谱"。其与汤亭亭的《女勇士》中所初步显露的对于男权话语的颠覆一起为美华文学增添了一个全新的"性别"书写维度。

与汤亭亭略有区别的是，谭恩美对于所谓"中国经典"并未作彻底的"改写"，在这一点上，她保留了相对较为审慎的态度。甚至在某种程度上，谭恩美是愿意承认由血缘关系所维系的"华裔族群"的"中国特性"是确实存在的。也因此，谭恩美所讲述的故事似乎更能够赢得多数读者的青睐。《喜福会》主要叙写四个家庭中母女两代八个女性各自不同的故事，有关母亲的故事基本概括了传统中国妇女最为常见的四种婚姻形态：寡妇、小妾、童养媳和被玩弄者，其分别对应着吴素云(Suyuan Woo)、许安梅(An-mei Hsu)的母亲、龚琳达(Lindo Jong)和映映·圣克莱尔(Ying-ying St. Clair)，这四种形态差不多已经概括了传统中国旧式女性基本生存境况的全部。同母亲们的婚姻形态一样，谭恩美也择取了最为常见的四种婚姻范型来作为现代女性生活的代表：或独身、或离异、或者因为爱而导致了自我的丧失、或者因为追求绝对的平等却带来了爱本身的最大的不平等，其所对应的人物分别是吴精美(Jing-mei Woo)、许露丝(Rose Hsu Jordan)、薇弗莱·龚(Waverly Jong)和丽娜·圣克莱尔(Lena St. Clair)。四对母女、八个女性的故事几乎已经把属于女性的全部生活形态展露无遗了，而八位女性的故事均由一个"共名"的"我"统领在一起，以此来追问被命名为"女人"的那个"我"到底是谁？在"身份认同"问题上，谭恩美显示的是新一代美华作家所共有的特质，但在"文化属性"的选择上，她似乎更偏重于对文化传承的肯定。在母亲和女儿之间永远有着一条割舍不断的脐带，母亲传递给女儿的不只是生命，更重要的是那个一代代积存起来的经验与中国式的生存智慧，因为母亲曾经也是女儿，而女儿最终也将成为母亲。

相比之下，任璧莲的代表作品《典型的美国佬》（*Typical American*，1991）则被认为具有了某种全新的元素。有研究者认为，此作"超越了华裔作家长期孜孜以求的'文化认同'主题，既打破了过去白人主流强加给华裔美国人的'刻板印象'，比如从事体力劳动、狡猾而傻气的中国人形象，又突破了华裔作家自设的新的刻板印象，比如絮叨第一代移民的艰苦经历、神话传说、中美文化引起的冲突、苦苦寻找和保持少数族裔属性等"。[1]《典型的美国佬》中的拉尔夫·张

1. 蒲若茜：《族裔经验与文化认同》，第 46 页，北京：中国社会科学出版社，2006 年版。

是一个与菲茨杰拉德笔下的盖茨比类似的追逐"美国梦"的个人奋斗者，他从对"典型的美国人"的嘲笑到积极地使自己成为一个"典型的美国人"的转换，在一定程度上确实突破了此前美华作家对于自身身份的种种先验的设定，而其最为核心的原因却是源于他对所谓"美国特性"的透彻的认识，即"在这个国家，你有钱，你什么事都能做。你没钱，你就不中用。你是中国佬！就是这么简单"。[2]所谓"美国特性"就像所谓的"中国特性"一样，不过是潜在的"族群"

2. [美] 任璧莲：《典型的美国佬》，王光林译，第 34 页，南京：译林出版社，2000 年版。

意识所生发出来的话语的产物。"任璧莲希望她的小说首先别当作亚裔美国故事而是当作'典型的美国移民'故事去读，这些移民碰巧是从中国去的，也可被视为从其它国家去的。"拉尔夫·张的故事其实就是想揭示这样一个基本的事实："缺乏人类团结的价值观的美国梦是毫无意义的，而这种价值观在任何地方任何时候都是十分必要的。"[3]任璧莲后来创作的《梦娜

3. [美] 杰夫·特威切尔：《典型的美国佬·序》，张子清译，第 318 页，见任璧莲 (Jen, G.)《典型的美国佬》，王光林译，南京：译林出版社，2000 年版。

在向往之乡》（*Mona in the Promised Land*，1996）同样是在刻意淡化"华裔族群"背景及其典型的"中国"符号，借以真正退回到个人作为"人"的基本属性上，所谓"美国式"的"自由"，其核心恰恰在于，"你"想成为"什么"就有可能成为"什么"，但前提是，"你"必须"行动"。

从总体上看，新一代美华文学一直都在尝试突破其既有"族裔属性"的局限，而努力使创作本身能够具有更为广泛的"世界性"或"普适性"，对于"文化身份"的追问既使这批作家展开其创作的优势，同时也可能成为某种羁绊。美华作家在创作上对多元向度的选择是值得充分肯定的，比如雷祖威的《爱的痛苦》（*Pangs of Love*，1991）对"代际"冲突题材的延续，李健孙的《支那崽》（*China Boy*，1991）对异族组合式家庭里的矛盾的刻画，伍慧明 (Fae Myenne Ng) 的《骨》（Bone，1993）对华裔家庭创伤的描绘，吴梅 (Mei Ng) 的《裸体吃中餐》（*Eating Chinese Food Naked*，1998）对于"另类"形象的塑造，以及梁志英 (Russell Leong) 的《凤眼及其故事》（*Phoenix Eyes and Other Stories*，2000）等对"边缘"弱势群体的关注等等。因为有了他们的共同努力，美华文学才有了进一步走向繁荣的可能。

第二节　汉语版的"美国故事"

20世纪70年代末期，由于中国大陆开始逐步推行对外开放的政策，被封闭起来的西方大门再次重新打开。日益扩大的对外开放不仅从根本上冲击了久处政治氛围中的中国大陆普通民众的日常生活，更引发了一轮前所未有的出国热潮。这其中，美国再次成为了渴望出国的人们的首选。20世纪80—90年代，中国大陆先后有多批次的人员以留学、探亲等各种方式来到了美国，从渴望梦想到实现梦想，从摆脱政治梦魇到所谓"天堂生活"所带来的心理上的震惊，一批批来自中国大陆的新的移民在美国土地上演绎出了一场场悲欢离合的故事，它同时也为美华文学的创作提供了新的素材与叙事范型。

与此前的几代美华作家不同，来自中国大陆的这批留美人员多数都带有明显的心理倾向性，或者说他们中的大多数对美国社会的生活形态都是持充分肯定的态度，美国重新成为了令人向往的"乌托邦"对象和借以确证自我的重要的"他者"。由于中国大陆长期的政治动荡造成的物质与精神的双重困境，初到美国的大陆人普遍都有一种非常彻底的"脱困"感，反映在他们的创作中就显示为触目可见的"比较"意识——自身在中国大陆所经历的苦难生活与涉足美国社会后的自由生活形成了具有强烈对比意味的两个极端，由此也形成了此类创作所惯有的国内生活与国外生活双线并进的叙事模式。专事大陆旅美生活题材创作的代表作家主要有小楂、苏炜、易丹、周励、曹桂林及后来的哈金等等。其中，由于媒体力量的参与，出现于1992年的周励的《曼哈顿的中国女人》和曹桂林的《北京人在纽约》最终被炒作成为了此类创作中影响最大的两部作品。

从总体上讲，除了像严歌苓等少数旅美之前即积累有一定的创作经验的作家之外，来自大陆的这批创作者多数都不是专业的作家，同此前的三代美华作家相比，无论是精神素质还是艺术感悟，他们都还存在相当明显的欠缺，所以其作品在整体上的文学价值并不是很高。而他们的创作之所以会在某个时期内引起轰动，主要原因其实仅仅只是出于大陆文学自身的贫乏及大陆民众对美国社会的过度的陌生。最早出现于中国大陆的被冠以"留学生文学"称号的作品应当是苏炜（阿苍）的短篇小说集《远行人》，收录于该集的小说主要讲述留美学生在美国的各式生活故事。此类故事凸显了大陆留学生的一种极为普遍的尴尬处境，即中美两种文化对留学生们的双重剥离，或者说中美生活形态的巨大差异所导致的留学生们的精神在瞬间的错位。一方面，出于对"美国梦"的想象，他们主动地把自己从中国文化中剥离了出来；另一方面，美国社会连同华裔及台湾籍留学生一起对他们都表示出了相当程度的拒斥，他们最终成了"游荡"在两种生活之间的"过客"。《汤姆郎和他的贝蕾帽》中的汤姆郎在唐人街民众及台湾人面前称自己是地道的美国人，在犹太人面前又变成了台湾来的中国人，仅仅只是在中国大陆来的代表团面前他才找回了一点真正大陆人的感觉，汤姆郎以扮演各种身份的人来掩饰自己的身份恰恰暗示出了其自身身份的耻辱感与自卑感，自我信心的丧失与自卑感的抬头迫使主人公在新的生存环境中重新修改自身的文化经验。这种身份不明的感觉与焦虑在《杨·弗兰克》、《背影》及《荷里活第 8 号汽车旅馆》中也都有所体现。事实上，"大陆客"在美国人及居美华人眼中确实曾被视为"异类"，这主要是源于政治意识形态层面上的分歧与长期的隔膜；而就大陆留学生一面来看，"文革"阴影与"伤痕"意识的延续也在某种程度上阻碍了他们与美国人或华裔民众在更深层次上的精神交流与对话。小楂也是较早开始从事留美题材创作的留学生作家，小楂本名查建英（又名陆嘉丹），是成立于 1987 年的哥伦比亚大学留学生文学社团"晨边社"（Morning Side Literary Society）的主要发起人和组织者，她的代表性作品主要有《到美国去！到美国去！》、《丛林下的冰河》、《距往事一箭之遥》及《水床》等。小楂的创作带有比较明显的知青背景，某种程度上还有着精神拷问及有限度的文化批评的意味，这一点与严歌苓有相似之处，但小楂的创作未能像严歌苓那样深入到人性内部去探究人性的本相，所以总显示出流于表象的特点。

真正将此类题材的创作推向热潮的是周励的《曼哈顿的中国女人》和曹桂林的《北京人在纽约》，前者是因为中国读者对周励本身的国外生活的真实性的质疑而引发了她的作品的畅销，后者则是由于其作品被改编为电视剧并被热播而为中国民众所熟知。从根本上讲，这两部作品其实都只是简单讲述了一些有关大陆中国人在国内国外的生活经历与一般感受，因为带有相当的纪实色彩与异域情调，所以既能与经历过非常年代的普通民众发生共鸣，同时也能适当地满足人们对于自由世界的生活形态的"乌托邦"幻想。对于刚刚脱出困境的中国大陆民众来说，阅读此类作品其实多半是一种感性层面上的情感宣泄与释放，而少有理性层次上的分析与思考。

两部作品共同显示出了中国大陆普通民众在开放之初所遭遇到的价值观的冲击与转型，而这种转型又都是借助于对两个世界的比照凸显出来的。《曼哈顿的中国女人》处处都显示着这样的比照，一个世界里有含冤的人跳楼自杀，有热情澎湃的人在参加荒唐的农田水利大会战，有女知青被上司猥亵、引诱和肆意侮辱，有同性恋者被逼成了疯子，更有盘根错节的权色关系主宰着不同的人的命运；而在另一个世界里，人们悠然自得地享受着大海、阳光和充足的物质生活所带来的快乐，每个人都享有合于人性的生存方式，每天都充满着各种各样的机遇，甚至每个时刻都会有应接不暇的名流社交活动。作品的全部描述只有一个明确的指向，那就是：到美国去！它可以改变你现有的一切！从根本上说，《曼哈顿的中国女人》和《北京人在纽约》（包括这个时期一度集中出现的以共同的"中国人在某地"的话语形式的其他文本）其实都是典型的"殖民文本"，此类文本所共有的叙事模式就是：良好的外语基础——适当的出国机会——虽然偶然但也合于美国社会逻辑的机遇——中国式的算计——走向成功并炫耀成功。它们既与此前的美华作家对于自身身份的深刻追问大异其趣，同时，由于有着严格的文化等级关系的前提预设，也导致了此类文本自身所不可避免的矛盾和裂痕。表面上看，《曼哈顿的中国女人》讲述的是一个中国人的奋斗史——在北大荒的奋斗和在美国的奋斗，文本一直在向人们暗示：北大荒留给"我"的苦难其实是宝贵的财富和值得炫耀的伤痕符号，因此它才会成为"我"在美国的奋斗过程中能够成功的逻辑前提，即"能吃苦"才会成功。但仔细分析就不难看出，"我"在北大荒的奋斗主要是出于对高干子弟优越感丧失（从"特权"一族沦落为黑五类子女）的报复，而"我"在美国的成功真正依靠的其实是自己所委身的德国情人麦克所带来的机遇（仍然暗含着对于已失落的上层生活的报复与渴望），两者的共同之处其实更在于"我"的审时度势，由此，所谓"奋斗"本身就显得非常虚假和可疑。事实上，即使是数代生活在美国土地上的华裔也并不认为，单纯地依靠中国人所固有的那种吃苦耐劳就可能从根本上改变其自身的生活境况，《北京人在纽约》中王起明与阿春的经验就是一个充分的证明。同《曼哈顿的中国女人》一样，《北京人在纽约》也渗透着明确的比较意识——高位的美国生活与低位的中国生活的比较，其所暗示的都是处于前现代社会的农耕文明对于现代都市文明的向往，只不过《北京人在纽约》在个人奋斗经验的背后又附加了某种必要的"民族情绪"，以区别于《曼哈顿的中国女人》中的纯粹"个人"色彩，而使之相对具有了更宽泛的"中国人"的普适性，"文化身份"上的自明同时也为其在西方语境中藉民族国家的名义去阐发自身的尴尬境遇和苦涩记忆提供了可能。两个文本共同塑造出了一种虚假的"成功形象"的幻象，维系这种"形象"的基础除了物质上的富有与所谓经济地位的提升以外，余下的仅仅只是一副精神的空壳，而被无限放大的"纽约"、"曼哈顿"等在此也不过成为了炫耀物质富有的符号而已，既无法成为异质文化间展开对话的特定空间，也不可能成为展示身份诉求的可靠场域。其最终的结果只能是，除了适当满足特定时期中国人有关物质生活的欲望想象之外，也以其诸如世俗原则、物质主义、被压抑的欲望的释放及其被炫耀的伤痕印记等等标志性元素，使文学文本自身变成了大众通俗读物一类的快餐消费品。

大陆留学生的创作在题材上可以看作是对美华文学的某种合理的补充，此类创作还包括坚妮的《再见吧！亲爱的美国佬！》，易丹的《卜琳》，张晓武、李忠效的《我在美国当律师》，张方晦的《美国，爸妈不知道的故事》，朱世达的《哈佛之恋》，骁麒《重返伊甸园——一个华人在美国的罗曼史》，刘建春的《纽约地铁的琴声》，宋晓亮的《涌进新大陆》，戴舫的《第三种欲望》及哈金的《等待》等等，这其中已有不少作家显示出了自己的特色与文学才华，但在总体上还都缺乏美华文学所已达到的广度和深度。作为某种新的开端，假以时日，他们也许会成为推进美华文学的一股新生的力量。

第三节　从现代主义开始

"文革"结束以后的一段时期内，中国大陆的政治氛围及思想倾向并没有迅速得到根本的改观。由于长期的禁锢，国内除了对美国的寥寥几位"左翼"作家和所谓进步作家的有限了解之外，中国文坛对美国文学了解几乎重新陷入了完全陌生的境地。从 20 世纪 70 年代末到 80 年代初被称为"新时期"的几年间，中国作家对于美国文学的接触一方面依靠的是以往已有的陆续被解禁的翻译文本，一方面则开始试探性地重新译介新的美国文学作品。其中，由于大众通俗文学在政治意味上相对显得要薄弱一些，所以在美国一度成为畅销书的那些作品成为了这个时期中国作家译介的首选，比如施咸荣等译赫尔曼·沃克的《战争风云》（人民文学出版社，1979 年版）、陈尧光等译阿历克斯·哈利的《根——一个美国家族的历史》（三联书店，1979 年版）、宣树铮译艾夫里·科尔曼的《克莱默夫妇》（新疆人民出版社，1982 年版）、周汉林译马里奥·普佐的《教父》（贵州人民出版社，1982 年版）等等。另外一些曾经获得过某种程度的肯定的美国作家也逐步得到了中国读者的重新认可，比如鹿金、吴劳译艾·巴·辛格的《卢布林的魔术师》（上海译文出版社，1979 年版）、萧乾等重译的辛克莱的《屠场》（人民文学出版社，1979 年版）、徐迟译梭罗的散文《湖》（《长江》，1980 年第 1 期）、林疑今译海明威的《永别了，武器》（上海译文出版社，1980 年版）、吴劳译杰克·伦敦的《马丁·伊登》（上海译文出版社，1981 年版）、秦似译斯坦贝克的《人鼠之间》（漓江出版社，1981 年版）等。在这些比较熟悉的作家之外，一些相对较为陌生的作家的作品也开始进入了中国作家的视线，如晓真译索尔·贝娄的《来日的父亲》（《柳泉》1980 年，第 2 期）、王誉公译索尔·贝娄的《勿失良机》（湖南人民出版社，1981 年版）、梅绍武译弗拉迪米尔·纳博科夫的《普宁》（《外国文艺》，1980 年第 5—6 期）、舒迅译约翰·厄普代克的《分居》（《美国文学丛刊》，1981 年第 1 期）等等。总体上看，新时期之初的美国文学译介仍是以现实主义文学创作为主要选择对象的，即使此类作品中包含有现代主义的因素，译者也多半认为是属于作者的某种局限，这当然跟中国文坛当时对于现代主义文学特性的认识有着密切的关系。

不过，虽然此时的中国文坛对现代主义文学还持有谨慎的态度，但一批先行者已经开始意识到现代主义文学在美国乃至整个世界所造成的巨大影响了。随着中国文坛对现代主义文学思潮的热烈讨论，有关的现代主义文学作品也开始有了与中国读者见面的机会，比如夏至译海明威的带有明显"意识流"色彩的小说《乞力马扎罗山的雪》（《十月》，1980 年第 4 期）、盛宁译爱伦坡的神秘小说《与木乃伊的一席话》（《科幻海洋》，1981 年第 1 期）、孟宪珍译威廉·福克纳的《当我弥留之际》（《丑小鸭》，1982 年第 11 期）、南文等译约瑟夫·赫勒的"黑色幽默"小说的代表作《第二十二条军规》（上海译文出版社，1981 年版）等等。1979 年 4 月，上海译文出版社出版了由汤永宽、李文俊等人主持编选的《当代美国短篇小说集》，主要收录了美国 20 世纪 50—60 年代 19 位作家的 19 部代表性短篇作品，诸如辛格的《市场街的斯宾诺莎》、约翰·契弗的《再见，我的弟弟》、索尔·贝娄的《寻找格林先生》、阿瑟·米勒的《不合时宜的人》、卡森·麦卡勒斯的《伤心咖啡馆之歌》、冯内戈特的《灵魂出窍》等等，其中多数都属于现代主义作品。在广泛整理和翻译的基础上，由袁可嘉、董衡巽和郑克鲁等人主持的《外国现代派作品选》进入了中国读者的视野。该作品选辑从 1979 年开始策划筹备到 1985 年 10 月完全出版，历时近 6 年时间，虽明确说明为"内部发行"，但实际上早已在社会上广为传阅。单就美国文学而言，入选作品除诗人 T·H·艾略特、庞德和戏剧家奥尼尔的创作以外，小说部分主要选编了"意识流"小说作家福克纳的《喧哗与骚动》，"垮掉的一代"的代表人物凯鲁亚克的《在路上》。"黑色幽默"小说的代表作品入选最多，包括海勒的《出了毛病》、冯内古特的《顶呱呱的早餐》、巴思的《迷失在开心馆中》、品钦的《万有引力之虹》和巴塞尔姆的《亡父》，另外还入选了"迷惘的一代"的代表作家海明威的《乞力马扎罗的雪》和多斯·珀索斯的《美国（三部曲）》（选译）等，其数量几乎仅次于法国小说而名列前茅。其中主要的编选者和翻译者如董衡巽、施咸荣、吴劳和冯亦代等等，都是美国文学研究方面的专家。编选者普遍认为，文学的发展总是与时代的发展保持着密切的联系，从积极的意义上看，"几十年来，现代派作家在艺术技巧方面作了种种试验，既有成功的经验，也有失败的教训。思想知觉化和'抽象肉感'的写法，内心独白，戏剧性叙述法，多层次结构，现实与幻想的结合等等手法，都有一定的参考价值"。[1] "总的说来，现代派反映了现代

1. 袁可嘉、董衡巽、郑克鲁选编：《外国现代派作品选·前言》（第一册），第 25 页，上海：上海文艺出版社，1980 年版。

西方社会动荡变化中的危机和矛盾，特别深刻地揭示了人类所赖以生存的四种基本关系——人与社会、人与人、人与自然（包括大自然、人性和曲折世界）、人与自我的畸形脱节，以及由之产生的精神创伤和变态心理，虚无主义的思想和悲观绝望的情绪。……现代派文学具有的不可低估的社会意义和认识价值主要也正在于此。"[2] 新时期初期，中国作家对于域外现

2. 袁可嘉：《我所认识的西方现代派文学》，见袁可嘉、董衡巽、郑克鲁选编《外国现代派作品选》（第四册），第 1138 页，上海：上海文艺出版社，1980 年版。

代主义文学的引进还是持有相当审慎的态度的，所以多数评价也都是立足于既有的现实主义立场而展开的，其目的主要是希望中国作家能够从现代主义文学创作中积极汲取有益的营养，以便进一步推进中国文学自身的发展。

新时期初期对于现代主义小说的广泛译介是有其特定背景的，如果说包括美国在内的整个西方世界主要是由于两次世界大战给人们带来的精神震撼和绝望才促成了现代主义文学的空前繁荣的话，那么发生在中国的"文革"给人们造成的心灵创伤与困惑则为现代主义文学的引入预留了开阔的空间。现实主义固然能如实地展现人们所历经过的苦难和创痛，但现代主义所自

有的对于更为隐秘的内在精神世界的探问更能激发中国作家的共鸣。从另一方面来讲，1949 年以后中国与西方世界彼此隔绝的近 30 年时间，正是西方现代主义文学日益成熟并取得丰硕成果的一段时期，他们在创作上所显示出来的新颖与深刻也同样令中国作家感到惊讶与好奇，摹仿并创造出中国自己的现代主义文学以便赶上西方世界的最新文学潮流，就成为了中国作家潜意识中的某种普遍的愿望。现代主义在此时的大规模引进不仅开拓了中国作家的视野，也为日后中国文坛对于现代主义的全面实验奠定了初步的基础。

　　随着董衡巽等人合著的《美国文学简史》（人民文学出版社，1978 年版）以及编选的《美国短篇小说集》（人民文学出版社，1978 年版）、王佐良编选的《美国短篇小说选（上下册）》（中国青年出版社，1980 年版）、陆凡译伊哈布·哈桑的《当代美国文学》（山东人民出版社，1980 年版）等文学史论著及各式相关作品选集的相继出版，美国文学已被重新勾勒出了一个清晰而完整的轮廓。自 1982 年左右开始，由于中国对外开放的日益扩大，"美国文学"终于从笼统的"外国文学"范畴中分离出来，而正式成为了中国文坛和学界译介、研究域外文学的独立的一支。在整个 20 世纪 80—90 年代，中国作家对于美国文学的重视，几乎一直居于其他国家的文学之上。一方面，在已有译介的基础上，中国文坛开始陆续整理出版美国重要作家如马克·吐温、杰克·伦敦、德莱塞、海明威等人的各式文集或选集；另一方面，以往被误解或批判的作家以及新近获得了世界声誉的美国作家的创作也逐步被翻译到了中国，如范岳译菲兹杰拉德的《大人物盖茨比》（辽宁人民出版社，1983 年版）、冯亦代、傅惟慈编译小库特·冯尼格的《回到你老婆身边》（福建人民出版社，1983 年版）、李文俊译威廉·福克纳的《喧哗与骚动》（上海译文出版社，1984 年版）、宋兆霖译索尔·贝娄的《赫索格》（漓江出版社，1985 年版）、宋兆霖译辛克莱·刘易斯的《巴比特》（漓江出版社，1986 年版）、龚文庠译纳博科夫的《黑暗中的笑声》（漓江出版社，1987 年版）、聂建等译塞林格的《九故事》（中国社会科学出版社，1987 年版）等等。除此以外，有关美国的具体作家作品及美国文学史等的专门研究也取得了日益丰硕的成果，翻译、编选和研究共同构建起了美国文学在中国传播的立体框架，中国对于美国文学的接受由此才真正走上了系统化的规范道路。

　　除了对美国文学的重新译介外，值得特别注意的是，中美双方的作家也重新有了直接对话和交流的机会。尼克松访华不久，美国国内就已经初步形成了研究中国的热潮，而现代中国的文学创作也开始进入到了美国学界的研究视野。自 20 世纪 60 年代开始，美国各大学纷纷成立各种研究机构对中国的方方面面展开研究，而对中国文学的研究也出现了全新的气象。萧乾在 1980 年访美时还曾提到："美国先后出了巴金、冯至、沈从文和萧红等作家的评传，有人在研究苏曼殊、郁达夫和徐志摩，有人在搜集抗战期间沦陷区文艺的资料，有人在专攻瞿秋白，有人在探讨鸳鸯蝴蝶派小说。这些，有的是我们的空白点，有的可以互相补充。在外国文学（尤其美国文学）的研究和介绍方面可以共同做的事更多了。仅仅消除隔阂是不够的。在整个文化领域里，海内外都存在着广泛合作的可能。"[1] 1974 年 2 月，由夏威夷大学、哈佛大学东西方研究中心和美国科学院东北亚、中国及亚洲内陆理事会在哈佛联合举办了"东西方文学比较研究"研讨会；同年 8 月，由哈佛大学东亚研究中心主持，在美国的马萨诸塞州的德达姆召开了"现代中国文学：作家的作用"的讨论会；1975 年，美国的《现代中国文学通讯》（半年刊）创刊；1979 年，美国的《中国文学》半年刊杂志创刊。应美中学术交流委员会约请，1979 年 4 月 16 到 5 月 16 日，中国社会科学院代表团宋一平、费孝通、钱锺书、赵复三等经济学、法学、社会学、文学、历史学等各方面的专家一行十人访问了美国，这是中美隔绝 30 年后中国派出的第一个社会科学界的访美代表团，为日后中美间的进一步交流作好了铺垫。1979 年 8 月，应美国依阿华大学"国际写作计划"主持人聂华苓夫妇的邀请，萧乾和诗人毕朔望前往美国参加 1949 年以后首次大陆作家与台湾及美国作家的交流活动，两人后又被邀请在美国耶鲁、哈佛、康乃尔及威斯康星等大学巡回讲学。1981 年年底，时任中国作协副主席的丁玲前往美国和加拿大访问。1982 年 5 月，王蒙和黄秋耘等应美国圣约翰大学亚洲研究中心的邀请赴美参加在纽约举办的中国文学研讨会，同年 8 月，陈白尘和刘宾雁应美国依阿华大学"国际写作计划"邀请赴美参加文学创作及参观访问活动，9 月，冯牧率中国作家代表团应邀访美并参加美中作家会议。自 20 世纪 80 年代初开始至今，中美作家的互访一直未曾中断，此类交往既拓展了双方作家的视界，也在一定程度上消除了彼此间长期的隔膜。

1. 萧乾：《美国点滴》，见《海外行踪》，第 260 页，长沙：湖南人民出版社，1983 年版。

第四节　美国作家与当代中国小说

进入 20 世纪以后，现代主义文学一度成为了波及整个西方世界的文学主流，但基于现代中国的特殊语境，中国文坛一直未能引起对现代主义的切实重视。20 世纪 80 年代，中国文学出现了一次空前的创作热潮，其中的原因固然与"文革"结束以后人们普遍的"倾诉"冲动有关，对域外文学的大规模整理和重新译介同样起到了某种潜在的导引作用。美国文学不仅在 20 世纪迅速发展成为了世界文学的重要的一支，而且其所特有的活力与独创性同样在吸引着当代中国作家的目光。在这样一种整体的历史境遇中，尽管现代主义一直受到了官方意识形态的抵制与批判，但它仍以各种方式渗透进了中国作家的思想与创作之中。

事实上，早在此前严酷的政治氛围中，一批不甘于虚耗生命的青年人就已经在以"地下读书"的形式开始接触那些被列为"禁书"的西方现代主义文学作品了。有学者曾认为："'四五'一代的内在精神品质趋近那些被称之为'迷惘的一代'、'垮掉的一代'、'荒诞的一代'、'怀疑的一代'的西方现代流派。这一代人的确不用费多大的劲，就能读懂那些被前辈们称为不可捉摸的现代派作品。"[1] 域外文学特别是现代主义文学能在知青中形成普遍的共鸣是有其特定

1. 刘小枫：《当代中国文学的景观转换》，见《这一代人的怕和爱》，第 144 页，北京：三联书店，1997 年版。

的时代背景的，如有研究者所指出的那样，"当整个社会在僵化意识形态和政治体制的束缚中因为频繁的运动和麻木的心态而得过且过时，异端文化给了对现实不满的青年以反抗的力量。这样，'地下读书'活动便成为后来的新时期思想解放的源头之一，成为一部分青年开始在僵化意识形态的一统王国中凿开的一个突破口。因此，'地下读书'活动便成为思想可以突破体制的束缚、小团体可以挑战强权的统治的又一证明。而中国作家久违了的'现代派'思潮也就这样悄悄回归了中国。美国文学与美国思想就这样开始在中国青年的心中扎下根来。"[2] 政治

2. 樊星：《论新时期中国文学对美国文学的接受》，载《沈阳师范大学学报》，2007 年第 2 期。

高压氛围中的"地下阅读"无疑为新时期文学创作的繁荣作好了某种铺垫，它同时也为当代中国作家对西方现代主义文学的进一步广泛的接受埋下了伏笔。

相比于欧洲现代主义文学所自有的那种沉重的形而上追问而言，美国现代主义文学所显示的轻盈与自由似乎更能获得中国作家的青睐，这种取向也使中国的现代主义文学创作呈现出某种较为普遍的以欧洲文学为"里"而以美国文学为"表"的特殊景观。

威廉·福克纳（William Faulkner）是较早进入中国作家视线的美国现代主义作家，中国作家对于福克纳的评判与接受也主要是围绕着他所建构的"约克纳帕塔法故事"的地域色彩，以及独特的"意识流"小说样式而逐步展开的。早在 20 世纪 30 年代，赵家璧就曾在其《新传统》一书中著专文全面介绍过福克纳的创作，但由于战争及政治意识形态的原因，在很长一段时间里，福克纳并未引起中国作家过多的注意。20 世纪 50 年代中期，李文俊曾译介过福克纳的《胜利》（Victory）和《拖死狗》（Death Drag）（《译文》，1958 年 4 月），但主要是出于这两篇小说暴露了战争及其对人的摧残。1979 年，《外国文艺》杂志（第 6 期）集中刊载了福克纳的《纪念爱米丽的一朵玫瑰花》、《干旱的九月》和《烧马棚》三部短篇小说，并同时翻译刊载了美国马尔科姆·考利的研究论文《福克纳：约克纳帕塌法的故事》，这也许是新时期重新译介福克纳的开始。1980 年，李文俊组织翻译了《福克纳评论集》（中国社会科学出版社），其中收录了众多国外评论名家撰写的有关福克纳研究的文章，虽然此后陆续有他的作品被译介进来，但真正激起中国作家的普遍关注的则是 1984 年 10 月由李文俊翻译《喧哗与骚动》的出版（上海译文出版社）。

1980 年代中期，中国文坛出现过一次"福克纳热"，不只是莫言、贾平凹、郑万隆、苏童、阎连科等作家对福克纳表示出了高度的敬意，研究者们甚至不约而同地从沈从文的身上看到了福克纳的影子。当然，这主要得力于福克纳创作的所谓"南方小说"所蕴涵的独特的地域文化气息给予中国作家的深刻启示，人们不仅重新发现了沈从文的"湘西世界"与福克纳的"南方乡土"之间惊人的一致性，同时也将目光投向了莫言虚构的"高密东北乡"、贾平凹精心描绘的"商州"、郑万隆笔下的"异乡"、苏童想象中的"枫杨树"乃至阎连科所着迷的"耙耧山区"等与福克纳所勾勒的"约克纳帕塔法世系"之间的传承与联系。对乡土的依恋、对往事的追怀、浓郁的怀旧气息以及潜滋暗长的感伤情调，美国作家中似乎还没有哪一位曾获得过中国作家如此普遍的共鸣。某种程度上说，中国作家几乎一度从福克纳的身上寻觅到了中国文学走向世界的真正曙光。

进入新时期以后，很多中国作家都对福克纳表示过由衷的赞叹和景仰，贾平凹曾坦言："看福克纳的作品，总令我想到我老家的山林、河道。"[1] 郑万隆也曾谈到："从福克纳他们那样一批作家开始，他们想追求事物背后某种'超感觉'的东西，也就是那些理想的内容与本质上

1. 贾平凹、张英：《继承和创新：对话录》，载《作家》，1996 年第 7 期。

的意义。"[1] 苏童也认为："福克纳式的背后有一种博大的东西、一种对人类问题的关心。"[2]

1. 郑万隆：《我的根》，载《上海文学》，1985 年第 5 期。　　2. 林舟：《永远的寻找——苏童访谈录》，载《花城》，1996 年第 1 期。

苏童在小说集《世界两侧》的序言中还曾承认，在他的这部小说集中，"细心的读者可以发现其中大部分故事都以枫杨树作为背景地名，似乎刻意对福克纳的'约克纳帕塔法县'东施效颦"。[3] 而以《红高粱》系列独步中国文坛的莫言更是对福克纳钦佩之至，他曾感叹：

3. 苏童：《世界两侧·自序》，第 1 页，南京：江苏文艺出版社，1993 年版。

> 在此之前，我一直还在按照我们的小说教材上的方法来写小说，这样的写作是真正的苦行。我感到自己找不到要写的东西，而按照教材上讲的，如果感到没有东西可写时，就应该下去深入生活。读到福克纳之后，我感到如梦初醒，原来小说可以这样地胡说八道。[4]

4. 莫言：《说说福克纳这个老头儿》，载《当代作家评论》，1992 年第 5 期。

> 他的约克纳帕塔法县尤其让我明白了，一个作家，不但可以虚构人物，虚构故事，而且可以虚构地理。于是我就把他的书扔到了一边，拿起笔来写自己的小说了。受他的约克纳帕塔法县的启示，我大着胆子把我的"高密东北乡"写到了稿纸上。[5]

5. 莫言：《自述》，载《小说评论》，2002 年第 6 期。

莫言的创作受到福克纳的深刻启发。

　　人们普遍认为，当代中国诸多作家与福克纳之间确实存在着某种潜在的联系，最为明显的标识就是，他们对"故乡世界"的共同关注，不只是贾平凹的"商州"故事或苏童笔下的"枫杨树"，连韩少功的湘河楚地、李杭育的吴越山水、郑义的远村古井、李锐的吕梁风情等等，也都在潜意识里会使人联想起福克纳所虚构的那个南方世界。但具体比照则不难发现，其彼此间实际是存在着根本性差异的。福克纳构建他的"约克纳帕塔法"是为了借助这样一个特定的载体作为"镜子"去返观和重新审视人类的历史和文化，以便发掘出那些已经被现代文明所湮灭了的具有某种永恒价值的精神质素，借以重建更富于人性的人类文明形态。就这一点而言，福克纳的主要目的其实并非是要凸显美国南方的独特的地域文化个性，而恰恰是为了突破地域

（包括国家）的特异性去寻找人类自身所共有的普适性。这也正是他与当代中国作家的最为根本的区别，因为显示在中国作家笔下的地域文化形态，多数是为了展示其地域本身的"异质色彩"，由此也自然地透露出了其特定的民族倾向（而非人类意识或世界视域）。如果说福克纳借助其想象实现的是一种对现实的实体世界及其文明形态的批判性超越的话，那么，中国作家更多地则是立足于现实进而完成了对极为特殊的中国的历史及其所蕴涵的精神文化特性的再现式的重新书写；相比于福克纳的那种开放性视域而言，中国作家的书写反而显露出了某种无法回避的封闭性。

莫言也许是惟一的一位自觉地承认接受过福克纳的深刻影响的中国作家了，其中尤以莫言在福克纳的启发下构筑起他的"高密东北乡"最为突出。莫言本身已有多部小说在美国著名汉学家葛浩文（Howard Goldblatt）教授的主持下被翻译为英文在美国得以出版，如《红高粱》、《天堂蒜苔之歌》、《酒国》、《丰乳肥臀》、《师父越来越幽默》和《爆炸》等，美国学者托马斯·英奇也曾注意到了福克纳对莫言所产生的影响。但对于一个有着自身独特的创造性的作家来说，所谓"影响"其实多数是一种内在精神及写作视域上的启示，而非单纯的"移植"。我们虽然能够从空间设置（想象中的特定地域）、叙事体态（以"子孙"视角展开的历史叙述及其"寻根"意识）、人物塑造（人的原发欲望与畸变形态）以及叙述技巧（独白及意识流形式）等等方面寻找到两位作家之间的诸多相似之处，但从根本上讲，莫言尚未能真正实现自身的突破性超越而达到福克纳的那种世界视域与精神高度。

福克纳对于中国作家的启发除了其虚置地域的创造性想象以外，其所采用的"意识流"手法也曾获得过中国作家的称许。在福克纳引起中国作家的普遍关注之前，中国文坛其实对这一独特的叙事形式已经有了比较准确的理解，袁可嘉等人所编选的《外国现代派作品选》中就曾将"意识流"单列为一个重要的现代主义文学流派，并且客观地评价认为："传统小说里，作者像一个全知全能的神，他控制一切，由他介绍人物的思想感情，编串故事情节，而且往往出头露面评论说教，而不让人物的精神世界——特别是深埋在内心的隐微活动——如实地、自发地展现出来。因此他们提出'作家退出小说'的口号，要求人物直接表白他的思想意识，而不靠作者从旁描述。……这种写法带有自然主义的色彩，很难塑造出丰满的人物形象，但在局部的细节中，在展示人物的意识活动上，却可以达到相当的深度，取得一定的成效。""意识流小说所描写的对象是现代西方人——主要是艺术家、知识分子——离奇复杂、变化多端的感性活动，写作的基本方法是自由联想、内心独白和旁白等。由于自由联想带有很大的随意性和跳跃性，叙述方法也就显得突兀多变。"[1]

1. 袁可嘉：《意识流》，见袁可嘉、董衡巽、郑克鲁选编《外国现代派作品选》（第二册），第 2 页，上海：上海文艺出版社，1981 年版。

中国作家对于"意识流"叙事技法的理解并不只限于福克纳，还更多地包括了普鲁斯特、詹姆斯·乔伊斯和弗吉利亚·伍尔夫等等。尤其值得注意的是，人们出于由来已久的现实主义理论原则的惯性心理束缚，尽管在评价此类的西方作品时能够比较准确地把握其基本的特质，但在中国作家自己开始尝试这一技法时，却仍旧无法摆脱其既有的"典型"塑造的潜在创作取向，这方面最为突出的例证就是王蒙的一系列被冠以"东方意识流"的实验性创作。王蒙在 20 世纪 80 年代初期曾一连推出了《夜的眼》、《春之声》、《海的梦》、《风筝飘带》和《蝴蝶》等等一系列的有着"意识流"色彩的小说作品，一时间被认为是"意识流"之"中国化"的典范，此后又有不少作家作过一定程度的尝试，如张洁的《他有什么病》，张抗抗的《隐形伴侣》，刘索拉的《蓝天绿海》，莫言的《透明的红萝卜》、《金发婴儿》和《檀香刑》等等，1988 年 10 月，上海社会科学院出版社专门出版了由宋耀良选编的《中国意识流小说选（1980—1987）》，收录了孔捷生的《海与灯塔》、张承志的《美丽瞬间》、宗璞的《泥沼中的头颅》、刘心武的《电梯中》、李陀的《七奶奶》、北村的《构思》等等 32 位作家的 33 篇小说。但从总体上看，这类尝试基本上被限制在个别段落或一般心理活动的推测性叙述上，还不能看作是由柏格森的直觉理论及弗洛伊德的精神分析学说所揭示的那种人的潜意识的直接呈现。王蒙就公开承认："我前些时候读了些外国的'意识流'小说，有许多作品读后和你们的感觉一样，叫人头脑发昏，我当然不能接受和照搬那种病态的、变态的、神秘的或者是孤独的心理状态。但它给我一点启发：写人的感觉。"他认为"意识流"主要强调的是"联想"，跟中国古代的诗歌手法"兴"非常相似，但他同时认为："我们也要充分看到吸收和借鉴这种手法中的危险。我们绝不同意那种神秘主义、反理性主义。……我们也不专门去研究变态、病态、歇斯底里的心理。我们搞一点'意识流'，不是为了发神经，不是为了发泄世纪末的悲哀，而是为了塑造一种更深沉、更美丽、更丰实也更文明的灵魂。"[2]可见，中国作家对"意识流"手法的认识

2. 王蒙：《关于"意识流"的通信》，见郭友亮、孙波编《王蒙文集（第七卷）·综论》，第 71、74 页，北京：华艺出版社，1993 年版。

主要还停留在描绘特定人物在特定境遇之中所产生的特定心理的层次上——这仍然是现实主义创作原则的余绪，而未能真正理解现代主义作家以直接呈现人的潜意识活动的"意识流"的方

式的目的其实是为了抵抗和颠覆理性世界的既有秩序，藉此重新寻回人的鲜活的感性世界，现代主义的非理性取向正是对技术理性及人的异化形态的抵制和超越，而绝非只是外在世界的混乱在人的内在心理上的折射或变形。"意识流"书写形式之所以不可能在中国语境中获得广阔的生存空间，一方面与现代中国对现实主义的刻意强调有很大的关系，另一方面也与中国文化所特有的实用理性及中国在现代化进程中理性所必须承担的历史使命有关——"理性"与"秩序"在此是迫切需要确立的对象而不是需要抵制和反对的对象。从现代中国文学自身的角度来看，中国作家对"意识流"技巧的有限借用仍然应当被视为是对中国文学创作的丰富和拓展，而且就后来被称为"先锋"作家的创作实践来说，人们对此种技法背后的更深层面的认识也是在不断走向深入的，比如余华就曾清醒地认识到："当心理描写不能在内心最为丰富的时候出来滔滔不绝地发言，它在内心清闲时的言论其实已经不重要了。这似乎是叙述史上最大的难题，我个人的写作曾经被它困扰了很久，是威廉·福克纳解放了我，当人物最需要内心表达的时候，我学会了如何让人物的心脏停止跳动，同时让他们的眼睛睁开，让他们的耳朵树起，让他们的身体活跃起来，我知道了这时候人物的状态比什么都重要，因为只有它才真正具有了表达丰富内心的能力。"[1]这也说明"意识流"这种特定的书写形式在汉语文学创作中仍然是有着积极

1. 余华：《内心之死》，第 159—160 页，北京：华艺出版社，2000 年版。

的意义的。

　　就中国读者对美国文学的熟悉程度而言，厄内斯特·海明威（Ernest Hemingway）也许是继马克·吐温之后最为中国人所熟知的美国作家了。除了他在创作上的独有特色对中国读者的吸引以外，他在战时对中国人民所怀抱的深切同情及其在世界范围内对反法西斯战争所做出的努力，也是他能够赢得中国人的热爱的重要因素。

　　自 1929 年黄家谟翻译《两个杀人者》开始，海明威作品在中国的译介几乎一直未曾中断，当然，中国作家对于海明威的理解也有一个逐渐深化的过程。民国时期的译介，人们看重的是呈现在他的作品主人公身上的刚毅与坚韧的精神品格，这与战时中国的具体生存境况及知识分子渴望改变中国的那种积弱窘迫的面貌有关；极端政治年代，人们主要接受的是海明威对于资本主义文明形态的激烈批判与反抗；直到 20 世纪 80 年代以后，有关海明威创作的多个层面问题的研究才逐步得以全面展开，诸如他笔下的主人公身上所体现出来的比较一致的"硬汉性格"、他的创作与美国文学史上被称"迷惘的一代"（The Lost Generation）的创作取向之间的关系，

以及他所提出的富有创造性的"冰山理论"等等。

如果说马克·吐温的作品中所蕴涵的豁达宽容与犀利尖锐并置的特点比较容易为有着相当社会阅历与冷静的判断能力的人所接受的话，那么，海明威的作品所显示出来的迅捷、急迫、果敢与激情也许更能够获得年轻人的偏爱。事实上，海明威的小说从"文革"时期开始就一直在青年人中流传，1980 年代初期还形成过风靡之势。从当时中国人的精神境况来看，在长期被禁锢和压抑之后，寻找自我价值与个性主义以反叛专制主义的钳制几乎成为了新一代年轻人的共同目标，海明威正是在这样一种整体的理想主义趋向的推进下被重新发现的。与福克纳等典型的现代主义作家相比，海明威的创作兼具有现实主义、浪漫主义等传统倾向与现代主义相互混融的特征，这也使得他的作品容易获得更为广泛的亲和力。

海明威

海明威对于青年人的吸引主要是由于他所塑造的具有"硬汉"气质的一系列人物形象，从早期的尼克（《大双心河》，1925 年）、杰克·巴恩斯和斗牛士佩德罗·罗梅罗（《太阳照常升起》，1926 年）、亨利（《永别了，武器》，1927 年）到中期的哈里（《乞力马扎罗的雪》，1936 年）、乔丹（《丧钟为谁而鸣》又名《战地钟声》，1940 年），直至晚期的老渔夫桑地亚哥（《老人与海》，1952 年），这些人物共同构成了一个"硬汉"形象谱系。而所谓"硬汉"气质，主要是指其人物身上都体现出了一种无论面对任何强大的力量都将永不言败的精神特质。他笔下的斗牛士、狩猎人、拳击手或老渔夫等，不管在何等艰难的境遇中，都显示出了一种顽强的意志、坚韧的毅力和高贵的信念，即使逃避不了失败的命运，也必须勇敢地去面对，这种决绝无疑蕴涵着某种极为悲壮的色彩。《老人与海》中老渔夫所说的：

"人不是为失败而生的，一个人可以被毁灭，但不能给打败"，一直被看作是"硬汉"气质最

为经典的概括。但同时，这些"硬汉"人物又共同处于孤独、绝望甚至颓废等诸多困境的包围

之中，由此就显示出了某种"精神流亡"的倾向，他们热衷于钓鱼、斗牛、酗酒、殴架，一方

面似乎沉迷于酒色嘻嘻哈哈，一方面却又在内心深处充满了莫名的痛苦与悲哀；他们把自己看

作是英雄，同时又肆意嘲弄那些被套上了"荣誉"、"英勇"、"神圣"等光环的虚妄而陈旧

的价值理念。正因为如此，他们才与其他几位作家如多斯·帕索斯、菲茨杰拉德、托马斯·沃

尔夫等笔下的类似的人物一起获得了"迷惘的一代"这个统一的称号。海明威实际上借助"硬

汉"这一特定的形象，准确地传达出了战后一代青年人在既有价值形态倾坍以后无法寻找到

新的精神家园的普遍心态。海明威联系到"文革"后中国人的精神境况特别是年轻一代的精

神处境来看，这类人物是很容易与当时的中国青年形成心灵的共鸣的。张承志就曾将海明威视

为自己的摹仿对象，他曾坦言："海明威和他的句号排列的电报语言，特别是那股透着硬的劲

头特别对人胃口。"[1] 张承志的《北方的河》、《大坂》、《老桥》等小说中的人物身上散发

1. 张承志：《彼岸的故事》，载《小说界》，1993 年第 2 期。

出的那种孤独、倔强而又感伤的气质就带有浓郁的海明威式的气息。苦难的经历、不屈的意志

及悲凉的情调，这几乎是战后的美国青年与"文革"后的中国青年共同的生命体验。海明威的

小说不仅为中国年轻的一代提供了一种合理的宣泄途径，而且也为中国文坛注入了一种清新刚

健的文学气息。

海明威的另一创造就是他所谓的"冰山理论"，他在其系统研究斗牛问题的学术性著作《死

在午后》中曾把创作喻为"冰山"，因为"冰山"露出水面的只有八分之一，更大的部分其实

是隐藏在水下的。他进一步解释说："我总是试图根据冰山的原理去描写。关于显现出来的每

一部分，其八分之一是在水面以下的。你可以略去你知道的任何东西，这只会使你的冰山深厚

起来，这是并不显露出来的那部分。"[2] 早期的中国批评家认为，海明威的"冰山理论""揭

2. 转引自刘海平、王守仁主编，杨金才主撰：《新编美国文学史（第三卷）·1914—1945》，第 283 页，上海：上海外语教育出版社，2002 年版。

示了艺术形象与思想感情关系的一个方面，即是：如何把思想感情融入艺术形象之中。露出水

面的是形象，深藏海里的是感情。形象越集中，越鲜明，感情就越深厚，越有力。它们是显与隐，

实与虚的关系"。[3] 尽管这种立足于现实主义创作原则而作出的解释在一定程度上接近于海明

3. 董衡巽：《海明威浅论》，载《文学评论》，1962 年第 6 期。

威的某些追求，但在实质上却还未能真正领会海明威的根本意图。进入新时期以后，批评家们

开始重新理解海明威的这一独特创作原则，比如有人认为，"冰山理论"应当被视为一种"与众不同的典型化方法"，"在有限的文字中表现无限丰富的内容"，"他的'冰山原则'最适于表现个人主义英雄的个人感受"。[1] 这类看法虽仍未脱离现实主义的理论范畴，却可以看作

1. 刁绍华：《漂浮在大洋上的冰山——试论海明威作品的艺术特点》，载《学习与探索》，1979 年第 4 期。

是对现实主义之"再现典型环境中的典型性格"这一经典规范的某种合理的补充。海明威之所以提出这一独特的理论，与他所塑造的一系列"硬汉"形象及其特定的写作方式是有密切的联系的。"硬汉"身上的"刚毅"气质与"冰山"的"坚硬"之间有着内在的呼应关系，它们共同地体现为一种"冷"（外表的淡漠）与"酷"（内在的严峻）的基本特征。显现在海面之上的"冰山"仿佛"硬汉"们的表层生活方式，比如随波逐流、行踪无定且随时都可能被海洋（生活世界）所融化等等；而隐藏在底下的部分却始终在随着寒冷的暗流不断地加固和充实着自身的分量，也正是这被隐藏在海面底下的部分才是真正推动冰山不断漂移的巨大而潜在的力量，它类似于弗洛伊德所发现的潜意识，对于每个个体而言，它才是促使个体做出一切行动的真正内在驱动力。由此海明威才会刻意强调，呈现出来的不过是表象，应该引起人们注意的其实是那些并未呈现出来的东西。与通常所认为的"意识流"书写形式不同，海明威更关注于描绘那些由人物自身自行显现出来的东西，并且力求采取最为简洁明了的方式（"电报式"话语形式）去勾勒这类表象的本有原貌（犹如海面之上简洁清晰的可见的"冰山"一角），其目的主要是希望在尽可能不直接影响接受者的思维的基础上，引导接受者从稍纵即逝的片段中努力捕捉人物内心很可能一闪即过的思想及情绪（犹如"冰山"隐藏在海面之下的不断涌动着的部分）。而透过表象去捕捉那些几乎无可把握的人的潜在精神形态的真实恰恰正是现代主义所独有的特性，其与现实主义（或自然主义）所强调的"客观的"、"实体的"真实有着根本的区别，因为它揭示的是人的行为表象（放纵与非理性）与精神诉求（严谨与理性）之间的悖论性存在形态。惟其如此，海明威才真正实现了对一般现实主义的超越而使自己成为了一名现代主义作家。

海明威对于当代中国作家一直有着相当的吸引力，除了老一辈作家如王蒙等以外，马原、韩东、张旻等年轻一代的作家都曾表示过对海明威的偏爱。随着中国作家视野的不断拓展，人们对海明威创作的潜在价值的认识及其所能给予中国作家的更为深刻的启示也会不断地被开掘出来。

20 世纪 90 年代初期，中国文坛出现过一部被称为"中国黑色幽默小说大观"的小说作品选辑，其中收录了包括王蒙、刘索拉、徐星、王小波、王朔、刘恒、刘震云等在内的 23 位中

国作家的 26 篇作品。这里的"黑色幽默"的称呼显然是对 1960 年代前后出现于美国文坛的"黑色幽默"概念的移用。编选者认为,"黑色幽默"的突出特征,"是思想情绪的黑色与幽默相结合"。"它是幽默的,但并不使人感到轻松,笑声中含着痛苦的眼泪,以寄托他们深深的厌恶乃至绝望。"当然,编选者也承认,中国的黑色幽默小说创作受到过美国作家的启发与影响,但与美国的"黑色幽默"小说相比,中国作家的创作又处在"似与不似之间"。1965 年,美国作家布鲁斯·杰伊·弗里德曼(B·J·Friedman)曾将约瑟夫·海勒、托马斯·品钦、弗拉迪米尔·纳博科夫、约翰·巴思等十多位作家的部分作品片段编辑为《黑色幽默》一书出版,稍后,评论家康拉德·尼克伯克(C·Knickerbocker)又发表了《致命一蜇的幽默》一文,正式称这批作家为"黑色幽默"派,"黑色幽默"文学由此才得以诞生。

"黑色幽默"(Block Humour)又被称为"黑色喜剧",它是一种"把痛苦与欢笑、荒谬的事实与平静得不相称的反应、残忍与柔情并列在一起的喜剧"。"由于它对当代社会常常采取不相容的态度,因此又叫病态幽默。"[1]"黑色幽默"小说兴起于 20 世纪 60 年代的美国是有

1. 施咸荣:《黑色幽默》,见袁可嘉等选编《外国现代派作品选》(第三册),第 621 页,上海:上海文艺出版社,1984 年版。

其特定的原因的,由于美苏对抗的日益加剧,20 世纪 60 年代出现于美国的一系列事件,诸如古巴导弹危机、越战带来的政治困境、肯尼迪遇刺、黑人的反种族斗争、学生的反战运动等等,整个美国社会一度显示出政治与经济上的空前混乱,真实与谎言彼此交织的局面。对于作家们而言,整个世界似乎已经无可挽回地走向了荒谬和不可理解,无论是现实主义的真实,还是亨利·詹姆斯所谓的"内心的真实"都显得可疑而滑稽,人类在世界的荒诞与丑恶面前已经显得极其微不足道,除了以玩笑的、无所谓的方式去面对一切不幸和罪恶来换取暂时的生存之外,人类几乎已别无他法。一般认为,"黑色幽默"的主要代表人物有约翰·巴思(John Barth)、约瑟夫·海勒(Joseph Heller)、托马斯·品钦(T·Pynchon)和小库特·冯内古特(Kurt Vonnegut)等,事实上,20 世纪 60 年代的美国作家的创作几乎都可以找到某种黑色幽默的影子。

"黑色幽默"小说与马克·吐温的创作取向之间有着一定的潜在联系,但两者也存在着根本的差异。通常说来,"幽默"所显示出来的往往是一种豁达而开朗的生活态度,它以有意识地揭示生活世界的"丑"及"矛盾"来达到对生活世界本身的批判与超越,在马克·吐温那里则具体体现为对腐败政治的讥讽、对不平等的社会体制的嘲弄,以及对人的蒙昧无知的善意批评。美国文学一直都有着"幽默"的传统,从早期的华盛顿·欧文、马克·吐温到后来的舍伍

德·安德森、辛克莱·刘易斯、斯坦贝克、欧·亨利、约翰·契弗等等，作为传统的"幽默"主要是希望借助对社会人生的抨击来达到改变其丑恶现状的目的，因此，批评者一方一般是置身于"正义"的立场上的，"幽默"在此具有"单向度"（讽刺）的特征。相比之下，"黑色幽默"则使"幽默"被附着上了一层"阴冷"的色调，一方面，"黑色幽默"作家常常选取战争、杀戮或自然灾难等作为主体事件来展开叙事，这就使"幽默"具有了某种"残酷"的意味；"黑色幽默的狂想曲具有深刻的政治性；这不仅是因为卡夫卡式的焦虑如此充分地表达了那些在热战和冷战、中央情报局和核弹的环境中长大的人们的情感，而且因为它们以半神话的方式采用大量的当前现实作素材，从而超越任何宣传性文字，唤起了我们的政治想象力。"[1] 另一方面，

1. [美] Morris Dickstein：《伊甸园之门》，第 14 页，方晓光译，上海：上海外语教育出版社，1985 年版。

叙事者在展开其"幽默"式的批判时，并不将自身置于被批判者之外，或者说，批判者自身同时也成为了被批判的对象，此时的"幽默"就又具有了"双向攻击"（反讽）的特征。也因此，"黑色幽默"与传统的"幽默"才有了本质性的区别。"黑色幽默"小说普遍透露出"荒诞"的气息，这与战后曾风行于欧美的存在主义哲学思想有很大的关系。以萨特、加缪等为代表的存在主义思想认为，人在世界中的存在本身就是荒诞而毫无意义的，人能够得以继续存在的惟一途径只能是以荒谬的行动去抵制荒谬本身，就像西西弗斯必须永不停歇地把滚落山脚的石头重新推向山顶一样，只有通过毫无意义的行动去对抗本来就毫无意义的命运，人的存在的终极意义才可能凸显出来。此种思想对 1960 年代的美国作家无疑有着深刻的启发，既然世界的混乱与荒谬不可避免，则一切所谓"正义"、"原则"、"崇高"、"秩序"等等都不过只是谎言而已，对于以脆弱的生命形式而存在着的渺小的个体来说，除了以冷酷的玩笑或者荒唐的手段来换取暂时的慰藉以外，似乎已确无他法。尤索林采取各种方式逃避战斗（《第二十二条军规》）、比利彬彬有礼地站在路的中央迎接射向他的子弹（《五号屠场》）、赫伯特·斯坦西尔对 V 的孜孜不倦的追寻（《V》），如此等等。一切看似荒唐的行为背后，无不暗示出这个世界本身的荒唐；而一切戏谑和滑稽的背后，也无不隐含着欲哭无泪的残酷与悲哀。

"黑色幽默"是战后崛起于美国文坛的独有的创作现象，与海明威式的"硬汉"相比，这类作家的笔下已不再具有那种刚毅的"英雄"气息，出现于此类作品中的各式人物普遍承认自己不过是个"懦夫"，是嘈杂而混乱的世界之中一粒不起眼的尘埃，他们根本不可能改变这个世界，所以只能卑微地在世间苟且偷生。但最为可贵一点的却是，当看清了这个世界的荒诞时，

他们选择了以荒诞来对抗荒诞（而不是放弃生命或彻底堕落）。作为一种特定的文学现象，"黑色幽默"很早就引起过中国作家的注意，"文革"结束后不久，复旦大学出版的"内部参考"杂志《现代外国文学》（1976 年第 2 期）就以专辑的方式摘译并评介过约瑟夫·海勒的《第二十二条军规》和《烦恼无穷》，不久，《外国文艺》又刊载了约翰·巴思的小说《迷失在开心馆中》（1979 年第 3 期）。1980 年，《世界文学》（第 3 期）再次刊载了库·冯尼格的 3 部短篇小说及相关评论与作家小传，同时还登载了陈焜的长篇专论《黑色幽默——当代美国文学的奇观》。尽管此时的译介主要是为了借助此类小说所透露出来的反战意识来达到揭露和抨击美国社会现实的目的，所以带有明显的批判色彩，但这一全新的文学思潮毕竟有了与中国读者接触的机会。进入 20 世纪 80 年代以后，人们对"黑色幽默"小说的认识有了新的变化，自高行健的《现代小说技巧初探》（花城出版社，1981 年）及陈焜的《西方现代派文学研究》（北京大学出版社，1981 年）对"黑色幽默"小说的一般技巧作了初步的分析评价之后，"黑色幽默"作为一种特定文学形态的内在价值已为人们所肯定。1981 年，由南文、赵守垠、王德明翻译的《第二十二条军规》（上海译文出版社）出版，曾在普通读者中广为流传，1983 年，福建人民出版社又出版了冯亦代、傅惟慈编译的冯内古特的《回到你老婆孩子身边去吧——短篇黑色幽默小说选》，1985 年，福州海峡文艺出版社再次推出由曼罗和子清翻译的冯内古特的《上帝保佑你，罗斯瓦特先生：黑色幽默小说》，同年，湖南人民出版社也出版了云彩、紫芹翻译的冯内古特的《五号屠场·囚犯》，此后不断有冯内古特的作品被译介到中国。1990 年，长春出版社出版了卓振英编译的《美国黑色幽默作品选》，太原北岳文学出版社也在 1995 年推出了柳鸣九主编的《黑色幽默经典小说选》。而其他作家如约翰·巴思、唐纳德·巴塞尔姆、托马斯·品钦等人的作品也陆续有了汉语译本。

　　某一类作品在一个较短的时间内被集中译介到中国，这种现象在中国文坛尚不多见，它也间接地说明此类作品确实在很多方面触动了中国人的某种普遍的情绪。不少中国作家都明确表示过对"黑色幽默"小说的偏爱，王蒙在 1980 年代初就曾谈到过："美国的黑色幽默名篇《第二十二条军规》则并不注意写人物，它的特色是塑造了像第二十二条军规一样的典型的荒唐逻辑，这种典型荒唐逻辑，成为这部小说的一大发明、一大创造。它靠的是机智和辛辣，奇诡的想象与别出心裁的开掘。"[1] 王朔也表示："我在约瑟夫·海勒的作品中找到的共鸣也超过在

1. 王蒙：《关于塑造典型人物问题的一些探讨》，见《王蒙谈创作》，第 92 页，北京：中国文艺联合出版公司，1983 年版。

昆德拉作品中找到的。"[1] 马原坦诚地讲："如果说对20世纪作家最终只准保留一份崇拜的话，

1. 王朔：《我是王朔》，第94页，北京：国际文化出版公司，1992年版。

我愿意把这个荣誉留给还在世的美国作家约瑟夫·海勒，他的《上帝知道》，《第二十二条军规》和我只读过局部的《出了毛病》三本书我永远只有钦敬。我认定他在小说领域达到的境界只有科学领域中的爱因斯坦能与之相提并论。我对海勒的作品连一个字的胡说八道都不敢。"[2]

2. 马原：《作家与书或我的书目》，载《外国文学评论》，1991年第1期。

张洁还专门发表了文章《库特·冯尼格说：NO！》（《读书》1983年第5期）深入阐述自己对冯尼格创作手法的理解，而刘索拉的《你别无选择》更被普遍认为是对《第二十二条军规》的有意模仿之作。应当说，诸如刘索拉的《你别无选择》，王蒙的《一嚏千娇》、《来劲》、《说客盈门》，张洁的《他有什么病？》，张贤亮的《浪漫的黑炮》以及王朔的《顽主》、《千万别把我当人》等等小说中，确实都能够捕捉到"黑色幽默"的痕迹，但也应当看到，中国作家的此类创作距"黑色幽默"作家的最终追求尚有较大的距离。因为显示在中国作家笔下的"幽默"多数还属于"单向度"的"讽刺"——它们保留了正义、理性、高尚、严肃和秩序等等的基本理念，以便抨击和嘲讽那些非正义、非理性、不高尚、不严肃和无秩序的生存现象，因此，出现于他们笔下的事件大都属于"常态"与"非常态"之间的"错位"，这与"黑色幽默"作家对于整个世界及人的存在的本质上的荒诞特性的认识是大异其趣的。如果说中国作家中确有"黑色幽默"创作的典型案例，那么，这个代表人物应该是王小波。王小波曾留学美国并获得过硕士学位，虽然没有直接的证据证明他受到"黑色幽默"作家的影响，但他却以其具体的创作显示出了与"黑色幽默"作家基本相同的精神品质。王小波曾谈到："据我考察，在一个宽松的社会里，人们可以收获到优雅，收获到精雕细刻的浪漫；在一个呆板的社会里，人们可以收获到幽默——起码是黑色的幽默。就是在我呆的这个社会里，什么都收获不到，这可是件让人吃惊的事情。"[3] 在一个高度一体化社会中（比如"文革"），人的精神形态很容易被简

3. 王小波：《我的精神家园·自序》，第4页，北京：文化艺术出版社，1997年版。

约化为某种同一的模式，人们的感受也只可能日益趋于麻木和钝化，而不可能变得越来越丰厚和复杂，王小波的创作其实正是对于那种单调乏味的生存状态的有限抵制——他希望即使无法收获到"优雅"与"浪漫"也至少能收获到一种"幽默"——而不是负载着一个被彻底掏空了精神的躯壳浑浑噩噩地消耗掉自己的生命。由此，他才以非凡的想象力构建起了一个纷纭嬉闹的荒诞世界，他让善良单纯的女知青陈清扬兴高采烈地挂着"破鞋"站在大会场上接受批斗（《黄金时代》），还让红拂女一遍又一遍地打报告申请自杀却一次又一次得不到批准（《红拂夜奔》），

更让 X 海鹰在"施虐 / 受虐"的亢奋中体味着英雄烈士的
豪迈与高尚（《革命时期的爱情》）。王小波的"戏谑"
与"幽默"展示的正是世界与人的生存境遇的荒诞本相，
而其"幽默"背后的"阴冷"与"残酷"也恰恰体现出了
此种"幽默"的"黑色"性质。某种程度上说，文学影响
有时并不全然是单向的接受或借鉴，更重要的应当是，作
家在异质的生存境遇中所能捕捉到的共同的生命体验，这
也许才是真正意义上的文学交流与精神对话。

王小波的《黄金时代》

　　当代中国文学的创作几乎完整地演绎着美国战后文学
发展的既有历程。以海明威为代表的"迷惘的一代"激起
了中国年轻作家的文学热情，福克纳则使中国作家从一种
对历史与文化的全新叙述中看到了中国文学走向世界的希
望，"黑色幽默"为作家们返观已经过去的荒诞岁月提供
了新的视角，而更为年轻的一代作家则从金斯伯格、克鲁
亚克及塞林格等"垮掉的一代"作家的身上获取了另一种
灵感。

　　"垮掉的一代"（The Beat Generation），准确的理
解应当是"被打垮的一代"，或者称为文学上的"垮掉派"。
其代表人物与其说是以"文学"的方式赢得了人们的关注，
还不如说他们其实是以一种极端的生存实验如吸毒、乱交、
裸居及同性恋等等，撼动了处于常态生活中的人们的神经，
由此才在美国文坛占据了一席之地；它主要的还是一场特
殊的社会运动，而非文学思潮或文学流派。这里所谓的"被
打垮"，既不是出于战争的原因，也不是由于政治或社会
的排挤，而是出于他们"自身"，他们以自身主动"被打垮"
的方式宣告了对现存世界的彻底反叛，所以他们同时又获

得过另一个称号"嬉皮士"（Hippie）。20 世纪 60 年代，整个美国社会普遍弥漫着一种试图卸去大半个世纪里逐步凝聚起来的沉重的悲剧性的精神负载，以寻求某种轻松的欢乐与浅薄的享乐的整体氛围，曾历经过战争的人们或者在寻求各种方式来修补战争的创伤（如海明威等），或者在焦灼中反思现代文明的失误（如福克纳等），或者借助对宏大历史叙事的"戏仿"来获取暂时的心灵慰藉（如"黑色幽默"）。但在多数战后成长起来的一代年轻人看来，前辈们的这类"一本正经"的思考和批判非但无助于消除政治与战争强加于社会及人的心灵的阴影，反而有可能巩固和强化政治与战争存在的合法性，所以他们认为，与其依旧沿着前辈们的思路去抨击现实，还不如彻底撇开他们去寻找某种全新的"灵感"。在这种基本理路的驱使下，自称"垮掉的一代"的这批作家诗人们将"惰性"（对常态社会生活的拒不参与）和"反叛"（以与社会格格不入的生存方式显示对社会的彻底拒绝）紧密地结合在一起，比如金斯伯格的"岛居"生活、塞林格的"地下室"生活等等，他们的创作也因此具有了实验性的"纪实"色彩。莫里斯·迪克斯坦描述说："青年们杂乱无章地迷恋于马克思和神秘学、毛泽东和《易经》、政治和大麻、革命和摇滚乐。普遍的政治动荡在艺术中不仅打开了性开放之门，而且打开了实验普遍复兴之门，类似这样的复兴至少在文学中是我们自第一代现代派以来见所未见的。"[1]

1. [美] Morris Dickstein：《伊甸园之门》，方晓光译，第 12 页，上海：上海外语教育出版社，1985 年版。

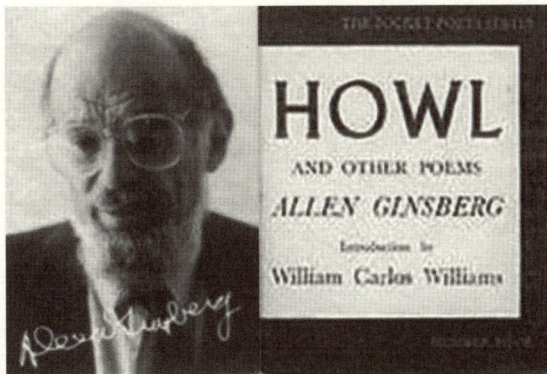

爱伦·金斯伯格及其长诗《嚎叫》封面

　　"垮掉的一代"虽有着"黑色幽默"式的颓废，却已经抛弃了那种对于宏大历史的嘲弄式的虚构；同样的，他们也有着"新左派"式的彻底改变旧世界的激情与冲动，但他们却拒绝一切以暴力方式去改变世界的具体行为。从根本上说，"垮掉的一代"其实可以看作是无目的性的一代，或者说是将嘻嘻哈哈的玩世不恭与严肃认真的政治运动矛盾性地结合在一起的一代。

他们没有任何明确的主张却又随意发表各种主张，他们主动地将自己疏离于社会之外却又无时无刻不在希望引起社会对他们的关注，他们反对一切理性的束缚却又理智而谨慎地包裹着自己隐秘的内心世界。他们在毒品及各种形式的狂欢刺激下，试图重新恢复人的最为原初的感受方式与幻想功能。一边以《嚎叫》震撼着人们的心灵，一边把自己推向了堕落的边缘；他们永远都在流浪，却永远拒绝追问这种流浪到底有什么意义（《在路上》）；他们自认不过是被随手插在田野里只能吓唬小鸟的"稻草人"，却仍然坚持认为没有尊严地活着总比有尊严地死去要高尚得多（《麦田里的守望者》）。如果说"垮掉的一代"以其绝对极端的方式给人们带来了精神上的强烈冲击的话，那么这种冲击的结果就是，人们终于有了根本转换自身观念的机会。从这个意义上讲，"垮掉的一代"其实已经具有了"先锋"的或"后现代"文化的典型特征。

"垮掉的一代"的代表性作家的创作很早就几乎同步性地出现在中国了，不过，像《在路上》及《麦田里的守望者》等作品在当时主要是以"内部读物"的形式被译介进来的，中国文坛对此类创作的评价在很长时间内也基本停留在"暴露资本主义腐朽堕落的生活本质"的层次上。直至 20 世纪 80 年代中期，中国文坛才初步肯定了"垮掉的一代"的创作所具有的特殊性质与积极意义。1984 年 10 月，金斯伯格随美国作家代表团访华，一度激起了中国作家对"跨掉的一代"的兴趣，而 1985 年 8 月美国批评家 Morris Dickstein 的《伊甸园之门》的出版才真正使中国读者对美国整个 20 世纪 50—60 年代的文化境遇与文学演进轨迹有了切实而清晰的了解。此后，随着这批作家的作品及评论著述被陆续翻译，国内对"垮掉的一代"的研究也日渐走向深入，中国的作家和诗人们也开始从"垮掉的一代"身上寻找新的创作灵感。1992 年，陈雷选编了一部《世纪病：别无选择——"垮掉一代"小说选萃》，将他所认为的中国作家创作的具有"垮掉的一代"特征的小说集中了起来。入选的作品包括刘索拉的《你别无选择》、徐星的《无主题变奏》、王朔的《顽主》、多多的《最后一曲》、方方的《白雾》等 10 篇中短篇小说。不难看出，此类选编与所谓中国的"黑色幽默"小说多有重复，这也显示出中国作家对于出现于美国的此类文学现象在理解上的不可避免的含混。编选者在序言中认为："1985 年，中国文坛终于感受到这股'垮掉'浪潮的涌动，以《无主题变奏》、《你别无选择》等作品为标志宣告了中国'垮掉一代'成熟地登场。在这里，我们所说'垮掉一代'，是指小说里的人物，而

---

1. 陈雷选编：《世纪病：别无选择——"垮掉一代"小说选萃·序》，第 2 页，北京：北京师范大学出版社，1992 年版。

不是小说作者。中国'垮掉一代'小说初始明显地接受了美国'垮掉一代'作品的哺育和浸润。"[1]

对于中国也出现了类似于"垮掉的一代"的创作，国外研究中国文学的学者中也有类似的看法，比如美国的希尔·伍邓恩（Sheryl WuDunn）在其《中国的"克鲁亚克"》一文也曾认为，以王朔为代表的中国的所谓"痞子文学"与美国的"垮掉的一代"有其极为相似之处，"王朔呈现给读者的是一个普通人的世界，其中许多人是冷漠的、异化了的，堪称反英雄；他揭示了中国青年'垮掉一代'的嬉皮士生活方式。……用浪漫化的笔触描写了青年一代反叛者的形象，正像美国的杰克·克鲁亚克当年所做过的那样"。[1] 某种程度上讲，徐星、刘索拉、刘毅然及

1. 转引自文楚安：《金斯伯格及其在中国的接受》，见《"垮掉一代"及其他》，第32页，成都：四川大学出版社，2002年版。

王朔等中国作家笔下的一系列人物身上确实有"垮掉的一代"的影子，但在本质上，这些人物与"垮掉的一代"仍然属于两类人；虽然他们都共同显示出了反叛传统、张扬个性、与常态生活格格不入等等方面的特征，但中国作家塑造的这类人物所反叛的主要是中国社会因长期禁锢而导致的虚伪保守的思想观念，包括遗留的封建意识与极"左"观念等等，反叛的对象也主要是刻板的父亲、僵化的老师以及机械的官僚等。他们的反叛是为了确立一种在他们看来更为合理的现代观念，其更像是人在青春期时通常都会有的叛逆现象，而不是像"垮掉的一代"那样要以感性欲望的极度释放来彻底颠覆既有的社会生存方式。特别是王朔笔下的那类所谓"痞子"，深入地讲，这些"痞子"连同刘毅然笔下的那些"摇滚青年"们，其实除了语言及外表等显性层面上的"无赖气"和"胡闹"以外，多数都没有任何实质性的堕落行为。甚至相反，这些"痞子"的内心里大都保留着某种"纯情"的色彩；即使堕落如以女性色相来敲诈勒索的张明那样的人也一直在内心存有不断忏悔的意识（《一半是火焰，一半是海水》），其与"垮掉的一代"式的堕落显然有着本质的区别。

中国最早与"垮掉的一代"文学产生共鸣的是"文革"时期的部分知青，如北岛、张朗朗等，但这种接触主要显示为他们从"垮掉的一代"的创作中找到了某种被压抑的情绪的宣泄方式，而并不表明他们对于"垮掉的一代"全部行为的充分肯定。这当然与特定时代所形成的中国的特定语境有密切的关系。20世纪80—90年代的一批被称为中国的"垮掉的一代"文学创作的代表性作家，也只是在表层意义上显示出了某些与之相类似的一般特征，他们多数也并不认为自身的创作是受到了"垮掉的一代"的影响。真正在行为方式及写作取向上与"跨掉的一代"更为接近的，倒是20世纪末期出现于中国文坛的卫慧和棉棉等女性作家，她们曾分别以《上海宝贝》与《糖》等作品一时走红，对她们的评价也众说纷纭。如果联系起20世纪80年代至

今中国社会的具体发展境况来看的话，我们对于她们的创作中所体现出来的"垮掉"特质的理解也许会更为深入一些。自中国政府提出开放政策以后，整个中国社会其实一直是朝着脱离贫困走向富裕的道路前行的，而在物质生活不断得以改善的同时，拜金主义在无形中几乎成为了某种毋庸置疑的生活信条，它既在一定程度上遮蔽了启蒙思潮所缓慢培育起来的精神信仰，同时也遮蔽了人们对现代经济形态本身的深刻反思。当一体化的政治趋向被一体化的经济潮流所取代时，人们在表面上似乎正在为摆脱了政治意识形态的束缚而欢欣，其实人们并没有意识到自身仍旧生活在整齐划一的生存境遇之中，只不过这种"单一"从政治性的单一被转换成了经济性的单一而已。生存形态的单一化造就的只能是人的精神形态的平面化与简约化，这种情形与 20 世纪 60 年代在总体上初步摆脱了政治意识形态的恐慌且迎来了经济上的普遍繁荣的美国社会极为相似。如果说"垮掉的一代"主要就是希望脱离美国社会的那种沉重嘈杂而又乏味单调的常态社会生活（包括对拜金主义的拒斥），以寻求全新的精神形态的话，那么，出现于 20 世纪末期中国的卫慧和棉棉等，则是试图在反叛一切既有社会体制与道德价值观念的前提下，自觉地投身到了一种前所未有的欲望狂欢之中。她们只强调个人感性的合理存在，自身的一切行为都跟任何人无关；与那种关于贫富差异或人文精神等等之类的沉重思考相比，她们更钟爱美酒、迷药和性爱所带来的官能刺激；而与那些除了鼓足自己的腰包之外已一无所求的人相比，她们更珍惜眼泪、痛苦、享乐和忧愁等几乎已经被人们遗忘了的最真实也最基本的情感；她们并不去追问应该如何评价自己的生活或者明天到底应该怎样生活，但她们拒绝像其他人一样生活并且拒绝让明天的生活变得跟今天一样，如此等等。这一切似乎都是美国"垮掉的一代"在中国的重现，而他们也从不掩饰自己对"垮掉的一代"的心仪，棉棉在小说《啦啦啦》中就坦诚地表达过自己对金斯伯格的诗歌及生活方式的偏爱，卫慧的小说中也有明显地对于"垮掉的一代"的行为方式与思想观念的直接移植。出于中国在现代化进程中的特殊性，中国似乎还未具备产生和接受"垮掉"理念的基本土壤，由此来看，她们的创作似乎显得过于"超前"了一些。此外，由于作家自身在文学素养上的稚嫩及思想深度上的不足，她们在创作中的照搬与套用现象也还比较明显。如何评价"垮掉的一代"在美国文学史乃至美国现代历史上的地位至今仍旧是一个颇有争议的问题，卫慧、棉棉等人在当代中国文坛的出现到底应该如何评价，也同样是个值得进一步讨论的问题。

随着经济发展的逐步推进，中国对外开放的大门已经全面打开，中国作家也已经获得了远较前辈作家更为广阔的文学视野。美国以及其他西方国家的文学创作几乎都能被同步传播到中国，而中国作家的创作也已经能够迅速地为美国及西方读者所熟知。同政治、经济、文化等其他领域的频繁交流一样，人们在摆脱了那种偏执的政治意识形态或"乌托邦"想象之后，已经逐步进入到了一种真正的平等对话与精神交流的层面上。诚如朋倍利所说：

> 在将来，地球的每一部分都将根据各自的自然能力对促进整体的利益作出贡献，
>
> 从而证明自己是有理由存在的；如果说世界发展的前途是人类结合成一体，那么这种
>
> 结合的途径就是通过不同种族的优点和长处的融合而产生一种完全新的人种类型。[1]

1. [西德] 海因茨·哥尔维策尔：《黄祸论》（内部读物），第 80 页，北京：商务印书馆，1964 年版。

当国与国的界限仅仅只成为地理上的特定符号，当作家们脱却了狭隘的民族——国家局限，真正使自身立足于人类及世界整体的高度来观照文学时，一种超越于种族、国家、地域乃至历史之上的精神交流必将从梦想真正转变成为现实。

第五节　中美戏剧界的互访演出及其相关叙事

20 世纪 70 年代末期，伴随着中美关系的改善，两国间的戏剧交流也在中断了将近 30 年后，得以重新接续。这个阶段中美的戏剧交流大多带有一种官方性质，承担着和"乒乓球"一样的政治外交功能。1980 年春，曹禺和英若诚应邀访美，在此期间，曹禺早期的剧作《北京人》、《日出》和《家》也在美国陆续演出。由于特殊的政治、文化背景，曹禺等人在美国的戏剧活动在移居海外的华人学者的眼里，呈现出一种驳杂、异样的风貌。他们对于这个中美戏剧交流的重要事件的评价（或叙述），无疑是一个丰瞻、有趣的文化文本，其中暗隐着这些海外华人的故国想象、文化记忆和身份认同等丰富的内涵。

当代美国著名剧作家亚瑟·米勒应北京人民艺术剧院的邀请，于 1983 年 3 月再次来到中国[2]，

2. 1978 年秋天，亚瑟·米勒与其夫人一起访问中国，期间和英若诚曾有过愉快的会面。

扮演了一个文化"推销员"的角色——为北京人民艺术剧院成功导演了他的作品《推销员之死》。美国名剧《推销员之死》在中国的巨大影响和引发的相关讨论，使其成为了反映 1980 年代初

期的中国社会的文化心理的一个载体，其中折射着处于社会转型时期的中国人的梦想与焦虑。

一、　"北京人"在美国

继曹禺和英若诚一行于 1980 年 3 月 18 日至 4 月 30 日访问美国[1] 后，该年 6 月刊出的《明报》月刊上，专设了一个"曹禺特辑"。这个"特辑"共有 4 篇文章：夏志清的《曹禺访哥大纪实兼评〈北京人〉》、刘绍铭的《君自故乡来——曹禺会见记》、水晶的《长夜漫漫欲曙天：四看曹禺一笔账》和金恒炜的《"不乐观怎么活得下去？"》。[2] 曹禺和英若诚的此次出访，在美国方面主要是由学术机构主持，即由"美中学术交流委员会"和"美中艺术交换中心"出面邀请，并由哥伦比亚大学艺术院副院长兼音乐教授 (同时也是"中心"负责人) 周文中策划和安排的。[3] 而《明报》月刊的"曹禺特辑"里面所收文章的作者，除了台湾知名报人金恒炜外，其余三位基本都是供职于美国各个大学的旅美学人 (其中水晶为由台赴美的作家兼学者)，因此，他们就具备了"近水楼台"之便，能够在第一时间、第一现场看到曹禺在美国访问的情形。即便如此，我们也不能把"特辑"里的文章仅仅视为曹禺访美的"纪实"，固然其中不乏切实的史料。

如果把"特辑"中的四篇文章进行互文性对读，就会发觉，无论是四篇文章中的评说、感喟，还是貌似客观地娓娓道来，其实都是关于"'北京人'在美国"的叙事。其中的言辞锋芒和思想火花无所谓真假虚实，叙事者的身份和位置使得他们关于"'北京人'在美国"的表述成为

1. 参见田本相、张靖编著：《曹禺年谱》，第 145 页，天津：南开大学出版社，1985 年版。

2. 参见《明报》月刊 (香港)，1980 年 6 月号，第 15 卷第 6 期 (总第 174 期) 上的"曹禺特辑"。

3. 夏志清：《曹禺访哥大纪实兼评〈北京人〉》，载《明报》月刊 (香港)，1980 年 6 月号，第 15 卷第 6 期。

曹禺

英若诚

言说自我的修辞。与其说曹禺是这些旅美学人的评述对象，不如说曹禺是他们观照自我的镜像。于是，"'北京人'在美国"就成为了同时指涉《北京人》/曹禺和这些旅美学人的处境的隐喻，成为了在文本内外同时发生意义的命题。在这个命题/话题的深层次里面，在作为镜像的"北京人"曹禺的折射下，呈现的是这些海外华人学者的文化记忆与故国遐思。

夏志清是四位作者里面唯一一个有过"北京"经验的人，他于1946年9月随长兄夏济安至北京大学担任助教，曾醉心于西欧古典文学，后因研究布雷克的论文脱颖而出，1948年考取北京大学文科留美奖学金赴美国耶鲁大学深造，攻读英文硕士、博士学位。在夏志清的《曹禺访哥大纪实兼评〈北京人〉》里面，作者丝毫不掩饰自己反共的政治立场。在其文章开头就提到了台北《联合报》副刊上的一篇文章《"现代王昭君"曹禺——出差美国》，这其实为夏志清的文章埋下了一个基调——在他的眼里，曹禺此行无疑也是一场政治作秀。[1] 夏志清的政治

<small>1. 夏志清的《曹禺访哥大纪实兼评〈北京人〉》一文第5节的标题就是"米勒、曹禺作秀"，载《明报》月刊（香港），1980年6月号，第15卷第6期。</small>

立场影响了他的文章，一种二项对立式的思维几乎充斥了整个篇章，以致于凡涉及中共的话题，都相当刻薄与不屑，流露出一个严谨学者不应该有的偏激和猜疑。从某种程度上说，夏志清的叙述正中了黑格尔所谓的"历史的诡计"——太急于亮出自己的立场，导致其言辞缺乏学理上的冷静，在近似（于其想象的对立面）的思维模式下，最终致使其文章在很多地方无甚可观，有的地方（如政治辞令）读来同样令人生厌。但夏志清毕竟"身为文学批评者"，并且有着"非说真话不可的苦衷"，[2] 深受中西文学艺术滋养的他，在其《曹禺访哥大纪实兼评〈北京人〉》

<small>2. 夏志清：《曹禺访哥大纪实兼评〈北京人〉》，载《明报》月刊（香港），1980年6月号，第15卷第6期。</small>

一文里面，也有很多地方还是以学术的方式参与了对于这个文化事件的叙述。

在《曹禺访哥大纪实兼评〈北京人〉》一文的第四节"《北京人》：戏评与剧评"里面，夏志清对于3月25日晚《北京人》的演出和剧作本身都给予了肯定性的评价。夏志清认为演出"倒令人满意，实在表示哥大艺术院戏剧部门人才很整齐，导演Kent Paul同布景设计人Quentin Thomas都很够水准，曾家小客厅的布景尤其出色，看来极具美感"[3]。关于剧作，夏志清在他的《中

<small>3. 夏志清：《曹禺访哥大纪实兼评〈北京人〉》，载《明报》月刊（香港），1980年6月号，第15卷第6期。</small>

国现代小说史》里面就"另眼相看"，评价颇好。这次重读《北京人》，觉得第一幕章法有些乱，而且感觉袁圆这个"新派少年"的形象塑造远远不及"旧人物"如瑞贞等。[4] 这些观点都是很

<small>4. 参见夏志清《曹禺访哥大纪实兼评〈北京人〉》一文第4节"《北京人》：戏评与剧评"，载《明报》月刊（香港），1980年6月号，第15卷第6期。</small>

中肯的。但是，更值得注意的是夏志清本人对于曹禺剧作关注的方式及其兴奋点所在，这些才是问题与意义的发生之源。

在同一节里面，夏志清在指出《北京人》第一幕的瑕疵时，不忘带出"《北京人》里那些

长篇布景描写，人物介绍，曹禺是用了心写的，重读很有意思”[1]。夏志清所谓的“长篇布景描

1. 夏志清：《曹禺访哥大纪实兼评〈北京人〉》，载《明报》月刊（香港），1980 年 6 月号，第 15 卷第 6 期。

写，人物介绍”应该指的是剧作里面一再浮现的那些悠闲、雅致但是已经没落的北平士大夫文

化氛围，以及那些散落在遥遥时空中的老北京的吉光片羽。比如，旧宅里面古老的苏钟，秋风

中泠泠的鸽哨，近中秋时那明净蔚蓝的北方的天空，长胡同里北平独有的单轮水车发出的声音，

挑担子的剃头师傅打“唤头”的嗡嗡声，磨刀剪的吹喇叭的声音，卖凉货的小贩敲冰盏的声音，

更锣的梆子声，淅沥的雨声里面凄凉的“硬面饽饽”的叫卖声……当然，更有那旧式贵族家庭

不厌其精的安闲的日常生活细节。[2] 在《北京人》的舞台指示里面，曹禺尽情地挥洒自己的创

2. 参见曹禺：《北京人》，见《曹禺选集》，第 401—584 页，北京：人民文学出版社，2004 年版。

作才华，为我们留下了老北京的最具象、最感性、最细腻的面影和经验。这样的描写，可能和

曹禺本人的旧式家庭出身有关，他对旧家庭的琐细生活细节的捕捉可谓手到擒来；同时，这些

描写也可以看做是曹禺本人为没落的士大夫文化献上的一曲挽歌——剧本创作于 1940 年，时

值抗日救亡，民族意识为民族危机所激发。在这个转折的大时代中，苦闷的曹禺无疑会转向他

最为熟悉的传统文化寻求慰藉，然而，传统士大夫文化已经腐败，唯一的出路可能在于中华民

族文化里面固有的野性、刚健的一脉（如“远古北京人”和袁任敢所象征的）和温婉、无私、

贤淑的一脉（如愫方所具备的）。这个剧作寄托着战时的青年作家曹禺对于中国传统文化的反

思和最深情的一瞥。40 年后，在旅美学人夏志清的“重读”中，虽然对剧作的艺术成就有所保

留，但是在他看来，那些舞台指示依然魅力不减，且“很有意思”。夏志清在其文章里面是以

“文学批评”的方式，而非以“文学”的方式探讨《北京人》/“北京人”的，他说对于那些

长篇舞台指示“重读很有意思”，显然存在着“藏笔”。那么留给我们的问题就是，在其“重读”

中究竟与那些细节发生怎样的“化合”？这种“化合”又隐喻着什么？

　　《北京人》的舞台指示里面那些可感可触的关于老北京的细节，对于夏志清这样曾有过北

京生活经验，又移居海外的学人而言，无疑会在其内心掀起一番波澜。特别是那氤氲在 30 年

时空中的悠远醇厚却遥不可及的“京味儿”，很容易触动像夏志清这样的知识分子的故国遐思

和淡淡“乡愁”。夏志清的“重读”，可以视为一种“再创造”，40 年前曹禺笔下的老北京，

在夏志清的“重读”中被赋予了新的意义：剧作舞台指示里面着力铺张的视听经验和日常生活

细节，在这里应该是一种对抗国家“大叙述”的别样方式；另一方面，在中国大陆，“文革”

刚刚结束，记忆中的老北京可能面临着再度的革新与建设（抑或破坏），唯有在《北京人》里面，

才能重新找回失落的记忆和构筑自己的故国想象；还有，从"'现代王昭君'出差美国"的"纪实"中，极力去发掘、追忆关于老北京的琐细的感官经验，这样参差对照的叙事风格本身就具有一种梦幻色彩，其中寄托的是海外华人的文化想象和身份构述（当然，这种叙事风格也消解了夏志清本人在文中过分凸显的政治立场）。

既然在夏志清等人的眼里，曹禺一行恰似"钦差大臣"，[1] 其出访是政治作秀，那么，对

1. 夏志清：《曹禺访哥大纪实兼评〈北京人〉》，载《明报》月刊（香港），1980 年 6 月号，第 15 卷第 6 期。

于这个文化事件本身的"文化交流"意义，这些海外学人是很不以为然的，认为这与刚刚结束的"文革"一样，都是同类的"宏大叙事"的组成部分。正如夏志清对年迈体弱的曹禺此次出访美国的评价：It's also a form of punishment（这也是一种惩罚），[2] 其潜台词就是"和'文

2. 夏志清：《曹禺访哥大纪实兼评〈北京人〉》，载《明报》月刊（香港），1980 年 6 月号，第 15 卷第 6 期。

革'期间对曹禺的批斗和罚他看猪圈一样"。这种评价由于不同的政治立场，自有其偏颇之处，其中暗含着作者对于中共政权下的中国的不认同[3]——在这里，"民族"与"国家"产生了微

3. 在夏志清《曹禺访哥大纪实兼评〈北京人〉》一文里面，凡涉及"中美"文化交流的地方，"中"全部被加上了引号，其用意在于强调这里的"中国"是特指的。载《明报》月刊（香港），1980 年 6 月号，第 15 卷第 6 期。

妙的疏离和对立。出于对"大叙述"的拒斥，夏志清一再地在文中强调他对于"交流"中心安排的"节目"程序的反感和冷淡，[4] 但在同时，他的文章也在不经意间部分地落入了另一个"大

4. 参见夏志清：《曹禺访哥大纪实兼评〈北京人〉》，载《明报》月刊（香港），1980 年 6 月号，第 15 卷第 6 期。

叙述"的圈套。本文旨在探讨海外华人的文化记忆与身份认同，但由于夏志清文中过于明显的政治立场干扰了这个问题，因此在这里不得不对其政治倾向加以简要地分析，以说明夏志清对曹禺复杂的态度的双重原因，即政治的和文学的。下面将转向对其拒斥"宏大叙事"的行为，即他对"北京人"的"重读"的考察。

很显然，夏志清对于中美文化、戏剧交流所安排的各项活动/仪式没有丝毫的兴趣，他所关注的兴奋点，不是今天的"北京人"，而是 1940 年代的"北京人"。在《曹禺访哥大纪实兼评〈北京人〉》一文的第七节"过去的日子，自己的作品"里面，夏志清不愿听曹禺讲当下（政治），就刻意挑开话题。[5] 夏志清说道："我同曹禺交情不够，许多事情不便面问。假如

5. 这里的原因可能是双重的：一方面是夏志清的政治立场与曹禺基本对立；另一方面是夏志清作为文人，对于政治"大叙述"的拒斥。

由他一人演讲，他一定又要大骂'四人帮'，大家听了无趣。我想不如让他多讲些过去的生活，给文学史留些资料，写下来大家都可以参考。我有时发问，非常不客气，如问他父亲有没有姨太太？家里有几个人抽鸦片？但这种'逼供'的方法的确见效……"[6] 夏志清这种有些极端的、

6. 夏志清：《曹禺访哥大纪实兼评〈北京人〉》，载《明报》月刊（香港），1980 年 6 月号，第 15 卷第 6 期。

不太礼貌的"座谈"方式，显在的理由是要"文学史留些资料"，潜在的则是夏志清本人意欲借镜曹禺/"北京人"进而回溯关于故国的文化记忆的行为。夏志清 30 年"流散"海外的生活经验以及对于中共政权的不认同，使他面对熟悉且陌生的"北京人"时，不忍在潜意识深处发

出"道逢乡里人：'家中有阿谁？'"的感喟。他刻意地回避谈论当下，一再地通过曹禺早期的剧作（《北京人》、《日出》）去触摸自己已经尘封许久的关于中华文化的记忆，并在记忆的尽头去印证关于故国的想象。通过"逼供"曹禺追忆往昔的人事，夏志清不仅获得了"文学史资料"，还体验到了"一种家乡温暖之感"，更重要的是他获得了一种文化身份的认同感。

　　刘绍铭的文章的题目本身就寓意无穷——"君自故乡来"，这个诗句出自王维的《杂诗》："君自故乡来，应知故乡事。来日绮窗前，寒梅著花未？"《杂诗》是一首抒写怀乡之情的诗。对于游子的离乡之思，诗人没有加以抒写，偏偏去眷念窗前"寒梅著花未？"这种意外之笔反而收到了无尽的韵致。刘绍铭巧妙地借用王维的诗句作为其文章的标题，至少暗示着这么三层意思：曹禺的访美在海外华人中引起的思乡情愫；远离"文革"的海外学人对于当下中国大陆知识分子命运的关注；最重要的是在想象层面上对自我文化身份的构述。不同于夏志清，刘绍铭生在香港，1960 年毕业于台湾大学外文系，1966 年获得美国印第安那大学比较文学博士学位后，一直在香港、新加坡、美国的一些大学任教。相比之下，刘绍铭的文章的政治意味就较为稀薄，但作为文人学者，刘绍铭对于其身份的政治的表述主要是通过文学艺术的形式，以隐喻的方式进行的。在《君自故乡来——曹禺会见记》里面，刘绍铭发觉"曹禺这次来欧美，卖的是旧货色……是他在三四十年代所建立起来的名气——留在大陆的三四十年代作家，有几个是例外？"[1]

1. 刘绍铭：《君自故乡来——曹禺会见记》，载《明报》月刊（香港），1980 年 6 月号，第 15 卷第 6 期。

在这一反问中，流露出的不仅是对于身处社会浩劫中的知识分子命运的感慨，潜在则是一种书写记忆的实践，极力地返回过去——对于曹禺早期剧作的一再品读和回味。而这种重新构筑文化记忆的努力，也许是这些海外华人学者面对激进的中国"现代化"历史所造成的摧残与破坏，而试图在调整过去和未来的文化延续性时，提出的另一种"现代性"方案：不一定非要是突飞猛进式的，一种参差的、零碎的、别样的"现代"经验，可能更有利于民族文化的延展。刘绍铭在其文章里面指出，和《雷雨》、《日出》和《原野》一样，"《北京人》所代表的中国社会，无论就好的方面说也好，坏的也好，都是最'传统'的、最'旧'中国的。曾皓、曾文清和愫方这类人的心情，岂是容易体会的？而《北京人》的谈吐、喝茶、把棺材放在家里当宝贝一样看待，处处都是一样'仪式'（ritual）。这种仪式，听在老一辈中国观众的耳里、落在他们的眼里，也许会引起他们轻微的感喟。但对隔了几个代沟和'文化沟'的观众，会收到什

2. 刘绍铭：《君自故乡来——曹禺会见记》，载《明报》月刊（香港），1980 年 6 月号，第 15 卷第 6 期。

么样的一种戏剧效果？"[2]刘绍铭的"感喟"，有着双重的意义：作为生长在香港，求学于台湾、

美国，生存于海外的华人，无一例外地遭受着西方现代化的生活方式和文化的冲击，关于中华民族的传统文化的记忆不断被稀释，曹禺早期剧作中的"文化仪式"使其身份的焦虑得以缓解和释放；同时，其中也有对于类似"文革"这样的宏大叙事的抗拒，虽没有感同身受，但是知识分子的责任意识使他无法忘怀"故乡事"。和夏志清一样，刘绍铭对于曹禺等人今后的创作同时充满着期望和忧虑——"寒梅著花未？"

水晶和金恒炜的文章也表达了和刘绍铭一样的情愫。水晶在其文章的开始就流露出强烈的"1930 年代"情结："本着对三〇年代作家一贯思古思慕的幽情，我在曹禺抵达以前，早已再次拜读了他早年成名的剧本《雷雨》、《日出》、《原野》、《北京人》等，对于这些剧本也有了一点新估价。"[1] 在由台赴美的作家兼学者的水晶的想象中，1930 年代的中国是"兴兴轰

1. 水晶：《长夜漫漫欲曙天：四看曹禺一笔账》，载《明报》月刊（香港），1980 年 6 月号，第 15 卷第 6 期。

轰橙红色的"，"而曹禺先生他们就是那些扮台阁，踩着高跷在万人空巷的灯市，一路扭着走过的'灯人儿'！"[2] 除了在座谈中"话旧"，探询那些留在中国大陆的"灯人儿"们的命运，

2. 水晶：《长夜漫漫欲曙天：四看曹禺一笔账》，载《明报》月刊（香港），1980 年 6 月号，第 15 卷第 6 期。

谈论最多的还是曹禺的早期剧作。水晶在认可曹禺早期作品的同时，也提出了自己的意见，如《雷雨》中鲁大海的出场，《日出》中陈白露的自杀，水晶认为都比较牵强，似乎受到社会教条的影响。而对于《北京人》里面的日常生活描写，水晶认为"功夫的确不简单"，陈若曦也对《北京人》最满意。[3] 在水晶这里，文学艺术描写的"自然"已不仅仅是一个美学标准，同

3. 参见水晶：《长夜漫漫欲曙天：四看曹禺一笔账》，载《明报》月刊（香港），1980 年 6 月号，第 15 卷第 6 期。

时也是一种价值认同，其中暗含着对于当下曹禺（们）的惋惜和对 1930 年代的文化精神的神往——"为社会主义作开路先锋，经过教条主义阉割的作品，说甚么也不会自然啊"。[4] 金

4. 水晶：《长夜漫漫欲曙天：四看曹禺一笔账》，载《明报》月刊（香港），1980 年 6 月号，第 15 卷第 6 期。

恒炜这样评价曹禺："到底他是五四人物"。金恒炜接着以直抒胸臆的方式做了情感上的剖白："对五四，我有一种浪漫的响往，有一种历史的情感。中国近代文学的芽萌自五四，思想的解放也肇始于五四，这个根是任何力量都切不断的。……余生也晚，未能亲炙五四风姿，只能从书本里追蹑一二，好在机缘溱泊，'文革'十年之后，竟还能一睹从劫灰中活转过来的五四人物丰采，有幸沾一沾五四繁华织锦的流风余韵，捕捉到那即将游移而去的历史影子。"[5] 金

5. 金恒炜：《"不乐观怎么活得下去？"》，载《明报》月刊（香港），1980 年 6 月号，第 15 卷第 6 期。

恒炜的文章透露出了海外华人"重读""北京人"的动机和视角，即对一种为激进的历史步伐所摧残的、远逝不再的文化记忆的追寻，而"北京来人"则成为一种载体和想象的起点。从对"北京人"的"重读"中，"秉其采笔"，"探索冰封的三十年文艺界"，[6] 进而在记忆的尽头，

6. 金恒炜：《"不乐观怎么活得下去？"》，载《明报》月刊（香港），1980 年 6 月号，第 15 卷第 6 期。

展开他们对于"心仪已久而杳无音讯"的民族文化的想象和重构。与水晶在"话旧"、"演讲"、

"座谈"和"话别"中的"四看"一样，金恒炜通过"北京人"曹禺身上背负的沉重的"知识分子的十字架"，看到了"五四"文化精神的远逝——在努力追求"现代化"，"赶英超美"的理性蓝图设计中，"赛先生"的确在挂帅，而"德先生"哪里去了呢？[1]

1. 参见金恒炜：《"不乐观怎么活得下去？"》，载《明报》月刊（香港），1980 年 6 月号，第 15 卷第 6 期。

"曹禺特辑"里面的四篇文章，以不同的方式对于《北京人》/"北京人"/ 曹禺的"重读"行为，其实是作者试图进入"时空隧道"、建构自己的民族文化记忆的一种努力。在作为镜子的"北京人"所折射的重影叠像中，显现的是身处"家国以外"[2] 的海外华人知识分子的文

2. 这个词语借用自周蕾的著作《写在家国以外》（Writing Diaspora），香港：牛津大学出版社，1995 年。

化身份的焦虑。他们无一例外地通过"北京人"这样一个理想的镜像，趋向一种铭刻着共同归属的集体 / 个人记忆，参与了对于"'北京人'在美国"的叙事，进而借以构述自我身份的认同。

今天，全球化已经成为不争的事实，经济结构的一体化，使世界步入平面和同一，无论是安德森的"想象的共同体"还是霍尔的"垂直建构"文化认同模式都遭遇到了前所未有的挑战，于是"全球"与"本土"的关系问题异常尖锐地凸现出来了。对此，我们既不能简单、消极地拒斥全球化（也不可能），也不能无视这种想象空间的断裂和文化认同的破碎。面对全球化这样的新的"宏大叙述"，知识分子场域的文化实践如果能够积极地去面向、开掘、激活民族的文化记忆，也许是其批判意识的最佳体现。从这个意义上说，"'北京人'在美国"这样的话题依然没有过时。

二、 美国"推销员"的中国市场

应曹禺和英若诚的邀请，亚瑟·米勒于 1983 年 3 月，第二次来到中国，此行的主要目的是指导其剧作《推销员之死》[3]。在此之前，米勒第一部在中国上演的作品是《萨勒姆的女巫》

3.《推销员之死》（Death of a Salesman），作于 1949 年，在美国上演后好评如潮，曾获得纽约剧评界奖和普利策奖，成为美国剧坛珍品，并为米勒本人赢

（The Crucible），1981 年由上海人民艺术剧院排演，导演是黄佐临。不同于《萨勒姆的女巫》，

得了国际声誉。

可以和国人对于刚刚结束的"文革"的创伤记忆相吻合，比较容易发生情感上的共鸣，并且和当时已经形成文艺潮流的"伤痕文学"一道，参与对于既往历史的描述和评判，其中固然不缺乏跨文化误读的成分。相比较而言，《推销员之死》所构造的戏剧世界距离当时的中国现实还有些遥远。一个最鲜明的例子是，当时的中国人根本就不明白诸如"推销员"、"人寿保险"

等名词是怎么一回事，对此，米勒深感忧虑，因为这个潜在的"距离"可能导致中国人无法接受为他赢得了国际声誉的作品。[1] 但是，经过三个月的紧张排练准备，最终的

1. 参见周维培：《美国戏剧在当代中国的传播》，载《戏剧文学》，1998年第10期。

演出被证明是成功的。关于《推销员之死》在中国的成功上演，这一事件的主要参与者之一的英若诚（该剧的中译者，主人公威利·洛曼的饰演者），在稍后的一篇文章中总结道："《推销员之死》以其新颖的演出形式吸引了不少中国观众。这表明30多年前阿瑟·密勒[2]在戏剧形式上

2. 即亚瑟·米勒。——引者

的创新至今仍保持着旺盛的生命力。"[3]当时的《戏剧报》

3. 英若诚：《让思想"化"为人物的血肉——参加〈推销员之死〉演出的一点感受》，见柯文辉编《英若诚》，第180页，北京：十月文艺出版社，1992年版。

上的一篇文章把原因归结于："中国的翻译家有眼光，中国的演员有本领，中国的观众也有心灵上的敏感和广阔的艺术趣味，容得下也欣赏得了世界上的一切好戏。"[4]这些

4. 王佐良：《令人鼓舞的五月演出——〈推销员之死〉观后感》，载《戏剧报》第6期，1983年。

原因归纳都带着1980年代初期特有的美学诉求，但是，一部美国名剧能够在"文革"这一特定时段后的中国被成功地"推销"，演出与当时潜在的文化市场的互动也是必不可少的。《推销员之死》在中国的成功演出与巨大影响作为一个跨文化事件，在其生产和消费中蕴含怎样的社会文化心理和"情绪记忆"，这一事件本身又如何成为时代的隐喻，剧作演出与当时的文化市场发生着怎样的互动关系，剧作的价值观又是如何被跨文化挪用的？如果避开上述的"纯艺术"分析模式，去考察剧作与时代语境相互关联的文化内涵，也许会是更为有效地回答上述问题的一种途径。

《推销员之死》上演的年代，即20世纪70、80年代之交，是中国社会的又一次转型的时期。刚刚结束的"文革"留下的创伤记忆还不曾褪去，这一显在的社会心理使得毛泽东时代的"现代化"与"社会主义"之间的紧张关系不复

亚瑟·米勒

英文版《推销员之死》书影

存在。中华人民共和国成立后的近 30 年里，对于二者关系的协调直至"文革"被证明是失败的，当历史进入 1980 年代，"社会主义初级阶段"这一思路的提出，既是对于毛泽东的"不断革命"的纠正，也是对"现代化"的重要性的强调和突出。当然，被悬置的"社会主义"的意识形态依然被强调，与"现代化"密切结合的"发展生产力"、"以经济建设为中心"等只是"阶段性"的任务。在这个社会转型阶段，人文知识群体对于以往的"社会主义"实验的厌倦心理和批判与主流策略在对"现代化"的想象上形成了高度一致和彼此呼应的局面。[1] 人文思想界与国

<small>1. 参见贺桂梅：《人文学的想象力——当代中国思想文化与文学问题》，第 1、2 章的相关论述，第 17—53 页，开封：河南大学出版社，2005 年版。</small>

家政权之间的协作共谋，使得其文化实践也积极地参与到了关于中国的"现代化"的想象中，"现代化"成为了人文知识群体和国家政权的共享基点。与政治权力的结合，使人文知识群体获得了以"现代化"为游戏规则的实践场域中最为显赫的"文化象征资本"，使其文化实践以一种精英启蒙的姿态，在整个社会场域中居于中心的位置。《推销员之死》的译介、制作、上演等的各个层面的生产过程，就是这个时期的人文知识分子的一次典型的关于"现代化"想象的文化实践。

最初，无论是英若诚还是米勒，选择《推销员之死》作为中美文化交流的媒介，根本的出发点都是为了革新或"解救"中国的话剧艺术。英若诚在回答记者为何选择这个剧本的提问时说："我们已经看惯了传统的社会问题剧，我们想换个新型剧本，既有对剧作艺术性的考虑，也想让我们的年轻的演员和导演们接触新颖的戏剧形式，从中学习和借鉴不同的艺术表现形式。"[2] 而米勒也清楚地认识到："我知道邀请我来导演《推》的人们都急于摆脱其枯燥的

<small>2. "The 'Salesman' Cast Speak for Themselves", China Reconstructs, August, 1983, p.29. 转引自吾文泉《跨文化对话与融会：当代美国戏剧在中国》，</small>

话剧模式，我不清楚他们是否已经医治了长期形成的艺术依附于政治的习惯。我有一种解救它

<small>第 47 页，北京：中国社会科学出版社，2005 年版。</small>

们及其观众的使命感。"[3] 对于"新颖的艺术形式"的强调和对"传统的社会问题剧"的拒斥，

<small>3. Arthur Miller, Salesman in Beijing, New York: The Viking Press, 1984, p.95. 转引自吾文泉《跨文化对话与融会：当代美国戏剧在中国》，第 44—</small>

是这个时期的文艺界的共识和责任。在"新颖"与"传统"的二元对立项中，凸显的是对于文

<small>45 页，北京：中国社会科学出版社，2005 年版。</small>

艺的"启蒙"意识的召唤和对其政治承担的厌倦和贬抑。在这种情况下，文艺的审美自律性被一再地强调，正如本节的开始，所引用的两个当时对《推销员之死》的成功原因的解释，无一例外地着眼于其"艺术"性。但是，这种一叶障目式的评价可能形成更大的思想盲点，有效地遮蔽了其中暗含的意识形态意味。"社会问题剧"作为中国现代文学 / "话剧"史上的专有名词，指的是"五四"时期，经过对于易卜生的剧作的有限译介和跨文化误读，在当时的中国语境里促生的一个戏剧类型，当然自有其合理性和先锋性，问题是在"救亡"的时代命题下，其内涵

发生了些许的翻转。特别是在 1980 年代初期，它基本上是贬义的，是政治对艺术的扭曲。而《推销员之死》中，剧作者对舞台表演区域的分割和以闪回手法显现主人公内心世界的做法，无疑会给当时的文艺界带来巨大的冲击。1980 年代初期，面对伤痕累累的记忆，"文革"被定性为封建专制思想的复辟，"启蒙"的任务远没有完成，于是，在"重返'五四'"呼声中，"西方"再度被视为"现代化"的模本和来源。[1]《推销员之死》中，有着"文革"时期被定性为"资

1. 参见贺桂梅：《人文学的想象力——当代中国思想文化与文学问题》，第 2 章的相关论述，第 34—53 页，开封：河南大学出版社，2005 年版。

产阶级"的"现代派"手法，这个鲜明的"现代"标识首先进入文艺界的"法眼"就是理所当然的了，它完全可以作为"启蒙"中国话剧艺术的教材。但讽刺的是，就在当时的人文知识群体的"传统 / 现代——中国 / 西方"的思想图景中，最"现代"的"现代派"，在西方，偏偏是"反现代"的。就像"五四"时期，对于"社会问题剧"的译介和推崇一样，1980 年代初期的文艺界对于《推销员之死》的"新颖的艺术形式" /"现代派"的倚重，表面看起来正好相反，实际上完全沿用了"五四"新文化先驱们的逻辑。

与"现代派"手法相呼应的，是对《推销员之死》的主人公威利那"复杂而统一"[2]的性

2. 英若诚：《谈威利·洛曼舞台形象的塑造》，见柯文辉编《英若诚》，第 186 页，北京：十月文艺出版社，1992 年版。

格塑造。按照威利的饰演者英若诚的经验和理解，威利喜欢撒谎、吹牛，"毒害青年"，乱搞男女关系，但同时他又很可爱，即威利具有一种孩子似的天真和一颗赤子之心。正因为威利的可爱，才对自己的生存环境缺乏认识，其悲剧性的结局能同时让局内局外的所有人产生"一种惘然若失的情绪"。[3]威利性格的复杂性和悲剧性，不仅是对"文革"文艺政策的逆反——写"中

3. 参见英若诚：《谈威利·洛曼舞台形象的塑造》，见柯文辉编《英若诚》，第 186—188 页，北京：十月文艺出版社，1992 年版。

间人物"，也是对于"社会主义"对人的"异化"的驳斥和对"人道主义"话语的参与——"恢复人的本性"。当然，对于威利的悲剧命运的隐喻性意义，英若诚也有认识，他认为《推销员之死》的思想和中国的关联在于："像威利这样的人在中国比世界上任何其他地方都多。我们对文革曾经拥有辉煌的记忆……我们几乎放弃了一切来追随'光明'，最后发现这是一个泡影。"[4]

4. Michelle Vosper, "Sraight Man Who Saved Hope's Face", South China Morning Post, Feb. 10, 1985. p.17. 转引自吾文泉《跨文化对话与融会：

正是有了这样的"情绪记忆"，英若诚在塑造"威利"这一舞台形象时，对其意义进行了跨文

当代美国戏剧在中国》，第 48 页，北京：中国社会科学出版社，2005 年版。

化挪用和重构："在准备角色和排练中我不由得想起了不少同志与朋友在十年浩劫中的遭遇。他们受侮辱、被冤屈，有时甚至受到非人的待遇，按照常情，似乎早就该意气消沉，不再'乱说乱动'了，但是不然，他们还是按捺不住，一会儿一个主意，叫朋友们担心，也叫当时的当权者头痛。我认为这应该说是一种浪漫主义的素质，生活里的确有这样的人。他们可能有时令

5. 英若诚：《让思想"化"为人物的血肉——参加〈推销员之死〉演出的一点感受》，见柯文辉编《英若诚》，第 185 页。

人生气，有时令人发笑，但是如果没有了他们，都一本正经，生活会多么乏味！"[5]西方 / 美

国的"威利"就是这样参与了中国的"新启蒙"。

在《推销员之死》的消费／接受层面，对于这个剧作有着种种不同的甚至是截然相反的解读。这些解读正说明了该剧所具有的巨大弹性，在各个不同的层面上，与当时处于转型阶段的中国社会语境发生了关联。

在 1980 年第 1 期的《外国文学研究》上，刊登了刘荣新的文章《推销员为什么死？》，在谈到剧作的局限时，作者说："从某种意义上讲，查莱父子为人处世的态度也可以看做是资本竞争的手段，但是作者似乎在向人们说明：在美国，只要你像查莱父子那样，勤勤恳恳，老老实实，仍旧会有你的前途和希望。在这里，资本竞争的总法则又似乎不见了，不起作用了。"[1]"社会主义"的惯性思维在当时的中国还具有相当的市场，"现代化"与"社会主义"的紧张关系

1. 刘荣新：《推销员为什么死？》，载《外国文学研究》，1980 年第 1 期。

仍然在部分人的心中延续。从《推销员之死》中，这篇文章看到了"资本竞争的总法则"的危险性。这一解读不是没有道理的，在该剧即将上演时，在某些美国人中，就曾公开提出担心中国人会利用它作反美宣传。[2] 文艺界更多的是从该剧的艺术本体、悲剧意识、人性刻画和人文

2. 参见英若诚：《让思想"化"为人物的血肉——参加〈推销员之死〉演出的一点感受》，见柯文辉编《英若诚》，第 181 页，北京：十月文艺出版社，1992 年版。

关怀等层面解读的，当然其中暗隐着对于"文革"的批判、反思和对文艺的"现代化"和启蒙意识的诉求，上文已经结合英若诚本人的创作心理做了分析，这里不再赘述。值得注意的是一位河南的农民观众的观点，这位观众看完演出，想起了家乡的一句俗话："越穷越疯，家贫事端多"。[3] 这种跨文化联想／误读，暗含着中国社会对于"富裕"的渴求心理，而这种心理和《推

3. Tan Aiping, 'Death of a Salesman' in Beijing, China Reconstructs, August, 1983, p.26. 转引自吾文泉《跨文化对话与融会：当代美国戏剧在中国》，第 46 页。

销员之死》中对于美国富裕的物质生活的展示不无关系，或者说，以刘荣新的文章为代表的忧虑，在中国社会的想象层面已经成为现实。就在米勒和英若诚去探望杨益宪和戴乃迭夫妇时，夫妇二人也担心该剧会引发"崇洋媚外"的思想，而无法通过官方政审。[4] 但是，政府对于"以

4. 参见吾文泉：《跨文化对话与融会：当代美国戏剧在中国》，第 43 页，北京：中国社会科学出版社，2005 年版。

经济建设为中心"和"发展生产力"的任务的明确，以及人文思想界的启蒙意识，在当时已经成为主流风向，"现代化"成为共同的诉求。对此，米勒本人就有明确的意识，通过对报纸的关注，米勒发现："金钱（致富）的气息已经在中国的空气中流动，它要比中国历史上任何时

5. Arthur Miller, Salesman in Beijing, New York: The Viking Press, 1984, p.113. 转引自吾文泉《跨文化对话与融会：当代美国戏剧在中国》，第 44 页，

候都重要。"[5] 他还指出："报上说，'文革'期间把贫穷理解为革命，把富裕解释为修正主义，

北京：中国社会科学出版社，2005 年版。

这是错误的，人们不敢赚钱，结果形成了党偏向穷人、藐视富人的观念。党支持和保护那些通

6. Arthur Miller, Salesman in Beijing, New York: The Viking Press, 1984, p.125. 转引自吾文泉《跨文化对话与融会：当代美国戏剧在中国》，第 44 页，

过勤劳和依靠科技富裕起来的人。"[6] 因此，虽然存在着争议，《推销员之死》还是以近乎悖

北京：中国社会科学出版社，2005 年版。

论的形式，成功地参与了当时的中国社会的"现代化"想象与文化实践。

但是，我们今天再去回望这一文化事件，会发现其中真正的悖论还不在于当年种种相互冲撞的观念都能在该剧中找到共鸣，真正令人文知识群体感到尴尬的是：他们所积极参与的"现代化"想象和文化实践与"五四"时期的理论资源不同，是以美国为中心的全球性的经济、政治和社会组织方案。[1]米勒来到中国成功"推销"美国文化的事件不幸成为一个隐喻，到了

1. 参见贺桂梅《人文学的想象力——当代中国思想文化与文学问题》，第44页，开封：河南大学出版社，2005年版。

1980年代末期人文知识群体与政府间的紧张关系就迅速浮出水面，在1990年代的现代化进程持续推进的情况下，最终文化市场趋于成熟，人文知识群体迅速被区隔到了社会场域的边缘，内部也出现了分化。1980年代初期的知识精英们的启蒙姿态成为一去不返的美丽回忆。米勒当初在接受中国文艺界邀请时，就带着医治、解救中国话剧及其观众的使命感。[2]米勒最初对于当时的中国人无法理解该剧表现的生活的担忧，如推销员、保险、父子情感等，最终都在假设

2. Arthur Miller, *Salesman in Beijing*, New York: The Viking Press, 1984, p.95. 转引自吾文泉《跨文化对话与融会：当代美国戏剧在中国》，第44—45页，北京：中国社会科学出版社，2005年版。

的等值关系中，加以对比、翻译、"通约"，成功地实现了语词的跨语际"旅行"。但是，"任何现存的意义关联都来自于历史的巧合，这些巧合的意义则取决于跨语际实践的政治。"[3]在

3. 刘禾：《跨语际实践——文学，民族文化与被译介的现代性（中国，1900-1937）》，第10页，北京：三联书店，2002年版。

米勒的"救世主"般的角色幻象中，在中国知识界"传统/现代——中国/西方"的知识图景中，这一"现代化"的文化实践其实是一种"被译介"的"现代化"，在表面的"等值喻说"下，掩盖的是一开始就不平等的文化对话。《推销员之死》在中国首演成功时，米勒发现"……观众几乎狂热了，在演出结束谢幕时他们不停地鼓掌，没人中途退场。当英若诚鞠躬时，我分明看见他的脸上露出了胜利的笑容。……"[4]在这激动的回忆中，米勒发觉："……威利到处都在，

4. Arthur Miller, *Salesman in Beijing*, New York: The Viking Press, 1984, p.251. 转引自吾文泉《跨文化对话与融会：当代美国戏剧在中国》，第44—45页，北京：中国社会科学出版社，2005年版。

他代表当代世界各种制度下的我们自己。中国人可能不赞同他的谎言、自欺欺人的吹牛本事，以及他和女人乱搞的事，但是在他身上他们当然看到了自己。这不但是一种典型，而且还因为他所追求的：出人头地、赢得好名声等。"[5]在米勒的回忆里，他不仅仅完成了解救中国话剧及其观众的使命，还成功地"推销"了在他看来具有"普世"意义的美国价值观。中国知识界

5. Arthur Miller, *Timebends: A Life*, New York: Grove Press, 1987, p.184. 转引自吾文泉《跨文化对话与融会：当代美国戏剧在中国》，第46页，北京：中国社会科学出版社，2005年版。

在当年过早地透支了关于"现代化"的成功"表演"的狂欢之后，最终将不得不为这种廉价的满足感买单。这些"遗产和债务"，[6]在如今无处不在的全球化的阴影之下，将以一种新的面

6. "遗产与债务"这一表述借用自戴锦华教授的著作《隐形书写——90年代中国文化研究》，第33页，南京：江苏人民出版社，1999年版。

目和形式，继续对我们提出问题，引领我们的文化实践。

附录：中美文学交流大事记

1767 年，1 月 16 日，亚瑟·墨菲（Arthur Murphy）翻译自伏尔泰的《中国孤儿》的英文版本在费城索斯沃剧院（Southwark Theatre）上演。

1784 年，美国商人乘"中国皇后"号来到中国时，曾被中国商人一直误以为是英国人。但因为有了这次航行，中美之间终于有了展开交流的机会。

1803 年，英国人巴罗斯的《中国旅行记》在费城出版，这是较早向美国人描述遥远的东方中国的一部专书。

1830 年，2 月，裨治文和雅裨理来华传教，由于他们的努力，中美双方开始以现实的而非想象的方式展开了解。

1832 年，5 月，裨治文在广州创办了《中国丛报（月刊）》，初步架起了中美间文化与文学交流的最初基石，其"文艺杂谈"栏目对于中国文学的评介向美国传达了中国文学最初的信息。结止到 1851 年 12 月停刊，《中国丛报》共出刊 20 卷，

1833 年，10 月，卫三畏来华传教，并负责协助裨治文编辑《中国丛报》，1876 年返美。

1838 年，裨治文出版了旨在向中国人全面介绍美国的史地、人文及社会境况等内容的书籍《美理哥合省国志略》，在打破大清帝国所固有的"世界中心"观念方面起了不可估量的作用。林则徐主持翻译的《四洲志》，由官方组织编译专供官员参考的《洋事杂录》，魏源编写的《海国图志》及梁廷枏编著的《海国四说》，其中有关美国的内容几乎都可以看到裨治文著作的影子。

1848 年，徐继畬的《瀛寰志略》在雅裨理的直接参与下集撰出版。该书于 1844 年 7 月即完成了初稿《瀛寰考略》，后屡易其稿。《瀛寰考略》中描述大清帝国以外的国家时大多使用的是"夷"字，美国的开国总统也被音译为带有明显"夷族"色彩的"兀兴腾"，但到《瀛寰志略》出版时，原书中的"夷"字却一概被删除了，"兀兴腾"也统一改译为"华盛顿"且沿用至今，美国则正式被称为"北亚墨利加米利坚合众国"。

1847 年，卫三畏在纽约出版《中国总论》，系他在 1844 年返美期间为筹集在华出版业务的资金而进行的一百多次演讲的汇编，该著一直是外国人研究中国的必备之书。后于 1883 年

再版时又作了大幅度的修改，主要订正了初版时的一些不甚准确或比较含混的部分，并补充了大量相关的新材料，其中涉及中国文学的论述与中国古代的其他典籍混合在一起。卫三畏的《中国总论》首次将中国文化与基督教文化并列为处于同等地位的文化形态，对美国后世的中国学研究影响极其深远。

1852 年前后，前往美国的华工日趋增多，由此与美国本土的工人形成了激烈的职位竞争，并引发了持续高涨的排华风潮。本年 10 月，在旧金山开始了第一场中国戏剧的演出，是由一个广东剧团"洪福堂"（音译）制作的。

1864 年，英国公使威妥玛翻译朗费罗诗《人生颂》，译稿经董恂加工润饰；后美国公使蒲安臣返国时将写有《人生颂》中译文的中国扇面上转交给朗费罗。

1868 年，大清王朝向美国派出了第一个官方性质的代表团，其主要任务则是偕同美国钦臣蒲安臣办理中外交涉事件。

1869 年，美国政府向清政府提出以部分美国国会文献资料和种子同清政府交换文献的要求，同治皇帝指派恭亲王奕䜣出面，接受了美国的这一要求，并精选《皇清经解》、《礼通考》、《本草纲目卷》、《骈字类编》、《性理大全》等数十种一百三十函回赠美国，后被收藏于美国国会图书馆，所赠图书均标有"赠美国政府——中国皇帝，1869 年 6 月"的题词。

1872 年，清政府在美国哈德福特设立中国留学事务局，遣陈兰彬、容闳为正副委员，携第一批 30 名少年前往美国留学，从此开启了中国学生留美学习的历史。至 1881 年，幼童留美计划流产，清政府决定将留美学生撤回。

1877 年，马克·吐温（Mark Twain）和布莱·哈特（Bret Harte）合作完成的剧作《阿信》（Ah Sin），描写了洗衣华工"阿信"的形象。

1882 年，美国正式颁布《排华法案》（该法案一直生效到 1943 年才被废止），从西部各州开始，排华暴行逐步蔓延到了美国各地。同年 1 月 12 日，位于俄勒冈州（Oregon State）的波特兰（Portland）市市议会颁布《中国戏院法令》（*Chinese Theatre Ordinance*），并于 14 日生效，以此严格限制中国戏剧的演出活动。

1894 年，传教士李提摩太节译（裘维锷演）的《百年一觉》署美国毕拉宓（爱德华·贝拉米）著，初刊于 1898 年 6 月 29 日《中国官音白话报》的第 7—8 期，由上海广学会刊印。《百年一觉》被众多中国知识分子看作是"乌托邦"理想的某种标准范本。

1897 年，叶仿村和沙光亮译朗费罗《爱情光阴曲》。

1898 年，11 月，美国南长老会传教士吴板桥在《教务杂志》上连载张之洞《劝学篇》的英文节译，后于 1900 年在纽约出版，更名为《中国的唯一希望》。

1901 年，林纾借助与魏易的合作，仅用了 60 多天时间就翻译完成了斯陀夫人的小说《汤姆叔叔的小屋》，该小说被更名为《黑奴吁天录》，这是晚清时代在中国产生巨大影响的一部美国小说。

1905 年，以反美华工禁约运动为核心的一系列文学作品把美华之间的尖锐矛盾直接推向了前台。

1905 年，周作人（署名碧罗）译爱伦·坡的《玉虫缘》，收入《域外小说集》由上海小说林社刊行。

1906 年，3 月，由吴梼转译自日文译本（原署"拘一庵主人译"）的马克·吐温（吴译"马克多槐音"）的《山家奇遇》发表在《绣像小说》第 70 期上，这是中国人最早读到的马克·吐温的作品。

1907 年，林纾和魏易节译华盛顿·欧文的《见闻杂记》由商务印书馆出版，取名《拊掌录》，谓击掌莞尔之意。内中包括有《李迫大梦》（即《一睡七十年》，又译《吕柏大梦》）、《睡洞》、《欧文论英伦风物》、《海程》、《耶稣圣节》、《说东》、《耶稣圣节前一日之夕景》、《耶稣生日日》、《圣节夜宴》、《记惠斯敏司德大寺》十篇。

1908 年，5 月，美国国会正式通过了庚款留美法案，此举深得中国朝野称赞。至此，留美学生开始逐渐增多。

1908 年，12 月，由大清驻美公使馆特派唐绍仪负责再次向美国国会图书馆赠送了五千卷图书，

1908 年，12 月，周作人（署名独应）翻译爱伦·坡（署名安介·爱棱·坡）的小说《寂寞》，刊于《河南》杂志第 8 期。

1909 年，2 月，孙毓修开始在《东方杂志》第 6 卷第 1 期刊载《读欧美名家小说札记》（未完），这是较早评价美国小说的系列文章。胡适用文言形式翻译朗费罗等的诗作。

1910 年，第二批庚款留美学生包括胡适、赵元任、张彭春、竺可桢等 70 人赴美留学。

1912 年，一位有着中国血统的美国女性作家伊迪丝·伊顿（Edith Maud Eaton）以"水仙花"（Sui Sin Far）为笔名创作出版了一部短篇小说集《春香夫人》（Mrs. Spring Fragrance），被认为是美华文学创作的真正肇始之作。该书包括了《春香夫人》（17 篇）和《中国孩子的故事》（20 篇）两个系列的短篇作品。同年春天，查尔斯·兰·肯尼迪（Charles Rann Kennedy）翻译自法文的《汉宫花》（The Flower of the Palace Han）在纽约上演。秋天，译自法文的《上天的女儿》（The Daughter of Heaven）在百老汇公演，获得了商业上的巨大成功。同年冬，由美国作家乔治·科奇雷恩·赫兹尔顿（George Cochrane Hazelton, Jr.）和 J·哈利·本林默（J. Harry Benrimo）编剧的《黄马褂》（The Yellow Jacket）在百老汇演出。这三部剧作都是中国题材，其中《汉宫花》的本事来自元杂剧《汉宫秋》。以诗人蒙罗任主编的《诗刊》（Poetry）创刊。

1913 年，庞德在中国古典诗歌的影响下发表论文《意象主义者的几项不可为》。

1914 年，2 月，留学美国的胡适复梅光迪信中首次谈到文学创作"须言之有物"、"须讲文法"等主张。江亢虎赴美国，后跟宾纳合译《唐诗三百首》。

1915 年，容纯甫（容闳）以自叙方式所撰的《西学东渐记》由凤石译述、（恽）铁樵校订刊于《小说月报》第 6 卷第 1—8 号（1915 年 1—8 月）。8 月，马克·吐温的《妻》由（周）瘦鹃译出，刊于《小说大观》第 1 集，后收入周瘦鹃编选的《欧美名家短篇小说丛刊》。周瘦鹃首次将其作者译名为"马克·吐温"并一直沿用至今。9 月，胡适转入哥伦比亚大学师从杜威学习实验主义哲学，开始用白话文翻译英美诗歌并开始深入讨论文学革命的问题。庞德翻译《神州集》（Cathay）出版。陈独秀在《青年杂志》上发表以骚体翻译的史密斯作"亚美利亚"（美国国歌）。

1916 年，夏，张彭春回国，任南开学校专门部主任，8 月被推选为南开新剧团第一任副团长。11 月，南开新剧团公演了他在美国创作的剧作《醒》和由其执导的《一念差》。洪深赴美留学，最终放弃"实业救国"的留美初衷，不再学习烧瓷，于 1919 年至 1920 年，在哈佛大学师从乔治·皮尔斯·贝克教授，在其开办的戏剧编撰课程"英文四十七"学习戏剧编撰和戏剧表导演艺术，意欲通过戏剧表现时代人生，改造社会。

1917 年，由周瘦鹃所译编的文言小说集《欧美名家短篇小说丛刊》由上海中华书局出版，其下卷"美利坚之部"收有 7 篇小说。留美学生陈衡哲的《一日》发表于《留美学生季刊》第 4 卷第 2 期，被认为是中国新文学的第一篇白话小说。胡适接受美国意象主义诗学理论的影响，在《新青年》杂志上发表《文学改良刍议》。

1918 年，6 月，蔡正散文《旅美闻见》发表于《留美学生季报》5 卷 2、4 期；张孝若诗歌《牛中央公园》，《留美学生季报》5 卷 2 期。9 月，陈福恒散文《留美杂笔》，《留美学生季报》5 卷 3 期；吴宓《太平洋中杂诗》，《留美学生季报》5 卷 3 期。这是较早由留美学生传回国内的有关美国的直接印象。克莱默－宾编译的《玉琵琶：中国古诗选》（*A Lute of Jade: Being Selections from the Classical Poets of China*，London，1909）在美国出版。

1919 年，郭沫若在《时事新报·学灯》上发表惠特曼诗歌译文。4 月，胡适《实验主义》发表于《新青年》6 卷 4 号。4 月 30 日，杜威访华。本月《新教育》1 卷 3 号出版"杜威专号"，刊出胡适、刘经庶、蒋梦麟等人的文章。同年秋，林语堂携妻赴美入哈佛大学比较文学研究院学习，次年获文学硕士学位，后赴法、德，1923 年获语言学博士学位，同年夏回国任北京大学英文系语言学教授。

1920 年，胡适新诗集《尝试集》出版，收入他翻译的英美诗歌。

1921 年，奥尼尔在其剧作《泉》（*The Fountain*）里面，其中塑造了一个怀着"中国梦"且具有"浪漫的冒险精神"的主人公胡安。郭沫若新诗集《女神》出版，体现了他接受惠特曼等诗人的影响。

1922 年，春，洪深回国，是年冬天写出了剧作《赵阎王》，借鉴尤金·奥尼尔的剧作《琼斯皇》。5 月，《小说月报》第 13 卷第 5 号的"海外文坛消息栏"，有段介绍美国文坛近况的文字，其中提到"剧本方面，新作家 Eugene O'neill 着实受人欢迎，算得是美国戏剧界的第一人才"，这是奥尼尔的名字首次在中国见诸报端。这则"消息"的撰写人是接编并革新了《小说月报》的"文学研究会"发起人之一的沈雁冰。洛威尔和艾思科夫人合作编译的《松花笺》（*Fir-flower Tablets*）出版；惠特尔根据法国戈蒂叶《玉书》汉诗法文译本转译的《中国抒情诗》（*Chinese Lyrics*）出版；日本学者小畑薰良翻译的《李白诗集》（*The Works of Li Po: The Chinese Poet*）在美国出版；闻一多赴美留学，后跟美国诗人和艺术家建立联系；刘延陵在《诗》杂志上发表论文《美国的新诗运动》，介绍意象派诗歌；叶公超赴美留学，在阿默斯特大学师从弗罗斯特学习两年。

1923 年，2 月，由洪深个人出资，《赵阎王》在上海笑舞台演出，洪深亲自演出。然而，这次演出对大多数观众来说是失败的。同年，余上沅赴美留学。翟理思独立撰写的《中国文学史》由纽约 D．阿普尔顿出版公司再版（1901 年初版于伦敦），是英语世界研究中国文学的第一部文学史专著，也是向美国人全面介绍中国文学的第一部专著。蔡廷干编译的《唐诗英韵》(*Chinese Poems in English Rhyme*) 在美国出版。

1924 年，熊佛西赴美留学。夏，留美学生余上沅、赵太侔、闻一多、熊佛西、徐志摩、张嘉铸等在纽约和波斯顿成功地演出了《杨贵妃》等剧，深受鼓舞，接着组织了"中华戏剧改进社"，并且相约"愿以毕生全力置诸剧艺，并抱建设中华国剧的宏愿"。张闻天的小说《旅途》发表于《小说月报》第 15 卷 5—12 号。小说以的中国—美国—中国为基本背景，描述天津小职员王钧凯在"五四"落潮后因无法冲破封建家庭的束缚与女友徐蕴青终难结合，后到美国加州工作，钟情于大学生玛格莱的叛逆性格，两人相约一起来到中国参加革命的故事。是较早涉及中美人物交往的小说作品。

1925 年，翟理思的选译本《聊斋志异选》在纽约再版（初版于 1880 年伦敦）。

1925 年，3 月 12 日，孙中山逝世，闻一多写成歌颂孙中山的诗作《南海之神》，并为纽约的中国学生追悼会绘制了巨幅孙中山遗像。余上沅、赵太侔、闻一多等人回国。奥尼尔创作了以中国元朝为背景的剧作《马可百万》。

1926 年，6 月至 9 月，余上沅、赵太侔、闻一多等在徐志摩主持的北京《晨报》副刊上创办了《剧刊》，发起了为时短暂的"国剧运动"。郑振铎在《小说月报》上发表长文《美国文学》，详细介绍惠特曼和爱伦·坡等诗人作家。

1927 年，王良志节译的《红楼梦》在纽约出版。粤剧小生白驹荣到美国演出。

1928 年，美国记者埃德加·斯诺抵达中国上海。8 月，郑次川的《欧美近代小说史》由上海商务印书馆出版。11 月，奥尼尔访问中国上海。但是，奥尼尔在上海的经验与他对中国的想象相去甚远，最终极度失望地离开了上海。"国剧运动"发起人之一张嘉铸曾多次拜访奥尼尔。赵景深的《最近的世界文学》由上海远东图书公司出版。12 月，美子译《世界文艺批评史》由福建国际学术书社出版。有关美国文学的批评开始初步建立起来。陈勺水在《乐群》杂志上发表《现代美国的新兴文学》和译文《现代美国诗钞》；《诗刊》主编蒂任丝编辑的《东方诗歌》(Poetry of the Orient) 出版；弗伦奇译汉诗选《荷与菊》(Lotus and Chrysanthemum) 出版。叶公超开始在《新月》等报刊上介绍和评论美国诗歌。

　　1929 年，3 月，曾虚白的专著《美国文学 ABC》由世界书局出版。张嘉铸在《新月》杂志第 1 卷第 11 号上发表了专访文章《沃尼尔》，主要介绍奥尼尔的生平、家庭、婚姻、个性及游历生活，同时也对奥尼尔的创作历程进行了梳理和评价。同年冬，梅兰芳率领他的梅剧团，从上海踏上了英国的"加拿大皇后"号邮轮，到美国巡回演出。8 月，赵景深《二十年来的美国小说》发表于《小说月报》20 卷 8 号，有关美国文学的研究开始走向独立。易坎人（郭沫若）译辛克莱的《屠场》由上海南强书局出版。11 月，史沫特莱以德国《佛兰克福日报》驻华记者身份于上半年来华，在上海会见鲁迅。同年，英国汉学家杰弗里·邓洛普转译自埃伦·施泰因德文版的《水浒传》七十回的节译本，书名为《强盗与士兵：中国小说》由英国伦敦豪公司和美国 A．A．诺夫公司出版。王际真节译的《红楼梦》（三十九章）于同年在纽约和伦敦两地同时出版。宾纳与中国学者江亢虎合译的《群玉山头：唐诗三百首》(The Jade Mountain: Being Three Hundred Poems of the Tang Dynasty, 618—960) 出版；克里斯蒂编译《玉象：中国古今诗歌选译》(Images in Jade: Translations from Classical and Modern Chinese Poetry) 出版。

　　1930 年，由海伦·M·海斯翻译的《佛教徒的天国历程：西游记》作为《东方知识丛书》在伦敦和纽约同时出版。2 月 22 日，洪深、廖沫沙、金焰、张曙等在上海大光明电影院抗议放映美国影片《不怕死》（即《上海快车》）对于华人的侮辱，致使影片被迫停映。上海各大剧社联名发表抗议书，希望全国民众加以注意以彻底杜绝此类事件的再次发生。9 月 1 日，由亚历山大·科克兰 (Alexander Kirkland) 执导的《琵琶吟》(The Lute Song) 在麻省斯托克布里奇 (Stockbridge) 市的博克谢尔剧场 (Berkshire Playhouse) 首演。该剧由西德尼·霍华德 (Sidney Howard) 和威尔·欧文 (Will Irwin) 根据高明的传奇《琵琶记》改编。同年，辛克莱的作品开始比较集中地出版，包括邱韵铎译《实业领袖》（上海支那书店）和《动物园》（《艺术》创刊号）、钱歌川译《地狱》（上海开明书店）、陶晶孙译《密探》（上海北新书局）等。6 月，孙席珍《辛克莱评传》由上海神州国光社出版。9 月，傅东华译卡尔佛登的《文学之社会学的批评》由上海华通书局出版。朱复在《小说月报》上发表长篇论文"现代美国诗歌概论"。

1931 年，由粤剧演员马师曾担任领衔主演的大罗天班应旧金山大舞台邀请赴美演出至 1933 年。1 月，古有成翻译的奥尼尔的 3 幕剧《天外》由商务印书馆出版。5 月，应史沫特莱的约请，鲁迅为美国《新群众》杂志撰写《黑暗中国的文艺界的现状》一文，时未能发表，后以《中国的新文学运动》为题刊登于 1934 年 4 月 6 日北平的《理论与创作》创刊号（署名隋洛文）。6 月 14 日，美国纽约工人文化同盟大会召开，鲁迅被推为名誉主席之一；7 月，国际革命作家联盟发表《宣言》抗议中国国民党的白色恐怖，在《宣言》上签字的有法捷耶夫、巴比塞和辛克莱等 28 人。8 月 23 日，又有美国 104 名作家联名抗议国民党政府捕杀中国作家。

1932 年，5 月，美国"约翰·里德俱乐部"举行全国代表大会，聘请高尔基、鲁迅、罗曼·罗兰等人为大会主席团名誉委员，并确定该俱乐部的主要活动是发展普罗文化，并以此帮助世界各地的革命斗争。中国的"左联"有六位烈士被害，这一事件在全世界引起了公愤。在美国，辛克莱·刘易斯、西奥多·德莱塞、约翰·杜威和厄普顿·辛克莱等一百多位作家和学术界人士曾前往中国驻华盛顿大使馆抗议。袁昌英在《独立评论》第 27 号上发表文章《庄士皇帝与赵阎王》，对于两部剧作进行了比较。11 月，《新月》第 4 卷第 4 期上刊登了顾仲彝翻译的《天外》的另一个中文改译本，名为《天边外》。施蛰存在《现代》杂志上发表《美国三女流诗钞》和《意象抒情诗》译文。黑人诗人休斯访华，拜访鲁迅等左翼作家。

1933 年，1 月，苏芹译 E·Hemingway（海明威）的《凶手》发表于《文艺月刊》3 卷 7 号。1 月 22 日，洪深写下了《欧尼尔与洪深——一度想象的对话》一文。4 月，张越瑞的《英美文学概论》由上海商务印书馆出版。6 月，张万里、张铁笙译布克夫人（赛珍珠）的《大地》，由北平志远书店出版。9 月，胡仲持翻译的赛珍珠的《大地》由上海开明书店出版。叶公超开始在《新月》和《清华学报》等杂志上介绍 T.S. 艾略特及其《荒原》，杨昌溪著《黑人文学》出版。哈特翻译的《百姓：中国诗选》（*The Hundred Names*）出版。美国作家赛珍珠对 70 回本《水浒传》进行了重新翻译，书名改为《四海之内皆兄弟》（*Allmen are Brothers*）由纽约约翰·载公司和伦敦梅休安出版社出版，影响甚为巨大。该书附有林语堂的导言。

1934年，元旦，赵丹导演的《天边外》由拓声剧社在上海宁波同乡会演出。3月1日出刊的《文学》第2卷第3期上刊登了洪深与顾仲彝合译的《琼斯皇》，还有洪深编的《奥涅尔年谱》，并附有《琼斯皇》的剧照和奥尼尔的木刻像。6月中旬，复旦剧社公演《琼斯皇》。

1934年，10月，《现代》杂志第5卷第6期以专刊的形式隆重地推出了"现代美国文学专号"。"美国文学"从此成为了真正能显示出其自身特色的一个独立的国别文学类型。"现代美国文学专号"分概观评述、作家专论、作品翻译和附录四个大的部分对美国现代文学作了全面的介绍，内容涉及小说、戏剧、诗歌、散文、文学批评、文艺杂志、作家小传乃至逸闻趣事等方方面面，从早期杰克·伦敦到新近的威廉·福克纳，几乎涵盖了20世纪前期美国文学30多年的演进历程，编者对于美国文学的"自由的"、"创造的"特性的基本定位对中国作家产生了极为深远的影响。本年12月，张梦麟译霍爽（霍桑）《红字》由上海中华书局出版。克拉克译汉诗选《竹林与荷池》（*From Bamboo Glade and Lotus Pool*）出版。

1935年，3月11日，中国"左联"致函美国作家代表大会，披露国民党政府对于中国革命文化的"围剿"，并呼吁大会对中国作家所遭遇的非人境况予以特别的关注。洪深在为上海良友图书印刷公司出版的《中国新文学大系戏剧集》写作的《导言》里面，第一次说明了《赵阎王》与《琼斯皇》的关系。

1936年，1月，由熊式一（S. I. Hsiung）改译自京剧《王宝钏》的《宝钏夫人》（*Lady Precious Stream*）在百老汇布斯剧院（Booth Theatre）上演。赵家璧出版有关美国文学的研究专著《新传统》。该书实际为赵家璧撰写于20世纪30年代前期的一系列美国作家评论的合集，可以看作是一部有关20世纪前期美国小说发展的断代小说史。6月，由埃德加·斯诺编译的《活的中国——现代中国短篇小说选》在伦敦出版，书中第一部分收入鲁迅的《药》、《一件小事》、《孔乙己》、《祝福》、《离婚》及散文《风筝》和《论"他妈的！"》，另附《鲁迅生平》一则；第二部分收入柔石的《为奴隶的母亲》、茅盾的《自杀》和《泥泞》、丁玲的《水》和《消息》、巴金的《狗》、沈从文的《柏子》、孙席珍的《阿娥》、萧军的《在"大连号"轮船上》和《第三支枪》、林语堂的《狗肉将军》、萧乾的《皈依》、郁达夫的《紫藤与茑萝》、张天翼的《移行》、郭沫若的《十字架》、杨刚的《一部遗失了的日记片段》以及沙汀的《法律外的航线》，书后附录斯诺夫人（妮姆·威尔士）所写的《现代中国文学运动》，概述了 20 年来中国新文学发展的基本概况。艾克敦与陈世骧合译《中国现代诗选》（*Modern Chinese Poetry*）出版。王馨迪（辛笛）赴英国留学，直接接受 T.S. 艾略特的教诲和影响，并跟奥登等诗人有过从。

1937 年，3 月，傅东华译霍桑《猩红文》（《红字》）由上海商务印书馆出版。6 月，由王云五主编、傅东华和于熙俭翻译的《美国短篇小说集》（上、下册）以"万有文库·汉译世界名著"之第 2 辑第 700 种的名义交商务印书馆出版，这也许是战前最后一次出版专门的美国小说选集了。由赵萝蕤翻译和叶公超作序的 T. S. 艾略特《荒原》译文出版；杨任译《黑人诗选》出版；叶公超发表论文《再论艾略特的诗》。奥登和衣修午德来中国采访，后出版《战地行》。10 月，斯诺的《红星照耀中国》在英国出版，次年初再次在美国出版，几乎整个西方世界从此开始以前所未有的惊奇的目光关注起中国的革命运动和这场运动的领导者中国共产党人。

1938 年，2 月 4 日，《小镇风光》（*Our Town*）首演于百老汇的亨利·米勒剧院（Henry Miller Theatre），并于同年获得普利策奖。6 月，《文艺阵地》第 1 卷第 5 期上刊登了南卓的《评曹禺的〈原野〉》，指出："作者（曹禺）有一个癖好，就是模仿前人的成作。《原野》同欧尼尔的《琼斯皇》非常相象，都是写的一个同自然奋斗的人怎样还是被一座原始的森林——命运的化身——给拿住了"。8 月，"文协"主持的英文版杂志《中国作家》在香港出版，由冯亦代、戴望舒、徐迟和叶君健等人负责编辑，向海外宣传中国作家在抗战中的情况。

1940 年，傅东华译马·密西尔《飘》由上海龙门书局出版。

1941 年，3 月，正值欧洲与亚洲战场均处于战火弥漫最为激烈的时节，海明威受美国纽约《午报》主编英格索尔的委托，携新婚的妻子玛莎·盖尔虹来华访问。4 月，史沫特莱返美途中经香港时去探望了病中的萧红。6 月，秋蝉译斯坦贝克《苍茫——〈愤怒的葡萄〉之一章》发表于《文学月报》3 卷 1 期，斯坦倍克逐步引起中国文坛的注意。12 月，在战时陪都重庆公演了改编自奥尼尔的《天边外》的《遥望》。同年，林语堂的小说《京华烟云》，由上海春秋社翻译出版，原书于 1939 年美国纽约约翰·黛公司出版。王际真翻译的鲁迅作品选集《阿 Q 及其他》由美国哥伦比亚大学出版社出版，其中收入了包括《狂人日记》、《故乡》、《肥皂》、《在酒楼上》、《阿 Q 正传》及《伤逝》等重要作品在内的 11 篇小说，这是在美国出版的第一部现代中国作家的个人选集。《文学月报》推出的"美国文学特辑"包括惠特曼和休斯诗译文；

《文艺阵地》发表惠特曼诗译文。

1942 年，纽约艾伦与昂温出版公司出版了由著名汉学家阿瑟·韦利（A. Waley）节译的《西游记》（更名为《猴》），是西方公认的比较理想的版本。无名氏编译《中国古今爱情诗选》（*Chinese Love Poems from Ancient to Modern Times*）出版。

1943 年，太平洋战争爆发后，由于中美同盟的缔结，美国于本年最终废止了《排华法案》，旅美华人及华文文学也开始呈现出新的态势。3 月，马耳译斯坦贝克《月亮下落》（今译《月落》）发表于《时与潮文艺》第 1 卷第 1 期。10 月，《时与潮文艺》2 卷 2 期推出"美国当代小说专号"，发表了林疑今《美国当代问题小说》，胡仲持译斯坦倍克的《约翰熊的耳朵》，陈瘦竹译休斯的《掉了一件好差使》，钟宪民译德莱塞的《自由》，谢庆尧节译海明威的《非洲大雪山》（即《乞力马扎罗的雪》），吴景荣译伦敦泰晤士报著的《汇论美国小说》等，这是继《现代》杂志的有关专号之后规模最大的一次美国文学的译介。王际真编选翻译的《中国现代小说选》在美国出版，其中收入了鲁迅的《端午节》和《示众》两篇小说。

1944 年，1 月，胡仲持译斯坦倍克的《馒头坪》（又译《煎饼坪》）连载于《当代文艺》第 1 卷第 1—4 期。高寒（楚图南）译惠特曼《大路之歌》出版。同年夏天，由中外记者组成的大型西北参观团走进了延安，随后不久，由驻华美军司令部派遣的被称为"迪克西使团"的美军观察组也分批抵达延安，开始了对"红色圣地"前后历时近半年的全面考察。

1945 年，曾在美国驻华使馆工作过的伊文·金所翻译的老舍的《骆驼祥子》由纽约雷诺尔和希柯克公司出版，为照顾美国读者的当时的欣赏习惯，伊文·金的译本将原作的悲剧性结局改写成了大团圆式的喜剧，老舍对此甚为不满。但该译本一经出版即发行达百万册之多，成为了当年风靡全美的畅销书。维姆萨特编译《香水井》（*Well of Fragrant Waters*）出版。10 月，联合国成立，林语堂出任联合国教科文壮族艺术文学组组长。1947 年，林语堂携家人赴法。

1946 年，2 月，国立北平图书馆主编"美国文化丛书"由上海商务印书馆出版，至 1949 年 2 月，共有《美国史略》、《美国经济生活史》等出版。曹禺和老舍于本年应美国国务院邀请赴美讲学。邹狄帆编译《卡尔·桑德堡诗选》出版；赵萝蕤在美国跟 T.S. 艾略特晤谈，接受艾略特诗学的影响。

1947 年，赵家璧译斯坦倍克的《月亮下去》由晨光出版公司出版。林语堂的《苏东坡传》

在美国出版，次年他又出版了《老子的智慧》一书。同年，在费正清的主持下，哈佛大学开始实施中国区域研究规划，并专门开设了东方文化课程，专门的中国学研究才逐渐具有了一定的规模。白英编译《白驹集：中国古今诗歌新译》（*The White Pony: An Anthology of Chinese Poetry From the Earliest Times to the Present Day, Newly Translated*）和《中国当代诗选》（*Contemporary Chinese Poetry*）出版。

1948 年，老舍在美国完成《鼓书艺人》及《四世同堂》第三部《饥荒》，并及时交由郭镜秋和艾达·普鲁依特（Ida Pruitt）翻译（分别于 1951 年和 1952 年在美国出版），因此延误了回国。屠岸译惠特曼《鼓声》出版。

1949 年，上海晨光出版公司陆续出版了焦菊隐译爱伦·坡的《海上历险记》和《爱伦坡故事集》（收入《大旋涡底余生记》、《瓶中手稿》和《毛格街血案》等 5 篇小说），马彦祥译海明威的《没有女人的男人》（小说集），徐迟译亨利·梭罗《华尔腾》，楚图南译惠特曼的《草叶集选》，马彦祥译海明威的《在我们的时代里》（小说集）及冯亦代译阿弗雷·卡静的《现代美国文艺思潮》等。由荒芜翻译的《悲悼》的第 2 个中文译本由上海晨光公司出版，三部曲的中文译名分别是《归家》、《猎》、《祟》，列入"晨光世界文学丛书"第 15 种，实际上就是费正清（John King Fairbank）、赵家璧、徐迟、郑振铎和马彦祥等中外学者合作编译的"美国文学丛书"的一种，丛书中有三部是翻译的美国诗歌。蒂尔编著《透过模糊的镜面：汉诗英译研究》（*Through A Glass Darkly, A Study of English Translations of Chinese Poetry*）出版。楚图南译惠特曼《叶集选》再版。

1949 年，10 月，老舍自旧金山动身回国，经日本、菲律宾等地，于 12 月 9 日抵达天津。

1950 年，由丁明辑译的《美国文学的作家与作品》作为《文艺报》主持编辑的"文艺建设丛书"之一出版。该书是在广泛收集 1948—1949 年曾发表在《苏联文学》及《新时代》等杂志上的有关美国文学的评论文章的基础上汇集而成的。

1950 年，6 月 6 日，史沫特莱病逝于英国牛津。次年，借史沫特莱逝世一周年之际，北京为其举行了隆重的追悼大会。自 1950 年开始，中国文坛对于美国文学的接受逐步走向了某种政治性的偏执。整个 1950 年代，能够为中国作家所认可的美国小说的代表人物，主要限于马克·吐温、杰克·伦敦、德莱塞、海明威和法斯特等寥寥数人。

1951 年，由美国政府支持的"亚洲基金会"在香港先后资助成立了人人出版社和友联出版社，以出刊各种杂志书籍的形式抵制中国的大陆的共产主义运动，并藉此推广美国文化。

1952 年，3 月，在美国新闻处的直接参与下，香港《今日世界》（月刊）创刊，稍后开始以今日世界出版社的名义译刊美国作家的作品。张爱玲、林以亮、刘以鬯和姚克等均为这个时期译介美国文学的主要作家。林语堂发起成立"天风社"，出版《天风月刊》，林语堂亲自担任社长，其女林太乙为主编。这是在大陆及台湾均处于特定的冷战政治背景之时所出现的一个纯文学社团，它延续了林语堂在大陆时期所积极倡导的"性灵文学"的基本主张，"天风社"主要成员也多是 20 世纪 40 年代活跃于上海文坛的一批作家，包括熊式一、徐訏、谢冰莹、沈有乾、李金发及萧瑜夫妇等，稍晚又有唐德刚、顾献梁、王方宇、钟嘉谋等人加入。林语堂移居南洋、"天风社"解散以后，由生活在纽约的华人知识分子组织成立了"白马文艺社"，这是一个相对比较松散的文艺沙龙，人员包括周策纵、林振述、唐德刚、黄伯飞、黄克孙、吴讷孙、王方宇、杨浦丽琳、陈其宽、陈三苏、何灵淡、周文中、黄庚、蔡宝瑜、王季迁、王济远、乌劲侣等等，胡适是他们的精神领袖。洪业著译《中国最伟大诗人杜甫诗歌注释》（*Tu Fu, China's Greatest Poet*）出版；邹绛辑译《黑人诗选》出版。

1953 年，4 月，由李吉纳尔·劳伦斯（Reginald Lawrence）翻译的曹禺剧作《北京人》在纽约工作室剧场（Studio Theatre）演出。袁水拍辑译《新的歌——现代美国诗选》出版。

1954 年，8 月，张友松译马克·吐温的《竞选州长》发表于《译文》第 8 期，同期还刊载了张由今译奥尔洛娃的《马克·吐温论》。庞德译《诗经》（*The Classic Anthology Defined by Confucius*）出版。

1955 年，6 月，秦牧的小说《黄金海岸》（又名《远洋归客》）由华南人民出版社出版，小说以前辈华人劳工的生活为描写对象，描写 19 世纪美国资本家利用猪仔来管理和诱骗华工，在与世界隔绝的小岛上，猪仔把敢于反抗的华工抛入海中喂鲨鱼，反抗的华工最终坐着小船逃向了大海。11 月，杨小石译辛克莱·刘易斯的《王孙梦》由上海文艺联合出版社出版。由王岷源修订的《草叶集》（楚图南译，1949 年）中译本重新出版；雷雯氏等译《白居易诗》出版。

1956 年，2 月，马朗主编的《文艺新潮》（月刊）杂志在香港创刊，其译介范围几乎涵盖了战后西方各个国家的现代主义文学，其中多数是诺贝尔文学奖的获得者。2 月，颜毓蘅译马克·吐温的《镀金时代》由上海文艺联合出版社出版。6 月，张友松译马克·吐温《哈克贝利·费恩历险记》由中国青年出版社出版。12 月，陶春杰校译史沫特莱的《大地的女儿》由作家出版社出版。同年，夏济安、刘守宜、吴鲁芹等人创办《文学杂志》，是 1950 年代台湾最重要的文学杂志之一，于 1960 年 8 月停刊，前后发行 4 年共 48 期，其直接启发了后来台湾的现代主义文学创作。雷克思洛斯编译《汉诗百首》（*100. Poems from Chinese*）出版；陈希和威尔斯合译《王维诗选》出版。

1957 年，9 月，新文艺出版社陆续出版了林疑今译海明威《永别了，武器》及海观译海明威的《老人与海》。11 月，曹庸译麦尔维尔《白鲸（莫比—迪克）》由新文艺出版社出版。李平枢译朗费罗《伊凡吉琳》（*Evangeline*）出版；朗费罗长诗《海华沙之歌》（*The Song of Hiawatha*, 1855）出现两个中文译本，即赵萝蕤译《哈依瓦撒之歌》和王科一译《海华沙之歌》；张奇辑译《黑人诗选》出版。

1958 年，3 月，叶维之译马克·吐温《在亚瑟王朝廷里的康涅狄克州的美国人》由人民文学出版社出版。李文俊译介福克纳的《胜利》和《拖死狗》（《译文》1958 年 4 月），斯奈德译寒山诗首次发表于《长青评论》（*Evergreen Review*）当年秋季号；张音南和沃姆斯利合译《王维诗》出版。

1959 年，3 月，金福译菲尼摩尔·库柏的《最后一个莫希干人》由中国青年出版社出版。余光中在美国访学期间跟弗罗斯特亲切晤谈，在翻译介绍弗罗斯特诗作上贡献良多；杨德豫译《朗费罗诗选》出版。

1960 年，3 月，万紫、雨宁译杰克·伦敦的《热爱生命》（小说集）由人民文学出版社出版。《现代文学》在台北创刊，其创办者白先勇、王文兴、陈若曦等人当时还都是台大外文系三年级的学生，且深受夏济安等老师们的影响，正是这批年轻人掀起了台湾 1960 年代现代主义文学创作的高潮。中国大陆开始猛烈批判 T.S. 艾略特。

1962 年，3 月，裘柱常、石灵译德莱塞的《嘉莉妹妹》由上海文艺出版社出版。12 月，王仲年译《欧·亨利短篇小说选》由人民文学出版社出版。杰克·克茹亚克的小说《在路上》，由石荣和文慧如节译在由作家出版社出版。12 月，由中国科学院哲学社会科学部学术资料研究室负责编印过一本供内部参考使用的材料《美国文学近况》，其中全面介绍了美国近十年（1952—

1962）文学发展的概况、主要作家及流派的一般特征及代表性的作品，在总题为《从几个流派和倾向看美国文学的危机》的文章中，对包括"先锋派"诗歌（庞德等）、"垮掉的一代"（克鲁亚克、金斯伯格等）等在内的新的创作趋向给予了批判。华兹生编译《唐代诗人寒山诗百首》（*Cold Mountains*：*100. Poems by the T'ang Poet Han Shan*）出版。

1963 年，9 月，施咸荣译杰罗姆·大卫·塞林格的《麦田里的守望者》由作家出版社出版。《世界文学》杂志刊登应若诚翻译的田纳西·威廉斯剧作《没有讲出来的话》。许介昱编译《20 世纪中国诗选》（*Twentieth Century Chinese Poetry*：*An Anthology*）出版。

1964 年，袁可嘉发表《英美"意识流"小说述评》（《外国文学研究集刊》）的文章，其中重点评介了福克纳的《喧哗与骚动》和《我弥留之际》。麦克法林主编《中国古今抒情爱情诗选》（*Chinese Love Lyrics*：*From Most Ancient to Modern Times*）出版。

1965 年，聂华苓主持的"国际作家写作室"开始陆续邀请大陆及港台作家前往交流并作短期写作或演讲，此种交流方式一直延续至今。白之编辑《中国文学选集·第一卷》（*An Anthology of Chinese Literature*：*From Early Times to 14th Century*）出版，傅汉思编译《曹植诗十五首》出版；葛瑞汉编译《晚唐诗》（*Poems of the Late T'ang*）在美国出版。白之主编《中国文学选集（第一卷）：从早期至 14 世纪》（*Anthology of Chinese Literature, Volume I*：*From Early Times to the Fourteenth Century*）出版；艾林和麦金托希合译的《中国词选》（*A Collection of Chinese Lyrics*，1965）出版。

1966 年，华裔学者胡品清著《李清照》出版。

1967 年，林以亮等译 W·V·俄康纳的《美国现代七大小说家》由香港今日世界出版社出版，分列伊德丝·华顿、辛克莱·路易士、斯葛特·费滋杰罗、威廉·福克纳、E·海明威、汤麦斯·吴尔甫、N·韦斯特的生平与创作经历，以及各位作家主要的作品与创作风格，对推动香港现代主义文学的创作与研究起到重要的启发作用。钟玲赴美留学，后在介绍寒山在美国的传播、介绍斯奈德及与雷克思洛斯合译中国诗歌等方面贡献良多；富洛詹等编译的《中国诗选集》（*Anthology of Chinese Verse*，1967）出版；斯廷森译著《唐诗五十五首》（*Fifity-five T'ang Poems*）出版；1967 年：富洛詹编译《中国汉魏晋南北朝诗选》（*An Anthology of Chinese Verse*：*Han Wei Chin and the Northern and Southern Dynasty*）出版；梅茨格和杨富森合作编译《元诗五十首》出版。

1969 年，张棠资（Tang-Zi Chang）编译《唐诗六百首》在美国出版；艾林和麦金托希合译《中国词选续编》（*A Further Collection of Chinese Lyrics*）出版。

1970 年，8 月，一直被视为"中国人民的友人"的美国作家埃德加·斯诺应邀再次访问中国，斯诺在中国受到了国家领导人毛泽东和周恩来等人的亲自接见，并由他及时在美国《生活》杂志上首次披露了中国领导人愿意与当时的美国总统尼克松协商解决中美矛盾的消息。华裔学者叶维廉编译《汉诗英华》（*Chinese Poetry：Major Modes and Genres*）出版；海陶玮译著的《陶潜诗》（*The Poetry of T'ao Chien*）出版；雷克思洛斯编译《爱与流年：续汉诗百首》（*Love and the Turning Year：100. More Poems from Chinese*）出版；施文林著《散曲的技巧和意象》出版。

1971 年，2 月 25 日，尼克松于在国会发表演讲："我们准备与北京建立对话。我们不能接受它的意识形态观点或她对亚洲的霸权。但是我们也不希望强加给中国一种拒绝接受其合法国家利益的国际地位。"10 月，联合国大会以投票的方式最终承认了中华人民共和国的合法地位。王慧铭编译《不系舟：唐诗选译》（*The Boat Untied and Other Poems：A Translation of T'ang Poems*）在美国出版；华兹生编译《中国韵文》（*Chinese Rhymed-Prose*，1971）出版；麦克诺顿译《诗经》出版。

1972 年，2 月，尼克松正式访华，由美国代表团的新闻记者所提供给美国人的关于中国人民的印象，"尽管政治、文化极不相同，人民共和国的公民看来也是人类，而不只是'蓝蚂蚁'或'黄肤色的游牧民族'"。6 月，《中外文学》创刊并一直延办至今，其主创者是台大文学系所的核心成员颜元叔、胡耀恒和叶庆炳等人，此一刊物在译介西方各式文学理论及推动中外文学比较研究等方面起到了至关重要的作用。白之主编《中国文学选集（第二卷）：从第 14 世纪至当代》（*Anthology of Chinese Literature, Volume II：From the Fourteenth Century to the Present Day*）出版；华裔学者叶维廉译《藏天下：王维诗选》（*Hiding the Universe：Poems of Wang Wei*）出版；雷克思洛斯与钟玲合译《兰舟：中国女诗人诗选》（*The Orchid Boat：Women Poets of China*）出版；安格尔和聂华苓合译《毛泽东诗词》出版；巴恩斯通跟中国学者合译《毛泽东诗词》出版。

1973 年，华兹生译著《随心所欲一老翁：陆游诗文选》（*The Old Man Who Does as He Pleases: Selections from the Poetry and Prose of Lu Yu*）出版；库柏著《李白与杜甫》（*Li Po and Tu Fu*）出版；罗宾逊译《王维诗歌》出版。

1974 年，2 月，由夏威夷大学、哈佛大学东西方研究中心和美国科学院东北亚、中国及亚洲内陆理事会在哈佛联合举办了"东西方文学比较研究"研讨会。3 月，上海人民出版社出版《美国小说两篇》，一篇是理查德·贝奇的《海欧乔纳森·利文斯顿》（晓路译），另一篇是埃里奇·西格尔的《爱情故事》（蔡国荣译）。除译文外，该书还专门配载了任文钦的《海鸥为什么走了红运？》和司马平的《一份向垄断资产阶级投降的号召书》两篇批判文章。8 月，由哈佛大学东亚研究中心主持又在美国的马萨诸塞州的德达姆召开了"现代中国文学：作家的作用"的讨论会。由曾在中国编辑主持《中国论坛》工作的哈罗德·艾萨克斯（伊罗生）在鲁迅和茅盾的协助下选编的现代中国作家的选集《草鞋脚：1918—1933 中国短篇小说选》于本年由美国麻省理工学院出版社出版，中有鲁迅为其专门作的《〈草鞋脚〉小引》一文为序。刘若愚著《北宋六大词家》（*Major Lyricists of the Northern Sung*）出版；台湾学者陈祖文译纳美洛夫著《诗人谈诗——二十世纪中期美国诗论》（*H. Nemorov: Contemporary American Poetry*）由香港今日世界出版社出版。

1975 年，美国的《现代中国文学通讯》（半年刊）创刊。柳无忌和罗郁正合作编译《葵晔集——中国历代诗词曲选集》（*Sunflower Splendor-Three Thousand Years of Chinese Poetry*）出版；齐邦媛等编译《当代中国文学作品选集·第一卷》（*An Anthology of Contemporary Chinese Literature*）出版。

1976 年，6 月，由上海人民出版社主持的内部刊物《摘译》专门出版"增刊"用于刊登米切纳的长篇小说《百年》的节译，该小说是 1975 年美国的十大畅销书之一，主要探讨"美国精神"的演进历程。复旦大学出刊的"内部参考"杂志《现代外国文学》（第 2 期）以专辑的方式摘译并评介过约瑟夫·海勒的《第二十二条军规》和《烦恼无穷》。叶维廉编译《中国现代诗歌：1955 至 1965 年》（*Modern Chinese Poetry: 1955—1965*）出版。荣之颖编译《台湾现代诗歌》（*Modern Verse from Taiwan*）出版；施密特著《杨万里》出版；林以亮编选，张爱玲和余光中等译《美国诗选》由香港今日世界出版社出版。

1977 年，美国诗人协会在纽约举行会议，斯奈德和雷克思洛斯等诗人发言强调，中国古典诗歌对美国诗歌产生很大影响，其译文已经成为美国诗歌的组成部分。

1978 年，人民文学出版社连续出版了董衡巽等人编选的《美国短篇小说集》及合著的《美国文学简史》。10 月，当代美国著名剧作家亚瑟·米勒与其夫人一起访问中国，期间和曹禺、英若诚、于是之等人曾有过会面。12 月，卡特总统正式宣布中美建交，中国的国家领导人邓小平也应邀访问了美国。唐安石编译《汉诗金库》（*A Golden Treasury of Chinese Poetry*）出版；查维斯编译《云之远游：袁宏道及其兄弟诗文选》（*Pilgrim of the Clouds: Poems and Essays by Yuang Hung-tao and His Brothers*）出版；西顿编译《长生之酒》出版；1978 年：楚图南、李野光译朗费罗《草叶集》再版。

1979 年，邓小平被美国《时代》杂志评为"年度新闻人物"，其照片被刊登在《时代》杂志的封面上。美国的《中国文学》半年刊杂志于本年创刊。《外国戏剧资料》第 1 期上刊登了陈良廷翻译的亚瑟·米勒的《推销员之死》。赵澧发表在《戏剧学习》的第 2 期上的《美国现代戏剧家尤金·奥尼尔》，标志着"第一篇全面评介奥尼尔戏剧的论文问世"。应美中学术交流委员会约请，4 月 16 到 5 月 16 日，中国社会科学院代表团宋一平、费孝通、钱锺书、赵复三等包括经济学、法学、社会学、文学、历史学等各方面的专家一行十人访问了美国，这是中美隔绝三十年后中国派出的第一个社会科学界的访美代表团，其为日后中美间的进一步交流作好了铺垫。4 月，施咸荣、任吉生、苏玲译赫尔曼·沃克的《战争风云》（共三册）由人民文学出版社出版。《外国文艺》刊载约翰·巴思的小说《迷失在开心馆中》（第 3 期）。上海译文出版社出版了由汤永宽、李文俊等人主持编选的《当代美国短篇小说集》，主要收录了美国 20 世纪 50—60 年代 19 位作家的 19 部代表性短篇作品，诸如辛格的《市场街的斯宾诺莎》、约翰·契弗的《再见，我的弟弟》、索尔·贝娄的《寻找格林先生》、阿瑟·米勒的《不合时宜的人》、卡森·麦卡勒斯的《伤心咖啡馆之歌》、冯内戈特的《灵魂出窍》、奥康纳的《好人难寻》、巴尔塞姆的《教堂之城》等等，其中多数都属于现代主义作品。7 月，陈尧光等译阿历克斯·哈利的《根——一个美国家族的历史》由三联书店出版，为美国 1976 年最为著名的畅销书。10 月，鹿金、吴劳译艾·巴·辛格的《卢布林的魔术师》由上海译文出版社出版。《外国文艺》杂志（第 6 期）集中刊载了福克纳的《纪念爱米丽的一朵玫瑰花》、《干旱的九月》

和《烧马棚》三部短篇小说，并同时翻译刊载了美国马尔科姆·考利的研究论文《福克纳：约克纳帕塌法的故事》，这是新时期重新译介福克纳的开始。8 月，应美国衣阿华大学"国际写作计划"主持人聂华苓夫妇的邀请，萧乾和诗人毕朔望前往美国参加三十年来首次大陆作家与台湾及美国作家的交流活动，两人后又被邀请在美国耶鲁、哈佛、康乃尔及威斯康星等大学巡回讲学四个月。同年，袁可嘉、董衡巽和郑克鲁等人主持的《外国现代派作品选》（全 4 卷）开始陆续进入中国读者的视野。该作品选辑从本年开始策划筹备到 1985 年 10 月完全出版，历时近六年时间，虽明确说明为"内部发行"，但实际上早已在社会上广为传阅，其为推动中国现代主义的创作与研究起到了巨大而深远的影响。雷克思罗斯与钟玲合译《李清照诗全集》（Li Ching-chao, Complete Poems）出版；《鲁迅旧体诗英译注》在美国出版。

1980 年，春，曹禺和英若诚应邀访美。在此期间，曹禺早期的剧作《北京人》、《日出》和《家》也在美国陆续演出。6 月，继曹禺和英若诚一行访美后，《明报》月刊专设了"曹禺特辑"，其中收入 4 篇海外华人的评论文章。7 月，夏至译海明威的《乞力马扎罗山的雪》发表于《十月》第 4 期。李文俊组织翻译了《福克纳评论集》（中国社会科学出版社），其中收录了众多国外评论名家撰写的有关福克纳研究的文章，余宝琳编译《王维诗选》出版；麦礼谦、林小琴和杨碧芳等合作编译的《埃仑诗集》（Island: Poetry and History of Chinese Immigration on Angel Island, 1910—1940）出版；许介昱编译《中华人民共和国文学》（Literature of the People's Republic of China）出版。

1981 年，《译丛》杂志第 1 期刊登了周传基翻译的田纳西·威廉斯剧作《欲望号街车》，《当代外国文学》杂志第 4 期刊登了东秀翻译的田纳西·威廉斯剧作《玻璃动物园》。高行健的《现代小说技巧初探》由花城出版社出版。陈焜的《西方现代派文学研究》由北京大学出版社出版。8 月，南文等译约瑟夫·赫勒的《第二十二条军规》由上海译文出版社出版，上海戏剧学院演出了爱德华阿尔比的剧作《动物园的故事》，由美国导演贝百董执导。9 月，吴劳译杰克·伦敦的《马丁·伊登》由上海译文出版社出版。秦似译斯坦贝克的《人鼠之间》由漓江出版社出版，上海人民艺术剧院演出了亚瑟·米勒的剧作《萨勒姆的女巫》，由黄佐临执导。

1982 年，1 月，时任中国作协副主席的丁玲结束历时四个月的访问美国和加拿大的活动回到北京。王佐良编选的《美国短篇小说选》（上下册）由中国青年出版社出版，陆凡译伊哈布·哈桑的《当代美国文学》由山东人民出版社出版。随着各式文学史论著及相关作品选集的相继出版，美国文学已被重新勾勒出了一个清晰而完整的轮廓。傅瑟克译《花间集》（*Among the Flowers*）出版；比雷尔译《玉台新咏》（*New Songs from a Jade Terrace*）出版；欧阳桢、彭文兰和玛丽琳·金合译《艾青诗选》（*Ai Qing: Selected Poems*）出版。

1983 年，3 月，亚瑟·米勒应北京人民艺术剧院的邀请，再次来到中国，为北京人民艺术剧院成功导演了他的作品《推销员之死》。范岳译菲兹杰拉德的《大人物盖茨比》由辽宁人民出版社出版。冯亦代、傅惟慈编译小库特·冯尼格的《回到你老婆身边》由福建人民出版社出版。7 月，施咸荣译塞林格的《麦田的守望者》由漓江出版社出版。李视岐编译《惠特曼诗选》出版。

1984 年，9 月美国奥尼尔研究中心主席乔治·怀特应中国戏剧家协会的邀请，到中国执导黄宗江改编自奥尼尔剧作《安娜·克里斯蒂》的《安娣》，经过近一个月的紧张排练，10 月 16 日，《安娣》在中央戏剧学院的试验剧场首次演出，主演鲍国安、麻淑云、薛山。10 月，上海译文出版社出版李文俊译威廉·福克纳的《喧哗与骚动》和赵静男译海明威的《太阳照常升起》。金斯伯格随美国作家代表团访华，一度激起了中国作家对"垮掉的一代"的兴趣，华兹生编译《哥伦比亚中国诗选：从早期至十三世纪》（*The Columbia Book of Chinese Poetry: from Early Times to the Thirteenth Century*）出版；拉德克译著《元代诗歌》出版；斯奈德到访中国，访问苏州寒山寺；金斯伯格访问中国，写成《中国组诗》；江枫译《狄金森诗选》出版；刘保端等译《美国作家论文学》（前苏联"进步"出版社，1974 年）出版，收入惠特曼、T. S. 艾略特和弗罗斯特等的诗论。

1985 年，7 月，宋兆霖译索尔·贝娄《赫索格》由漓江出版社出版。8 月，美国批评家 Morris Dickstein（莫里斯·迪克斯坦）的《伊甸园之门》的出版才真正使中国读者对美国整个 20 世纪 50—60 年代的文化境遇与文学演进轨迹有了切实而清晰的了解。此后国内对"垮掉的一代"的研究也日渐走向深入，中国的作家和诗人们也开始从"垮掉的一代"身上寻找新的创作灵感。欧美戏剧研究专家廖可兑先生在中央戏剧学院成立并亲自主持了奥尼尔研究中心。赵毅衡编译《美国现代诗选》（上下卷）出版；布洛克和陈志让合译《毛泽东诗词三十七首》出版；吴志林、欧文和乐之成合译汉诗选集《向阳光的光芒》出版；裘小龙编译艾略特诗文《四个四重奏》出版；杜若洲译 T. S. 艾略特《荒原·四首四重奏》在台湾出版；申奥译《美国现代六诗人选集》出版。

1986年，8月，李兰译马克·吐温的《夏娃日记》由上海译文出版社出版。12月，宋兆霖译辛克莱·刘易斯《巴比特》由漓江出版社出版。罗郁正和舒威霖合作编译《待麟集：中国末代诗歌与抒情诗》（*Waiting for the Unicorn: Poems and Lyrics of China's Last Dynasty*）出版；董衡巽等著《美国文学简史》（两卷）出版；江枫译《美国现代诗钞》出版；杨通荣译《当代美国诗选》出版；查维斯译《哥伦比亚中国晚期诗选》（Columbia Book of Later Chinese Poetry）出版；张芸译《狄金森诗钞》出版；曹明伦译《弗罗斯特诗选》出版；裘小龙译，约翰·琼斯编《意象派诗选》出版。

1987年，2月，楚图南、李野光译惠特曼的《草叶集》由人民文学出版社出版。2月24日至27日，中央戏剧学院和山东大学在北京主办了中国第一届尤金·奥尼尔学术研讨会。3月，龚文庠译纳博科夫的《黑暗中的笑声》由漓江出版社出版。聂建等译塞林格《九故事》由中国社会科学出版社出版。9月，"海外华文女作家协会"成立于（初名"海外华文女作家联谊会"），主要集结了以汉语写作的各地女性作家，由於梨华任会长，已编辑出版会员选集《三相逢——海外华文女作家小说选集》、《海外华文女作家散文集》及《海外华文女作家诗散文自选集》等。郑敏编译《美国当代诗选》出版；赵琼、岛子译《美国自白派诗选》出版。

1988年，1月，季红真《中国近年小说与西方现代主义》（上下），发表于《文艺报》2、9日，文章认为中国目前"没有严格意义的现代主义作品"，这主要是出于"物质生活水平的限制"、"缺少现代主义产生的哲学土壤"和"文化心理机制的障碍"。2月，黄子平《关于"伪现代派"及其批评》发表于《北京文学》第2期。5月，由刘海平、朱栋霖合著的《中美文化在戏剧中交流——奥尼尔与中国》由南京大学出版社出版。美国华裔作家黄哲伦(David Henry Hwang)创作了《蝴蝶君》（*M. Butterfly*），并在百老汇上演，获得美国主流喜剧大奖托尼（Toni）奖。紫芹（张子清）译《T.S. 艾略特诗选》出版；方平编译《一条未走的路——弗罗斯特诗歌欣赏》出版；袁可嘉等译（《我听见亚美利亚在歌唱——美国诗选》）出版；区鉷等译《美国现代诗》出版。

1989年，北京三联书店重新出版林以亮编选，张爱玲和余光中等译《美国诗选》（香港"今日世界"出版社出版，1976年）；三联书店重新出版陈祖文译纳美洛夫著《诗人谈诗——二十世纪中期美国诗论》（香港今日世界出版社出版，1974年）；汤潮译，皮特·琼斯著《美国诗人五十家》（*An Introduction to Fifty American Poets*）出版；苟锡泉编，吴均陶等译《美国主要诗人作品选介》出版；黄杲炘译《美国抒情诗选》出版；魏世德著译《中国诗歌五百年：1150 至 1650 年》（*Five Hundred Years of Chinese Poetry：1150—1650*）出版。

1990 年，长春出版社出版了卓振英编译的《美国黑色幽默作品选》。亨瑞克斯编译《寒山诗（全译注释本）》（*The Poetry of Han Shan-A Complete, Annotated Translation of Cold Mountain*）出版；庄彦选译《二十世纪美国诗选》出版；非鸥译《当代美国女诗人朦胧诗选》出版；王灵智、黄秀玲、赵毅衡编译《两条河的意图——当代美国华裔诗人作品选》出版。

1991 年，美国目前规模最大的华文社团"北美华文作家协会"宣布成立。张少雄译金斯伯格《卡第绪——母亲挽歌》出版；芬克劳和凯莎合译《碎镜：中国诗歌》出版。

1992 年，周励的纪实文学作品《曼哈顿的中国女人》由北京出版社出版，描写 1985 年夏天一位自费留学美国的中国女子自我奋斗的一段历程。陈雷选编《世纪病：别无选择——"垮掉一代"小说选萃》由北京师范大学出版社出版，入选的作品包括刘索拉的《你别无选择》、徐星的《无主题变奏》、王朔的《顽主》、多多的《最后一曲》、方方的《白雾》等 10 篇中短篇小说。叶维廉编译《防空洞抒情诗，现代中国诗，1930 至 1950 年》（*Lyrics from Shelters, Modern Chinese Poetry，1930—1950*）出版；奚密编译《现代中国诗选》（*Anthology of Modern Chinese Poetry*）出版；杨传纬编译《美国诗歌选读》出版。

1993 年，6 月，袁可嘉《欧美现代派文学概论》由上海文艺出版社出版。9 月，上海译文出版社出版了由陈良廷、鹿金翻译自美国学者弗吉尼亚·弗洛伊德的专著《尤金·奥尼尔的剧本——一种新的评价》。

1994 年，9 月，曹桂林的《北京人在纽约》由中国文联出版社出版，小说描写王起明在美国的奋斗历程，被改编为电视剧以后引起广泛轰动。郑荣华主编《中国黑色幽默小说大观》由群众出版社出版，收录了包括王蒙、刘索拉、徐星、王小波、王朔、刘恒、刘震云等在内的 23 位中国作家的 26 篇作品。梅维恒主编《哥伦比亚中国古典文学选集》（*The Columbia Anthology of Traditional Chinese Literature*）出版；朱通伯等译，埃利奥特主编《哥伦比亚美国文学史》（*Columbia Literary History of the United States*）出版；黄杲炘译《美国抒情诗 100 首》出版；兰多编译《春光无限：中国宋词选》（*Beyond Spring：Tz'u Poems of the Sung Dynasty*）出版；汤永宽译 T.S. 艾略特《情歌·荒原·四重奏》出版。

1995 年，太原北岳文学出版社推出柳鸣九主编的《黑色幽默经典小说选》。张子清著《20 世纪美国诗歌史》出版；《20 世纪美国诗歌——从庞德到罗伯特·布莱》（彭予著，河南大学出版社，1995）。

1996 年，宇文所安编译《诺顿中国文学选集：初始至 1911 年》（*An Anthology of Chinese Literature, Beginnings to 1911*)出版；斯坦布勒编译汉英双语本《相遇寒山》(*Encounters with Cold Mountain-Poems by Han Shan*）出版。

1997 年，李野光译《惠特曼抒情诗选》出版。

1998 年，2 月，李剑波、陆承译汤亭亭《女勇士》由张子清校译，漓江出版社出版。黄运特译庞德《比萨诗章》出版。

1999 年，马永波编译，马克·斯特兰德著《当代美国诗人：1940 年后的美国诗歌》出版；《斯奈德选读：散文、诗歌与翻译，1952 至 1998 年》（*The Gary Snyder Reader, Prose, Poetry and Translation*，1952—1998）出版；赵萝蕤译《惠特曼诗选》及《艾略特诗选》出版；孙亮译《水草与珍珠——埃米莉·狄金森诗选》出版。

2000 年，1 月，王光林译任璧莲的《典型的美国佬》由译林出版社出版。5 月，肖锁章译汤亭亭的《中国佬》由译林出版社出版。闵福德和刘绍铭合作编译《中国古典文学译文集》（第一卷）（*An Anthology of Translations of Classical Chinese Literature: Volume One*）出版；文楚安译《金斯伯格诗选》出版；刘岩编著《美国诗歌导读》出版。

参考文献

Basssnett，Sussan，Comparative Literature，A Critical Introduction，Blackwell Publishers，1993．

Deeney，John J. ed.，Chinese-Western Comparative Literature，Theory arid Strategy，The Chinese University of Hong Kong Press，1980．

［美］卫三畏，陈俱译，陈绛校.中国总论.上海：上海古籍出版社，2005．

［美］埃里克·方纳等，齐文颖等译.新美国历史.北京：北京师范大学出版社，1998．

［新］王润华.中西文学关系研究.台北：东大图书有限公司，1978．

［美］泰勒·丹涅特，姚曾廙译.美国人在东亚.北京：商务印书馆，1958．

［美］夏济安，夏志清注.夏济安日记.沈阳：辽宁教育出版社，1998．

［美］夏志清.夏志清文学评论集.台北：联合文学杂志社，1976．

［美］邝治中，杨万译.纽约唐人街：劳工和政治，1930—1950 年.上海：上海译文出版社，1982．

［美］周敏，鲍霭斌译、叶振猷校.唐人街——深具社会经济潜质的华人社区.北京：商务印书馆，1995．

［美］伊哈布·哈桑，陆凡译.当代美国文学（上下）.济南：山东人民出版社，1980．

［美］格里德，鲁奇译，王友琴校.胡适与中国的文艺复兴——中国革命中的自由主义（1917—1937）.南京：江苏人民出版社，1989．

［美］萧公权.近代中国与新世界：康有为变法与大同思想研究.南京：江苏人民出版社，1997．

［美］J. Spence（史景迁），廖世奇、彭小樵译.文化类同与文化利用——世界文化总体对话中的中国形象.北京：北京大学出版社，1990．

［美］伊佩霞，赵世瑜等译.剑桥插图中国史.济南：山东画报出版社，2001．

［美］孔华润主编，王琛等译.剑桥美国对外关系史.北京：新华出版社，2004．

［美］费正清，张理京译.美国与中国（第四版）.北京：世界知识出版社，1999．

［美］费正清.费正清对华回忆录.北京：世界知识出版社，1991.

［美］迈克尔·谢勒，徐泽荣译.二十世纪的美国与中国.北京：三联书店，1985.

［美］Richard H. Pells，卢允中等译.激进的理想与美国之梦——大萧条岁月中的文化和社会思想.上海：上海外语教育出版社，1992.

［美］许烺光，彭凯平、刘文静等译.美国人与中国人：两种生活方式比较.北京：华夏出版社，1980.

［西德］海因茨·哥尔维策尔.黄祸论（内部读物）.北京：商务印书馆，1964.

［美］周明之，雷颐译.胡适与中国现代知识分子的选择.成都：四川人民出版社，1991.

［美］李欧梵.西潮的彼岸.南京：江苏教育出版社，2005.

［美］罗·米尔德，马会娟等译.重塑梭罗.北京：东方出版社，2002.

［美］罗伯特·塞尔编，陈凯、许崇信等译.梭罗集.北京：三联书店，1996.

［美］帕蒂克·F·奎恩编，曹明伦译.爱伦·坡集：诗歌与故事（上下）.北京：三联书店，1995.

［美］詹姆士·克利夫德，李二仕、梅蜂译.从嬉皮到雅皮.西安：陕西师范大学出版社，1999.

［美］罗斯，张彩虹译.病痛时代：19—20世纪之交的中国.北京：中央编译出版社，2005.

［美］彼德·康，刘海平、张玉兰等译.赛珍珠传.桂林：漓江出版社，1998.

［美］保罗·A·多伊尔，张晓胜等译.赛珍珠.天津：春风文艺出版社，1991.

［美］伯纳德·托马斯，吴乃华等译.冒险的岁月：埃德加·斯诺在中国.北京：世界知识出版社，1999.

［美］埃德加·斯诺编，文洁若译.活的中国.长沙：湖南人民出版社，1983.

［美］特雷西·斯特朗、海伦·凯瑟，王松涛译.心向中国——斯特朗六次访华.北京：解放军出版社，1986.

［美］Morris Dickstein，方晓光译.伊甸园之门.上海：上海外语教育出版社，1985.

［美］刘禾，宋伟杰等译.跨语际实践：文学，民族文化与被译介的现代性：中国：

1900—1937．北京：三联书店，2002．

　　［英］杰弗里·帕克，刘从德译，石挺校．地缘政治学：过去、现在和未来．北京：新华出版社，2003．

　　［英］麦肯齐，李提摩太、蔡尔康译．泰西新史揽要．上海：上海书店出版社，2002．

　　［美］约翰·玛西，胡仲持译．世界文学史话．上海：开明书店，1931．

　　［美］Walter H Mallory，吴鹏飞译．饥荒的中国．上海：民智书局，1929．

　　［日］伊达源一郎，张闻天、汪馥泉译．近代文学．上海：商务印书馆，1930．

　　［日］千叶龟雄等，张我军译．现代世界文学大纲．上海：神州国光社，1930．

　　［日］儿玉实英，陈建中等译．美国诗歌与日本文化．西安：陕西人民教育出版社，1993．

　　黄哲人编译．东西小说发达史．厦门：国际学术书社，1928．

　　虚白编，蒲梢修订．汉译东西洋文学作品编目．上海：真善美书店，1929．

　　曾虚白．美国文学 ABC．上海：世界书局，1929．

　　赵家璧．新传统．上海：良友图书印刷公司，1936．

　　王之平．大同主义之研究．重庆：中美文化协会，1943．

　　蒋启藩编译．近代文学家．上海：泰东图书局，1928．

　　郑次川．欧美近代小说史．上海：商务印书馆，1927．

　　时甫编译．欧美现代作家自述．长沙：商务印书馆，1938．

　　郑振铎编．世界文库．上海：生活书店，1935．

　　于化龙．西洋文学提要．上海：世界书局，1930．

　　陶亢德编．欧风美雨．上海：宇宙风社，1938．

　　齐文编．外国记者眼中的延安及解放区．上海：大众书社，1946．

　　中共陕西省委党史研究室编．中外记者团和美军观察组在延安．西安：陕西人民出版社，1995．

　　志刚．初使泰西记．长沙：湖南人民出版社，1981．

　　孙宝瑄．忘山庐日记（上下）．上海：上海古籍出版社，1983．

　　爱汉者等编，黄时鑑整理．东西洋考每月统记传．北京：中华书局，1997．

贾植芳.中国现代文学词典.上海：上海辞书出版社，1990.

李喜所主编.留学生与中外文化.天津：南开大学出版社，2005.

商务印书馆编辑部编.外国资产阶级对于中国现代史的看法（共二卷）（内部读物）.北京：商务印书馆，1962.

丁伟志、陈崧.中西体用之间：晚清中西文化观述论.北京：中国社会科学出版社，1995.

古添洪、陈慧桦编.比较文学的垦拓在台湾.台北：东大图书股份有限公司，1985.

季维龙.胡适著译系年目录.合肥：安徽教育出版社，1995.

施建伟.林语堂在海外.天津：百花文艺出版社，1992.

子通编.林语堂评说 70 年.北京：中国华侨出版社，2002.

王兆胜.林语堂：两脚踏中西文化.北京：文津出版社，2005.

卫景宜.西方语境的中国故事.杭州：中国美术学院出版社，2002.

陈翰笙主编，卢文迪、彭家礼、陈泽宪编.华工出国史料（第三辑）·美国外交和国会外交选译.北京：中华书局，1981.

李学勤.国际汉学著作提要.南昌：江西教育出版社，1996.

马祖毅、任荣珍.汉籍外译史.武汉：湖北教育出版社，1997.

李文俊编选.福克纳评论集.北京：中国社会科学出版社，1980.

李恺玲、谌宗恕编.聂华苓研究专集.武汉：湖北教育出版社，1990.

钱锺书等.林纾的翻译.北京：商务印书馆，1981.

戈宝权主编.中国抗日战争时期大后方文学书系（第十编）·外国人士作品选.重庆：重庆出版社，1989.

乐黛云、陈珏编选.北美中国古典文学研究名家十年文选.南京：江苏人民出版社，1996.

乐黛云、勒·比雄主编.独角兽与龙——在寻找中西文化普遍性中的误读.北京：北京大学出版社，1995.

乐黛云等.世界诗学大词典.沈阳：春风文艺出版社，1993.

叶维廉.比较诗学.台北：东大出版公司，1984.

宋柏年.中国古典文学在国外.北京：北京语言学院出版社，1994.

孙致礼.我国英美文学翻译概论（1949—1966）.南京：译林出版社，1996.

王晓平、周发祥、李逸津.国外中国古典文论研究.南京：江苏教育出版社，1998.

方汉奇等.中国新闻传播史.北京：中国人民大学出版社，2002.

方汉奇.中国近代报刊史.太原：山西人民出版社，1987.

郑方泽编.中国近代文学史事编年.长春：吉林人民出版社，1983.

张济顺.中国知识分子的美国观（1943—1953）.上海：复旦大学出版社，1999.

刘守宜主编.文学杂志作品集·西洋文学评论（第1—3册）.台北：联经出版事业公司，1977.

传记文学杂志社编，高宗鲁译注.中国留美幼童书信集.台北：传记文学出版社，1986.

朱静编译.洋教士看中国朝廷.上海：上海人民出版社，1995.

阿英编.反美华工禁约文学集.北京：中华书局，1962.

阿英.晚清小说史.北京：人民文学出版社，1980.

范伯群主编.中国近现代通俗文学史.南京：江苏教育出版社，2000.

陈季同，黄兴涛等译.中国人自画像.贵阳：贵州人民出版社，1998.

陈平原、夏晓虹编.二十世纪中国小说理论资料（第一卷）.北京：北京大学出版社，1989.

耿云志、欧阳哲生编.胡适书信集（上中下）.北京：北京大学出版社，1996.

王向远、陈言等.20世纪中国文学翻译之争.南昌：百花洲文艺出版社，2006.

彭予.二十世纪美国诗歌——从庞德到罗伯特·布莱.开封：河南大学出版社，1995.

张子清.二十世纪美国诗歌史.长春：吉林教育出版社，1995.

冯世则.翻译匠语.上海：文汇出版社，2005.

李辉编.董乐山文集（第1—4卷）.石家庄：河北教育出版社，2001.

雷广臻译注.晚清外交使节文选译.成都：巴蜀书社，1997.

陈辽、张子清、［美］迈克尔·特鲁.地球两面的文学.南京：南京大学出版社，1993.

赵毅衡.对岸的诱惑——中西文化交流人物.北京：知识出版社，2003.

赵毅衡.远游的诗神.成都：四川人民出版社，1985.

罗岗、陈春艳编.梅光迪文录.沈阳：辽宁教育出版社，2001.

刘忠.思想史视野中的中国现当代文学.上海：世纪出版集团，2006.

孙相东.地缘政治学：思想史上的不同视角.北京：中共中央党校出版社，2005.

中美关系史丛书编委会主编.转折的一年——赫尔利使华与美国对华政策.重庆：重庆出版社，1988.

熊月之.西学东渐与晚清社会.上海：上海人民出版社，1994.

李定一.中美早期外交史.北京：北京大学出版社，1997.

张国刚.从中西初识到礼仪之争——明清传教士与中西文化交流.北京：人民出版社，2003.

张国刚、吴莉苇.中西文化关系史.北京：高等教育出版社，2006.

吴乃华.冲突与融合——近代以来的中国文化与西方文化.北京：开明出版社，2000.

孟华主编.比较文学形象学.北京：北京大学出版社，2001.

何文敬、单德兴.再现政治与华裔美国文学.台北：中央研究院欧美研究所，1996.

郑树森编.中美文学因缘.台北：东大图书公司，1985.

郑树森、周英雄、袁鹤翔合编.中西比较文论集.台北：时报出版公司，1986.

钟玲.美国诗与中国梦.台北：麦田出版公司，1996.

朱徽.中美诗缘.成都：四川人民出版社，2002.

潘亚暾.海外华文文学现状.北京：人民文学出版社，1996.

公仲.世界华文文学概要.北京：人民文学出版社，2000.

蒲若茜.族裔经验与文化认同.北京：中国社会科学出版社，2006.

邹振环.影响中国近代社会的一百种译作.北京：中国对外翻译出版社公司，1994.

高鸿.跨文化的中国叙事——以赛珍珠、林语堂、汤亭亭为中心的讨论.上海：三联书店，2005.

汤哲声.中国现代通俗小说流变史.重庆：重庆出版社，1999.

丁明译辑.美国文学的作家与作品.北京：三联书店，1950.

全国图书联合目录编辑组.1833—1949全国中文期刊联合目录（增订本）.北京：书目文献

出版社，1981.

中国版本图书馆编.1949—1986 全国内部发行图书总目（内部发行）.北京：中华书局，1988.

中国版本图书馆编.1949—1979 外国文学著作目录和提要.南京：江苏人民出版社，1986.

中国社会科学院情报研究所编.美国中国学手册.北京：中国社会科学出版社，1981.

石霓.观念与悲剧：晚清留美幼童命运剖析.上海：上海人民出版社，2000.

郭延礼.中国近代翻译文学概论.武汉：湖北教育出版社，1998.

王立新.美国传教士与晚清中国现代化.天津：天津人民出版社，1997.

陈依范.美国华人史.北京：世界知识出版社，1987.

戈宝权.中外文学因缘——戈宝权比较文学论文集.北京：北京出版社，1992.

钱满素.爱默生和中国——对个人主义的反思.北京：三联书店，1996.

周宁.天朝遥远——西方的中国形象研究.北京：北京大学出版社，2006.

张弘等.跨越太平洋的雨虹：美国作家与中国文化.银川：宁夏人民出版社，2002.

刘岩.中国文化对美国文学的影响.石家庄：河北人民出版社，1999.

王丽娜编著.中国古典小说戏曲名著在国外.上海：学林出版社，1988.

宋伟杰.中国·文学·美国——美国小说戏剧中的中国形象.广州：花城出版社，2003.

黄兴涛.文化史的视野：近代文化与文化交流片论.福州：福建教育出版社，2000.

黄俊英.二次大战的中外文化交流史.重庆：重庆出版社，1991.

王奇生.中国留学生的历史轨迹：1872—1949.武汉：湖北教育出版社，1992.

贾春增、邓瑞全主编.承传与辐射——中华文化在海外的传播和影响.北京：开明出版社，2000.

张注洪主编.中美文化关系的历史轨迹.天津：南开大学出版社，2001.

刘海平编.中美文化的互动与关联.上海：上海外语教育出版社，1997.

刘海平、王守仁主编.新编美国文学史（全四卷）.上海：上海外语教育出版社，2002.

周一良主编.中外文化交流史.郑州：河南人民出版社，1987.

沈立新主编.中外文化交流史话.上海：华东师范大学出版社，1991.

何兆武. 中西文化交流史论. 北京：中国青年出版社，2001.

张隆溪. 中西文化研究十论. 上海：复旦大学出版社，2005.

钟叔河. 走向世界：近代中国知识分子考察西方的历史. 北京：中华书局，1985.

李扬帆. 走出晚清：涉外人物及中国的世界观念之研究. 北京：北京大学出版社，2005.

涂纪亮. 美国哲学史（全三卷）. 石家庄：河北教育出版社，2000.

方华文. 20 世纪中国翻译史. 西安：西北大学出版社，2005.

文楚安. "垮掉一代"及其他. 成都：四川大学出版社，2002.

James S. Moy: *Marginal Sights—Staging the Chinese in America*，Iowa City：University of Iowa Press，1993.

Anderson，Benedict，：*Imagined Communities: Reflections on the Origin and Spread of Nationalism*，London•New York：Verso，1991.

Anderson，Benedict，：*The Spectre of Comparisons: Nationalism，Southeast Asia，and the World*，London•New York：Verso，1998.

Bourdieu，Pierre，：Distinction：*A Social Critique of the Judgement of Taste*，London：the President and Fellows of Harvard College and Routledge & Kegan Paul Ltd.，1984.

[美] 哈罗德•伊罗生，于殿利、陆日宇译. 美国的中国形象. 北京：中华书局，2006.

[英] 斯图尔特•霍尔编，徐亮、陆兴华译. 表征——文化表象与意指实践. 北京：商务印书馆，2003.

[美] 爱德华•W•赛义德，谢少波、韩刚等译. 赛义德自选集. 北京：中国社会科学出版社，1999.

[爱尔兰] 安东尼•泰特罗. 本文人类学. 北京：北京大学出版社，1998.

[美] 鲍恩，陈渊译. 尤金•奥尼尔传：坎坷的一生. 杭州：浙江文艺出版社，1988.

[美] 弗•埃•卡彭特，赵岑、殷勤译. 尤金•奥尼尔. 沈阳：春风文艺出版社，1990.

[捷克] 马立安•高利克. 中西文学关系的里程碑. 北京：北京大学出版社，1990.

[德] 汉斯•罗伯特•耀斯. 审美经验与文学解释学. 顾建光、顾静宇、张乐天译，上海：上海译文出版社，1997.

［美］奥尼尔著，郭继德编.奥尼尔文集（1—6 卷）.北京：人民文学出版社，2006.

［美］奥尼尔著，荒芜，汪义群等译.天边外.桂林：漓江出版社，1984.

［美］弗吉尼亚·弗洛伊德，陈良廷、鹿金译.尤金·奥尼尔的剧本：一种新的评价.上海：上海译文出版社，1993.

［美］詹姆斯·罗宾森，郑柏铭译.尤金·奥尼尔和东方思想.沈阳：辽宁教育出版社，1997.

［美］多米尼克·士风·李，李士风译.晚清华洋录：美国传教士、满大人和李家的故事.上海：上海人民出版社，2004.

［俄］叶·科瓦列夫斯基，阎国栋等译.窥视紫禁城.北京：北京图书馆出版社，2004.

［美］周蕾.写在家国以外.香港：牛津大学出版社，1995.

孟华主编.比较文学形象学.北京：北京大学出版社，2001.

周维培.现代美国戏剧史 1900—1950.南京：江苏文艺出版社，1997.

刘海平编.中美文化的互动与互联.上海：上海外语教育出版社，1997.

周宁.异想天开：西洋镜里看中国.南京：南京大学出版社，2007.

吴戈.中美戏剧交流的文化解读.昆明：云南人民出版社，2006.

周宁.想象与权力：戏剧意识形态研究.厦门：厦门大学出版社，2003.

姜智芹.傅满洲与陈查理：美国大众文化中的中国形象.南京：南京大学出版社，2007.

阿英编.反美华工禁约文学集·中国近代反侵略文学集之五.北京：中华书局，1962.

梅绍武.我的父亲梅兰芳（上、下）.北京：中华书局，2006.

中国艺术研究院戏曲研究所、《戏曲研究》编辑部编.戏曲研究（第 38 辑）.北京：文化艺术出版社，1991.

中国艺术研究院戏曲研究所、《戏曲研究》编辑部编.戏曲研究（第 26 辑）.北京：文化艺术出版社，1988.

都文伟.百老汇的中国题材与中国戏曲.上海：上海三联书店，2002.

黄殿祺编.话剧在北方的奠基人之一——张彭春.北京：中国戏剧出版社，1995.

梁吉生编.张伯苓与南开大学.太原：山西教育出版社，1995.

崔国良、崔红编.张彭春论教育与戏剧艺术.天津：南开大学出版社，2003.

陈白尘、董健主编.中国现代戏剧史稿.北京：中国戏剧出版社，1989.

郭宏安、徐葆耕、刘禾主编.国际理论空间（第 1 辑）.北京：清华大学出版社，2003.

孙青纹编.洪深研究专辑.杭州：浙江文艺出版社，1986.

洪深编撰.中国新文学大系·戏剧集.上海：上海文艺出版社，1981.

钱理群、温儒敏、吴福辉.中国现代文学三十年.北京：北京大学出版社，1998.

洪子诚.中国当代文学史.北京：北京大学出版社，1999.

钱理群.大小舞台之间——曹禺戏剧新论.北京：北京大学出版社，2007.

包亚明编.后现代性与地理学的政治.上海：上海教育出版社，2001.

孟华等著.中国文学中的西方人形象.合肥：安徽教育出版社，2006.

洪深.洪深文集（1-4 卷）.北京：中国戏剧出版社，1957.

田汉.田汉文集（第 15 卷）.石家庄：花山文艺出版社，2000.

中国文史出版社编印.洪深：回忆洪深专辑.北京：中国文史出版社，1991.

董健.田汉传.北京：十月文艺出版社，1996.

熊佛西.佛西论剧.北京：北京朴社，1928.

胡星亮.二十世纪中国戏剧思潮.南京：江苏文艺出版社，1995.

上海艺术研究所话剧室、国立剧专上海校友会、沙市文化局、沙市方志办主编.余上沅研究专集.上海：上海交通大学出版社，1992.

葛一虹主编.中国话剧通史.北京：文化艺术出版社，1990.

阿英编撰.中国新文学大系·史料·索引.上海：上海文艺出版社，1981.

上海戏剧学院熊佛西研究小组编.现代戏剧家熊佛西.北京：中国戏剧出版社，1985.

熊佛西.戏剧大众化之实验.南京：正中书局，1937.

刘海平、朱栋霖.中美文化在戏剧中交流——奥尼尔与中国.南京：南京大学出版社，1988.

荣广润、姜萌萌、潘薇.地球村中的戏剧互动.上海：三联书店，2007.

韩斌生.大哉洪深.北京：中央文献出版社，2000.

廖可兑主编.尤金・奥尼尔戏剧研究论文集.北京：外语教学与研究出版社，1997.

王兴平、刘思久、陆文璧编.曹禺研究专辑（上、下）.福州：海峡文艺出版社，1985.

曹禺等著.奥尼尔戏剧研究论文集.北京：中国戏剧出版社，1988.

曹禺.曹禺自传.南京：江苏文艺出版社，1996.

田本相.曹禺传.北京：十月文艺出版社，1988.

南京大学戏剧影视研究所编.弦歌一堂论戏剧.南京：南京大学出版社，2005.

李龙云.荒原与人——李龙云剧作选.北京：中国社会科学出版社，1993.

谭霈生.论影剧艺术.长沙：湖南文艺出版社，1986.

陈世雄、周宁.20 世纪西方戏剧思潮.北京：中国戏剧出版社，2000.

郑树森.文学地球村.上海：三联书店，1999.

钱林森编.中外文学因缘.南京：南京大学出版社，1989.

乐黛云、[法]李比雄主编.跨文化对话（19 辑）.南京：凤凰出版传媒集团、江苏人民出版社，2006.

齐如山.梅兰芳游美记.沈阳：辽宁教育出版社，2005.

中国大百科全书总编辑委员会《戏曲 曲艺》编辑委员会.中国大百科全书・戏曲 曲艺.北京：中国大百科全书出版社，1983.

曹聚仁.听涛室剧话.北京：中国戏剧出版社，1985.

许姬传、许源来.忆艺术大师梅兰芳.北京：中国戏剧出版社，1986.

施叔青.西方人看中国戏剧.北京：人民文学出版社，1988.

鲁迅.鲁迅全集.北京：人民文学出版社，1981.

明报（月刊）（香港），1980 年 6 月号，第 15 卷，第 6 期（总第 174 期）。

田本相、张靖编著.曹禺年谱.天津：南开大学出版社，1985.

贺桂梅.人文学的想象力——当代中国思想文化与文学问题.开封：河南大学出版社，2005.

柯文辉编.英若诚.北京：十月文艺出版社，1992.

周维培.当代美国戏剧史：1950—1995.南京：南京大学出版社，1999.

吾文泉.跨文化对话与融会：当代美国戏剧在中国.北京：中国社会科学出版社，2005.

戴锦华.隐形书写——90 年代中国文化研究.南京：江苏人民出版社，1999.

后记

　　2005 年夏天，在南京大学召开的中外文学交流史会议上，钱林森教授指派我负责这套丛书中的中国-美国卷。这个领域，前面已有张弘教授的研究专著出版，我个人信心不足，承担下来后，只能诚邀有研究基础的师友一道完成这个项目。

　　我计划按文类做，以个人专长深入专题，分别研究中美文学在诗歌、小说、散文、戏剧方面的交流与相互影响。四川大学朱徽教授多年研究中美诗歌交流，我请朱徽教授出山，朱徽教授慷慨相助；厦门大学中文系贺昌盛教授负责中美小说散文，我和我当时在读的博士生周云龙负责戏剧，周云龙博士的博士论文与该领域密切相关，后来戏剧这部分就完全由周云龙博士独立完成了。

　　贺昌盛教授协助本人统稿，书稿在 2008 年夏完成，这部书最初被列入第一批交稿的计划。后来因为时间比较宽裕，又做了全书结构上的调整。五年过去了，在即将出版之际，再读这部书稿，有欣喜也有惭愧。欣喜是自己微薄的成果即将面世；惭愧是个人努力不足留下诸多遗憾。最后，有两点感想就教同道：一是此领域仍有待专题性研究的深入与拓展；二是此研究前提与方法仍有待深究与反思。我们期待有一天有某个学术团队，再用八年或十年的时间，在中美文学交流领域做不同专题的研究，有更多更好的著述出版，到那时，这本小书可能就被遗忘了，或许也应该被遗忘。

周　宁

2013 年 9 月 9 日

编后记

随师兄去府上拜访钱林森教授，满怀激动与期望，已是九年前的事了。那天讨论的出版项目，占去此后我编辑生涯的主要时光，筹划项目、联系作者、一次又一次的编写会，断断续续地收稿、改稿，九年就这样在焦急的等待、繁忙的工作中过去了，而九年，是一位寿者生命时光的十分之一，是我编辑生涯中最美好的日子……每每想到这里，心中总难免暗惊。人一生有多长，能做多少事，什么是值得投入一生最好时光的事业？付诸漫长时光与巨大努力的工作，一旦完成，最好的报偿是什么呢？这些问题困扰着我，只是到了最后这段日子，我才平静下来。或许这些困惑都是矫情，尽心尽力、无怨无悔地做完一件事，就足够了。不求有功，但求告慰自己。

《中外文学交流史》17卷终于完成，钱老师、周老师和各卷作者们付出了巨大的努力，我心怀感激。在这九年里，有的作者不幸故去，有的作者中途退出，但更多的朋友加入进来。吕同六先生原来负责主持意大利卷，工作开始不久不幸去世。我们深深地怀念吕同六先生，他的故去不仅是中国学术界的巨大损失，也是我们这套丛书的损失。张西平先生慷慨地接替了吕先生的工作，意大利卷终于圆满完成。朝韩卷也颇多波折，起初是北大韩振乾先生承担此卷的著述，后来韩先生不幸故去，刘顺利先生加入我们。刘顺利先生按自己的学术思路，一切从头开始，多年的积累使他举重若轻，如期完成这本皇皇巨著。还有北欧卷，我们请来了瑞典的陈迈平（万之）先生，后来陈先生因为心脏手术等原因而无力承担此卷撰著。叶隽先生知难而上。期间种种，像叶隽所说，"使我们更加坚信道义的力量、人的情感和高山流水的声音"。李明滨、赵振江、郅溥浩、郁龙余、王晓平、梁丽芳、朱徽先生都是学养深厚的前辈，他们加入这个团队并完成自己的著作，为这套丛书奠定了坚实的学术基础，也提高了丛书的品位。卫茂平、丁超、宋炳辉、姚风、查晓燕、葛桂录、马佳、郭惠芬、贺昌盛先生正值盛年，且身当要职，还在百忙之中坚持写作，使这套丛书在研究的问题与方法上具备了最前沿的学术品质。齐宏伟、杜心源、周云龙都是风头正健的学界新秀，在他们的著述中，我们看到了中外文学关系史研究的美好前景。

这套书是个集体项目，具有一般集体项目的优势与劣势，成就固然令人欣喜，缺憾也引人羞愧。当然，最让人感到骄傲与欣慰的是，这套书自始至终得到比较文学界前辈的关心与指导，乐黛云教授、严绍璗教授、饶芃子教授在丛书启动时便致信编委会，提出中肯的指导意见，以后仍不断关心丛书的进展。2005 年丛书启动即被列入"十一五"国家重点图书出版规划项目，2012 年，本套丛书获得国家出版基金资助，这既为丛书的出版提供了保障，我们更认为这是对我们这个项目出版价值的高度肯定，是一种极高的荣誉，因此我们由衷地喜悦，并充满感激。

丛书是一个浩大的学术工程，也得到了我们历任领导的高度重视和大力支持。2005 年策划启动时，还没有现今各种文化资助的政策，出版这套丛书需要胆识和气魄。社领导参与了我们的数次编写会，他们的睿智敬业以及作为山东人的豪爽诚挚给我们的作者留下了深刻的印象。丛书编校任务繁琐而沉重，周红心、钱锋、于增强、孙金栋、王金洲、杜聪、刘丛、尹攀登、左娜诸位编辑同仁投入了巨大热情和精力，承担了部分卷次的编校工作，周红心协助我做了许多细致的工作，保证了丛书项目如期完成。

感谢书籍装帧设计师王承利老师，将他的书籍装帧理念倾注到这套丛书上。王老师精心打磨每一个细节，从封面到版式，从工艺到纸张，认真研究反复比较，最终将传统与现代、中国与世界、文学与学术和书籍之美完美地融合在一起。丛书设计独具匠心而又恰如其分。

《中外文学交流史》17 卷在历经艰辛与坎坷之后，终得圆满，为此钱老师、周老师付出了巨大的努力。钱老师作为项目的发起人、主持人，自然功德无量，仅他为此项目给各位老师作者发的电子邮件，连缀起来，就快成一本书了。2007 年在济南会议上，钱老师邀请周老师与他联袂主编，从此周老师分担了许多审稿、统稿的事务性工作。师兄葛桂录教授的贡献是独特而不可替代的，没有他的牵线，便没有我们与钱老师、周老师的合作，这套丛书便无缘发生。

大家都是有缘人，聚在一起做一件事，缘起而聚、缘尽而散，聚散之间，留下这套书，作为事业与友情的纪念，亦算作人生一大幸事。在中国比较文学学术史上，在中国出版史上，这套书可能无足轻重，但在我自己的职业生涯中，它至关重要。它寄托着我的职业理想，甚至让我怀念起 20 多年前我在山东大学的学业，那时候我对比较文学的憧憬仍是纯粹而美好的，甚至有些敬畏。能够从事自己志业的人是幸福的，我虽然没有从事比较文学研究，但有幸从事比较文学著作的出版，也算是自己的志业。此刻，我庆幸自己是个有福的人！

祝　丽

图书在版编目（CIP）数据

中外文学交流史 . 中国 - 美国卷 / 周宁等著 . -- 济
南 ： 山东教育出版社，2014
ISBN 978 - 7 - 5328 - 8485 - 8

Ⅰ . ①中… Ⅱ . ①周… Ⅲ . ①文学—文化交流—文化
史—中国、美国 Ⅳ . ① I 109

中国版本图书馆 CIP 数据核字 (2014) 第 152838 号

中外文学交流史　　中国 - 美国卷

钱林森　周　宁　主编

周　宁　朱　徽　贺昌盛　周云龙　著

总 策 划：祝　丽
责任编辑：祝　丽　刘　丛
装帧设计：王承利

主　管：山东出版传媒股份有限公司
出版者：山东教育出版社
　　　　（济南市纬一路 321 号　　邮编：250001）
电　话：(0531) 82092664　传真：(0531) 82092625
网　址：http://www.sjs.com.cn
发行者：山东教育出版社
印　刷：济南大邦印务有限公司
版　次：2014 年 6 月第 1 版第 1 次印刷
规　格：787mm×1092mm　16 开本
印　张：29.75 印张
字　数：540 千字
书　号：ISBN　978 - 7 - 5328 - 8485 - 8
定　价：84.00 元

（如印装质量有问题，请与印刷厂联系调换）　印厂电话：400-0531-118